La tapadera

John Grisham (Jonesboro, Arkansas, 1955) se dedicó a la abogacía antes de convertirse en escritor de éxito mundial. Desde que publicó su primera novela en 1988, ha escrito casi una por año: todas sin excepción han sido *best sellers*, además de resultar, ocho de ellas, una exitosa fuente de guiones para el cine. Su obra se compone de las novelas *Tiempo de matar*, *La tapadera*, *El informe Pelícano*, *El cliente*, *Cámara de gas*, *Legítima defensa*, *El jurado*, *El socio*, *Causa justa*, *El testamento*, *La hermandad*, *La granja*, *Una Navidad diferente*, *La citación*, *El rey de los pleitos*, *El último partido*, *El último jurado*, *El intermediario* y *La apelación*, que aparecerá en septiembre, así como del libro de no ficción *El proyecto Williamson: una historia real* y del guión cinematográfico de *Conflicto de intereses*, que dirigió Robert Altman. John Grisham vive con su esposa y sus dos hijos en Virginia y Mississippi.

Para más información puede consultar la web del autor: www.jgrisham.com

JOHN GRISHAM

La tapadera

Traducción de
Enric Tremps

[!] DeBOLS!LLO

La tapadera
Título original: *The Firm*

Primera edición en España: mayo, 2008
Primera edición en Estados Unidos: junio, 2008

D. R. © 1991, John Grisham

Diseño de la portada: Departamento de diseño de Random
House Mondadori / Yolanda Artola
Ilustración de la portada: © Antonio Mo, Taxi / Getty Images
D.R. © 1991, Enric Tremps, por la traducción, cedida por Editorial
Planeta, S. A.

D. R. © 2008, Random House Mondadori, S. A.
Travessera de Gràcia, 47-49. 08021 Barcelona, España

D. R. © 2008, derechos de edición mundiales en lengua castellana:
Random House Mondadori, S. A. de C. V.
Av. Homero No. 544, Col. Chapultepec Morales,
Del. Miguel Hidalgo, C. P. 11570, México, D. F.

www.randomhousemondadori.com.mx

Comentarios sobre la edición y contenido de este libro a:
literaria@randomhousemondadori.com.mx

ISBN Random House Inc. 978-030-739-249-7

Impreso en México/*Printed in Mexico*

Distributed by Random House, Inc.

1

El decano del bufete estudió el informe por enésima vez, y una vez más —por lo menos sobre el papel— no encontró nada que le desagradara acerca de Mitchell Y. McDeere. Era inteligente, ambicioso y bien parecido. Además, estaba hambriento; con sus antecedentes tenía que estarlo. Era un hombre casado, condición indispensable en la empresa, que nunca había contratado a ningún abogado soltero y que censuraba severamente el divorcio, así como la bebida y el puterío. Someterse a una prueba de consumo de drogas formaba parte del contrato. Era especialista en contabilidad, había aprobado al primer intento y deseaba convertirse en abogado tributario, condición evidentemente indispensable en un bufete especializado en asuntos tributarios. Era blanco; la empresa jamás había contratado a ningún negro. Lo lograban actuando con suma discreción, en círculos cerrados y sin pedir jamás solicitudes de empleo. Otros bufetes lo hacían y contrataban negros, pero este se mantenía escrupulosamente blanco. Además, estaba situado curiosamente en Memphis y a los negros de altos vuelos les apetecía Nueva York, Washington o Chicago. McDeere era varón y no había mujeres en la empresa. Habían cometido ese error a mitad de los setenta, al contratar al número uno de la promoción de Harvard, que había resultado ser una mujer genial en asuntos tributarios. Después de cuatro turbulentos años, había fallecido en un accidente de tráfico.

Sus referencias eran impecables; constituía su mejor elección. A decir verdad, aquel año era su única perspectiva. La lista era muy corta. Se trataba de McDeere o nadie.

El gerente del bufete, Royce McKnight, examinaba un informe titulado «Mitchell Y. McDeere, Harvard». El documento, de un par de centímetros de grosor, impreso en letra pequeña y con algunas fotografías, había sido redactado por ex agentes de la CIA, en una agencia privada de Bethesda. Eran clientes del bufete y cada año se ocupaban gratuitamente de la investigación. Según ellos era cosa fácil investigar a confiados estudiantes de derecho. Averiguaron, por ejemplo, que prefería vivir en el nordeste, que tenía tres ofertas de empleo, dos en Nueva York y una en Chicago, y que la mejor oferta era de setenta y seis mil dólares, mientras que la peor era de sesenta y ocho mil. Estaba muy solicitado. En el segundo curso se le había brindado la oportunidad de copiar, en un examen sobre valores y obligaciones, pero la había rechazado y había obtenido la mejor nota de la clase. Hacía dos meses, en una fiesta de la facultad de derecho, se le había ofrecido cocaína. No quiso probarla y abandonó la fiesta cuando todo el mundo empezó a esnifar. De vez en cuando tomaba una cerveza, pero la bebida era cara y no disponía de dinero. Debía cerca de veintitrés mil dólares en préstamos estudiantiles. Tenía hambre.

Royce McKnight hojeó el informe y sonrió. McDeere era su hombre.

Lamar Quin tenía treinta y dos años y no era todavía socio de la empresa. Le habían contratado a fin de aparentar, desempeñar y proyectar una imagen juvenil en Bendini, Lambert & Locke, que en realidad era una empresa joven, ya que la mayoría de los socios se retiraban alrededor de los cincuenta años, forrados de dinero. Llegaría a convertirse en socio de la empresa. Con unos ingresos de seis cifras garantizados para el resto de su vida,

Lamar podía disfrutar de los trajes a medida de mil doscientos dólares, que con tanta elegancia colgaban de su atlético cuerpo. Cruzó impasible la sala de mil dólares diarios de alquiler y se sirvió otra taza de descafeinado. Consultó el reloj. Echó una ojeada a los dos decanos sentados junto a la pequeña mesa de conferencias, cerca de la ventana.

A las dos y media en punto, alguien llamó a la puerta. Lamar miró a los decanos, que guardaron el informe en una cartera abierta. Se pusieron todos sus respectivas chaquetas. Lamar se abrochó el botón superior y abrió la puerta.

—¿Mitchell McDeere? —preguntó con una radiante sonrisa, al tiempo que le tendía la mano.

—Sí —respondió, estrechándosela vigorosamente.

—Encantado de conocerte, Mitchell. Me llamo Lamar Quin.

—El gusto es mío. Llámame Mitch, te lo ruego.

Entró y examinó rápidamente la amplia sala.

—Por supuesto, Mitch —dijo Lamar, al tiempo que le colocaba la mano sobre el hombro y lo conducía al otro extremo de la sala, donde los decanos se presentaron a su vez.

El recibimiento fue sumamente cordial y efusivo. Le ofrecieron café y luego agua. Sentados alrededor de una reluciente mesa de caoba, intercambiaron galanterías. McDeere se desabrochó la chaqueta y cruzó las piernas. Era ya un veterano en la búsqueda de empleo y sabía que deseaban contratarle. Se relajó. Con tres ofertas de los bufetes más prestigiosos del país, podía prescindir de aquella entrevista y de aquella empresa. Ahora podía permitirse estar muy seguro de sí mismo. Había venido por curiosidad. Aunque también anhelaba un clima más caluroso.

Oliver Lambert, el socio decano, se inclinó con los codos sobre la mesa y dirigió la charla preliminar. Hablaba con simpatía, en un tono suave y locuaz, casi de barítono profesional. A sus sesenta y un años, era el abuelo de la empresa y dedicaba la mayor parte de su tiempo a equilibrar y cuidar de los desmesurados egos de algunos de los abogados más ricos del país. Era el consejero al que acudían sus colegas de menor edad cuando tenían problemas. El señor Lambert se ocupaba también del reclutamiento y era su misión contratar a Mitchell Y. McDeere.

—¿Estás harto de entrevistas? —preguntó Oliver Lambert.

—A decir verdad, no. Forma parte del proceso.

Claro, claro, coincidieron todos. Parecía que era ayer cuando ellos mismos eran entrevistados y presentaban informes, muertos de miedo ante la perspectiva de no encontrar ningún trabajo, con lo que los tres años de sudor y tortura habrían sido inútiles. Sabían exactamente lo que se sentía.

—¿Puedo formular una pregunta? —dijo Mitch.

—Por supuesto.

—Claro.

—Adelante.

—¿Por qué estamos reunidos en esta habitación de hotel? Las demás empresas realizan sus entrevistas en la universidad, a través de la oficina de empleo.

—Buena pregunta —asintieron todos, mirándose entre sí.

—Tal vez yo pueda responderte, Mitch —dijo Royce McKnight, el gerente de la empresa—. Debes comprender nuestra empresa. Somos diferentes y nos enorgullecemos de ello. Tenemos cuarenta y un abogados, y por consiguiente la empresa es pequeña comparada con otras. No contratamos a demasiada gente; aproximadamente uno cada dos años. Ofrecemos los mejores sueldos y beneficios del país, sin exageración alguna. Por consiguiente, somos muy selectivos. Te hemos seleccionado a ti. La carta que recibiste el mes pasado se mandó después de una criba entre más de dos mil estudiantes de último curso, en las mejores facultades de derecho. Solo se mandó una carta. No anunciamos vacantes, ni admitimos solicitudes. Actuamos con suma discreción y de un modo distinto a los demás. He ahí nuestra explicación.

—Parece razonable. ¿De qué tipo de bufete se trata?

—Impuestos. Algunas obligaciones, propiedad inmobiliaria e inversiones, pero el ochenta por ciento del trabajo está relacionado con los impuestos. Esta es la razón por la que deseábamos conocerte, Mitch. Tienes una formación increíblemente sólida en el campo tributario.

—¿Qué te impulsó a ir a Western Kentucky? —preguntó Oliver Lambert.

—Es muy sencillo, me ofrecieron una beca para jugar al fútbol. De no haber sido así, no habría podido asistir a la universidad.

—Háblanos de tu familia.

—¿Qué importancia puede tener eso?

—Para nosotros es muy importante, Mitch —dijo Royce McKnight, con suma ternura.

Todos dicen lo mismo, pensó McDeere.

—De acuerdo. Mi padre falleció en una mina de carbón cuando yo tenía diecisiete años. Mi madre volvió a casarse y vive en Florida. Tenía dos hermanos. Rusty murió en Vietnam. Ahora tengo un solo hermano, llamado Ray McDeere.

—¿Dónde está?

—Me temo que esto no es de su incumbencia —respondió, mirando fijamente a Royce McKnight.

McDeere acababa de manifestar un enorme complejo. Curiosamente, en su informe no se mencionaba nada referente a Ray.

—Lo siento —dijo con ternura el gerente.

—Nuestro bufete está en Memphis, Mitch —agregó Lamar—. ¿Te preocupa?

—En absoluto. No me gusta el frío.

—¿Has estado alguna vez en Memphis?

—No.

—Pronto te invitaremos. Te encantará.

Mitch sonrió, asintió y les siguió la corriente. ¿Hablaban

en serio? ¿Cómo podía pensar en trabajar para una empresa tan pequeña, en una ciudad tan insignificante, cuando tenía Wall Street al alcance de la mano?

—¿Qué lugar ocupas en tu curso? —preguntó el señor Lambert.

—Entre los cinco primeros.

No entre el cinco por ciento de los mejores, sino entre los cinco primeros. Esto les pareció a todos perfectamente satisfactorio. Entre los cinco primeros, de un total de trescientos. Podía haber dicho que era tercero, con escasa diferencia del segundo y al alcance del primero. Pero no lo hizo. Recordaba, después de haber examinado por encima la guía jurídica Martindale-Hubbell, que procedían de escuelas inferiores: Chicago, Columbia y Vanderbilt. Sabía que no harían hincapié en aspectos intelectuales.

—¿Por qué elegiste Harvard?

—A decir verdad, Harvard me eligió a mí. Solicité el ingreso a diversas universidades y todas me aceptaron. Harvard fue la que me ofreció mayor ayuda económica. Pensé que se trataba de la mejor universidad y sigo creyéndolo.

—Te han ido bastante bien los estudios, Mitch —comentó el señor Lambert, admirando el resumen, mientras el informe seguía en la cartera, debajo de la mesa.

—Muchas gracias. Me ha costado mucho trabajo.

—Sacaste unas notas extraordinariamente altas en los cursos de tributación y valores y obligaciones.

—Es lo que más me interesa.

—Hemos examinado la muestra de tu escritura y resulta bastante impresionante.

—Gracias. Me gusta la investigación.

Asintieron en reconocimiento de aquella evidente mentira. Formaba parte del ritual. A ningún estudiante de derecho, ni abogado en su sano juicio, le gusta la investigación. Sin embargo, todo candidato profesa ineludiblemente un profundo amor por la biblioteca.

—Háblanos de tu esposa —dijo Royce McKnight, en un tono casi sumiso.

Se prepararon para recibir otra reprimenda. Pero se trataba de un área no sagrada, que habitualmente exploraban todas las empresas.

—Se llama Abby. Es licenciada en pedagogía por la Universidad de Western Kentucky. Nos casamos a la semana de licenciarnos. Desde hace tres años, es maestra de un parvulario privado cerca de la Universidad de Boston.

—Y en el matrimonio...

—Somos muy felices. Nos conocimos en el instituto.

—¿En qué posición jugabas? —preguntó Lamar, pasando a un tema menos peliagudo.

—Quarterback. Gozaba de mucha popularidad, hasta que me lastimé una rodilla en mi último partido en el instituto. Todo el mundo desapareció, a excepción de Western Kentucky. Durante cuatro años jugué algún que otro partido y me inicié incluso como junior, pero la rodilla no aguantaba.

—¿Cómo te las arreglabas para sacar sobresalientes sin dejar de jugar al fútbol?

—Colocaba los libros en primer lugar.

—Imagino que Western Kentucky no es un instituto de alto nivel intelectual —sonrió estúpidamente Lamar, deseando en aquel mismo momento haberse mordido la lengua.

Lambert y McKnight fruncieron el entrecejo y reconocieron el error.

—Más o menos como el estatal de Kansas —respondió Mitch.

Quedaron todos paralizados y, durante unos instantes, intercambiaron incrédulas miradas. McDeere sabía que Lamar Quin había cursado sus estudios en el instituto estatal de Kansas. Nunca había visto a Lamar Quin, ni tenía la más remota idea de quién aparecería en nombre de la empresa para conducir la entrevista. Sin embargo, lo sabía. Había acudido al Martindale-Hubbell y consultado sus antecedentes. Había leído el sumario biográfico de los cuarenta y un abogados del bufete y en una fracción de segundo había recordado que Lamar Quin, uno de los cuarenta y uno, había estudiado en Kansas. Maldita sea, los dejó impresionados.

—Lamento haber dado una impresión equivocada —se disculpó Lamar.

—No tiene importancia —sonrió calurosamente Mitch.

Asunto zanjado. Oliver Lambert se aclaró la garganta y decidió volver al terreno personal.

—Mitch, nuestra empresa tiene aversión a la bebida y al puterío. No es que seamos un puñado de santurrones, pero colocamos los negocios ante todo lo demás. Actuamos con discreción y trabajamos muy duro. Además, ganamos mucho dinero.

—Me parece todo perfectamente aceptable.

—Nos reservamos el derecho de someter a cualquier miembro de la empresa a un control antidroga.

—No consumo drogas.

—Bien. ¿Cuál es tu afiliación religiosa?

—Metodista.

—Magnífico. Encontrarás una amplia variedad de religiones en nuestra empresa: católicos, anabaptistas, episcopalianos... En realidad no nos concierne, pero nos gusta saberlo. Queremos familias estables. Un abogado feliz es un abogado productivo. De ahí que formulemos esas preguntas.

Mitch sonrió y asintió. No era la primera vez que oía aquello.

Los tres se miraron entre sí y a continuación a Mitch. Esto significaba que habían llegado al punto de la entrevista en el que se supone que el entrevistado formula un par de preguntas inteligentes. Mitch se cruzó de piernas. El dinero era el quid de la cuestión, especialmente comparado con sus otras ofertas. Si no era suficiente, pensó Mitch, habría tenido mucho gusto en conocerlos. Si el salario era atractivo, entonces podrían hablar de familias, bodas, fútbol e iglesias. Pero sabía que, al igual que todas las demás empresas, eludirían el tema hasta sentirse realmente incómodos, por haber hablado de todo lo imaginable, a excepción del dinero. Sin embargo, decidió empezar con una pregunta inofensiva.

—¿Cuál será inicialmente mi tipo de trabajo?

Asintieron, satisfechos de la pregunta. Lambert y McKnight miraron a Lamar. La respuesta era suya.

—Tenemos algo parecido a dos años de aprendizaje, aunque no es así como lo llamamos. Te mandaremos por todo el país, para asistir a grupos de estudios tributarios. Te falta todavía mucho para concluir tu formación. El próximo invierno pasarás dos semanas en Washington, en el Instituto Tributario Norteamericano. Nos sentimos orgullosos de nuestra pericia técnica, y la formación, para todos nosotros, es permanente. Si deseas hacer un máster en tributación, te lo financiaremos. En cuanto a la práctica de la abogacía, no será muy emocionante durante los dos primeros años. Harás mucha investigación y trabajo generalmente aburrido. Pero tendrás un magnífico sueldo.

—¿Cuánto?

Lamar miró a Royce McKnight, que fijó la mirada en Mitch y dijo:

—Hablaremos de honorarios y otros beneficios cuando vengas a Memphis.

—Sin un sueldo de futbolista, puede que no vaya a Memphis —sonrió con arrogancia, pero cordial.

Habló como el que cuenta con tres ofertas de empleo. Los socios se miraron entre sí y el señor Lambert fue el primero en hablar.

—De acuerdo. Un salario base de ochenta mil dólares el primer año, más primas. Ochenta y cinco el segundo, más primas. Un préstamo a bajo interés para que puedas comprarte una casa. Afiliación gratuita a dos clubes de campo. Y un nuevo BMW. El color, evidentemente, de tu elección.

Centraron la mirada en sus labios, a la espera de que se

formaran arrugas en su mejillas y asomaran los dientes. Intentó disimular la sonrisa, pero no pudo. Soltó una carcajada.

—Es increíble —susurró.

Ochenta mil en Memphis equivalían a ciento veinte mil en Nueva York. ¿Había dicho un BMW? Su Mazda de cinco puertas llevaba un millón de kilómetros y solo arrancaba empujando, hasta que pudiera permitirse reemplazar el motor de arranque por otro de segunda mano.

—Más algunos beneficios de los que tendremos el gusto de hablar en Memphis.

De pronto le entró un fuerte deseo de visitar Memphis. ¿No estaba junto al río?

Se esfumó la sonrisa y recuperó su compostura. Miró a Oliver Lambert de un modo austero y solemne y, como si hubiera olvidado el dinero, la casa y el BMW, dijo:

—Háblame de la empresa.

—Cuarenta y un abogados. El año pasado ganamos más por abogado que cualquier otra empresa de nuestro tamaño o mayor, incluidos todos los grandes bufetes del país. Solo aceptamos clientes ricos: compañías, bancos y potentados, que pagan nuestras elevadas tarifas sin rechistar. Nos hemos especializado en tributación internacional, que es muy emocionante y aporta grandes beneficios. Solo tratamos con clientes que puedan pagar.

—¿Cuánto se tarda en convertirse en socio?

—De promedio, unos diez años, y son diez años muy duros. No es inusual que nuestros socios ganen medio millón al año, y en su mayoría se jubilan antes de los cincuenta. El esfuerzo es indispensable, ochenta horas de trabajo a la semana, pero compensa al convertirse en socio.

—No es preciso ser socio para ganar cantidades de seis cifras —agregó Lamar, inclinándose hacia delante—. Yo llevo siete años en la empresa y superé los cien mil hace cuatro años.

Mitch reflexionó unos instantes y calculó que a los treinta años podría ganar más de cien mil, probablemente cerca de los doscientos. ¡A los treinta años! Le observaban atentamente y sabían con exactitud lo que pensaba.

—¿Qué hace una empresa internacional en Memphis? —preguntó.

Esto provocó una sonrisa. El señor Lambert se quitó las gafas y empezó a jugar con ellas.

—Buena pregunta. El señor Bendini fundó la empresa en mil novecientos cuarenta y cuatro. Se había especializado en derecho tributario en Filadelfia y en el sur tenía algunos clientes ricos. Le dio por viajar y aterrizó en Memphis. Durante veinticinco años, contrató exclusivamente abogados especializados en tributación y la empresa no dejó de progresar. Ninguno de nosotros es oriundo de Memphis, pero el lugar ha llegado a encantarnos. Es una vieja ciudad sureña muy agradable. Por cierto, el señor Bendini falleció en mil novecientos setenta.

—¿Cuántos socios tiene la empresa?

—Veinte, en activo. Procuramos que la proporción sea de un socio por cada miembro asociado. Es alta para el sector, pero así nos gusta. Una vez más, somos distintos a los demás.

—Todos nuestros socios son multimillonarios a los cuarenta y cinco años —agregó Royce McKnight.

—¿Todos?

—Sí, señor. No te lo garantizamos, pero si te incorporas a nuestra empresa, trabajas de lo lindo durante diez años, te conviertes en socio, trabajas otros diez años y no eres millonario a los cuarenta y cinco años, serás el primero en veinte años.

—Una estadística muy impresionante.

—Lo impresionante es la empresa, Mitch —dijo Oliver Lambert—, y nos sentimos orgullosos de ella. Formamos una fraternidad muy unida. Somos pocos y nos cuidamos mutuamente. No practicamos la competencia despiadada que caracteriza a las grandes empresas. Cuidamos con mucho esmero a quien contratamos y nuestro objetivo es el de que todo nuevo miembro llegue cuanto antes a convertirse en socio. Con este fin invertimos una enorme cantidad de tiempo y de dinero en nosotros mismos, especialmente en los recién llegados. Es raro, extraordinariamente raro, que algún abogado abandone la empresa. Es simplemente inaudito. Nos esforzamos especialmente en proteger la carrera de cada uno. Queremos que nuestra gente sea feliz. Creemos que es la forma más ventajosa de operar.

—Tengo otra impresionante estadística —agregó el señor McKnight—. El año pasado, en empresas de nuestro nivel o mayores, el promedio de cambio entre miembros asociados fue de un veintiocho por ciento. En Bendini, Lambert & Locke fue de cero. El año anterior, cero. Ha transcurrido mucho tiempo desde que un abogado abandonó nuestra empresa.

Le observaban atentamente, para asegurarse de que asimilaba todo lo que le contaban. Cada aspecto y condición del empleo era importante, pero la permanencia, el compromiso de su aceptación, superaba todos los demás requisitos. De momento se lo explicaron lo mejor que pudieron. Más adelante se lo aclararían con mayor amplitud.

Evidentemente, sabían mucho más de lo que podían haber hablado. Por ejemplo, su madre vivía en un aparcamiento de remolques barato en la playa de la ciudad de Panamá, casada por segunda vez con un camionero jubilado, gravemente alcoholizado. Sabían que había recibido cuarenta y un mil dólares a raíz de la explosión en la mina, malgastado casi la totalidad y que había enloquecido al enterarse de la muerte de su hijo mayor en Vietnam. Sabían que había sido desatendido, criado en la pobreza por su hermano Ray (a quien no lograban localizar) y por algunos parientes compasivos. La pobreza dolía y suponían, acertadamente, que le había dotado de un intenso deseo de triunfar. Había trabajado treinta horas a la semana en una tienda abierta día y noche, al mismo tiempo que jugaba al fútbol y sacaba excelentes notas. Sabían que apenas dormía. Sabían que estaba hambriento. Era su hombre.

—¿Te gustaría hacernos una visita? —preguntó Oliver Lambert.

—¿Cuándo? —preguntó Mitch, soñando con un 318i negro de techo deslizable.

El vetusto Mazda de cinco puertas, con solo tres tapacubos de rueda y el parabrisas agrietado, estaba junto a la alcantarilla con las ruedas frontales ladeadas contra la acera, para evitar que el vehículo se deslizara por la pendiente. Abby agarró la manecilla interior y le dio un par de sacudidas para abrir la puerta. Introdujo la llave en el contacto, puso el pie en el embrague y giró el volante. El Mazda comenzó a descender lentamente. Cuando aumentó la velocidad, aguantó la respiración, soltó el embrague y se mordió el labio, hasta que el motor de escape libre comenzó a chirriar.

Con tres ofertas de empleo sobre la mesa, podrían tener un coche nuevo dentro de cuatro meses. El viejo resistiría. Durante tres años habían soportado la pobreza en un piso estudiantil de dos habitaciones, situado en un campus donde abundaban los Porsches y los pequeños Mercedes descapotables. En general, solían hacer caso omiso del desprecio de los demás estudiantes y colegas, en aquel bastión de esnobismo de la costa oriental. Eran campesinos de Kentucky, con pocos amigos. Pero lo habían resistido, y triunfaron sin ayuda ajena.

Ella prefería Chicago a Nueva York, aunque el salario fuera inferior, principalmente porque estaba más lejos de Boston y más cerca de Kentucky. Pero Mitch seguía sin querer comprometerse, evaluándolo todo meticulosamente, como solía hacerlo, y guardándoselo en gran parte para sí. A ella no la habían invitado a visitar Nueva York ni Chicago con su marido. Y estaba harta de especulaciones. Quería una respuesta.

Aparcó en zona prohibida, en la cuesta más próxima a su casa, y caminó dos manzanas. Vivían en uno de los treinta pisos de un edificio rectangular de ladrillo rojo. Abby se detuvo frente a la puerta y metió la mano en el bolso, en busca de las llaves. De pronto se abrió la puerta de par en par. Su marido la agarró, tiró de ella hacia el interior del diminuto apartamento, la arrojó sobre el sofá y lanzó un ataque labial contra su cuello. Ella chillaba y se reía, al tiempo que agitaba piernas y brazos. Se dieron uno de aquellos prolongados besos húmedos, diez minutos de beso, manoseo, caricias y gemidos, como solían hacer de adolescentes, cuando besarse era divertido, misterioso y el colmo del placer.

—Dios mío —exclamó Abby cuando acabaron—. ¿Qué celebramos?

—¿Hueles algo? —preguntó Mitch.

—Bien, sí, ¿de qué se trata? —dijo, mientras volvía la cabeza y olía.

—Pollo *chow mein* y huevos *foo yung*. De Wong Boys.

—Muy bien. ¿Qué celebramos?

—Además de una botella de Chablis, que cuesta un dineral. Incluso lleva tapón de corcho.

—¿Qué has hecho, Mitch?

—Sígueme.

Sobre la pequeña mesa pintada de la cocina, rodeadas de textos jurídicos y sumarios, había una enorme botella de vino y una bolsa de comida china. Echaron a un lado los documentos de la facultad y sirvieron la comida. Mitch descorchó la botella y llenó dos vasos de plástico.

—Hoy he tenido una magnífica entrevista —dijo.

—¿Con quién?

—¿Recuerdas aquella empresa de Memphis que me mandó una carta el mes pasado?

—Sí. No estabas muy impresionado.

—Exacto. Ahora sí lo estoy. El trabajo es exclusivamente tributario y el dinero parece bueno.

—¿Cómo de bueno?

Sirvió ceremoniosamente el *chow mein* en dos platos y a continuación abrió dos diminutas bolsas de salsa de soja. Ella esperaba la respuesta. Mitch abrió otro recipiente y empezó a dividir los huevos *foo yung*. Probó el vino y chascó los labios.

—¿Cuánto? —insistió Abby.

—Más que en Chicago. Más que en Wall Street.

Ella tomó un largo y deliberado sorbo de vino y le miró con recelo. Sus ojos castaños se estrecharon y brillaron. Descendieron sus cejas y se le arrugó la frente. Seguía a la espera.

—¿Cuánto?

—Ochenta mil el primer año, más primas. Ochenta y cinco el segundo, más primas —respondió, sin darle importancia, mientras observaba los trozos de apio del *chow mein*.

—Ochenta mil —repitió Abby.

—Ochenta mil, cariño. Ochenta mil pavos en Memphis, Tennessee, equivalen a unos ciento veinte mil en Nueva York.

—¿A quién le importa Nueva York?

—Además de un préstamo a bajo interés para comprar una casa.

El término préstamo hipotecario no se había mencionado en el apartamento desde hacía mucho tiempo, A decir verdad, en aquel momento no recordaba cuándo se había hablado por última vez de la compra de una casa, ni nada por el estilo. Desde hacía muchos meses se habían hecho a la idea de que alquilarían algún lugar hasta un futuro lejano e inimaginable, en el que serían lo suficientemente ricos para acceder a un cuantioso crédito hipotecario.

—¿Te importaría repetírmelo? —dijo con absoluta tranquilidad, después de dejar el vaso de vino sobre la mesa.

—Un crédito hipotecario a bajo interés. La empresa presta el dinero necesario para comprar una casa. Para esos individuos es muy importante que los miembros asociados de la empresa tengan aspecto próspero y por ello nos ofrecen el dinero a un interés bajísimo.

—¿Te refieres a un verdadero hogar, rodeado de césped y matorrales?

—Efectivamente. No de un piso de precio sobrevalorado

en Manhattan, sino de una casa de tres dormitorios en una zona residencial, con nuestro propio camino de acceso y un garaje doble, donde aparcar el BMW.

Su reacción se retrasó un par de segundos, pero por fin Abby exclamó:

—¿BMW? ¿Qué BMW?

—El nuestro, cariño. Nuestro BMW. La empresa lo adquiere y nos entrega las llaves. Es una especie de prima inicial, en el momento de firmar el contrato. Equivale a otros cinco mil anuales. Nosotros elegimos el color, por supuesto. Me parece que estaría bien de color negro. ¿Qué opinas?

—Adiós por fin a las carracas, comida sobrante y ropa de segunda mano —dijo, mientras movía lentamente la cabeza.

Mitch se llevó una cucharada de fideos a la boca y le brindó una sonrisa. Se dio cuenta de que soñaba probablemente en el mobiliario, la decoración de las paredes y tal vez en una piscina, en un futuro no muy lejano. Y niños, con pequeños ojos oscuros y cabello castaño claro.

—También hay otras ventajas, de las que se hablará más adelante.

—No lo comprendo, Mitch. ¿Por qué son tan generosos?

—Yo también se lo he preguntado. Son muy selectivos y se sienten muy orgullosos de ser quienes mejor pagan. Quieren al mejor y no les importa rascarse el bolsillo. El porcentaje de personal que abandona la empresa es cero. Además, creo que es más caro persuadir a los mejores para que vayan a Memphis.

—Estaríamos más cerca de casa —dijo Abby, sin mirarle.

—Yo no tengo casa. Estaríamos más cerca de tus padres, y eso me preocupa.

—Estarías más cerca de Ray —agregó, olvidando el comentario sobre su familia, como solía hacer.

Mitch sonrió, al tiempo que mordía una empanada de huevo e imaginaba la primera visita de sus suegros, aquel dulce momento en el que aparcarían su viejo Cadillac y contemplarían aturdidos la nueva casa de estilo colonial francés, con dos coches nuevos en el garaje. Se morirían de envidia y se preguntarían cómo podía aquel pobre chico, sin familia ni linaje, permitirse todo aquello a los veinticinco años, recién salido de la facultad de derecho. Se esforzarían en sonreír, comentarían lo bonito que era todo, pero al cabo de poco tiempo el señor Sutherland no podría resistir la tentación de preguntarle cuánto le había costado la casa y Mitch le respondería que no era asunto suyo, con lo que el viejo se enfurecería. La visita sería breve y regresarían a Kentucky, donde todos sus amigos se enterarían de lo bien que les iban las cosas a su hija y a su yerno en Memphis. Abby se lamentaría de que no se llevaran mejor, pero no diría gran cosa. Desde el primer momento le habían tratado como a un leproso. Le consideraban tan indeseable, que habían boicoteado su pequeña boda.

—¿Has estado alguna vez en Memphis? —preguntó Mitch.

—Una vez, de niña. Para asistir a algún tipo de convención relacionada con la iglesia. Lo único que recuerdo es el río.

—Quieren que vayamos a visitarlos.

—¡Vayamos! ¿A mí también me han invitado?

—Sí. Insisten en que me acompañes.

—¿Cuándo?

—Dentro de un par de semanas. Nos pagan el avión del jueves por la tarde, para pasar el fin de semana.

—Esta empresa empieza a gustarme.

2

El edificio de cinco pisos había sido construido hacía un siglo, por un comerciante algodonero y por sus hijos después de la reconstrucción, durante la reactivación del comercio del algodón en Memphis. Estaba en pleno Cotton Row, en Front Street, cerca del río. A través de sus salas, puertas y escritorios se habían comprado millones de fardos de algodón, procedentes de los deltas del Mississippi y del Arkansas, para ser vendidos en el mundo entero. Desierto, abandonado, renovado una y otra vez desde la primera guerra, en 1951 lo había adquirido finalmente Anthony Bendini, un agresivo abogado especializado en tributaciones. Después de renovarlo una vez más, empezó a llenarlo de abogados y le dio el nuevo nombre de edificio Bendini.

Mimó el edificio, le brindó cariño y benevolencia, agregando cada año una nueva capa de lujo a su bastión. Lo fortificó, asegurando puertas y ventanas, y contrató guardias armados para proteger el edificio y a sus ocupantes. Instaló ascensores, vigilancia electrónica, códigos de seguridad, circuito cerrado de televisión, un gimnasio, baños turcos, salas con armarios y un comedor para los socios en el quinto piso, con una vista cautivadora del río.

En veinte años había construido el bufete más próspero de Memphis e, indiscutiblemente, el más discreto. Le apasionaba el secreto. A todo miembro asociado contratado por la empresa se le inculcaban los infortunios de irse de la lengua. Todo era confidencial: sueldos, beneficios, promociones y, muy especialmente, los clientes. Se advertía a los principiantes que el hecho de divulgar información de la empresa podía retrasar la concesión del santo grial: convertirse en socio. Nada salía de la fortaleza de Front Street. A las esposas se les decía que no preguntaran, o se les mentía. De los miembros asociados se esperaba que trabajaran duro, que mantuvieran la boca cerrada y gastaran sus generosos salarios. Lo hacían todos, sin excepción.

Con sus cuarenta y un abogados, la empresa era la cuarta de Memphis. Sus miembros no se anunciaban y eludían la publicidad. Tenían espíritu de clan y no fraternizaban con otros abogados. Las esposas jugaban al tenis, al bridge y se relacionaban entre sí. Bendini, Lambert & Locke era una especie de gran familia. Una familia bastante próspera.

A las diez de la mañana del viernes, el lujoso coche de la empresa se detuvo en Front Street y el señor Mitchell Y. McDeere se apeó del mismo. Dio cortésmente las gracias al chófer y observó el vehículo mientras este se alejaba. Parado en la acera, junto a una farola, admiró la singular, pintoresca y ciertamente impresionante sede de la discreta empresa Bendini. En nada se parecía a las pantagruélicas estructuras de cristal y acero que ocupaban las mejores firmas neoyorquinas, ni al descomunal cilindro que había visitado en Chicago. Pero supo inmediatamente que le encantaría. Era menos ostentoso. Se parecía más a él mismo.

Lamar Quin salió por la puerta principal y bajó unos escalones. Llamó a Mitch y le indicó con la mano que se acercara. Los había recibido la noche anterior en el aeropuerto, y los instaló en el Peabody, gran hotel del sur.

—¡Buenos días, Mitch! ¿Cómo has dormido?

Se estrecharon la mano como viejos amigos.

—Muy bien. Es un hotel magnífico.

—Sabíamos que te gustaría. A todo el mundo le encanta el Peabody.

Entraron en el vestíbulo, donde en un pequeño tablón de anuncios se daba la bienvenida al señor Mitchell Y. McDeere, invitado del día. Una recepcionista bien vestida, pero carente de atractivo, le sonrió calurosamente, le dijo que se llamaba Sylvia y que si necesitaba cualquier cosa durante su estancia en Memphis, no tenía más que decírselo. Mitch le dio las gracias. Lamar le condujo a otro prolongado vestíbulo, donde empezó a mostrarle el edificio. Le explicó la distribución del mismo y le presentó a varias secretarias y pasantes mientras caminaban. En la biblioteca principal del segundo piso había un montón de abogados alrededor de una gigantesca mesa de conferencias, comiendo tartas y tomando café. Todos guardaron silencio en presencia del invitado.

Oliver Lambert saludó a Mitch y le presentó a los demás. Había aproximadamente una veintena, casi todos los miembros asociados de la empresa y en su mayoría escasamente mayores que el invitado. Lamar le había explicado que los socios estaban demasiado ocupados y que le recibirían más tarde, en un almuerzo privado. Se quedó de pie al extremo de la mesa, mientras el señor Lambert les pedía a todos que guardaran silencio.

—Señores, este es Mitchell McDeere. Todos habéis oído hablar de él y aquí lo tenemos. Es nuestro elegido del año, el número uno de la selección, por así decirlo. Le están cortejando los gigantes de Nueva York, Chicago y quién sabe de dónde, de modo que tenemos que venderle nuestra pequeña empresa aquí en Memphis.

Todos sonrieron y asintieron con aprobación. El invitado se sentía incómodo.

—Terminará en Harvard dentro de dos meses y se licenciará con matrícula de honor. Es director asociado de la *Harvard Law Review*.

Mitch se dio cuenta de que esto los impresionaba.

—Realizó sus estudios secundarios en Western Kentucky —prosiguió Lambert—, donde se lo otorgó un *summa cum laude*.

Esto ya no era tan impresionante.

—También ha jugado al fútbol durante cuatro años —siguió diciendo—, desde que empezó de juvenil como quarterback.

Ahora estaban realmente impresionados. Algunos parecían mirarle atónitos, como si contemplaran a Joe Namath.

El decano continuó con su monólogo, con Mitch de pie e incómodo junto a él. Habló de lo muy selectivos que siempre habían sido y de lo bien que Mitch encajaría en la empresa. Mitch se metió las manos en los bolsillos y dejó de escuchar. Observó el grupo. Eran jóvenes, triunfadores y prósperos. La indumentaria parecía ajustarse a una norma rígida, pero no distinta de Nueva York o Chicago: traje gris oscuro o azul marino, camisa clásica de algodón blanco o azul, medianamente almidonada, y corbata de seda. Nada ostentoso o inconformista. A lo sumo un par de pajaritas. La pulcritud era obligatoria. Nadie llevaba barba, bigote, ni pelo sobre las orejas. Había un par de enclenques, pero dominaba la guapura.

—Lamar le mostrará a Mitch nuestras oficinas —concluía Lambert—, de modo que todos tendréis oportunidad de charlar con él. Esta noche, él y su encantadora esposa, Abby, y conste que es auténticamente encantadora, comerán costillas en el Randezvous y, evidentemente, mañana por la noche se celebra la cena de la empresa en mi casa. Espero que os comportéis debidamente —sonrió y miró al invitado—. Mitch, si te cansas de Lamar, dímelo y te buscaremos a alguien mejor calificado.

Estrechó la mano de cada uno de ellos al despedirse y procuró recordar tantos nombres como le fuera posible.

—Empecemos la visita —dijo Lamar, cuando se vació la sala—. Esto, evidentemente, es una biblioteca y hay una idéntica en cada uno de los cuatro primeros pisos. Las utilizamos también para las grandes reuniones. Los libros son distintos en cada piso, de modo que nunca sabes adónde te conducirá tu investigación. Tenemos dos bibliotecarios fijos y utilizamos extensamente microfilmes y microfichas. Por regla general, no investigamos fuera del edificio. Disponemos de más de cien mil volúmenes, incluidos todos los servicios imaginables de información tributaria. Estamos mejor equipados que algunas facultades de derecho. Si necesitas un libro que no tenemos, limítate a comunicárselo a uno de los bibliotecarios.

Pasaron junto a la larga mesa de conferencias y entre docenas de estanterías de libros.

—Cien mil volúmenes —susurró Mitch.

—Sí, gastamos casi medio millón anual en actualizaciones, suplementos y nuevos ejemplares. Los decanos siempre se quejan, pero no se les ocurriría reducir el presupuesto. Es una de las bibliotecas jurídicas privadas más extensas del país y nos sentimos orgullosos de ello.

—Muy impresionante.

—Procuramos que la investigación sea lo menos dolorosa posible. Sabes perfectamente lo aburrida que puede ser y el tiempo que puede perderse en busca del material adecuado. Pasarás mucho tiempo aquí durante los dos primeros años y, por consiguiente, procuramos que sea un lugar agradable.

Detrás de un desordenado mostrador, en uno de los rincones posteriores de la sala, un bibliotecario se presentó a sí mismo y les mostró brevemente la sala de informática, donde había una docena de terminales dispuestos a asistir con la última investigación informatizada. El bibliotecario se ofreció para hacerles una demostración del software más reciente, que era verdaderamente increíble, pero Lamar le dijo que tal vez volverían más tarde.

—Es un tipo agradable —dijo Lamar cuando salieron de la biblioteca—. Le pagamos cuarenta mil al año, solo para llevar el control de los libros. Es asombroso.

Verdaderamente asombroso, pensó Mitch.

El segundo piso era prácticamente idéntico al primero, al tercero y al cuarto. El centro de cada piso estaba lleno de secretarias, con sus escritorios, ficheros, copiadoras y otras máquinas indispensables. A un lado de dicha zona estaba la biblioteca y al otro un conglomerado de pequeñas salas de conferencias y despachos.

—No verás a ninguna secretaria atractiva —dijo Lamar en voz baja, mientras observaban cómo trabajaban—. Parece ser una norma oficiosa de la empresa. Oliver Lambert contrata deliberadamente a las más viejas y hogareñas que encuentra. Claro que algunas llevan aquí veinte años y han olvidado más derecho que el que aprendimos en la facultad.

—Tienen un aspecto más bien regordete —observó Mitch, hablando casi consigo.

—Sí, forma parte de la estrategia general, para incitarnos a guardar las manos en los bolsillos. Galantear está estrictamente prohibido y, que yo sepa, nunca ha ocurrido.

—¿Y si ocurriera?

—Quién sabe. A la secretaria sin duda la despedirían. Y supongo que el abogado sería severamente castigado. Puede que le costara su participación en la empresa. Nadie está dispuesto a averiguarlo, especialmente con ese rebaño de reses.

—Visten bien.

—No me malinterpretes. Solo contratamos a las mejores secretarias jurídicas y pagamos mejor que cualquier otra empresa de la ciudad. Ante tus ojos tienes lo mejor, aunque no necesariamente lo más hermoso. Necesitamos experiencia y madurez. Lambert no contrata a nadie menor de treinta años.

—¿Una por cada abogado?

—Sí, hasta que te conviertas en socio de la empresa. Entonces tienes otra, y para entonces la necesitarás. Nathan Locke tiene tres, todas con veinte años de experiencia, y las mantiene a todas en vilo.

—¿Dónde está su despacho?

—En el cuarto piso. Es zona prohibida.

Mitch se dispuso a formular una pregunta, pero cambió de idea.

Lamar le explicó que los despachos de las esquinas eran de nueve por nueve y que los ocupaban los socios más decanos. Despachos del poder, los denominaba con gran admiración. Los decoraban cada uno a su gusto, sin reparar en gastos; solo los abandonaban al jubilarse o por defunción, y los socios más jóvenes luchaban entre sí por conseguirlos.

Lamar pulsó el interruptor de uno de ellos, entraron y cerraron la puerta.

—Bonita vista, ¿no te parece? —dijo, mientras Mitch se acercaba a la ventana y contemplaba el lento movimiento del río, más allá de Riverside Drive.

—¿Cómo consigue uno este despacho? —preguntó Mitch, al tiempo que admiraba una barcaza que avanzaba penosamente bajo el puente de Arkansas.

—Es cuestión de tiempo. Y cuando llegues serás muy rico, estarás muy ocupado y no dispondrás de tiempo para disfrutar de la vista.

—¿De quién es?

—De Victor Milligan. Es el jefe de la sección de impuestos y un hombre muy agradable. Es oriundo de Nueva Inglaterra, pero lleva aquí veinticinco años y, para él, Memphis es su casa —dijo Lamar, antes de meterse las manos en los bolsillos y dar una vuelta por la sala—. Los suelos y techos de madera ya formaban parte del edificio hace más de un siglo. La mayor parte del edificio está enmoquetada, pero en algunos lugares la madera está bien conservada. Podrás elegir alfombras y tapices cuando llegues aquí.

—Me gusta la madera. ¿Qué me dices de la alfombra?

—Es una antigüedad persa. No conozco su historia. El escritorio perteneció a su bisabuelo que, según dice, fue una especie de juez en Rhode Island. Es un auténtico cuentista y nunca sabes cuándo te toma el pelo.

—¿Dónde está?

—Creo que de vacaciones. ¿Te han hablado de las vacaciones?

—No.

—Te dan dos semanas al año durante los cinco primeros años. Pagadas, por supuesto. A continuación tres semanas hasta que te conviertas en socio de la empresa, cuando tomas todas las que se te antojan. La empresa tiene una torre en Vail, una cabaña junto a un lago en Manitoba y dos apartamentos en la playa de Seven Mile, en la isla de Gran Caimán. Son gratuitos, pero hay que hacer la reserva con antelación. Los socios tienen prioridad. Por lo demás, son del primero que llega. Las islas Caimán son sumamente populares en la empresa. Es un paraíso tributario internacional y muchos de nuestros viajes son amortizados. Creo que allí es donde Milligan está ahora, probablemente buceando, mientras finge que está de viaje de negocios.

En uno de sus cursos de tributación, Mitch había oído hablar de las islas Caimán y sabía que se encontraban en algún lugar del Caribe. Estuvo a punto de preguntar por su situación exacta, pero prefirió callarse y comprobarlo él mismo.

—¿Solo dos semanas? —exclamó.

—Pues sí. ¿Algún problema?

—No, en realidad no. Las empresas de Nueva York ofrecen por lo menos tres.

Hablaba como un crítico discriminador de vacaciones caras. No lo era. A excepción del largo fin de semana al que se referían como luna de miel, y de algún desplazamiento en coche por Nueva Inglaterra, no había estado nunca de vacaciones ni salido del país.

—Puedes tomarte una semana adicional, sin paga.

Mitch asintió, como si esto le pareciera aceptable. Salieron del despacho de Milligan y prosiguieron con la visita. El pasillo desembocaba en un largo rectángulo, con los despachos de los abogados en la parte exterior, todos ellos con ventanas, sol y buenas vistas. Lamar le explicó que los que tenían vistas al río gozaban de mayor prestigio y solían ocuparlos socios de la empresa. Había lista de espera.

Las salas de conferencias, bibliotecas y escritorios de las secretarias estaban en la parte interior, alejados de las ventanas y de las distracciones.

Los despachos de los miembros asociados eran más pequeños, de cinco por cinco, pero magníficamente decorados y mucho más impresionantes que los de cualquier asociado en Nueva York o Chicago. Según Lamar, la empresa gastaba una pequeña fortuna en asesores de diseño. El dinero, al parecer, llovía del cielo. Los abogados más jóvenes eran amables, estaban dispuestos a charlar y parecían encantados de que se les interrumpiera. La mayoría ofrecía un breve testimonio de las maravillas de la empresa y de Memphis. Uno se va acostumbrando a esa vieja ciudad, con el transcurso del tiempo, le decían. Ellos también habían sido contratados por los jefazos en Washington y Wall Street, y no lo lamentaban.

Los socios de la empresa estaban más ocupados, pero eran igualmente amables. Le repitieron una y otra vez que le habían elegido cuidadosamente, y que encajaría a la perfección. Era su tipo de empresa. Prometieron seguir hablando durante el almuerzo.

Una hora antes, Kay Quin había dejado a sus hijos con la criada y la niñera, para reunirse a desayunar con Abby en el Peabody. Era oriunda de una pequeña ciudad, como Abby. Se había casado con Lamar al terminar en la universidad y habían vivido tres años en Nashville, mientras él estudiaba derecho en Vanderbilt. Lamar ganaba tanto dinero, que ella había abandonado el trabajo y había tenido dos hijos en catorce meses. Ahora que había acabado con el trabajo y los embarazos, dedicaba la mayor parte de su tiempo al club de jardinería, la fundación cardíaca, el club de campo, la asociación de padres y la iglesia.

A pesar del dinero y de la influencia, era modesta y sin pretensiones, e independientemente del éxito de su marido, no parecía dispuesta a cambiar. Abby encontró en ella a una amiga.

Después de comer unos cruasanes y huevos a la Benedict, se sentaron a tomar café en el vestíbulo del hotel, mientras contemplaban los patos que nadaban en círculos alrededor de la fuente. Kay había sugerido dar unas vueltas por Memphis, para acabar almorzando cerca de su casa. Tal vez irían de compras.

—¿Han mencionado el préstamo a bajo interés? —preguntó.

—Sí, en la primera entrevista.

—Querrán que compréis una casa cuando os trasladéis. La mayoría de la gente no dispone del dinero necesario al salir de la facultad de derecho, de ahí que la empresa lo facilite a bajo interés y retenga la escritura.

—¿A qué interés?

—No lo sé. Hace siete años que vinimos y hemos comprado otra casa desde entonces. Pero será una ganga, créeme. La empresa se asegurará de que seáis propietarios de una casa. Es una especie de norma oficiosa.

—¿Por qué es tan importante?

—Por varias razones. En primer lugar, quieren que vengáis. Esta empresa es muy selectiva y, generalmente, consiguen lo que se proponen. Pero Memphis no está exactamente en las candilejas y, por tanto, tienen que ofrecer más. Además, la empresa es muy exigente, particularmente en lo que concierne a los miembros asociados. Hay presiones, exceso de trabajo, semanas de ochenta horas y tiempo fuera de casa. No será fácil para ninguno de vosotros y la empresa lo sabe. Según la teoría, un matrimonio sólido equivale a un abogado feliz, y un abogado feliz es un abogado productivo, de modo que en el fondo se trata de beneficios. Siempre beneficios.

»Además, hay otra razón. Esos individuos, entre los que no figura ni una sola mujer, se sienten muy orgullosos de su riqueza y se espera que todos ellos lo demuestren. Sería un agravio para la empresa que uno de sus miembros se viera obligado a vivir en un piso. Quieren que os instaléis en una casa y, al cabo de cinco años, en otra de mayor tamaño. Si tenemos tiempo esta tarde, te mostraré las casas de algunos socios. Cuando las veas, no te importarán las ochenta horas semanales.

—Ya estoy acostumbrada a ello.

—Eso está bien, pero el trabajo aquí no tiene nada que ver con el de la facultad. A veces trabajan cien horas a la semana, durante el período de recaudaciones.

Abby sonrió y movió la cabeza, como si estuviera muy impresionada.

—¿Tú también trabajas?

—No. La mayoría no trabajamos. No tenemos necesidad de hacerlo porque disponemos de dinero y recibimos muy poca ayuda de nuestros maridos para cuidar de los hijos. El trabajo, por supuesto, no está prohibido.

—¿Prohibido por quién?

—Por la empresa.

—No faltaría más...

Abby se repitió a sí misma la palabra «prohibido», pero lo dejó correr.

Kay tomaba sorbos de café y contemplaba los patos. Un niño se alejó de su madre, para acercarse a la fuente.

—¿Pensáis tener hijos? —preguntó Kay.

—Tal vez dentro de un par de años.

—Se recomienda tenerlos.

—¿Quién lo recomienda?

—La empresa.

—¿Qué puede importarle a la empresa que tengamos hijos?

—Una vez más es cuestión de familias estables. Un nuevo bebé provoca un gran revuelo en la oficina. Mandan flores y regalos a la clínica. Te tratan como a una reina. A tu marido le dan una semana de vacaciones, pero suele estar demasiado ocupado para tomársela. Ingresan mil dólares a plazo fijo, para la universidad. Es muy divertido.

—Parece una gran fraternidad.

—Es más bien como una gran familia. Nuestra vida social se desenvuelve alrededor de la empresa y esto es importante, porque ninguno de nosotros somos oriundos de Memphis. Hemos sido todos trasplantados.

—Muy interesante, pero yo no quiero que nadie me diga cuándo debo o no trabajar y cuándo tener hijos.

—No te preocupes. Se protegen entre sí, pero no se entrometen.

—Empiezo a tener mis dudas.

—Tranquilízate, Abby. La empresa es como una familia. Son gente maravillosa y Memphis es una vieja ciudad encantadora, donde vivir y criar a tus hijos. El coste de la vida es más bajo y el ritmo más lento. Puede que pensarais en ciudades de mayor tamaño. Nosotros también lo hacíamos, pero ahora prefiero Memphis a cualquier gran ciudad.

—¿Vamos a dar esa gran vuelta?

—Para eso he venido. He pensado que podríamos empezar por el centro de la ciudad, dirigirnos después al este para ver algunos de los barrios más elegantes, mirar tal vez alguna casa y almorzar en mi restaurante predilecto.

—Parece divertido.

Kay pagó el café, como lo había hecho con el desayuno, y salieron del Peabody en el nuevo Mercedes de la familia Quin.

El comedor, como escuetamente se lo denominaba, cubría el extremo oeste del quinto piso sobre Riverside Drive y muy por encima del río en la lejanía. En la pared, una hilera de ventanas de dos metros y medio ofrecían una vista fascinante de los remolcadores, los buques de propulsión a rueda, las barcazas, los muelles y los puentes.

La sala era terreno sagrado, santuario de los abogados con suficiente talento y ambición para alcanzar la categoría de socios en la discreta empresa Bendini. Cada día se reunían para saborear la comida preparada por Jessie Frances, una negra anciana, corpulenta y temperamental, servida por su marido, Roosevelt, con guantes blancos y un esmoquin arrugado, descolorido y excesivamente holgado, que el propio señor Bendini le había regalado de segunda mano, poco antes de morir. También se reunían algunas mañanas para tomar café y buñuelos, a fin de hablar de los negocios de la empresa y, ocasionalmente, para tomar un vaso de vino por la tarde, a fin de celebrar un buen mes o una minuta excepcionalmente cuantiosa. Era solo para los socios de la empresa, y, de vez en cuando, algún invitado de una gran compañía o un nuevo miembro potencial. Los miembros asociados solo podían comer allí dos veces por año, escrupulosamente contabilizados, y únicamente invitados por un socio.

Junto al comedor había una pequeña cocina donde Frances desempeñaba su función y donde había preparado la primera comida para el señor Bendini y algunos acompañantes, hacía veintiséis años. Durante veintiséis años había cocinado comida sureña, ignorando las súplicas de que experimentara con nuevos platos, cuyos nombres tenía dificultad en pronunciar.

—No lo coman si no les apetece —respondía siempre.

A juzgar por los restos que Roosevelt recogía de las mesas, la comida gustaba y se engullía. Todos los lunes colgaba la lista de platos de la semana, pedía que se le comunicaran las ausencias antes de las diez de la mañana y podía guardarle rencor a alguien durante varios años por haber anulado su reserva o no haberse presentado. Ella y Roosevelt trabajaban cuatro horas al día y cobraban mil dólares al mes.

Mitch compartía una mesa con Lamar Quin, Oliver Lambert y Royce McKnight. El plato principal eran unas excelentes chuletas, acompañadas de abelmosco frito y calabaza hervida.

—Hoy ha aflojado con la grasa —comentó el señor Lambert.

—Está delicioso —dijo Mitch.

—¿Tu metabolismo está acostumbrado a la grasa?

—Sí. Así es como cocinan en Kentucky.

—Yo me incorporé a la empresa en mil novecientos cincuenta y cinco —dijo el señor McKnight— y soy oriundo de New Jersey. Por precaución, evitaba los platos sureños en la medida de lo posible. Lo preparan todo rebozado y frito con grasa animal. Pero entonces el señor Bendini decidió abrir esta pequeña cafetería. Contrató a Jessie Frances y he tenido acidez durante los últimos veinte años. Tomates maduros fritos, tomates verdes fritos, berenjena frita, abelmosco frito, calabaza frita, todo y sin excepción frito. Un buen día, Victor Milligan habló demasiado. Él es de Connecticut. Y a Jessie Frances se le ocurrió freír un montón de encurtidos al eneldo. ¿Os lo imagináis? ¡Encurtidos al eneldo fritos! Milligan le dijo algo desagradable a Roosevelt y él se lo comunicó a Jessie Frances. Ella salió por la puerta posterior y se despidió. No se le vio el pelo en una semana. Roosevelt quería trabajar, pero ella le obligaba a permanecer en casa. Por fin, el señor Bendini logró tranquilizarla y accedió a volver, a condición de que no hubiera quejas. Pero también dejó de utilizar tanta grasa. Creo que todos tendremos otros diez años de vida.

—Está delicioso —dijo Lamar, mientras untaba con mantequilla otro panecillo.

—Siempre está delicioso —agregó el señor Lambert cuando Roosevelt pasaba junto a su mesa—. La comida es rica y engorda, pero raramente nos perdemos el almuerzo.

Mitch comió cuidadosamente, charló con nerviosismo y procuró aparentar que estaba completamente relajado. Fue difícil. Rodeado de abogados eminentemente prósperos, todos ellos millonarios, en aquel salón exclusivo y lujosamente decorado, tenía la sensación de estar en territorio sagrado. La presencia de Lamar, así como la de Roosevelt, le resultaban reconfortantes.

Cuando fue evidente que Mitch había acabado de comer, Oliver Lambert se secó los labios, se puso lentamente de pie y golpeó su copa con una cucharilla.

—Señores, atención, por favor.

Se hizo el silencio en la sala, al tiempo que aproximadamente unos veinte socios volvían la cabeza hacia la mesa presidencial. Dejaron las servilletas sobre la mesa y miraron al invitado. En algún lugar de cada uno de sus escritorios, había una copia de su informe. Dos meses antes habían votado unánimemente, para convertirle en su primer elegido. Sabían que corría seis kilómetros diarios, que no fumaba, que era alérgico a los sulfatos, que no tenía amígdalas, que su coche era un Mazda azul, que su madre estaba loca y que había realizado tres intercepciones en un cuarto. Sabían que lo más fuerte que tomaba, cuando estaba enfermo, era una aspirina y que estaba lo suficientemente hambriento para trabajar cien horas a la semana, si se lo pedían. Les gustaba. Era apuesto, de aspecto atlético, un hombre como Dios manda, con una mente privilegiada y un cuerpo musculoso.

—Como sabéis, hoy tenemos a un invitado muy especial, Mitch McDeere. Está a punto de licenciarse en Harvard con matrícula de honor...

—¡Bravo! —exclamaron un par de ex alumnos de dicha universidad.

—Bien, gracias. Él y su esposa, Abby, son nuestros invitados este fin de semana y se hospedan en el Peabody. Mitch acabará entre los cinco primeros, de un total de trescientos, y sus servicios están muy solicitados. Nosotros le queremos aquí y sé que hablaréis con él antes de que se marche. Esta noche cenará con Lamar y Kay Quin, y mañana por la noche se celebra la cena en mi casa. Confío en que todos asistiréis a la misma.

Mitch sonrió turbado, mientras el señor Lambert elogiaba la grandeza de la empresa. Cuando terminó de hablar, siguieron comiendo el pastel que sirvió Roosevelt y tomaron café.

El restaurante predilecto de Kay era un elegante local en la zona este de Memphis, frecuentado por jóvenes acomodados. Un sinfín de helechos colgaban de todas partes y la única música procedente de su magnetófono era de principios de los años sesenta. Los daiquiris se servían en largos vasos publicitarios.

—Con uno basta —advirtió Kay.

—No acostumbro a beber mucho.

Pidieron la tarta del día y saborearon los daiquiris.

—¿Bebe Mitch?

—Muy poco. Practica el atletismo y cuida mucho de su cuerpo. De vez en cuando toma una cerveza o un vaso de vino, pero nada más fuerte. ¿Y Lamar?

—Por el estilo. En realidad, descubrió la cerveza en la facultad, pero tiene problemas de peso. La bebida no cuenta con el beneplácito de la empresa.

—Me parece admirable, pero ¿qué puede importarles?

—El caso es que el alcohol y los abogados suelen estar tan unidos como la sangre y los vampiros. La mayoría de los abogados beben como cosacos y la profesión está plagada de alcohólicos. Creo que todo empieza en la facultad de derecho. En Vanderbilt, siempre se estaba descorchando un nuevo barril. Supongo que lo mismo debe de ocurrir en Harvard. Es un trabajo con muchas presiones y esto suele significar mucha bebida. No te quepa la menor duda de que esos individuos no son un puñado de abstemios, pero lo mantienen controlado. Un abogado sano es un abogado productivo.

—Supongo que tiene sentido. Mitch dice que no hay movimiento de personal.

—Es bastante permanente. No recuerdo que nadie se

haya marchado en los siete años que llevamos aquí. La paga es excelente y son muy selectivos a la hora de contratar a alguien. No quieren a nadie con dinero en la familia.

—No estoy segura de comprenderte.

—No están dispuestos a contratar a ningún abogado con otras fuentes de ingresos. Quieren que sean jóvenes y que estén hambrientos. Es cuestión de lealtad. Si todo tu dinero procede de una misma fuente, tenderás a ser muy leal con la misma. La empresa exige lealtad absoluta. Lamar dice que nunca se habla de abandonar la empresa. Son todos felices y ricos, o en vías de serlo. Y si alguien optara por marcharse, ninguna empresa le ofrecería tanto dinero. Le ofrecerán a Mitch lo que sea necesario para teneros aquí. Se sienten muy orgullosos de pagar mejor que los demás.

—¿Por qué no contratan a ninguna mujer abogado?

—Lo probaron en una ocasión. Resultó ser una verdadera zorra, que no hizo más que alborotar. La mayoría de las mujeres que practican la abogacía están acomplejadas y van siempre en busca de pelea. Es difícil tratar con ellas. Lamar dice que tienen miedo de contratar a una mujer porque no podrían despedirla en el caso de que, después de todo, no resultara satisfactoria.

Llegó la tarta y rehusaron otra ronda de daiquiris. Bajo las nubes de helechos se reunieron centenares de jóvenes ejecutivos y el restaurante adquirió un ambiente festivo. Smokey Robinson cantaba a media voz por los altavoces.

—Tengo una gran idea —dijo Kay—. Conozco a una chica en una agencia inmobiliaria. La podemos llamar e ir a ver algunas casas.

—¿Qué tipo de casas?

—Para ti y para Mitch. Para el último incorporado a Bendini, Lambert & Locke. Podrá mostrarnos unas cuantas a vuestro alcance.

—No sé cuál es nuestro alcance.

—Yo diría que entre los cien y los ciento cincuenta mil.

El último contratado compró una casa en Oakgrove y estoy segura de que pagó algo por el estilo.

—¿Cuánto supondrá esto al mes? —preguntó Abby acercándose, casi en un susurro.

—No lo sé, pero os lo podréis permitir. Puede que unos mil, o algo más.

Abby la miró y tomó una resolución. Los pequeños pisos de Manhattan se alquilaban por el doble de aquella cantidad.

—Llamémosla.

Como era de suponer, el despacho de Royce McKnight era uno de los importantes, con una magnífica vista. Estaba situado en una de las anheladas esquinas del cuarto piso, cerca del de Nathan Locke. Lamar se disculpó y el gerente invitó a Mitch a que se sentara junto a una pequeña mesa de conferencias, cerca del sofá. Ordenó a una secretaria que trajera unos cafés.

McKnight le preguntó por sus impresiones hasta entonces de la visita y Mitch respondió que estaba impresionado.

—Mitch, quiero concretar los detalles de nuestra oferta.

—De acuerdo.

—El salario base es de ochenta mil el primer año. Cuando apruebes las oposiciones y te conviertas en colegiado, recibirás un incremento de cinco mil dólares. No una prima, sino un incremento. El examen tiene lugar en algún momento del mes de agosto y pasarás la mayor parte del verano preparándote para el mismo. Tenemos nuestros propios cursos y recibirás mucha ayuda de algunos de los socios de la empresa. Esto tiene lugar primordialmente durante el horario laboral. Seguramente ya sabes que la mayoría de las empresas te hacen trabajar y esperan que estudies en tus ratos libres. Pero no nosotros. Ningún miembro asociado de esta empresa ha suspendido jamás dicho examen y no tememos que tú rompas la tradición. Ochenta mil para empezar, que se convertirán en ochenta y cinco dentro de seis meses. Cuando lleves un año en la empresa, tu salario será de noventa mil, además de una prima cada diciembre, basada en beneficios y prestaciones durante los doce meses anteriores. El año pasado, la prima media de los miembros asociados fue de nueve mil. Como debes de saber, es sumamente inusual que los bufetes compartan los beneficios con los miembros asociados. ¿Alguna pregunta sobre el salario?

—¿Qué ocurre después del segundo año?

—Se incrementa en aproximadamente un diez por ciento anual, hasta que te conviertas en socio de la empresa. Ni los incrementos ni las primas están garantizados. Dependen de las prestaciones.

—Parece justo.

—Como ya sabes, es muy importante para nosotros que te compres una casa. Aumenta el prestigio y la estabilidad, que nos preocupan muchísimo, particularmente en el caso de nuestros miembros asociados. La empresa facilita un préstamo hipotecario a bajo interés, pagadero en treinta años, a tasa fija, no transferible en el caso de que decidas vender la propiedad al cabo de unos años. Es una oferta única, disponible solo para la primera casa. A continuación, dependes de ti mismo.

—¿Qué tipo de interés?

—Lo más bajo posible sin defraudar a Hacienda. El interés comercial vigente es de un diez a un diez y medio por ciento. Creo que en estos momentos podríamos conseguirte un siete o un ocho. Representamos a algunos bancos y ellos colaboran con nosotros. Con el sueldo que te ofrecemos, no tendrás ninguna dificultad para que te lo concedan. En realidad, la empresa lo avalará si es necesario.

—Es una oferta muy generosa, señor McKnight.

—Para nosotros es importante. Además, la operación no nos cuesta ni un céntimo. Cuando encuentres una casa, nuestra sección inmobiliaria se ocupará de todo. Solo tienes que trasladarte.

—¿Y qué hay del BMW?

El señor McKnight soltó una carcajada.

—Se nos ocurrió hace unos diez años y ha resultado ser un buen aliciente. Es muy simple. Tú eliges un BMW, uno de los pequeños, lo alquilamos por tres años y te entregamos las llaves. Pagamos todos los gastos, el seguro y el mantenimiento. Al cabo de tres años puedes comprárselo a la compañía de alquiler por su valor comercial. Se trata también de una oferta única.

—Es muy tentador.

—Lo sabemos.

—También ofrecemos seguro médico y dental para toda la familia —agregó el señor McKnight, después de consultar su cuaderno—. Embarazos, revisiones, prótesis dentales, todo. Pagado enteramente por la empresa.

Mitch asintió, pero no estaba impresionado. Esto era habitual.

—Tenemos un plan de jubilación incomparable. Por cada dólar que tú inviertas, la empresa invierte dos, a condición, naturalmente, de que inviertas como mínimo el diez por ciento de tu salario base. Supongamos que empiezas con ochenta y el primer año cotizas ocho mil. La empresa aporta dieciséis, de modo que al fin del primer año tienes ya veinticuatro. Un financiero profesional de Nueva York se ocupa de ello y el año pasado nuestro fondo de jubilación ganó un diecinueve por ciento. No está mal. Cotizas durante veinte años y eres millonario a los cuarenta y cinco, poco antes de la jubilación. Hay una condición: si te retiras antes de los veinte años, lo pierdes todo menos el dinero invertido, sin interés alguno.

—Parece sumamente riguroso.

—No, a decir verdad es bastante generoso. No encontrarás ninguna empresa ni compañía que iguale nuestro dos por uno. Que yo sepa, no existe. Es nuestra forma de cuidar de nosotros mismos. Muchos de nuestros socios se jubilan a los cincuenta y algunos a los cuarenta y cinco. La jubilación no es obligatoria y hay quienes trabajan hasta los sesenta o incluso los setenta. Cada uno hace lo que se le antoja. Nuestro único objetivo es el de garantizar una pensión generosa y facilitar la opción de una jubilación temprana.

—¿Cuántos socios jubilados hay en la empresa?

—Una veintena, aproximadamente. Los verás por aquí de vez en cuando. Les gusta venir a comer y conservar un despacho. ¿Te ha hablado Lamar de las vacaciones?

—Sí.

—Magnífico. Reserva cuanto antes, especialmente para Vail y las Caimán. El viaje corre por tu cuenta, pero los apartamentos son gratuitos. Hacemos muchos negocios en las Caimán y, de vez en cuando, te mandaremos un par o tres de días, todo por cuenta de la empresa. Dichos viajes no cuentan como vacaciones y te corresponderá más o menos uno por año. Trabajamos duro, Mitch, y apreciamos el valor del descanso.

Mitch asintió, al tiempo que se imaginaba ya tumbado en una soleada playa caribeña, mientras tomaba una piña colada y contemplaba los diminutos biquinis.

—¿Ha mencionado Lamar la prima de contratación?

—No, pero suena interesante.

—Si te incorporas a nuestra empresa, te entregamos un cheque de cinco mil dólares. Preferimos que te lo gastes casi todo en comprarte ropa. Después de siete años de vaqueros y camisas de franela, es probable que tu inventario de trajes sea escaso y lo comprendemos perfectamente. Para nosotros la apariencia es muy importante. Esperamos que la indumentaria de nuestros abogados sea elegante y tradicional. No tenemos ninguna norma específica, pero estoy seguro de que te harás a la idea.

¿Había dicho cinco mil dólares? ¿Para ropa? En la actualidad Mitch poseía dos trajes y uno de ellos era el que llevaba puesto. Mantuvo la cara seria, sin sonreír.

—¿Alguna pregunta?

—Sí. Es sobradamente conocida la nefasta costumbre de las grandes empresas de cargar a los miembros asociados con aburridas tareas de investigación y tenerlos encerrados en alguna biblioteca durante los tres primeros años. A mí, esto no me interesa. No me importa realizar la parte de la investigación que me corresponda y comprendo que seré el menos veterano del equipo, pero no estoy dispuesto a investigar y escribir sumarios para toda la empresa. Quiero trabajar con auténticos clientes y sus verdaderos problemas.

El señor McKnight le escuchó atentamente y esperó para pronunciar su discurso preparado de antemano.

—Lo comprendo, Mitch. Tienes razón, en las grandes empresas es un verdadero problema. Pero no aquí. Durante los tres primeros meses, te dedicarás casi exclusivamente a estudiar para el examen de colegiado. A continuación, empezarás a practicar el derecho. Se te asignará a un socio y sus clientes se convertirán en tus clientes. Realizarás la mayor parte de su investigación, además, evidentemente, de la tuya, y de vez en cuando se te pedirá que ayudes a alguien en la preparación de un sumario, o investigando. Deseamos que seas feliz. Nos sentimos orgullosos de que nadie nos abandone y nos esforzamos en promocionar la carrera de nuestros miembros. Si no te llevas bien con el socio que te asignemos, elegiremos a otro. Si descubres que no te gusta la tributación, dejaremos que pruebes valores o banca. Tú decides. La empresa pronto invertirá un montón de dinero en Mitch McDeere y queremos que sea un abogado productivo.

Mitch tomó un sorbo de café y pensó en su próxima pregunta. El señor McKnight echó una ojeada a su lista.

—Pagamos todos los gastos de traslado a Memphis.

—No serán muy elevados. Solo el alquiler de un pequeño camión.

—¿Algo más, Mitch?

—No, señor. No se me ocurre nada.

Dobló la lista y la guardó en la carpeta. El decano apoyó ambos codos en la mesa y se inclinó hacia delante.

—Mitch, no deseamos presionarte, pero necesitamos una respuesta cuanto antes. Si eliges otro empleo, deberemos seguir entrevistando. Es un proceso muy largo y nos gustaría que nuestro nuevo hombre empezara a trabajar el primero de julio.

—¿En diez días?

—De acuerdo. Para el treinta de marzo.

—Muy bien, pero me pondré en contacto antes de entonces.

Mitch se disculpó y se encontró con Lamar, que le esperaba en la puerta del despacho de MacKnight. Acordaron reunirse a las siete para cenar.

No había despachos jurídicos en el quinto piso del edificio Bendini. El comedor de los socios y la cocina ocupaban el sector oeste, algunas salas de archivo descoloridas y cerradas, que no se utilizaban, ocupaban el centro y un grueso muro de hormigón cercaba el resto del piso. En el centro del mismo había una pequeña puerta metálica, con un pulsador junto a la misma y una cámara encima, que conducía a una pequeña sala, donde un guardia armado vigilaba la puerta y una pared llena de pantallas de circuito cerrado. Un pasillo zigzagueaba entre un laberinto de abarrotados despachos y oficinas, donde diversos personajes desempeñaban su labor secreta, que consistía en vigilar y acumular información. Las ventanas que daban al exterior estaban selladas con pintura y cubiertas por persianas. La luz del sol no tenía posibilidad alguna de penetrar en la fortaleza.

DeVasher, jefe de seguridad, ocupaba el mayor de los pequeños y sencillos despachos. El diploma solitario que colgaba de la pared desnuda daba fe de sus treinta años de servicio como detective, en el departamento de policía de Nueva Orleans. Era de talla media, un poco barrigón, ancho de hombros y de pecho, con una enorme cabeza perfectamente redonda, que solo sonreía con gran reticencia. Llevaba el cuello de su arrugada camisa afortunadamente desabrochado, permitiendo que su abultado cuello colgara a sus anchas. Una gruesa corbata de poliéster colgaba de la percha, junto a una desgastada chaqueta azul.

El lunes por la mañana, después de la visita de McDeere, Oliver Lambert se detuvo frente a la pequeña puerta metálica y miró fijamente a la cámara. Pulsó dos veces el botón, esperó y por fin pasó el control de seguridad. Cruzó apresuradamente la abigarrada sala y entró en el abarrotado despacho. DeVasher soltó una bocanada de humo de su Dutch Masters en dirección a un cenicero extractor y barajó los papeles de su escritorio, hasta hacer visible la madera de su superficie.

—Buenos días, Ollie. Supongo que quieres hablar de McDeere.

DeVasher era la única persona del edificio Bendini que le llamaba Ollie cara a cara.

—Sí, entre otras cosas.

—Bien, se lo ha pasado de maravilla, le ha impresionado la empresa, le ha gustado Memphis y probablemente firmará el contrato.

—¿Dónde colocaste al personal de vigilancia?

—Ocupábamos las dos habitaciones adyacentes en el hotel. Evidentemente, había aparatos de escucha en la habitación, en el coche, en el teléfono, etcétera. Como de costumbre, Ollie.

—Concretemos.

—De acuerdo. El jueves llegaron tarde y se acostaron. Tuvieron una pequeña discusión. El viernes por la noche le contó todo lo referente a la empresa, las oficinas, el personal y dijo que eras un individuo realmente encantador. Pensé que te gustaría saberlo.

—Sigue.

—Le habló del elegante comedor y de su almuerzo con los socios. Le contó los detalles de la oferta y estaban encantadísimos. Mucho mejor que sus demás ofertas. Ella quiere una casa con acceso propio, aceras, árboles y jardín posterior. Le dijo que podría tenerla.

—¿Algún problema con la empresa?

—A decir verdad, no. Comentó la ausencia de negros y de mujeres, pero no parecía preocuparle.

—¿Y su esposa?

—Se lo pasó de maravilla. Le gustó la ciudad y se hizo muy amiga de la esposa de Quin. Visitaron casas el viernes por la tarde y vio un par que le gustaron.

—¿Tienes las direcciones?

—Por supuesto, Ollie. El sábado por la mañana cogieron el coche de la empresa y circularon por toda la ciudad. Le impresionó el cochazo. El chófer evitó las peores zonas y visitaron más casas. Creo que eligieron una, en el mil doscientos treinta y uno de East Meadowbrook. La mujer de la inmobiliaria, Betsy Bell, se la mostró. Piden ciento cuarenta, pero aceptarán una oferta inferior. Necesitan vender.

—Es una parte muy bonita de la ciudad. ¿Cuántos años tiene la casa?

—De diez a quince. Mil metros cuadrados. Estructura de aspecto colonial. Lo suficientemente atractiva para uno de tus muchachos, Ollie.

—¿Estás seguro de que esa es la que quieren?

—De momento eso parece. Hablaron de volver dentro de un mes, para ver otras casas. Tal vez te convenga invitarlos de nuevo, cuando acepte la oferta. Como de costumbre, ¿no es cierto?

—Claro, nos ocuparemos de ello. ¿Qué le ha parecido el sueldo?

—Está muy impresionado. El más elevado que le han ofrecido hasta ahora. Hablaron mucho del dinero: sueldo, pensión, préstamo hipotecario, BMW, primas, etcétera. Les parecía increíble. Esos jovenzuelos deben de estar en las últimas.

—Así es. ¿Crees que le hemos convencido?

—Apostaría cualquier cosa. En un momento dado comentó que tal vez la empresa no fuera tan prestigiosa como las de Wall Street, pero que sus abogados eran igualmente competentes y mucho más agradables. Estoy convencido de que firmará el contrato.

—¿Sospecha algo?

—En realidad, no. Es evidente que Quin le dijo que se mantuviera alejado del despacho de Locke. Le dijo a su esposa que nadie entraba en aquel despacho, a excepción de algunas secretarias y un puñado de socios. Pero dijo que, según Quin, Locke era un excéntrico de pocos amigos. Sin embargo, no creo que sospeche nada. Ella dijo que la empresa parecía interesarse por cosas que no eran de su incumbencia.

—¿Por ejemplo?

—Asuntos personales. Hijos, el trabajo de las esposas, etcétera. Parecía algo irritada, pero creo que era una simple observación. El sábado por la noche le dijo a Mitch que no estaba dispuesta a tolerar que un puñado de abogados decidieran cuándo podía trabajar y tener hijos. Pero no creo que esto sea un problema.

—¿Se da cuenta de lo permanente que es este lugar?

—Creo que sí. No habló en ningún momento de pasar aquí algunos años y seguir en otro lugar. Creo que ha captado el mensaje. Quiere llegar a ser socio, como todos los demás. Está sin blanca y quiere dinero.

—¿Y durante la cena en mi casa?

—Estaban nerviosos, pero se lo pasaron bien. Les impresionó mucho tu casa y les encantó realmente tu mujer.

—¿Sexo?

—Todas las noches. Parecían una pareja en su luna de miel.

—¿Qué hacían?

—Recuerda que no podíamos verlo. Por el sonido, parecía normal. Nada retorcido. Pensé en ti, en lo mucho que te gusta ver imágenes, y lamenté no haber instalado algunas cámaras para el viejo Ollie.

—Cierra el pico, DeVasher.

—Tal vez en la próxima ocasión.

Guardaron silencio mientras DeVasher examinaba un cuaderno. Apagó el puro en el cenicero y sonrió para sí.

—En conjunto —dijo—, son un matrimonio estable. Parece que les une una gran intimidad. Tu chófer ha dicho que fueron cogidos de la mano durante todo el fin de semana. Ni una sola palabra fuera de lugar en tres días. Una pareja bastante ejemplar, ¿no te parece? Aunque, ¿quién soy yo para comentarlo? Me he casado ya tres veces.

—Es comprensible. ¿Cuál es su actitud respecto a los hijos?

—Dentro de un par de años. Ella quiere trabajar un poco antes de quedar embarazada.

—¿Qué opinión te merece ese individuo?

—Excelente, es un tipo muy decente. También muy ambicioso. Parece tener mucho afán y no se rendirá hasta alcanzar la cima. Está dispuesto a arriesgarse y a quebrar algunas normas, si es necesario.

—Eso es lo que me gusta oír —sonrió Ollie.

—Dos llamadas telefónicas. Ambas a Kentucky. Nada destacable.

—¿Qué hay de su familia?

—No la mencionó en ningún momento.

—¿Ni palabra de Ray?

—Todavía le estamos buscando, Ollie. Danos un poco de tiempo.

DeVasher cerró la ficha de McDeere y abrió otra mucho más gruesa. Lambert se frotó las sienes y dirigió la mirada al suelo.

—¿Qué hay de nuevo? —preguntó, en un tono muy suave.

—No son buenas noticias, Ollie. Estoy convencido de que ahora Hodge y Kozinski trabajan juntos. La semana pasada el FBI consiguió una orden judicial y registró la casa de Kozinski. Descubrieron los aparatos de escucha. Le dijeron que había micrófonos en su casa pero, evidentemente, no saben quién los instaló. Kozinski se lo contó a Hodge el viernes pasado, mientras se ocultaban en la biblioteca del tercer piso.

Había un micrófono cerca de donde estaban y captamos algunas cosas. No fue mucho, pero sabemos que hablaron de los aparatos de escucha. Están convencidos de que hay micrófonos por todas partes y sospechan de nosotros. Eligen con mucho cuidado el lugar donde hablan.

—¿Por qué se molestaría el FBI en obtener una orden judicial?

—Buena pregunta. Probablemente para satisfacernos a nosotros, para que todo tenga un aspecto realmente correcto y legal. Les inspiramos respeto.

—¿Qué agente?

—Tarrance. Evidentemente, él es quien dirige la operación.

—¿Es bueno?

—Normal. Joven, novato, con excesivo entusiasmo, pero competente. No llega a la altura de nuestros hombres.

—¿Cuántas veces ha hablado con Kozinski?

—No hay forma de saberlo. Sospechan que les escuchamos y toman muchas precauciones. Estamos al corriente de cuatro reuniones durante el último mes, pero sospechamos que han celebrado otras.

—¿Cuánto se ha divulgado?

—No mucho, espero. Todavía se están tanteando. La última conversación que captamos tuvo lugar la semana pasada y no dijo gran cosa. Está muy asustado. Se lo ruegan muy encarecidamente, pero no obtienen gran cosa. Todavía no ha tomado la decisión de cooperar. No olvides que fueron ellos quienes se lo propusieron. O, por lo menos, eso suponemos. Le dieron un buen susto y estaba dispuesto a hacer un trato. Ahora se lo piensa dos veces. Pero sigue en contacto con ellos y eso es lo que me preocupa.

—¿Lo sabe su esposa?

—No creo. Sabe que actúa de un modo extraño y él le dice que se debe a presión en el despacho.

—¿Qué hay de Hodge?

—Todavía no ha hablado con los federales, que sepamos. Él y Kozinski hablan mucho o, mejor dicho, susurran. Hodge no se cansa de repetir que está aterrorizado por el FBI, que no juegan limpio y que utilizan mil artimañas. No dará un paso sin Kozinski.

—¿Qué ocurre si se elimina a Kozinski?

—Hodge se convertirá en su nuevo hombre. Pero creo que todavía no hemos llegado a ese punto. Maldita sea, Ollie, no se trata de un agresivo malhechor que se interponga en nuestro camino. Es un joven muy agradable, con hijos y todo lo demás.

—Tu compasión me conmueve. Supongo que imaginas que esto me divierte. Maldita sea, prácticamente los he criado yo a esos chicos.

—En tal caso, los devolveremos a su redil antes de que las cosas se salgan de quicio. En Nueva York empiezan a sospechar, Ollie. Formulan muchas preguntas.

—¿Quién?

—Lazarov.

—¿Qué les has dicho, DeVasher?

—Se lo he contado todo. Es mi obligación. Quieren que vayas a Nueva York pasado mañana, para hablar a fondo del tema.

—¿Qué se proponen?

—Quieren respuestas. Y hacer planes.

—¿Planes para qué?

—Planes preliminares para eliminar a Kozinski, Hodge y Tarrance, si fuera necesario.

—¡Tarrance! ¿Te has vuelto loco, DeVasher? No podemos eliminar a un poli. Reaccionarán mandando al ejército en pleno.

—Lazarov es un idiota, Ollie. Ya lo sabes. Es un imbécil, pero no creo que debamos decírselo.

—Creo que yo lo haré. Me parece que iré a Nueva York y le diré a Lazarov que está completamente loco.

—Buena idea, Ollie. Muy buena idea.

Oliver Lambert se incorporó de un brinco y se dirigió a la puerta.

—Sigue vigilando a McDeere durante un mes.

—Por supuesto, Ollie. Tranquilo. Firmará. No te preocupes.

4

El Mazda se vendió por doscientos dólares y la mayor parte del dinero se invirtió inmediatamente en el alquiler de un camión de mudanzas de cuatro metros. En Memphis se lo reembolsarían. Regalaron o tiraron la mitad de sus enseres y cuando el camión estuvo cargado, contenía un refrigerador, una cama, un armario, una cómoda, un pequeño televisor en color, cajas de vajilla, ropa, trastos y un viejo sofá que conservaron por razones sentimentales y que no duraría mucho tiempo en su nuevo emplazamiento.

Abby sujetaba a Hearsay, su perro de raza indefinida, mientras Mitch conducía a través de Boston en dirección sur, el lejano sur, en pos de un halagüeño futuro. Durante tres días condujeron por carreteras secundarias, cantaron al son de la radio, durmieron en hoteles baratos de la campiña y hablaron de la casa, del BMW, de nuevos muebles, de hijos y de riqueza. Abrieron las ventanas y se dejaron acariciar por el viento, cuando el camión se acercaba a la velocidad máxima de casi setenta y dos kilómetros por hora. En un momento dado, cuando se encontraban en algún lugar de Pensilvania, Abby mencionó la posibilidad de una breve visita a Kentucky. Mitch no dijo nada, pero eligió una ruta a través de las Carolinas y Georgia, que en todo momento los mantendría a un mínimo de trescientos kilómetros de la frontera de Kentucky. Abby no insistió.

Llegaron a Memphis un jueves por la mañana y, como se lo habían prometido, el 318i negro estaba aparcado bajo el cobertizo, como si ese fuera el lugar al que pertenecía. Admiró el coche. Abby admiró la casa. El césped era verde, tupido y estaba perfectamente cortado. Los parterres, impecables. Las caléndulas, en plena floración.

Las llaves estaban bajo un cubo del desván, como habían prometido.

Después de una primera vuelta para probar el nuevo coche, descargaron rápidamente el camión, antes de que los vecinos pudieran percatarse de la escasez de sus pertenencias. Devolvieron el camión de alquiler a la agencia más próxima y probaron de nuevo el coche.

Una decoradora de interiores, la misma que decoraría su despacho, apareció por la tarde con muestras de alfombras, pintura, moquetas, cortinas, visillos y papel pintado. A Abby le pareció un poco cómica la idea de una decoradora, después de su apartamento de Cambridge, pero siguió la corriente. Mitch se aburrió inmediatamente y se disculpó para ir una vez más a probar el coche. Circuló por las tranquilas calles arboladas de aquella hermosa zona, a la que ahora pertenecía. Sonrió cuando chiquillos en bicicleta se pararon para silbar admirativamente al contemplar el coche. Saludó con la mano al cartero, que caminaba por la acera empapado de sudor. Ahí estaba, Mitchell Y. McDeere, de veinticinco años de edad, una semana después de licenciarse en la facultad de derecho, y ya había llegado.

A las tres acompañaron a la decoradora a una lujosa tienda de muebles, donde el director les comunicó con suma cortesía que el señor Oliver Lambert había abierto ya una cuenta de crédito para ellos y que, si lo deseaban, disponían de facilidades ilimitadas de financiación. Compraron todo lo necesario para la casa. Mitch fruncía el entrecejo de vez en cuando y en un par de ocasiones decidió que algún artículo era demasiado caro, pero era Abby quien llevaba la batuta. La decoradora la felicitó repetidamente por su buen gusto y le dijo a Mitch que le vería el lunes, para decorar su despacho. «¡Estupendo!», respondió él.

Con un plano de la ciudad en las manos, se dispusieron a encontrar la residencia de los Quin. Abby había estado en la casa durante su primera visita, pero no recordaba cómo llegar a ella. Se encontraba en una zona de la ciudad denominada Chickasaw Gardens, de la que recordaba las arboledas, las enormes casas y los jardines impecables. Aparcaron frente a la casa, detrás del nuevo y del viejo Mercedes.

La criada inclinó cortésmente la cabeza, pero sin sonreír. Los acompañó a la sala de estar y los dejó solos. La casa estaba oscura y silenciosa, sin niños, voces, ni presencia alguna. Admiraron el mobiliario y esperaron. Después de hablar entre sí en voz baja, comenzaron a impacientarse. Estaban seguros de que los habían invitado a cenar aquella noche, jueves, veinticinco de junio, a las seis. Mitch consultó de nuevo su reloj, e hizo algún comentario relacionado con la falta de cortesía. Siguieron esperando.

Kay apareció por el vestíbulo e intentó sonreírles. Tenía los ojos húmedos e hinchados, con el maquillaje corrido en las esquinas. Las lágrimas le descendían a sus anchas por las mejillas y se cubría la boca con un pañuelo. Abrazó a Abby y se sentó junto a ella en el sofá. Mordió el pañuelo y se echó a llorar desconsoladamente.

—¿Qué ocurre, Kay? —preguntó Mitch, arrodillándose frente a ella.

Ella mordió con mayor fuerza y sacudió la cabeza. Abby le estrujaba una rodilla y Mitch le acariciaba la otra. La observaban asustados, anticipando lo peor. ¿Sería Lamar o uno de los hijos?

—Ha habido una tragedia —dijo entre sollozos.

—¿Quién? —preguntó Mitch.

—Hoy han muerto dos miembros de la empresa, Marty Kozinski y Joe Hodge —respondió, después de secarse los ojos y respirar hondo—. Eran muy amigos nuestros.

Mitch se sentó sobre la mesilla de café. Recordaba a Marty Kozinski de su segunda visita en abril. Había almorzado con él y con Lamar en una cafetería de Front Street. Estaba a punto de convertirse en socio de la empresa, pero no parecía entusiasmarle en absoluto. Mitch no recordaba a Joe Hodge.

—¿Qué ha ocurrido? —preguntó.

Había dejado de sollozar, pero no cesaban las lágrimas. Se secó de nuevo el rostro y le miró.

—No lo sabemos con seguridad. Estaban buceando en la isla de Gran Caimán. Hubo como una explosión en el barco y tenemos entendido que se han ahogado. Lamar dice que la información es escasa. Hace pocas horas ha habido una reunión en la empresa y se lo han comunicado a todos. A Lamar le ha resultado difícil llegar a casa.

—¿Dónde está?

—Junto a la piscina. Te está esperando.

Estaba sentado en una silla de jardín metálica, junto a una pequeña mesa con una sombrilla, a escasos metros del borde de la piscina. Cerca de un parterre, un aspersor circular rechinaba, siseaba y lanzaba agua en un círculo perfecto que abarcaba la mesa, la sombrilla, la silla y a Lamar Quin. Estaba empapado. Le chorreaba la nariz, las orejas y el cabello. Su camisa de algodón azul y sus pantalones de lana estaban saturados de agua. No llevaba zapatos ni calcetines.

Permanecía inmóvil, sin inmutarse con cada nueva ducha. Había perdido el contacto con la realidad. Algún objeto lejano en la zona de los setos le atraía y mantenía fija su atención. Una botella de Heineken permanecía cerrada en un charco, cerca de su silla.

Mitch examinó el jardín posterior, en parte para asegurarse de que los vecinos no pudieran verlos. Imposible. Una hilera de cipreses de dos metros y medio de altura garantizaba su absoluta intimidad. Dio la vuelta a la piscina y se detuvo al borde de la zona seca. Lamar se percató de su presencia, asintió, forzó una débil sonrisa y le ofreció una silla mojada.

Mitch la retiró unos metros y se sentó, en el momento en que descendía un nuevo aguacero.

Lamar volvió a concentrarse en la verja, o en lo que atraía su atención en la lejanía. Durante una eternidad permanecieron sentados, escuchando los latigazos acuáticos del aspersor. De vez en cuando, Lamar sacudía la cabeza e intentaba susurrar algo. Mitch sonreía con torpeza, sin saber qué decir, en el supuesto de que hubiera que hacerlo.

—Lamar, cuánto lo siento —dijo finalmente.

—También yo —respondió, mirándole.

—Ojalá pudiera decir algo.

Dejó de contemplar la verja, ladeó la cabeza y dirigió la mirada hacia Mitch. Su cabello oscuro estaba empapado y le caía sobre los ojos. Tenía los ojos irritados y tristes. Le miró fijamente y esperó que pasara la nueva ráfaga de agua.

—Lo sé. Pero no hay nada que decir. Lamento que tuviera que ocurrir ahora, precisamente hoy. No nos hemos sentido con ánimos de cocinar.

—Eso no debe preocuparte en absoluto. Hace unos momentos me he quedado sin apetito.

—¿Los recuerdas? —preguntó, mientras escupía agua de los labios.

—Recuerdo a Kozinski, pero no a Hodge.

—Marty Kozinski era uno de mis mejores amigos. De Chicago. Se incorporó a la empresa tres años antes que yo y era el próximo de la lista para convertirse en socio. Un gran abogado a quien todos admirábamos y a quien recurríamos. Probablemente el mejor negociador de la empresa. Muy tranquilo y relajado en momentos de presión.

Se secó las cejas y miró fijamente al suelo. Cuando hablaba, el agua que chorreaba de su nariz entorpecía su pronunciación.

—Tres hijos. Sus hijas gemelas tienen un mes más que nuestro hijo y siempre han jugado juntos.

Cerró los ojos, se mordió el labio y se echó a llorar. Mitch procuraba no mirar a su amigo. Quería marcharse.

—Cuánto lo siento, Lamar. Lo lamento muchísimo.

Al cabo de unos minutos cesó el llanto pero continuó el aguacero. Mitch miró alrededor del espacioso jardín, en busca del grifo. En dos ocasiones se armó de valor para preguntar cómo cerrar el aspersor, pero en ambas decidió que si Lamar podía aguantarlo, también podía él. Tal vez le era útil. Consultó su reloj. Dentro de una hora y media oscurecería.

—¿Qué se sabe del accidente? —preguntó finalmente Mitch.

—No nos han dicho gran cosa. Estaban buceando y ha habido una explosión en el barco. El capitán, un indígena de las islas, también ha fallecido. Ahora intentan recuperar los cadáveres.

—¿Dónde estaban sus respectivas esposas?

—Afortunadamente, en casa. Era un viaje de negocios.

—No logro recordar a Hodge.

—Joe era un tipo alto y rubio, que no decía gran cosa. Uno de esos individuos a los que no se recuerda, aunque los hayas conocido. Había estudiado en Harvard, como tú.

—¿Qué edad tenía?

—Tanto él como Marty tenían treinta y cuatro años. Habría sido el próximo en convertirse en socio, después de Marty. Eran íntimos amigos. Supongo que todos lo somos, especialmente ahora.

Con ambas manos, se peinó el pelo hacia atrás. Se puso de pie y caminó hacia la parte seca del césped. El agua chorreaba del faldón de su camisa y de sus pantalones. Se detuvo junto a Mitch y contempló las copas de los árboles del jardín vecino, con la mirada perdida en la lejanía.

—¿Cómo va el BMW?

—Muy bien. Es un coche magnífico. Gracias por dejarlo en mi casa.

—¿Cuándo has llegado?

—Esta mañana. Ya he hecho mil seiscientos kilómetros.

—¿Ha aparecido la decoradora?

—Sí. Entre ella y Abby han gastado el salario del próximo año.

—Muy bien. Bonita casa. Estamos encantados de que estés aquí, Mitch. Lo único que lamento son las circunstancias. Te gustará el lugar.

—No tienes por qué disculparte.

—Todavía no puedo creerlo. Estoy aturdido, paralizado. Siento escalofríos ante la perspectiva de ver a la esposa y a los hijos de Marty. Preferiría que me azotaran antes que verlos.

Aparecieron las mujeres, cruzaron la tarima del patio y descendieron unos peldaños hacia la piscina. Kay cerró el grifo y silenció el aspersor.

Abandonaron Chickasaw Gardens y se dirigieron al oeste, con el tráfico del centro de la ciudad, hacia el sol poniente. Se cogieron de la mano, pero sin decir apenas palabra. Mitch abrió el techo deslizable y las ventanillas. Abby buscó en una caja de viejas cintas y encontró algo de Springsteen. El estéreo funcionaba de maravilla. La música de *Hungry heart* salía por las ventanas del pequeño y reluciente bólido, conforme avanzaban hacia el río. La brisa cálida, húmeda y pegajosa del verano de Memphis se levantaba al oscurecer. Los campos de juego cobraban vida con la llegada de equipos de individuos gordos, con ajustado pantalón corto de poliéster y camisa verde lima y amarillo fluorescente, que marcaban el campo en preparación para la batalla. En las posadas del camino se concentraban coches llenos de adolescentes para tomar cerveza, charlar y observar a los miembros del sexo opuesto. Mitch comenzó a sonreír. Intentó olvidar a Lamar, a Kozinski y a Hodge. ¿Por qué tenía que estar triste? No eran sus amigos. Lo lamentaba por sus familias, pero a decir verdad no los conocía. Sin embargo él, Mitchell Y. McDeere, chico pobre y sin familia, tenía mucho de que sentirse feliz: una hermosa esposa, nueva casa, nuevo coche, nuevo empleo y una nueva licenciatura de Harvard. Una mente brillante y un cuerpo sólido, que no aumentaba de peso y al que con poco sueño le bastaba. Ochenta mil al año, por ahora. En un par de años podría ganar cantidades de seis cifras y lo único que debía hacer era trabajar noventa horas a la semana. Pan comido.

Entró en una estación de autoservicio y se sirvió quince litros de gasolina. Pagó en el interior y compró media docena de latas de cerveza Michelob. Abby abrió dos y volvieron a la carretera. Ahora Mitch sonreía.

—Vamos a comer —dijo.

—No vamos adecuadamente vestidos para la ocasión.

Mitch admiró las largas piernas morenas de su esposa. Llevaba una falda de algodón blanco, por encima de las rodillas, con una blusa blanca, también de algodón, abrochada por delante. Él vestía pantalón corto, zapatillas deportivas y un jersey negro descolorido, de cuello alto.

—Con unas piernas como estas, no nos negarían la entrada en ningún restaurante de Nueva York.

—¿Qué te parece si vamos al Rendez-vous? La vestimenta parecía informal.

—Gran idea.

Dejaron el coche en un aparcamiento vigilado del centro de la ciudad y caminaron un par de manzanas, hasta un estrecho callejón. El olor a carne asada se mezclaba con el aire veraniego, que se mantenía pegado al suelo como la niebla. El aroma se filtraba suavemente por nariz, boca y ojos, hasta provocar una sensación titilante en lo más hondo del estómago. El humo llegaba al callejón por los respiraderos subterráneos de los gigantescos hornos, donde se asaban las mejores costillas de cerdo del mejor restaurante especializado en carne asada, en una ciudad mundialmente famosa por sus asados. El Rendez-vous estaba en el sótano, por debajo del callejón, de un antiguo edificio de ladrillo rojo, que habría sido derribado hacía varias décadas, de no haber sido por el famoso inquilino del sótano.

Estaba siempre lleno y con lista de espera pero, al parecer, el jueves era un día tranquilo. Les condujeron por el cavernoso y ruidoso restaurante, hasta una pequeña mesa con un mantel a cuadros rojos. Hubo miradas de admiración. Siempre las había. Los hombres dejaban de comer, paralizados con la costilla entre los dientes, al paso de Abby McDeere, que se deslizaba como una modelo. Había detenido el tráfico en Boston desde la acera. Los silbidos y los piropos eran habituales para ella. Su marido se había acostumbrado a ello y se sentía muy orgulloso de su encantadora esposa.

Se les acercó un negro de malas pulgas, con un delantal rojo.

—Bien, señor... —exclamó.

Las cartas eran orlas sobre la mesa y completamente innecesarias. Costillas, costillas y más costillas.

—Dos platos completos, queso, cerveza de barril —respondió Mitch.

—¡Dos completos, queso, barril! —chilló el camarero en dirección a la puerta, sin escribir nada.

Cuando se alejó de la mesa, Mitch agarró una pierna de su esposa por debajo del mantel y ella le estrujó la mano.

—Eres hermosa —le dijo—. ¿Cuándo fue la última vez que te dije que eras hermosa?

—Hace unas dos horas.

—¡Dos horas! ¡Vaya descuido por mi parte!

—Que no vuelva a ocurrir.

Le tocó de nuevo el muslo y acarició su rodilla. Ella no se lo impidió. Le sonrió seductoramente, con unos hoyos perfectos en sus mejillas, unos dientes resplandecientes en la penumbra y el brillo de sus suaves ojos castaño claro. Su cabello oscuro caía perfectamente recto, unos centímetros por debajo de sus hombros.

Llegó la cerveza y el camarero les sirvió dos jarras sin decir palabra. Abby tomó un pequeño sorbo y dejó de sonreír.

—¿Crees que Lamar está bien? —preguntó.

—No lo sé. Al principio pensé que estaba borracho. Me sentí como un imbécil, sentado allí, viendo cómo se mojaba.

—Pobre chico. Kay dice que los funerales probablemente tendrán lugar el lunes, si logran trasladar a tiempo los cadáveres.

—Hablemos de otra cosa. No me gustan los funerales, ningún funeral, aunque solo asista por respeto y sin conocer al difunto. He tenido malas experiencias con los funerales.

Llegaron las costillas, servidas en platos de cartón, cubiertos de papel de aluminio para recoger la grasa. Sobre una tabla de un par de palmos había un recipiente con ensalada de col y otro con alubias en salsa de tomate, además de las costillas secas, con una generosa capa de salsa secreta. Se comían con los dedos.

—¿De qué te gustaría hablar? —preguntó ella.

—De embarazos.

—Creí que esperaríamos unos años.

—Lo haremos. Pero creo que debemos practicar activamente hasta entonces.

—Hemos practicado en todas las hospederías desde Boston hasta aquí.

—Lo sé, pero no en nuestra nueva casa —dijo Mitch, mientras se salpicaba las cejas con salsa, al separar dos costillas.

—Acabamos de instalarnos esta misma mañana.

—Lo sé. ¿A qué esperamos?

—Mitch, hablas como si estuvieras desatendido.

—Lo estoy desde esta mañana. Sugiero que lo remediemos esta misma noche, en el momento de llegar a casa, para bautizar, por así decirlo, nuestro nuevo hogar.

—Veremos.

—¿Prometido? Mira, ¿te has fijado en ese individuo del fondo? Va a coger tortícolis intentando verte las piernas. Debería acercarme a él y darle unos azotes en el trasero.

—De acuerdo, prometido. Y no te preocupes de esos individuos. A quien miran es a ti. Les gustas.

—Muy gracioso.

Mitch devoró todas sus costillas y la mitad de las de su esposa. Después de acabarse la cerveza, pagó la cuenta y salieron al callejón. Condujo lentamente por la ciudad, hasta que reconoció el nombre de una calle que había visto en una de sus numerosas vueltas anteriores. Cogió un par de calles equivocadas, pero acabó por encontrar Meadowbrook y la casa de los señores McDeere.

Los colchones y armazones metálicos de las camas estaban amontonados en el dormitorio principal, rodeados de cajas. Hearsay se ocultó bajo una lámpara y los observó mientras practicaban.

Cuatro días más tarde, en el que debía haber sido su primer día de trabajo, Mitch y su encantadora esposa se reunieron con los otros treinta y nueve componentes de la empresa, acompañados de sus encantadoras esposas, para rendir su último homenaje a Marty S. Kozinski. La catedral estaba llena. Oliver Lambert pronunció un encomio tan elocuente y conmovedor, que incluso Mitchell McDeere, que había asistido al entierro de su padre y de un hermano, sintió escalofríos. A Abby se le llenaron los ojos de lágrimas al ver a la viuda y a los hijos.

Aquella misma tarde se reunieron de nuevo en la iglesia presbiteriana de East Memphis, para decirle el último adiós a Joseph M. Hodge.

5

La pequeña antesala del despacho de Royce McKnight estaba
vacía cuando Mitch llegó, como estaba previsto, a las ocho y
media en punto. Se paseó de un lado para otro, tosió y empezó
a esperar con impaciencia. Por detrás de unos ficheros se asomó una anciana secretaria de cabello azulado y miró frunciendo el ceño hacia donde él se encontraba. Al darse cuenta de que
no era bien recibido, se presentó y explicó que estaba citado
con el señor McKnight, precisamente a aquella hora. Ella le
sonrió y se presentó como Louise, secretaria personal del señor McKnight desde hacía treinta y un años.

—¿Café?

—Sí —respondió Mitch—, solo.

La secretaria desapareció y regresó con un plato y una
taza. Habló con su jefe por el intercomunicador y le indicó a
Mitch que se sentara. Ahora le reconocía. Otra secretaria se
lo había mostrado el día anterior, durante los funerales.

Se disculpó por el ambiente sombrío que imperaba. Explicó que a nadie le apetecía trabajar y que las cosas tardarían
unos días en volver a la normalidad. Era unos jóvenes encan-
tadores. Sonó el teléfono y respondió que el señor McKnight
tenía una reunión muy importante y no se le podía molestar.
Volvió a sonar, escuchó y acompañó a Mitch al despacho del
gerente.

Oliver Lambert y Royce McKnight le saludaron y le presentaron a otros dos socios: Victor Milligan y Avery Tolleson. Estaban sentados alrededor de una pequeña mesa de conferencias. Le ordenaron a Louise que trajera más café. Milligan era jefe de tributación y Tolleson, a los cuarenta y un años, era uno de los socios más jóvenes de la empresa.

—Mitch, lamentamos un principio tan deprimente —dijo McKnight—. Agradecemos que asistieras ayer a los funerales y sentimos que tu primer día en nuestra empresa esté plagado de tristeza.

—Tuve la sensación de pertenecer a la familia en los funerales —respondió Mitch.

—Nos sentimos muy orgullosos de ti y tenemos grandes planes. Acabamos de perder a dos de nuestros mejores abogados, que trabajaban exclusivamente en tributación, por lo que vamos a exigir más de ti. Todos tendremos que trabajar un poco más.

Louise llegó con una cafetera de plata y tazas de porcelana sobre una bandeja.

—Estamos muy apenados —dijo Oliver Lambert—. Te ruego que lo comprendas.

Todos asintieron y dirigieron la mirada a la mesa, con el entrecejo fruncido. Royce McKnight consultó unas notas en su cuaderno.

—Mitch, creo que ya hemos hablado antes de esto. En esta empresa asignamos cada miembro asociado a un socio, que actúa como maestro y supervisor suyo. Estas relaciones son muy importantes. Procuramos relacionarte con un socio con el que seas compatible y con quien puedas mantener una estrecha relación laboral, y generalmente acertamos. También hemos cometido errores. Incompatibilidad química, o lo que sea, pero cuando esto ocurre, te asignamos sencillamente a otro socio. Avery Tolleson será el tuyo.

Mitch le brindó una torpe sonrisa.

—Estarás bajo su dirección y los casos y sumarios en los

que trabajes serán los suyos. Prácticamente todo será trabajo tributario.

—Me parece bien.

—Antes de que se me olvide, me gustaría que almorzaras hoy conmigo —dijo Tolleson.

—Por supuesto —respondió Mitch.

—Puedes utilizar mi coche oficial —dijo el señor Lambert.

—Pensaba hacerlo —respondió Tolleson.

—¿Cuándo tendré derecho a un coche oficial? —preguntó Mitch.

—Dentro de unos veinte años —dijo el señor Lambert, mientras los demás sonreían, al parecer contentos de que se levantaran los ánimos.

—Puedo esperar.

—¿Cómo va el BMW? —preguntó Victor Milligan.

—Fantástico. Ya está listo para la revisión de ocho mil kilómetros.

—¿Ha ido todo bien con la mudanza?

—Sí, todo perfecto. La ayuda de la empresa ha sido, en todos los sentidos, maravillosa. Nos habéis dispensado un magnífico recibimiento y tanto Abby como yo os estamos sumamente agradecidos.

McKnight dejó de sonreír y consultó de nuevo sus notas.

—Como ya te he comentado, Mitch, el examen de colegiado es prioritario. Dispones de seis semanas para prepararte y te ayudaremos en todo lo posible. Tenemos nuestros propios cursos de revisión, dirigidos por nuestros miembros. Cubriremos todos los aspectos del programa y tu progreso será minuciosamente controlado por todos nosotros y en particular por Avery. Por lo menos la mitad de cada día se dedicará al estudio, así como la mayor parte de tu tiempo libre. Ningún miembro asociado de esta empresa ha suspendido jamás ese examen.

—No seré el primero.

—Si no lo apruebas —dijo Tolleson, con una pequeña sonrisa—, te retiraremos el BMW.

—Tu secretaria será una señora llamada Nina Huff. Hace más de ocho años que trabaja para la empresa. Es bastante temperamental, no muy atractiva, pero muy capacitada. Sabe mucho de derecho y acostumbra dar consejos, especialmente a los nuevos abogados. Tú eres quien debe mantenerla en su lugar. Si no te llevas bien con ella, la trasladaremos.

—¿Dónde está mi despacho?

—En el segundo piso, cerca del de Avery. La decoradora pasará esta tarde para que elijas el escritorio y el mobiliario. En la medida de lo posible, procura seguir su consejo.

Lamar estaba también en el segundo piso y, en aquel momento, la idea era consoladora. Lo recordó sentado junto a la piscina, empapado de agua, llorando y susurrando incoherencias.

—Mitch, lamento haber olvidado comentarte algo que debimos haber hablado durante tu primera visita —dijo McKnight.

—Bien, ¿de qué se trata? —preguntó por fin, después de una pausa.

—Nunca hemos permitido que un miembro asociado empiece su carrera con deudas estudiantiles pendientes —respondió McKnight, bajo la atenta mirada de los demás socios—. Preferimos que encuentres otras cosas de que preocuparte y otras formas de gastarte el dinero. ¿Cuánto debes?

Mitch tomó un sorbo de café, e hizo unos rápidos cálculos mentales.

—Casi veintitrés mil.

—Entrega los documentos a Louise a primera hora de la mañana.

—¿Significa esto que la empresa saldará los préstamos?

—Es nuestra política. A no ser que tengas algún reparo.

—Ninguno. Me faltan palabras.

—No tienes por qué decir nada. Lo hemos hecho para to-

69

dos los miembros asociados en los últimos quince años. Limítate a entregarle a Louise los documentos.

—Es un verdadero alarde de generosidad, señor McKnight.

—Sí, lo es.

Avery Tolleson hablaba sin parar, mientras el lujoso coche avanzaba lentamente entre el tráfico del mediodía. Dijo que Mitch le hacía pensar en sí mismo; un niño pobre de una familia desunida, criado por padres adoptivos en el sudoeste de Texas y abandonado a su suerte, al terminar la escuela secundaria. Había trabajado en el turno de noche de una fábrica de zapatos para costearse el ingreso en la universidad, hasta conseguir una beca de la Universidad de Texas. Después de graduarse con matrícula de honor, había solicitado el ingreso en once facultades de derecho y eligió Stanford. Se había licenciado con el número dos de su promoción y había rechazado ofertas de los mejores bufetes de la costa Oeste. El único campo en el que le interesaba trabajar era el de la tributación. Oliver Lambert le había reclutado hacía dieciséis años, en la época en que había menos de treinta abogados en la empresa.

Tenía esposa y dos hijos, pero hizo pocos comentarios relacionados con la familia. Habló de dinero. Según él, le apasionaba. El primer millón estaba ya en el banco. En un par de años, habría conseguido el segundo. Con un sueldo bruto de cuatrocientos mil anuales, no tardaría mucho. Su especialidad era la formación de sociedades para la compra de superpetroleros. Era el mejor en su campo y trabajaba sesenta o incluso setenta horas a la semana, a trescientos dólares la hora.

Mitch empezaría trabajando a cien dólares la hora, por lo menos cinco horas diarias, hasta que aprobara las oposiciones y estuviera colegiado. A partir de entonces tendría que trabajar ocho horas diarias, a ciento cincuenta la hora. Las minutas eran la fuente vital de la empresa. Todo dependía de ellas. Las promociones, los incrementos salariales, las primas, la supervivencia y el éxito estaban en función de la precisión con que uno calculara sus minutas. Particularmente en el caso de los recién llegados. La forma más fácil de ganarse una reprimenda consistía en olvidarse de calcular diariamente sus minutas. Avery no recordaba que jamás hubiera ocurrido. Era simplemente inconcebible que un miembro de la empresa lo olvidara.

La media de los miembros asociados era de ciento setenta y cinco dólares por hora. La de los socios era de trescientos. Milligan tenía un par de clientes que le pagaban cuatrocientos, y en una ocasión Nathan Locke había recibido quinientos por hora, por un trabajo tributario que incluía el intercambio de bienes en diversos países extranjeros. ¡Quinientos dólares a la hora! A Avery se le hacía la boca agua al calcular los quinientos dólares por hora, a cincuenta horas por semana y cincuenta semanas por año: ¡un millón doscientos cincuenta mil anuales! Así es como se gana el dinero en este negocio. Se reúne a un grupo de abogados que trabajen por horas y se funda una dinastía. Cuanto mayor sea el número de abogados, más dinero ganan los socios.

Le advirtió que no olvidara jamás calcular sus minutas. Aquella era la primera norma de la supervivencia. Si no disponía de sumarios sobre los que facturar, debía dirigirse inmediatamente a su despacho, donde los había en abundancia. El día diez de cada mes, los socios examinaban la facturación del mes anterior, durante uno de sus exclusivos almuerzos. Era una gran ceremonia. Royce McKnight leía el nombre de cada uno de los abogados, seguido del total mensual de su facturación. La competencia entre socios era intensa, pero amigable. ¿Qué duda cabía de que todos se enriquecían? Era muy estimulante. En cuanto a los miembros asociados, no se le mencionaba nada al último, a no ser que fuera su segundo mes. En tal caso, Oliver Lambert se lo comentaba sin darle importancia. Nadie había sido el último tres meses consecutivos. Las minutas exorbitantes permitían ganar primas a los miembros asociados. Un individuo determinado llegaba a convertirse en socio, según su historial de facturación. Le advirtió una vez más que nunca lo olvidara. Debía ser siempre su primera prioridad, evidentemente después de sus oposiciones.

Las oposiciones a colegiado eran un engorro, una epopeya que había que superar, una ceremonia de iniciación, pero nada que debiera preocupar a un ex alumno de Harvard. Dijo que le bastaría con concentrarse en el cursillo de revisión y procurar recordar todo lo que acababa de aprender en la facultad de derecho.

El cochazo entró en un callejón, entre dos edificios de gran altura, y se detuvo frente a una pequeña marquesina que se extendía desde la acera hasta una puerta de metal negro. Avery consultó su reloj y ordenó al conductor que regresara a las dos.

Dos horas para almorzar, pensó Mitch. Esto equivaldría a más de seiscientos dólares en tiempo facturable. Menudo desperdicio.

El Manhattan Club estaba situado en el décimo piso de un edificio comercial, ocupado plenamente por última vez a principios de los cincuenta. Avery decía que la estructura era un tugurio, pero también señalaba que el club era el refugio más exclusivo de la ciudad para cenar y almorzar. La comida era excelente, en un ambiente impecablemente blanco, masculino y lujoso. Almuerzos poderosos para gente poderosa: banqueros, abogados, ejecutivos, empresarios, unos pocos políticos y algunos aristócratas. Un ascensor chapado en oro subía, sin detenerse en los pisos desocupados, hasta el elegante décimo piso. El *maître* saludó al señor Tolleson y le preguntó por sus buenos amigos Oliver Lambert y Nathan Locke. Le dio también el pésame por la pérdida de los señores Kozinski y Hodge. Avery le dio las gracias y le presentó al miembro más nuevo de la empresa. La mesa predilecta esperaba en un rincón. Un respetuoso negro llamado Ellis trajo las cartas.

—La empresa no permite que se beba durante el almuerzo —dijo Avery, mientras abría su carta.

—Nunca lo hago.

—Magnífico. ¿Qué tomas?

—Té con hielo.

—Té con hielo para él —le dijo Avery al camarero— y un Martini Bombay para mí, con hielo y tres aceitunas.

Mitch se mordió el labio y sonrió oculto tras la carta.

—Tenemos demasiadas normas —susurró Avery.

Al primer Martini le siguió un segundo, pero entonces dejó de beber. Avery eligió la comida para ambos: algún tipo de pescado asado; el plato del día. Dijo que vigilaba cuidadosamente su peso. También hacía ejercicio todos los días, en su propio gimnasio. Invitó a Mitch a que fuera a sudar con él. Tal vez después de las oposiciones. Le formuló las preguntas habituales sobre el deporte en la universidad, a las que respondió con las negativas acostumbradas en cuanto a lo destacado de su participación.

Mitch le preguntó sobre sus hijos y respondió que vivían con su madre.

El pescado estaba crudo y la patata al horno dura. Mientras Mitch picaba y comía lentamente la ensalada, el socio le habló de la mayoría de los comensales presentes. El alcalde estaba sentado a una gran mesa, acompañado de unos japoneses. Uno de los banqueros de la empresa estaba en la mesa adjunta. Había también otros abogados y ejecutivos de alto copete, que comían con ahínco, trascendencia y autoridad. El ambiente era agobiante. Según Avery, todos y cada uno de los socios del club eran personas importantes, tanto en sus respectivos campos como en la ciudad. Avery se encontraba como pez en el agua.

Rechazaron ambos el postre y pidieron café. Avery le explicó, mientras encendía un Montesino, que se esperaba que estuviera en su despacho todos los días a las nueve de la mañana. Las secretarias llegaban a las ocho y media. De nueve a cinco, pero nadie trabajaba ocho horas diarias. Él, personalmente, estaba en su despacho a las ocho y no solía marcharse antes de las seis de la tarde. Podía facturar doce horas diarias, sin excepción, independientemente de las horas que en realidad trabajara. Doce horas diarias, cinco días por semana, a trescientos la hora, por cincuenta semanas. ¡Novecientos mil dólares! ¡En tiempo facturable! He ahí su objetivo. El año pasado había facturado setecientos mil, pero había tenido algunos problemas personales. A la empresa no le importaba que Mitch llegara a las seis o a las nueve de la mañana, siempre y cuando el trabajo se realizara.

—¿A qué hora se abren las puertas? —preguntó Mitch.

Todo el mundo tenía llave, le explicó, y podía ir y venir a su antojo. La seguridad era hermética, pero los guardias estaban acostumbrados a los maniáticos del trabajo. Algunas de las costumbres laborales eran legendarias. Victor Milligan, en sus años mozos, había trabajado dieciséis horas diarias, siete días por semana, hasta convertirse en socio. A partir de entonces había dejado de trabajar los domingos. Después de un síncope cardíaco, empezó a descansar los sábados. El médico le ordenó que trabajara diez horas diarias, cinco días por semana, y desde entonces no había sido feliz. Marty Kozinski se tuteaba con todos los conserjes. Era de los que empezaban a las nueve, porque quería desayunar con sus hijos. Empezaba a las nueve y terminaba a medianoche. Nathan Locke afirmaba que no podía trabajar a gusto cuando llegaban las secretarias, y empezaba a las seis. Sería vergonzoso empezar más tarde. He ahí un individuo de sesenta y un años, con diez millones de dólares en su haber, que trabajaba de las seis de la mañana a las ocho de la tarde, cinco días por semana y medio día los sábados. La jubilación supondría la muerte para él.

Nadie ficha, explicó el socio. Puedes ir y venir a tu antojo, pero asegúrate de que el trabajo esté hecho.

Mitch dijo que lo comprendía. Dieciséis horas diarias no sería nada nuevo para él.

Avery le felicitó por su nuevo traje. Había una norma oficiosa relacionada con el atuendo y era evidente que Mitch la había comprendido. Tenía un sastre, un viejo coreano en el sur de Memphis, que le recomendaría a Mitch cuando pudiera permitírselo. Mil quinientos dólares un traje. Mitch dijo que esperaría un año o dos.

Un abogado de una de las grandes empresas los interrumpió para hablar con Avery. Le dio el pésame y se interesó por las familias de los difuntos. El año anterior había trabajado con Joe Hodge en un mismo caso y le costaba creer que hubiera muerto. Avery le presentó a Mitch. Dijo que había asistido al funeral. Deseaban que se marchara, pero no dejaba de repetir lo mucho que lo sentía. Era evidente que quería conocer los detalles. Avery no se los reveló y acabó por retirarse.

A las dos decrecía el ímpetu de los poderosos almuerzos y comenzó a desaparecer la clientela. Avery firmó la cuenta y el *maître* los acompañó a la puerta. El chófer esperaba pacientemente detrás del cochazo. Mitch entró en la parte posterior del vehículo y se acomodó en el mullido asiento de cuero. Contempló los edificios y el tráfico. Miraba a los apresurados peatones que circulaban por las calurosas aceras y se preguntó cuántos habrían visto el interior de un cochazo o del Manhattan Club. ¿Cuántos serían ricos dentro de diez años? Sonrió y se sintió satisfecho. Harvard estaba a mil años luz. Harvard sin préstamos estudiantiles. Kentucky se encontraba en otro mundo. Había olvidado su pasado. Había llegado.

La decoradora le esperaba en su despacho. Avery se disculpó y le dijo a Mitch que estuviera en su despacho dentro de una hora para empezar a trabajar. La interiorista había traído consigo catálogos llenos de mobiliario de oficina y muestras de todo lo necesario. Mitch solicitó sus sugerencias, la escuchó con todo el interés del que fue capaz y acabó por decirle que eligiera ella misma lo que considerara más apropiado, puesto que confiaba plenamente en su criterio. A ella le gustaba el escritorio de cerezo macizo, sin cajones, unos sillones aliformes de cuero aloque y una alfombra oriental carísima. Mitch dijo que le parecía maravilloso.

Cuando ella se marchó, Mitch se sentó detrás del viejo escritorio, que tenía muy buen aspecto y le habría sido perfectamente útil, a no ser porque se consideraba usado y, por consiguiente, impropio de un nuevo abogado en Bendini, Lambert & Locke. El despacho era de cinco por cinco metros, con dos ventanas de metro ochenta enfocadas al norte, que daban directamente al segundo piso del viejo edificio contiguo. La vista no era espectacular. Con esfuerzo, se llegaba a vislumbrar el río en dirección noroeste. Para las desnudas paredes de piedra, la decoradora había elegido algunos cuadros. Mitch decidió que en la pared opuesta al escritorio, detrás de los sillones, colgarían sus diplomas, que deberían ser enmarcados. El despacho era grande para un miembro asociado. Mucho mayor que los trasteros donde instalaban a los novatos en Nueva York y en Chicago. No estaba mal para un par de años, cuando aspirara a conseguir otro con mejor vista. Y más adelante, uno de los de poder, en las esquinas del edificio.

La señorita Nina Huff llamó a la puerta y dijo ser la secretaria. Era una mujer robusta, de cuarenta y cinco años, y bastaba con un vistazo para comprender que siguiera soltera. Sin familia que mantener, era evidente que se gastaba el dinero en ropa y maquillaje; en vano. Mitch se preguntó por qué no lo invertiría en un monitor de gimnasia. Le comunicó inmediatamente que llevaba ocho años y medio en la empresa y que sabía cuanto había que saber respecto a gestión administrativa. Si deseaba saber algo, no tenía más que preguntárselo. Mitch se lo agradeció. Había estado trabajando como mecanógrafa y agradecía la oportunidad de volver a desempeñar funciones secretariales generales. Él asintió, como si la comprendiera perfectamente. Ella le preguntó si sabía cómo utilizar el dictáfono. Le respondió afirmativamente. En realidad, le dijo, el año anterior había trabajado para una empresa de trescientos empleados en Wall Street, donde disponían de la tecnología más avanzada en equipos de oficina. Pero le prometió que si tenía algún problema, se lo consultaría.

—¿Cuál es el nombre de su esposa? —preguntó.

—¿Qué importancia puede tener eso? —replicó Mitch.

—Me gustaría saberlo para que cuando llame por teléfono pueda tratarla con toda cortesía y amabilidad.

—Abby.

—¿Cómo le gusta el café?

—Solo, pero lo mezclaré yo mismo.

—No me importa preparárselo. Forma parte de mi trabajo.

—Lo haré yo mismo.

—Todas las secretarias lo hacen.

—Si algún día se atreve a tocar mi café, le aseguro que acabará en la sala de correspondencia pegando sellos.

—Disponemos de una máquina automática de pegar sellos. ¿Lo hacen a mano en Wall Street?

—Era un decir.

—Bien, he memorizado el nombre de su esposa y hemos aclarado la cuestión del café, de modo que creo estar lista para empezar.

—Por la mañana. Venga a las ocho y media.

—Sí, jefe.

Cuando se marchó, Mitch sonrió para sí. Era una sabidilla, pero resultaría divertida.

Lamar era el próximo de la lista. Llegaría tarde a su cita con Nathan Locke, pero quería detenerse un momento para visitar a su amigo. Le encantaba que sus despachos estuvieran cerca. Le pidió de nuevo disculpas por la cena del jueves. Desde luego, él y Kay y sus hijos estarían allí a las siete para inspeccionar la nueva casa y el mobiliario.

Hunter Quin tenía cinco años. Su hermana Holly tenía siete. Ambos comieron espaguetis con excelentes modales, sentados a una mesa completamente nueva y, como corresponde, hicieron caso omiso de la conversación adulta que tenía lugar a su alrededor. Abby los observaba y soñaba con tener hijos. A Mitch le caían simpáticos, pero no le inspiraban. Estaba ocupado recordando los acontecimientos de la jornada.

Las mujeres comieron con rapidez y a continuación se levantaron para examinar los muebles y hablar de la remodelación. Los niños se llevaron a Hearsay al jardín.

—Me ha dejado ligeramente sorprendido que te asignaran a Tolleson —dijo Lamar, mientras se secaba los labios.

—¿Por qué?

—No creo que haya supervisado nunca a ningún nuevo miembro.

—¿Alguna razón en particular?

—Realmente ninguna. Es un gran tipo, pero poco sociable. Una especie de lobo solitario. Prefiere trabajar solo. Él y su mujer tienen algunos problemas y se rumorea que se han separado. Pero no se lo cuenta a nadie.

—¿Es un buen abogado? —preguntó Mitch, al tiempo que separaba el plato y tomaba un sorbo de té helado.

—Sí, muy bueno. Todos son buenos, si llegan a socios. Muchos de sus clientes son personas muy ricas, con millones para depositar en lugares libres de impuestos. Se dedica a fundar sociedades limitadas. Muchos de sus proyectos son arriesgados y se le conoce por su tendencia a aventurarse y dejar para más adelante los problemas con Hacienda. La mayoría de sus clientes son grandes aventureros. Harás mucha investigación en busca de formas de manipular las leyes tributarias. Será divertido.

—Ha pasado la mitad del almuerzo sermoneándome sobre la facturación.

—Es fundamental. Existe una presión constante para incrementar permanentemente la facturación. Lo único que tenemos para vender es nuestro tiempo. Cuando hayas aprobado las oposiciones, Tolleson y Royce McKnight controlarán semanalmente tu facturación. Está todo informatizado y pueden medir tu productividad hasta el último centavo. Esperarán que factures de treinta a cuarenta horas semanales durante los primeros seis meses. A continuación, cincuenta durante un par de años. Antes de que consideren la posibilidad de convertirte en socio, tienes que haber llegado a las sesenta horas semanales consistentemente, a lo largo de varios años. Ningún socio en activo factura menos de sesenta horas semanales, en general a la tarifa máxima.

—Son muchas horas.

—Lo parece, pero es ilusorio. La mayoría de los buenos abogados pueden trabajar de ocho a nueve horas diarias y facturar doce. Lo llaman rellenar. No es demasiado honrado de cara al cliente, pero todo el mundo lo hace. Las grandes empresas han crecido gracias a las cuentas de relleno. Son las reglas del juego.

—Parece inmoral.

—También lo es el acoso por parte de los abogados del demandante. No es ético que el defensor de un narcotraficante acepte su dinero, cuando existen buenas razones para suponer que no se trata de dinero honrado. Hay muchas cosas inmorales. ¿Qué me dices del médico que recibe a cien pacientes de la seguridad social en un solo día? Algunas de las personas más inmorales que he conocido han sido mis propios clientes. No es difícil hinchar una cuenta cuando el cliente es un multimillonario que quiere estafar al gobierno y pretende que tú se lo soluciones dentro de la legalidad. Todos lo hacemos.

—¿Te lo enseña alguien?

—No. Lo aprendes sobre la marcha. Empezarás trabajando mucho y a todas horas, pero no podrás hacerlo eternamente. De modo que comenzarás a descubrir atajos. Créeme,

Mitch, cuando lleves un año con nosotros sabrás cómo trabajar diez horas y facturar el doble. Es una especie de sexto sentido que adquirimos los abogados.

—¿Qué más adquiriré?

—Cierta dosis de cinismo —respondió Lamar, después de sacudir los cubitos de hielo y reflexionar unos instantes—. La profesión te va amoldando. En la facultad de derecho tenías una noble idea sobre la función del abogado, como paladín de los derechos individuales, defensor de la Constitución, protector del oprimido, sostenedor de los principios del cliente... Pero después de seis meses de práctica te das cuenta de que no somos más que mercenarios. Portavoces de alquiler al mejor postor, a disposición de todo el mundo, de cualquier estafador, cualquier tramposo con suficiente dinero para pagar nuestras desorbitadas tarifas. Nada te conmueve. Se supone que la nuestra es una profesión honorable, pero conocerás a tantos abogados corruptos que llegarás a sentir deseos de abandonarla para buscar un trabajo honrado. Sí, Mitch, te convertirás en un cínico. Y es realmente triste.

—No deberías contármelo en esta etapa de mi carrera.

—El dinero lo compensa. Es asombroso la inmundicia que puedes llegar a soportar por doscientos mil al año.

—¿Inmundicia? Suena muy fuerte.

—Lo siento. No es tan terrible. Mi perspectiva sobre la vida cambió radicalmente el jueves pasado.

—¿Quieres ver la casa? Es maravillosa.

—Tal vez en otro momento. Ahora limitémonos a charlar.

6

A las cinco de la madrugada sonó el despertador sobre la nueva mesilla de noche, junto a la nueva lámpara, y una mano lo paró inmediatamente. Mitch anduvo a tientas por la casa a oscuras y encontró a Hearsay junto a la puerta trasera. La abrió para que saliera al jardín y se dirigió a la ducha. Al cabo de veinte minutos vio a su esposa bajo las sábanas y le dio un beso de despedida. Ella no reaccionó.

Sin ningún tráfico en las calles, tardó solo diez minutos en llegar al despacho. Había decidido que empezaría a trabajar a las cinco y media, a no ser que alguien se le adelantara, en cuyo caso comenzaría a las cinco, a las cuatro y media, o a la hora necesaria para ser el primero. Dormir era un engorro. Sería el primer abogado en llegar al edificio Bendini, aquel día y todos los días, hasta convertirse en socio. Si los demás tardaban diez años, él lo lograría en siete. Había decidido que sería el socio más joven en la historia de la empresa.

El aparcamiento vacío adjunto al edificio Bendini estaba rodeado de una verja metálica de tres metros y con un vigilante junto al portalón. En su interior había un espacio en el que se había pintado su nombre entre líneas amarillas. Paró junto al portalón y esperó. El guarda uniformado surgió de la oscuridad y se acercó a la ventanilla del conductor. Mitch pulsó un botón, abrió la ventanilla y le mostró un documento plastificado con su fotografía.

—Usted debe de ser el nuevo empleado —dijo el vigilante, con el documento en la mano.

—Sí. Mitch McDeere.

—Sé leer. Debí haberlo adivinado por el coche.

—¿Cómo se llama? —preguntó Mitch.

—Dutch Hendrix. Trabajé treinta años para el departamento de policía de Memphis.

—Encantado de conocerle, Dutch.

—Sí, lo mismo digo. ¿No es muy temprano para empezar a trabajar?

—No, creí que ya habría llegado todo el mundo —sonrió Mitch, al tiempo que recuperaba su documento de identidad.

—Es usted el primero —respondió Dutch, forzando una sonrisa—. El señor Locke no tardará en llegar.

Se abrió el portalón y Dutch le indicó que pasara. Vio su nombre pintado en blanco sobre el asfalto y aparcó el impecable BMW en la tercera fila a partir del edificio, sin ningún otro coche a la vista. Cogió el maletín vacío, de piel de anguila morada, del asiento posterior, y cerró suavemente la puerta. Otro vigilante esperaba junto a la puerta trasera del edificio. Mitch se presentó y vio que se abría la puerta. Consultó su reloj. Las cinco y media en punto. Se sintió aliviado al comprobar que era lo suficientemente temprano. El resto de la empresa todavía dormía.

Encendió la luz de su despacho y dejó el maletín sobre el escritorio provisional. A continuación echó a caminar por el pasillo, encendiendo las luces a su paso, en dirección a la sala de café. La cafetera era de tamaño industrial, con distintos niveles, calentadores y espitas, sin ninguna instrucción aparente en cuanto a su funcionamiento. La examinó unos instantes, mientras colocaba el café en el filtro. Llenó de agua uno de los compartimientos superiores y sonrió cuando empezó a aparecer el café por el orificio previsible.

En un rincón de su despacho había tres cajas de cartón llenas de libros, carpetas, cuadernos y apuntes acumulados durante los tres años anteriores. Colocó una de ellas sobre el escritorio y comenzó a vaciar su contenido. Clasificó el material y formó nítidos montoncitos sobre la mesa.

Después de la segunda taza de café, encontró el material de revisión para las oposiciones en la tercera caja. Se dirigió a la ventana y abrió las persianas. Era todavía de noche. No se dio cuenta de la aparición repentina de un personaje en el umbral de la puerta.

—¡Buenos días!

Mitch volvió la cabeza y se le quedó mirando con la boca abierta.

—Me has asustado —dijo, dando un suspiro.

—Lo siento. Soy Nathan Locke. Creo que no nos conocemos.

—Soy Mitch McDeere, el nuevo.

Se dieron la mano.

—Lo sé. Lamento no haberte conocido antes. Estaba ocupado durante tus anteriores visitas. Creo que te vi el lunes en los funerales.

Mitch asintió, plenamente convencido de no haber estado nunca a menos de cien metros de Nathan Locke. Lo recordaría. Eran sus ojos, unos ojos negros y fríos, rodeados de numerosas patas de gallo negras. Unos enormes ojos. Inolvidables. Tenía el cabello blanco, escaso en la parte superior, abundante alrededor de las orejas, y su blancura contrastaba fuertemente con el resto del rostro. Cuando hablaba, entornaba los ojos y sus pupilas negras despedían un brillo feroz. Unos ojos siniestros, llenos de sabiduría.

—Tal vez —respondió Mitch, cautivado por el rostro más macabro que había visto en su vida—. Tal vez.

—Veo que eres madrugador.

—Sí, señor.

—Bien, encantado de tenerte entre nosotros.

Nathan Locke se retiró de la puerta y desapareció. Mitch echó una ojeada al pasillo y cerró la puerta. No le sorprendió que le tuvieran en el cuarto piso, alejado de todos los demás. Ahora comprendía por qué no se lo habían presentado antes de firmar el contrato. Puede que hubiera tenido que pensárselo dos veces. Probablemente lo ocultaban de todos los reclutas potenciales. Tenía, sin lugar a dudas, el aspecto más siniestro y macabro que Mitch jamás había experimentado. Eran los ojos, se dijo a sí mismo, al tiempo que descansaba los pies sobre el escritorio y tomaba un sorbo de café. Los ojos.

Como Mitch suponía, Nina trajo comida cuando llegó al trabajo a las ocho y media. Le ofreció un buñuelo y él cogió dos. Le preguntó si deseaba que trajera comida todas las mañanas y Mitch respondió que le encantaría.

—¿Qué es eso? —preguntó, señalando los montones de fichas y notas sobre el escritorio.

—Es nuestro proyecto para hoy. Es preciso organizarlo todo.

—¿Nada que dictar?

—Todavía no. Tengo una reunión con Avery dentro de unos minutos. Necesito que esto esté archivado de algún modo coherente.

—Qué emocionante —exclamó la secretaria, mientras se dirigía a la sala de café.

Avery Tolleson esperaba a Mitch con una gruesa carpeta, que le entregó a su llegada.

—Esta es la documentación de Capps. O parte de ella. El nombre de nuestro cliente es Sonny Capps. Ahora vive en Houston, pero se crió en Arkansas. Tiene un capital de unos treinta millones y controla hasta el último centavo. Cuando murió su padre, le dejó una vieja línea de barcazas y la ha convertido en el mayor servicio de remolque del río Mississippi. Ahora tiene buques, o embarcaciones como él las denomina, en todos los confines del mundo. Nosotros nos ocupamos del ochenta por ciento de su trabajo jurídico, todo a excepción de los litigios. Ahora quiere fundar otra sociedad anónima para comprar una nueva flota de petroleros, que pertenece a la familia de algún chino que murió en Hong Kong. Capps suele ser el socio general, junto a un total de hasta veinticinco socios limitados, a fin de compartir los riesgos y aprovechar sus recursos. Esta operación es de unos sesenta y cinco millones de dólares. He fundado varias sociedades anónimas para él y todas son distintas, ineludiblemente complejas. Además, es muy difícil tratar con él. Es un perfeccionista y cree que sabe más que yo. Tú no hablarás con él. En realidad, yo soy el único que habla con él. Aquí está parte de la documentación de la última sociedad que fundé para él. Contiene, entre otras cosas, un programa, un contrato social, propuestas, declaraciones y el propio contrato de la sociedad anónima. Léelo detenidamente. A continuación quiero que prepares el borrador de un contrato para el próximo proyecto.

De pronto aumentó el volumen de trabajo. Tal vez a las cinco y media no era lo suficientemente temprano.

—Según Capps —prosiguió el socio—, disponemos de unos cuarenta días, de modo que ya vamos retrasados. Marty Kozinski colaboraba en este caso y tan pronto como haya revisado sus documentos te lo entregaré. ¿Alguna pregunta?

—¿Cuál es la antigüedad de la investigación?

—En su mayor parte es todavía vigente, pero tendrás que actualizarla. Capps ganó más de nueve millones el año pasado y apenas pagó impuesto alguno. No cree en la tributación y me hace personalmente responsable de cada centavo que cotiza. Por supuesto, es todo perfectamente legal, pero insisto en que este trabajo le somete a uno a mucha presión. Están en juego millones de dólares en inversiones y descuentos tributarios. El proyecto será objeto de estudio minucioso por parte de los gobiernos de tres países como mínimo. Por consiguiente, ten mucho cuidado.

—¿Cuántas horas al día debo dedicarle? —preguntó Mitch, mientras hojeaba los documentos.

—Todas las posibles. Sé que las oposiciones a colegiado son importantes, pero también lo es Sonny Capps. El año pasado nos pagó casi medio millón de dólares en minutas.

—Me ocuparé de ello.

—Sé que lo harás. Como te dije, tu tarifa es de cien dólares por hora. Hoy Nina revisará contigo el control horario. Recuérdalo, no olvides la facturación.

—¿Cómo podría olvidarlo?

Oliver Lambert y Nathan Locke estaban frente a la puerta metálica del quinto piso, mirando a la cámara instalada sobre la misma. Sonó un golpe seco y se abrió la puerta. Un guardia les saludó inclinando la cabeza. DeVasher esperaba en su despacho.

—Buenos días, Ollie —dijo sin levantar la voz, haciendo caso omiso de su acompañante.

—¿Qué hay de nuevo? —preguntó Locke en dirección a DeVasher, sin dirigirle la mirada.

—¿En qué sentido? —dijo tranquilamente DeVasher.

—Chicago.

—Están muy preocupados, Nat. A pesar de lo que tú crees, no les gusta ensuciarse las manos. Y, francamente, no comprenden por qué deben hacerlo.

—¿Qué quieres decir?

—Hacen algunas preguntas muy difíciles de responder. Por ejemplo, ¿qué nos impide controlar a nuestra propia gente?

—¿Y qué les has dicho?

—Que todo marcha a pedir de boca. De maravilla. La gran empresa Bendini es sólida. Las fugas han sido reparadas. La empresa funciona con normalidad, sin problema alguno.

—¿Cuál es el alcance de los perjuicios causados? —preguntó Oliver Lambert.

—No estamos seguros. Nunca lo estaremos, pero creo que no llegaron a hablar. No cabe duda de que habían decidido hacerlo, pero me parece que no lo lograron. Según una fuente bastante fiable, unos agentes del FBI se desplazaban a la isla el día del accidente, lo que nos hace suponer que habían organizado un encuentro para contar todo lo que sabían.

—¿Cómo lo sabes? —preguntó Locke.

—Por Dios, Nat. Tenemos nuestras fuentes. Además, nuestra gente estaba por toda la isla. Trabajamos bien, tú lo sabes.

—Evidentemente.

—¿Hubo problemas?

—No, no. Todo fue muy profesional.

—¿Alguna intromisión por parte de los indígenas?

—Nos hemos asegurado de que parezca normal, Ollie.

—¿Qué me dices de las autoridades de la isla?

—¿Qué autoridades? Es una isla diminuta y pacífica, Ollie. El año pasado tuvieron un asesinato y cuatro accidentes de inmersión. En lo que a ellos concierne, no es más que un nuevo accidente. Tres ahogados accidentales.

—¿Qué me dices del FBI? —preguntó Locke.

—No lo sé.

—Creí que disponías de una fuente de información.

—Así es. Pero no logramos encontrarlo. Desde ayer no tenemos noticias suyas. Nuestro personal sigue en la isla y no se ha percatado de nada inusual.

—¿Cuánto tiempo piensan quedarse allí?

—Un par de semanas.

—¿Qué ocurrirá si el FBI hace acto de presencia?

—Los vigilamos muy de cerca. Los veremos cuando se apeen del avión. Los seguiremos a sus habitaciones en el hotel. Puede que incluso intervengamos sus teléfonos. Sabremos lo que comen para desayunar y de lo que hablan. Utilizaremos dos o tres individuos por cada uno de los suyos y los controlaremos incluso cuando vayan al lavabo. No hay nada que puedan descubrir, Nat. Ya te he dicho que ha sido un trabajo limpio, muy profesional. No hay pruebas. Relájate.

—Esto me da náuseas, DeVasher —dijo Lambert.

—¿Crees que a mí me gusta, Ollie? ¿Qué quieres que hagamos? ¿Quedarnos sentados y dejar que hablen? Por Dios, Ollie, todos somos humanos. Yo no quería hacerlo, pero Lazarov insistió. Si quieres discutir con él, hazlo. Descubrirán tu cadáver flotando en algún lugar. Esos muchachos habían elegido el camino equivocado. Debían haber mantenido la boca cerrada, limitarse a conducir sus lujosos cochecitos e interpretar el papel de grandes abogados. Pero les dio por la mojigatería.

Nathan Locke encendió un cigarrillo y soltó una espesa nube de humo en dirección a DeVasher. Los tres permanecieron sentados en silencio durante unos instantes, mientras el humo se esparcía por el escritorio. Miró fijamente a «ojos negros», pero no dijo nada.

—¿Por qué querías vernos? —preguntó Oliver Lambert, después de ponerse de pie, mirando a la pared en blanco junto a la puerta.

—Chicago quiere intervenir los teléfonos privados de todos los no socios —respondió DeVasher con un profundo suspiro.

—Te lo advertí —le dijo Lambert a Locke.

—No ha sido idea mía, pero ellos insisten. Están muy inquietos y desean tomar ciertas precauciones adicionales. No podéis reprochárselo.

—¿No crees que esto es ir demasiado lejos? —preguntó Lambert.

—Por supuesto, es totalmente innecesario. Pero Chicago no lo cree así.

—¿Cuándo? —preguntó Locke.

—Dentro de una semana, más o menos. Tardaremos unos días.

—¿Todos?

—Sí. Eso es lo que dicen.

—¿Incluso McDeere?

—Sí, incluso McDeere. Creo que Tarrance volverá a intentarlo y puede que en esta ocasión empiece por abajo.

—Le he conocido esta mañana —dijo Locke—. Estaba aquí antes que yo.

—A las cinco treinta y dos —agregó DeVasher.

Los papeles de la facultad se trasladaron al suelo y los de la ficha de Capps ordenados sobre la mesa. Nina trajo un bocadillo de ensalada de pollo a su regreso del almuerzo y Mitch se lo comió mientras leía, al tiempo que la secretaria archivaba los documentos desparramados por el suelo. Poco después de la una llegó Wally Hudson, o J. Walter Hudson según se leía en los membretes de la empresa, para empezar la preparación de las oposiciones. Su especialidad eran los contratos. Llevaba cinco años en la empresa y era el único oriundo de Virginia, lo cual le extrañaba porque, según él, la facultad de derecho de Virginia era la mejor del país. A lo largo de los dos últimos años había elaborado un programa de revisión de la sección de contratos para las oposiciones. Estaba ansioso por ponerlo a prueba y McDeere era su primera víctima. Entregó a Mitch un grueso cuaderno de tres anillas, por lo menos de ocho centímetros de espesor, y que pesaba tanto como la carpeta de Capps.

El examen duraba cuatro días y constaba de tres partes, explicó Wally. El primer día se realizaba una prueba ética de elección múltiple, de cuatro horas de duración. Gill Vaughn, uno de los socios, era el experto residente en ética y se ocuparía de supervisar aquella parte de la revisión. El segundo día tendría lugar una prueba de ocho horas, conocida simplemente con el nombre de «multiestado». Cubría la mayoría de las áreas del código, comunes a todos los estados. Las preguntas eran también de elección múltiple y eminentemente falaces. A continuación venía lo duro. En los días tercero y cuarto se realizaban pruebas de ocho horas cada día, en las que se cubrían reglamentos concretos: contratos, código comercial unificado, transacción de fincas, agravios, relaciones domésticas, testamentos, bienes y propiedades, tributación, compensación laboral, código constitucional, procedimiento jurídico federal, código penal, corporaciones, sociedades, seguros y relaciones comerciales. Todas las respuestas se efectuarían en forma de ensayo y las preguntas harían hincapié en la ley de Tennessee. La empresa disponía de un programa de revisión para cada una de las quince secciones.

—¿Quince como este? —preguntó Mitch, levantando el cuaderno.

—Sí. Somos muy minuciosos —sonrió Wally—. Ningún miembro de esta empresa ha suspendido jamás...

—Lo sé. Lo sé. No seré el primero.

—Tú y yo nos reuniremos por lo menos una vez por semana, durante las próximas seis semanas, para repasar el material. Cada sesión durará unas dos horas, de modo que organízate en consecuencia. Sugiero que nos veamos los miércoles a las tres.

—¿De la mañana o de la tarde?

—De la tarde.

—De acuerdo.

—Como bien sabes, los contratos y el código comercial unificado van muy unidos, de modo que he incorporado el código en este material. Nos ocuparemos de ambos, pero necesitaremos más tiempo. Las oposiciones suelen estar cargadas de transacciones comerciales. Estos problemas son muy indicados para escribir ensayos, y, por consiguiente, este cuaderno es muy importante. En el mismo he incluido auténticas preguntas de exámenes anteriores, junto a respuestas ideales. Su lectura te resultará fascinante.

—Me muero de impaciencia.

—Estudia las ochenta primeras páginas para la próxima semana. En ellas encontrarás preguntas para escribir algunos ensayos.

—¿Como tarea?

—Por supuesto. Lo puntuaré la próxima semana. Es importante practicar las preguntas cada semana.

—Esto podría ser peor que la facultad.

—Es mucho más importante. Nos lo tomamos muy en serio. Tenemos una junta que controla tu progreso desde ahora hasta que hagas el examen. Te vigilaremos muy de cerca.

—¿Quién forma parte de la junta?

—Yo, Avery Tolleson, Royce McKnight, Randall Dunbar y Kendall Mahan. Nos reuniremos todos los viernes para evaluar tus progresos.

Wally sacó un cuaderno más pequeño, tamaño cuartilla, y lo dejó sobre la mesa.

—He ahí tu diario. En él debe quedar constancia de tus horas de estudio para el examen y de los temas estudiados. Lo recogeré todos los viernes por la mañana, antes de la reunión de la junta. ¿Alguna pregunta?

—No se me ocurre ninguna —respondió Mitch, al tiempo que colocaba el cuaderno sobre la carpeta de Capps.

—Bien. Nos veremos el miércoles a las tres.

Menos de diez segundos después de que se marchara entró Randall Dunbar en el despacho con un grueso cuaderno, curiosamente parecido al que le había entregado Wally. A decir verdad, era idéntico, aunque no tan grueso. Dunbar era el jefe de la sección de transacciones inmobiliarias y se había ocupado de la compra de la casa de McDeere, en el mes de mayo. Entregó a Mitch el cuaderno, titulado *Código de transacción de fincas*, y le explicó que su especialidad era la parte más fundamental del examen. Según él, todo acababa en una cuestión de propiedad. Él mismo había preparado cuidadosamente el material, a lo largo de los diez últimos años, y confesó que había pensado a menudo en publicarlo como texto fundamental sobre los derechos de la propiedad y financiación de la tierra. Necesitaría por lo menos una hora semanal, preferiblemente el martes por la tarde. Habló durante una hora de lo diferente que era el examen hacía treinta años, cuando él lo había hecho.

Kendall Mahan agregó una nueva peculiaridad. Quería que se reunieran los sábados por la mañana. Temprano, a eso de las siete y media.

—Estupendo —dijo Mitch, mientras colocaba el cuaderno junto a los demás.

Este trataba de derecho constitucional, tema favorito de Kendall a pesar de que, según él, casi nunca lo usaba. Era la sección más importante del examen, por lo menos hacía cinco años cuando él lo hizo. Había publicado un artículo sobre los derechos de la Primera Emmienda, en la *Columbia Law Review*, durante su último curso en la facultad. En el cuaderno había una copia del mismo, por si a Mitch le interesaba leerlo. Prometió que lo haría casi inmediatamente.

La procesión continuó a lo largo de la tarde, hasta que hubo desfilado la mitad del personal de la empresa con cuadernos, tareas y el compromiso de reunirse una vez por semana. Por lo menos media docena le recordaron que ningún miembro de la empresa había suspendido jamás el examen.

Cuando su secretaria se despidió, a las cinco de la tarde, el pequeño escritorio estaba cubierto de suficiente material de estudio para las oposiciones como para paralizar un bufete de diez funcionarios. Incapaz de decir palabra, se limitó a sonreírle y volvió a concentrarse en la versión de Wally de la reglamentación de los contratos. Al cabo de una hora pensó en comer. A continuación, por primera vez en doce horas, se acordó de Abby y la llamó por teléfono.

—Todavía tardaré en llegar a casa —le dijo.

—Estoy preparando la cena...

—Déjala en el horno —dijo, con cierta brusquedad.

—¿A qué hora regresarás? —preguntó, después de una pausa, enunciando con lentitud y precisión.

—Dentro de unas horas.

—Unas horas. Llevas ahí casi todo el día.

—Cierto, y todavía me queda mucho por hacer.

—Pero hoy es tu primer día...

—No me creerías si le lo contara.

—¿Estás bien?

—Muy bien. Te veré más tarde.

El motor de arranque despertó a Dutch Hendrix, que se incorporó de un brinco. Abrió el portalón y esperó junto al mismo, mientras el coche abandonaba el aparcamiento.

—Buenas noches, Dutch —dijo Mitch—. ¿Todavía por aquí?

—Sí, he tenido un día muy ocupado.

Dutch iluminó el reloj con su linterna, para consultar la hora. Las once y media.

—Tenga cuidado —dijo.

—Desde luego. Hasta dentro de unas horas.

El BMW salió a Front Street y aceleró para perderse en la oscuridad de la noche. Dentro de unas horas, pensó Dutch. Los novatos eran verdaderamente asombrosos. De dieciocho a veinte horas al día, seis días por semana. A veces siete. Todos se proponían ser el mejor abogado del mundo y ganar un millón de dólares en un santiamén. A veces trabajaban día y noche y dormían en el despacho. Había visto de todo. Pero no eran capaces de resistirlo. El cuerpo humano no estaba hecho para tanto abuso. Al cabo de seis meses perdían vitalidad. Reducían la jornada laboral a quince horas diarias, seis días por semana. Más adelante cinco y medio. Después doce horas diarias.

Nadie podía trabajar cien horas semanales durante más de seis meses.

7

Una secretaria hurgaba en un fichero, en busca de algo que
Avery necesitaba inmediatamente. La otra secretaria estaba
frente al escritorio, cuaderno en mano, escribiendo las instrucciones que de vez en cuando le dictaba, cuando dejaba de
chillar por teléfono para escuchar a su interlocutor. Tres pilotos rojos se encendían intermitentemente en el teléfono.
Cuando él hablaba por teléfono, las secretarias intercambia-
ban rápidos comentarios entre sí. Mitch entró cautelosamente en el despacho y se detuvo junto a la puerta.

—¡Silencio! —chilló Avery a las secretarias.

La que hurgaba en el fichero cerró de golpe un cajón,
para dirigirse al fichero contiguo y abrir el cajón inferior.
Avery chascó los dedos en dirección a la segunda y le señaló
el calendario que tenía sobre la mesa. Colgó el teléfono sin
despedirse.

—¿Qué hay en la agenda para hoy? —preguntó, mientras
sacaba una ficha de su carpeta.

—A la diez, reunión en la delegación de Hacienda. A la
una, reunión con Nathan Locke sobre el sumario Spinosa.
A las tres y media, reunión de socios. Mañana está comprometido todo el día en los tribunales de Hacienda y debe preparar hoy todo lo necesario.

—Magnífico. Anúlelo todo. Verifique los vuelos a Hous-

ton el sábado por la tarde, para regresar el lunes por la mañana temprano.

—Sí, señor.

—¡Mitch! ¿Dónde está la ficha de Capps?

—En mi despacho.

—¿Qué has hecho?

—Lo he leído casi todo.

—Hay que acelerar el proceso. Acabo de hablar con Sonny
Capps por teléfono. Quiere que nos reunamos el sábado por la
tarde en Houston y que le presente un borrador aproximado
del contrato de sociedad anónima.

Mitch experimentó un tirón de angustia en su estómago
vacío. Si no le traicionaba la memoria, el contrato constaba de
unas ciento cuarenta y tantas páginas.

—Solo un borrador aproximado —dijo Avery, mientras
señalaba a una de las secretarias.

—No hay ningún problema —respondió Mitch, con toda
la seguridad de la que fue capaz—. Puede que no sea perfecto,
pero redactaré el borrador.

—Lo necesito para el mediodía del sábado, todo lo perfecto que sea posible. Ordenaré a una de mis secretarias que le
muestre a Nina dónde están los formularios de contrato, en el
banco de memoria. Así no habrá que dictar ni mecanografiar
tanto. Sé que no es justo, pero no hay nada justo relacionado
con Sonny Capps. Es muy exigente. Me ha dicho que hay que
cerrar el trato en veinte días, o de lo contrario quedará anulado. Todo depende de nosotros.

—Lo tendré listo.

—Magnífico. Reunámonos a las ocho de la mañana, para
ver dónde estamos.

Avery pulsó uno de los intermitentes y comenzó a discutir por teléfono. Mitch regresó a su despacho y buscó la ficha
de Capps, bajo los quince cuadernos. Nina asomó la cabeza
por la puerta.

—Oliver Lambert desea verle.

—¿Cuándo? —preguntó Mitch.

—Lo antes posible.

—¿No puede esperar?

Mitch consultó su reloj. Llevaba tres horas en el despacho y ya habría dado la jornada laboral por concluida.

—Creo que no. El señor Lambert no está acostumbrado a esperar a nadie.

—Comprendo.

—Será mejor que vaya.

—¿Qué quiere?

—Su secretaria no me lo ha dicho.

Se puso la chaqueta, se ajustó la corbata y salió corriendo hacia el cuarto piso, donde la secretaria de Lambert le estaba esperando. Se presentó y le dijo que llevaba treinta y un años en la empresa. En realidad, ella había sido la segunda secretaria contratada por el señor Anthony Bendini desde que se instaló en Memphis. Su nombre era Ida Renfroc, pero todo el mundo la llamaba señora Ida. Después de acompañarlo al amplio despacho, cerró la puerta.

Oliver Lambert estaba de pie detrás de su escritorio y se quitó las gafas. Le brindó una cálida sonrisa y dejó la pipa sobre un soporte de bronce.

—Buenos días, Mitch —dijo en un tono suave, como si el tiempo no importara—. Sentémonos aquí —agregó, señalando el sofá.

—¿Te apetece un café? —preguntó el señor Lambert.

—No, gracias.

Mitch se sentó en el sofá y el socio lo hizo en un sillón, a medio metro de distancia y un metro por encima de su altura. Mitch se desabrochó la chaqueta y procuró relajarse. Se cruzó de piernas y admiró su nuevo par de Cole-Haans. Doscientos pavos. Una hora de trabajo para un miembro asociado, en aquella fábrica de dinero. Intentó relajarse. Pero había percibido el pánico en la voz de Avery y la desesperación en la mirada cuando hablaba por teléfono con aquel individuo llamado

Capps. Aquel era su segundo día de trabajo, y tenía jaqueca y le dolía el estómago.

El señor Lambert le sonrió desde las alturas, con la sincera amabilidad propia de un abuelo. Había llegado el momento de recibir algún tipo de sermón. Vestía una impecable camisa blanca de algodón, con una pequeña pajarita de seda oscura, que le otorgaba un aspecto de suma inteligencia y sabiduría. Como de costumbre, estaba más moreno de lo normal en pleno verano de Memphis. Sus dientes brillaban como perlas. Un figurín de sesenta años.

—Solo un par de cosas, Mitch —dijo—. Tengo entendido que estás bastante ocupado.

—Sí, bastante.

—El pánico forma parte de la vida en los bufetes importantes, y los clientes como Sonny Capps pueden causar úlceras. Nuestros clientes son nuestros únicos bienes y nos matamos por complacerlos.

Mitch sonrió y simultáneamente arrugó el entrecejo.

—Solo un par de cosas, Mitch. En primer lugar, mi esposa y yo deseamos que cenéis con nosotros el sábado. Salimos a cenar a menudo y nos gusta hacerlo con nuestros amigos. Me gusta bastante cocinar y aprecio la buena comida y el buen vino. Generalmente reservamos una gran mesa en uno de nuestros restaurantes predilectos de la ciudad, invitamos a nuestros amigos y pasamos la velada degustando un banquete de nueve platos y catando vinos poco comunes. ¿Estáis libres tú y Abby este sábado?

—Por supuesto.

—Kendall Mahan, Wally Hudson, Lamar Quin y sus respectivas esposas estarán también con nosotros.

—Será un gran placer.

—Me alegro. Justine's es mi lugar predilecto en Memphis. Es un antiguo restaurante francés, con una cocina exquisita y una impresionante lista de vinos. ¿Te parece bien a las siete?

—Allí estaremos.

—En segundo lugar, hay algo de lo que debemos hablar. Estoy seguro de que eres consciente de ello, pero merece la pena mencionarlo. Para nosotros es muy importante. Sé que en Harvard te enseñaron que existe una relación confidencial entre tú, como abogado, y tu cliente. Se trata de una relación privilegiada y nadie puede obligarte a revelar nada que te confíe un cliente. Es estrictamente confidencial. Violaríamos nuestra ética si divulgáramos los asuntos de nuestros clientes. Esto es aplicable a todo abogado, pero en esta empresa nos tomamos dicha relación profesional muy en serio. No hablamos con nadie de los asuntos de los clientes. Ni con otros abogados, ni con nuestras esposas. A veces ni siquiera entre nosotros. Como norma, no hablamos en casa y nuestras esposas han aprendido a no formular preguntas. Cuanto menos hables, mejor será tu situación. El señor Bendini era un gran devoto del sigilo y aprendimos debidamente su lección. Ningún miembro de esta empresa menciona siquiera el nombre de un cliente fuera de las paredes de este edificio. Tanta es la importancia que esto tiene para nosotros.

¿Adónde pretendía ir a parar?, se preguntó Mitch. Cualquier estudiante de segundo curso podía haber hecho un discurso semejante.

—Lo comprendo perfectamente y no tiene que preocuparse por mí.

—«Irse de la lengua equivale a perder pleitos», era el lema del señor Bendini, que aplicaba a todas las cosas. Nosotros no hablamos de los asuntos de nuestros clientes absolutamente con nadie, incluidas nuestras respectivas esposas. Somos muy discretos, muy reservados y deseamos seguir siéndolo. Conocerás a otros abogados en la ciudad y, tarde o temprano, te formularán preguntas sobre la empresa, o acerca de algún cliente. Nosotros no hablamos, ¿comprendido?

—Por supuesto, señor Lambert.

—Magnífico. Nos sentimos muy orgullosos de ti, Mitch. Serás un gran abogado. Y además muy rico. Nos veremos el sábado.

La señora Ida tenía un recado para Mitch. El señor Tolleson deseaba verle inmediatamente. Le dio las gracias, bajó corriendo la escalera y avanzó por el pasillo sin detenerse en su despacho, hasta llegar al grande de la esquina. Había ahora tres secretarias, que susurraban y se daban palmadas entre sí, mientras su jefe vociferaba por teléfono. Mitch descubrió una silla en lugar seguro, junto a la puerta, y se dedicó a contemplar el circo. Las mujeres manipulaban carpetas y cuadernos, sin dejar de refunfuñar entre sí en algún idioma incomprensible. De vez en cuando Avery chascaba los dedos, señalaba a algún lugar y ellas brincaban como conejos asustados.

Al cabo de unos minutos colgó el teléfono, de nuevo sin despedirse, y miró fijamente a Mitch.

—Sonny Capps otra vez. Los chinos quieren setenta y cinco millones y él se ha comprometido a dárselos. La sociedad constará de cuarenta y un socios, en lugar de veinticinco. Disponemos de veinte días o se anulará el trato.

Dos de las secretarias se acercaron a Mitch y le entregaron unas gruesas carpetas extensibles.

—¿Podrás hacerlo? —preguntó Avery, casi en tono de burla.

Las miradas de las secretarias convergieron en Mitch.

—Por supuesto —respondió mientras se dirigía hacia la puerta, con las carpetas en los brazos—. ¿Eso es todo?

—Es suficiente. Quiero que de ahora hasta el sábado no trabajes en otra cosa, ¿comprendido?

—Sí, jefe.

En su despacho, recogió todo el material de revisión para las oposiciones, los quince cuadernos, y lo amontonó en un rincón. Distribuyó cuidadosamente el contenido de la carpeta de Capps sobre la mesa. Respiró hondo y comenzó a leer. Alguien llamó a la puerta.

—¿Quién es?

Nina asomó la cabeza.

—Lamento comunicárselo, pero ha llegado su nuevo mobiliario.

Se frotó las sienes y refunfuñó algo incoherente.

—Tal vez pueda trabajar en la biblioteca durante un par de horas.

—Tal vez.

Guardaron de nuevo el contenido de la carpeta de Capps y sacaron los quince cuadernos al pasillo, donde esperaban dos robustos negros con un montón de voluminosas cajas de cartón y una alfombra oriental.

Nina le acompañó a la biblioteca del segundo piso.

—Se supone que debo reunirme con Lamar Quin a las dos para estudiar para las oposiciones. Llámele y anule la cita. Dígale que se lo explicaré más tarde.

—Tiene otra reunión a las dos con Gill Vaughn —dijo la secretaria.

—Anúlela también.

—Se trata de un socio.

—Anúlela. Le veré más tarde.

—No es sensato.

—Haga lo que le digo.

—Usted manda.

—Gracias.

La mujer que colocaba el papel pintado era baja, musculosa y de edad avanzada, pero acostumbrada al trabajo duro y muy experimentada en su profesión. Le explicó a Abby que, desde hacía casi cuarenta años, colgaba papel pintado de la mejor calidad en las casas más elegantes de Memphis. Hablaba incesantemente, pero sin malgastar un solo movimiento. Cortaba con precisión, como un cirujano, y a continuación aplicaba la cola como un artista. Mientras esperaba a que se secara, sacó una cinta métrica de la bolsa de su cinturón y midió el rincón restante del comedor. Susurró algunos números que Abby fue incapaz de descifrar. Entonces calibró la altura y anchura de varios lugares y lo grabó en la memoria. Se subió a la escalera e indicó a Abby que le entregara un rollo de papel. Se ajustó a la perfección. Lo apretó firmemente contra la pared y comentó por enésima vez lo bonito y caro que era, así como lo mucho que duraría y que conservaría su buen aspecto. También le gustaba el color. Hacía juego a la perfección con las cortinas y la alfombra. Abby estaba más que harta de darle las gracias. Asintió y consultó su reloj. Era hora de empezar a preparar la cena.

Cuando acabó de empapelar la pared, Abby le comunicó que ya bastaba por hoy y le pidió que volviera a las nueve de la mañana del día siguiente. La señora le respondió que desde luego y empezó a limpiar la porquería que había hecho. Cobraba doce dólares por hora, al contado, y estaba dispuesta casi a todo. Abby admiró la sala. Al día siguiente quedaría terminada y habría acabado el empapelado, a excepción de los dos cuartos de baño y la sala de reposo. La pintura estaba programada para la semana siguiente. La cola del papel, el barniz fresco de la repisa y el olor a nuevo del mobiliario se combinaban en un aroma fresco y maravilloso. Como el de una casa nueva.

Abby se despidió de la empapeladora y se retiró al dormitorio; allí se desnudó y se tumbó sobre la cama. Llamó por teléfono a su marido, pero Nina le comunicó que estaba en una reunión y que todavía tardaría un poco. La secretaria dijo que él la llamaría. Abby estiró sus largas y doloridas piernas y se frotó los hombros. Las aspas del ventilador giraban lentamente suspendidas del techo. En algún momento, Mitch regresaría a casa. Durante algún tiempo trabajaría cien horas semanales, que más adelante reduciría a ochenta. Podía esperar.

Se despertó al cabo de una hora y se incorporó de un brinco. Eran casi las seis. Ternera *piccata*. Ternera *piccata*. Se puso un pantalón corto color caqui y un jersey blanco de cuello alto. Corrió a la cocina, que estaba terminada a excepción de una mano de pintura y unas cortinas, que se instalarían la semana próxima. Encontró la receta en un libro de cocina italiana y dispuso minuciosamente los ingredientes sobre la mesa. Habían comido poca carne en la universidad, a excepción de alguna hamburguesa de vez en cuando. Cuando ella cocinaba, era siempre a base de pollo. También se había hartado de bocadillos y perros calientes.

Pero ahora, con su inesperada riqueza, había llegado el momento de aprender a cocinar. Durante la primera semana había preparado algo distinto cada noche y se lo habían comido cuando Mitch llegaba a casa. Programaba las comidas, estudiaba libros de cocina y experimentaba con salsas. Por alguna razón desconocida, a su marido le gustaba la comida italiana y, después de probar y perfeccionar los espaguetis y el cerdo *capiellini*, le tocaba ahora el turno a la ternera *piccata*. Después de macerar las lonjas de ternera con una pequeña maza, hasta que fueron lo suficientemente delgadas, las pasó por harina, sal y pimienta. Puso una olla al fuego para hervir los *linguine*. Se sirvió una copa de Chablis y conectó la radio. Había llamado dos veces al despacho desde la hora del almuerzo y Mitch no había tenido tiempo de devolverle las llamadas. Pensó en llamarle de nuevo, pero decidió no hacerlo. Ahora le tocaba a él. La cena estaría lista y comerían cuando regresara.

Salteó las lonjas durante tres minutos, con el aceite muy caliente, para dejar la ternera en su punto. Las retiró del fuego, limpió la sartén y agregó vino y zumo de limón a la misma, hasta que el líquido empezó a hervir. No dejó de removerlo hasta que adquirió una consistencia espesa. Entonces volvió de nuevo las lonjas a la sartén y agregó setas, alcachofas y mantequilla. La cubrió y dejó que cociera a fuego lento.

Frió tocino, tomate partido, hirvió los *linguine* y agregó otro vaso de vino. A las siete la cena estaba lista: ensalada de tocino y tomate con *tubettini*, *piccata* de ternera y pan con ajo al horno. Mitch no había llamado todavía. Abby cogió su copa de vino y salió a dar una vuelta por el jardín. Hearsay salió corriendo de entre unos matorrales. Admiraron juntos la vegetación tropical mientras paseaban y se detuvieron bajo dos enormes robles. Los restos de una choza abandonada desde hacía mucho tiempo estaban desparramados por la copa del mayor de los robles. En el tronco había unas iniciales grabadas. Del otro roble colgaba una cuerda. Encontró una pelota de goma, la arrojó y vio cómo el perro la perseguía. Escuchaba el teléfono a través de la ventana de la cocina. No sonó.

Hearsay paró en seco y gruñó en dirección a la casa contigua. El señor Rice apareció entre los setos perfectamente nivelados que rodeaban su jardín. El sudor le goteaba por la nariz y llevaba la camiseta empapada. Se quitó los guantes de jardinero y se percató de la presencia de Abby bajo los árboles, al otro lado de la verja. Ella le sonrió. Él admiró sus bronceadas piernas y también le sonrió. Se secó la frente con un antebrazo sudado y se acercó a la verja.

—¿Cómo está usted? —preguntó, jadeando, con su espeso cabello canoso empapado de sudor y pegado al cráneo.

—Muy bien, señor Rice. ¿Cómo está usted?

—Acalorado. Debemos de estar a treinta y ocho grados.

Abby se acercó lentamente a la verja, para charlar. A lo largo de la semana se había percatado de que la miraba, pero no le importaba. Tenía por lo menos setenta años y probablemente era inofensivo. Que mirara si lo deseaba. Además, era un ser humano vivo que respiraba, sudaba y era capaz, hasta cierto punto, de mantener una conversación. La empapeladora había sido la única persona con la que había hablado desde que Mitch se había marchado, antes del amanecer.

—Su césped tiene muy buen aspecto —dijo.

Volvió a secarse y escupió en el suelo.

—¿Bueno? ¿A esto lo llama usted bueno? Merece estar en una revista. Jamás he visto un campo de golf con un *green* tan perfecto. Deberían concederme el galardón al mejor jardín del mes, pero no lo harán. ¿Dónde está su marido?

—En el despacho. Trabaja hasta muy tarde.

—Son casi las ocho. Esta mañana debió de salir antes del

alba. Yo salgo a dar un paseo a las seis y media y él ya se había marchado. ¿Qué mosca le ha picado?

—Le gusta trabajar.

—Si yo tuviera una esposa como usted, me quedaría en casa. No podrían obligarme a salir.

—¿Cómo está la señora Rice? —preguntó Abby, sonriendo para agradecerle el cumplido.

—Me temo que no muy bien —respondió con el entrecejo fruncido, al tiempo que arrancaba un hierbajo de la verja.

Desvió la mirada y se mordió el labio. La señora Rice se estaba muriendo de un cáncer. No tenían hijos. Los médicos le habían dado un año de vida. Un año a lo sumo. Le habían extraído la mayor parte del estómago y ahora tenía tumores en los pulmones. Pesaba cuarenta kilos y apenas se movía de la cama. Durante su primera conversación a través de la verja, se le humedecieron los ojos al hablar de su esposa y de la perspectiva de quedarse solo después de cincuenta y un años.

—No, no me concederán el premio al mejor jardín del mes —dijo entonces—. No es el barrio adecuado. Siempre se lo conceden a esos ricachones que contratan a un jardinero para que haga todo el trabajo, mientras ellos se sientan junto a la piscina y saborean un daiquiri. Pero es bonito, ¿no es cierto?

—Es increíble. ¿Cuántas veces por semana corta el césped?

—Tres o cuatro. Depende de lo que llueva. ¿Quiere que corte el suyo?

—No. Deseo que lo haga Mitch.

—Parece que no tiene tiempo. Lo vigilaré y si veo que necesita un toque, me ocuparé de ello.

Abby volvió la cabeza y miró hacia la ventana de la cocina.

—¿Oye usted el teléfono? —preguntó, al tiempo que se separaba de la verja y el señor Rice enfocaba su audífono.

Se despidió y echó a correr hacia la casa. El teléfono dejó de sonar en el momento de levantar el auricular. Eran casi las ocho y media, prácticamente de noche. Llamó al despacho, pero no contestó nadie. Puede que Mitch estuviera de camino.

Una hora antes de la medianoche, sonó el teléfono. A excepción del sonido del timbre y del de un suave ronquido, imperaba el silencio en el segundo piso de la oficina. Tenía los pies sobre el nuevo escritorio, las piernas cruzadas por las pantorrillas y dormidas por falta de circulación. El resto de su cuerpo reposaba cómodamente en un mullido sillón de cuero estilo ejecutivo. Se volvió de lado, mientras emitía sonidos intermitentes de un sueño profundo. El sumario de Capps estaba desparramado por el escritorio y tenía un impresionante documento agarrado con fuerza contra el pecho. Sus zapatos estaban en el suelo, junto al escritorio y a un montón de documentos de la ficha de Capps. Una bolsa vacía de patatas fritas se encontraba entre los zapatos.

Después de que el teléfono sonara una docena de veces, reaccionó y levantó el auricular. Era su mujer.

—¿Por qué no me has llamado? —preguntó tranquilamente, pero con cierto deje de preocupación.

—Lo siento. Me he quedado dormido. ¿Qué hora es? —dijo, mientras se frotaba los ojos y consultaba su reloj.

—Las once. Podías haber llamado.

—Lo hice, pero no contestó nadie.

—¿Cuándo?

—Entre las ocho y las nueve. ¿Dónde estabas?

No respondió. Esperó.

—¿Vuelves a casa?

—No. Tengo que trabajar toda la noche.

—¿Toda la noche? No puedes trabajar toda la noche, Mitch.

—Claro que puedo. Aquí es algo corriente. Se espera que uno lo haga.

—Yo esperaba que regresaras a casa, Mitch. Por lo menos podías haber llamado. La cena está todavía en el horno.

—Lo siento. Estoy hasta el cuello de trabajos por terminar y he perdido la noción del tiempo. Te ruego que me disculpes.

Guardó unos instantes de silencio, mientras consideraba sus disculpas.

—¿Va a convertirse esto en algo habitual, Mitch?

—Tal vez.

—Comprendo. ¿Cuándo crees que regresarás a casa?

—¿Tienes miedo?

—No, no tengo miedo. Voy a acostarme.

—Iré a eso de las siete para ducharme.

—Muy amable. Si duermo, no te molestes en despertarme.

Abby colgó el teléfono. Mitch miró el auricular y lo devolvió a su sitio. En el quinto piso, un agente de seguridad soltó una carcajada.

—«No te molestes en despertarme.» Eso es bueno —dijo, mientras pulsaba un botón en el magnetófono computerizado—. ¡Hola, Dutch, despierta! —agregó por un pequeño micrófono, después de pulsar otros tres botones.

—Sí, ¿que ocurre? —respondió Dutch, acercándose al intercomunicador.

—Habla Marcus, desde arriba. Creo que nuestro chico piensa pasar aquí toda la noche.

—¿Tiene algún problema?

—En estos momentos, su mujer. Olvidó llamarla y le ha preparado una cena deliciosa.

—Qué pena. No es la primera vez que oímos algo parecido, ¿no es cierto?

—A todos los novatos les ocurre lo mismo en la primera semana. De todos modos, le ha dicho a su esposa que no regresará hasta por la mañana. O sea que puedes volver a dormir.

Marcus pulsó otros botones y se concentró de nuevo en su revista.

Abby esperaba, cuando el sol surgió entre los robles. Tomaba sorbos de café, acariciaba el perro y escuchaba los tenues sonidos del barrio que recobraba vida. Había tenido un sueño desasosegado. La ducha caliente no había paliado su fatiga. La única prenda que llevaba puesta era un albornoz de terciopelo de su marido. Tenía el cabello húmedo y peinado hacia atrás.

Se oyó la puerta de un coche y el perro miró hacia el interior de la casa. Oyó que se abría la puerta de la cocina y, al cabo de un momento, la corrediza que daba al jardín. Mitch dejó la chaqueta sobre un banco cerca de la puerta y se acercó.

—Buenos días —dijo, antes de sentarse sobre la mesa de mimbre.

—Buenos días —respondió ella, con una sonrisa forzada.

—Te has levantado muy temprano —agregó, esforzándose en vano por ser amable.

Ella le sonrió de nuevo y tomó otro sorbo de café.

—Veo que sigues enojada por lo de anoche —suspiró, mientras contemplaba el jardín.

—No es cierto. No soy rencorosa.

—He dicho que lo siento, con toda sinceridad. Intenté llamarte.

—Podías haber insistido.

—Te ruego que no pidas el divorcio, Abby. Te prometo que no volverá a ocurrir. No me abandones.

—Tienes muy mal aspecto —dijo, con una sonrisa verdaderamente sincera.

—¿Qué llevas debajo del albornoz?

—Nada.

—Déjame ver.

—¿Por qué no te acuestas? Tienes el aspecto de estar molido.

—Gracias, pero tengo una reunión con Avery a las nueve y otra a las diez.

—¿Intentan acabar contigo la primera semana?

—Sí, pero no lo lograrán. Soy demasiado fuerte. Vamos a tomar una ducha.

—Acabo de hacerlo.

—¿Desnuda?

—Claro.

—Cuéntamelo, detalle por detalle.

—Si hubieras venido a una hora razonable, no te sentirías frustrado.

—Estoy seguro de que esta no será la última vez, cariño. Tendré que pernoctar muchas veces. No te quejabas en la facultad, cuando me veía obligado a pasar la noche estudiando.

—Era distinto. Lo soportaba porque sabía que un buen día acabaría. Pero ahora eres abogado y lo serás durante mucho tiempo. ¿Es así como funciona? ¿Trabajarás siempre un millar de horas semanales?

—Abby, esta es mi primera semana.

—Esto es lo que me preocupa. Solo puede empeorar.

—Por supuesto que lo hará. Forma parte del trabajo, Abby. Es un negocio en el que se lucha despiadadamente y en el que los débiles son devorados, mientras los fuertes se enriquecen. Es un maratón. El que llega a la meta recibe la medalla de oro.

—Y cae muerto a la llegada.

—No lo creo. Hace un semana que estamos aquí y te preocupas ya por mi salud.

Abby tomó un sorbo de café y acarició el perro. Era hermosa. Con los ojos cansados, sin maquillaje y el cabello mojado, estaba encantadora. Mitch se puso de pie, se colocó a su espalda y le dio un beso en la mejilla.

—Te quiero —susurró.

—Anda a ducharte —respondió ella, estrujándole la mano que tenía sobre su hombro—. Preparé el desayuno.

La mesa estaba puesta a la perfección. La vajilla de su abuela había abandonado por primera vez el aparador en la nueva casa. Había velas encendidas en candelabros de plata. El zumo de pomelo se sirvió en copas de cristal. Las servilletas de lino, que hacían juego con el mantel, estaban dobladas sobre los platos. Cuando Mitch acabó de ducharse y ponerse un nuevo Burberry de lana escocesa, entró en el comedor y silbó de admiración.

—¿Qué se celebra?

—Un desayuno especial, para un marido excepcional.

Se sentó y admiró la vajilla. La comida se mantenía caliente en una fuente cubierta de papel de estaño.

—¿Qué has preparado? —preguntó, humedeciéndose los labios.

Abby señaló la fuente y levantó la tapa. Mitch se quedó mirando fijamente la comida.

—¿Qué es esto? —preguntó, sin dirigirle la mirada.

—Ternera *piccata*.

—¿Ternera qué?

—Ternera *piccata*.

—Creí que era hora de desayunar —dijo, consultando su reloj.

—Lo preparé ayer para la cena y sugiero que te lo comas.

—¿Ternera *piccata* para desayunar?

Ella le brindó una radiante sonrisa y movió ligeramente la cabeza. Mitch examinó de nuevo la comida y, durante unos instantes, analizó la situación.

—Huele bien —dijo por fin.

8

Sábado por la mañana. Mitch se quedó en cama y no llegó al despacho hasta las siete. No se afeitó, se puso unos vaqueros, una vieja camisa y zapatillas Bass sin calcetines: el uniforme de la facultad.

El contrato de Capps había sido impreso y reimpreso el viernes por la noche. Había hecho algunas correcciones y Nina lo había vuelto a imprimir a las ocho de la noche. Suponía que la vida social de su secretaria era escasa o inexistente y no dudó en pedirle que se quedara a trabajar. Ella le respondió que no le importaba hacer horas extras; entonces le pidió que viniera también el sábado por la mañana.

Nina llegó a las nueve, con unos vaqueros descomunales. Mitch le entregó el contrato con sus últimas correcciones, que constaba ahora de doscientas seis páginas, y le pidió que lo imprimiera por cuarta vez. Tenía una cita con Avery a las diez.

La oficina era distinta los sábados. Estaban presentes todos los miembros asociados, así como la mayoría de los socios y algunas secretarias. No había clientes y, por consiguiente, no se aplicaba el código indumentario. Había suficiente lona azul como para celebrar un rodeo. Ni una sola corbata. Algunos de los más preeminentes vestían su mejor pantalón de algodón almidonado, con camisa también almidonada, y parecía que crujían cuando caminaban.

Pero la presión no había desaparecido, por lo menos para Mitchell Y. McDeere, el más nuevo de los miembros asociados. Había anulado las reuniones de estudio del jueves, viernes y sábado, y los quince cuadernos amontonados en la estantería, acumulando polvo, le recordaban que sentaría precedente, al convertirse realmente en el primer miembro de la empresa que suspendería el examen.

A las diez, la cuarta revisión estaba terminada, y Nina, después de colocarla ceremoniosamente sobre el escritorio de Mitch, se dirigió a la sala de café. Había alcanzado doscientas diecinueve páginas. Las había leído cuatro veces, palabra por palabra, e investigado las provisiones del código tributario hasta memorizarlas. Salió al pasillo en dirección al despacho de su socio y colocó el documento sobre la mesa. Una secretaria empaquetaba una gigantesca cartera, mientras el jefe hablaba por teléfono.

—¿Cuántas páginas? —preguntó Avery, cuando colgó.

—Más de doscientas.

—Impresionante. ¿Hay muchas generalidades?

—No muchas. Es la cuarta revisión desde ayer por la mañana. Está casi perfecto.

—Veremos. Lo leeré en el avión y a continuación lo leerá Capps con una lupa. Si encuentra un solo error, se pondrá furioso durante una hora y amenazará con no pagar. ¿Cuántas horas has invertido en esto?

—Cincuenta y cuatro y media, desde el miércoles.

—Sé que te he presionado, y lo lamento. Has tenido una primera semana muy dura. Pero nuestros clientes nos presionan mucho y esta no será la última vez que nos rompamos el lomo por alguien que nos paga doscientos dólares por hora. Forma parte del negocio.

—No me importa. Me he retrasado en los estudios para el examen, pero lo recuperaré.

—¿Te está amargando la vida ese mequetrefe de Hudson?

—No.

—Si lo hace, dímelo. Solo tiene cinco años de antigüedad y le gusta jugar a catedrático. Se cree un auténtico intelectual. No siento gran simpatía por él.

—No me causa ningún problema.

—¿Dónde están el programa y los demás documentos? —preguntó Avery mientras introducía el contrato en la cartera.

—He redactado un borrador muy aproximado de cada uno de ellos. Me dijiste que disponíamos de veinte días.

—Así es, pero hagámoslo cuanto antes. Capps empieza a exigir mucho antes de la fecha acordada. ¿Trabajarás mañana?

—No pensaba hacerlo. A decir verdad, mi esposa ha insistido en que vayamos a la iglesia.

—Las mujeres pueden ser un verdadero estorbo —dijo Avery, moviendo la cabeza—. ¿No estás de acuerdo? —agregó, sin esperar una respuesta.

Mitch no se la ofreció.

—Terminemos lo de Capps para el próximo sábado.

—De acuerdo. Dalo por hecho —respondió Mitch.

—¿Hemos hablado de Koker-Hanks? —preguntó Avery, mientras ojeaba el contenido de una carpeta.

—No.

—Aquí lo tienes. Koker-Hanks es un gran contratista de las afueras de la ciudad de Kansas. Mantiene contratos por un valor de cien millones por todo el país. Una empresa de Denver llamada Holloway Brothers se interesa por la compra de Koker-Hanks. Quieren intercambiar algunas existencias, algunos bienes, algunos contratos y agregar un poco de dinero. Un negocio bastante complicado. Familiarízate con el sumario y hablaremos de ello el martes por la mañana, cuando regrese.

—¿De cuánto tiempo disponemos?

—De treinta días.

No era tan extenso como el sumario de Capps, pero igual de imponente.

—Treinta días —susurró Mitch.

—Se trata de un negocio de ochenta millones y le sacaremos doscientos mil en honorarios. No está mal. Cada vez que mires ese sumario, carga una hora. Dedícate a él tanto como puedas. Si el nombre de Koker-Hanks te cruza por la mente cuando vas conduciendo el coche, agrega una hora a la minuta. El límite está en las estrellas para este caso.

A Avery le encantaba la idea de un cliente que pagaría la minuta, independientemente de su cuantía. Mitch se despidió y regresó a su despacho.

Ya casi terminados los cócteles, mientras Oliver Lambert comparaba los matices y sutilezas de los vinos franceses de la carta, y Mitch y Abby habían llegado a la conclusión de que preferirían estar en casa, comiendo una pizza y viendo la televisión, dos individuos con la llave apropiada se introdujeron en el reluciente BMW negro, estacionado en el aparcamiento de Justine's. Vestían chaqueta y corbata, y pasaban perfectamente inadvertidos. Se alejaron sin llamar la atención y cruzaron la ciudad en dirección a la residencia del señor y la señora McDeere. Aparcaron el BMW en el lugar correspondiente, bajo el cobertizo. El conductor sacó otra llave y entraron ambos en la casa. Encerraron a Hearsay en un armario del lavabo.

A oscuras, colocaron una pequeña cartera de cuero negro sobre la mesa del comedor. Sacaron unos finos guantes de goma desechables, se los pusieron y cogieron una pequeña linterna cada uno.

—Primero los teléfonos —dijo uno de ellos.

Actuaron con rapidez en la oscuridad. Desconectaron el auricular del teléfono de la cocina y lo colocaron sobre la mesa. Destornillaron el micrófono y lo examinaron. Colocaron una gotita de cola en un transmisor, del tamaño de una pasa, y lo mantuvieron firmemente apretado en el hueco del auricular durante diez segundos. Cuando la cola se hubo endurecido, colocaron de nuevo el micrófono en su lugar, volvieron a conectar el auricular y lo colgaron del aparato en la pared de la cocina. Las voces, o señales acústicas, serían transmitidas a un pequeño receptor, que se instalaría en el ático. Otro transmisor de mayores dimensiones, instalado junto al receptor, mandaría las señales a través de la ciudad, hasta una antena situada en el tejado del edificio Bendini. Alimentados por la corriente alterna de la casa, los diminutos transmisores de los teléfonos funcionarían indefinidamente.

—Ocúpate del de la sala de estar.

Trasladaron el maletín al sofá. Encima del respaldo, introdujeron un pequeño punzón en la pared y volvieron a retirarlo. Un finísimo cilindro negro, de un cuarto de milímetro de diámetro por dos centímetros de longitud, fue introducido cuidadosamente en el agujero y sellado con una gota minúscula de cemento sintético. El micrófono era invisible. En la junta de la pared instalaron un cable del diámetro de un cabello humano, que llegaba hasta el techo y que conectarían al receptor del ático.

Instalaron micrófonos idénticos en cada uno de los dormitorios. En el rellano superior encontraron una escalera plegable y subieron al ático. Uno de ellos sacó el receptor y el transmisor del maletín, mientras su compañero pasaba cuidadosamente los diminutos cables de las paredes. A continuación los juntó, los cubrió de material aislante y los hizo llegar hasta una esquina, donde su compañero instalaba el transmisor en una vieja caja de cartón. Conectaron unos cables a una línea de corriente alterna, para alimentar el transmisor, y levantaron una pequeña antena, a un par de centímetros del tejado.

Respiraban con dificultad, en el ambiente caldeado del desván. Colocaron el transmisor en una pequeña caja de plástico de un viejo transistor y desparramaron trapos y material aislante a su alrededor. Lo dejaron en un rincón oscuro, donde probablemente tardarían meses, o incluso años, en descubrirlo. E incluso cuando lo hicieran, creerían que se trataba de un viejo trasto inútil. Seguramente lo tirarían a la basura, sin la más mínima sospecha. Después de admirar durante unos instantes su experto trabajo, bajaron por la escalera.

Cubrieron con minuciosidad sus huellas y acabaron en diez minutos.

Soltaron a Hearsay y salieron al cobertizo donde se encontraba el coche. Abandonaron rápidamente la casa y se perdieron en la oscuridad de la noche.

Mientras se servía el pescado al horno, estacionaron silenciosamente el BMW junto al restaurante. El conductor hurgó en sus bolsillos y encontró la llave de un Jaguar castaño, propiedad del letrado Kendall Mahan. Los dos técnicos cerraron el BMW y se instalaron en el Jaguar. Los Mahan vivían mucho más cerca que los McDeere, y a juzgar por los planos de la casa, el trabajo sería más rápido.

En el quinto piso del edificio Bendini, Marcus contemplaba un cuadro de pilotos intermitentes, a la espera de alguna señal procedente del 1231 de East Meadowbrook. La fiesta había acabado hacía media hora y había llegado el momento de escuchar. Un chivato amarillo se iluminó tenuemente y Marcus se colocó los cascos. Pulsó el botón de grabación. Esperó. Empezó a encenderse intermitentemente un piloto verde, junto al código McD6. Era el de la pared del dormitorio. Las señales aumentaron en claridad, voces, al principio tenues y luego muy claras. Subió el volumen y escuchó.

—Jill Mahan es una mala pécora —decía la mujer, la señora McDeere—. Cuanto más bebía, más taimada se ponía.

—Creo que pertenece a algún tipo de nobleza —respondió el señor McDeere.

—Su marido no está mal, pero ella es una verdadera zorra —dijo la señora McDeere.

—¿Estás borracha? —preguntó el señor McDeere.

—Casi. En el punto justo para disfrutar apasionadamente del sexo.

Marcus subió el volumen y se acercó al tablero de luces parpadeantes.

—Desnúdate —ordenó la señora McDeere.

—Hace días que no practicamos —respondió el señor McDeere.

Marcus se puso de pie y empezó a pasear de un lado para otro.

—¿Y de quién es la culpa? —preguntó ella.

—No he olvidado cómo hacerlo. Eres hermosa.

—Métete en la cama.

Marcus giró el botón del volumen al máximo. Sonrió a las luces y respiró hondo. Le encantaban esos nuevos miembros de la empresa, recién llegados de la facultad y repletos de energía. Escuchó sonriente los sonidos del coito. Cerró los ojos y los contempló.

9

La crisis de Capps se superó en un par de semanas, sin que ocurriera ningún desastre, gracias en gran parte a una serie de jornadas de dieciocho horas por parte del miembro más novato de la empresa, que no había aprobado todavía las oposiciones a colegiado y estaba demasiado ocupado practicando su profesión para preocuparse de ello. Durante el mes de julio, facturó un promedio de cincuenta y nueve horas semanales, lo que suponía la mejor marca de la empresa para alguien todavía no colegiado. Avery se sentía muy orgulloso cuando comunicó a los demás socios, durante su reunión mensual, que el trabajo de McDeere era extraordinario para ser novato. El negocio de Capps se cerró con tres días de antelación respecto a la fecha prevista, gracias a McDeere. El conjunto de la documentación constaba de cuatrocientas páginas, todas perfectas, meticulosamente verificadas y redactadas una y otra vez por McDeere. La transacción de Koker-Hanks se efectuaría en el transcurso de un mes, gracias a McDeere, y la empresa se embolsaría cerca de un cuarto de millón. Era una máquina.

Oliver Lambert expresó su preocupación en cuanto a sus hábitos estudiantiles. Faltaban menos de tres semanas para las oposiciones y era evidente para todos que McDeere no estaba en condiciones de aprobar. Había anulado la mitad de sus sesiones durante el mes de julio y registrado menos de veinte horas dedicadas al estudio. Avery les dijo que no se preocuparan, su chico estaría listo.

Quince días antes del examen, Mitch optó finalmente por quejarse. Estaba a punto de suspenderlo, le explicó a Avery mientras almorzaban en el Manhattan Club, y necesitaba tiempo para estudiar. Mucho tiempo. Podía prepararse en los quince días que le quedaban y aprobar por los pelos. Pero era preciso que le permitieran estudiar. Sin fechas de vencimiento. Sin urgencias. Sin que le exigieran pasar la noche en blanco. Se lo suplicó. Avery le escuchó atentamente y le pidió disculpas. Prometió dejarlo tranquilo durante las dos semanas siguientes. Mitch le dio las gracias.

El primer lunes de agosto se convocó una reunión de la empresa en la biblioteca principal del primer piso. Era el lugar idóneo para celebrar asambleas, la mayor de las cuatro bibliotecas, la más majestuosa de las salas. La mitad de los abogados estaban sentados alrededor de la antigua mesa de cerezo, en las veinte sillas correspondientes. Los demás estaban de pie junto a las estanterías, repletas de textos jurídicos encuadernados en cuero, que nadie había consultado desde hacía décadas. Estaban todos presentes, incluido Nathan Locke, que llegó tarde y se quedó solo junto a la puerta. No habló con nadie, ni nadie le dirigió la mirada. Mitch le echaba una mirada a «ojos negros» siempre que podía.

El ambiente era sombrío. Nadie sonreía. Beth Kozinski y Laura Hodge entraron por la puerta, acompañadas de Oliver Lambert. Las instalaron en la parte delantera de la sala, frente a una pared de la que colgaban dos retratos cubiertos por un velo. Se cogían de la mano e intentaban sonreír. El señor Lambert, de espaldas a la pared, dirigió la palabra al reducido público.

De su aterciopelada voz de barítono emanaba piedad y compasión. Empezó casi en un susurro, pero con una fuerza que hacía que cada palabra y cada sílaba retumbaran en la sala. Miró a las dos viudas, habló de la profunda tristeza que sentía toda la empresa y afirmó que mientras esta existiera, seguirían a su amparo. Habló de Marty y de Joe, de sus primeros años en la empresa, de su importancia para la misma y del enorme vacío creado con su defunción. Habló de su amor por sus respectivas familias y de la entrega a sus hogares.

Era muy elocuente. Hablaba en bella prosa e improvisaba su discurso sobre la marcha. Las viudas lloraban en silencio y se frotaban los ojos. A continuación, algunos de los más allegados, como Lamar Quin y Doug Turney, comenzaron a sollozar.

Cuando creyó haber dicho lo suficiente, descubrió el retrato de Marty Kozinski. Fue un momento conmovedor. Proliferaron las lágrimas. Se otorgaría una beca con su nombre en la facultad de derecho de Chicago. La empresa crearía un fondo para la educación de sus hijos. Cuidaría de la familia. Beth se mordió el labio, pero se echó a llorar con mayor desconsuelo. Los veteranos negociadores de la gran empresa Bendini, curados de espantos y duros como el roble, se repusieron rápidamente y evitaron mirarse entre sí. Solo Nathan Locke permanecía impasible. Miraba fijamente a la pared con sus penetrantes láseres y hacía caso omiso de la ceremonia.

A continuación siguió el retrato de Joe Hodge, acompañado de la correspondiente biografía, beca y provisión de fondos. Mitch había oído rumores de que Hodge había contratado un seguro de vida de dos millones de dólares, cuatro meses antes de su muerte.

Concluidas las elegías, Nathan Locke desapareció por donde había llegado. Los abogados rodearon a las viudas para ofrecerles palabras de consuelo y abrazarlas. Mitch no las conocía y no les habló. Se acercó a la pared y examinó los cuadros. Junto a los de Kozinski y Hodge, había otros tres retratos de menor tamaño, pero igualmente sobrios. El de una mujer le llamó la atención. En la placa de bronce se leía: *Alice Knauss. 1948-1977.*

—Fue un error —susurró Avery sin mover apenas los labios, acercándose a él.

—¿Qué quieres decir? —preguntó Mitch.

—Una abogada típicamente femenina. Llegó directamente de Harvard, número uno de su promoción y con un enorme complejo por el hecho de ser mujer. Creía que todo hombre practicaba la discriminación sexual y que su misión en la vida consistía en liberar a las mujeres. Una verdadera zorra. Al cabo de seis meses todos la odiábamos, pero no podíamos deshacernos de ella. Obligó a dos socios a jubilarse prematuramente. Milligan todavía la culpa por su ataque cardíaco. Trabajaba para él.

—¿Era una buena abogada?

—Muy buena, pero resultaba imposible apreciar su talento, por lo escrupulosa que era con todo lo que se le ponía por delante.

—¿Qué le ocurrió?

—Murió en un accidente de tráfico. La embistió un conductor borracho. Una gran tragedia.

—¿Fue la primera mujer?

—Y la última, a no ser que nos obliguen los tribunales.

—¿Y ese quién es? —preguntó Mitch, señalando el cuarto retrato.

—Robert Lamm. Era un buen amigo mío. De la facultad de Emory, en Atlanta. Me llevaba unos tres años de ventaja.

—¿Qué le ocurrió?

—Nadie lo sabe. Era muy aficionado a la caza. Habíamos cazado alces juntos, un invierno en Wyoming. En mil novecientos setenta estaba cazando renos en Arkansas y desapareció. Al cabo de un mes lo encontraron en un barranco, con un agujero en la cabeza. Según la autopsia, la bala le había entrado por la nuca y le había destrozado la mayor parte del rostro. Dedujeron que el disparo se había efectuado con un rifle de gran potencia y desde muy lejos. Probablemente fue un accidente, pero nunca lo sabremos. No puedo imaginar que alguien quisiera matar a Bobby Lamm.

El último retrato era el de John Mickel, 1940-1984.

—¿Qué le ocurrió a este? —susurró Mitch.

—Fue probablemente el más trágico de todos. No era un hombre fuerte y sucumbió a la presión. Bebía mucho y empezó a drogarse. Entonces su esposa le abandonó y tuvieron un divorcio muy desagradable. La empresa estaba avergonzada. Después de diez años, comenzó a temer que no llegaría a socio. El problema de la bebida empeoró. Gastamos una pequeña fortuna en tratamientos, psiquiatras y todo lo que se nos ocurrió. Pero nada funcionó. Empezó por deprimirse y acabó contemplando el suicidio. Escribió una nota de despedida de siete páginas y se voló los sesos.

—Es terrible.

—Desde luego.

—¿Dónde le encontraron?

Avery tosió y miró a su alrededor.

—En tu despacho.

—¡Cómo!

—Sí, pero lo limpiaron.

—Bromeas.

—No, en serio. Ocurrió hace muchos años y el despacho ha sido utilizado desde entonces. No pasa nada.

Mitch se quedó sin habla.

—¿No serás supersticioso? —preguntó Avery, con una perversa sonrisa.

—Claro que no.

—Supongo que debería habértelo contado, pero no es algo de lo que acostumbremos a hablar.

—¿Puedo cambiar de despacho?

—Por supuesto. No tienes más que suspender las oposiciones y te daremos uno de los despachos administrativos en el sótano.

—Si suspendo, será gracias a ti.

—Sí, pero no suspenderás, ¿no es cierto?

—Si tú has sido capaz de aprobarlas, yo también lo soy.

De las cinco a las siete de la madrugada el edificio Bendini estaba vacío y silencioso. Nathan Locke llegó a eso de las seis, pero se fue directamente a su despacho y cerró la puerta. A las siete comenzaron a aparecer los miembros asociados y se oían voces. A las siete y media, más de la mitad del personal estaba en la oficina y las secretarias fichaban. A las ocho los pasillos estaban llenos de gente y reinaba el caos habitual. Era difícil concentrarse. Las interrupciones eran rutinarias. Los teléfonos sonaban sin cesar. A las nueve, todos los abogados, pasantes, administrativos y secretarias estaban en sus puestos, o en paradero conocido.

A Mitch le encantaba la soledad de las primeras horas. Adelantó media hora el despertador y comenzó a despertar a Dutch a las cinco, en lugar de las cinco y media. Después de preparar un par de cafeteras, circulaba por los oscuros pasillos encendiendo luces e inspeccionando el edificio. A veces, cuando el cielo estaba despejado, se colocaba frente a la ventana del despacho de Lamar y contemplaba el amanecer sobre el colosal Mississippi a sus pies. Contaba las barcazas perfectamente alineadas frente a sus remolcadores, que remontaban lentamente el río. Veía los camiones que cruzaban con parsimonia el puente en la lejanía. Pero no perdía mucho tiempo. Dictaba cartas, resúmenes, sumarios, circulares y otros muchos documentos, para que Nina los mecanografiara y Avery los repasara. Empollaba para las oposiciones.

Al día siguiente de la ceremonia por los abogados difuntos, se encontró de nuevo en la biblioteca del primer piso, en busca de un tratado, cuando volvieron a llamarle la atención los cinco retratos. Se acercó a la pared y los contempló, pensando en los comentarios de Avery. Cinco abogados muertos en quince años. Era un lugar peligroso. Anotó sus nombres y los años de su defunción en un cuaderno. Eran las cinco y media.

Percibió un movimiento en el pasillo y se volvió de repente a la derecha. En la oscuridad, vio que «ojos negros» le observaba. Este se acercó a la puerta y miró fijamente a Mitch.

—¿Qué estás haciendo? —le preguntó, en tono autoritario.

—Buenos días —respondió Mitch, al tiempo que le miraba e intentaba sonreírle—. Se da el caso de que estoy estudiando para las oposiciones.

—Comprendo —dijo Locke, mirándole fijamente, después de echar una ojeada a los retratos—. ¿Por qué te interesas tanto por ellos?

—Pura curiosidad. En esta empresa no parecen haber escaseado las tragedias.

—Están todos muertos. La verdadera tragedia será que suspendas las oposiciones.

—Pienso aprobarlas.

—He oído otras opiniones. Tu forma de estudiar es motivo de preocupación entre los socios.

—¿Les preocupa también a los socios mi excesiva facturación?

—No te pases de listo. Te advertimos que las oposiciones tienen prioridad sobre todo lo demás. Un empleado sin colegiar no es de utilidad alguna en esta empresa.

A Mitch se le ocurrieron una docena de respuestas ingeniosas, pero prefirió olvidarlo. Locke se retiró y desapareció. En su despacho, y con la puerta cerrada, Mitch guardó los nombres y fechas en un cajón, y abrió un texto de derecho constitucional.

10

El sábado siguiente a las oposiciones, Mitch evitó el despacho y la casa, y pasó la mañana removiendo la tierra de los parterres y esperando. Terminado el remodelaje, la casa estaba presentable y, evidentemente, los primeros invitados debían ser sus suegros. Abby no había dejado de limpiar y abrillantar durante toda la semana, y había llegado el momento. Prometió que no se quedarían mucho tiempo, solo unas horas. Él, por su parte, prometió ser lo más amable posible.

Mitch lavó y enceró ambos coches nuevos y parecía que acababan de salir de la tienda. Un jovenzuelo de la calle se había ocupado de cortar el césped. El señor Rice lo fertilizaba desde hacía un mes y parecía el *green* de un campo de golf, como a él le gustaba decir.

A las doce del mediodía llegaron y Mitch, de mala gana, abandonó los parterres. Los saludó con una sonrisa y se disculpó para ir a lavarse. Se daba cuenta de que se sentían incómodos y deseaba que así fuera. Tomó una prolongada ducha, mientras Abby les mostraba todos y cada uno de los muebles, así como el papel pintado de las paredes. Esas cosas impresionaban a los Sutherland. Las pequeñas cosas siempre lo hacían. Se interesaban por lo que los demás tenían o dejaban de tener. Él era presidente de un pequeño banco provincial, que estaba al borde de la bancarrota desde hacía diez años. Ella no quería rebajarse a trabajar y el propósito de toda su vida adulta había sido el de trepar por la escala social, en un lugar donde esta era inexistente. Había localizado el origen de sus antepasados en la realeza de algún país del viejo continente, y esto siempre había impresionado a los mineros de Danesboro, en Kentucky. Con tanta sangre azul en sus venas, no le quedaba más remedio que dedicarse a tomar el té, jugar al bridge, hablar del dinero de su marido, condenar a los menos afortunados y trabajar incansablemente en el club de jardinería. Él era un pelele que brincaba cuando ella ladraba y vivía con el miedo permanente de que su mujer se enfureciera. Como equipo habían impulsado a su hija, desde su nacimiento, a ser la mejor, conseguir lo mejor y, sobre todo, casarse con el mejor. La hija se había rebelado para contraer matrimonio con un chico pobre y sin familia, a excepción de una madre loca y un hermano delincuente.

—Tenéis una casa muy bonita, Mitch —dijo el señor Sutherland para intentar romper el hielo, cuando se sentaron a la mesa y empezaron a circular los platos.

—Gracias —respondió escuetamente Mitch.

Se concentró en la comida. No pensaba sonreír durante el almuerzo. Cuanto menos dijera, más incómodos se sentirían. Deseaba que se sintieran molestos, culpables, ofendidos. Quería hacerlos sudar, sangrar. Había sido su decisión la de boicotear la boda. Ellos y no él habían arrojado la primera piedra.

—Es todo tan encantador... —dijo la suegra, dirigiéndose vagamente a él.

—Gracias.

—Nos sentimos muy satisfechos, mamá —dijo Abby.

La conversación giró inmediatamente en torno al remodelaje. Los hombres comieron en silencio, mientras las mujeres no dejaban de charlar sobre lo que la decoradora había hecho en esta habitación y en la otra. Había momentos en los que la desesperación estaba a punto de impulsar a Abby a llenar los silencios con las primeras palabras que le vinieran a la cabeza. Mitch sentía casi compasión por ella, pero mantuvo la mirada fija en la mesa. Se habría podido cortar el aire con un cuchillo.

—¿De modo que has encontrado trabajo? —preguntó la señora Sutherland.

—Sí. Empiezo el próximo lunes. Me ocuparé del tercer curso de la escuela episcopal de Saint Andrew.

—La enseñanza no está muy bien pagada —comentó su padre.

Es incorregible, pensó Mitch.

—No me importa el dinero, papá. Soy maestra. Para mí, esta es la profesión más importante del mundo. Si me hubiera atraído el dinero, habría ido a la facultad de medicina.

—Tercer curso —dijo su madre—. Es una edad tan encantadora... Pronto querrás tener tus propios hijos.

Mitch ya había decidido que si algo atraería a aquella gente a Memphis, de un modo regular, serían unos nietos. Y también había decidido que estaba dispuesto a esperar mucho tiempo. Nunca había tenido contacto con niños. No tenía sobrinos ni sobrinas, a excepción quizá de algún hijo desconocido que Ray tuviera en algún lugar del país. Por consiguiente, no sentía afinidad con los niños.

—Puede que dentro de unos años, mamá.

Tal vez después de que hubieran muerto, pensó Mitch.

—Tú quieres tener hijos, ¿no es cierto, Mitch? —preguntó la suegra.

—Puede que dentro de unos años.

El señor Sutherland empujó el plato y encendió un cigarrillo. El tema de los cigarrillos había sido objeto de múltiples discusiones en los días anteriores a la visita. Mitch pretendía prohibir rotundamente que se fumara en su casa, sobre todo en el caso de aquella gente. Después de discutir con vehemencia, Abby había ganado.

—¿Cómo te han ido las oposiciones? —preguntó el suegro.

Mitch pensó que esto podía ser interesante.

—Penosas —respondió.

Abby empezó a ponerse nerviosa.

—¿Crees que has aprobado?

—Eso espero.

—¿Cuándo lo sabrás?

—Dentro de cuatro a seis semanas.

—¿Cuánto duraron los exámenes?

—Cuatro días.

—No ha hecho más que estudiar y trabajar desde que nos mudamos —dijo Abby—. Este verano apenas le he visto.

Mitch le brindó una sonrisa a su esposa. Sus prolongadas ausencias se habían convertido ya en un tema delicado y era divertido oír que contaban ahora con su beneplácito.

—¿Qué ocurre si no apruebas? —preguntó el suegro.

—No lo sé. No me lo he planteado.

—¿Te aumentan el sueldo cuando apruebas?

Mitch decidió ser amable, como había prometido, pero le resultaba difícil.

—Sí, un buen aumento y una buena prima.

—¿Cuántos abogados hay en la empresa?

—Cuarenta.

—Santo cielo —exclamó el señor Sutherland, mientras encendía uno de sus cigarrillos—. En todo el condado de Dane no llegan a tantos.

—¿Dónde tienes el despacho? —preguntó el suegro.

—En el centro.

—¿Podemos verlo? —dijo la suegra.

—Tal vez en otro momento. Los sábados está cerrado al público.

A Mitch le divirtió su propia respuesta: cerrado al público, como los museos.

Abby intuyó la proximidad del desastre y empezó a hablar de la parroquia a la que se habían afiliado. Tenía una congregación de cuatrocientos feligreses, un gimnasio y una bolera. Ella cantaba en el coro y daba clases de catecismo a niños de ocho años.

—Me alegro de que hayáis encontrado una buena parroquia, Abby —dijo su padre, en un tono ferviente.

Desde hacía muchos años, él dirigía las plegarias en la primera iglesia metodista de Danesboro todos los domingos y dedicaba los otros seis días de la semana a la práctica implacable de la avaricia y la manipulación. Según Ray, era también adicto, aunque con discreción, al whisky y a las mujeres.

Se hizo un embarazoso silencio, al detenerse la conversación. El suegro encendió otro cigarrillo. Sigue fumando, viejo —pensó Mitch—, sigue fumando.

—Tomemos el postre en el jardín —sugirió Abby, mientras empezaba a recoger la mesa.

Alabaron su pericia en el jardín y Mitch aceptó los cumplidos. El mismo muchacho de la calle había podado los árboles, arrancado las malas hierbas, ordenado los parterres y pulido los bordes del césped. La pericia de Mitch se limitaba a arrancar hierbajos y recoger excrementos de perro. También sabía cómo utilizar las bocas de riego, pero solía dejar que lo hiciera el señor Rice.

Abby sirvió pastel de fresas y café. Miró angustiada a su marido, pero él se mantenía inescrutable.

—Bonito lugar —dijo el suegro por tercera vez, mientras examinaba el jardín.

Mitch leía su pensamiento. Había observado la casa, el barrio y su curiosidad se hacía inaguantable. Maldita sea, ¿cuánto les había costado la casa? Eso era lo que quería saber. ¿Cuánto habían pagado como depósito? ¿Cuánto al mes? Todo.

Seguiría insistiendo hasta poder formular las preguntas que le atormentaban.

—Es un lugar encantador —dijo la suegra por enésima vez.

—¿Cuándo se construyó la casa? —preguntó el suegro.

Mitch dejó el plato sobre la mesa y se aclaró la garganta. Presentía lo que venía.

—Hace unos quince años —respondió.

—¿Cuántos metros cuadrados?

—Unos doscientos cincuenta —respondió Abby, con nerviosismo.

Mitch le lanzó una mirada. Empezaba a perder su compostura.

—Es un barrio muy agradable —agregó alegremente la suegra.

—¿Una nueva hipoteca, o quizá os habéis hecho cargo de la existente? —preguntó el suegro, como si entrevistara a un solicitante con escasos recursos.

—Una nueva hipoteca —respondió Mitch, a la espera de la próxima pregunta.

Abby también esperaba y rezaba. El suegro ya no pudo seguir resistiendo la tentación.

—¿Cuánto os ha costado?

Mitch respiró hondo y estuvo a punto de responder: «demasiado», pero Abby se le adelantó.

—El precio no ha sido excesivo, papá —afirmó, frunciendo el ceño—. Somos perfectamente capaces de administrar nuestro dinero.

Mitch logró sonreír, al tiempo que se mordía la lengua.

—Vamos a dar una vuelta en coche, ¿qué os parece? —dijo la señora Sutherland, ya de pie—. Quiero ver el río y esa nueva pirámide que han construido junto al mismo. ¿De acuerdo? Vamos, Harold.

Harold quería más información sobre la casa, pero su esposa le tiraba del brazo.

—Excelente idea —dijo Abby.

Se acomodaron en el nuevo y reluciente BMW, para dirigirse al río. Abby les pidió que no fumaran en el coche. Mitch condujo en silencio y procuró ser amable.

11

Nina entró apresuradamente en el despacho con un montón de documentos, que dejó sobre la mesa de su jefe.

—Necesito firmas —declaró, al tiempo que le entregaba la pluma.

—¿Qué es todo esto? —preguntó Mitch, mientras firmaba obedientemente los documentos.

—No se preocupe. Confíe en mí.

—He encontrado una falta de ortografía en el contrato de Landmark Partners.

—Es culpa del ordenador.

—Muy bien, que lo arreglen.

—¿Hasta qué hora piensa trabajar esta noche?

—No lo sé —respondió Mitch, al tiempo que echaba una ojeada a los documentos que acababa de firmar—. ¿Por qué?

—Parece cansado. ¿Por qué no se va a su casa temprano, digamos a eso de las diez o las diez y media, y procura descansar? Sus ojos empiezan a parecerse a los de Nathan Locke.

—Muy graciosa.

—Ha llamado su esposa.

—La llamaré dentro de un minuto.

Cuando acabó con las cartas y documentos, volvió a colocarlos en un montón.

—Son las cinco. Me voy. Oliver Lambert le espera en la biblioteca del primer piso.

—¡Oliver Lambert! ¿Me espera a mí?

—Eso es lo que acabo de decirle. Hace menos de cinco minutos que ha llamado y ha dicho que era muy importante.

Mitch se ajustó la corbata, salió corriendo por el pasillo, bajó apresuradamente por la escalera y entró pausadamente en la biblioteca. Lambert, Avery y al parecer la mayoría de los socios estaban sentados alrededor de la mesa. Todos los miembros asociados estaban presentes, de pie detrás de los socios. La silla de la cabeza de la mesa estaba vacía, a la espera. En la sala reinaba un silencio casi solemne. Nadie sonreía. Lamar, que estaba cerca de él, no quiso mirarle a la cara. Avery parecía aturdido, casi avergonzado. Wally Hudson se tocaba la pajarita y empezó a mover lentamente la cabeza.

—Siéntate, Mitch —dijo el señor Lambert con toda solemnidad—. Hay algo de lo que tenemos que hablar contigo.

Doug Turney cerró la puerta.

Mitch tomó asiento y miró a su alrededor, en busca de algún pequeño indicio de solidaridad. No lo había. Los socios giraron sus sillas en dirección a él, agrupándose mientras lo hacían. Los miembros asociados le rodearon y le miraron fijamente.

—¿De qué se trata? —preguntó aturdido, mirando con pesimismo a Avery.

Pequeñas gotas de sudor brotaron encima de sus cejas. El corazón le latía como un martillo pilón. Respiraba con dificultad.

Oliver Lambert se inclinó sobre la mesa y se quitó las gafas. Frunció el entrecejo con sinceridad, anticipando que lo que estaba a punto de decir sería doloroso.

—Acabamos de recibir una llamada de Nashville, Mitch, y queremos hablar de ello contigo.

Las oposiciones. Las oposiciones. Las oposiciones. Había ocurrido por primera vez en la historia. Un miembro asociado de la gran empresa Bendini había suspendido por fin las oposiciones a colegiado. Miró fijamente a Avery y quiso chillar: «¡Ha sido culpa tuya!». Avery se frotó las cejas, como si acabara de entrarle una jaqueca, y eludió su mirada. Lambert miró con circunspección a los demás socios y volvió a concentrarse en McDeere.

—Nos lo temíamos, Mitch.

Quería hablar, explicarles que merecía otra oportunidad, que podía presentarse de nuevo dentro de seis meses y sacaría el número uno, que no volvería a comprometer a la empresa. Sintió un fuerte calambre en la barriga.

—Sí, señor —respondió con humildad, derrotado.

Lambert se preparó para la última estocada.

—La gente de Nashville nos ha comunicado que has conseguido la mejor calificación en el examen. Felicidades, letrado.

La sala se llenó de carcajadas y vítores. Los presentes le rodearon para estrecharle la mano, darle palmadas en la espalda y tomarle el pelo. Avery se le acercó con un pañuelo y le secó la frente, Kendall Mahan colocó tres botellas de champán sobre la mesa y empezó a descorcharlas. Se sirvió una ronda en vasos de plástico. Vació el suyo de un trago y se lo llenaron de nuevo.

—Mitch, nos sentimos muy orgullosos de ti —dijo Oliver Lambert, después de colocar afectuosamente el brazo sobre sus hombros—. Eres el tercer miembro de la empresa que gana la medalla de oro y creemos que esto merece una pequeña bonificación. Aquí tengo un cheque de la empresa por dos mil dólares, que te entrego como pequeña recompensa por tu éxito.

Se oyeron silbidos y vítores.

—Esto es, por supuesto, independiente del considerable incremento salarial que acabas de ganarte.

Más silbidos y vítores. Mitch recibió el cheque sin examinarlo.

El señor Lambert levantó la mano y pidió silencio.

—En nombre de la empresa, quiero ofrecerte esto.

Lamar le entregó un paquete envuelto en papel de color castaño, que el señor Lambert desenvolvió y dejó sobre la mesa.

—Se trata de una placa preparada en anticipación del día de hoy. Como puedes ver, se trata de una réplica en bronce del papel timbrado de la empresa, donde aparecen todos los nombres. Comprobarás que el nombre de Mitchell Y. McDeere ha sido agregado a la lista.

Mitch se puso de pie y recibió ineptamente el galardón. Los colores le habían vuelto a la cara y el champán comenzaba a surtir su efecto.

—Muchas gracias —dijo dócilmente.

Tres días después, el periódico de Memphis publicó los nombres de los opositores colegiados. Abby recortó el artículo, lo guardó en un álbum y mandó copias del mismo a sus padres y a Ray.

Mitch había descubierto una cafetería, a tres manzanas del edificio Bendini, entre Front Street y Riverside Drive, cerca del río. Era un antro oscuro, con escasa clientela y unos perros calientes picantes y grasientos. A él le gustaba porque le permitía escabullirse y repasar algún documento mientras comía. Ahora que se había convertido en miembro asociado de pleno derecho, podía ir a comerse un bocadillo para almorzar y facturar ciento cincuenta por hora.

Una semana después de que su nombre apareciera en el periódico, estaba sentado solo al fondo de la cafetería, comiendo una salchicha con el tenedor. El local estaba vacío y Mitch leía un programa de un par de centímetros de grosor. El griego que dirigía el establecimiento estaba dormido detrás de la caja.

Un desconocido se le acercó, se detuvo a pocos metros y desenvolvió un chicle de fruta, haciendo tanto ruido como pudo. Convencido de que nadie le vigilaba, se acercó a la mesa de Mitch y se sentó. Este miró por encima del mantel a cuadros rojos y dejó el documento junto a la taza de té con hielo.

—¿Se le ofrece algo? —preguntó Mitch.

El desconocido miró hacia la barra, comprobó que las mesas seguían vacías y echó una ojeada a su espalda.

—Usted es McDeere, ¿no es cierto?

Tenía un acento muy particular, indudablemente de Brooklyn. Mitch le observó con atención. Tenía unos cuarenta años y llevaba el cabello corto, al estilo militar, con un mechón canoso que le llegaba casi a las cejas. Vestía un traje azul marino con chaleco, que era por lo menos el noventa por ciento de poliéster. Llevaba una corbata barata de seda sintética. Su indumentaria dejaba bastante que desear, pero su aspecto era ciertamente pulcro y su actitud ligeramente impertinente.

—Sí. ¿Y usted quién es? —replicó Mitch.

Se metió la mano en el bolsillo y sacó una placa.

—Tarrance. Wayne Tarrance. Agente especial del FBI —respondió arqueando las cejas, a la espera de una respuesta.

—Tome asiento —dijo Mitch.

—Si no le importa.

—¿Desea cachearme?

—Tal vez más adelante. Solo quería conocerle. He visto su nombre en el periódico y me han dicho que es el nuevo abogado en Bendini, Lambert & Locke.

—¿Qué interés puede tener esto para el FBI?

—Vigilamos esa empresa muy de cerca.

Mitch dejó de interesarse por el bocadillo y empujó el plato hacia el centro de la mesa. Le agregó otra cucharada de azúcar a su té, en una enorme taza de plástico.

—¿Le apetece tomar algo?

—No, gracias.

—¿Por qué vigilan la empresa Bendini?

Tarrance sonrió y le echó una mirada al griego.

—Todavía no puedo decírselo. Tenemos nuestras razones, pero no he venido para hablar de eso. Solo quería conocerle y hacerle una advertencia.

—¿Una advertencia?

—Sí, prevenirle acerca de esa empresa.

—Le escucho.

—Tres cosas. En primer lugar, no confíe en nadie. No hay una sola persona en esa empresa en quien pueda confiar. Recuérdelo. Más adelante esto será muy importante. En segundo lugar, todo lo que diga en casa, en el despacho o en cualquier lugar del edificio, es probable que lo estén grabando. Puede que incluso le escuchen en el coche.

Mitch miraba y escuchaba atentamente. A Tarrance le divertía.

—¿Y tercero? —preguntó Mitch.

—En tercer lugar, el dinero no llueve del cielo.

—¿Le importaría explicarse?

—Ahora no puedo. Creo que usted y yo llegaremos a ser muy amigos. Quiero que confíe en mí y sé que debo ganarme su confianza. Por consiguiente, no quiero apresurarme demasiado. No podemos vernos en su despacho, ni en el mío, ni hablar por teléfono. De modo que de vez en cuando me pondré en contacto con usted. Entretanto, recuerde las tres cosas que le he dicho y tenga cuidado.

»Aquí tiene mi tarjeta —agregó Tarrance, sacándosela de la cartera—. Detrás está mi número de teléfono. Llame solo desde un teléfono público.

—¿Qué razón podría tener para llamarle? —preguntó Mitch, mientras examinaba la tarjeta.

—De momento, ninguna. Pero guárdese la tarjeta de todos modos.

Mitch la guardó en el bolsillo de la camisa.

—Hay algo más —agregó Tarrance—. Le vimos en los funerales de Hodge y Kozinski. Muy penoso, verdaderamente penoso. Sus muertes no fueron accidentales.

Miró a Mitch con ambas manos en los bolsillos y sonrió.

—No comprendo.

—Llámeme cualquier día —dijo Tarrance cuando se dirigía ya hacia la puerta—, pero tenga cuidado. Recuerde que le escuchan.

Poco después de las cuatro sonó una bocina y Dutch se incorporó de un brinco. Echó una maldición y pasó por delante de los faros.

—Maldita sea, Mitch, son las cuatro de la madrugada. ¿Qué hace aquí tan temprano?

—Lo siento, Dutch. No podía dormir. He pasado una mala noche.

Se abrió el portalón.

A las siete y media había dictado bastante material para mantener a Nina ocupada durante un par de días. Le causaba menos problemas cuando tenía la nariz pegada al monitor. Su próxima meta era la de convertirse en el primer miembro asociado que necesitara una segunda secretaria.

A las ocho se instaló en el despacho de Lamar y esperó. Corrigió un contrato, tomó café y advirtió a la secretaria de Lamar que no metiera las narices donde no la llamaban. Su compañero llegó a las ocho y cuarto.

—Tenemos que hablar —dijo Mitch, cuando este cerró la puerta.

Si Tarrance estaba en lo cierto, debía haber micrófonos en el despacho y la conversación sería grabada. No sabía a quién creer.

—Parece grave —dijo Lamar.

—¿Has oído hablar de un individuo llamado Tarrance, Wayne Tarrance?

—No.

—Del FBI.

—FBI... —susurró Lamar, con los ojos cerrados.

—Eso es. Tenía incluso una placa.

—¿Dónde le has conocido?

—Me encontró en la cafetería de Lansky, en Union Street. Sabía quién era yo y que acababa de colegiarme. Dice que lo sabe todo acerca de la empresa. Que nos vigilan muy de cerca.

—¿Se lo has contado a Avery?

—No. Solo a ti. No estoy seguro de lo que debo hacer.

—Debemos comunicárselo a Avery —dijo Lamar, descolgando el teléfono—. Creo que no es la primera vez que ocurre.

—¿Qué sucede, Lamar?

Lamar habló con la secretaria de Avery y le dijo que era urgente. Al cabo de unos segundos, se ponía al teléfono.

—Tenemos un pequeño problema, Avery. Un agente del FBI se puso ayer en contacto con Mitch, que ahora está en mi despacho. Me ha dicho que espere —agregó Lamar, dirigiéndose a Mitch, después de escuchar a Avery—. Está hablando con Lambert.

—Parece bastante grave —comentó Mitch.

—Sí, pero no te preocupes. Tiene su explicación. No es la primera vez que ocurre.

Lamar prestó de nuevo atención al teléfono, escuchó las instrucciones y colgó.

—Quieren que estemos en el despacho de Lambert dentro de diez minutos.

Avery, Royce McKnight, Oliver Lambert, Harold O'Kane y Nathan Locke los estaban esperando, inquietos, junto a la pequeña mesa de conferencias. Cuando Mitch llegó, procuraron aparentar que estaban tranquilos.

—Siéntate —dijo Nathan Locke, con una sonrisa breve y forzada—. Queremos que nos lo cuentes todo.

—¿Qué es eso? —preguntó Mitch, señalando un magnetófono en el centro de la mesa.

—No queremos perdernos ningún detalle —respondió Locke, al tiempo que le ofrecía una silla.

Mitch tomó asiento y miró a «ojos negros», al otro lado de la mesa. Avery estaba entre ambos. Nadie hacía ruido alguno.

—Bien, ayer, cuando almorzaba en la cafetería de Lansky, en Union Street, se me acercó un individuo y se sentó a mi mesa. Conocía mi nombre, me mostró una placa y dijo que se llamaba Wayne Tarrance, agente especial del FBI. Examiné su placa y era auténtica. Dijo que deseaba conocerme, porque llegaríamos a ser buenos amigos. Según él, vigilan esta empresa muy de cerca y me advirtió que no confiara en nadie. Le pregunté por qué y me respondió que no tenía tiempo para contármelo, pero que lo haría más adelante. Yo no sabía qué decir y me limité a escuchar. Cuando se levantó para marcharse, dijo que me habían visto en los funerales y agregó que las muertes de Kozinski y Hodge no habían sido accidentales. Entonces se marchó. Toda la conversación duró menos de cinco minutos.

—¿Le habías visto antes? —preguntó «ojos negros», que miraba fijamente a Mitch sin perder palabra.

—Nunca.

—¿A quién se lo has comentado?

—Solo a Lamar. A primera hora de la mañana.

—¿Y a tu esposa?

—No.

—¿Te dejó algún teléfono para que le llamaras?

—No.

—Quiero saber exactamente lo que se dijo, palabra por palabra —ordenó Locke.

—Os he contado todo lo que recuerdo. Sería incapaz de repetir literalmente la conversación.

—¿Estás seguro?

—Dejadme pensar un momento.

Decidió reservarse algunos detalles. Miró a «ojos negros» y comprendió que Locke sospechaba que había algo más.

—Veamos —prosiguió—. Dijo que había visto mi nombre en el periódico y que sabía que yo era el nuevo abogado de la empresa. Eso es. Os lo he contado absolutamente todo. Fue una conversación muy breve.

—Intenta recordar todos los detalles —insistió Locke.

—Le pregunté si le apetecía un té y lo rechazó.

Pararon el magnetófono y los socios parecieron tranquilizarse un poco. Locke se acercó a la ventana.

—Mitch, hemos tenido problemas con el FBI, así como con el ministerio de Hacienda. Desde hace algunos años. Algunos de nuestros clientes son peces gordos, individuos acaudalados que ganan millones, gastan millones y confían en pagar pocos impuestos, o ninguno. Nos pagan millares de dólares para eludir legalmente los impuestos. Tenemos la reputación de ser muy agresivos y no nos importa arriesgarnos, si nuestros clientes nos lo ordenan. Estamos hablando de financieros muy sofisticados, que comprenden lo que significa arriesgarse. Recompensan generosamente nuestra creatividad. Algunos de los subterfugios y amortizaciones que hemos organizado han sido recusados por Hacienda. Hace veinte años que peleamos con ellos en los tribunales tributarios. Les caemos antipáticos y ellos nos caen antipáticos a nosotros. La conducta de algunos de nuestros clientes no siempre ha sido la más ética del mundo, y el FBI los investiga y no deja de atosigarlos. Durante los últimos tres años también nos han atosigado a nosotros.

»Tarrance es un novato en busca de promoción. Llegó hace menos de un año y se ha convertido en una pesadilla. No debes volver a hablarle. Vuestra breve conversación de ayer, probablemente fue grabada. Es peligroso, sumamente peligroso. No juega limpio y pronto descubrirás que la mayoría de los federales nunca lo hacen.

—¿Cuántos clientes han sido condenados?

—Ni uno solo. Y hemos ganado una buena parte de los pleitos contra Hacienda.

—¿Qué hay sobre lo de Kozinski y Hodge?

—Buena pregunta —respondió Oliver Lambert—. No sabemos lo que ocurrió. Al principio parecía que se trataba de un accidente, pero ahora no estamos seguros. Había un indígena de las islas a bordo, con Marty y Joe. Era el capitán y monitor de inmersión. Las autoridades locales nos han comunicado que sospechan que era un enlace en una red de traficantes con base en Jamaica. Puede que la explosión fuera dirigida a él. Murió, por supuesto.

—No creo que lleguemos a saberlo nunca —agregó Royce McKnight—. La policía local no es muy sofisticada. Nosotros hemos optado por proteger a las familias y, en lo que a nosotros concierne, fue un accidente. Sinceramente, no estamos seguros de cómo enfocarlo.

—No le digas ni palabra a nadie sobre este asunto —ordenó Locke—. Mantente alejado de Tarrance, y si vuelve a ponerse en contacto contigo, comunícanoslo inmediatamente. ¿Comprendido?

—Sí, señor.

—No se lo cuentes ni a tu esposa —dijo Avery.

Mitch asintió.

El rostro de Oliver Lambert recuperó su amabilidad paternal. Sonrió y empezó a jugar con sus gafas.

—Mitch, sabemos que esto es inquietante, pero hemos llegado a acostumbrarnos a ello. Déjalo en nuestras manos y confía en nosotros. No tememos al señor Tarrance, al FBI, al Departamento del Tesoro ni a nadie, porque no hemos hecho nada malo. Anthony Bendini construyó esta empresa a base de mucho trabajo, talento y una ética incuestionable. Estos son los valores que nos han sido inculcados. Algunos de nuestros clientes no han sido unos santos, pero ningún abogado puede dictar la moral de su cliente. No queremos que te preocupes por este asunto. Mantente alejado de ese individuo; es muy peligroso. Si eres amable con él, crecerá su osadía y se convertirá en una molestia.

—Si vuelves a tener contacto con Tarrance, pondrás en

peligro tu futuro en esta empresa —afirmó Locke, señalando a Mitch con un dedo corvo.

—Comprendo —respondió Mitch.

—Lo comprende —intervino Avery en su defensa.

Locke miró fijamente a Tolleson.

—Eso es todo, Mitch —dijo el señor Lambert—. Ten cuidado.

Mitch y Lamar salieron por la puerta, para dirigirse a la escalera más próxima.

—Llama a DeVasher —le dijo Locke a Lambert, que estaba al teléfono.

Al cabo de dos minutos, ambos decanos habían pasado el control de seguridad y estaban sentados frente a la abarrotada mesa de DeVasher.

—¿Lo has oído? —preguntó Locke.

—Por supuesto que lo he oído, Nat. Hemos escuchado lo que ha dicho el muchacho, palabra por palabra. Lo has manejado muy bien. Creo que está asustado y se alejará de Tarrance.

—¿Qué me dices de Lazarov?

—Debo contárselo. Es el jefe. No podemos hacer como si no hubiera ocurrido.

—¿Qué harán?

—Nada grave. Vigilaremos constantemente al muchacho y comprobaremos todas sus llamadas telefónicas. Aparte de esto, esperar. Él no dará ningún paso. Tarrance tomará la iniciativa. Volverá a encontrarlo y entonces estaremos nosotros ahí. Procurad que pase la mayor parte del tiempo dentro del edificio. Cuando salga, a ser posible nos lo comunicáis. A decir verdad, no me parece tan grave.

—¿Por qué se les ocurriría elegir a McDeere? —preguntó Locke.

—Una nueva estrategia, supongo. Kozinski y Hodge se pusieron en contacto con ellos, no lo olvides. Tal vez hablaron más de lo que suponemos. No lo sé. Puede que piense que McDeere es más vulnerable, por el hecho de acabar de salir de la facultad y estar lleno del idealismo propio de un novato. Sin olvidar la ética, como en el caso de nuestro amigo Ollie aquí presente. Te has lucido, Ollie, verdaderamente te has lucido.

—Cierra el pico, DeVasher.

DeVasher dejó de sonreír y se mordió el labio inferior, pero lo pasó por alto y miró a Locke.

—Supongo que eres consciente de cuál será el próximo paso, ¿no? Si Tarrance sigue entrometiéndose, un buen día me llamará ese idiota de Lazarov y me ordenará que lo elimine, que le cierre la boca, que lo meta en un barril y lo arroje al golfo. Y cuando esto ocurra, vosotros, honorables caballeros, cogeréis una jubilación anticipada y abandonaréis el país.

—Lazarov no ordenaría la ejecución de un agente.

—Sería una locura, pero Lazarov es un loco. La situación de esta zona le tiene muy preocupado. Llama con mucha frecuencia y hace toda clase de preguntas. Yo le doy toda clase de respuestas. Unas veces escucha y otras se enoja. A veces dice que ha de hablar con la junta. Pero si me ordena que eliminemos a Tarrance, lo haremos.

—Esto me produce náuseas —dijo Lambert.

—Si esto te pone enfermo, Ollie, deja que uno de esos petimetres que trabajan para ti empiece a codearse con Tarrance y a irse de la lengua, y te pondrás mucho peor. Y ahora os sugiero, muchachos, que mantengáis a McDeere tan ocupado que no tenga tiempo de pensar en Tarrance.

—Dios santo, DeVasher, trabaja veinte horas diarias. Empezó como un terremoto y no ha aflojado.

—Vigiladlo de cerca. Decidle a Lamar Quin que cultive su amistad, de modo que si algo le preocupa, puede que se lo cuente.

—Buena idea —dijo Locke—. Hablemos largo y tendido con Quin —agregó, mirando a Ollie—. Es el amigo más íntimo de McDeere y tal vez pueda intimar todavía más.

—Escuchadme, muchachos —dijo DeVasher—, en estos momentos McDeere está asustado. No dará ningún paso. Si Tarrance vuelve a ponerse en contacto con él, hará lo mismo que hoy. Acudirá inmediatamente a Lamar Quin. Nos ha demostrado en quién confía.

—¿Se lo confió a su mujer, anoche? —preguntó Locke.

—En estos momentos estamos verificando las grabaciones. Tardaremos más o menos una hora. Tenemos tantos micrófonos repartidos por la ciudad, que necesitamos seis ordenadores para encontrar cualquier cosa.

Mitch miró por la ventana del despacho de Lamar y eligió cuidadosamente sus palabras. Dijo poca cosa. A saber si Tarrance estaba en lo cierto. A saber si todo lo que se decía quedaba grabado.

—¿Te sientes mejor? —preguntó Lamar.

—Supongo que sí. Lo que dicen tiene sentido.

—Como dice Locke, no es la primera vez que ocurre.

—¿Con quién? ¿A quién pretendieron sonsacar?

—No lo recuerdo. Creo que ocurrió hace unos tres o cuatro años.

—Pero ¿no recuerdas de quién se trataba?

—No. ¿Es importante?

—Me gustaría saberlo. No comprendo por qué me eligen a mí, el más novato de la empresa, el que menos familiarizado está, entre cuarenta abogados, con su funcionamiento y sus clientes. ¿Por qué a mí?

—No lo sé, Mitch. Escúchame, ¿por qué no haces lo que Locke te ha sugerido? Procura olvidarlo y aléjate de ese Tarrance. No tienes por qué hablar con él, a no ser que venga con una orden judicial. Mándalo a freír espárragos si vuelve a molestarte. Es peligroso.

—Sí, supongo que tienes razón —respondió Mitch, con

una sonrisa forzada, mientras se dirigía a la puerta—. ¿Sigue en pie la cena de mañana?

—Por supuesto. Kay quiere asar ternera a la parrilla y comer junto a la piscina. Cenaremos un poco tarde, a eso de las siete y media.

—Hasta entonces.

12

El guarda le llamó por su nombre, le cacheó y le hizo pasar a una gran sala, donde había una serie de reducidos cubículos ocupados por visitantes, que hablaban o susurraban a través de unas espesas telas metálicas.

—Número catorce —dijo el guarda, con el brazo y el dedo extendidos.

Mitch se acercó a su cubículo y tomó asiento. Al cabo de un minuto apareció Ray y se sentó entre dos tabiques, al otro lado de la tela metálica. A no ser por la cicatriz en la frente de Ray y sus patas de gallo, se les habría tomado por gemelos. Ambos medían metro ochenta y tres, pesaban unos ochenta kilos, tenían el cabello castaño claro, pequeños ojos azules, los pómulos altos y una ancha barbilla. Siempre se les había dicho que había sangre india en la familia, pero que el color tostado de la piel se había perdido con el transcurso de los años en las minas de carbón.

Mitch no había estado en Brushy Mountain desde hacía tres años. Tres años y tres meses. En los últimos ocho años se habían mandado mutuamente dos cartas por mes, todos los meses.

—¿Cómo va tu francés? —preguntó finalmente Mitch.

Las pruebas de aptitud del ejército habían demostrado que Ray poseía una habilidad extraordinaria para los idiomas. Había servido dos años como intérprete vietnamita. Cuando estaba destinado en Alemania, había llegado a dominar el alemán en seis meses. Para aprender el español había tardado cuatro años, pero se había visto obligado a hacerlo con un diccionario en la biblioteca de la cárcel. El francés era su proyecto más reciente.

—Supongo que lo domino —respondió Ray—. Aquí es difícil de evaluar. No tengo muchas oportunidades de practicarlo. Evidentemente, no forma parte del programa docente del centro, y por consiguiente la mayoría de mis colegas son monolingües. Es, sin duda, un bonito idioma.

—¿Es fácil?

—No tanto como el alemán. Claro que aprender alemán me resultó más fácil porque vivía allí y todo el mundo lo hablaba. ¿Sabías que el cincuenta por ciento de nuestro idioma proviene del alemán, a través del inglés antiguo?

—No, no lo sabía.

—Es cierto. Los ingleses y los alemanes son primos hermanos.

—¿Cuál será tu próximo proyecto?

—Probablemente el italiano. Es una lengua románica, como el francés, el español y el portugués. Tal vez el ruso. O puede que el griego. He estado leyendo sobre las islas griegas y pienso visitarlas pronto.

Mitch sonrió. Le faltaban por lo menos siete años para la condicional.

—Crees que bromeo, ¿no es cierto? —dijo Ray—. Voy a largarme de aquí, Mitchell, y no tardaré mucho.

—¿Qué planes tienes?

—Ahora no puedo contártelo, pero lo estoy organizando.

—No lo hagas, Ray.

—Necesitaré un poco de ayuda en el exterior y suficiente dinero para abandonar el país. Con mil me basta. Tú podrás proporcionármelos, ¿no es cierto? No te verás implicado.

—¿No nos están escuchando?

—A veces lo hacen.

—Cambiemos de tema.

—Por supuesto. ¿Cómo está Abby?

—Muy bien.

—¿Dónde está?

—En estos momentos en la iglesia. Quería venir, pero le dije que no le permitirían verte.

—Me gustaría verla. A juzgar por tus cartas, parece que estáis realmente bien. Casa nueva, coches, club de campo. Estoy muy orgulloso de ti. Eres el primer McDeere en dos generaciones que llega a ser alguien.

—Nuestros padres eran buenas personas, Ray. Pero no tuvieron oportunidades, ni les acompañó la suerte. Hicieron todo lo que pudieron.

—Sí, supongo que tienes razón —sonrió Ray, al tiempo que desviaba la mirada—. ¿Has hablado con mamá?

—Hace tiempo.

—¿Sigue en Florida?

—Eso creo.

Hicieron una pausa y se contemplaron los dedos. Pensaron en su madre. La mayor parte de los recuerdos eran dolorosos. Había habido momentos felices cuando eran niños y su padre aún vivía. Ella nunca se recuperó de su muerte y después del fallecimiento de Rusty, los tíos y las tías la encerraron en un sanatorio.

Ray resiguió la tela metálica con un dedo, sin dejar de observarlo.

—Hablemos de otra cosa.

Mitch asintió. Había mucho de que hablar, pero todo pertenecía al pasado. No tenían nada en común, a excepción del pasado, que era preferible dejar tranquilo.

—Mencionaste en una carta que uno de tus ex compañeros de celda era investigador privado en Memphis.

—Eddie Lomax. Fue policía en Memphis durante nueve años, hasta que le condenaron por violación.

—¿Violación?

—Sí. Lo pasó muy mal aquí. Los violadores no gozan de buena reputación y se odia a los policías. Casi le mataron antes de que yo interviniera. Ahora hace unos tres años que salió. Nunca deja de escribirme. Se dedica sobre todo a investigar divorcios.

—Está su número en la guía.

—Nueve-seis-nueve tres-ocho-tres-ocho. ¿Para qué le necesitas?

—Tengo a un compañero abogado al que engaña su mujer, pero no logra atraparla. ¿Es bueno ese individuo?

—Muy bueno, según dice. Ha ganado bastante dinero.

—¿Puedo confiar en él?

—¿Bromeas? Dile que eres mi hermano y si es necesario matará por ti. Él me ayudará a salir de aquí, aunque todavía no lo sabe. Tú podrías mencionárselo.

—Preferiría que lo olvidaras.

—Tres minutos —dijo un guarda, a la espalda de Mitch.

—¿Qué puedo mandarte? —preguntó Mitch.

—Podrías hacerme un gran favor, si no te importa.

—Lo que sea.

—Pásate por cualquier librería y procura conseguirme uno de esos cursos con casete para hablar griego en veinticuatro horas. Y un diccionario griego-inglés.

—Te lo mandaré la semana próxima.

—¿Y lo mismo en italiano?

—Desde luego.

—Todavía no he decidido si ir a Sicilia o a las islas griegas. Me atrae tanto lo uno como lo otro. Se lo he consultado al capellán de la prisión, pero no me ha servido de gran ayuda. He pensado en preguntárselo al alcaide. ¿Qué opinas?

—¿Por qué no vas a Australia? —rió Mitch, moviendo la cabeza.

—Buena idea. Mándame cintas en australiano y un diccionario.

Ambos sonrieron. Al cabo de un momento se pusieron serios, se observaron mutuamente con atención y esperaron a que el guarda diera la visita por terminada. Mitch contempló la cicatriz en la frente de su hermano y pensó en los innumerables bares e incontables peleas que habían conducido al inevitable homicidio, según Ray en defensa propia. Durante muchos años había estado furioso con él por su estupidez, pero el enojo había pasado. Lo que deseaba ahora era darle un abrazo, llevárselo a casa y ayudarle a encontrar trabajo.

—No sientas compasión por mí —dijo Ray.

—Abby quiere escribirte.

—Me gustaría que lo hiciera. Apenas la recuerdo de niña en Danesboro, correteando junto al banco de su padre en la calle Mayor. Dile que me mande una fotografía. Y también me gustaría que me mandaras una foto de tu casa. Eres el primer McDeere del siglo propietario de una finca.

—Debo marcharme.

—Hazme un favor. Creo que deberías encontrar a mamá, aunque solo sea para asegurarte de que sigue viva. Ahora que has terminado en la facultad, estaría bien que te pusieras en contacto con ella.

—Lo he estado pensando.

—Procura decidirte, ¿de acuerdo?

—Desde luego. Hasta dentro de un mes, más o menos.

DeVasher aspiró el humo de su Roi-Tan y soltó una bocanada en dirección al extractor.

—Hemos encontrado a Ray McDeere —anunció con orgullo.

—¿Dónde? —preguntó Ollie.

—En la cárcel estatal de Brushy Mountain. Condenado hace ocho años en Nashville por un homicidio en segundo grado a una pena de quince años sin remisión de condena. Su verdadero nombre es Raymond McDeere. Treinta y un años. Sin familia. Sirvió tres años en el ejército. Expulsado de las fuerzas armadas. Un auténtico perdedor.

—¿Cómo lo has encontrado?

—Ayer recibió visita de su hermano menor. Nosotros le seguíamos. Vigilado día y noche, ¿recuerdas?

—La sentencia figura en los archivos públicos. Deberías haberlo descubierto antes.

—Lo habríamos hecho, Ollie, si hubiera sido importante. Pero no lo es. Cumplimos con nuestra obligación.

—¡Conque quince años! ¿A quién mató?

—Lo de costumbre. Un puñado de borrachos peleando en un bar por una mujer. Pero sin ninguna arma. El informe oficial de la autopsia dice que golpeó a la víctima dos veces con los puños y le fracturó el cráneo.

—¿Por qué le expulsaron del ejército?

—Insubordinación flagrante. Además de agredir físicamente a un oficial. No sé cómo se las arregló para que no le hicieran un consejo de guerra. Parece un individuo con malas pulgas.

—Tienes razón, no es importante. ¿Qué más has averiguado?

—No mucho. Como bien sabes, su casa está llena de micrófonos. No ha hablado de Tarrance con su esposa. A decir verdad, escuchamos a ese muchacho día y noche, y no ha mencionado a Tarrance a nadie.

Ollie sonrió y asintió. Estaba orgulloso de McDeere. Menudo abogado.

—¿Y en cuanto al sexo?

—Lo único que hacemos es escuchar, Ollie. Pero escuchamos con mucha atención y creo que no lo han practicado desde hace un par de semanas. No es de extrañar, teniendo en cuenta que pasa aquí dieciséis horas al día, con la rutina laboral a la que sometéis a los novatos. Parece que empieza a estar un poco harto. Podría tratarse del síndrome habitual de la esposa del novato. Ella habla muy a menudo con su madre; a cobro revertido, para que él no se entere. Le ha contado todas esas tonterías de que su marido ha cambiado. Cree que trabajar tanto acabará con su salud. He ahí lo que oímos. Lamento no disponer de fotografías, Ollie, porque sé lo mucho que te gustan. A la primera oportunidad haremos fotos.

Ollie miró a la pared, pero no dijo nada.

—A propósito, Ollie —agregó—, creo que tenemos que mandar al muchacho con Avery en viaje de negocios a la isla de Gran Caimán. Procura organizarlo.

—Desde luego. ¿Puedo saber por qué?

—Ahora no. Lo sabrás más adelante.

El edificio estaba en uno de los barrios modestos de la ciudad, a un par de manzanas de la sombra proyectada por los modernos rascacielos de cristal y acero, amontonados como si la tierra escaseara en Memphis. El cartel de la puerta le dirigía a uno al piso superior, donde Eddie Lomax, investigador privado, tenía su despacho. Era obligatorio concertar la visita con antelación. En la puerta de la oficina se anunciaban toda clase de investigaciones: divorcios, accidentes, parientes desaparecidos, vigilancia. El anuncio en la guía telefónica mencionaba la experiencia policial, pero no la causa de su interrupción. Hablaba de servicio de escucha, contramedidas, protección de menores, fotografías, pruebas judiciales, análisis fonético, localización de bienes, reclamaciones a compañías de seguros e investigaciones prematrimoniales. Profesional registrado, asegurado, licenciado y disponible veinticuatro horas al día. Ético, fiable, confidencial, nada de que preocuparse.

A Mitch le impresionó la abundancia de confianza. Su visita estaba concertada para las cinco de la tarde y llegó unos minutos antes. Una escultural rubia platino, con una ajustadísima falda de cuero que hacía juego con sus botas negras, preguntó por su nombre y le indicó que se sentara en una silla de plástico de color naranja, junto a una ventana. Eddie le recibiría dentro de un minuto. Inspeccionó la silla y, al darse cuenta de la fina capa de polvo que la cubría, así como de unas manchas que parecían ser de grasa, rechazó la oferta, alegando que le dolía la espalda. Tammy se encogió de hombros, para volver a concentrarse en su chicle y en el documento que estaba mecanografiando; Mitch se preguntó si se trataría de un informe prematrimonial, del resumen de un servicio de vigilancia, o quizá de las medidas a tomar para un contraataque. El cenicero de su mesa estaba lleno de colillas manchadas de carmín. Sin dejar de mecanografiar con su mano izquierda, la derecha agarró con gran rapidez y precisión otro cigarrillo y lo colocó entre sus pegajosos labios. Con una coordinación extraordinaria, hizo un veloz gesto con la mano izquierda y una llama alcanzó el extremo de un delgado cigarrillo, increíblemente largo. En el momento de extinguirse la llama, los labios se contrajeron y endurecieron instintivamente alrededor de la minúscula intrusión, y el cuerpo entero empezó a inhalar. Las letras se convertían en palabras, las palabras en oraciones y las oraciones en párrafos, mientras intentaba desesperadamente llenarse los pulmones de humo. Por fin, con un par de centímetros convertidos en ceniza, aspiró, retiró el cigarrillo de sus labios con dos uñas de un rojo reluciente y soltó una enorme bocanada. El humo se elevó hacia un mugriento techo escayolado, donde se deshizo la nube existente, hasta acabar flotando junto al fluorescente. Carraspeó. Con la tos, que parecía proceder de lo más profundo de sus entrañas, se le enrojeció el rostro y se balancearon sus enormes senos, peligrosamente cerca del teclado de su máquina de escribir. Cogió una taza que tenía al alcance de la mano, sorbió algo, volvió a colocarse el cigarrillo entre los labios y siguió como si nada.

Al cabo de un par de minutos, a Mitch empezó a preocuparle la concentración de monóxido de carbono. Entonces se percató de que había un pequeño agujero en el cristal de la ventana, que incomprensiblemente las arañas no habían cubierto con sus telas. Se acercó a pocos centímetros de las rasgadas y polvorientas cortinas, para intentar inhalar en dirección al orificio. Sentía náuseas. La tos y el carraspeo proseguían a su espalda. Intentó abrir la ventana, pero numerosas capas de pintura resquebrajada la habían inmovilizado desde hacía mucho tiempo.

En el momento en que empezaba a marearse, cesó el humo y el tecleo.

—¿Es usted abogado?

Mitch volvió la cabeza para mirar a la secretaria. Estaba ahora sentada al borde de la mesa, con las piernas cruzadas y la falda de cuero negro bastante por encima de las rodillas. Tomaba sorbos de una Pepsi *light*.

—Sí.

—¿En una gran empresa?

—Sí.

—Lo suponía. Le delata el traje, con su coquetón chaleco y la corbata de seda estampada. No es difícil distinguir a los abogados de las grandes empresas de los que se alimentan de bocatas y merodean por los tribunales.

El humo empezaba a dispersarse y Mitch respiraba con mayor facilidad. Contempló las piernas de la chica, colocadas deliberadamente en posición de ser admiradas, mientras ella observaba sus zapatos.

—¿Le gusta el traje? —preguntó Mitch.

—Se nota que es caro, así como la corbata. En cuanto a la camisa y los zapatos, no estoy tan segura.

Mitch examinó sus botas de cuero, sus piernas, la falda y el apretado jersey que encarcelaba sus voluminosos senos, e intentó pensar en algo ingenioso que decir. Ella disfrutaba de que la admiraran y tomó otro sorbo de Pepsi *light*.

—Puede pasar. Eddie le espera —dijo, moviendo la cabeza en dirección a la puerta, cuando se hartó de ser contemplada.

El detective hablaba por teléfono con un pobre hombre, al que intentaba convencer de que su hijo era realmente homosexual. Le indicó a Mitch una silla de madera y este tomó asiento. Vio dos ventanas, ambas abiertas de par en par, y respiró más a gusto.

—Está llorando —susurró Eddie asqueado, mientras cubría el auricular con la mano.

Mitch sonrió cortésmente, como si le divirtiera.

El detective llevaba unas botas azules y puntiagudas de piel de lagarto, unos Levi's, una impecable camisa color melocotón, desabrochada hasta la frondosa oscuridad del vello de su pecho, donde exhibía dos gruesas cadenas de oro y una tercera que parecía de turquesa. Recordaba a Tom Jones, Humperdinck, o a uno de esos cantantes de tupida cabellera, ojos oscuros, frondosas patillas y mandíbula cuadrada.

—Tengo fotografías —dijo, alejando el auricular de la oreja cuando el viejo dio un grito.

Metió la mano en una carpeta, sacó cinco fotografías en color de veinticinco por veinte, las empujó en dirección a Mitch y aterrizaron sobre sus rodillas. No cabía la menor duda de que, fueran quienes fuesen, eran homosexuales. Eddie sonrió con orgullo. Los cuerpos estaban sobre el escenario de lo que parecía ser un club de maricas. Mitch dejó las fotografías sobre la mesa y miró por la ventana. Eran de muy buena calidad. Quienquiera que las hubiera tomado, debía haber estado en el interior del club. Mitch pensó en la condena por violación, tratándose de un policía.

—¡De modo que tú eres Mitchell McDeere! Encantado de conocerte —dijo Eddie, después de colgar el teléfono.

—El gusto es mío —respondió Mitch, mientras se estrechaban la mano por encima del escritorio—. El domingo estuve con Ray.

—Tengo la sensación de conocerte desde hace muchos años. Tienes el mismo aspecto que Ray. Él ya me lo había dicho. Me habló mucho de ti. Supongo que te ha hablado de mí: mi pasado en la policía, la condena, la violación. ¿Te explicó que se trataba de una violación estatutaria, que la chica tenía diecisiete años aunque aparentaba veinticinco y que fui víctima de un engaño?

—Lo mencionó. Ray habla poco, tú lo sabes.

—Es un gran tipo. Me salvó literalmente la vida. Estuvieron a punto de matarme en la cárcel cuando se enteraron de que había sido policía. Pero intervino él y hasta los negros se amedrentaron. Es capaz de hacer mucho daño cuando se lo propone.

—Es mi único pariente.

—Sí, lo sé. Después de compartir una celda de tres metros por cuatro con alguien durante varios años, uno acaba por saberlo todo acerca de su compañero. Me ha hablado de ti durante muchas horas. Cuando me concedieron la condicional, tú estabas pensando en ingresar en la facultad de derecho.

—Me licencié en junio de este año y vine a trabajar para Bendini, Lambert & Locke.

—Nunca he oído hablar de ellos.

—Es una empresa especializada en impuestos y asuntos corporativos, situada en Front Street.

—Yo hago muchos trabajos sucios sobre casos de divorcio para abogados. Vigilancia, tomar fotografías como esas y buscar trapos sucios para presentar en el juzgado —decía a gran velocidad, con frases breves y entrecortadas, mientras reposaba cuidadosamente las botas de montar sobre el escritorio, para ser admiradas—. Además, me ocupo de ciertos casos para algunos abogados. Si descubro algún buen accidente de tráfico o un pleito por daños personales, me lanzo al mercado en busca de la mejor comisión. Así es como compré este edificio. Ahí es donde se hace dinero, en los pleitos por daños personales. Los abogados se quedan con el cuarenta por ciento de la recompensa. ¡El cuarenta por ciento!

Movió asqueado la cabeza, como si le costara creer que en esa ciudad vivieran y respiraban abogados codiciosos.

—¿Trabajas por horas? —preguntó Mitch.

—Treinta pavos más gastos. Anoche pasé seis horas en mi furgoneta, estacionado delante de un Holiday Inn, a la espera de que el marido de mi cliente saliera con una puta, para tomar más fotografías. Seis horas. Esto suponen ciento ochenta pavos por permanecer sentado, esperando, mientras leía revistas pornográficas. Le cobré también la cena.

Mitch le escuchaba atentamente, como si le envidiara.

Tammy asomó la cabeza por la puerta y se despidió. La seguía una nube de aire viciado y Mitch dirigió la cabeza a las ventanas. La secretaria dio un portazo.

—Es una gran chica —dijo Eddie—. Tiene problemas con su marido. Es un camionero que se cree Elvis. Cabello negro como el azabache, coleta y patillas como chuletas de carnero. Usa unas gafas de sol gruesas y doradas como las de Elvis. Cuando no está en la carretera, se queda en su remolque escuchando los discos de Elvis y viendo sus horribles películas. Se mudaron desde Ohio, con el único propósito de que ese payaso pudiera estar cerca de la tumba de su ídolo. ¿A que no adivinas cómo se llama?

—Ni idea.

—Elvis. Elvis Aaron Hemphill. Se cambió oficialmente el nombre después de la muerte del ídolo. Se dedica a imitar al cantante en la oscuridad de ciertos locales nocturnos de la ciudad. Una noche presencié su actuación. Vestía un ajustado mono blanco, desabrochado hasta el ombligo, lo que no habría estado mal a no ser por su tripa, que le cuelga como una sandía descolorida. Era bastante deprimente. Su voz es para mondarse de risa; se parece a la de uno de esos viejos jefes indios aullando alrededor de una hoguera.

—¿Cuál es el problema?

—Las mujeres. Te costaría creer la cantidad de fanáticas de Elvis que visitan esta ciudad. Acuden como moscas para ver a ese bufón imitando a su ídolo. Le arrojan bragas al escenario, enormes bragas para culos descomunales, con las que él se seca la frente antes de devolverlas al público. Las mujeres le dan el número de la habitación donde se alojan y sospechamos que hace la ronda para satisfacerlas al igual que Elvis. Todavía no lo he pescado.

A Mitch no se le ocurría ningún comentario. Sonrió como un imbécil, como si aquello le resultara verdaderamente increíble. Lomax le comprendía.

—¿Tienes problemas con tu esposa?

—No. Nada de eso. Necesito cierta información relacionada con cuatro personas. Tres están muertas y una sigue viva.

—Parece interesante. Te escucho.

—Confío en que esto sea estrictamente confidencial —dijo Mitch, mientras sacaba unas notas del bolsillo.

—Por supuesto. Tan confidencial como cuando tú tratas con tus clientes.

Mitch asintió, mientras pensaba en Tammy y en Elvis, y se preguntaba por qué le había contado la historia.

—Debe ser confidencial.

—Te he dicho que lo será. Puedes confiar en mí.

—¿Treinta dólares por hora?

—Para ti, veinte. No olvidemos que es Ray quien te ha mandado.

—Te lo agradezco.

—¿Quiénes son esas personas?

—Los tres muertos fueron abogados en nuestra empresa. Robert Lamm murió en mil novecientos setenta, en un accidente de caza, en algún lugar de Arkansas, en las montañas. Desapareció durante un par de semanas y le encontraron con una bala en la cabeza. Hubo autopsia. Eso es todo lo que sé. Alice Knauss murió en un accidente de tráfico aquí en Memphis, en mil novecientos setenta y siete. Al parecer, la embistió un conductor borracho. John Mickel se suicidó en el ochenta y cuatro. Encontraron el cuerpo en su despacho. Había una pistola y una carta.

—¿Eso es todo lo que sabes?

—Así es.

—¿Qué buscas?

—Quiero saber todo lo posible referente a cómo murieron esas personas. Cuáles fueron las circunstancias en cada uno de los casos. Quién investigó cada una de las muertes. Cualquier pregunta o sospecha pendiente.

—¿Qué sospechas?

—Nada, todavía. Pura curiosidad.

—Es algo más que simple curiosidad.

—De acuerdo, no es solo curiosidad. Pero dejémoslo así por ahora.

—Muy bien. ¿Quién es el cuarto individuo?

—Un personaje llamado Wayne Tarrance. Es agente del FBI, aquí en Memphis.

—¡FBI!

—¿Te preocupa?

—Sí, me preocupa. Cuando se trata de polis cobro cuarenta por hora.

—Me parece bien.

—¿Qué quieres saber?

—Investígalo. Averigua cuánto tiempo hace que está aquí. Desde cuándo es agente. Cuál es su reputación.

—No será difícil.

—¿Cuánto tiempo necesitas? —preguntó Mitch, al tiempo que volvía a guardarse el papel en el bolsillo.

—Aproximadamente un mes.

—De acuerdo.

—¿Cómo has dicho que se llamaba tu empresa?

—Bendini, Lambert & Locke.

—Esos dos individuos que murieron el verano pasado...

—Eran miembros de la empresa.

—¿Alguna sospecha?

—No.

—Sentía curiosidad.

—Escucha, Eddie. Debes actuar con mucha cautela. No

me llames a mi casa ni al despacho. Yo te llamaré dentro de un mes aproximadamente. Sospecho que me vigilan muy de cerca.

—¿Quién?

—Ojalá lo supiera.

13

Avery contempló la copia impresa del ordenador y sonrió.

—Durante el mes de octubre has facturado un promedio de sesenta y una horas semanales.

—Creí que eran sesenta y cuatro.

—Sesenta y una ya es mucho. En realidad, nunca hemos tenido a nadie que consiguiera un promedio mensual tan elevado en su primer año. ¿Es auténtico?

—Sin ningún relleno. A decir verdad, podía haberlo incrementado.

—¿Cuántas horas semanales trabajas?

—Entre ochenta y cinco y noventa. Podría facturar setenta y cinco si me lo propusiera.

—No te lo sugiero, por lo menos por ahora. Podría despertar alguna envidia. Los miembros asociados más jóvenes te vigilan muy atentamente.

—¿Quieres que afloje un poco?

—Claro que no. En estos momentos, tú y yo llevamos un mes de retraso. Lo que me preocupa es que trabajes tanto. Solo estoy un poco preocupado. La mayoría de los nuevos miembros empiezan con mucho empuje, de ochenta a noventa horas a la semana, pero se agotan en un par de meses. El promedio entonces suele ser de sesenta y cinco a setenta. Pero tú pareces estar dotado de una cantidad inusual de energía.

—No necesito dormir mucho.

—¿Qué opina tu esposa al respecto?

—¿Importa eso?

—¿Le preocupa que trabajes tantas horas?

Mitch miró fijamente a Avery, y durante unos instantes, pensó en la discusión de la noche anterior, cuando se presentó a cenar tres minutos antes de la medianoche. Fue una pelea civilizada, pero la peor hasta la fecha y auguraba otras venideras. No se hicieron concesiones mutuas; Abby dijo que se sentía más próxima al señor Rice, el vecino, que a su marido.

—Lo comprende. Le he dicho que seré socio de la empresa dentro de dos años y que me retiraré a los treinta.

—Se diría que lo estás intentando.

—¿No te estarás quejando? Cada una de las horas que facturé el mes pasado estaba dedicada a uno de tus casos y no parecía preocuparte que trabajara excesivamente.

Avery dejó la copia del ordenador sobre la carpeta de su mesa y arrugó la frente.

—Lo único que pretendo es que no te agotes ni olvides tus obligaciones familiares.

Parecía curioso recibir consejos matrimoniales de un hombre que había abandonado a su esposa. Mitch le miró con todo el desdén del que fue capaz.

—No tienes por qué preocuparte de lo que ocurra en mi casa. Mientras mi producción en la empresa sea considerable, deberías darte por satisfecho.

—Escucha, Mitch, reconozco que esto no es lo mío —dijo Avery, inclinándose sobre el escritorio—. Son órdenes superiores. A Lambert y a McKnight les preocupa que te excedas en tus esfuerzos. Llegas a las cinco de la madrugada todos los días, e incluso algunos domingos. Esto es bastante intenso, Mitch.

—¿Qué han dicho?

—Poca cosa. Lo creas o no, a esos individuos les preocupáis tú y tu familia. Quieren abogados felices con esposas felices. Si todo marcha a pedir de boca, los abogados son productivos. Lambert es especialmente paternalista. Piensa jubilarse dentro de un par de años, e intenta revivir sus años gloriosos a través de ti y de otros jóvenes abogados. Si formula demasiadas preguntas o te echa algún sermón, procura tomártelo bien. Se ha ganado el derecho a conducirse como un abuelo en la empresa.

—Diles que estoy bien, Abby está bien, todos somos felices y soy muy productivo.

—Bien, ahora que hemos solventado esto, tú y yo viajaremos a la isla de Gran Caimán dentro de una semana. Tengo que hablar con unos banqueros de las islas, en nombre de Sonny Capps y de otros tres clientes. Se trata sobre todo de negocios, pero siempre nos las arreglamos para bucear un poco. Le he dicho a Royce McKnight que necesitaba que me acompañaras y ha dado el visto bueno. Ha dicho que probablemente necesitabas tomarte un descanso. ¿Te apetece?

—Por supuesto. Pero me sorprende un poco.

—Es un viaje de negocios, y por consiguiente no nos acompañarán nuestras esposas. A Lambert le preocupaba que esto pudiera causarte algún problema en casa.

—Creo que el señor Lambert se preocupa demasiado por lo que pueda ocurrir en mi casa. Dile que tengo la situación bajo control. Que no hay ningún problema.

—¿De modo que vendrás?

—Por supuesto. ¿Cuánto durará el viaje?

—Un par de días. Nos alojaremos en uno de los apartamentos de la empresa. Puede que Sonny Capps se hospede en el otro. Estoy intentando conseguir el avión de la empresa, pero quizá tengamos que viajar en un vuelo comercial.

—Para mí no supone ningún problema.

Solo dos pasajeros a bordo del vuelo 727 de Cayman Airways en Miami llevaban corbata, y después de la primera copa de ron, que la compañía ofrecía gratuitamente, Avery se quitó la suya y la guardó en el bolsillo de la chaqueta. Las bebidas las servían unas hermosas azafatas isleñas, de piel morena y ojos azules, con una sonrisa arrebatadora. Las mujeres de las islas eran encantadoras, dijo Avery en más de una ocasión.

Mitch, sentado junto a una ventana, procuraba disimular la emoción de su primer viaje al extranjero. Había encontrado un libro sobre las islas Caimán en la biblioteca y sabía que eran tres: Gran Caimán, Pequeño Caimán y Caimán Brac. Las dos menores estaban escasamente pobladas y nadie solía visitarlas. Gran Caimán tenía dieciocho mil habitantes, doce mil compañías registradas y trescientos bancos. Un veinte por ciento de la población era blanca, otro veinte por ciento negra y el sesenta por ciento restante no lo sabía con seguridad, ni le preocupaba. Georgetown, la capital, se había convertido últimamente en un paraíso tributario, con banqueros tan discretos como los suizos. Allí no se pagaban impuestos sobre la renta, impuestos de sociedades, impuestos gananciales, impuestos estatales ni impuestos transaccionales. Ciertas empresas y ciertos inversores recibían garantías sobre la exención de impuestos durante un período de cincuenta años. Las islas eran un territorio dependiente de Gran Bretaña, con un gobierno inusualmente estable. Los ingresos procedentes de los impuestos de importación y del turismo bastaban para financiar todos los gastos gubernamentales. No había delitos ni desempleo.

La isla de Gran Caimán tiene treinta y siete kilómetros de longitud y casi trece de anchura en algunos lugares, pero desde el aire parecía mucho más pequeña. Era como una pequeña roca, rodeada de agua clara como un zafiro.

El aterrizaje estuvo a punto de producirse en una albufera, pero en el último instante apareció una pista en la que se posó el aparato. Desembarcaron y pasaron la aduana sin ninguna dificultad. Un joven negro cogió las maletas de Mitch y las colocó, junto con las de Avery, en el maletero de un Ford LTD de 1972. Mitch le dio una buena propina.

—¡Seven Mile Beach! —ordenó Avery, mientras vaciaba la última copa de ron.

—Sí, señor —respondió el conductor, en un fuerte acento isleño.

Aceleró el motor y el taxi emprendió la dirección de Georgetown. Por la radio sonaba música reggae. El taxista movía el cuerpo y golpeaba el volante con los dedos, al compás de la música. Conducía por el lado contrario de la carretera, pero también lo hacían los demás. Mitch se acomodó en el desgastado asiento y cruzó las piernas. El único aire acondicionado del vehículo consistía en dejar las ventanillas abiertas. El bochornoso aire tropical le acariciaba el rostro y le alborotaba el cabello. Era muy agradable.

La isla era llana y la carretera de Georgetown estaba llena de pequeños y polvorientos coches europeos, motos y bicicletas. Las casas eran pequeñas, de una sola planta, con tejados de cinc, limpias y de vivos colores. Los jardines eran diminutos, con escaso césped, pero sin ninguna suciedad. Conforme se acercaban a la ciudad, las casas blancas, de dos o tres pisos y provistas de marquesinas bajo las que los turistas se protegían del sol, se convirtieron en tiendas. El taxista tomó una cerrada curva y se encontraron de pronto en pleno centro de la ciudad, en una calle de modernos edificios bancarios abarrotada de gente.

Avery adoptó el papel de guía turístico.

—Aquí hay bancos de todos los lugares del mundo: Alemania, Francia, Gran Bretaña, Canadá, España, Japón, Dinamarca; incluso de Arabia Saudí e Israel. Más de trescientos según el último inventario. El lugar se ha convertido en un paraíso financiero. Los banqueros son sumamente discretos. A su lado los suizos parecen charlatanes.

—Veo muchos bancos canadienses —dijo Mitch, cuando el taxi redujo la velocidad debido al intenso tráfico y cesó la brisa.

—Aquel edificio es el Royal Bank de Montreal. Estaremos allí a las diez de la mañana. La mayoría de nuestros negocios tendrán lugar en bancos canadienses.

—¿Por alguna razón en particular?

—Son muy seguros y eminentemente discretos.

La abigarrada calle desembocaba en otra más tranquila. Más allá del cruce, el reluciente azul caribeño llegaba hasta el horizonte. Había un crucero anclado en la bahía.

—Esto es Hogsty Bay —dijo Avery—. Aquí es donde los piratas varaban sus embarcaciones hace trescientos años. El propio Barbanegra merodeó por estas islas y enterró en ellas sus tesoros. Hace algunos años encontraron parte de los mismos, en una cueva al este de donde nos encontramos, cerca de la ciudad de Bodden.

Mitch asintió como si se lo creyera, mientras el chófer sonreía por el retrovisor. Avery se secó el sudor de la frente.

—Este lugar siempre ha atraído a los piratas —prosiguió Avery—. En otra época fue Barbanegra y hoy en día son los piratas modernos que fundan compañías para esconder aquí su dinero. ¿No es cierto?

—Así es —respondió el taxista.

—Hemos llegado a Seven Mile Beach —dijo Avery—. Uno de los lugares más hermosos y famosos del mundo. ¿Cierto?

—Cierto.

—Arena blanca como el azúcar. Agua clara y cálida. Mujeres hermosas y cálidas. ¿Cierto?

—Cierto.

—¿Habrá fiesta en el hotel Palms esta noche?

—Sí, señor. A las seis.

—Eso está junto a nuestro apartamento. El Palms es un hotel popular, con el mejor ambiente de la playa.

Mitch sonrió mientras observaba los hoteles que pasaban ante su vista. Recordó la entrevista que había tenido lugar en Harvard, cuando Oliver Lambert le había sermoneado sobre el hecho de que la empresa reprobaba el divorcio y el alterne.

Así como la bebida. Tal vez Avery se los había perdido. O puede que no.

Los apartamentos estaban en el centro de Seven Mile Beach, junto a otro complejo y al hotel Palms. Como era de suponer, las viviendas de la empresa eran espaciosas y estaban lujosamente decoradas. Avery dijo que podría venderse por no menos de medio millón cada apartamento, pero no estaban en venta, ni tampoco se alquilaban. Eran santuarios para los abrumados abogados de Bendini, Lambert & Locke. Y para algunos clientes privilegiados.

Desde la terraza del dormitorio del segundo piso, Mitch observó las pequeñas embarcaciones que navegaban sin rumbo fijo por las transparentes aguas. El sol empezaba a descender y las pequeñas olas reflejaban sus rayos en mil direcciones distintas. El crucero se alejaba lentamente de la isla. Docenas de personas caminaban por la playa, jugando con la arena, salpicando en el agua, persiguiendo pequeños cangrejos y bebiendo ron o cerveza Red Stripe jamaicana. El ritmo característico de la música caribeña emanaba del Palms, donde un bar al aire libre con un cobertizo de paja atraía a los playeros como un imán. En una cabañita cercana alquilaban equipos de submarinismo, catamaranes y pelotas de voleibol.

Avery salió a la terraza con un llamativo pantalón corto, estampado con flores amarillas y naranja. Su cuerpo era firme y musculoso, sin grasa. Era parcialmente dueño de un gimnasio de Memphis y hacía ejercicio todos los días. Evidentemente en el gimnasio disponían de un solario. Mitch quedó impresionado.

—¿Te gusta mi atuendo? —preguntó Avery.

—Muy bonito. Pasarás inadvertido.

—Tengo otro par semejante. Te lo presto si lo deseas.

—No, gracias. Usaré mi pantalón de gimnasia de Western Kentucky.

Avery se llevó una copa a los labios y admiró el paisaje.

—He estado aquí una docena de veces y todavía lo encuentro emocionante. He pensado en instalarme aquí cuando me jubile.

—Sería interesante. Podrías dar paseos por la playa y perseguir cangrejos.

—Y jugar al dominó y beber Red Stripe. ¿Has tomado alguna vez Red Stripe?

—No, que yo recuerde.

—Vamos a tomar una.

El bar al aire libre se llamaba Rumheads. Estaba lleno de sedientos turistas y unos cuantos indígenas alrededor de una mesa de madera, jugando al dominó. Avery se abrió paso entre la muchedumbre y regresó con un par de cervezas. Encontraron dos sillas junto a la mesa de dominó.

—Creo que esto es lo que haré cuando me jubile. Vendré aquí y me ganaré la vida jugando al dominó, mientras tomo Red Stripe.

—Es una buena cerveza.

—Y cuando me canse de jugar al dominó, lanzaré unos dardos.

Movió la cabeza en dirección a un rincón, donde un grupo de ingleses borrachos jugaban a los dardos y echaban maldiciones.

—Y cuando me canse de los dardos, ¿quién sabe lo que haré? Discúlpame —dijo, mientras se dirigía a una mesa de la terraza, donde un par de minúsculos biquinis acababan de tomar asiento.

Se presentó y le invitaron a que se sentara. Mitch pidió otra Red Stripe y se fue a la playa. A lo lejos se vislumbraban los edificios bancarios de Georgetown y echó a andar en aquella dirección.

La comida se sirvió en mesas plegables, alrededor de la piscina. Mero a la parrilla, tiburón asado, pompano, gambas salteadas, tortuga y ostras, langosta y morena del Caribe. Todo del mar y todo fresco. Los invitados se agrupaban alrededor de las mesas y se servían ellos mismos, mientras los camareros iban y venían con litros y más litros de ponche de ron. Se instalaron a comer en pequeñas mesas del jardín, desde donde se dominaba Rumheads y el mar. Un conjunto de reggae afinaba los instrumentos. El sol se ocultó tras una nube, antes de hundirse en el horizonte.

Mitch siguió a Avery para servirse la comida y a continuación, como era de suponer, a una mesa donde esperaban un par de chicas. Eran hermanas, de poco menos de treinta años, ambas divorciadas y ambas medio borrachas. Una de ellas, llamada Carrie, se sentía atraída por Avery, y la otra, Julia, empezó a mirar seductoramente a Mitch desde el primer momento. Este se preguntó lo que Avery les habría contado.

—Veo que estás casado —susurró Julia, al tiempo que se le acercaba.

—Sí, somos un matrimonio muy feliz.

Ella sonrió, como si aceptara el reto. Avery y su compañera se hicieron un guiño. Mitch se sirvió un vaso de ponche y lo vació de un trago.

Mientras comía, no podía pensar en otra cosa más que en Abby. Aquello sería difícil de explicar, si se veía obligado a hacerlo. Estaban cenando con un par de mujeres muy atractivas y prácticamente desnudas. No habría forma de justificarlo. La conversación era difícil y Mitch no cooperaba. El camarero dejó una gran jarra sobre la mesa, que no tardó en vaciarse. Avery empezó a ponerse impertinente. Contó a las mujeres que Mitch había jugado con los New York Giants, que había ganado dos campeonatos y que sus ingresos eran de un millón anual, antes de que una lesión en la rodilla le obligara a retirarse. Mitch movía la cabeza y seguía bebiendo. Julia le miraba con la boca abierta y se colocaba cada vez más cerca de él.

Subió el volumen de la música; había llegado el momento

de bailar. La mitad del público se trasladó a una pista de madera, bajo un par de árboles, entre la piscina y el mar.

—¡Bailemos! —exclamó Avery, al tiempo que tiraba de la mano de su compañera.

Pasaron entre las mesas y no tardaron en escabullirse entre la muchedumbre que se contorsionaba o descansaba.

Mitch se percató de que su compañera estaba cada vez más cerca de él y de pronto sintió que le acariciaba la pierna.

—¿Te apetece bailar? —preguntó ella.

—No.

—Magnífico. A mí tampoco. ¿Qué te gustaría hacer? —preguntó, mientras le frotaba los bíceps con sus pechos y le brindaba una seductora sonrisa, a escasos centímetros de su rostro.

—No me apetece hacer nada —respondió, al tiempo que le retiraba la mano.

—No seas soso. Vamos a divertirnos. Tu esposa nunca lo sabrá.

—Escucha, eres una mujer muy bonita, pero pierdes el tiempo conmigo. Todavía es temprano. Te sobra tiempo para encontrar un buen semental.

—Eres un encanto.

La mano volvía a estar sobre su rodilla y Mitch respiró hondo.

—¿Por qué no te vas al diablo?

—¡Cómo! —exclamó ella, retirando la mano.

—He dicho que te vayas a la porra.

—¿Qué te ocurre? —preguntó, mientras se echaba hacia atrás.

—Tengo aversión a las enfermedades contagiosas. Lárgate.

—¿Por qué no te vas tú a la porra?

—Buena idea. Eso es lo que voy a hacer. Ha sido una cena muy agradable.

Mitch cogió el vaso de ponche y se abrió paso por la pista hasta la barra. Pidió una Red Stripe y se sentó solo en un rincón oscuro del jardín. La playa estaba desierta. Las luces de una docena de embarcaciones surcaban lentamente el agua. A su espalda sonaba la música de los Barefoot Boys y el jolgorio de una noche caribeña. Muy bonito, pensó, pero todavía lo sería más si Abby estuviera con él. Tal vez podrían venir juntos de vacaciones el próximo verano. Necesitaban tiempo a solas, alejados de la casa y del despacho. Había una distancia entre ellos, una distancia que era incapaz de definir. Una distancia de la que no podían hablar, pero de la que ambos eran conscientes. Una distancia que le aterrorizaba.

—¿Qué estás mirando? —dijo una voz a su espalda, que le sobresaltó.

La chica se acercó a su mesa y se sentó. Era una indígena de piel oscura y ojos azules o castaño claro. No se discernían en la oscuridad. Pero eran unos ojos hermosos, cálidos y desenfadados. Su cabello oscuro y rizado, peinado hacia atrás, le llegaba casi a la cintura. Era una mezcla exótica de blanca, negra y probablemente latina. Además de otros ingredientes plausibles. La parte superior de un biquini blanco apenas cubría sus voluminosos senos y llevaba una falda estampada en vivos colores, abierta hasta la cintura, que al sentarse y cruzar las piernas mostraba prácticamente todo lo que tenía. Iba con los pies descalzos.

—Nada en particular —respondió Mitch.

Era joven, con una sonrisa infantil, que mostraba una impecable dentadura.

—¿De dónde eres? —preguntó la chica.

—De Estados Unidos.

—Evidentemente. —Sonrió y soltó una carcajada—. ¿De qué lugar de Estados Unidos?

Hablaba en un tono suave, amable, preciso y seguro, propio del Caribe.

—Memphis.

—Aquí viene mucha gente de Memphis. Muchos buceadores.

—¿Vives aquí? —preguntó Mitch.

—Sí. Desde que nací. Mi madre es indígena y mi padre inglés. Ahora ya no está aquí, ha regresado a su país.

—¿Te apetece tomar algo?

—Sí. Ron con soda.

Se dirigió a la barra en busca de las bebidas. Los nervios le habían formado un nudo en el estómago. Podría penetrar en la oscuridad, perderse entre la gente y regresar a la seguridad del apartamento. Podría cerrar la puerta y leer un libro sobre los paraísos financieros internacionales. Menudo aburrimiento. Además, Avery estaría ahora en el apartamento con la calentorra que se había ligado. El ron y la cerveza le aseguraban que la chica era inofensiva. Tomarían juntos un par de copas y se despedirían.

Cuando volvió con las bebidas, se sentó al otro lado de la mesa, lo más lejos posible. Estaban solos en el jardín.

—¿Haces submarinismo? —preguntó ella.

—No. Aunque parezca increíble, estoy en viaje de negocios. Soy abogado y tengo una reunión por la mañana con unos banqueros.

—¿Cuánto tiempo piensas quedarte?

—Un par de días —respondió escuetamente, pero con cortesía.

Cuanto menos hablara, más seguro se sentiría. Ella se cruzó de piernas y sonrió ingenuamente. Mitch sentía que las fuerzas le abandonaban.

—¿Qué edad tienes?

—Veinte años, y me llamo Eilene. Soy mayor de edad.

—Yo me llamo Mitch.

Le dio un vuelco el estómago y estaba ligeramente mareado. Se apresuró a tomar un sorbo de cerveza y consultó su reloj.

—Eres muy apuesto —dijo la chica, con su seductora sonrisa.

Los acontecimientos se sucedían con rapidez. Conserva la serenidad, se dijo a sí mismo, conserva la serenidad.

—Gracias.

—¿Practicas el atletismo?

—Más o menos. ¿Por qué lo preguntas?

—Tienes aspecto de atleta. Eres muy fuerte y musculoso.

Al percibir el énfasis con que pronunció la palabra «fuerte», le dio otro vuelco el estómago. Admiró el cuerpo de la muchacha e intentó pensar en un cumplido que no fuera sugerente. Olvídalo.

—¿Dónde trabajas? —preguntó, para dirigir la conversación a temas menos sensuales.

—En el despacho de una joyería de la ciudad.

—¿Y dónde vives?

—En Georgetown. Y tú ¿dónde te alojas?

—En un apartamento aquí al lado —respondió, al tiempo que movía la cabeza en dirección al mismo y ella miraba a su izquierda.

Mitch comprendió que a la chica le apetecía ver el apartamento.

—¿Por qué has abandonado la fiesta? —preguntó ella, mientras tomaba un sorbo de su bebida.

—No suelen interesarme las fiestas.

—¿Te gusta la playa?

—Es bonita.

—Todavía lo es más a la luz de la luna —sonrió de nuevo.

Mitch no tenía palabras.

—Hay otro bar que está mejor, a un par de kilómetros a lo largo de la playa —agregó la chica—. Vamos a dar un paseo.

—No sé si debo, tendría que acostarme temprano. Tengo trabajo por la mañana.

—Nadie se acuesta tan temprano en las islas —dijo ella con una carcajada, al tiempo que se ponía de pie—. Vamos. Te debo una copa.

—No. Será mejor que no lo haga.

Ella le cogió de la mano y Mitch la siguió a la playa. Caminaron en silencio hasta que el Palms se perdió de vista y la música se oía débilmente en la lejanía. La luna, muy brillante, estaba ahora en el cénit y la playa aparecía completamente desierta. Ella desabrochó algo y se quitó la falda, dejando solo un cordón alrededor de la cintura y otro entre las piernas. Enrolló la falda y se la puso a Mitch alrededor del cuello, al tiempo que le cogía de la mano.

Algo le decía que echara a correr. Que arrojara la botella de cerveza al océano, la falda al suelo y echara a correr como un endemoniado. Que corriera al apartamento y cerrara puertas y ventanas. Corre. Corre. Corre.

Pero también había algo que le decía que se relajara. Que no era más que una diversión inofensiva. Tomar unas copas y, si algo ocurría, que procurara disfrutarlo. Nadie lo sabría jamás. Memphis estaba a dos mil kilómetros. Avery nunca lo sabría. Además, ¿qué podría decir, teniendo en cuenta su conducta? Todo el mundo lo hace. Le había ocurrido en otra ocasión, cuando estaba en la universidad, antes de casarse pero cuando ya estaba prometido. Se lo había atribuido al exceso de cerveza y lo había superado sin secuelas importantes. El tiempo se había encargado de ello. Abby nunca lo averiguaría.

Corre. Corre. Corre.

Después de caminar un par de kilómetros, todavía no se vislumbraba ningún bar. La playa estaba cada vez más oscura. Una nube ocultó convenientemente la luna. No habían visto a nadie desde que salieron de Rumheads. Ella le tiró de la mano, hacia unas sillas de plástico junto al agua.

—Vamos a descansar un poco —dijo, mientras él se acababa la cerveza—. No eres muy hablador —agregó.

—¿Qué quieres que te cuente?

—¿Crees que soy bonita?

—Eres muy bonita. Y tienes un cuerpo magnífico.

Ella se sentó al borde de la silla y chapoteaba con los pies en el agua.

—Vamos a darnos un baño.

—Bueno... no sé si me apetece.

—Vamos, Mitch. Me encanta el agua.

—Adelante. Yo te observaré.

La chica se arrodilló en la arena junto a él y le miró a pocos centímetros de distancia. Con mucha lentitud, se llevó las manos a la nuca, se desabrochó el biquini y este cayó, muy despacio. Sus pechos, ahora mucho más voluminosos, reposaban sobre su antebrazo.

—Guárdame esto —dijo, entregándole aquella tela blanca de escasos gramos de peso.

Mitch estaba paralizado y su respiración, que hacía solo unos segundos era difícil y laboriosa, había cesado ahora por completo.

Ella caminó lentamente hacia el agua. El cordón blanco no cubría nada a su espalda. Su hermosa cabellera, larga y oscura, le llegaba a la cintura. Avanzó hasta que el agua le llegó a las rodillas y se volvió hacia la playa.

—Vamos, Mitch. El agua está maravillosa.

Mitch vio su radiante sonrisa. Acarició la parte superior del biquini y supo que aquella era su última oportunidad para echar a correr. Pero se sentía débil y mareado. Para correr necesitaba más energía de la que disponía. Deseaba quedarse donde estaba y quizá ella desaparecería. Tal vez se ahogaría. Puede que de pronto apareciera una marea que se la llevara a alta mar.

—Vamos, Mitch.

Se quitó la camisa y entró caminando en el agua. Ella, que le observaba con una sonrisa, esperó a que llegara, le cogió de la mano y siguieron caminando juntos hacia aguas más profundas. Le rodeó el cuello con sus brazos y se besaron. Mitch encontró los cordones. Volvieron a besarse.

De pronto se detuvieron y, sin decir palabra, ella se dirigió a la playa. Él la observaba. Ella se sentó sobre la arena, entre las dos sillas, y se quitó el resto del biquini. Mitch metió la cabeza bajo el agua y aguantó durante mucho rato la respiración.

Cuando emergió de nuevo, vio que estaba tumbada, con los codos apoyados en la arena. Escudriñó la playa y, evidentemente, no vio a nadie. En aquel preciso instante, la luna se ocultó tras otra nube. No había ningún barco, ni catamarán, ni bote, ni nadador, ni buceador, ni signo alguno de vida en el agua.

—No debo hacerlo —susurró entre dientes.

—¿Qué dices, Mitch?

—¡Que no debo hacerlo! —exclamó.

—Pero yo lo deseo.

—No puedo.

—Vamos, Mitch. Nadie lo sabrá.

Nadie lo sabrá. Nadie lo sabrá. Se acercó lentamente. Nadie lo sabrá.

El silencio era sepulcral en la parte posterior del taxi, cuando los abogados se desplazaban a Georgetown. Llegaban tarde. Se habían quedado dormidos y no habían tenido tiempo ni de desayunar. Ninguno de los dos se sentía particularmente bien. Avery, en especial, parecía agotado. Tenía los ojos irritados y el rostro muy pálido. No se había afeitado.

El taxista se detuvo en pleno tráfico, frente al Royal Bank de Montreal. El calor y la humedad eran agobiantes.

Randolph Osgood, un británico de mal talante, con un traje azul marino de chaqueta cruzada, gafas de asta, una enorme frente reluciente y la nariz puntiaguda, era el banquero. Saludó a Avery como a un viejo amigo y se presentó a Mitch. A continuación pasaron a un holgado despacho del segundo piso, con vista a Hogsty Bay, donde les esperaban dos empleadas.

—¿Qué es exactamente lo que necesitas, Avery? —preguntó Osgood en un tono nasal.

—Podemos empezar por tomar café. Necesito sumarios de todas las cuentas de Sonny Capps, Al Coscia, Dolph Hemmba, Ratzlaff Partners y Greene Group.

—De acuerdo. ¿A partir de qué fecha?

—Los últimos seis meses de cada cuenta.

Osgood chascó los dedos en dirección a una de las empleadas, que abandonó la sala para regresar al cabo de unos instantes con café y galletas. La otra tomaba notas.

—Es evidente, Avery, que necesitaremos autorización y poderes notariales para cada uno de esos clientes —dijo Osgood.

—Están en sus respectivas fichas —respondió Avery, mientras sacaba los documentos de su cartera.

—Sí, pero han caducado. Necesitamos unos nuevos, para cada cuenta.

—Muy bien —dijo Avery, mientras colocaba una carpeta sobre la mesa—. Aquí están. Todos vigentes —agregó, al tiempo que hacía un guiño a Mitch.

Una de las empleadas cogió la carpeta y abrió los documentos sobre la mesa. Ambas los examinaron uno por uno, antes de que lo hiciera el propio Osgood. Los abogados tomaban café mientras esperaban.

—Todo parece correcto —sonrió Osgood—. Traeremos los sumarios. ¿Qué más necesitas?

—Tengo que fundar tres compañías. Dos para Sonny Capps y una para Greene Group. Seguiremos el procedimiento habitual. El banco actuará como agente registrado, etcétera.

—Traeré los documentos necesarios —respondió Osgood y miró a una empleada—. ¿Algo más?

—Esto es todo por ahora.

—Muy bien. Tendremos los sumarios dentro de unos treinta minutos. ¿Os apetece almorzar conmigo?

—Lo siento, Randolph, gracias por la invitación. Mitch y yo tenemos un compromiso anterior. Tal vez mañana.

Mitch no sabía nada referente a un compromiso anterior, por lo menos en el que él estuviera involucrado.

—Quizá —respondió Osgood, antes de abandonar el despacho con las dos empleadas.

Avery cerró la puerta y se quitó la chaqueta. Se dirigió a la ventana y tomó un poco de café.

—Mira, Mitch, lamento mucho lo de anoche. Lo siento muchísimo. Me emborraché y dejé de pensar. No debí haber inducido a aquella mujer a que te conquistara.

—No tiene importancia. Pero no vuelvas a hacerlo.

—No lo haré. Te lo prometo.

—¿Te lo pasaste bien?

—Creo que sí. No recuerdo demasiado. ¿Cómo te fue con su hermana?

—Me mandó a freír espárragos. Fui a la playa y di un paseo.

—Sabes que estoy separado de mi esposa y que probablemente nos divorciaremos, más o menos dentro de un año —dijo Avery, mientras se comía una galleta—. Procuro ser muy discreto, porque el divorcio podría ser desagradable. Según la tradición de la empresa, lo que ocurre lejos de Memphis permanece lejos de Memphis. ¿Comprendido?

—Por favor, Avery. Sabes perfectamente que no se lo mencionaré a nadie.

—Lo sé. Lo sé.

A Mitch le tranquilizó conocer la tradición de la empresa, a pesar de que había despertado con la convicción de haber cometido el crimen perfecto. Había pensado en ella en la cama, la ducha, el taxi, e incluso ahora tenía dificultad en concentrarse. Le asombró darse cuenta de que miraba las joyerías al llegar a Georgetown.

—Quiero hacerte una pregunta —dijo Mitch.

Avery asintió, mientras comía otra galleta.

—Cuando, hace unos meses, Oliver Lambert, McKnight y el resto de la pandilla me reclutaron, insistieron repetidamente en que la empresa reprobaba el divorcio, las mujeres, la bebida, las drogas y, en general, todo lo que no fuera trabajar duro y ganar dinero. Esa fue la razón por la que acepté el empleo. He visto lo de trabajar duro y del dinero, pero ahora veo también otras cosas. ¿Cómo te extraviaste? ¿O es que todos los demás también lo hacen?

—No me gusta la pregunta.

—Sabía que no te gustaría. Pero te agradecería una repuesta. La merezco. Tengo la sensación de haber sido víctima de un engaño.

—¿Y qué piensas hacer? ¿Abandonar el empleo porque me emborraché y me acosté con una puta?

—No he pensado en abandonar la empresa.

—Bien. No lo hagas.

—Pero tengo derecho a una respuesta.

—De acuerdo. Lo justo es justo. Yo soy el mayor tunante de la empresa y se lanzarán contra mí cuando mencione el divorcio. Alterno con mujeres de vez en cuando, pero nadie lo sabe. O, por lo menos, no han logrado pescarme con las manos en la masa. Estoy seguro de que otros socios también lo hacen, pero jamás lograrías descubrirlos. No todos, solo algunos. La mayoría goza de un matrimonio estable y son permanentemente fieles a sus esposas. Yo siempre he sido un pillín, pero me han tolerado porque tengo mucho talento. Saben que bebo durante el almuerzo y algunas veces en el despacho, como también saben que quebranto otras reglas sagradas, pero me hicieron socio porque me necesitaban. Y ahora que lo soy, no pueden hacer gran cosa al respecto. No soy un sujeto tan malo, Mitch.

—No dije que lo fueras.

—No soy perfecto. Algunos de ellos sí lo son, créeme. Son máquinas, robots. Viven, comen y duermen para Bendini, Lambert & Locke. A mí me gusta divertirme un poco.

—De modo que tú eres la excepción...

—Que confirma la regla, efectivamente. Y no me avergüenzo de ello.

—No te pedía ninguna explicación, sino una simple aclaración.

—¿Está lo bastante claro?

—Sí. Siempre he admirado tu franqueza.

—Y yo admiro tu disciplina. Un hombre ha de ser muy fuerte para serle fiel a su esposa, con las tentaciones que tuviste anoche. Yo no soy tan fuerte. No deseo serlo.

Tentaciones. Había pensado en inspeccionar las joyerías del centro de la ciudad durante la hora del almuerzo.

—Escucha, Avery, no soy ningún santo, ni estoy asustado. No soy quién para juzgar; yo he sido juzgado toda la vida. Solo estaba confundido respecto a las reglas, eso es todo.

—Las reglas nunca cambian. Están hechas de hormigón. Esculpidas en granito. Grabadas en la roca. Si las quebrantas de un modo excesivo, te encontrarás de patitas en la calle. O quebrántalas tanto como quieras, pero asegúrate de que no te descubran.

—Parece sensato.

Osgood entró en el despacho, acompañado de un grupo de empleadas, con copias de ordenador y un montón de documentos. Lo amontonaron todo meticulosamente sobre la mesa y lo colocaron en orden alfabético.

—Esto te mantendrá ocupado por lo menos un día entero —dijo Osgood con una sonrisa forzada—. Estaré en mi despacho si me necesitas —agregó, después de chascar los dedos, para ordenar a las empleadas que se retiraran.

—De acuerdo, gracias —respondió Avery, mientras se acercaba al primer montón de documentos.

Mitch se quitó la chaqueta y se aflojó la corbata.

—¿Qué es, exactamente, lo que estamos haciendo aquí? —preguntó.

—Dos cosas. En primer lugar, revisaremos todas las entradas en estas cuentas. Nos interesan primordialmente los intereses ganados, el rédito, la cantidad, etcétera. Haremos una breve inspección de cada cuenta, para asegurarnos de que el interés va a parar a donde le corresponde. Por ejemplo, Dolph Hemmba manda sus intereses a nueve bancos distintos en las Bahamas. Es absurdo, pero a él le hace feliz. También hace que nadie, excepto yo, pueda seguirlo. Tiene unos doce millones en este banco y por tanto vale la pena controlarlos. Podría hacerlo él personalmente, pero prefiere que me ocupe yo del tema. A doscientos cincuenta la hora, no me importa. Comprobaremos el interés que este banco paga en cada cuenta. La cuantía del rédito depende de una serie de factores. Es discrecional respecto al banco y esta es una buena forma de garantizar su honradez.

—Creí que eran honrados.

—Lo son, pero son banqueros, no lo olvides.

»Tenemos ante nosotros una treintena de cuentas y antes de marcharnos de aquí conoceremos con exactitud sus saldos, intereses acumulados y el destino de los mismos. En segundo lugar, debemos fundar tres compañías supeditadas a la jurisdicción de estas islas. Los trámites legales son bastante sencillos y podrían efectuarse desde Memphis, pero los clientes prefieren que lo hagamos aquí. Recuerda que tratamos con gente que invierte muchos millones y a los que no les preocupa una minuta de varios millares.

Mitch echó una ojeada a una copia informática en el montón de Hemmba.

—¿Quién es ese Hemmba? Nunca he oído hablar de él.

—Tengo muchos clientes de los que no has oído hablar. Hemmba es un latifundista de Arkansas, uno de los mayores propietarios rurales del estado.

—¿Doce millones de dólares?

—Solo en este banco.

—Esto supone mucho algodón y mucha soja.

—Digamos que también tiene otros negocios.

—¿Por ejemplo?

—En realidad, no puedo decírtelo.

—¿Legales o ilegales?

—Digamos solo que oculta veinte millones, más intereses, en diversos bancos del Caribe, a espaldas de Hacienda.

—¿Y nosotros le ayudamos?

Avery desparramó los documentos sobre un extremo de la mesa y empezó a examinar los asientos. Mitch le observaba, a la espera de una respuesta. Creció el silencio y comprendió que no la recibiría. Podía haber insistido, pero decidió que había formulado bastantes preguntas para un solo día. Se arremangó y se puso a trabajar.

A las doce descubrió el compromiso anterior de Avery. Tenía una cita con su compañera en el apartamento. Sugirió que se tomaran un par de horas de descanso y recomendó a Mitch un café en el centro de la ciudad.

En lugar de dirigirse al café, Mitch descubrió la biblioteca de Georgetown, a cuatro manzanas del banco. En el segundo piso le indicaron dónde se encontraba la sección de periódicos, en la que había una estantería llena de ejemplares antiguos de *The Daily Caymanian*. Buscó entre los del mes de junio hasta encontrar el del día veintisiete y lo colocó sobre una mesa cerca de una ventana, desde la que se dominaba la calle. Miró por la ventana y a continuación lo hizo con mayor atención. Había un individuo al que acababa de ver hacía solo unos momentos en la calle, junto al banco. Estaba al volante de un Chevette amarillo destartalado, estacionado en un callejón frente a la biblioteca. Era un individuo robusto, de pelo oscuro y aspecto extranjero, con una chabacana camisa verde y naranja y unas gafas de sol ordinarias, utilizadas por los turistas.

El mismo Chevette, con el mismo conductor, estaba aparcado frente a una tienda de regalos junto al banco y al cabo de unos momentos, a cuatro manzanas. Un indígena se apeó de su bicicleta junto al coche. El conductor le dio un cigarrillo y señaló la biblioteca. El indígena abandonó su bicicleta y cruzó apresuradamente la calle.

Mitch dobló el periódico y se lo guardó en el bolsillo. Dio una vuelta por las estanterías, encontró un *National Geographic* y se instaló en una mesa. Examinó la revista y escuchó atentamente las pisadas del indígena que subía por la escalera, vio que se le acercaba, se colocaba a su espalda, pareció detenerse un instante para ver lo que estaba leyendo y volvió a marcharse. Mitch esperó un momento antes de regresar junto a la ventana. El indígena hablaba con el conductor del Chevette, que le entregaba otro cigarrillo. Después de encenderlo, se fue en su bicicleta.

Mitch abrió el periódico sobre la mesa y examinó el artículo de primera plana sobre los dos abogados norteamericanos y su monitor de buceo, que habían fallecido el día anterior en un misterioso accidente. Tomó nota mental y devolvió el periódico a la estantería.

El Chevette seguía vigilando. Mitch pasó por delante del coche y se encaminó hacia el banco. El centro comercial estaba apiñado entre los edificios del banco y Hogsty Bay. Las calles eran estrechas y estaban abarrotadas de turistas a pie, en moto, o en pequeños coches alquilados. Se quitó la chaqueta y entró en una tienda de camisetas, con un bar en el primer piso. Subió, pidió una Coca-Cola y se sentó en la terraza.

Al cabo de pocos minutos apareció el indígena en la barra, que le vigilaba oculto tras una carta escrita a mano, mientras tomaba una Red Stripe.

Mitch saboreaba su Coca-Cola y observaba el tumulto de la calle. No vio el Chevette por ninguna parte, pero sabía que no estaba lejos. Se dio cuenta de que otro individuo le observaba desde la calle, pero luego desapareció. Luego una mujer. ¿Estaba paranoico? Entonces apareció el Chevette por la segunda bocacalle y avanzó lentamente hasta situarse debajo de donde él se encontraba.

Bajó a la tienda de camisetas y compró unas gafas de sol. Caminó un par de manzanas y entró en una bocacalle. Corrió por la sombra hasta la próxima calle y entró en una tienda de regalos. Salió por la puerta trasera, que daba a un callejón. Vio una tienda de ropa para turistas y entró por la puerta lateral. Vigiló atentamente la calle y no vio nada. Los colgadores estaban llenos de pantalones cortos y camisas multicolores, que los indígenas no utilizaban pero que encantaban a los norteamericanos. Mitch estuvo conservador: pantalón corto blanco y jersey convencional rojo. Encontró unas sandalias de esparto, que hacían juego con el sombrero que le gustaba. La dependienta se rió y le mostró el probador. Inspeccionó de nuevo la calle. Nada. La ropa le caía bien y preguntó a la dependienta si podía dejar su traje y sus zapatos en la trastienda un par de horas.

—Desde luego —respondió.

Pagó al contado, le dio un billete de diez a la chica y le pidió que le llamara un taxi. Ella le dijo que era muy apuesto.

Muy nervioso, vigiló atentamente la calle hasta la llegada del taxi. Cruzó la acera corriendo y se instaló en el asiento posterior.

—Abanks Dive Lodge —ordenó al taxista.

—Eso está muy lejos, amigo.

Mitch le entregó un billete de veinte.

—Ponte en marcha y vigila el retrovisor. Si alguien nos sigue, dímelo.

—De acuerdo, amigo —respondió el conductor, al tiempo que agarraba el dinero.

Mitch se apoltronó en el asiento trasero, bajo su nuevo sombrero, mientras el taxi avanzaba penosamente por Shedden Road, salía del centro comercial, rodeaba Hogsty Bay y se dirigía al este, más allá de Red Bay, fuera ya de Georgetown, por la carretera de Bodden Town.

—¿De quién huye, amigo?

—De Hacienda —sonrió Mitch, mientras bajaba la ventanilla.

Él creyó que tenía gracia, pero el taxista parecía desconcertado. Recordó que en las islas no había impuestos, ni recaudadores. El conductor guardó silencio.

Según el periódico, el monitor de buceo era Philip Abanks, hijo de Barry Abanks, propietario del centro de submarinismo. Los tres se habían ahogado, después de que algún tipo de explosión tuviera lugar en su embarcación. Una explosión muy misteriosa. Los cadáveres habían sido hallados a veinticinco metros de profundidad, con equipo completo de submarinismo. No había testigos del accidente, ni explicación alguna de por qué la explosión había tenido lugar a dos millas de la costa, en un lugar donde no se solía bucear. El artículo decía que quedaban muchas preguntas por contestar.

Bodden Town era un pequeño pueblo, a veinte minutos de Georgetown. El centro de submarinismo estaba al sur del pueblo, en un lugar aislado de la playa.

—¿Nos ha seguido alguien? —preguntó Mitch.

El taxista movió la cabeza.

—Buen trabajo. Aquí tienes cuarenta pavos —dijo Mitch, al tiempo que consultaba su reloj—. Es casi la una. ¿Puedes estar aquí a las dos y media en punto?

—Desde luego, amigo.

La carretera acababa al borde de la playa, en una zona de roca blanca destinada al aparcamiento, a la sombra de docenas de palmeras. El edificio frontal del centro era una amplia casa de dos pisos, con tejado de cinc y una escalera exterior que conducía al centro del segundo piso. La denominaban la Grand House. Estaba pintada de color azul claro, con un impecable borde blanco, y se hallaba parcialmente oculta tras unas parras y lirios de araña. La greca forjada a mano era rosa y los sólidos postigos de color aceituna. Era la oficina y comedor de Abanks Dive Lodge. A la derecha disminuía el número de palmeras y un pequeño camino rodeaba la Grand House, para desembocar en una pequeña área de roca blanca. A cada lado había aproximadamente una docena de cabañas con tejado de paja, donde se alojaban los buceadores. Un laberinto de caminitos enlazaba las cabañas con el centro neurálgico de la escuela de submarinismo: un bar al aire libre, junto al agua.

Mitch se dirigió al bar, acompañado del familiar sonido del reggae y carcajadas. Era parecido a Rumheads, pero sin la muchedumbre. Al cabo de unos minutos el barman, Henry, le sirvió una Red Stripe.

—¿Dónde está Barry Abanks? —preguntó Mitch.

El barman movió la cabeza en dirección al mar y regresó

a la barra. A media milla de la costa, una embarcación surcaba lentamente las aguas tranquilas en dirección al centro. Mitch se comió una hamburguesa con queso y miró cómo jugaban al dominó.

La embarcación atracó junto a un espigón, situado entre el bar y una cabaña de mayores dimensiones, con las palabras «tienda de submarinismo» escritas a mano en una ventana. Los buceadores saltaron del barco con sus bolsas de submarinismo y se dirigieron sin excepción al bar. Junto a la embarcación había un individuo bajo y musculoso, que vociferaba órdenes a los marineros ocupados en la descarga de botellas vacías. Llevaba una gorra de béisbol y poca cosa más. Una diminuta tela negra cubría su entrepierna y la mayor parte de su trasero. A juzgar por el tono de su curtida piel, probablemente no había usado muchas prendas de vestir en los últimos cincuenta años. Entró un momento en la tienda, vociferó algunas órdenes a los monitores y marineros, y se dirigió al bar. Sin preocuparse en absoluto de los clientes, se dirigió a la nevera, cogió una Heineken, la abrió y tomó un largo trago.

El barman le dijo algo a Abanks y movió la cabeza en dirección a Mitch. Cogió otra Heineken y se acercó a su mesa.

—¿Preguntaba por mí? —dijo sin sonreír, casi con una mueca.

—¿Es usted el señor Abanks?

—El mismo. ¿Qué desea?

—Me gustaría hablar con usted unos minutos.

Echó un trago de cerveza y lanzó una mirada al mar.

—Estoy demasiado ocupado. Una de mis embarcaciones sale dentro de cuarenta minutos.

—Me llamo Mitch McDeere. Soy abogado, de Memphis.

Abanks le miró con unos diminutos ojos castaños. Había logrado que le prestara toda su atención.

—¿Y bien?

—Pues que los dos individuos que murieron con su hijo eran amigos míos. Serán solo unos minutos.

Abanks se sentó en un taburete y apoyó los codos sobre la mesa.

—Este no es uno de mis temas predilectos.

—Lo sé. Lo lamento.

—La policía me ha dicho que no hable con nadie.

—Es confidencial. Se lo juro.

Abanks entornó los ojos y contempló el azul brillante del agua. El rostro y los brazos mostraban las cicatrices de una vida consagrada al mar, guiando a los aprendices a veinte metros de profundidad, por los arrecifes de coral y buques naufragados.

—¿Qué quiere saber? —preguntó, con voz muy suave.

—¿Podemos hablar en otro lugar?

—Por supuesto. Vamos a dar un paseo.

Antes de dirigirse a la playa, le chilló alguna orden a Henry y habló con unos buceadores que se encontraban en el bar.

—Me gustaría hablar del accidente —dijo Mitch.

—Pregunte, pero puede que no le responda.

—¿Qué causó la explosión?

—No lo sé. Tal vez un compresor. Quizá el carburante. No estamos seguros. La embarcación quedó muy dañada y la mayoría de las pistas ardieron en llamas.

—¿Era suyo el barco?

—Sí. Uno de los más pequeños. Diez metros de eslora. Sus amigos lo habían alquilado para toda la mañana.

—¿Dónde se encontraron los cuerpos?

—A veinticinco metros de profundidad. No había nada sospechoso respecto a los cuerpos, a excepción de que no tenían ninguna quemadura ni herida que indicara que habían estado cerca de una explosión. Lo cual, en mi opinión, hace que los cuerpos fueran muy sospechosos.

—Según la autopsia, se ahogaron.

—Sí, se ahogaron. Pero sus amigos llevaban puesto el equipo completo de submarinismo, que más adelante examinó uno de mis expertos. Funcionaba a la perfección y ellos eran buenos buceadores.

—¿Y su hijo?

—No llevaba el equipo completo. Pero nadaba como un pez.

—¿Dónde tuvo lugar la explosión?

—Tenían previsto bucear en unos arrecifes de Roger's Wreck Point. ¿Conoce usted la isla?

—No.

—Está cerca de East Bay, en el extremo nordeste. Sus amigos no habían buceado nunca por aquella zona y mi hijo les sugirió que lo probaran. Conocíamos bien a sus amigos. Eran expertos buceadores y se lo tomaban en serio. Insistían siempre en tener una embarcación para ellos solos y no les importaba pagarla. Además, querían que fuera Philip quien los acompañara. No sabemos si llegaron a bucear en el lugar previsto. Encontramos el barco ardiendo a dos millas de la costa, muy lejos de los lugares donde solemos sumergirnos.

—¿Pudo haber llegado hasta allí a la deriva?

—Imposible. Si hubiera tenido problemas con el motor, Philip habría llamado por la radio. Tenemos equipos modernos y nuestros capitanes se mantienen siempre en contacto con la base. La explosión en modo alguno pudo haber tenido lugar en el extremo nordeste. Nadie vio ni oyó nada y siempre hay alguien en la zona. Además, una embarcación dañada no puede desplazarse dos millas a la deriva. Y lo que es más importante, recuerde que los cuerpos no estaban en el barco. Supongamos que el barco se hubiera desplazado a la deriva, ¿cómo se explicaría el desplazamiento de los cuerpos bajo el agua? Los encontraron a unos veinte metros de la embarcación.

—¿Quién los encontró?

—Mis hombres. Nos enteramos de lo ocurrido por la radio y mandamos un equipo. Sabíamos que se trataba de nuestro barco y mis hombres empezaron a bucear. En pocos minutos encontraron los cuerpos.

—Sé que es difícil hablar de este tema.

Abanks se acabó la cerveza y arrojó la botella en un cubo de madera.

—Sí, lo es. Pero el tiempo cicatriza las heridas. ¿Por qué está tan interesado?

—Las familias se hacen muchas preguntas.

—Lo siento por ellas. El año pasado conocí a sus esposas. Pasaron una semana con nosotros. Son gente encantadora.

—¿Es posible que estuvieran explorando una nueva zona cuando ocurrió el accidente?

—Es posible, pero sumamente improbable. Nuestros barcos comunican sus desplazamientos de una zona a otra. Esta es la norma. Sin excepciones. En una ocasión despedí a un capitán por no comunicar de antemano su próximo destino. Mi hijo era el mejor capitán de la isla. Se crió en estas aguas. Jamás habría dejado de comunicar sus desplazamientos en el mar. Es así de sencillo. La policía cree que esto fue lo que ocurrió, pero tienen que creer algo. Es la única explicación que tienen.

—Pero ¿cómo se explica el estado de los cuerpos?

—No se explica. En lo que a la policía concierne, es simplemente otro accidente de buceo.

—¿Fue un accidente?

—No lo creo.

Las sandalias le habían producido ampollas en los pies y Mitch se las quitó. Dieron media vuelta y emprendieron el camino de regreso.

—Si no fue un accidente, ¿qué fue?

Abanks caminaba, sin dejar de observar las olas que acariciaban la arena y, por primera vez, sonrió.

—¿Qué otras posibilidades hay?

—En Memphis se rumorea que pudo haber estado relacionado con un asunto de drogas.

—Hábleme de ese rumor.

—Hemos oído que su hijo formaba parte de una red de traficantes que probablemente aquel día había utilizado la embarcación para reunirse con un suministrador en alta mar, que hubo una pelea y que mis amigos se encontraron en medio de la refriega.

Abanks sonrió y movió la cabeza.

—Philip no era de esos. Que yo sepa, nunca utilizó ninguna droga y sé que no traficaba. No le interesaba el dinero. Solo las mujeres y el submarinismo.

—¿No cabe ninguna posibilidad?

—No, ninguna. Jamás he oído ese rumor y dudo que en Memphis tengan más información. Esta isla es pequeña, y a estas alturas habría llegado a mis oídos. Es completamente falso.

La conversación había concluido y se detuvieron cerca del bar.

—Voy a pedirle un favor —dijo Abanks—. No mencione nada de esto a las familias. No puedo demostrar lo que sé que es cierto y, por consiguiente, es mejor que nadie lo sepa. Especialmente los familiares.

—No se lo contaré a nadie. Y yo le ruego que tampoco mencione nuestra conversación. Puede que venga alguien y haga preguntas sobre mi visita. Dígales que hablamos de submarinismo.

—Como quiera.

—Mi esposa y yo vendremos en primavera, durante las vacaciones. Me pondré en contacto con usted.

14

La escuela episcopal de Saint Andrew estaba situada detrás de
la iglesia del mismo nombre, en una finca de cinco acres densa-
mente poblada de árboles y cuidada a la perfección, en la peri-
feria de Memphis. Los ladrillos blancos y amarillos eran visi-
bles en algún que otro lugar, donde por alguna razón la hiedra
había dado un giro y tomado otro rumbo. Alineadas a ambos
lados de los caminos y del pequeño patio, había unas hileras si-
métricas de setos impecablemente cortados. Era un edificio en
forma de ángulo recto, de una sola planta, que reposaba apaci-
blemente a la sombra de una docena de antiguos robles. Esti-
mada por su exclusivismo, Saint Andrew era la escuela privada
más cara de Memphis, para edades comprendidas entre los tres
y los once años. Los padres pudientes registraban a sus hijos en
la lista de espera, poco después del nacimiento.

Mitch aparcó su BMW en el estacionamiento situado entre
la iglesia y la escuela. El Peugeot castaño de Abby estaba estacionado tres espacios más allá. No había anunciado su visita. El
avión había aterrizado hacía una hora y Mitch había pasado
por su casa, para vestirse en consonancia con su profesión de
letrado. Saludaría a su esposa antes de ir a pasar unas horas en
su despacho, a ciento cincuenta por hora.

Quería verla aquí, en la escuela, sin previo aviso. Un ataque por sorpresa. Un contraataque. Se limitaría a saludarla.

Le diría que la echaba de menos, que había pasado por la escuela porque se moría de ganas de verla. Mantendría un breve intercambio, unas primeras palabras después del incidente de la playa. ¿Lo adivinaría con solo mirarle? Puede que fuera capaz de leer en sus ojos. ¿Percibiría una pequeña tensión en su voz? No, si estaba sorprendida. No, si se sentía halagada por su visita.

Contempló su coche y se agarró con fuerza al volante. ¡Qué imbécil ¡Qué estúpido! ¿Por qué no había echado a correr? Debería haber arrojado su falda al suelo y correr como un endemoniado. Pero, evidentemente, no lo había hecho. Qué diablos, se había dicho, nadie tiene por qué saberlo. Y ahora se suponía que debía encogerse de hombros y decirse a sí mismo: qué diablos, todo el mundo lo hace.

Durante el vuelo había planeado su estrategia. En primer lugar, esperaría hasta la noche y confesaría lo ocurrido. No mentiría, no deseaba vivir con una mentira. Confesaría la verdad y le contaría exactamente lo ocurrido. Tal vez ella lo comprendería. Después de todo, maldita sea, prácticamente cualquier hombre habría hecho lo mismo. Su próximo paso dependería de su reacción. Si conservaba la tranquilidad y manifestaba algún indicio de compasión, le diría que lo lamentaba, que lo sentía muchísimo, y que nunca volvería a ocurrir. Si se desmoronaba le suplicaría, pediría literalmente su perdón, juraría sobre la Biblia que había sido un error y que jamás se repetiría. Le diría lo mucho que la quería y le rogaría encarecidamente que le brindara otra oportunidad. Y si empezaba a hacer la maleta, probablemente en aquel momento se daría cuenta de que no debía habérselo contado.

Negar. Negar. Negar. Su profesor de derecho penal en Harvard era un radical llamado Moskowitz, que se había hecho famoso defendiendo a terroristas, asesinos y proxenetas. Su teoría de la defensa consistía simplemente en: ¡Negar! ¡Negar! ¡Negar! No admitir nunca ningún hecho ni ninguna prueba que pudiera ser indicio de culpabilidad.

Se acordó de Moskowitz al aterrizar en Miami y empezó a formular su segundo plan, que incluía una visita sorpresa a la escuela y una cena romántica en su restaurante predilecto. Lo único que mencionaría de las islas sería el mucho trabajo. Abrió la puerta del coche, pensó en su rostro encantador, sonriente y confiado, y sintió náuseas. Se le formó un horrible nudo en el estómago. Avanzó lentamente, acariciado por la brisa de un otoño tardío, hacia la puerta principal.

El vestíbulo estaba vacío y silencioso. A su derecha se encontraba el despacho del director. Aguardó unos momentos, a la espera de que alguien se percatara de su presencia, pero no apareció nadie. Avanzó sigilosamente hasta la altura de la tercera clase, donde oyó la melodiosa voz de su esposa. Estaban repasando las tablas de multiplicar, cuando asomó la cabeza por la puerta y sonrió. Ella se quedó paralizada y soltó una carcajada. Pidió disculpas a sus alumnos, les dijo que permanecieran sentados, que leyeran la página siguiente, y cerró la puerta de la clase.

—¿Qué estás haciendo aquí? —preguntó, mientras él la acorralaba contra la pared y ella miraba con nerviosismo de un lado para otro del pasillo.

—Te echaba de menos —dijo en tono convincente.

Le dio un fuerte abrazo que duró un buen minuto. A continuación la besó en el cuello y saboreó la dulzura de su perfume. Pero entonces apareció de nuevo la chica. Desgraciado, ¿por qué no echaste a correr?

—¿Cuándo has llegado? —preguntó Abby mientras se arreglaba el cabello y vigilaba el pasillo.

—Hace aproximadamente una hora. Estás guapísima.

—¿Cómo te ha ido el viaje? —dijo, con lágrimas en sus hermosos ojos, llenos de sinceridad.

—Bien, pero te he echado de menos. No es agradable cuando no estás a mi lado.

—Yo también te he echado de menos.

Creció su sonrisa y desvió la mirada. Cogidos de la mano, se dirigieron a la puerta principal.

—Me gustaría salir contigo esta noche —dijo Mitch.

—¿No vas a trabajar?

—No, no voy a trabajar. Voy a llevar a mi esposa a su restaurante predilecto. Cenaremos, beberemos un buen vino, regresaremos tarde a casa y nos desnudaremos.

—Es cierto que me has echado de menos —dijo Abby, besándole otra vez en los labios, mientras vigilaba de nuevo el pasillo—. Pero ahora será mejor que te marches, antes de que alguien te vea.

Se dirigieron rápidamente a la puerta principal, sin ser vistos.

Se llenó los pulmones de aire fresco y caminó apresuradamente hacia su coche. La había mirado a los ojos, estrujado entre sus brazos y besado como de costumbre. No sospechaba nada. Se sentía halagada e incluso conmovida.

DeVasher paseaba nervioso por su despacho, mientras aspiraba angustiado el humo de su Roi-Tan. Se sentó en su desgastado sillón giratorio, intentó concentrarse en una circular, volvió a ponerse de pie y a andar de nuevo de un lado para otro. Consultó su reloj. Llamó a su secretaria. Llamó a la secretaria de Oliver Lambert. Siguió dando vueltas.

Por fin, con diecisiete minutos de retraso, Ollie pasó el inevitable control de seguridad y entró en el despacho de De-Vasher.

—¡Llegas tarde! —exclamó este, mirando fijamente a Ollie por encima del escritorio.

—Estoy muy ocupado —respondió Ollie, al tiempo que tomaba asiento en un desgastado sillón de cuero de Nauga—. ¿Ocurre algo importante?

En el rostro de DeVasher apareció inmediatamente una sonrisa perversa y depravada. Abrió teatralmente uno de los cajones del escritorio, sacó un gran sobre castaño y lo arrojó con orgullo sobre las rodillas de Ollie.

—Uno de nuestros mejores trabajos —dijo.

Lambert abrió el sobre y contempló boquiabierto las fotografías en blanco y negro de veinte por veinticinco. Las examinó detenidamente una por una, a un palmo de la nariz, concentrándose en todos los detalles. DeVasher le observaba orgulloso.

Lambert volvió a examinarlas y empezó a jadear.

—Son increíbles —exclamó.

—Sí. Eso creemos nosotros también.

—¿Quién es la chica? —preguntó Ollie, sin dejar de mirar.

—Una prostituta de la isla. Bastante atractiva, ¿no te parece? Nunca la habíamos utilizado, pero puedes apostar a que volveremos a hacerlo.

—Quiero conocerla cuanto antes.

—Por supuesto. Imaginaba que lo desearías.

—Esto es increíble. ¿Cómo se las arregló?

—Al principio parecía difícil. A la primera la mandó a la porra. Avery se acostó con la otra, pero tu hombre no quiso saber nada de su compañera. Se quedó solo y se fue a aquel pequeño bar en la playa. Entonces fue cuando apareció nuestra chica. Es una profesional.

—¿Dónde estaba tu gente?

—Por todas partes. El fotógrafo estaba oculto tras una palmera, a unos veinte metros. Buen trabajo, ¿no crees?

—Muy bueno. Dale una prima al fotógrafo. ¿Cuánto tiempo pasaron revolcándose en la arena?

—El suficiente. Resultaron ser muy compatibles.

—Creo que se lo pasó de maravilla.

—Tuvimos mucha suerte. La playa estaba desierta y la programación fue perfecta.

Lambert levantó una fotografía hacia el techo, sin dejar de observarla.

—¿Me has hecho unas copias? —preguntó.

—Por supuesto, Ollie. Sé lo mucho que te gustan estas cosas.

—Creí que McDeere sería más duro de pelar.

—Lo es, pero también es humano. Además, no es estúpido. No estamos seguros, pero creemos que se dio cuenta de que le observábamos al día siguiente, durante el almuerzo. Parecía sospechar algo, empezó a entrar y salir en distintas tiendas en el distrito comercial y desapareció. Llegó con una hora de retraso a la reunión con Avery en el banco.

—¿Adónde fue?

—No lo sabemos. Solo le observábamos por curiosidad, nada serio. Puede que entrara en algún bar del centro de la ciudad, a tomar unas copas. El caso es que desapareció.

—No le pierdas de vista. Me preocupa.

—Deja de preocuparte, Ollie —respondió DeVasher, al tiempo que le entregaba otro sobre semejante al anterior—. ¡Ahora es nuestro! Mataría por nosotros si conociera la existencia de estas fotos.

—¿Qué se sabe de Tarrance?

—Ni rastro. McDeere no se lo ha mencionado a nadie, o por lo menos a nadie a quien escuchemos. No siempre es fácil seguirle la pista a Tarrance, pero creo que se mantiene alejado.

—Mantén los ojos abiertos.

—No te preocupes de mis asuntos, Ollie. Tú eres el abogado, el letrado, el caballero y recibes tus fotografías. Ocúpate de dirigir la empresa. Yo dirijo el servicio de vigilancia.

—¿Cómo van las cosas en casa de McDeere?

—No demasiado bien. A ella no le encantó lo del viaje.

—¿Qué hizo durante su ausencia?

—No es de esas que se quedan en casa cruzadas de brazos. Salió un par de noches con la esposa de Quin, a cenar en restaurantes de yuppies. Luego fueron al cine. Otra noche salió con una compañera de la escuela. También fue de compras.

»Además, llamó varias veces a su madre, a cobro revertido. Es evidente que no existe un gran amor entre nuestro chico y los padres de su esposa, y ella intenta apaciguar la situación. Está muy vinculada a su madre y le preocupa que no puedan ser todos una gran familia feliz. Le gustaría pasar las Navidades con sus padres en Kentucky, pero teme que su marido se niegue a ello. Hay mucha fricción. Mucho rencor sumergido. Le dice a su madre que su marido trabaja demasiado y ella le responde que lo que se propone es ponerlos en ridículo. No me gusta, Ollie. Hay malas vibraciones.

—Limítate a seguir escuchando. Hemos intentado aminorar su marcha, pero ese chico es una máquina.

—Claro, comprendo que a ciento cincuenta dólares a la hora procures que trabaje menos. ¿Por qué no reduces el horario laboral de todos los miembros asociados a cuarenta horas semanales, de modo que puedan dedicar un tiempo a sus respectivas familias? Podrías reducir tu salario, vender uno o dos Jaguars, desprenderte de los diamantes de tu esposa, tal vez vender tu mansión y comprarte una casa más pequeña, junto al club de campo.

—Cierra el pico, DeVasher.

Oliver Lambert salió del despacho dando un portazo. DeVasher soltó una serie de agudas carcajadas, que le enrojecieron el rostro y, cuando se quedó solo, guardó las fotografías bajo llave en un armario.

—Mitchell McDeere —dijo para sí, con una inmensa sonrisa—, ahora eres nuestro.

15

Un viernes al mediodía, dos semanas antes de Navidad, Abby se despidió de sus alumnos de Saint Andrew hasta después de las vacaciones. A la una aparcó en un estacionamiento lleno de Volvos, BMW, Saab y Peugeots, y a través de la fría lluvia se dirigió apresuradamente al abarrotado terrario, donde los jóvenes pudientes se reunían para comer *quiche*, fajitas y sopa de alubias negras, rodeados de plantas. Aquel era entonces el lugar predilecto de Kay Quin y el segundo almuerzo que compartían en el mes en curso. Como de costumbre, Kay llegaba tarde.

Se trataba de una amistad todavía en las etapas iniciales de su desarrollo. Prudente por naturaleza, Abby no había sido nunca propensa a confraternizar prematuramente con los desconocidos. Durante sus tres años de estancia en Harvard no había tenido amigos y había aprendido mucho sobre la independencia. En los últimos seis meses, desde su llegada a Memphis, había conocido a un puñado de amigos potenciales en la iglesia y uno en la escuela, pero actuaba con mucha cautela.

Al principio Kay Quin era muy insistente. Se convirtió simultáneamente en guía, asesora de compras, e incluso decoradora. Pero Abby avanzaba lentamente, aprendía un poco más con cada visita y observaba atentamente a su nueva amiga. Habían comido varias veces en casa de los Quin. Se habían visto en cenas y conmemoraciones de la empresa, pero siempre rodeados de gente. Y habían disfrutado de su compañía mutua durante cuatro prolongados almuerzos, en los lugares de moda de aquellos momentos, entre los jóvenes y elegantes portadores de «tarjetas de oro» en Memphis. Kay valoraba los coches, las casas y la ropa, aunque fingía que le pasaban inadvertidos. Deseaba ser su amiga, entrañable, de confianza, íntima. Abby mantenía las distancias y dejaba que se acercara lentamente.

A los pies de Abby, en la primera planta y cerca del bar, donde un montón de gente esperaba copa en mano una mesa libre, había una máquina tocadiscos a imitación de las de los años cincuenta. Después de diez minutos y dos discos de Roy Orbison, Kay asomó entre la muchedumbre de la puerta principal y alzó la cabeza hacia la tercera planta. Abby sonrió y la saludó con la mano.

Se dieron un abrazo y se besaron prudentemente en la mejilla, sin mancharse de carmín.

—Siento llegar tarde —dijo Kay.

—No importa, ya estoy acostumbrada.

—Este local está hasta los topes —dijo Kay, mientras miraba asombrada a su alrededor, como si no lo estuviera siempre—. ¿De modo que se han acabado las clases?

—Sí. Desde hace una hora. Estoy libre hasta el seis de enero.

Admiraron sus respectivos atuendos y comentaron lo delgadas y en general lo jóvenes y bonitas que estaban ambas.

Las compras navideñas no tardaron en monopolizar su conversación, y hablaron de tiendas, rebajas y niños hasta que llegó el vino. Abby pidió una cazoleta de langostinos, pero Kay se ciñó al plato tradicional del bar ajardinado: *quiche* de coliflor.

—¿Qué planes tienes para Navidad? —preguntó Kay.

—Todavía ninguno. Me gustaría ir a Kentucky para ver a

mis padres, pero me temo que Mitch no querrá. He hecho un par de insinuaciones, pero no se ha dado por aludido.

—¿Siguen sin gustarle tus padres?

—Nada ha cambiado. A decir verdad, no hablamos de ellos. No sé cómo abordar el tema.

—Imagino que con mucha precaución.

—Sí, y mucha paciencia. Mis padres se equivocaron, pero todavía los necesito. Es doloroso que el único hombre a quien he amado sea incapaz de tolerar a mis padres. Rezo todos los días para que se produzca un pequeño milagro.

—Da la impresión de que lo que tú necesitas es un milagro bastante grande. ¿Trabaja tanto como dice Lamar?

—No creo que nadie sea capaz de trabajar más que él. Son dieciocho horas diarias de lunes a viernes, ocho horas los sábados y puesto que el domingo es día de descanso, solo trabaja cinco o seis horas. Me reserva un poco de tiempo los domingos.

—Detecto un toque de frustración.

—Mucha frustración, Kay. He tenido mucha paciencia, pero la situación empeora. Empiezo a sentirme como una viuda. Estoy harta de dormir en el sofá, a la espera de que llegue a casa.

—A ti lo que te atrae es la comida y el sexo, ¿no es cierto?

—Ojalá. Siempre está demasiado cansado para el sexo. Ha dejado de ser una prioridad, para alguien que antes era insaciable. Créeme, en la universidad estuvimos a punto de devorarnos mutuamente. Ahora, si tengo suerte, una vez por semana. Y si tengo un día particularmente afortunado, puede que incluso me dirija unas palabras antes de quedarse como un tronco. Anhelo una conversación adulta, Kay. Paso siete horas al día con niños de ocho años y estoy sedienta de palabras de más de tres sílabas. Procuro explicárselo y está roncando. ¿Te ocurrió a ti lo mismo con Lamar?

—Más o menos. Trabajaba setenta horas semanales durante el primer año. Creo que todos lo hacen. Es una especie de iniciación en la fraternidad. Un rito masculino, mediante el cual uno demuestra su virilidad. Pero a la mayoría se les agota el carburante al cabo de un año y reducen el horario a sesenta o sesenta y cinco horas. Siguen trabajando mucho, pero no como los pilotos suicidas del primer año.

—¿Trabaja Lamar todos los sábados?

—Casi todos, unas cuantas horas. Pero nunca los domingos. Tuve que ponerme firme. Claro que si hay una fecha de entrega importante o durante el período de recaudación, trabajan todos día y noche. Creo que Mitch les ha desconcertado.

—No aminora en absoluto la marcha. A decir verdad, es un poseso. De vez en cuando no llega a casa hasta el amanecer. Entonces se toma una ducha rápida y regresa al despacho.

—Lamar dice que se ha convertido ya en un mito en la oficina.

Abby tomó un sorbo de vino y miró al bar por encima de la baranda.

—Magnífico. Estoy casada con un mito.

—¿Has pensado en tener hijos?

—Para ello hace falta el sexo, ¿recuerdas?

—Por Dios, Abby, no exageres.

—No estoy preparada para tener hijos. No podría cuidar sola de ellos. Amo a mi marido, pero en este momento de su vida probablemente tendría que asistir a una importante reunión y me dejaría sola en la sala de partos. Con ocho centímetros de dilatación. No piensa en otra cosa más que en esa condenada empresa.

Kay se inclinó sobre la mesa y le estrujó suavemente la mano.

—Todo acabará bien —afirmó con una sonrisa y una mirada llena de sabiduría—. El primer año es el más duro. Después mejora la situación, te lo prometo.

—Lo siento —sonrió Abby.

El camarero llegó con la comida y pidieron otra botella de vino. Los langostinos borbollaban todavía en su salsa de mantequilla y ajo en la cazoleta y desprendían un delicioso aroma. La *quiche* fría estaba sola sobre un lecho de lechuga, con una triste rebanada de tomate. Kay se llevó un trozo de coliflor a la boca y empezó a masticar.

—¿Sabes, Abby, que la empresa prefiere que sus miembros tengan hijos?

—No me importa. En estos momentos no me entusiasma la empresa. No hago más que competir con ella y pierdo miserablemente la batalla. De modo que no me importa un rábano lo que prefieran. No permitiré que me organicen la familia. No comprendo por qué se interesan tanto por cosas que no son de su incumbencia. Ese lugar me da escalofríos, Kay. No sé exactamente lo que es, pero esa gente me pone los pelos de punta.

—Quieren abogados felices con familias estables.

—Y yo quiero que me devuelvan a mi marido. Me lo están arrebatando y, por consiguiente, la familia no es exactamente estable. Si dejaran de presionarle, tal vez seríamos normales como todo el mundo y tendríamos una casa llena de niños. Pero no tal como están las cosas ahora.

Llegó el vino y se enfriaron los langostinos. Comió lentamente y saboreó el vino. Kay procuró dirigir la conversación hacia temas menos conflictivos.

—Lamar me ha dicho que el mes pasado Mitch fue a las islas Caimán.

—Efectivamente. Él y Avery pasaron allí tres días. Fue un viaje estrictamente de negocios, según dice. ¿Has estado allí?

—Vamos todos los años. Es un lugar hermoso, con playas encantadoras y aguas templadas. Vamos siempre en el mes de junio, cuando terminan las clases en la escuela. La empresa tiene dos apartamentos gigantescos en la misma playa.

—Mitch quiere que pasemos allí unos días en marzo, durante mis vacaciones de primavera.

—Te conviene. Antes de tener hijos, no hacíamos más que descansar en la playa, beber ron y practicar el sexo. Esta es una de las razones por las que la empresa facilita el uso de los apartamentos y, si tienes suerte, del avión. Trabajan mucho, pero reconocen la necesidad de divertirse.

—No me hables de la empresa, Kay. No quiero saber lo que les gusta o deja de gustarles, lo que hacen o dejan de hacer, ni lo que quieren o dejan de querer.

—Mejorará, Abby, te lo prometo. Debes comprender que tanto tu marido como el mío son muy buenos abogados, pero no ganarían este dinero en ningún otro lugar. Y tú y yo conduciríamos un Buick, en lugar del Peugeot y del Mercedes Benz.

Abby cortó un langostino por la mitad y lo untó en la salsa de mantequilla y ajo. Ensartó un trozo con el tenedor y retiró el plato. Su copa estaba vacía.

—Lo sé, Kay, lo sé. Pero la vida no consiste solo en tener un enorme jardín y un Peugeot. Por aquí nadie parece haberse dado cuenta. Te juro que estoy convencida de que éramos más felices en un piso estudiantil de dos habitaciones en Cambridge.

—Solo lleváis aquí unos meses. Mitch acabará por aflojar y formaréis vuestra propia rutina. Pronto tendréis descendientes que corretearán por el jardín y, en un abrir y cerrar de ojos, Mitch se habrá convertido en socio de la empresa. Créeme, Abby, las cosas mejorarán muchísimo. Estás atravesando una etapa que todos hemos conocido y superado.

—Gracias, Kay. Espero sinceramente que tengas razón.

Era un pequeño parque de dos o tres acres, en un terraplén junto al río. Una hilera de cañones y dos estatuas de bronce recordaban a los valientes confederados que habían defendido el río y la ciudad. Un mendigo borracho se protegía al amparo de un caballo montado por un general. Una caja de cartón y una manta raída le brindaban escasa protección contra el intenso frío y las diminutas partículas de aguanieve. Quince metros más abajo circulaba el intenso tráfico del atardecer por Riverside Drive. Había oscurecido.

Mitch se acercó a los cañones y se quedó mirando al río y a los puentes que conducían a Arkansas. Subió la cremallera de su gabardina y levantó el cuello para protegerse las orejas. Consultó su reloj. Esperó.

El edificio Bendini era casi visible, a una distancia de seis manzanas. Había aparcado el coche en un garaje de las afueras y cogió un taxi para regresar al río. Estaba seguro de que no le habían seguido. Esperó.

El frío viento procedente del río enrojecía su rostro y le recordaba los inviernos de Kentucky, después de perder a sus padres. Inviernos fríos y duros. Inviernos desolados y solitarios. Usaba abrigos de segunda mano, que habían pertenecido a algún primo o algún amigo, que nunca abrigaban lo suficiente. Prendas recicladas. Alejó aquellos pensamientos de su mente.

El agua helada se convirtió en aguanieve y las diminutas partículas de hielo se incrustaban en su cabello y rebotaban en la acera, a su alrededor. Consultó nuevamente su reloj.

Se oyeron pasos y una sombra se dirigió apresuradamente hacia los cañones. Fuera quien fuese se detuvo y siguió avanzando lentamente.

—¿Mitch? —dijo Eddie Lomax, que llevaba unos vaqueros y un abrigo largo de piel de conejo.

Con su bigote y el sombrero blanco de vaquero, parecía un anuncio de cigarrillos. El hombre de Marlboro.

—Sí, soy yo.

Lomax se acercó al otro lado del cañón. Parecían centinelas confederados que vigilaban el río.

—¿Te ha seguido alguien? —preguntó Mitch.

—No, no lo creo. ¿Y a ti?

—Tampoco.

Mitch contemplaba el tráfico que circulaba por Riverside Drive y, más allá, el río. Lomax hundió las manos en sus profundos bolsillos.

—¿Has hablado con Ray últimamente? —preguntó Lomax.

—No —fue su breve respuesta, como para comunicarle que no estaba ahí aguantando el frío para chacharear—. ¿Qué has descubierto? —preguntó sin mirarle.

Lomax encendió un cigarrillo y ahora era el hombre de Marlboro.

—Sobre los tres abogados, he encontrado poca información. Alice Knauss falleció en un accidente de tráfico en el setenta y siete. El informe de la policía dice que la embistió un conductor borracho pero, curiosamente, dicho conductor no ha sido nunca localizado. El accidente ocurrió a eso de la medianoche de un miércoles. Había trabajado hasta muy tarde en el despacho y regresaba a su casa. Vivía en la zona este, en Sycamore Viwe, y a un kilómetro y medio de su casa la embistió de frente una camioneta de una tonelada. Esto ocurrió en New London Road. Conducía uno de esos pequeños Fiats tan caprichosos, que quedó destrozado. Ningún testigo. Cuando llegó la policía, la camioneta estaba desierta. Ni rastro del conductor. Investigaron la matrícula y descubrieron que el vehículo había sido robado tres días antes en Saint Louis. Ninguna huella ni pista alguna.

—¿Buscaron las huellas dactilares?

—Sí. Conozco al que se ocupó del caso. Sospechaban, pero no tenían en qué basarse. Había una botella de whisky rota en el suelo del vehículo, atribuyeron el accidente a un conductor borracho y cerraron el caso.

—¿Autopsia?

—No. Era perfectamente evidente cómo había muerto.

—Parece sospechoso.

—Y que lo digas. Los tres casos son sospechosos. Robert Lamm era el que cazaba ciervos en Arkansas. Él y algunos amigos tenían un refugio en Izard County, en las Ozarks, que visitaban dos o tres veces por año, durante la temporada de caza. Después de una mañana en el bosque, todos regresaron a la cabaña excepto Lamm. Le buscaron durante dos semanas, hasta que por fin lo encontraron en el fondo de un barranco, parcialmente cubierto de hojas. Había recibido un solo disparo en la cabeza y eso era prácticamente todo lo que se sabía. Descartaron el suicidio, pero no había bastantes pruebas para abrir una investigación.

—¿Es decir, que lo asesinaron?

—Eso parece. La autopsia demostró que la bala le había entrado por la base del cráneo y al salir le había destrozado la mayor parte del rostro. Imposible que se hubiera suicidado.

—Pudo tratarse de un accidente.

—Quizá. Pudo haber recibido una bala dirigida a un ciervo, pero es improbable. Lo encontraron bastante lejos del refugio, en una zona raramente utilizada por los cazadores. Sus amigos declararon no haber visto ni oído a ningún otro cazador en la mañana de su desaparición. He hablado con el que entonces era sheriff, que ahora ya no lo es, y está convencido de que fue un asesinato. Asegura que había pruebas de que el cadáver había sido cubierto deliberadamente.

—¿Eso es todo?

—Sí, en lo que a Lamm concierne.

—¿Qué me dices de Mickel?

—Muy lamentable. Se suicidó en el ochenta y cuatro, a la edad de treinta y cuatro años. Se disparó en la sien derecha con un Smith & Wesson trescientos cincuenta y siete. Dejó una larga carta de despedida, en la que le decía a su ex esposa que confiaba que le perdonara, entre otras tonterías. Se despedía también de sus hijos y de su madre. Muy conmovedor.

—¿Estaba escrita a mano?

—No exactamente. Estaba mecanografiada, lo que en su caso no era inusual, porque escribía bastante a máquina. Tenía una IBM Selectric en su despacho, que era donde se había escrito la carta. Tenía una letra atroz.

—En tal caso, ¿qué hay de sospechoso en ello?

—La pistola. No había comprado un arma en su vida. Nadie sabe de dónde procedía. No estaba registrada, ni tenía número de serie, nada. Al parecer, uno de sus amigos en la empresa se supone que declaró que Mickel le había comentado algo referente a la compra de un arma para protegerse. Es evidente que tenía problemas sentimentales.

—¿Cuál es tu opinión?

Lomax arrojó la colilla al agua helada de la acera. Se llevó las manos unidas a la boca y sopló.

—No lo sé. No puedo creer que un abogado sin un conocimiento previo de armas compre una pistola desprovista de número de serie y que no esté registrada. Si una persona como él desea adquirir una pistola, acude a una armería, rellena los formularios necesarios y se lleva un bonito ejemplar. Esa pistola tenía por lo menos diez años y había sido preparada por profesionales.

—¿Investigó la policía?

—A decir verdad, no. Era un caso resuelto antes de empezar.

—¿Estaba firmada la carta?

—Sí, pero no sé quién verificó la firma. Él y su esposa hacía un año que se habían divorciado y ella había regresado a Baltimore.

Mitch se abrochó el botón superior de la gabardina y se sacudió el hielo del cuello. Cada vez era más densa el aguanieve y la acera se cubría de hielo. Bajo el cañón empezaban a formarse pequeños cerriones. Los vehículos que circulaban por Riverside empezaban a resbalar y disminuía la velocidad del tráfico.

—¿Qué opinión te merece nuestra pequeña empresa? —preguntó Mitch, mientras contemplaba el río en la lejanía.

—Un lugar peligroso donde trabajar. Han perdido cinco abogados en los últimos quince años. No es muy buen promedio desde el punto de vista de la seguridad.

—¿Cinco?

—Si incluimos a Hodge y Kozinski. Cierta fuente me ha informado de que hay algunas preguntas por responder.

—No te contraté para investigar a esos dos.

—Tampoco pienso cobrártelo. Me picó la curiosidad, eso es todo.

—¿Cuánto te debo?

—Seiscientos veinte.

—Te pagaré al contado. Sin papeles, ¿de acuerdo?

—Me parece bien. Prefiero el dinero al contado.

Mitch se volvió de espaldas al río, para contemplar los altos edificios a tres manzanas del parque. Le había entrado frío, pero no tenía prisa por marcharse. Lomax le observaba de reojo.

—Tienes problemas, ¿no es cierto, amigo?

—¿A ti qué te parece? —respondió Mitch.

—Yo no trabajaría en ese lugar. Claro que no sé todo lo que haces y sospecho que sabes mucho más de lo que dices. Pero estamos aquí pasando frío porque no quieres ser visto. No podemos hablar por teléfono. No podemos reunirnos en tu despacho. Crees que te siguen permanentemente. Me dices que tenga cuidado porque ellos, quienesquiera que sean, puede que me sigan también a mí. Cinco abogados de esa empresa han muerto en circunstancias muy misteriosas y actúas como si fueras a convertirte en la próxima víctima. Sí, yo diría que tienes problemas. Problemas gordos.

—¿Qué se sabe de Tarrance?

—Es uno de sus mejores agentes, trasladado aquí hace unos dos años.

—¿Desde dónde?

—Nueva York.

El borracho salió a rastras de debajo del caballo de bronce y cayó en la acera. Gruñó, se puso de pie, recogió su caja de cartón, la manta y se dirigió hacia el centro de la ciudad. Lomax se volvió y le observó intranquilo.

—No es más que un mendigo —dijo Mitch, y ambos se relajaron.

—¿De quién nos escondemos? —preguntó Lomax.

—Ojalá lo supiera.

—Creo que lo sabes —dijo Lomax, mientras le estudiaba atentamente el rostro.

Mitch no respondió.

—Escúchame, Mitch, soy consciente de que no me pagas para que me involucre. Pero mi instinto me dice que estás en un aprieto y creo que necesitas un amigo en quien poder confiar. Estoy dispuesto a ayudarte si me necesitas. No sé quiénes son los malos, pero estoy convencido de que son muy peligrosos.

—Gracias —respondió Mitch en voz baja y sin levantar la mirada, como si hubiera llegado el momento de que Lomax le dejara, para estar un rato a solas con la tormenta.

—Me lanzaría a ese río por Ray McDeere, y sin duda puedo ayudar a su hermano menor.

Mitch asintió ligeramente, pero no dijo palabra. Lomax encendió otro cigarrillo y se sacudió el hielo de las botas de lagarto.

—Llámame cuando quieras. Y ten cuidado. Están ahí y no se andan con bromas.

16

En el cruce de Madison y Cooper, en la zona alta de la ciudad, los viejos edificios de dos plantas habían sido renovados para convertirse en bares, tabernas, tiendas de artículos de regalo y un puñado de buenos restaurantes. El cruce recibía el nombre de Overton Square y ofrecía la mejor vida nocturna de Memphis. Un teatro y una librería le daban un toque cultural. A lo largo de una estrecha franja en el centro de Madison había una hilera de árboles. En los fines de semana, los estudiantes universitarios y los marinos de la base naval lo convertían en un lugar bullicioso, pero entre semana los restaurantes, aunque llenos, estaban tranquilos y no abarrotados. Paulette's, un singular restaurante francés instalado en un edificio estucado en blanco, era famoso por su carta de vinos, sus postres y la voz melodiosa de su pianista, que se acompañaba con un Steinway. Junto a la súbita riqueza, había surgido un flujo de tarjetas de crédito y los McDeere habían utilizado las suyas para alternar en los mejores restaurantes de la ciudad. Hasta ahora, Paulette's era su favorito.

Mitch estaba en un rincón de la barra, tomando café y vigilando la puerta principal. Había llegado temprano y así lo había planeado. La había llamado tres horas antes, para pedirle que se reuniera con él a las siete. Cuando ella le preguntó por qué, le respondió que se lo contaría más tarde. Desde su viaje a las Caimán, sabía que alguien le seguía, le observaba, le escuchaba. A lo largo del último mes había hablado cuidadosamente por teléfono, se había sorprendido a sí mismo controlando el retrovisor, e incluso elegía con suma cautela las palabras que utilizaba en su propia casa. Estaba seguro de que alguien le observaba y le escuchaba.

Abby dejó atrás el frío de la calle y miró a su alrededor en busca de su marido. Mitch salió a su encuentro y le dio un beso en la mejilla. Entonces ella se quitó el abrigo y siguieron ambos al *maître*, que los condujo a una pequeña mesa, rodeada de otras mesas ocupadas por gente que podía oír perfectamente sus palabras. Mitch miró a su alrededor en busca de otra mesa, pero no había ninguna libre. Dio las gracias y se sentó frente a su esposa.

—¿Qué celebramos? —preguntó Abby, con cierto recelo.

—¿Hay que celebrar algo para cenar con mi esposa?

—Desde luego. Son las siete de la tarde de un lunes y no estás en tu despacho. Se trata sin duda de una ocasión especial.

Un camarero se apretujó entre su mesa y la contigua para preguntarles qué deseaban tomar. Mitch miró de nuevo a su alrededor y, a cinco mesas de distancia, vio a un individuo solo, cuyo rostro le resultaba familiar. Cuando volvió a mirarlo, su cara se ocultó tras la carta.

—¿Qué ocurre, Mitch?

—Abby, tenemos que hablar —respondió ceñudo, al tiempo que le agarraba la mano.

Un ligero temblor sacudió la mano de Abby y dejó de sonreír.

—¿De qué? —preguntó.

—Algo muy grave —respondió en voz baja.

—¿Podemos esperar a que llegue el vino? Puede que lo necesite —exclamó, con un suspiro.

Mitch echó una nueva mirada al rostro oculto tras la carta.

—No podemos hablar aquí.

—Entonces, ¿por qué hemos venido?

—Escucha, Abby, ¿sabes dónde están los lavabos? Al fondo del vestíbulo, a la derecha.

—Sí, lo sé.

—Hay una puerta trasera al fondo del vestíbulo, que da al callejón junto al restaurante. Quiero que vayas al lavabo y luego salgas por esa puerta. Te estaré esperando en la calle.

Abby no dijo palabra. Bajó las cejas y entornó los ojos, con la cabeza ligeramente ladeada.

—Confía en mí, Abby, te lo explicaré luego. Nos veremos fuera y encontraremos otro lugar donde cenar. Aquí no puedo hablar.

—Me estás asustando.

—Te lo ruego —insistió, al tiempo que le estrujaba la mano—. Todo marcha bien. Traeré tu abrigo.

Ella se levantó, cogió el bolso y salió de la sala. Mitch miró por encima del hombro al individuo de rostro familiar, que de pronto se puso de pie para dar la bienvenida a una anciana. No se percató de la salida de Abby.

En la calle, detrás de Paulette's, Mitch colocó el abrigo sobre los hombros de Abby y le indicó que caminaran hacia el este.

—Te lo explicaré —dijo en más de una ocasión.

A unos treinta metros, pasaron entre dos edificios y llegaron a la entrada del Bombay Bycicle Club, un bar de solteros con buena comida y blues en directo. Mitch miró al encargado, observó ambos comedores y señaló una mesa en un rincón posterior.

—Esa mesa —dijo.

Mitch se sentó de espaldas a la pared, para poder vigilar la sala y la puerta principal. El rincón estaba oscuro. Una vez instalados en la mesa, iluminada por unas velas, pidieron vino.

Abby, inmóvil, le miraba fijamente, sin perderse un solo movimiento; a la espera.

—¿Te acuerdas de un individuo llamado Rick Acklin, del oeste de Kentucky?

—No —respondió Abby, sin mover los labios.

—Jugaba al béisbol y vivía en la residencia. Creo que hablaste con él en una ocasión. Un tipo muy agradable, realmente sano y buen estudiante. Creo que era de Bowling Green. No éramos íntimos amigos, pero nos conocíamos.

Abby movió la cabeza y esperó.

—Terminó un año antes que nosotros y fue a estudiar derecho en la facultad de Wake Forest. Ahora está en el FBI y trabaja aquí, en Memphis.

Mitch observó atentamente a su esposa para comprobar si la mención del FBI le causaba algún impacto, pero no fue así.

—El caso es que hoy estaba yo comiendo un perro caliente en Obloe's, en la calle mayor —prosiguió—, cuando se me acercó inesperadamente Rick y me saludó. Como si se tratara de una verdadera coincidencia. Después de unos minutos de charla, se acercó otro agente llamado Tarrance y se sentó a nuestra mesa. Es la segunda vez que Tarrance se pone en contacto conmigo desde que pasé las oposiciones.

—¿La segunda...?

—Sí. Desde agosto.

—¿Y son... agentes del FBI?

—Sí, con placas y todo lo demás. Tarrance es un veterano de Nueva York. Acklin es un novato, destinado aquí desde hace tres meses.

—¿Qué quieren?

Llegó el vino y Mitch miró a su alrededor. Unos músicos afinaban sus instrumentos, en un pequeño escenario del rincón opuesto. La barra estaba llena de elegantes ejecutivos, que mantenían una alegre e incesante charla. El camarero señaló la carta.

—Más adelante —exclamó Mitch, de mal talante—. Abby —prosiguió—, no sé lo que quieren. Su primera visita tuvo lugar en agosto, inmediatamente después de que apareciera mi nombre en el periódico, a raíz de haber aprobado las oposiciones.

Tomó un sorbo de vino y le contó paso a paso la primera visita de Tarrance, en Lansky's de la calle Union, sus advertencias respecto en quién no confiar y dónde no hablar, y la reunión con Locke, Lambert y los demás socios. Explicó la versión de Locke y Lambert, referente al interés del FBI por la empresa, dijo que lo había hablado con Lamar y su versión le había dejado plenamente convencido.

Abby no se perdía palabra, pero esperaba su turno para formular preguntas.

—Y hoy, cuando comía tranquilamente mi bocadillo con cebolla, se me acerca un ex compañero de estudios y me dice que el FBI tiene la certeza absoluta de que mis teléfonos están intervenidos, que hay micrófonos en mi casa y que alguien en Bendini, Lambert & Locke sabe cuándo estornudo y cuándo voy al lavabo. Piénsalo bien, Abby, a Rick Acklin le trasladaron aquí después de que yo aprobara las oposiciones. Menuda coincidencia, ¿no crees?

—Pero ¿qué quieren?

—No me lo han dicho. No pueden contármelo, todavía. Por ahora pretenden ganarse mi confianza. No lo sé, Abby. No tengo ni idea de lo que persiguen. Pero, por alguna razón, me han elegido a mí.

—¿Le has hablado a Lamar de este encuentro?

—No. No se lo he contado a nadie. Excepto a ti. Ni pienso hacerlo.

—¿Nuestros teléfonos están intervenidos? —preguntó, mientras tomaba un trago de vino.

—Según el FBI. Pero ¿cómo lo saben?

—No son estúpidos, Mitch. Si el FBI me dice que mis teléfonos están intervenidos, yo me lo creo. ¿Tú no?

—No sé a quién creer. Locke y Lambert fueron muy elocuentes y convincentes cuando me explicaron la pugna que existe entre la empresa por una parte y Hacienda y el FBI por otra. Prefiero creerlos a ellos, pero hay muchas cosas que no cuadran. Veámoslo de este modo, si la empresa tiene algún cliente rico y sospechoso, que merezca ser investigado por el FBI, ¿por qué me elegirían a mí, el más novato de la empresa y el que menos sabe, y empezarían a seguirme? ¿De qué información dispongo? Trabajo en los casos que otro me entrega. No tengo clientes propios. Hago lo que me ordenan. ¿Por qué no persiguen a uno de los socios?

—Puede que lo que pretendan es que delates a los clientes.

—Imposible. Soy abogado y he jurado no revelar los secretos de los clientes. Toda la información que poseo acerca de cualquier cliente es estrictamente confidencial. Los federales lo saben. Nadie espera que un abogado hable de sus clientes.

—¿Has presenciado alguna transacción ilegal?

Mitch hizo crujir sus nudillos, miró a su alrededor y sonrió. El vino había comenzado a surtir su efecto.

—Esto es algo que, en principio, no debo decírselo a nadie, ni siquiera a ti. Pero la respuesta es no. He trabajado en veinte casos de Avery y algunos otros, pero no he visto nada sospechoso. Tal vez algunas evasiones de impuestos algo arriesgadas, pero nada ilegal. Tengo un par de dudas relacionadas con los bancos que vi en las Caimán, pero nada grave.

¡Las Caimán! Se le formó un nudo en el estómago al pensar en la chica de la playa, y sintió náuseas. Se acercó el camarero y miró las cartas.

—Más vino —ordenó Mitch, señalando los vasos.

—Muy bien —dijo Abby, inclinada sobre la mesa, cerca de las velas, con aspecto desconcertado—, ¿quién ha intervenido nuestros teléfonos?

—En el supuesto de que lo estén, no tengo ni idea. Durante su primera visita, en agosto, Tarrance sugirió que era alguien de la empresa. Mejor dicho, así fue como yo lo entendí. Me dijo que no confiara en nadie de la empresa y que todo lo que decía podía ser escuchado y grabado. Supuse que se lo atribuía a ellos.

—¿Y qué dijo el señor Locke al respecto?

—Nada. No se lo conté. Me reservé algunas cosas.

—¿Alguien ha intervenido nuestros teléfonos e instalado micrófonos en nuestra casa?

—Y tal vez en los coches. Hoy, Rick Acklin ha hablado mucho de ello. No ha parado de insistir en que no diga nada que no quiera que quede grabado.

—Mitch, esto es increíble. ¿Por qué haría esto un bufete de abogados?

Movió lentamente la cabeza y contempló el vaso vacío.

—No tengo ni idea, cariño. Ni idea.

—¿Han decidido lo que van a comer? —preguntó el camarero con una mano a la espalda, después de servirles dos nuevos vasos de vino.

—Vuelva dentro de unos minutos —dijo Abby.

—Le llamaremos cuando hayamos decidido —agregó Mitch.

—¿Tú te lo crees, Mitch?

—Creo que algo hay. Todavía no te lo he contado todo.

Abby cruzó lentamente las manos sobre la mesa y miró a su esposo aterrorizada. Él le contó la historia de Hodge y Kozinski, a partir de la visita de Tarrance en el restaurante, después en las islas Caimán, el hecho de que le habían seguido y su encuentro con Abanks. Le contó todo lo que Abanks le había dicho. A continuación le habló de Eddie Lomax y de las muertes de Alice Knauss, Robert Lamm y John Mickel.

—He perdido el apetito —dijo Abby cuando terminó.

—También yo. Pero me siento mejor después de habértelo contado todo.

—¿Por qué no me lo contaste antes?

—Tenía la esperanza de que el problema se resolviera solo. Esperaba que Tarrance no volviera a molestarme y encontrara a otro a quien importunar. Pero no está dispuesto a abandonar. De ahí que hayan trasladado a Rick Acklin a Memphis. Para que se ocupe de mí. El FBI me ha elegido para una misión que desconozco por completo.

—Me siento débil.

—Debemos ser cautelosos, Abby. Es preciso que sigamos viviendo como si no sospecháramos nada.

—No puedo creerlo. Te escucho, pero lo que me dices parece increíble. No puede ser cierto, Mitch. Esperas que viva en una casa llena de micrófonos y con los teléfonos intervenidos, de modo que alguien escucha todo lo que decimos.

—¿Se te ocurre algo mejor?

—Por supuesto. Contratemos a ese individuo llamado Lomax para que inspeccione la casa.

—Ya lo he pensado. Pero ¿qué ocurre si encuentra algo? Reflexiona. ¿Qué ocurrirá cuando sepamos con certeza que hay micrófonos en la casa? ¿Qué haremos entonces? ¿Qué ocurre si rompe algún instrumento oculto? Quienquiera que los haya instalado, sabrá que lo sabemos. Es demasiado peligroso, por lo menos por ahora. Puede que más adelante.

—Esto es una locura, Mitch. Supongo que tendremos que refugiarnos en el jardín, detrás de la casa, para mantener una conversación.

—Claro que no. Podemos hacerlo delante de la casa.

—En este momento no aprecio tu sentido del humor.

—Lo siento. Escucha, Abby, tengamos paciencia durante algún tiempo y actuemos con normalidad. Tarrance me ha convencido de que va en serio y de que no piensa olvidarse de mí. Yo no puedo impedírselo. Recuerda que es él quien me encuentra a mí. Creo que me siguen y esperan al acecho. De momento es importante que sigamos como si nada.

—¿Como si nada? Pensándolo bien, no es que la conversación sea abundante estos días en casa. Casi me dan pena si lo que esperan es oír algún diálogo significativo. Charlo mucho con Hearsay.

17

La nieve desapareció mucho antes de Navidad, dejando el suelo empapado, para ceder el paso a los cielos grises y la lluvia fría, característicos del sur durante las vacaciones. En Memphis se habían presenciado dos navidades blancas en los últimos noventa años y los expertos pronosticaban que el fenómeno no se repetiría en lo que quedaba de siglo.

Había nieve en Kentucky, pero se podía circular por las carreteras. Abby llamó a sus padres el día de Navidad a primera hora de la mañana, después de haber hecho la maleta. Les anticipó su llegada, pero les advirtió que viajaba sola. Sus padres dijeron sentirse decepcionados y le sugirieron que quizá sería preferible que se quedara en casa, para evitar problemas. Ella insistió. El viaje duraba diez horas en coche. El tráfico sería escaso y llegaría al atardecer.

Mitch dijo poca cosa. Desparramó el periódico junto a un árbol y simuló concentrarse en la lectura, mientras ella cargaba el equipaje en el coche. El perro se ocultaba bajo una silla cercana, como para protegerse de una explosión inminente. Había abierto los regalos, colocados meticulosamente sobre el sofá: ropa, perfume y álbumes, y para ella un abrigo de piel de zorro. Por primera vez el joven matrimonio disponía de dinero para gastar en navidades.

Abby se echó el abrigo al brazo y se acercó al periódico.

—Me voy —dijo en tono suave, pero decidido.

Mitch se incorporó lentamente y la observó.

—Ojalá vinieras conmigo —dijo ella.

—Tal vez el próximo año.

Era mentira y ambos lo sabían. Pero quedaba bien. Era esperanzador.

—Te lo ruego, sé prudente.

—Cuida de mi perro.

—Nos lo pasaremos bien.

La cogió por los hombros y le dio un beso en la mejilla. A continuación la miró y sonrió. Era hermosa, mucho más que cuando contrajeron matrimonio. A los veinticuatro aparentaba su edad, pero el tiempo que transcurría era cada vez más generoso con ella.

Caminaron juntos hasta el coche y él la ayudó a subir al vehículo. Volvieron a besarse y el coche retrocedió en dirección a la calle.

Felices navidades, dijo para sí. Felices navidades, le dijo al perro.

Después de contemplar las paredes durante una hora, puso un par de mudas en el BMW, instaló a Hearsay en el asiento delantero y salió de la ciudad. Conducía por la carretera interestatal cincuenta y cinco, de Memphis en dirección a Mississippi. La carretera estaba desierta, pero no dejaba de mirar por el retrovisor. El perro gemía exactamente cada sesenta minutos y Mitch detenía el coche, a ser posible después de una loma. Buscaba un grupo de árboles donde ocultarse y vigilaba el tráfico, mientras Hearsay atendía a sus necesidades. No se percató de nada. Después de cinco paradas, estaba seguro de que nadie le seguía. Evidentemente, se tomaban el día de Navidad de descanso.

Al cabo de seis horas estaba en Mobile y dos horas más tarde cruzaba la bahía en Pensacola, para encaminarse a la costa esmeralda de Florida. La nacional noventa y ocho pasaba por las ciudades de Navarre, Fort Walton Beach, Destin y Sandestin. A lo largo de la costa había grupos de moteles y apartamentos, kilómetros de centros comerciales, abundantes parques de atracciones y tienduchas, en su mayoría cerradas y abandonadas desde el día del trabajo. A continuación, kilómetros y kilómetros de paisaje descongestionado, sin aglomeración alguna, con vistas impresionantes de playas blanquísimas y las relucientes aguas verde esmeralda del Golfo. Al este de Sandestin, donde la carretera se estrechaba y se separaba de la costa, condujo durante una hora por los dos carriles completamente a solas, sin nada que contemplar a excepción de los bosques y, de vez en cuando, una estación de autoservicio de gasolina o alguna tienda de artículos de viaje.

Al anochecer pasó junto a un elevado edificio y un cartel que indicaba que Panama City Beach se encontraba a doce kilómetros. La carretera volvió a encontrarse con la costa, en un punto donde había una bifurcación, con la alternativa de dirigirse hacia el norte por un cinturón o seguir recto por la ruta turística, conocida con el nombre de Miracle Strip. Eligió la ruta turística, que pasaba junto a una playa de veinticuatro kilómetros de longitud, con infinidad de apartamentos, hoteles baratos, campings, chalets veraniegos, cafeterías y tiendas de artículos de regalo, a ambos lados de la carretera. Eso era Panama City Beach.

La mayoría de los muchos apartamentos estaban vacíos, pero había algunos coches aparcados y supuso que algunas familias habían acudido a pasar la Navidad. Una Navidad cálida. Por lo menos las familias se mantenían unidas, reflexionó. El perro ladró, y detuvo el coche junto a un espigón, donde había individuos de Pensilvania, Ohio y Canadá que pescaban y contemplaban las oscuras aguas.

Circularon a solas por Miracle Strip. Hearsay contemplaba el paisaje asomado a la ventana y ladraba de vez en cuando a algún neón parpadeante, que anunciaba que el hotel estaba abierto y sus reducidas tarifas. Estaba prácticamente todo cerrado, a excepción de un puñado de bares y hoteles.

Se detuvo en una gasolinera Texaco, abierta día y noche, con un empleado inusualmente amable.

—¿La calle San Luis? —preguntó Mitch.

—Sí, sí —respondió el empleado, con acento extranjero, al tiempo que señalaba hacia el oeste—. Segundo semáforo a la derecha. Primera a la izquierda. Esta es San Luis.

Se trataba de un desorganizado barrio de viviendas móviles. Móviles, pero al parecer sedentarias desde hacía décadas. Los remolques estaban aparcados muy juntos, como ringleras de dominó. Las estrechas avenidas daban la impresión de tener pocos centímetros de anchura y estaban llenas de viejas camionetas y muebles de jardín oxidados. Coches aparcados, averiados y abandonados abarrotaban las calles. Había abundantes motos y bicicletas apoyadas contra los remolques y de debajo de cada vivienda sobresalía la empuñadura de su correspondiente cortadora de césped. Un cartel definía el lugar como pueblo de jubilados: «Urbanización San Pedro, a un kilómetro de la Costa Esmeralda». Tenía más bien el aspecto de un depauperado barrio sobre ruedas o de un campamento provisional.

Encontró la calle San Luis y se puso inmediatamente nervioso. Era estrecha y serpenteante, con remolques más pequeños y en peor estado que las demás «viviendas de jubilados». Avanzó con angustia y lentitud, observando los números de las viviendas y la multitud de matrículas de otros estados. La calle estaba desierta, a excepción de unos coches aparcados y otros abandonados.

La casa número cuatrocientos ochenta y seis era una de las más viejas y pequeñas. No superaba en mucho las dimensiones de un pequeño remolque. Su color original parecía ser plateado, pero la pintura estaba agrietada y desprendida, y una capa de musgo verde oscuro cubría el techo y los costados, hasta la altura de las ventanas. No tenía cortinas. El cristal de una ventana, situada en la parte delantera del remolque, estaba quebrado y rejuntado con cinta aislante de color gris. Una pequeña marquesina protegía la única entrada. La puerta estaba abierta y, a través de la rejilla, Mitch vio un pequeño televisor en color y la silueta de un hombre que deambulaba.

Esto no era lo que esperaba. Nunca había deseado conocer al segundo marido de su madre y ahora tampoco era el momento oportuno. Se alejó, con el deseo de no haber venido.

En la playa vio el familiar letrero de un Holiday Inn. Estaba vacío, pero abierto. Ocultó el BMW en un callejón y se registró con el nombre de Eddie Lomax, de Danesboro, Kentucky. Pagó al contado por una habitación individual con vistas al mar.

En la guía telefónica de Panama City Beach aparecían tres tiendas de barquillos situadas en la playa. Tumbado sobre la cama de su habitación, marcó el primer número. No hubo suerte. Marcó el segundo y preguntó de nuevo por Ida Ainsworth. «Un momento», le respondieron. Colgó. Eran las once de la noche. Había dormido un par de horas.

El taxi tardó veinte minutos en llegar al Holiday Inn y el taxista comenzó a explicarle que estaba tranquilamente en su casa, saboreando los restos de un pavo con su esposa, hijos y demás familia, cuando recibió la llamada, y que en el día de Navidad, por una vez al año, le apetecía estar en casa con la familia y sin trabajar. Mitch arrojó un billete de veinte sobre el asiento delantero y le pidió que guardara silencio.

—¿Qué ocurre en la tienda de barquillos, amigo? —preguntó el taxista.

—Limítese a conducir.

—Barquillos, ¿de acuerdo? —susurró para sí, con una carcajada.

Tocó el botón de la radio y sintonizó su emisora de soul predilecta. Miró por el retrovisor, echó un vistazo por las ventanillas y silbó un poco.

—¿Qué le trae por aquí en Navidad? —preguntó.

—Busco a alguien.

—¿A quién?

—Una mujer.

—¿Quién no? ¿Alguna en particular?

—Una vieja amiga.

—¿Y está en la tienda de barquillos?

—Eso creo.

—¿Es usted detective privado o algo por el estilo?

—No.

—Esto huele a chamusquina.

—¿Por qué no se limita a conducir?

La tienda de barquillos era un pequeño edificio rectangular como una caja, con una docena de mesas y una larga barra frente a la parrilla, donde se preparaba toda la comida a la vista de los clientes. Grandes ventanales cubrían uno de los costados a lo largo de las mesas, que permitían a los clientes contemplar la playa y los apartamentos lejanos, mientras saboreaban sus tartas de pecana y tocino.

—¿No piensa apearse? —preguntó el taxista.

—No. No pare el taxímetro.

—Esto es muy extraño, amigo.

—Pienso pagarle.

—En eso está en lo cierto.

Mitch se inclinó y apoyó los brazos en el respaldo delantero. El taxímetro giraba lentamente, mientras él contemplaba a los clientes en el interior del establecimiento. El taxista movió la cabeza, se hundió en su asiento, pero siguió mirando por curiosidad.

En el rincón de la máquina de cigarrillos había una mesa llena de turistas con camisas largas, piernas blancas y calcetines negros, que tomaban café y charlaban incesantemente, mientras examinaban la carta. El cabecilla, con la camisa desabrochada, una gruesa cadena de oro ensartada en el pelo del pecho, unas frondosas patillas canosas y una gorra de béisbol de los Phillies, miraba insistentemente hacia la barra, para llamar la atención de la camarera.

—¿La ha visto? —preguntó el chófer.

Mitch no respondió; se inclinó hacia delante, con el entrecejo fruncido. Ella apareció como por arte de magia y se situó junto a la mesa con un lápiz y un bloc en las manos. El cabecilla dijo algo gracioso y los gordos se rieron. Ella no dejó de escribir, ni sonrió en ningún momento. Se la veía frágil y muy delgada. Casi demasiado delgada. Llevaba un uniforme blanco y negro ajustado al cuerpo y ceñido a su diminuta cintura, y el cabello canoso peinado hacia atrás y recogido bajo un gorro de la casa. Tenía cincuenta y un años y, a lo lejos, los aparentaba. Nada peor. Parecía avispada. Cuando acabó de tomar notas, recogió las cartas de sus manos, hizo algún cumplido, casi sonrió y entonces desapareció. Se movía con rapidez entre las mesas; servía café, entregaba botellas de salsa de tomate y daba órdenes al cocinero.

Mitch se relajó. El taxímetro avanzaba lentamente.

—¿Es ella? —preguntó el taxista.

—Sí.

—¿Y ahora qué?

—No lo sé.

—Bueno, el caso es que la hemos encontrado, ¿no es cierto?

Mitch observaba sus movimientos en silencio. Vio cómo servía café a un individuo sentado solo. Dijo algo y ella le sonrió. Una enorme y encantadora sonrisa. Una sonrisa que había visto infinidad de veces en la oscuridad, contemplando el techo. La sonrisa de su madre.

Empezó a descender una ligera niebla y el limpiaparabrisas intermitente se activaba cada diez segundos. Era casi medianoche del día de Navidad.

El taxista golpeaba el volante con los dedos y se movía intranquilo. Se hundió aún más en su asiento y cambió de emisora.

—¿Cuánto tiempo vamos a seguir aquí?

—No mucho.

—Amigo, esto es de locos.

—Recibirá su dinero.

—El dinero, amigo, no lo es todo. Estamos en Navidad. Tengo hijos en casa, parientes que nos visitan, pavo y vino sobre la mesa, y aquí estoy, frente a una pastelería, para que usted contemple a una mujer mayor a través de la ventana.

—Es mi madre.

—¿Cómo?

—Lo que oye.

—Santo cielo. Hay de todo en este mundo.

—Cállese, ¿de acuerdo?

—Muy bien. Pero ¿no piensa saludarla? Estamos en Navidad y ha encontrado a su mamá. Tiene que decirle algo, ¿no le parece?

—No. Ahora no.

Mitch se acomodó en el asiento y contempló la oscura playa, al otro lado de la carretera.

—Vámonos.

Al alba, se puso unos vaqueros y un jersey, sin zapatos ni calcetines, y sacó a Hearsay a dar una vuelta por la playa. Caminaron hacia el este, en dirección al primer resplandor anaranjado que asomaba por el horizonte. Las olas rompían suavemente a treinta metros y rodaban en silencio hasta la orilla. La arena estaba fresca y húmeda. El cielo estaba despejado y lleno de gaviotas, que hablaban incesantemente entre sí. Hearsay entró con decisión en el agua, pero se retiró apresuradamente con la llegada de la blanca espuma de una ola. Para un perro casero, la ilimitada extensión de agua y arena exigía ser explorada. Corría a un centenar de metros por delante de Mitch.

A unos tres kilómetros, se encontraron con un grueso espigón de hormigón, que se adentraba doscientos metros en el mar. Hearsay, ahora impertérrito, echó a correr por el mismo hasta un cubo de carnada, junto a un par de individuos que contemplaban fijamente el agua sin mover un músculo. Mitch pasó tras ellos hasta el extremo del espigón, donde una docena de pescadores charlaban alegremente, a la espera de que algún pez mordiera el anzuelo. El perro se frotó contra las piernas de Mitch y se tranquilizó. El sol salía con toda su majestuosidad y la vasta extensión de agua despedía destellos, al tiempo que abandonaba su color negro para convertirse en verde.

Mitch se apoyó en la baranda y se estremeció con la fresca brisa. Sus pies desnudos estaban sucios y helados. En ambas direcciones, a lo largo de la playa, kilómetros de hoteles y apartamentos esperaban pacíficamente la llegada del día. La playa estaba desierta. A varios kilómetros se vislumbraba otro espigón.

Los pescadores hablaban con el acento preciso y entrecortado de los norteños. Mitch oyó lo suficiente para enterarse de que los peces no picaban. Contempló el mar. Mirando hacia el sudeste, pensó en las Caimán y en Abanks. Y durante un breve instante, en la chica. Pensaba regresar a las islas en marzo, para pasar unas vacaciones con su esposa. Maldita chica. Seguro que no volvería a verla. Haría submarinismo con Abanks y cultivaría su amistad. Beberían Heineken y Red Stripe en su bar y hablarían de Hodge y Kozinski. Seguiría a quienquiera que le siguiera a él. Ahora que Abby era su cómplice, le ayudaría.

El individuo esperaba en la oscuridad, junto a un Lincoln familiar. Consultaba intranquilo su reloj y contemplaba la acera tenuemente iluminada del edificio que tenía delante. Se apagó una luz en el segundo piso. Al cabo de un minuto, el detective privado salió del edificio para dirigirse a su coche. El hombre se le acercó.

—¿Es usted Eddie Lomax? —preguntó angustiado. Lomax aminoró la marcha, hasta detenerse frente a él.

—Sí. ¿Quién es usted?

El individuo tenía las manos en los bolsillos. La noche era fría, húmeda y estaba temblando.

—Al Kilbury. Necesito su ayuda, señor Lomax. Es muy importante. Le pagaré ahora mismo, al contado, lo que me pida. Pero ayúdeme.

—Es tarde, amigo.

—Se lo ruego. Aquí tengo el dinero. Pida lo que quiera. Tiene que ayudarme, señor Lomax —dijo, mientras sacaba un fajo de billetes del bolsillo izquierdo de su pantalón y se disponía a contarlo.

Lomax contempló el dinero y echó una ojeada por encima del hombro.

—¿De qué se trata?

—Es mi esposa. Dentro de una hora tiene una cita con un individuo en un hotel del sur de Memphis. Tengo incluso el número de la habitación. Solo necesito que me acompañe y los fotografíe a la entrada y a la salida.

—¿Cómo ha obtenido la información?

—Interviniendo el teléfono. Trabaja con el individuo en cuestión y yo tenía mis sospechas. Soy rico, señor Lomax, y es imprescindible que gane el divorcio. Le pagaré mil al contado ahora mismo —dijo, al tiempo que contaba diez billetes y se los ofrecía.

—De acuerdo. Voy a por mi cámara —respondió Lomax, mientras se guardaba el dinero.

—Dese prisa, por favor. Todo al contado, ¿de acuerdo? Nada por escrito.

—Por mí no hay inconveniente —dijo, de camino al edificio.

Al cabo de veinte minutos, el Lincoln circulaba lentamente por el abarrotado aparcamiento de un Days Inn. Kilbury señaló una habitación del segundo piso, en la parte posterior del hotel, y a continuación un aparcamiento, junto a una furgoneta Chevy de color castaño. Lomax retrocedió cuidadosamente y estacionó su Lincoln junto a la furgoneta. Kilbury señaló de nuevo la habitación, volvió a consultar su reloj y le dijo una vez más a Lomax lo mucho que apreciaba sus servicios. Lomax pensó en el dinero. Mil pavos por un par de horas de trabajo. No estaba mal. Sacó la cámara, cargó la película y midió la luz. Kilbury le observaba angustiado, con miradas alternativas a la cámara y a la habitación al otro lado del aparcamiento. Parecía ofendido. Habló de su esposa, de los maravillosos años que habían compartido. ¿Por qué, Dios mío, por qué le hacía ahora esto?

Lomax escuchaba y observaba, con la cámara en las manos, las hileras de vehículos estacionados delante de él.

No se percató de que la puerta de la furgoneta de color castaño se abría sigilosamente, a un metro de su espalda. Un individuo con un jersey negro de cuello redondo y guantes también negros se agachó a la espera en la furgoneta. Cuando el aparcamiento estaba tranquilo, saltó de la furgoneta, abrió la puerta posterior del Lincoln y le disparó tres tiros a Eddie en la nuca. Los disparos, amortiguados por un silenciador, no se oyeron en el exterior del vehículo.

Eddie se desplomó sobre el volante, ya muerto. Kilbury se apeó del Lincoln, corrió a la furgoneta y se alejó en compañía del asesino.

18

Después de tres días de tiempo no facturable, de no producir, de exilio de sus santuarios, de pavo, jamón, salsa de arándano y juguetes nuevos ya desarmados, los abogados de Bendini, Lambert & Locke, reposados y rejuvenecidos, volvieron a su fortaleza de Front Street con mayor ímpetu que nunca. El aparcamiento estaba lleno a las siete y media. Cómodamente anclados tras sus contundentes escritorios, consumían litros de café, reflexionaban acerca de la correspondencia y otros documentos, y susurraban con incoherencia y furor en los micrófonos de sus dictáfonos. Daban órdenes a gritos a las secretarias, a los empleados, a los pasantes y unos a otros. Se oía algún que otro «¿cómo has pasado las navidades?» por los pasillos o alrededor de las cafeteras, pero la charla era barata y no facturable. Los ruidos de las máquinas de escribir, los intercomunicadores y las secretarias armonizaban en un zumbido glorioso, conforme la ceca se recuperaba del engorro de la Navidad. Oliver Lambert paseaba por los pasillos, sonriente de satisfacción y a la escucha, solo a la escucha, de los sonidos del dinero que se ganaba por hora.

A las doce del mediodía, Lamar entró en el despacho y se apoyó sobre la mesa. Mitch estaba inmerso en un contrato de petróleo y gas en Indonesia.

—¿Almorzamos? —preguntó Lamar.

—No, gracias. Voy retrasado.

—Otro tanto nos ocurre a todos. Se me había ocurrido que podíamos ir a la cafetería de Front Street y comer un plato de alubias.

—No cuentes conmigo. Gracias.

Lamar miró hacia la puerta, por encima del hombro, y se acercó como si tuviera alguna noticia extraordinaria que compartir.

—¿Sabes qué día es hoy?

—Veintiocho —respondió Mitch, después de consultar su reloj.

—Exacto. ¿Sabes lo que ocurre el día veintiocho de diciembre de todos los años?

—Que vas al lavabo.

—Por supuesto. ¿Qué más?

—De acuerdo. Me rindo. ¿Qué ocurre?

—En estos momentos, en el comedor del quinto piso, todos los socios están reunidos para compartir un almuerzo de pato asado y vino francés.

—¿Vino a la hora del almuerzo?

—Sí. Es una ocasión muy especial.

—¿De qué se trata?

—Después de comer durante una hora, Roosevelt y Jessie Frances se marcharán y Lambert cerrará la puerta con llave. Entonces quedarán todos los socios, ¿comprendes? Solo los socios. A continuación Lambert distribuirá el resumen anual financiero, en el que figura una lista de todos los socios, con una cifra junto a cada nombre, que representa el total facturado durante el año. En la página siguiente hay un resumen de los beneficios netos, después de descontar los gastos. Entonces, según la tasa de producción, se reparten el pastel.

—¿Y bien? —exclamó Mitch, que no se perdía palabra.

—El año pasado el promedio fue de trescientos treinta mil por barba. Y, evidentemente, se espera que este año sea superior. Crece todos los años.

—Trescientos treinta mil... —repitió lentamente Mitch.

—Así es. Y eso es solo el promedio. Locke ganará cerca de un millón. Y a Victor Milligan poco le faltará.

—¿Y nosotros qué?

—También nos corresponde algo. Una parte muy pequeña del pastel. El año pasado fue de unos nueve mil de media. Depende de la antigüedad y la producción.

—¿Podemos verlo?

—No le venderían una entrada ni al presidente. Se supone que es una reunión secreta, aunque todos estamos al corriente de la misma. La noticia empezará a divulgarse esta tarde.

—¿Cuándo votan para elegir a un nuevo socio?

—Normalmente lo harían hoy. Pero, según se rumorea, puede que este año no nombren a ningún nuevo socio, después de lo ocurrido a Marty y Joe. Creo que el primero de la lista era Marty, seguido de Joe. Ahora tal vez esperen uno o dos años.

—¿Quién es ahora el primero de la lista?

—Dentro de un año, amigo mío, me convertiré en socio de Bendini, Lambert & Locke —dijo Lamar, al tiempo que se erguía, con una sonrisa de satisfacción en los labios—. Soy el primero de la lista, o sea que este año no te interpongas en mi camino.

—He oído decir que el próximo sería Massengill, quien, por cierto, es ex alumno de Harvard.

—Massengill no tiene ninguna oportunidad. Estoy decidido a facturar ciento cuarenta horas semanales durante las próximas cincuenta y dos semanas, y esos pájaros me suplicarán que me convierta en socio. Cuando yo suba al cuarto piso, Massengill bajará al sótano, con los pasantes.

—Yo apuesto por Massengill.

—Es un memo. Le dejaré para el arrastre. Vamos a comer un plato de alubias y te revelaré mi estrategia.

—Gracias, pero tengo que trabajar.

Al salir del despacho, Lamar se cruzó con Nina, que llevaba un montón de documentos en los brazos.

—Voy a almorzar —dijo la secretaria, después de depositar los papeles en una esquina del abarrotado escritorio—. ¿Necesita algo?

—No, gracias. Sí, una Coca-Cola *light*.

Los pasillos se volvían silenciosos durante la hora del almuerzo, cuando las secretarias abandonaban el edificio, para dirigirse a los numerosos restaurantes y cafeterías que había en dirección al centro de la ciudad. Con la mitad de los abogados en el quinto piso, contando su dinero, el suave ronroneo del comercio cesó temporalmente.

Mitch encontró una manzana sobre la mesa de Nina y la frotó para limpiarla. Abrió un manual de reglamentos de Hacienda, lo colocó sobre una fotocopiadora que había detrás de la mesa de la secretaria y pulsó el botón verde de *Imprimir*. Se encendió una luz roja de alarma y apareció el mensaje «Introduzca número de ficha». Retrocedió y observó la máquina. Efectivamente, era nueva. Junto al botón de impresión, había otro que decía *Avance* y lo pulsó con el pulgar. Una chirriante sirena estalló en el interior de la máquina y todas las teclas se iluminaron en rojo. Miró indefenso a su alrededor, no vio a nadie y cogió inmediatamente el manual de instrucciones de la fotocopiadora.

—¿Qué ocurre? —chilló alguien, por encima del gemido de la máquina.

—¡No lo sé! —exclamó Mitch, agitando el manual.

Lela Pointer, una secretaria de edad demasiado avanzada para abandonar el edificio a la hora del almuerzo, extendió la mano tras la máquina, pulsó un interruptor y la sirena dejó de sonar.

—¿Qué diablos...? —jadeó Mitch.

—¿No se lo han comunicado? —preguntó la anciana secretaria, al tiempo que agarraba el manual y lo devolvía a su lugar.

Le perforó con la mirada furiosa de sus diminutos ojos, como si le hubiera sorprendido con la mano en su bolso.

—Es evidente que no. ¿De qué se trata?

—Tenemos un nuevo sistema de fotocopiar —declaró, hablando por la nariz—. Lo instalaron el día después de Navidad. Para que la máquina trabaje, debe introducir antes el número de la ficha. Su secretaria debería habérselo comunicado.

—¿Me está diciendo que este utensilio no funcionará, a no ser que antes marque un número de diez cifras?

—Exactamente.

—¿Qué ocurre con las demás copias, que no pertenecen a ninguna ficha en particular?

—No se pueden copiar. El señor Lambert dice que perdemos demasiado dinero en copias que no se facturan. De modo que de ahora en adelante, cada copia se factura automáticamente a una ficha determinada. Se empieza por introducir el número. La máquina graba el número de copias y manda la información al ordenador central, donde pasa a la minuta del cliente correspondiente.

—¿Y las copias personales?

—Es increíble que su secretaria no se lo haya explicado —exclamó, mientras movía la cabeza presa de la frustración.

—El caso es que no lo ha hecho. ¿Por qué no me echa usted una mano?

—Usted tiene un número personal de cuatro cifras. Al final de mes recibirá la factura de sus copias.

Mitch contempló fijamente la máquina y movió la cabeza.

—¿Y a qué viene ese maldito sistema de alarma?

—El señor Lambert dice que dentro de treinta días desconectarán la alarma. De momento es necesaria para las personas como usted. El señor Lambert se lo toma muy en serio. Dice que hemos perdido millones en copias no facturadas.

—Claro. Y supongo que habrán cambiado todas las fotocopiadoras del edificio.

—Efectivamente —sonrió satisfecha la secretaria—. Las diecisiete.

—Gracias.

Mitch regresó a su despacho, en busca del número de una ficha.

A las tres de la tarde, la celebración del quinto piso llegó a una feliz conclusión y los socios, ahora mucho más ricos y ligeramente embriagados, abandonaron el comedor para regresar a sus respectivos despachos. Avery, Oliver Lambert y Nathan Locke avanzaron por el corto pasillo que conducía al muro de seguridad y pulsaron el timbre. DeVasher los esperaba.

Señaló las sillas de su despacho con un ademán y les indicó que se sentaran; Lambert distribuyó cigarros hondureños hechos a mano y todos los encendieron.

—Veo que estamos en plan festivo —dijo DeVasher, con una mueca—. ¿Qué cantidad se ha alcanzado? ¿Trescientos noventa mil de media?

—Así es, DeVasher —respondió Lambert—. Ha sido un año excelente —agregó, mientras chupaba lentamente el puro y lanzaba círculos de humo hacia el techo.

—¿Hemos pasado todos unas felices navidades? —preguntó DeVasher.

—¿Qué quieres, DeVasher? —dijo Locke.

—Ante todo, desearte unas felices navidades, Nat. Solo un par de cosas. Hace dos días me reuní con Lazarov en Nueva Orleans. Él no celebra el nacimiento de Cristo. Le puse al corriente de nuestra situación, haciendo hincapié en McDeere y el FBI. Le aseguré que no había habido otro contacto desde la reunión inicial. No quedó convencido y dijo que lo comprobaríamos con sus contactos en la agencia. No sé lo que eso significa, pero ¿quién soy yo para formular preguntas? Me ordenó que vigilara a McDeere día y noche durante los próximos seis meses. Le respondí que, más o menos, ya lo hacíamos. No quiere que se repita la situación de Hodge y Kozinski. Le resultó sumamente penosa. McDeere no debe abandonar la ciudad por cuenta de la empresa, a no ser que dos de nuestros hombres le acompañen.

—Irá a Washington dentro de dos semanas —dijo Avery.

—¿Para qué?

—Al Instituto Norteamericano de Tributación. Se trata de un cursillo de cuatro días, que exigimos a todos los miembros asociados. Se lo hemos prometido y le parecerá muy sospechoso que se anule.

—Se hizo la reserva en septiembre —agregó Ollie.

—Procuraré conseguir la autorización de Lazarov —dijo DeVasher—. Dadme las fechas, los vuelos y las reservas del hotel. No le gustará.

—¿Qué ocurrió en Navidad? —preguntó Locke.

—Poca cosa. Su esposa se fue a su casa, en Kentucky. Todavía sigue allí. McDeere cogió el perro y fue por carretera hasta Panama City Beach, en Florida. Creemos que fue a visitar a su madre, pero no estamos seguros. Pasó una noche en un Holiday Inn en la playa. Él solo con su perro. Bastante aburrido. A continuación condujo hasta Birmingham, pasó la noche en otro Holiday Inn y ayer, a primera hora de la mañana, fue a Brushy Mountain para visitar a su hermano. Un viaje inofensivo.

—¿Qué le ha contado a su esposa? —preguntó Avery.

—Nada, que nosotros sepamos. Es difícil oírlo todo.

—¿A quién más vigiláis? —preguntó Avery.

—Los escuchamos a todos, de un modo esporádico. No sospechamos particularmente de nadie, a excepción de McDeere y solo a causa de Tarrance. En estos momentos todo está tranquilo.

—Es imprescindible que vaya a Washington, DeVasher —insistió Avery.

—De acuerdo, de acuerdo. Convenceré a Lazarov. Nos obligará a mandar cinco hombres para que le vigilen. Menudo imbécil.

El bar Ernie's del aeropuerto estaba efectivamente cerca del aeropuerto. Mitch lo encontró al tercer intento y aparcó entre dos auténticos cuatro por cuatro, con los neumáticos y los faros cubiertos de barro. El aparcamiento estaba lleno de vehículos semejantes. Miró a su alrededor y se quitó instintivamente la corbata. Eran casi las once. El edificio era largo, estrecho y oscuro, con anuncios multicolores de cerveza que parpadeaban en las pintorescas ventanas.

Examinó de nuevo la nota, para estar seguro: «Querido señor McDeere: Le ruego que se reúna conmigo esta noche en el bar Ernie's, bastante tarde, en Winchester. Se trata de Eddie Lomax. Muy importante. Tammy Hemphill, su secretaria».

Se había encontrado la nota pegada a la puerta de la cocina, a su regreso. La recordaba de su única visita al despacho de Eddie, en noviembre. Recordaba su ceñida falda de cuero, su busto descomunal, su cabello rubio teñido, sus pegajosos labios rojos y el humo que emanaba de su nariz. Y recordaba también la historia de su marido, Elvis.

Se abrió la puerta sin percance alguno y entró en el local. Una hilera de mesas de billar cubría la mitad izquierda de la sala. A través del humo negro y de la oscuridad, logró descubrir una pequeña pista de baile al fondo. A la derecha había una larga barra, como en los bares del oeste, llena de vaqueros y vaqueras que tomaban cerveza Bud. Nadie pareció percatarse de su presencia. Caminó deprisa hacia el fondo de la barra y se instaló en un taburete.

—Una Bud —le dijo al barman.

Tammy llegó antes que la cerveza. Esperaba sentada en un abarrotado banco, cerca de las mesas de billar. Llevaba unos ceñidos vaqueros descoloridos, camisa azul también descolorida y unas botas rojas de tacón alto. Su cabello estaba recién teñido.

—Gracias por haber venido —dijo, a pocos centímetros de su rostro—. Hace cuatro horas que le espero. No sabía otra forma de encontrarle.

Mitch asintió y sonrió, como para indicarle que había hecho lo correcto.

—¿Qué ocurre? —preguntó.

—Tenemos que hablar, pero no aquí —respondió ella, mirando a su alrededor.

—¿Dónde sugiere que lo hagamos?

—¿Podemos ir a dar una vuelta en coche?

—Por supuesto, pero no en el mío. Puede que... que no sea una buena idea.

—Yo tengo coche. Es viejo, pero servirá.

Mitch pagó la cuenta y la siguió hacia la puerta.

—Hay que verlo para creerlo —dijo un vaquero, sentado cerca de la puerta—. Llega un individuo trajeado y se la liga en treinta segundos.

Mitch le sonrió y salió a toda prisa. Entre las enormes máquinas devoradoras de barro, se encontraba el diminuto y cascado Volkswagen. Ella abrió la puerta y Mitch se acurrucó en el destartalado asiento. Presionó cinco veces el acelerador e hizo girar la llave del contacto. Mitch se aguantó la respiración hasta que arrancó.

—¿Adónde quiere que vayamos? —preguntó ella.

A donde nadie nos vea, pensó Mitch.

—Usted conduce.

—Está casado, ¿no es cierto?

—Sí. ¿Y usted?

—También. Y mi marido no comprendería esta situación. Esta es la razón por la que elegí este antro. Es un lugar que nunca frecuentamos —dijo, como si ella y su marido discriminaran contra semejantes tugurios.

—No creo que mi esposa lo comprendiera tampoco. Pero no está en la ciudad.

—Tengo una idea —dijo Tammy, mientras conducía en

dirección al aeropuerto, con las manos tensas fuertemente agarradas al volante.

—¿De qué se trata? —preguntó Mitch.

—¿Sabe lo de Eddie?

—Sí.

—¿Cuándo le vio por última vez?

—Estuvimos juntos unos diez días antes de Navidad. Fue una especie de encuentro secreto.

—Lo suponía. No dejaba constancia de nada de lo que hacía para usted. Dijo que estas eran sus condiciones. Tampoco hablaba mucho. Pero Eddie y yo... bueno, el caso es que... estábamos muy unidos.

A Mitch no se le ocurrió ningún comentario apropiado.

—Me refiero a que había mucha intimidad entre nosotros. ¿Comprende?

Mitch asintió y tomó un sorbo de cerveza.

—Y me contó algunas cosas, que supongo no debería haberme contado. Dijo que su caso era muy extraño, que ciertos abogados de su bufete habían muerto en circunstancias sospechosas. Y que usted creía que siempre le seguían y le escuchaban. Esto es bastante siniestro para un bufete de abogados.

¡Vaya forma de guardar el secreto!, pensó Mitch.

—Así es —dijo.

Giró, se dirigió hacia la salida del aeropuerto y se acercó a la inmensa multitud de coches aparcados.

—Y cuando acabó con su trabajo me dijo, en una sola ocasión, en la cama, que creía que alguien le seguía. Esto fue tres días antes de Navidad. Le pregunté de quién se trataba y me respondió que no lo sabía, pero mencionó su caso e insinuó que probablemente eran los mismos que le seguían a usted. No dijo gran cosa.

Detuvo el coche en el aparcamiento temporal, cerca de la terminal.

—¿Quién más podía seguirle? —preguntó Mitch.

—Nadie. Era un buen investigador, que no dejaba huellas. Tenía la experiencia de la policía y de la cárcel. Era muy astuto en la calle. Cobraba para seguir a la gente y descubrir sus trapos sucios. Nadie le seguía. Jamás.

—En tal caso, ¿quién le asesinó?

—Los que le seguían. Según el periódico, lo atraparon husmeando en los asuntos de algún potentado y se deshicieron de él. Pero no es cierto.

De pronto, como por arte de magia, sacó un cigarrillo con filtro y lo encendió. Mitch abrió la ventana.

—¿Le importa que fume? —preguntó.

—No, pero eche el humo en esa dirección —respondió Mitch, señalando la otra ventanilla.

—El caso es que estoy asustada. Eddie estaba convencido de que la gente que le sigue es sumamente peligrosa y muy lista. Muy sofisticado, fue lo que dijo. Y si le mataron a él, ¿qué ocurrirá conmigo? Tal vez crean que sé algo. No he pasado por el despacho desde el día en que murió. Ni pienso hacerlo.

—Yo, en su lugar, tampoco lo haría.

—No soy estúpida. He trabajado dos años para él y he aprendido mucho. Hay muchos locos que andan sueltos. Los hemos visto de todas las especies.

—¿Cómo le dispararon?

—Tiene un amigo en la brigada de homicidios, que me ha dicho confidencialmente que le dispararon tres veces en la nuca, a quemarropa, con una pistola del veintidós. Y no tienen ninguna pista. Según él, fue un trabajo muy limpio y profesional.

Mitch vació la botella de cerveza y la dejó en el suelo, junto a media docena de latas vacías. Un trabajo muy limpio y profesional.

—No tiene sentido —agregó Tammy—. ¿Cómo pudo alguien acercarse a Eddie por la espalda, introducirse de algún modo en el asiento trasero y dispararle tres veces en la nuca? Además, ni siquiera tenía por qué estar donde estaba.

—Tal vez se quedó dormido y le sorprendieron.

—No. Tomaba muchos estimulantes cuando trabajaba tarde por la noche. Estaba siempre muy despierto.

—¿Hay algún documento en el despacho?

—¿Referente a usted?

—Sí, relacionado conmigo.

—Lo dudo. Nunca vi nada escrito. Decía que esas eran sus instrucciones.

—Efectivamente —dijo Mitch, aliviado.

Vieron cómo se elevaba un 727 hacia el norte. Vibró todo el aparcamiento.

—Estoy realmente asustada, Mitch. ¿Me permite que le llame Mitch?

—Claro. ¿Por qué no?

—Creo que el trabajo que hizo para usted fue la causa de su muerte. No pudo ser otra cosa. Y si le mataron porque sabía algo, probablemente supongan que yo también lo sé. ¿Usted qué opina?

—Es preferible no arriesgarse.

—Tal vez desaparezca durante algún tiempo. Mi marido trabaja de noche en los clubes y podemos desplazarnos si es preciso. No le he contado nada de todo esto, pero supongo que debo hacerlo. ¿Qué le parece?

—¿Adónde irían?

—Little Rock, Saint Louis, Nashville... Está en el paro y supongo que eso significa que podemos ir a donde se nos antoje.

Sus palabras se perdieron en la lejanía, mientras encendía otro cigarrillo.

Un trabajo muy limpio y profesional, dijo Mitch para sí. La miró y vio una pequeña lágrima en su mejilla. No era fea, pero los años en bares y clubes no habían pasado en vano. Sus facciones eran fuertes y, sin el tinte ni el abundante maquillaje, habría sido atractiva para su edad. Alrededor de los cuarenta, pensó.

Dio una descomunal calada y del pequeño coche salió una enorme nube de humo.

—Supongo que estamos en la misma encrucijada, ¿no es cierto? Me refiero a que nos persiguen a ambos. Han matado a esos abogados, ahora a Eddie y supongo que somos los próximos de la lista.

—Esto es lo que haremos —dijo Mitch, satisfecho de que estuviera dispuesta a contárselo todo—. Debemos mantenernos en contacto. No puede llamarme por teléfono, ni deben vernos juntos. Mi esposa está al corriente de todo y le hablaré de este pequeño encuentro. No se preocupe por ella. Una vez por semana, escríbame una nota para decirme dónde está. ¿Cómo se llama su madre?

—Doris.

—Bien. Este será su seudónimo. Firme con el nombre de Doris todo lo que me mande.

—¿Leen también su correspondencia?

—Probablemente, Doris, probablemente.

19

A las cinco de la tarde, Mitch apagó las luces de su despacho, cogió las dos carteras y se detuvo junto al escritorio de Nina, que hablaba por teléfono con el auricular pegado al hombro, sin dejar de mecanografiar en su IBM. Cuando la secretaria le vio, sacó un sobre de un cajón.

—Aquí tiene la confirmación de su reserva en el Capital Hilton —dijo, como si se lo comunicara al teléfono.

—El material para mecanografiar está sobre mi mesa. Hasta el lunes.

Subió por la escalera hasta el cuarto piso, para dirigirse al despacho de Avery en la esquina, donde reinaba una pequeña rebelión. Una secretaria introducía sumarios en una enorme cartera. Otra dirigía comentarios entrecortados a Avery, que hablaba a voces con otra persona por teléfono. Un pasante le daba órdenes a la primera secretaria.

—¿Estás listo? —le chilló Avery a Mitch, después de colgar el teléfono.

—Te estoy esperando —respondió Mitch.

—No encuentro el sumario de Greenmark —exclamó una de las secretarias, dirigiéndose al pasante.

—Estaba junto al de Rocconi —dijo el pasante.

—¡No necesito el sumario de Greenmark! —chilló Avery—. ¿Cuántas veces debo repetirlo? ¿Estáis sordos?

—No, oigo perfectamente —respondió la secretaria, con una fulminante mirada—. Y recuerdo con toda claridad que ha dicho: «Incluyan el sumario de Greenmark».

—El coche está esperando —dijo la otra secretaria.

—¡No necesito el maldito sumario de Greenmark! —chilló Avery.

—¿Y el de Rocconi? —preguntó el pasante.

—¡Sí! ¡Sí! Por enésima vez. ¡Necesito el de Rocconi!

—El avión también está esperando —dijo la otra secretaria.

Acabaron de llenar una de las carteras y la cerraron con llave. Avery buscó entre un montón de documentos sobre la mesa.

—¿Dónde está la documentación de Fender? ¿Dónde están todos mis documentos? ¿Por qué no encuentro nunca el sumario que necesito?

—Aquí está el sumario de Fender —dijo la primera secretaria, al tiempo que lo guardaba en otra cartera.

—Bien —exclamó Avery, mientras consultaba un papel escrito—. ¿Tengo los documentos de Fender, Rocconi, Cambridge Partners, Green Group, Sonny Capps a Otaki, Burton Brothers, Galveston Freight y McQuade?

—Sí, sí, sí —respondió la primera secretaria.

—Aquí están todos —agregó el pasante.

—No puedo creerlo —dijo Avery, al tiempo que recogía su chaqueta—. Vámonos.

Salió por la puerta, seguido de las secretarias, el pasante y Mitch. Mitch llevaba dos carteras, el pasante otras dos y una de las secretarias otra más. La otra secretaria tomaba notas, mientras Avery daba voces con las órdenes que debían cumplirse en su ausencia. Se apretujaron todos en un pequeño ascensor, para descender a la planta baja. En la calle, el chófer entró en acción, abriendo puertas y cargando el equipaje en el maletero.

Mitch y Avery se instalaron en el asiento posterior.

—Tranquilízate, Avery —dijo Mitch—. Vas a pasar tres días en las Caimán. Relájate.

—Claro, claro. Pero aquí llevo trabajo para un mes. Tengo clientes que piden mi cabeza y amenazan con llevarme ante los tribunales por no cumplir debidamente con mis obligaciones profesionales. Llevo dos meses de retraso y ahora tú me abandonas para aburrirte soberanamente durante cuatro días en un cursillo de tributación en Washington. No podías haber elegido peor momento, McDeere. Fatal.

Avery abrió un armarito y se sirvió una copa. Mitch rechazó la invitación. El cochazo circulaba por Riverside Drive en hora punta. Después de tres tragos de ginebra, el socio respiró hondo.

—Seguir con la formación. Vaya chiste —exclamó Avery.

—Tú también lo hiciste cuando eras novato. Y si no me falla la memoria, no hace mucho pasaste una semana en un congreso sobre tributos en Honolulú. ¿Lo has olvidado?

—Aquello fue trabajo. Solo trabajo. ¿Llevas contigo todos los sumarios?

—Por supuesto, Avery. Se supone que debo asistir al cursillo ocho horas diarias, aprender las últimas revisiones tributarias con las que nos ha bendecido el Congreso y, en mi tiempo libre, facturar cinco horas diarias.

—A ser posible, seis. Vamos muy retrasados, Mitch.

—Siempre vamos retrasados, Avery. Sírvete otra copa. Necesitas relajarte.

—Pienso hacerlo en Rumheads.

Mitch pensó en el bar con su Red Stripe, el dominó, los dardos y, por supuesto, los diminutos biquinis. Y la chica.

—¿Es este tu primer vuelo en el Lear? —preguntó Avery, ahora más relajado.

—Sí. Llevo siete meses en la empresa y voy a ver el avión por primera vez. De haberlo sabido el pasado marzo, habría ido a trabajar para alguna empresa de Wall Street.

—Tú no perteneces a Wall Street. ¿Sabes lo que hacen

esos individuos? Tienen trescientos abogados en un bufete y cada año contratan, como mínimo, a treinta nuevos miembros asociados. Todos quieren el empleo por tratarse de Wall Street. Al cabo de un mes, juntan a los treinta en una gran sala y les comunican que deben trabajar noventa horas semanales durante cinco años, transcurridos los cuales, la mitad habrán abandonado. El desfile de personal es increíble. Procuran matar a los novatos. Facturan su trabajo a cien o ciento cincuenta a la hora, forman un paquete con todos ellos y se dedican a explotarlos. Eso es Wall Street. Y los novatos no llegan nunca a ver el avión de la empresa. Ni el coche oficial. Tú has tenido mucha suerte, Mitch. Todos los días deberías dar gracias a Dios de que decidiéramos aceptarte aquí, en la soberana empresa Bendini, Lambert & Locke.

—No está mal lo de noventa horas. Me iría bien el descanso.

—No olvides la recompensa. ¿Sabes a cuánto subió mi prima del año pasado?

—No.

—Cuatro ocho cinco. No está mal, ¿no te parece? Y eso es solo la prima.

—La mía fue de seis mil —dijo Mitch.

—Sigue a mi lado y pronto estarás en la primera división.

—Sí, pero antes debo seguir con mi formación jurídica.

Al cabo de diez minutos, el cochazo entró en un camino que conducía a una hilera de hangares. Memphis Aero, decía el cartel. Un elegante Lear 55 plateado avanzaba lentamente hacia la terminal.

—Ahí lo tienes —dijo Avery.

Cargaron rápidamente las carteras y maletas en el avión, y a los pocos minutos estaban listos para despegar. Mitch se abrochó el cinturón y admiró el cuero y el bronce del interior de la cabina. Era tan elegante y lujosa como suponía. Avery se sirvió otra copa antes de acomodarse en su asiento.

Después de una hora y quince minutos de vuelo, el Lear comenzó su descenso sobre el aeropuerto internacional de Baltimore-Washington. Cuando el aparato se detuvo, Avery y Mitch se apearon y abrieron la portezuela del equipaje. Avery señaló a un individuo uniformado que esperaba cerca de una puerta.

—Ése es tu chófer. El coche está delante de la terminal. Síguele. Estás a unos cuarenta minutos del Capital Hilton.

—¿Otro coche oficial? —preguntó Mitch.

—Efectivamente. Seguro que no te tratarían así en Wall Street.

Se estrecharon la mano y Avery subió de nuevo al avión. La operación de carga de combustible duró treinta minutos y cuando el Lear despegó para dirigirse hacia el sur, estaba de nuevo dormido.

Al cabo de tres horas aterrizó en Georgetown, en la isla de Gran Caimán. Pasó frente a la terminal, hasta un hangar pequeñísimo donde pernoctaría el aparato. Un guarda de seguridad acompañó a Avery, junto con su equipaje, a través de la terminal y la aduana. Después de que el piloto y el copiloto efectuaran las comprobaciones posvuelo correspondientes, también los acompañaron a través de la terminal.

Después de la medianoche, cuando las luces se habían apagado y media docena de aparatos descansaban en la oscuridad, se abrió una puerta lateral y entraron tres individuos, entre los que se encontraba Avery, que se dirigieron apresuradamente al Lear 55. Avery abrió la portezuela del equipaje y, entre los tres, descargaron a toda prisa veinticinco pesadas cajas de cartón. Con el calor tropical de la isla, el hangar parecía un horno. Estaban empapados de sudor, pero no dijeron palabra hasta haber sacado todas las cajas del avión.

—Debe haber veinticinco. Cuéntalas —le dijo Avery a un musculoso indígena con la cabeza cuadrada y una pistola al cinto.

El otro individuo tenía una carpeta en la mano y miraba atentamente, como el encargado de cualquier almacén. Al indígena le caían las gotas de sudor sobre las cajas, mientras las contaba.

—Sí. Veinticinco.

—¿Cuánto? —preguntó el individuo de la carpeta.

—Seis millones y medio.

—¿Todo al contado?

—Todo al contado. En dólares norteamericanos. Billetes de cien y de veinte. No perdamos tiempo.

—¿Destino?

—QuebecBank. Nos están esperando.

Cogieron una caja cada uno y avanzaron por la oscuridad hacia la puerta lateral, donde un compañero los esperaba con una Uzi. Las cajas se cargaron en una destartalada furgoneta, después de estampar apresuradamente «Producto de las islas Caimán» en cada una de ellas. Los indígenas se instalaron en el vehículo con las armas en la mano, mientras el individuo de la carpeta conducía la furgoneta hacia el centro de Georgetown.

El registro abrió a las ocho en el entresuelo, frente a la sala Century. Mitch llegó temprano, firmó, recogió una gruesa carpeta con su nombre minuciosamente impreso y entró en la sala. Se instaló aproximadamente en el centro de la gran estancia. Según el folleto, la matrícula estaba limitada a doscientos participantes. Un bedel sirvió café y Mitch abrió el *Washington Post*. Los principales titulares hacían referencia a los admirados Redskins, que participaban una vez más en la Super Bowl.

La sala se llenó lentamente, con la llegada de abogados tributarios de todos los confines del país, para enterarse de las últimas novedades de la legislación tributaria, que cambiaba a diario. Poco antes de las nueve, un joven abogado de rostro aniñado se sentó a la izquierda de Mitch, sin decir palabra.

Mitch le miró de reojo y volvió a concentrarse en su periódico. Cuando la sala estaba llena, el moderador les dio la bienvenida y presentó al primer conferenciante. Se trataba de un congresista de Oregón, presidente de una subsecretaría del Congreso. Cuando subió al estrado, para lo que debía ser una presentación de una hora de duración, el abogado sentado a la izquierda de Mitch se inclinó hacia él y le tendió la mano.

—Hola, Mitch —susurró—. Soy Grant Harbison, del FBI —agregó, al tiempo que le entregaba una tarjeta de visita.

El congresista empezó con un chiste, que Mitch no oyó. Examinó atentamente la tarjeta, pegada al pecho. Había otras cinco personas sentadas a menos de un metro. No conocía a nadie en la sala, pero podía ser muy comprometedor que alguien le viera con una tarjeta del FBI en las manos. Al cabo de cinco minutos, Mitch miró despreocupadamente a Harbison.

—Tengo que verte unos minutos —susurró Harbison.

—¿Y si estoy demasiado ocupado? —replicó Mitch.

El agente sacó un sobre en blanco de su carpeta y se lo entregó a Mitch. Lo abrió pegado al pecho. La nota, en cuyo encabezamiento figuraban simplemente las palabras «FBI Dirección», estaba escrita a mano y decía lo siguiente:

Querido señor McDeere:
Me gustaría hablar con usted unos momentos, durante la hora del almuerzo. Le ruego siga las instrucciones del agente Harbison. Solo le entretendré unos minutos. Agradecemos su cooperación. Gracias.

F. DENTON VOYLES
Director

Mitch devolvió la carta al sobre y la guardó lentamente en su carpeta. Agradecemos su cooperación. Del director del FBI. Comprendió lo importante que era en aquel momento conservar la compostura, mantener el rostro tranquilo y sereno, como si todo fuera perfectamente rutinario. Pero se frotó las sienes con ambas manos y miró fijamente al suelo. Cerró los ojos y sintió que se mareaba. El FBI. ¡En el asiento contiguo! Esperándole. El propio director y a saber quién más. Tarrance no andaría lejos.

De pronto se oyó una enorme carcajada en la sala, cuando el congresista puso el broche de oro a su anécdota. Harbison aprovechó la ocasión para acercarse a Mitch y susurrarle al oído:

—Reúnete conmigo en el lavabo, a la vuelta de la esquina, dentro de diez minutos.

El agente dejó sus libros sobre la mesa y se ausentó mientras el público seguía riendo.

Mitch hojeó las primeras páginas del libro y fingió interesarse. El congresista hablaba de su esforzada batalla por proteger los subterfugios tributarios de los ricos y reducir simultáneamente el peso de la clase obrera. Bajo su valerosa tutela, la subsecretaría se había negado a aprobar un decreto que limitaría las deducciones para la exploración petrolífera. Luchaba en solitario en el Congreso.

Mitch esperó quince minutos, y a continuación otros cinco, antes de empezar a toser. Necesitaba beber agua y, cubriéndose la boca con la mano, se dirigió hacia el fondo de la sala y salió por la puerta trasera. Harbison, en el retrete, se lavaba las manos por enésima vez.

Mitch se acercó al lavabo adjunto y abrió el grifo de agua fría.

—¿Qué os proponéis? —preguntó Mitch.

—Yo me limito a cumplir órdenes —respondió Harbison, mientras miraba a Mitch por el espejo—. El director, Voyles, quiere hablar personalmente contigo y me han mandado a buscarte.

—¿Qué puede desear de mí?

—No soy quién para anticipar sus palabras, pero estoy seguro de que es importante.

Mitch miró sigilosamente a su alrededor. Estaban solos en los lavabos.

—¿Y qué ocurre si estoy demasiado ocupado para reunirme con él?

Harbison cerró el grifo y sacudió las manos.

—La reunión es inevitable, Mitch. Déjate de juegos. Cuando se interrumpan las conferencias para el almuerzo, encontrarás el taxi número ocho-seis-seis-siete a la izquierda de la puerta principal. Te conducirá al monumento de los excombatientes de Vietnam y allí te estaremos esperando. Debes tener mucho cuidado. Dos de ellos te han seguido desde Memphis.

—¿Dos de quiénes?

—Los chicos de Memphis. Limítate a seguir nuestras instrucciones y nunca lo sabrán.

El moderador dio las gracias al segundo conferenciante, un catedrático de derecho tributario de la Universidad de Nueva York, y les comunicó que era la hora del almuerzo.

Mitch no le dijo nada al taxista. Este conducía como un loco y no tardaron en perderse entre el tráfico. Al cabo de quince minutos, se detuvieron cerca del monumento.

—No salgas todavía —ordenó el taxista.

Mitch no se movió. Durante diez minutos, permaneció inmóvil y sin decir palabra. Por fin, un Ford Escort blanco paró junto al taxi y tocó la bocina. A continuación se alejó.

—Bien, ahora dirígete al muro —dijo el taxista, mirando al frente—. Dentro de unos cinco minutos saldrán a tu encuentro.

Mitch se apeó y el taxi se alejó. Hundió las manos en los bolsillos de su abrigo de lana y se encaminó hacia el monumento. Un frío viento del norte desparramaba las hojas por doquier. Se estremeció y subió el cuello de su abrigo para protegerse las orejas.

Un peregrino solitario erguido en su silla de ruedas contemplaba fijamente el muro. Un grueso edredón le protegía del frío. Bajo su sobrada boina de camuflaje, unas gafas de aviador le cubrían los ojos. Estaba hacia el final del muro, cerca de los nombres de los caídos en 1972. Mitch siguió los años a lo largo del muro, hasta detenerse cerca de la silla de ruedas. Examinó los nombres, olvidando de pronto a aquel individuo.

Respiró hondo y sintió que le flaqueaban las piernas y se le formaba un nudo en el estómago. Siguió lentamente la columna y de pronto, hacia el final, ahí estaba. Pulcramente grabado, como todos los demás, estaba el nombre de Rusty McDeere.

A pocos centímetros de su nombre había una cesta de flores heladas y marchitas. Mitch la retiró suavemente y se arrodilló frente al muro. Acarició las letras grabadas del nombre de Rusty. Rusty McDeere. De dieciocho años para siempre. Hacía siete semanas que estaba en Vietnam cuando tropezó con una mina. Dijeron que la muerte había sido instantánea. Según Ray, eso era lo que siempre decían. Mitch se secó una pequeña lágrima y se incorporó para contemplar fijamente el muro. Pensó en las cincuenta y ocho mil familias a las que habían dicho que la muerte había sido instantánea y que nadie había sufrido.

—Mitch, te están esperando.

Volvió la cabeza y miró al individuo de la silla de ruedas, el único ser humano a la vista. Sus gafas de aviador miraban fijamente al muro y no levantó la cabeza. Mitch miró en todas direcciones.

—Tranquilo, Mitch. Hemos aislado la zona. No te están observando.

—¿Y tú quién eres? —preguntó Mitch.

—Solo un miembro del equipo. Debes confiar en nosotros, Mitch. El director tiene algo importante que decirte, algo que podría salvarte la vida.

—¿Dónde está?

El individuo de la silla de ruedas volvió la cabeza y miró a lo largo de la acera.

—Empieza a caminar en esa dirección. Saldrán a tu encuentro.

Mitch se quedó unos momentos más contemplando el nombre de su hermano y comenzó a andar, tras la silla de ruedas, frente a la estatua de los tres soldados, con las manos hundidas en los bolsillos del abrigo, hasta que cincuenta metros más allá del monumento, Wayne Tarrance apareció de detrás de un árbol y echó a andar junto a él.

—No te detengas —le dijo.

—¿Por qué será que no me sorprende verte aquí? —dijo Mitch.

—Sigue andando. Sabemos que han mandado por lo menos a dos matones de Memphis, que llegaron antes que tú. Están en el mismo hotel, en la habitación contigua a la tuya. No te han seguido hasta aquí. Creo que los hemos despistado.

—¿Qué diablos ocurre, Tarrance?

—Estás a punto de descubrirlo. Sigue andando. Pero tranquilízate, nadie te observa, a excepción de una veintena de nuestros agentes.

—¿Veinte?

—Efectivamente. Hemos aislado la zona. Queremos asegurarnos de que esos cabrones de Memphis no asoman las narices por aquí. No creo que lo hagan.

—¿Quiénes son?

—El director te lo contará.

—¿Por qué está involucrado el director?

—Haces muchas preguntas, Mitch.

—Y tú no me ofreces bastantes respuestas.

Tarrance señaló a la derecha. Bajaron de la acera y se dirigieron hacia un banco de hormigón, cerca de un puente que conducía a un pequeño bosque. El agua del estanque estaba completamente helada.

—Siéntate —ordenó Tarrance.

Cuando ambos se sentaron, se acercaron dos individuos caminando por el puente. Mitch se dio cuenta inmediatamente de que el más bajo era Voyles. F. Denton Voyles, director del FBI durante tres legislaturas. Un duro perseguidor del crimen, que no tenía pelos en la lengua, y supuestamente despiadado.

Mitch se puso de pie por respeto. Voyles le tendió una mano fría y le miró fijamente con aquel rostro grande y redondo, famoso en el mundo entero. Se estrecharon la mano y se presentaron mutuamente. Voyles hizo un ademán para que se sentaran en el banco. Tarrance y el otro agente se dirigieron al puente y estudiaron el horizonte.

Mitch miró a través del estanque y vio a dos individuos, indudablemente agentes, con idénticas gabardinas negras y cabello corto, a unos cien metros junto a un árbol.

Voyles se sentó muy cerca de Mitch, en contacto con sus piernas. Un sombrero de fieltro castaño ladeado cubría parte de su enorme calva. Tenía por lo menos setenta años, pero sus ojos verde oscuro bailaban con intensidad y no se perdían detalle. Permanecían ambos inmóviles en el banco, con las manos hundidas en los bolsillos de sus respectivos abrigos.

—Le agradezco que haya venido —dijo Voyles.

—No tuve la impresión de que hubiera otra alternativa. Sus agentes han sido muy persistentes.

—Sí. Es muy importante para nosotros.

Mitch respiró hondo.

—¿Tiene alguna idea de lo confundido y asustado que estoy? Estoy completamente desconcertado. Le agradecería que me diera una explicación.

—Señor McDeere, ¿me permite que le llame Mitch?

—Por supuesto. Por qué no.

—De acuerdo, Mitch. Soy hombre de pocas palabras. Y lo que voy a contarle sin duda le asombrará. Le aterrorizará. Puede que no me crea. Pero le aseguro que es todo cierto y, con su ayuda, podemos salvarle la vida.

Mitch hizo de tripas corazón y esperó.

—Mitch, ningún abogado ha abandonado ese bufete vivo. Tres lo intentaron y fueron asesinados. Otros dos estaban a punto de hacerlo y murieron el verano pasado. Cuando un abogado ingresa en Bendini, Lambert & Locke, ya nunca abandona la empresa, a no ser que se jubile y mantenga la boca cerrada. Además, cuando se jubilan, forman parte de la conspiración y no pueden hablar. La empresa dispone de un amplio servicio de vigilancia en el quinto piso. Han instalado aparatos de escucha en su casa y en su coche. Sus teléfonos están intervenidos. Hay micrófonos en su despacho. Prácticamente todo lo que dice se escucha y se graba en el quinto piso. Le siguen, y a veces también a su esposa. En estos momentos están aquí, en Washington. El caso es, Mitch, que la empresa es más que una simple empresa. Forma parte de un gran negocio, un negocio con enormes beneficios. Un negocio ilegal. Los socios no son los propietarios de la empresa.

Mitch volvió la cabeza para mirar fijamente a su interlocutor. El director contemplaba el estanque helado mientras hablaba.

—El caso es, Mitch, que el bufete Bendini, Lambert & Locke es propiedad de la familia del crimen organizado Morolto, de Chicago. La mafia. Cosa Nostra. Ahí es donde se toman las decisiones. Y esta es la razón por la que estamos aquí —dijo, al tiempo que estrujaba la rodilla de Mitch y le miraba fijamente a diez centímetros de su rostro—. Se trata de la mafia, Mitch, ilegal como el infierno.

—No puedo creerlo —dijo Mitch, helado de miedo, con una voz débil y temblorosa.

—Sí, lo cree —sonrió el director—. Sé que lo cree. Hace tiempo que sospecha. De ahí que hablara con Abanks en las Caimán y contratara a aquel canijo investigador, a quien los chicos del quinto piso asesinaron. Mitch, usted sabe que la empresa está podrida.

Mitch se inclinó hacia delante y apoyó los codos en las rodillas, mientras contemplaba el suelo entre sus zapatos.

—No puedo creerlo —susurró débilmente.

—Que nosotros sepamos, aproximadamente el veinticinco por ciento de los clientes de la empresa, es decir, sus clientes, son legítimos. Hay algunos abogados muy buenos en ese bufete, que realizan trabajos tributarios y financieros para clientes ricos. Es una fachada muy buena. La mayoría de los casos en los que usted ha trabajado hasta ahora son legítimos. Así es como funcionan. Contratan a un novato, lo atiborran de dinero, le compran un BMW, la casa y todo lo demás, comilonas y viajes a las Caimán, y le hacen trabajar como un negro en casos perfectamente legales. Auténticos clientes. Abogacía propiamente dicha. Esto se mantiene durante unos años y el novato no sospecha nada. Es una empresa magnífica, con unos individuos maravillosos. Al cabo de cinco o seis años, cuando los ingresos son verdaderamente cuantiosos, la empresa es propietaria de su hipoteca, tiene esposa e hijos y se siente muy seguro, dejan caer la bomba y le cuentan la verdad. Es un callejón sin salida. Es la mafia, Mitch. Esos individuos no se andan con pamplinas. Asesinan a uno de sus hijos, o a su esposa, poco les importa. Gana más dinero del que podría ganar en cualquier otro lugar. Le hacen chantaje porque tiene una familia, que para ellos no significa absolutamente nada. ¿Qué hace entonces, Mitch? Se queda en la empresa. No puede abandonarla. Si se queda, se convierte en millonario y se jubila joven con la familia intacta. Si intenta marcharse, acaba con su fotografía en la pared de la biblioteca del primer piso. Son muy persuasivos.

Mitch se frotó las sienes y empezó a temblar.

—Estoy seguro de que desea hacerme un sinfín de preguntas, de modo que seguiré hablando y le contaré todo lo que sé. Cada uno de los cinco abogados muertos quería abandonar la empresa cuando descubrió la verdad. No llegamos a hablar con los tres primeros porque, sinceramente, no sabíamos nada de la empresa hasta hace siete años. Han sabido ser discretos y actuar sin dejar huellas. Probablemente lo único que deseaban los tres primeros era abandonar la empresa, y lo lograron; en ataúdes. El caso de Hodge y Kozinski fue distinto. Ellos se pusieron en contacto con nosotros y, a lo largo de un año, tuvimos varias reuniones. A Kozinski le comunicaron la verdad cuando llevaba siete años en la empresa. Él se lo dijo a Hodge. Hablaron de ello entre sí a lo largo de un año. Kozinski estaba a punto de convertirse en socio y quería marcharse antes de que ocurriera. De modo que él y Hodge tomaron la fatal decisión de abandonar la empresa. Nunca sospecharon que los tres primeros hubieran sido asesinados, o por lo menos jamás nos lo mencionaron. Mandamos a Wayne Tarrance a Memphis para que se hiciera cargo de ellos. Tarrance es especialista en el crimen organizado, en Nueva York. Empezaban a estar realmente unidos, cuando ocurrió lo de las Caimán. Esos individuos de Memphis son muy eficaces, Mitch. Nunca lo olvide. Disponen de dinero y contratan a los mejores. De modo que después del asesinato de Hodge y de Kozinski, decidí ir a por la empresa. Si logramos cargarnos ese bufete, podremos procesar a todos los miembros significativos de la familia Morolto. Podría haber más de quinientas acusaciones. Evasión de impuestos, blanqueo de dinero, chantaje, etcétera. Podría destruir la familia Morolto y esto constituiría el golpe más devastador contra el crimen organizado de los últimos treinta años. Y todo lo que necesitamos, Mitch, está en los archivos de la tranquila empresa Bendini de Memphis.

—¿Por qué en Memphis?

—Buena pregunta. ¿Quién sospecharía de un pequeño bufete en Memphis, en Tennessee? No hay actividad mafiosa en aquella región. Se trata de una ciudad hermosa, tranquila y pacífica junto al río. También podían haber elegido Durham, Topeka o Wichita Falls. Pero escogieron Memphis. Además, es un lugar lo bastante grande como para que pase inadvertido un bufete de cuarenta miembros. Una elección perfecta.

—Quiere decir que todos los socios... —Sus palabras se perdieron en la lejanía.

—Sí, todos los socios lo saben y actúan en consecuencia. Sospechamos que la mayoría de los miembros asociados también lo saben, pero es difícil estar seguro de ello. Son tantas las cosas que no sabemos, Mitch... Desconozco la forma de operar de la empresa y el personal directamente involucrado. Pero sospechamos que allí se practican muchas actividades ilegales.

—¿Por ejemplo?

—Fraude fiscal. Se ocupan de todo el trabajo fiscal de la pandilla Morolto. Todos los años presentan unas bonitas e impecables declaraciones, en las que solo consta una fracción de sus ingresos. Blanquean cantidades industriales de dinero. Fundan empresas legales con dinero negro. Ese banco de Saint Louis, que es cliente de la empresa, ¿cómo se llama?

—Commercial Guaranty.

—Exacto. Propiedad de la mafia. La empresa se ocupa de todas sus gestiones jurídicas. Los ingresos de Morolto se estiman en unos trescientos millones anuales, procedentes del juego, la droga, la prostitución y todo lo demás. Todo al contado, por supuesto. La mayor parte del dinero va a esos bancos de las Caimán. ¿Cómo lo trasladan de Chicago a las islas? ¿Usted lo sabe? Sospechamos que utilizan el avión. Ese Lear dorado en el que ha viajado hasta aquí, vuela una vez por semana a Georgetown.

Mitch se incorporó y contempló a Tarrance, que estaba ahora de pie en el puente.

—¿Por qué no consigue órdenes judiciales y los detiene a todos?

—No podemos. Lo haremos, se lo aseguro. He mandado a cinco agentes a trabajar en este caso en Memphis y a otros tres aquí en Washington. Acabaré con ellos, Mitch, se lo prometo. Pero necesitamos a alguien dentro de la empresa. Son muy astutos. Tienen mucho dinero. Actúan con mucha cautela y no cometen errores. Estoy convencido de que necesitamos la ayuda de usted o la de algún otro miembro de la empresa. Necesitamos copias de los archivos, copias de las cuentas bancarias, copias de un sinfín de documentos, que solo pueden proceder del interior. De lo contrario, es imposible.

—Y yo he sido elegido...

—Y usted ha sido elegido. Si se niega, puede seguir su camino, ganar mucho dinero y, en general, tener mucho éxito como abogado. Pero no dejaremos de intentarlo. Esperaremos al nuevo asociado e intentaremos reclutarlo. Si no funciona, lo probaremos con alguno de los que ya llevan algún tiempo en la empresa. Alguien que tenga el valor, la ética y el amor propio para hacer lo que es justo. Tarde o temprano encontraremos a nuestro hombre, Mitch, y cuando esto ocurra le procesaremos a usted con todos los demás y con todo su éxito y riqueza irá a la cárcel. Lo lograremos, hijo, créame.

En aquel momento y en aquel lugar, Mitch le creyó.

—Señor Voyles, tengo frío. ¿Le importaría que camináramos?

—Por supuesto, Mitch.

Caminaron lentamente hacia la acera y se dirigieron al monumento a los caídos en Vietnam. Mitch miró por encima del hombro. Tarrance y el otro agente los seguían a una distancia prudencial. Otro agente vestido de color castaño oscuro estaba sentado de modo circunspecto en un banco de la acera.

—¿Quién fue Anthony Bendini? —preguntó Mitch.

—Se casó con una Morolto en mil novecientos treinta. Era yerno del viejo. En aquella época tenían una operación en Filadelfia y él estaba destinado allí. Entonces, por alguna razón, en los años cuarenta le mandaron a Memphis para abrir el negocio. Por lo que sabemos, era muy buen abogado.

Se le ocurrían infinidad de preguntas que exigían una respuesta urgente, pero procuró aparentar que conservaba la calma, el control y el escepticismo.

—¿Y Oliver Lambert?

—Un verdadero príncipe. El perfecto decano que, a la sazón, lo sabía todo sobre Hodge y Kozinski, incluidos los planes para eliminarlos. La próxima vez que vea al señor Lambert por la oficina, procure recordar que es un asesino a sangre fría. Claro que tampoco tiene otra alternativa. Si se negara a cooperar, encontrarían su cadáver flotando en algún lugar. Todos son igual, Mitch. Comenzaron como usted. Jóvenes, inteligentes, ambiciosos, hasta que de pronto se vieron atrapados en un callejón sin salida. De modo que se limitan a seguir la corriente, trabajar duro, presentar una magnífica fachada y aparentar que el bufete es eminentemente respetable. Casi todos los años contratan a un brillante estudiante de derecho de familia humilde, con una esposa que desee tener hijos, lo colman de dinero y lo incorporan a la empresa.

Mitch pensó en el dinero, en el excesivo salario para una pequeña empresa de Memphis, en el coche y en la hipoteca a bajo interés. Su intención había sido la de trabajar en Wall Street, pero había cambiado de opinión por el dinero. Solo por el dinero.

—¿Qué me dice de Nathan Locke?

—Locke es harina de otro costal —sonrió el director—. Era un niño pobre de Chicago y a los diez años ya trabajaba de mensajero para el viejo Morolto. Ha sido un golfo toda la vida. Se licenció en derecho a trancas y barrancas, y el viejo le mandó al sur, a trabajar con Anthony Bendini en el sector respetable de la organización criminal de la familia. Fue siempre un favorito del viejo.

—¿Cuándo murió Morolto?

—Hace once años, cuando había cumplido los ochenta y ocho. Tiene dos repugnantes hijos: Mickey, el bocazas, y Joey, el cura. Mickey vive en Las Vegas y juega un papel limitado en el negocio de la familia. Joey es el jefe.

Llegaron de pronto a un cruce de caminos. Al fondo, a la izquierda, el monumento a George Washington desafiaba erguido el frío viento. A la derecha, el camino conducía al muro. Había ahora un puñado de personas que lo contemplaban, en busca de los nombres de hijos, maridos o amigos. Mitch se encaminó hacia el muro. Andaban despacio.

—No comprendo cómo se las arregla la empresa para hacer tanto trabajo ilegal y mantenerlo oculto. Las oficinas están llenas de secretarias, administrativos y pasantes —comentó Mitch, sopesando las palabras.

—Buena observación, y lo cierto es que no estoy demasiado seguro. Creemos que funciona como dos empresas. Una legítima, con los nuevos asociados, la mayoría de las secretarias y el personal de apoyo. Por otra parte, los asociados más antiguos y los propios socios realizan el trabajo sucio. Hodge y Kozinski estaban a punto de facilitarnos un montón de información, pero no llegaron a lograrlo. Hodge le dijo a Tarrance que había un grupo de pasantes en el sótano que no sabía a ciencia cierta lo que hacían. Trabajaban directamente para Locke, Milligan, McKnight y algunos otros socios, sin que nadie supiera con exactitud en qué consistían sus actividades. Las secretarias están al corriente de todo y suponemos que algunas están involucradas. De ser así, probablemente cobran mucho y tienen demasiado miedo para hablar. Reflexione, Mitch. Si recibe un buen salario y generosas primas y sabe que si formula demasiadas preguntas o habla en exceso acabará en el río, ¿qué hará? Mantendrá la boca cerrada y se guardará el dinero.

Se detuvieron al principio del muro, en el lugar donde el granito negro comenzaba a elevarse, para extenderse a lo largo de ochenta metros, hasta descender del mismo modo en el otro extremo. A menos de veinte metros, una pareja de edad avanzada contemplaba el muro entre discretos sollozos. Estaban muy juntos, como para darse mutuamente calor y fuerza. La madre se agachó y colocó una fotografía enmarcada en blanco y negro al pie del muro. El padre depositó una caja de zapatos, llena de recuerdos de la escuela, junto al retrato. Programas de fútbol, fotografías escolares, cartas de amor, llaveros y una cadena de oro. Creció su llanto.

Mitch se volvió de espaldas al muro para contemplar el monumento a Washington. El director observaba sus ojos.

—¿Qué debo hacer? —preguntó Mitch.

—En primer lugar, mantener la boca cerrada. Si empieza a formular preguntas, su vida podría correr peligro. Así como la de su esposa. Absténganse de momento de tener hijos. Son blancos fáciles. Es preferible hacerse el tonto, como si todo fuera maravilloso y su intención fuera todavía la de convertirse en el mejor abogado del mundo. En segundo lugar, debe tomar una decisión. No ahora, pero pronto. Debe decidir si piensa o no cooperar. Si opta por ayudarnos, evidentemente se lo recompensaremos. De lo contrario, seguiremos vigilando la empresa hasta que decidamos intentarlo con otro miembro asociado. Como ya le he dicho, tarde o temprano encontraremos a alguien con amor propio y nos cargaremos a esos cabrones. Entonces, la organización criminal de la familia Morolto, tal como la conocemos, dejará de existir. Usted estará protegido, Mitch, y no tendrá que volver a trabajar en su vida.

—¿Qué vida? Si sobrevivo, estaré aterrorizado el resto de mis días. He oído historias de testigos supuestamente ocultos por el FBI. Al cabo de diez años, su coche estalla en mil pedazos cuando arrancaban por la mañana para dirigirse al trabajo. Los fragmentos del cadáver se desperdigan por tres manzanas. La mafia nunca olvida, señor director. Usted lo sabe.

—Nunca olvidan, Mitch. Pero le prometo que usted y su esposa estarán protegidos.

»Más vale que regrese, o empezarán a sospechar —dijo entonces el director, después de consultar su reloj—. Tarrance se pondrá en contacto con usted. Confíe en él, Mitch. Intenta salvarle la vida. Está plenamente autorizado para actuar en mi nombre. Todo lo que le diga es como si se lo dijera yo. Tiene poderes para negociar.

—¿Negociar qué?

—Las condiciones, Mitch. Lo que nosotros le demos, a cambio de lo que usted nos dé a nosotros. Nuestro objetivo es la familia Morolto y usted nos la puede entregar. Fije su precio, y el gobierno, a través del FBI, se lo pagará. Por supuesto, sea razonable. Y soy yo quien se lo dice, Mitch. A propósito, ahí le espera el taxi número mil setenta y tres, donde el otro le dejó —dijo entonces el director, después de haber caminado lentamente a lo largo del muro y detenerse junto al agente de la silla de ruedas—. Es el mismo conductor. Ahora es mejor que se marche. No volveremos a vernos, pero Tarrance se pondrá en contacto con usted dentro de un par de días. Por favor, piense en lo que le he dicho. No se convenza de que la empresa es invencible y de que seguirá para siempre, porque yo no lo permitiré. Entraremos en acción en un futuro próximo, se lo prometo. Solo espero que esté de nuestro lado.

—No comprendo lo que debo hacer.

—Tarrance lo tiene todo planeado. Dependerá mucho de usted y de lo que averigüe cuando esté comprometido.

—¿Comprometido?

—Así es, Mitch. Cuando se comprometa, no habrá vuelta atrás. Pueden ser más despiadados que cualquiera otra organización del planeta.

—¿Por qué me eligieron a mí?

—Teníamos que escoger a alguien... No, no es cierto. Le elegimos a usted porque tiene el valor necesario para alejarse de todo. Su única familia es su esposa. No tiene vínculos ni raíces. Todos los seres a los que ha querido le han decepcionado, a excepción de Abby. Se crió a sí mismo, y al hacerlo se convirtió en independiente y autosuficiente. No necesita a la empresa. Puede prescindir de ella. Es usted una persona muy dura y curtida para su edad. Además, es lo suficientemente inteligente para lograrlo, Mitch. No le atraparán. Esa es la razón por la que le elegimos. Adiós, Mitch. Gracias por haber venido. Ahora conviene que regrese.

Voyles dio media vuelta y se alejó rápidamente. Tarrance esperaba en el extremo del muro y saludó escuetamente a Mitch, como para indicarle que no tardarían en volver a verse.

20

Después de una escala obligatoria en Atlanta, el DC9 Delta aterrizó en la fría lluvia del aeropuerto internacional de Memphis. Aparcó junto a la puerta diecinueve y los hombres de negocios que abarrotaban el avión desembarcaron apresuradamente. Mitch solo llevaba su cartera y un ejemplar de *Esquire*. Vio a Abby que esperaba junto a las cabinas telefónicas y avanzó rápidamente entre la muchedumbre. Arrojó la cartera y la revista contra la pared y le dio un caluroso abrazo. Los cuatro días en Washington parecían una eternidad. Se besaron una y otra vez, y se susurraron al oído.

—¿Quieres salir conmigo? —preguntó Mitch.

—He dejado la cena sobre la mesa y el vino en la nevera —respondió.

Caminaron cogidos de la mano, abriéndose paso entre el gentío, en dirección a la recepción de equipaje.

—Tenemos que hablar y no podemos hacerlo en casa —dijo Mitch, en voz baja.

—¿Ah, sí? —replicó Abby, al tiempo que le estrujaba la mano.

—Sí. Tenemos que hablar largo y tendido.

—¿Qué ha ocurrido?

—Es largo de explicar.

—¿Por qué me habré puesto de pronto nerviosa?

—Conserva la serenidad y no dejes de sonreír. Nos están observando.

Abby sonrió y miró a su derecha.

—¿Quién nos observa?

—Te lo contaré dentro de un momento.

De pronto Mitch tiró de ella hacia la izquierda, cruzaron un torrente humano y se refugiaron en una oscura sala repleta de hombres de negocios que miraban la televisión copa en mano, a la espera de algún vuelo. Una pequeña mesa redonda, cubierta de jarras vacías de cerveza, acababa de quedar libre y se sentaron de espaldas a la pared, para poder controlar el bar y la sala. Estaban muy juntos el uno del otro y a un metro escaso de la mesa contigua. Mitch vigilaba la puerta y estudiaba el rostro de todos los que entraban.

—¿Cuánto tiempo vamos a estar aquí? —preguntó ella.

—¿Por qué?

Se quitó el abrigo de pieles y lo colocó en la silla al otro lado de la mesa.

—¿Qué es exactamente lo que estás buscando?

—No dejes de sonreír. Finge que me has echado mucho de menos. Por cierto, dame un beso.

Se besaron en la boca y sonrieron mirándose mutuamente a los ojos. Mitch la besó en la mejilla y volvió a concentrarse en la puerta. Se acercó un camarero, limpió la mesa y le pidieron un vaso de vino.

—¿Cómo te ha ido el viaje? —sonrió Abby.

—Aburrido. Ocho horas diarias de clases, durante cuatro días. A partir del segundo día, casi no me moví del hotel. Condensan seis meses de revisión de impuestos en treinta y dos horas.

—¿Tuviste oportunidad de visitar algún lugar interesante?

—Te he echado mucho de menos, Abby —respondió, con una sonrisa en los labios y una mirada embelesada—. Nunca en mi vida había echado tanto de menos a alguien. Te quiero. Creo que eres fantástica, absolutamente prodigiosa. No me gusta viajar solo y despertar en la cama de un hotel sin que tú estés a mi lado. Y tengo algo horrible que contarte.

Abby dejó de sonreír y Mitch miró lentamente a su alrededor. Junto a la barra había una triple hilera de individuos que miraban el partido entre los Knicks y los Lakers entre un gran vocerío. De pronto aumentó el ruido en el local.

—Te lo contaré todo —agregó Mitch—. Pero es muy probable que alguien ahora mismo nos esté observando. No pueden oír lo que decimos, pero pueden vernos. Procura sonreír de vez, en cuando, aunque no sea fácil.

Llegó el vino y Mitch comenzó a contar la historia, sin omitir ningún detalle. No repitió nada. Le habló de Anthony Bendini y del viejo Morolto, de la infancia de Nathan Locke en Chicago, de Oliver Lambert y de los chicos del quinto piso.

Abby, nerviosa, tomó un sorbo de vino y se esforzó en proyectar la imagen de una esposa normal, que había echado de menos a su marido y ahora escuchaba con enorme interés sus experiencias en el cursillo tributario. Contemplaba a la gente de la barra, saboreaba el vino y de vez en cuando sonreía, mientras Mitch le contaba lo del blanqueo de dinero y los abogados asesinados. Estaba muerta de miedo, respiraba con mucha irregularidad, pero escuchaba y disimulaba.

El camarero les sirvió otra copa de vino cuando empezaba a despejarse el bar. Una hora después de empezar a hablar, Mitch concluyó en un susurro:

—Y Voyles dijo que Tarrance se pondría en contacto conmigo dentro de unos días para saber si estoy dispuesto a cooperar. Entonces se despidió, dio media vuelta y se alejó.

—¿Y esto ocurrió el martes? —preguntó Abby.

—Sí. El primer día.

—¿Qué hiciste el resto de la semana?

—Dormir un poco, comer un poco y circular la mayor parte del tiempo con una persistente jaqueca.

—Creo que empieza a dolerme la cabeza.

—Lo siento, Abby. Mi intención era la de coger el primer

avión de regreso y contártelo todo. He pasado tres días completamente aturdido.

—Yo lo estoy ahora. No puedo creerlo, Mitch. Es como una pesadilla, pero mucho peor.

—Y esto es solo el principio. El FBI se lo toma muy en serio. ¿Por qué, si no, se molestaría el propio director en entrevistarse conmigo, un abogado novato e insignificante de Memphis, a diez grados bajo cero en un banco de hormigón de un parque? Ha asignado a este caso cinco agentes en Memphis y tres en Washington y dice que hará lo que sea necesario para acabar con la empresa. De modo que si me limito a mantener la boca cerrada, y a actuar como un buen abogado y fiel a Bendini, Lambert & Locke, un buen día aparecerán con órdenes de detención y nos meterán a todos en la cárcel. Y si me decido a cooperar, tú y yo abandonaremos Memphis en plena noche, después de entregar la empresa a los federales, para instalarnos en Boise, en Idaho, como señor y señora Wilbur Gates. No nos faltará dinero, pero tendremos que trabajar para evitar sospechas. Después de someterme a la cirugía plástica, trabajaré como maquinista en algún almacén y tú podrás trabajar a horas en algún parvulario. Tendremos dos o tres hijos y rezaremos todas las noches para que personas a las que nunca hemos conocido mantengan la boca cerrada y se olviden de nosotros. Viviremos todas las horas de todos los días con el miedo profundo de ser descubiertos.

—Esto es perfecto, Mitch, realmente perfecto —dijo Abby, con un gran esfuerzo para no llorar.

—Existe una tercera posibilidad —sonrió Mitch, al tiempo que miraba a su alrededor—. Podemos salir por esa puerta, comprar dos billetes para San Diego, cruzar sigilosamente la frontera y dedicarnos a comer tortillas el resto de la vida.

—¿A qué esperamos?

—Sin embargo, probablemente nos seguirán. Con mi suerte, Oliver Lambert nos estaría esperando en Tijuana con un comando de matones. No funcionaría. Era solo una idea.

—¿Y Lamar?

—No lo sé. Hace seis o siete años que está en la empresa, de modo que probablemente esté enterado. Avery es socio de la empresa y, por consiguiente, debe de estar plenamente involucrado en la conspiración.

—¿Y Kay?

—¿Quién sabe? Es sumamente probable que ninguna de las esposas lo sepa. Hace cuatro días que pienso en ello, Abby, y es una fachada maravillosa. La imagen de la empresa es exactamente la que se supone que debe tener. Puede engañar a cualquiera. A ti, a mí o a cualquier otro aspirante, nunca se nos ocurriría siquiera pensar en semejante operación. Es perfecto. Solo que ahora los federales lo saben.

—Y ahora los federales esperan que tú hagas el trabajo sucio para ellos. ¿Por qué te han elegido a ti, Mitch? Hay cuarenta abogados en la empresa.

—Porque yo no sabía nada. Era la víctima propiciatoria. El FBI no sabe a ciencia cierta cuándo los socios revelan la sorpresa a los miembros asociados y, por tanto, no podían arriesgarse con nadie. Yo era el recién llegado y me tendieron la trampa inmediatamente después de aprobar las oposiciones.

Abby se mordió el labio e hizo un esfuerzo para contener las lágrimas. Su mirada se perdió a través de la oscura sala, en dirección a la puerta del fondo.

—Y escuchan todo lo que decimos...

—No. Solo las llamadas telefónicas, lo que se dice en casa y las conversaciones en los coches. Estamos a salvo aquí, en la mayoría de los restaurantes y siempre podemos hablar en el jardín. Aunque sugiero que nos alejemos de la puerta de la casa. Para estar seguros, debemos ocultarnos tras el cobertizo del jardín y hablar en voz baja.

—¿Intentas hacerte el gracioso? Espero que no. No es momento para chistes. Estoy asustada, furiosa, confusa, muy enojada y no sé qué dirección tomar. Tengo miedo de hablar en mi propia casa. Debo sopesar todo lo que digo por teléfono, aunque se trate de un número equivocado. Cada vez que suena el teléfono, lo contemplo fijamente y siento escalofríos. Y ahora esto.

—Necesitas otra copa.

—Necesito diez copas.

—Espera un momento —dijo Mitch, al tiempo que le oprimía firmemente la muñeca—. Acabo de ver un rostro familiar. No te vuelvas.

—¿Dónde? —preguntó Abby, aguantando la respiración.

—Al otro extremo de la barra. Mírame y sonríe.

En un taburete junto a la barra había un rubio muy bronceado, con jersey alpino blanco y azul, que miraba atentamente la televisión. Parecía recién llegado de una estación de esquí. Pero Mitch había visto aquel bigote y aquellos mechones rubios, y aquella piel bronceada, en algún lugar de Washington. Le observó atentamente al amparo de la oscuridad. La luz azulada del televisor le iluminaba el rostro. Levantó la botella de cerveza, titubeó y de pronto dirigió la mirada al rincón, donde los McDeere estaban acurrucados.

—¿Estás seguro? —preguntó Abby, con los dientes apretados.

—Sí. Estaba en Washington, pero no recuerdo exactamente dónde. En realidad, le vi dos veces.

—¿Es uno de ellos?

—¿Cómo quieres que lo sepa?

—Marchémonos de aquí.

Mitch dejó un billete de veinte sobre la mesa y abandonaron el aeropuerto.

Al volante del Peugeot de su esposa, salió apresuradamente del aparcamiento, pagó al vigilante y emprendió a toda velocidad el camino de la ciudad. Después de cinco minutos de silencio, ella se le acercó para susurrarle al oído:

—¿Podemos hablar?

Mitch movió la cabeza.

—¿Qué tiempo ha hecho durante mi ausencia?

—Frío —respondió Abby mientras miraba por la ventana, después de levantar los ojos al cielo—. Puede que nieve un poco esta noche.

—En Washington no ha dejado de helar durante toda la semana.

Abby reaccionó como si aquella revelación la dejara verdaderamente pasmada.

—¿Nevaba? —preguntó con las cejas arqueadas y los ojos muy abiertos, aparentemente fascinada con la conversación.

—No. Solo hacía un frío muy intenso.

—¡Vaya coincidencia! Frío aquí y frío allí.

Mitch rió para sí y condujeron en silencio por el cinturón de la interestatal.

—Dime, ¿quién ganará la Super Bowl?

—Oiler.

—¿Eso crees? Yo pienso que vencerán los Redskins. En Washington no se habla de otra cosa.

—Caramba. Debe de ser una ciudad auténticamente fascinante.

Se hizo otro silencio. Abby se colocó el reverso de la mano frente a la boca y se concentró en las luces posteriores de los coches que los precedían. En aquel momento de desconcierto habría preferido jugársela en Tijuana. Su marido, tercero de su promoción —en Harvard—, cuyos servicios se disputaban las empresas de Wall Street, que podía haber ido a donde se le antojara, a cualquier bufete, ¡se había comprometido con... la mafia! Con el asesinato de cinco abogados en su haber, indudablemente no tendrían ningún reparo en eliminar a un sexto: ¡su marido! Entonces le vinieron a la mente las numerosas conversaciones que había mantenido con Kay Quin. La empresa prefería que sus miembros tuvieran hijos. La empresa permitía que las esposas trabajaran, pero no para siempre. La empresa no contrataba a nadie cuya familia tuviera dinero. La empresa exigía lealtad absoluta. La empresa tenía el índice de dimisiones más bajo del país. Por supuesto.

Mitch la observaba atentamente. Veinte minutos después de salir del aeropuerto, el Peugeot se estacionó frente a la casa, junto al BMW. Caminaron hacia la puerta cogidos de la mano.

—Mitch, esto es una locura.

—Sí, pero real. No desaparecerá.

—¿Qué vamos a hacer?

—No lo sé, cariño. Pero tenemos que hacerlo rápido y sin cometer ningún error.

—Tengo miedo.

—Yo estoy aterrorizado.

Tarrance no se hizo esperar. Una semana después de despedirse de Mitch junto al muro, le observó una fría mañana cuando se dirigía apresuradamente hacia el edificio federal en North Main, a ocho manzanas del edificio Bendini. Le siguió dos manzanas y entonces entró en un pequeño café, con una hilera de ventanas que daban a la calle, o avenida, como la denominaban. La calle mayor de Memphis era peatonal. Las baldosas habían sustituido al asfalto, al convertir la calle en la avenida Mid America. Algún que otro inútil árbol surgía entre las baldosas y desparramaba sus extremidades desnudas entre los edificios. Borrachos y nómadas urbanos deambulaban sin ton ni son de un extremo al otro de la avenida, pidiendo dinero y comida.

Tarrance estaba junto a una de las ventanas y vio que Mitch entraba a lo lejos en el edificio federal. Pidió un café y un buñuelo de chocolate. Consultó su reloj. Eran las diez de la mañana. Según el orden del día, en aquel momento Mitch tenía un caso ante el tribunal tributario. El secretario del juzgado le había dicho a Tarrance que la vista sería muy breve. Esperó.

Nada es breve en la audiencia. Al cabo de una hora, Tarrance se acercó un poco más a la ventana y observó las figuras apresuradas que circulaban a lo lejos. Vació su tercera taza de café, dejó dos dólares sobre la mesa y se colocó oculto junto a la puerta. Cuando Mitch llegaba por el otro lado de la avenida, se le acercó apresuradamente.

Mitch le vio y redujo momentáneamente la marcha.

—Hola, Mitch, ¿te importa que te acompañe?

—Claro que me importa, Tarrance. Es arriesgado, ¿no te parece?

Caminaban deprisa y sin mirarse.

—Fíjate en esa tienda de ahí —dijo Tarrance, señalando a la derecha—. Necesito un par de zapatos.

Ambos entraron en la zapatería de Don Pang.

Tarrance se dirigió al fondo de la tienda y se detuvo entre dos estanterías de Reeboks de imitación, a cuatro dólares noventa y nueve los dos pares. Mitch le siguió y cogió un par del cuarenta y cinco. Don Pang, u otro coreano, les miró con recelo pero no dijo nada. A través de las estanterías, vigilaban la puerta.

—Ayer recibí una llamada del director —dijo Tarrance, sin mover los labios—. Me preguntó por ti. Dijo que había llegado el momento de tomar una decisión.

—Dile que todavía me lo estoy pensando.

—¿Se lo has comunicado a los muchachos de la oficina?

—No. Aún no me he decidido.

—Me parece bien. No creo que debas comunicárselo —dijo, al tiempo que le entregaba una tarjeta de visita—. Guárdala. Hay dos números en el reverso. Llama a cualquiera de ellos desde una cabina. Te responderá un contestador automático. Limítate a decirme exactamente dónde y cuándo reunirme contigo.

Mitch se guardó la tarjeta en el bolsillo.

De pronto Tarrance se agachó.

—¿Qué ocurre? —exclamó Mitch.

—Creo que nos han descubierto. Acabo de ver a uno de los matones, que ha pasado por delante de la tienda y ha mirado al interior. Oye, Mitch, escúchame atentamente. Sal ahora conmigo de la tienda y cuando lleguemos a la puerta, mándame a la porra chillando y dame un empujón. Yo reaccionaré como si estuviera dispuesto a pelear y tú echas a correr en dirección a tu despacho.

—Vas a lograr que me maten, Tarrance.

—Haz lo que te digo. Cuando llegues al despacho, informa inmediatamente a los socios de lo ocurrido. Diles que te he acosado y que has huido tan pronto como has podido.

Al llegar a la calle, Mitch le empujó con más fuerza de la necesaria y exclamó:

—¡Aléjate de mí! ¡Y deja de importunarme!

A continuación corrió las dos manzanas que le separaban de Union Avenue y caminó hasta el edificio Bendini. Se detuvo en el lavabo del primer piso para recuperar el aliento. Se miró en el espejo y respiró hondo diez veces.

Avery hablaba por teléfono, con dos pilotos rojos encendidos y parpadeando. Una secretaria sentada en el sofá esperaba cuaderno en mano la retahíla de instrucciones.

—Le ruego que salga del despacho —le dijo Mitch—. Tengo que hablar con Avery en privado.

La secretaria se puso de pie, Mitch la acompañó al pasillo y cerró la puerta.

—¿Qué ocurre? —preguntó Avery, mirándole con mucha atención, después de colgar el teléfono.

—Acabo de ser acosado por el FBI, al salir del tribunal tributario —dijo Mitch, de pie junto al sofá.

—¡Maldita sea! ¿Quién ha sido?

—El mismo agente. Aquel individuo llamado Tarrance.

—¿Dónde ha tenido lugar el incidente? —preguntó Avery, al tiempo que descolgaba el teléfono.

—En la zona peatonal, al norte de la calle Union. Yo iba solo, sin meterme con nadie.

—¿Ha sido este el primer contacto desde el incidente anterior?

—Sí. Al principio no le he reconocido.

—Soy Avery Tolleson —dijo por teléfono—. Tengo que hablar inmediatamente con Oliver Lambert... No me importa que esté hablando por teléfono. Interrúmpalo inmediatamente.

—¿Qué ocurre, Avery? —preguntó Lambert.

—Hola, Oliver. Soy Avery. Disculpa la interrupción. Mitch McDeere está en mi despacho. Hace unos minutos, cuando regresaba de la audiencia, un agente del FBI le ha acosado en la zona peatonal... ¿Cómo? Sí, acaba de entrar en mi despacho y me lo ha contado... de acuerdo, ahí estaremos dentro de cinco minutos —dijo, antes de colgar el teléfono y dirigirse a Mitch—: Tranquilízate. No es la primera vez que ocurre.

—Lo sé, Avery, pero no tiene sentido. ¿Por qué se meten conmigo? Soy el más novato de la empresa.

—Es mero acoso, Mitch. Pura y simplemente. Solo acoso. Siéntate.

Mitch se acercó a la ventana y contempló el río a lo lejos. Avery mentía con mucha sangre fría. Había llegado el momento de oír aquello de «no dejan de incordiarnos». Tranquilízate, Mitch. ¿Tranquilizarse? Acababan de sorprenderle susurrando con un agente del FBI, en una zapatería. Y ahora debía actuar como si fuera un ignorante peón, acosado por las malévolas fuerzas del gobierno federal. ¿Acoso? En tal caso, ¿por qué le seguía un matón en un desplazamiento rutinario a la audiencia? Responde, Avery.

—Estás asustado, ¿no es cierto? —dijo Avery, mientras le colocaba el brazo sobre los hombros y miraba por la ventana.

—No es que esté asustado. Locke lo explicó todo la última vez. Pero me gustaría que me dejaran tranquilo.

—El asunto es grave, Mitch. No te lo tomes a la ligera. Vamos a hablar con Lambert.

Mitch siguió a Avery por el pasillo y a través del vestíbulo.

Un desconocido de traje negro les abrió la puerta y volvió a cerrarla. Lambert, Nathan Locke y Royce McKnight estaban de pie cerca de la pequeña mesa de conferencias. Al igual que en la ocasión anterior, había un magnetófono sobre la mesa. «Ojos negros» se sentó en la silla que presidía la mesa y miró fijamente a Mitch.

Hablaba en tono amenazador. Nadie sonreía.

—Dime, Mitch, ¿desde aquel primer encuentro en agosto, se ha puesto Tarrance o alguien del FBI en contacto contigo?

—No.

—¿Estás seguro?

—¡Maldita sea! ¡He dicho que no! —exclamó Mitch, golpeando la mesa—. ¿Queréis ponerme bajo juramento?

Locke quedó desconcertado, al igual que todos los demás. Durante los treinta segundos siguientes, se hizo un silencio tenso y agobiante. Mitch miró fijamente a «ojos negros», que retrocedió casi imperceptiblemente, al tiempo que movía la cabeza con indiferencia.

—Mitch, sabemos que esto es aterrador —intervino Lambert, con su reconocida capacidad diplomática y de mediación.

—Desde luego que lo es. Y no me gusta en absoluto. No me meto con nadie, trabajo como un esclavo noventa horas semanales con el único propósito de ser un buen abogado fiel a la empresa, y por alguna razón desconocida el FBI no deja de importunarme. Caballeros, creo que ha llegado el momento de que alguien me dé una explicación.

Locke pulsó el botón rojo del magnetófono.

—Hablaremos de eso dentro de un momento. Pero, en primer lugar, cuéntanos todo lo ocurrido.

—Es muy sencillo, señor Locke. A las diez de la mañana he ido andando al edificio federal, para presentarme ante el juez Kofer en representación de Malcolm Delaney. He estado en la audiencia aproximadamente una hora y, terminada la vista, he salido del edificio para regresar apresuradamente al despacho. La temperatura exterior es de unos siete grados bajo cero. A un par de manzanas de la calle Union, ese individuo llamado Tarrance ha aparecido inesperadamente, me ha agarrado del brazo y me ha obligado a entrar en una pequeña tienda. He empezado a golpearle sin olvidar, después de todo, que es un agente del FBI. Además, no quería organizar un escándalo. En el interior del comercio me ha dicho que quería hablar un momento conmigo. He logrado deshacerme de él y he corrido hacia la puerta. Me ha seguido, ha intentado agarrarme de nuevo y le he dado un empujón. Entonces he echado a correr hacia el despacho, he acudido a Avery y aquí estamos. Esto es todo lo ocurrido. Paso por paso, todo.

—¿De qué quería hablar?

—No ha tenido oportunidad de decírmelo. No estoy dispuesto a hablar con ningún agente del FBI, a no ser que disponga de una orden judicial.

—¿Estás seguro de que se trata del mismo agente?

—Creo que sí. Al principio no le he reconocido. No le había visto desde agosto. Pero dentro de la tienda me ha mostrado su placa y ha repetido su nombre. Ha sido entonces cuando he echado a correr.

Locke pulsó otro botón y se puso cómodo. Lambert se sentó a su espalda y le brindó una cálida sonrisa.

—Escucha, Mitch, te lo explicamos la última vez. La desfachatez de esos individuos crece de día en día. El mes pasado acosaron a Jack Aldrich cuando almorzaba en una pequeña cafetería de la segunda calle. No estamos seguros de lo que se proponen, pero Tarrance es un perturbado. Es un simple caso de acoso.

Mitch observaba sus labios, sin escuchar lo que decía. Mientras Lambert hablaba, pensaba en Hodge y en Kozinski, y en sus atractivas viudas y sus hijos en los funerales.

—El asunto es grave, Mitch —dijo «ojos negros», después de aclararse la garganta—. Pero no tenemos nada que ocultar. Podrían dedicarse a investigar a nuestros clientes, si sospechan que se ha cometido algún delito. Somos abogados. Puede que representemos a personas que juegan con la ley, pero no hemos hecho nada malo. Esto nos tiene a todos muy desconcertados.

—¿Qué queréis que haga? —preguntó sinceramente Mitch, con una sonrisa y abriendo las manos.

—No puedes hacer nada, Mitch —respondió Lambert—. Mantente alejado de ese individuo y echa a correr si le ves. Y cuando le veas, comunícanoslo inmediatamente.

—Eso es precisamente lo que ha hecho —dijo Avery, en su defensa.

Mitch aparentó sentirse tan indefenso como pudo.

—Puedes marcharte, Mitch —dijo Lambert—. Y no te olvides de mantenernos informados.

Salió solo del despacho.

DeVasher andaba de un lado para otro de su despacho, sin prestar atención a los socios.

—Os aseguro que miente. Está mintiendo. Ese cabrón miente. Sé que miente.

—¿Qué vio tu hombre? —preguntó Locke.

—Mi hombre vio algo distinto. Ligeramente distinto. Pero distinto. Asegura que McDeere y Tarrance entraron despreocupadamente en la zapatería. Sin ninguna intimidación física por parte de Tarrance. Ninguna en absoluto. Tarrance se le acercó, hablaron y ambos entraron sigilosamente en la tienda. Mi hombre afirma que se dirigieron al fondo de la tienda, donde permanecieron durante tres o cuatro minutos. Entonces otro de nuestros hombres pasó frente al escaparate, miró y no vio nada. Evidentemente, ellos le vieron a él, porque al cabo de pocos segundos aparecieron en la puerta, con McDeere empujando y chillando. Hay algo que no encaja, os lo aseguro.

—¿Le cogió Tarrance del brazo para obligarle a entrar en la zapatería? —preguntó Nathan Locke, con lentitud y precisión.

—Claro que no. He ahí el problema. McDeere entró voluntariamente, y cuando afirma que el agente le agarró del brazo, miente. Mi hombre cree que habrían permanecido más tiempo dentro de la zapatería si no nos hubieran visto.

—Pero no estás seguro de ello —dijo Nathan Locke.

—Maldita sea, claro que no estoy seguro. No me invitaron a que me reuniera con ellos en la zapatería.

DeVasher no dejaba de andar, mientras los abogados miraban al suelo. Desenvolvió un Roi-Tan y lo incrustó entre sus gruesos labios.

—Escucha, DeVasher, es muy posible que McDeere sea sincero y que tu hombre se haya confundido —dijo, por fin, Oliver Lambert—. Es perfectamente factible. Creo que McDeere se merece el beneficio de la duda.

DeVasher gruñó, e hizo caso omiso de la observación.

—¿Tienes constancia de que haya habido algún contacto desde agosto? —preguntó Royce McKnight.

—Ninguno, que nosotros sepamos, pero eso no significa que no hayan hablado, ¿no os parece? No descubrimos lo de los otros dos hasta que era casi demasiado tarde. Es imposible vigilar todos sus movimientos. Imposible. Tengo que hablar con él —dijo después de una pausa, sin dejar de pasear por detrás de su escritorio.

—¿Con quién?

—McDeere. Ha llegado el momento de que él y yo tengamos una pequeña conversación.

—¿Sobre qué? —preguntó Lambert, inquieto.

—Déjalo en mis manos, ¿de acuerdo? Limítate a no cruzarte en mi camino.

—Me parece un poco prematuro —dijo Locke.

—Tu opinión me importa un comino. Sois unos payasos y si la seguridad dependiera de vosotros, estaríais todos en la cárcel.

Mitch estaba en su despacho, con la puerta cerrada, contemplando las paredes. Se le empezaba a formar una jaqueca en la base del cráneo y sentía náuseas. Alguien llamó a la puerta.

—Adelante —dijo, sin levantar la voz.

Avery entró y se acerco al escritorio.

—¿Quieres almorzar conmigo?

—No, gracias. No tengo apetito.

—Escúchame, Mitch, sé que estás preocupado —dijo el socio, con las manos en los bolsillos del pantalón y una radiante sonrisa—. Tomémonos un descanso. Tengo una reunión en el centro de la ciudad. ¿Por qué no te reúnes conmigo a la una en el Manhattan Club? Almorzaremos relajadamente y charlaremos. Te he reservado el coche de la empresa. Te esperará en la puerta a la una menos cuarto.

—De acuerdo, Avery. ¿Por qué no? —sonrió débilmente Mitch, como si el detalle le hubiera conmovido.

—Bien. Nos veremos a la una.

A la una menos cuarto, Mitch salió del edificio y se dirigió al coche. El chófer le abrió la puerta y Mitch se acomodó en el asiento posterior. Alguien le esperaba en el interior del vehículo.

—Me llamo DeVasher, Mitch. Encantado de conocerte —dijo un individuo bajo, gordo y calvo, con una enorme papada, sentado en el asiento trasero, al tiempo que le tendía la mano.

—¿Me he confundido de coche? —preguntó Mitch.

—Claro que no. Tranquilízate.

El vehículo se puso en marcha.

—¿En qué puedo servirle? —preguntó Mitch.

—Basta con que me escuches. Tenemos que hablar un poco.

El conductor cogió Riverside Drive y se dirigió hacia el puente de Hernando De Soto.

—¿Adónde vamos? —preguntó Mitch.

—A dar un paseo. Tranquilo, hijo.

De modo que soy el número seis, pensó Mitch. Ha llegado mi hora. Pero no puede ser. Sus asesinatos anteriores habían sido mucho más imaginativos.

—Mitch, ¿me permites que te llame Mitch?

—Por supuesto.

—De acuerdo, Mitch. Soy el encargado de seguridad de la empresa y...

—¿Por qué necesita seguridad la empresa?

—Escúchame, hijo, y te lo explicaré. Gracias al viejo Bendini, la empresa dispone de un amplio programa de seguridad. Le obsesionaba la discreción y la seguridad. Mi trabajo consiste en proteger la empresa y, con franqueza, nos preocupa este asunto del FBI.

—También a mí.

—Claro. Estamos convencidos de que el FBI se propone infiltrarse en nuestra empresa con la esperanza de obtener información sobre algunos de nuestros clientes.

—¿Qué clientes?

—Algunos muy ricos, con subterfugios tributarios cuestionables.

Mitch asintió y contempló el río. Estaban ahora en Arkansas y la silueta de Memphis se perdía a su espalda en la lejanía. DeVasher dejó de hablar y se sentó como una rana, con las manos cruzadas sobre la barriga. Mitch esperó, hasta comprender que a DeVasher no le importaban las interrupciones en la conversación, ni los prolongados silencios. A unos cuantos kilómetros al otro lado del río, el vehículo abandonó la carretera interestatal, para seguir por un camino que giraba de nuevo hacia el este. A continuación entró en una pista de grava, que durante algo más de un kilómetro circulaba entre campos de alubias junto al río. De pronto, en la otra orilla, Memphis se hizo nuevamente visible.

—¿Adónde vamos? —preguntó Mitch, un tanto alarmado.

—Tranquilo. Quiero mostrarte algo.

Una tumba, pensó Mitch. El coche se detuvo junto a un terraplén, que descendía tres metros hasta la orilla. El paisaje era impresionante al otro lado del río. Se vislumbraba la parte superior del edificio Bendini.

—Vamos a dar un paseo —dijo DeVasher.

—¿Adónde?

—Vamos. No te preocupes.

DeVasher abrió la puerta y se dirigió a la parte posterior del vehículo. Mitch le siguió cautelosamente.

—Como te decía, Mitch, estamos muy preocupados por ese contacto con el FBI. Si hablas con ellos, se tomarán cada vez mayores libertades y quién sabe de lo que pueden ser capaces esos locos. Es imprescindible que nunca vuelvas a hablarles. ¿Comprendido?

—Sí. Lo comprendí después de la primera visita en agosto.

De pronto, DeVasher se le acercó a pocos centímetros de su rostro, con una perversa sonrisa.

—Tengo algo que te mantendrá en el buen camino —dijo, al tiempo que se sacaba un gran sobre del bolsillo del abrigo—. Echa una ojeada —agregó con una mueca, antes de volverle la espalda y alejarse.

Mitch se apoyó en el maletero y abrió nervioso el sobre. Contenía cuatro fotografías en blanco y negro, de veinte por veinticinco, muy bien contrastadas. En la playa, con la chica.

—¡Dios mío! —exclamó Mitch—. ¿Quién tomó estas fotos?

—¿Qué importa? Eres tú, ¿no es cierto?

No cabía ninguna duda. Rompió las fotos en mil pedazos y las arrojó en dirección a DeVasher.

—Tenemos muchas más en la oficina —dijo tranquilamente DeVasher—. Toda una colección. No queremos utilizarlas, pero si vuelves a hablar con Tarrance, o con cualquier otro federal, se las mandaremos a tu esposa. ¿Te gustaría que lo hiciéramos, Mitch? Imagina la reacción de tu encantadora esposa cuando se dirija al buzón en busca de su *Redbook* y sus catálogos, y se encuentre con un extraño sobre dirigido a ella. Piénsatelo, Mitch. La próxima vez que tú y Tarrance decidáis ir a compraros unos zapatos deportivos, piensa en nosotros, Mitch. Porque te estaremos observando.

—¿Quién ha visto estas fotos? —preguntó Mitch.

—El fotógrafo y yo, y ahora tú. Nadie las ha visto en la empresa y no pienso mostrárselas. Pero si vuelves a meter la pata, sospecho que circularán por el comedor a la hora del almuerzo. Juego duro, Mitch.

El joven se sentó sobre el maletero y se frotó las sienes. DeVasher se le acercó.

—Escucha, hijo, eres un joven muy inteligente y vas camino de ser muy rico. No lo eches a perder. Limítate a trabajar mucho, seguir la corriente, comprar nuevos coches, adquirir casas más grandes y todo lo demás. Como el resto de los muchachos. No pretendas ser un héroe. No me gustaría utilizar esas fotografías.

—De acuerdo. De acuerdo.

21

Durante diecisiete días y diecisiete noches, la turbulenta vida de Mitch y Abby McDeere se desenvolvió con absoluta tranquilidad, sin intromisión alguna por parte de Wayne Tarrance, ni ninguno de sus confederados. Volvió la rutina. Mitch trabajaba dieciocho horas diarias, todos los días de la semana, y solo salía del despacho para ir a su casa. Comía en la oficina. Avery mandaba a otros asociados a recoger mensajes, presentar solicitudes o aparecer en la audiencia. Mitch raramente abandonaba el despacho, su santuario de veinticinco metros cuadrados, donde estaba seguro de que Tarrance no podía alcanzarle. En la medida de lo posible, evitaba los vestíbulos, los lavabos y la sala de café. Estaba seguro de que le vigilaban. No sabía quiénes eran, pero tenía la seguridad de que un puñado de individuos se interesaba enormemente por sus movimientos. De modo que permanecía en su despacho, la mayor parte del tiempo con la puerta cerrada, trabajando incesantemente, facturando como un loco y procurando olvidar que el edificio tenía un quinto piso, con un cabrón bajo, gordo y malvado llamado DeVasher, en cuyo poder obraba una colección de fotografías que podían arruinarle la vida.

Con cada día que transcurría sin ningún percance, Mitch se recluía más en su aislamiento y crecía en él la esperanza de que tal vez el último episodio en la zapatería coreana hubiera asustado a Tarrance, o que quizá le hubieran expulsado del servicio. Puede que Voyles decidiera simplemente olvidar aquella operación y Mitch pudiera seguir felizmente el camino de la riqueza, convertirse en socio y comprar todo lo que se le antojara. Pero no era estúpido.

Para Abby, la casa se había convertido en una cárcel, aunque podía ir y venir a su antojo. Trabajaba más horas en la escuela, pasaba más tiempo paseando, e iba de compras por lo menos una vez por día. Observaba a todo el mundo y, en especial, a los hombres de traje oscuro que la miraban. Usaba gafas de sol incluso cuando llovía, para que no pudieran verle los ojos. Por la noche, después de cenar sola, se dedicaba a contemplar las paredes mientras esperaba a su marido y resistía la tentación de investigar. Podría examinar los teléfonos con una lupa. Los cables y los micrófonos no podían ser invisibles, se decía a sí misma. En más de una ocasión había pensado en conseguir un libro sobre el tema, para poder identificarlos, pero Mitch se había negado. Le había asegurado que estaban ahí y que cualquier intento de localizarlos podía tener consecuencias desastrosas.

De modo que circulaba sigilosamente por su casa, con la sensación de que alguien fisgaba en su intimidad y la convicción de que no duraría mucho tiempo. Ambos eran conscientes de la importancia de conducirse y hablar con normalidad. Procuraban mantener charlas inofensivas sobre el transcurso del día, el despacho y la escuela, el tiempo, y cosas por el estilo. Pero sus conversaciones carecían de entusiasmo, eran artificiosas y forzadas. Cuando Mitch estaba en la facultad, hacían el amor con frecuencia y mucho ruido; ahora apenas lo practicaban. Alguien los escuchaba.

Los paseos a medianoche, alrededor de la manzana, se convirtieron en un hábito. Todas las noches, después de comer un bocadillo y recitar unas frases previamente ensayadas sobre la necesidad de hacer ejercicio, salían a la calle. Soportaban el frío cogidos de la mano y hablaban de la empresa, del

FBI y de qué dirección tomar. La conclusión era siempre la misma: estaban en un callejón sin salida. No había solución alguna. Diecisiete días y diecisiete noches.

El día decimoctavo aportó una nueva peculiaridad. Mitch estaba agotado a las nueve de la noche y decidió irse a su casa. Había trabajado quince horas y media sin interrupción. A doscientos dólares la hora. Como de costumbre, cruzó los pasillos del segundo piso, llegó a la escalera y subió al tercer piso. Miró en todos los despachos, para ver quién estaba trabajando todavía. Nadie en el tercer piso. Subió al cuarto y siguió el pasillo rectangular, como si buscara algo. Todas las luces, menos una, estaban apagadas. Royce McKnight trabajaba hasta muy tarde. Mitch pasó sigilosamente por delante de la puerta, sin ser visto. La puerta de Avery estaba cerrada, e intentó girar la manecilla. Estaba cerrada con llave. Se dirigió a la biblioteca del fondo del vestíbulo, en busca de un libro que no necesitaba. Después de dos semanas de inspecciones nocturnas, no había descubierto ninguna cámara de circuito cerrado en los pasillos ni en los despachos. Decidió que se limitaban a escuchar. No veían lo que ocurría.

Se despidió de Dutch Hendrix en el portalón y se fue a su casa. Abby no le esperaba tan temprano. Abrió cuidadosamente la puerta lateral y penetró en la cocina. Encendió la luz. Ella estaba en el dormitorio. Entre la cocina y la sala de estar había un pequeño vestíbulo con un escritorio, donde Abby dejaba la correspondencia del día. Dejó cuidadosamente la cartera sobre el mismo y entonces lo vio: un gran sobre castaño dirigido a Abby McDeere, escrito con rotulador negro. Sin remitente. Escrito en mayúsculas, decía: NO DOBLAR, CONTIENE FOTOGRA-FÍAS. Primero se le paró el corazón y luego la respiración. Cogió el sobre. Estaba abierto.

Se le llenó la frente de sudor. Tenía la boca seca y un nudo en la garganta. Su corazón reemprendió la marcha, con la fuerza de un martillo de percusión. Su respiración era honda y dolorosa. Sentía náuseas. Se retiró lentamente del escritorio, con el sobre en la mano. Está en cama, pensó. Dolorida, enferma, devastada y furiosa. Se secó la frente e intentó recomponerse. Afróntalo como un hombre, se dijo a sí mismo.

Estaba en cama, leyendo un libro, con la televisión encendida. El perro estaba en el jardín. Mitch abrió la puerta y Abby se incorporó horrorizada. Estuvo a punto de chillar al intruso, hasta que le reconoció.

—¡Me has asustado, Mitch!

Sus ojos reflejaron primero miedo y luego alegría. No había llorado. Parecía estar bien, normal. Ningún dolor. Ningún enojo. Mitch no podía hablar.

—¿Cómo has venido tan temprano? —preguntó, sentándose en la cama, ahora con una sonrisa.

¿Una sonrisa?

—Vivo aquí —respondió débilmente.

—¿Por qué no me has llamado?

—¿Tengo que llamar antes de regresar a mi casa?

Su respiración era ahora casi normal. ¡Ella estaba bien!

—Estaría bien que lo hicieras. Ven a darme un beso.

Mitch se echó en la cama y la besó.

—¿Qué es esto? —preguntó, sin darle importancia, al tiempo que le entregaba el sobre.

—Dímelo tú. Va dirigido a mí, pero no había nada en el interior. Absolutamente nada.

Abby cerró el libro y lo dejó sobre la mesilla de noche.

¡Absolutamente nada! Mitch le sonrió y volvió a besarla.

—¿Esperas que alguien te mande fotografías? —preguntó, con toda inocencia.

—No, que yo sepa. Debe de tratarse de un error.

Casi podía oír a DeVasher riéndose en aquel momento en el quinto piso. Aquel pequeño cabrón se encontraba en alguna habitación oscura llena de cables y aparatos, con unos auriculares en la enorme pelota que tenía por cabeza, sin poder controlar las carcajadas.

—Es extraño —se limitó a decir Mitch.

Abby se puso unos tejanos y señaló el jardín. Mitch asintió. La señal era simple: bastaba con señalar o mover la cabeza en dirección al jardín.

Mitch dejó el sobre encima del escritorio y, por un momento, acarició la escritura. Probablemente la de DeVasher. Tuvo la sensación de oír sus carcajadas. Casi podía ver su abultado rostro con una perversa sonrisa. Probablemente las fotografías habían circulado por el comedor de los socios. Imaginaba cómo Lambert, McKnight, e incluso Avery, las habrían admirado mientras tomaban café y postre.

Ojalá disfrutaran de ellas, maldita sea. Ojalá disfrutaran de los pocos meses restantes de sus brillantes, provechosas y felices carreras jurídicas.

Abby pasó junto a él y la agarró de la mano.

—¿Qué hay para cenar? —le preguntó, para complacer a los que escuchaban.

—¿Por qué no salimos, para celebrar que has regresado a una hora respetable?

—Buena idea —respondió Mitch, cuando cruzaban la sala.

Salieron por la puerta posterior, cruzaron el jardín y penetraron en la oscuridad.

—¿Qué ocurre? —preguntó Mitch.

—Has recibido una carta de Doris. Dice que está en Nashville, pero que regresará a Memphis el día veintisiete. Dice que tiene que verte. Es importante. La carta es muy breve.

—¡El veintisiete! Eso era ayer.

—Lo sé. Supongo que ya está en la ciudad. Me pregunto qué querrá.

—Sí, y yo me pregunto dónde estará.

—Dice que su marido tiene un contrato en la ciudad.

—Bien. Ella nos encontrará —dijo Mitch.

Nathan Locke cerró la puerta de su despacho y le indicó a DeVasher una mesa de conferencias, junto a la ventana. Se odiaban mutuamente y no hacían ningún esfuerzo para ser cordiales. Pero los negocios son los negocios y recibían órdenes del mismo individuo.

—Lazarov me ha ordenado que hable contigo a solas —dijo DeVasher—. He pasado los últimos dos días con él en Las Vegas y está muy preocupado. Todos lo están, Locke, y confía en ti más que en cualquier otro de la empresa. Siente más aprecio por ti que por mí.

—Es comprensible —respondió Locke, sin sonreír.

Se estrecharon los surcos negros alrededor de sus ojos y miró fijamente a DeVasher.

—En todo caso, hay ciertas cosas de las que quiere que hablemos.

—Te escucho.

—McDeere miente. Sabes que Lazarov siempre ha presumido de tener un topo dentro del FBI. Pues bien, yo nunca le he creído y, en gran parte, sigo sin creerlo. Pero según él, su contacto le ha informado de que tuvo lugar algún tipo de reunión secreta entre McDeere y ciertos peces gordos del FBI, cuando tu chico estaba en Washington en enero. Nosotros estábamos allí, pero es imposible controlar a alguien permanentemente sin ser descubierto. Cabe la posibilidad de que lograra burlar durante un rato nuestra vigilancia.

—¿Tú lo crees?

—No tiene importancia lo que yo crea. Lazarov lo cree y eso es lo que cuenta. En todo caso, me ha ordenado elaborar planes preliminares para... bueno, deshacernos de él.

—¡Maldita sea, DeVasher! No podemos seguir eliminando gente.

—Solo planes preliminares, nada grave. Le dije a Lazarov que lo consideraba exageradamente prematuro y que sería un error. Pero están preocupados, Locke.

—Eso no puede seguir así, DeVasher. ¡Maldita sea! Hay

que pensar en nuestra reputación. Nuestro índice de mortalidad es mayor que el de las plataformas petrolíferas. Comenzarán a circular rumores. Llegará el momento en que ningún estudiante de derecho en su sano juicio querrá trabajar para nosotros.

—No creo que eso deba preocuparte. Lazarov ha dado órdenes de que no se contrate a nadie. Me ha ordenado que te lo diga. También quiere saber cuántos miembros asociados ignoran todavía la realidad.

—Creo que son cinco. Veamos: Lynch, Sorrell, Buntin, Myers y McDeere.

—Olvídate de McDeere. Lazarov está convencido de que sabe mucho más de lo que suponemos. ¿Estás seguro de que los otros cuatro no saben nada?

—Nosotros no se lo hemos dicho —susurró Locke, después de unos momentos de reflexión—. Vosotros sois los que escucháis y vigiláis. ¿Habéis oído algo?

—Nada de esos cuatro. Parecen estar en Babia y actúan como si no sospecharan absolutamente nada. ¿Puedes despedirlos?

—¡Despedirlos! Son abogados, DeVasher. No se despide a los abogados. Son miembros leales de la empresa.

—La empresa está cambiando, Locke. Lazarov quiere que se despida a los que no saben nada y que no se contrate a nadie nuevo. Es evidente que los federales han cambiado de estrategia y ha llegado el momento de que nosotros también cambiemos. Lazarov quiere que se replieguen las fuerzas y se cierren las brechas. No podemos permanecer inactivos, a la espera de que recluten a nuestros muchachos.

—Despedirlos —repitió Locke, con incredulidad—. Esta empresa no ha despedido nunca a ningún abogado.

—Muy conmovedor, Locke. Hemos eliminado a cinco, pero no hemos despedido a ninguno. Eso está muy bien. Dispones de un mes para hacerlo, o sea que ya puedes ir pensando en un buen pretexto. Sugiero que despidas a los cuatro al mismo tiempo. Diles que has perdido un enorme contrato y te ves obligado a reducir personal.

—Nosotros tenemos clientes, no contratos.

—Bien, de acuerdo. El más importante de tus clientes te ordena que despidas a Lynch, Sorrell, Buntin y Myers. Ahora empieza a hacer los planes oportunos.

—¿Cómo podemos despedir a esos cuatro sin despedir también a McDeere?

—Algo se te ocurrirá, Nat. Dispones de un mes. Échalos a la calle y no contrates a nadie. Lazarov quiere un pequeño y ágil equipo, en el que todos sean de plena confianza. Está asustado, Nat. Asustado y furioso. No es preciso que te recuerde lo que ocurriría si a uno de tus muchachos le diera por hablar.

—No, no es preciso que me lo recuerdes. ¿Qué se propone respecto a McDeere?

—De momento, que todo siga tal cual. Le escuchamos día y noche, y hasta ahora ese muchacho no ha dicho una palabra a su mujer ni a nadie. ¡Ni palabra! Tarrance le ha acosado en dos ocasiones y te lo ha comunicado inmediatamente. Todavía creo que la segunda reunión fue algo sospechosa y andamos con pies de plomo. Lazarov, por otra parte, insiste en que tuvo lugar una reunión en Washington. Intenta verificarlo. Dijo que su contacto no sabía gran cosa, pero procuraba averiguarlo. Si se confirma que McDeere se reunió con los federales y no lo comunicó, estoy seguro de que Lazarov me ordenará actuar con rapidez. De ahí los planes preliminares para eliminar a McDeere.

—¿Cómo piensas hacerlo?

—Todavía es demasiado pronto. No he tenido tiempo de pensarlo.

—Sabrás que él y su esposa van de vacaciones a las Caimán dentro de un par de semanas. Se hospedarán en uno de los apartamentos, como de costumbre.

—No lo haríamos de nuevo en las islas. Demasiado sospechoso. Lazarov me ha ordenado que quede embarazada.

—¿La esposa de McDeere?

—Sí. Quiere que tengan un hijo, para tenerlos más atrapados. Ella toma la píldora, de modo que tendremos que entrar en la casa, sustraer la cajita y reemplazar las pastillas por placebos.

Esto provocó un pequeño indicio de tristeza en aquellos grandes ojos negros, que miraron por la ventana.

—¿Qué diablos está ocurriendo, DeVasher? —preguntó suavemente.

—Esta empresa está a punto de cambiar, Nat. Por lo que parece, los federales están sumamente interesados y no dejan de picotear. ¿Quién sabe? Puede que el día menos pensado uno de tus muchachos muerda el anzuelo y tengas que abandonar precipitadamente la ciudad en plena noche.

—No puedo creerlo, DeVasher. Uno de nuestros abogados tendría que estar loco para arriesgar su vida y su familia a cambio de unas promesas de los federales. Estoy convencido de que no ocurrirá. Los muchachos son demasiado listos y ganan demasiado dinero.

—Espero que tengas razón.

22

El agente inmobiliario se apoyaba contra el fondo del ascensor y admiraba la parte posterior de la minifalda de cuero negro. La siguió con la mirada hasta casi la altura de las
rodillas, donde acababa la falda y comenzaban las costuras
de unas medias de seda negra, que serpenteaban hasta los tacones negros de unos extravagantes zapatos, con un pequeño lazo rojo sobre los dedos. Volvió a subir lentamente por
las costuras, pasó al cuero, hizo una pausa para admirar la
redondez del trasero y siguió ascendiendo al jersey rojo de
cachemira, que desde donde lo observaba no revelaba gran
cosa, pero que era muy impresionante por delante, como
había podido comprobar en el vestíbulo. El cabello le llegaba a la altura de las paletillas y resaltaba de maravilla sobre el rojo. Sabía que era teñido, pero junto a la minifalda de
cuero, las costuras, los extravagantes tacones y el ceñido jersey
ajustado a la redondez de sus protuberancias delanteras, la
convertían en una mujer con la que sabía que deseaba acostarse. Quería que se quedara en el edificio. Lo único que ella
pretendía era alquilar un pequeño despacho. El alquiler era
negociable.

El ascensor se detuvo. La puerta se abrió y él la siguió al
pequeño pasillo.

—Por aquí —dijo, mientras pulsaba un interruptor.

En la esquina la adelantó, e introdujo una llave en una antigua puerta de madera.

—Son solo dos habitaciones —dijo, al tiempo que pulsaba otro interruptor—. Unos veinte metros cuadrados.

Tammy se acercó a la ventana y contempló el paisaje.

—Me gusta la vista —dijo.

—Sí, es bonita. La alfombra es nueva. Las paredes se pintaron en otoño. El lavabo está al fondo del pasillo. Es un lugar agradable. El conjunto del edificio ha sido renovado en los últimos ocho años —decía, sin dejar de contemplar las negras costuras.

—No está mal —dijo Tammy, sin dejar de mirar por la ventana, ni referirse a nada de lo que había mencionado—. ¿Cómo se llama ese edificio?

—Es el Cotton Exchange. Uno de los más antiguos de Memphis. Es una zona de mucho prestigio.

—¿Cuánto prestigio tiene el alquiler?

El agente se aclaró la garganta y levantó una carpeta, que no miró. Ahora estaba embaucado con los tacones.

—El caso es que el despacho es muy pequeño. ¿Para qué ha dicho que lo necesitaba?

—Trabajo administrativo. Gestoría —respondió, mientras se dirigía a la otra ventana, haciendo caso omiso del agente, que seguía todos sus movimientos.

—Comprendo. ¿Para cuánto tiempo lo necesita?

—Seis meses, con opción para un año.

—Bien, para seis meses podemos alquilarlo por tres cincuenta mensuales.

Tammy no se inmutó, ni dejó de mirar por la ventana. Descalzó el pie derecho y se frotó la pantorrilla izquierda. El agente pudo comprobar que la costura seguía alrededor del talón y por debajo del pie. Las uñas de los dedos de los pies eran... rojas. Desplazó el trasero a la izquierda y lo apoyó en la repisa de la ventana. Al agente le temblaba la carpeta que tenía en las manos.

—Le daré dos cincuenta al mes —dijo con autoridad.

Se aclaró de nuevo la garganta. Era absurdo ser avaricioso. Aquellos pequeños cuartos eran un espacio muerto, sin ninguna utilidad para nadie, y hacía años que estaban libres. Sería útil tener a alguien en el edificio que se dedicara al trabajo administrativo. Puede que incluso él utilizara sus servicios.

—Trescientos; es lo mínimo que puedo aceptar. Este edificio está muy solicitado. En estos momentos, el noventa por ciento de los locales están ocupados. Trescientos mensuales es ya excesivamente barato. Apenas cubrimos gastos.

De pronto se dio la vuelta y ahí estaban. Delante de sus narices, con la lana roja ceñida a su alrededor.

—El anuncio decía que disponían de despachos amueblados —dijo Tammy.

—Podemos amueblar este —respondió el agente, ansioso por cooperar—. ¿Qué necesita?

Antes de responder, miró a su alrededor.

—Aquí un escritorio con cajones y unos cuantos ficheros. Un par de sillas para los clientes. Nada del otro mundo. En el otro cuarto instalaré una fotocopiadora, no necesita muebles.

—De acuerdo —sonrió.

—Y pagaré los trescientos mensuales, amueblado.

—No hay ningún inconveniente —respondió, mientras abría una carpeta, de la que extrajo un contrato en blanco, que colocó sobre una mesa plegable y empezó a escribir—. ¿Nombre?

—Doris Greenwood.

Doris Greenwood era el nombre de su madre y el suyo había sido Tammy Inez Greenwood hasta tropezarse con Buster Hemphill, que más adelante se había cambiado legalmente el nombre por el de Elvis Aaron Hemphill, y las cosas le habían ido de mal en peor desde entonces. Su madre vivía en Effingham, en Illinois.

—Muy bien, Doris —dijo con supuesto arregosto, como

si acabaran de romper el hielo y su relación fuera cada vez más íntima—. ¿Dirección?

—¿Qué falta le hace? —exclamó, irritada.

—Bueno, necesitamos esa información.

—No es de su incumbencia.

—Muy bien, muy bien, olvidémoslo —dijo, al tiempo que tachaba aquella parte del contrato y examinaba el resto—. Veamos. Lo fecharemos hoy, dos de marzo, por un período de seis meses, hasta el dos de septiembre. ¿De acuerdo?

Ella asintió y encendió un cigarrillo, mientras el agente leía el párrafo siguiente.

—Necesitamos un depósito de trescientos dólares y el alquiler del primer mes por adelantado.

De un bolsillo de la ceñida falda de cuero negro sacó un fajo de billetes. Contó seis de cien dólares y los puso sobre la mesa.

—Un recibo, por favor —ordenó.

—Por supuesto —respondió el agente, sin dejar de escribir.

—¿En qué piso estamos? —preguntó Tammy, mientras se dirigía de nuevo a la ventana.

—Es el noveno. El alquiler aumenta en un diez por ciento si el pago se demora más allá del día quince. Nos reservamos el derecho de entrar a cualquier hora razonable para inspeccionar el local. Está prohibida su utilización para actividades ilegales. Los servicios y el seguro del contenido corren por su cuenta. Dispone de una plaza en el aparcamiento situado al otro lado de la calle y aquí tiene dos llaves. ¿Alguna pregunta?

—Sí. ¿Qué ocurre si trabajo a horas inusuales? Por ejemplo, muy tarde por la noche.

—No hay inconveniente alguno. Puede ir y venir a su antojo. Por la noche, el guarda de seguridad en la puerta de Front Street le facilitará la entrada.

Tammy colocó el cigarrillo entre sus pegajosos labios y se acercó a la mesa. Examinó el contrato, titubeó y firmó con el nombre de Doris Greenwood.

Cerraron la puerta con llave y el agente la siguió atentamente hasta el ascensor.

A las doce del mediodía del día siguiente había llegado la curiosa colección de muebles, y Doris Greenwood, de Greenwood Services, colocó la máquina de escribir alquilada junto al teléfono alquilado, sobre el escritorio. Sentada frente a la máquina y con la cabeza ligeramente ladeada a la izquierda, podía ver por la ventana el tráfico de Front Street. Llenó los cajones del escritorio con cuartillas, cuadernos, lápices y otros utensilios. Colocó revistas sobre los ficheros y encima de la mesilla, situada entre las dos sillas donde se instalarían los clientes.

Alguien llamó a la puerta.

—¿Quién es? —preguntó Tammy.

—La fotocopiadora —respondió una voz.

Corrió el pestillo y abrió la puerta. Un individuo bajo e hiperactivo irrumpió en el cuarto, miró a su alrededor y dijo, con malos modales:

—Bueno, ¿dónde la quiere?

—Ahí —respondió Tammy, señalando el vacío cuarto de siete metros cuadrados, al que se accedía por un marco desprovisto de puerta.

Dos jóvenes de uniforme azul maniobraban el carrito sobre el que transportaban la fotocopiadora. Gordy dejó los documentos sobre la mesa.

—Es una máquina muy grande para un lugar tan pequeño —dijo—. Realiza noventa copias por minuto, con colector y alimentador automático. Es grande.

—¿Dónde hay que firmar? —preguntó ella, sin prestar atención a sus palabras.

—Seis meses, a dos cuarenta mensuales —respondió Gordy, mientras señalaba con el bolígrafo—. Esto incluye las revisiones y el mantenimiento, así como quinientas hojas de papel para los dos primeros meses. ¿Quiere papel pequeño o grande?

—Grande.

—Debe realizar el primer pago el día diez y en la misma fecha de los cinco meses siguientes. El manual está en la bandeja. Llámeme si hay algo que no comprenda.

Antes de abandonar el despacho, los ayudantes contemplaron boquiabiertos los ceñidos vaqueros descoloridos y los tacones rojos. Gordy arrancó la página amarilla y se la entregó.

—Gracias por su atención —dijo.

A continuación, Tammy cerró la puerta con llave. Entonces se dirigió a la ventana situada junto al escritorio y miró hacia el norte. A dos manzanas, al otro lado de la calle, se vislumbraban los pisos cuarto y quinto del edificio Bendini.

Pasaba la mayor parte del tiempo a solas, imbuido en sus libros y montones de documentos. No tenía tiempo para nadie, a excepción de Lamar. Era consciente de que su aislamiento no pasaba inadvertido. Por consiguiente, trabajaba más que nunca. Tal vez no levantaría sospechas si facturaba veinte horas diarias. Puede que el dinero actuara como aislante.

Nina le dejó una pizza fría en una caja, a la hora del almuerzo. Mitch se la comió mientras ordenaba el escritorio. Llamó a Abby. Le dijo que iba a visitar a Ray y que regresaría a Memphis el domingo por la noche. Salió por la puerta lateral y se dirigió al aparcamiento.

Durante tres horas y media circuló a toda velocidad por la interestatal cuarenta, con la mirada fija en el retrovisor. Nada. No vio a nadie. Pensó que tal vez se habrían limitado a hacer una llamada y le esperarían en algún lugar próximo a su destino. En Nashville, giró de pronto y se dirigió al centro de la ciudad. Con la ayuda de un mapa en el que había marcado la ruta, entraba y salía del tráfico, giraba en redondo cuando las circunstancias se lo permitían y, en general, conducía como un demente. Al sur de la ciudad, entró en un complejo residencial y circuló lentamente entre los edificios. Era un lugar bastante agradable. Los aparcamientos estaban limpios y los rostros eran blancos. Todos. Aparcó cerca de la oficina y cerró el BMW. La cabina contigua a la piscina cubierta funcionaba. Llamó un taxi y dio una dirección a dos manzanas de donde se encontraba. Corrió entre los edificios, a lo largo de un callejón, y llegó al mismo tiempo que el taxi.

—A la estación de autobuses Greyhound —le dijo al taxista—. Y dese prisa. Solo dispongo de diez minutos.

—Tranquilo, amigo. La estación está a seis manzanas.

Mitch se repantigó en el asiento posterior y observó el tráfico. El taxista conducía con lentitud y aplomo, hasta que a los siete minutos giró por la calle ocho y paró frente a la estación. Mitch dejó dos billetes de cinco en el asiento delantero y entró apresuradamente en la terminal. Compró un billete de ida en el autobús de las cuatro y media a Atlanta. Según el reloj de la pared, eran las cuatro y treinta y un minutos. La taquillera señaló en dirección a unas puertas batientes.

—Autobús número cuatrocientos cincuenta y cuatro —dijo—. Está a punto de salir.

El conductor cerró la puerta del compartimiento de equipaje, cogió su billete y subió al vehículo después de Mitch. Las tres primeras hileras estaban ocupadas por negros ancianos. Había otra docena de pasajeros dispersos por la zona posterior del autobús. Mitch avanzó lentamente por el pasillo y miró todos los rostros, sin fijarse en ninguno. Se instaló junto a una ventana, en la cuarta hilera del fondo. Se puso unas gafas oscuras y volvió la cabeza. Nadie. ¡Maldita sea! ¿Habría subido al autobús equivocado? Miraba atentamente por las ventanas oscurecidas, conforme el vehículo avanzaba velozmente entre el tráfico. El autobús paraba en Knoxville. Puede que allí le esperara su contacto.

Cuando llegaron a la carretera y el vehículo alcanzó su velocidad de crucero, apareció de pronto un individuo que usaba vaqueros y camisa de madrás, que se sentó junto a Mitch. Era Tarrance. Mitch se sintió más relajado.

—¿Dónde te habías metido? —le preguntó.

—En el lavabo. ¿Los has despistado? —dijo Tarrance en voz baja, sin dejar de observar las nucas de los pasajeros.

Ninguno escuchaba. Nadie podía oírlos.

—Nunca los veo, Tarrance. De modo que no puedo saber si los he despistado. Pero creo que en esta ocasión tendrían que ser superhombres para no haberme perdido.

—¿Has visto a nuestro hombre en la terminal?

—Sí. Junto a las cabinas telefónicas, con una gorra roja de los Falcon. Un negro.

—Exacto. Habría dado la alarma si le siguieran.

—Me ha indicado que prosiguiera.

Tarrance llevaba unas gafas plateadas de cristales reflectantes, bajo una gorra de béisbol verde del Michigan State. Mitch olía incluso el zumo de fruta fresco.

—Parece que hoy no vas de uniforme —dijo Mitch, sin sonreír—. ¿Te ha dado permiso Voyles para vestir así?

—Olvidé preguntárselo. Se lo comentaré por la mañana.

—¿El domingo por la mañana? —exclamó Mitch.

—Por supuesto. Querrá saberlo todo acerca de nuestro pequeño viaje en autobús. He hablado con él durante una hora, antes de salir de la ciudad.

—Bien, lo primero es lo primero. ¿Qué pasa con mi coche?

—Lo recogeremos dentro de unos minutos y lo cuidaremos. Estará en Knoxville cuando lo necesites. No te preocupes.

—¿Estás seguro de que no nos descubrirán?

—Imposible. No te ha seguido nadie desde Memphis, ni hemos detectado nada en Nashville. Estás más limpio que una patena.

—Perdona que me preocupe. Pero después de la farsa de la zapatería, sé que no estáis exentos de cometer estupideces.

—De acuerdo, fue un error...

—Un gran error. Podría significar mi inclusión en la lista de los condenados.

—Tu reacción fue impecable. No volverá a ocurrir.

—Promételo, Tarrance. Promete que nadie volverá jamás a acercarse a mí en público.

Tarrance contempló el pasillo y asintió.

—No, Tarrance. Necesito oírlo. Promételo.

—De acuerdo, de acuerdo. No volverá a ocurrir. Te lo prometo.

—Gracias. Ahora tal vez pueda comer en cualquier restaurante sin temor a ser acosado.

—Ha quedado perfectamente claro.

Un negro anciano se les acercó lentamente con un bastón, sonrió y siguió hacia el fondo del pasillo. Se oyó que se cerraba la puerta del lavabo. El Greyhound entró en la vía rápida y adelantó velozmente a los conductores respetuosos de la ley.

Tarrance ojeaba una revista, mientras Mitch contemplaba el paisaje. Después de satisfacer sus necesidades, el anciano del bastón regresó a su asiento de primera fila.

—¿A qué has venido? —preguntó Tarrance, sin dejar de pasar páginas.

—No me gustan los aviones. Utilizo siempre el autobús.

—Comprendo. ¿Por dónde quieres que empecemos?

—Voyles dijo que tenías un plan.

—Así es. Solo necesito a un quarterback.

—Los buenos son muy caros.

—Tenemos dinero.

—Os costará mucho más de lo que supones. Tal como yo me lo planteo, echaré por la borda una carrera jurídica de cuarenta años, digamos a medio millón por año.

—Esto son veinte millones de pavos.

—Lo sé. Pero podemos negociar.

—Menos mal. Supones que trabajarías, o practicarías como decís vosotros, durante cuarenta años. Pero esta es una suposición muy precaria. A título puramente anecdótico, supongamos que antes de concluidos los próximos cinco años practicamos una redada en la empresa y te procesamos, junto con el resto de tus camaradas. Logramos que te condenen y vas a la cárcel unos cuantos años. La sentencia no será muy larga porque eres una persona educada y, evidentemente, sabrás lo agradables que son las penitenciarías federales. Pero, en todo caso, perderás tu licencia de abogado, tu casa y tu pequeño BMW. Probablemente también a tu esposa. Cuando salgas, podrás fundar un servicio de investigación privada, como tu viejo amigo Lomax. El trabajo es fácil, siempre y cuando no husmees en territorio prohibido.

—Ya te lo he dicho. Es negociable.

—De acuerdo. Negociemos. ¿Cuánto quieres?

—¿A cambio de qué?

Tarrance cerró la revista, la colocó debajo del asiento, abrió un grueso libro y fingió que leía. Mitch hablaba sin mover apenas los labios y con la mirada fija en la valla de la autopista.

—Muy buena pregunta —dijo Tarrance en voz baja, sobre el ronroneo lejano del motor del autobús—. ¿Qué queremos de ti? Sí, señor, buena pregunta. En primer lugar, debes despedirte de tu carrera como abogado. Tendrás que divulgar secretos e información que pertenecen a tus clientes. Esto, evidentemente, basta para que te retiren la licencia, pero no te parecerá importante. Tú y yo tenemos que ponernos de acuerdo para que nos entregues la empresa en bandeja. Cuando nos pongamos de acuerdo, si lo hacemos, lo demás caerá por su propio peso. En segundo lugar, y eso es lo más importante, tendrás que facilitarnos documentación para procesar a todos los miembros de la empresa y a la mayoría de los cabecillas del clan Morolto. La información está en ese pequeño edificio de Front Street.

—¿Cómo lo sabes?

—Porque gastamos billones de dólares en la lucha contra el crimen organizado —sonrió Tarrance—. Porque hace veinte años que investigamos a los Morolto. Porque tenemos informadores dentro de la familia. Porque Hodge y Kozinski hablaron con nosotros antes de ser asesinados. No nos subestimes, Mitch.

—¿Y crees que podré sacar la información?

—Sí, letrado. Puedes elaborar un caso desde el interior, que servirá para aniquilar la empresa y desarticular una de las mayores familias del país consagradas al crimen organizado. Tienes que describirnos de pe a pa la empresa. Dónde está el despacho de cada miembro. Los nombres de las secretarias, administrativos y pasantes. En qué sumarios trabaja cada uno. Quiénes son clientes de quién. El escalafón de mando. ¿En el quinto piso? ¿Qué hay allí? ¿Dónde se guarda la información? ¿Hay un archivo central? Qué es lo que está informatizado. Qué se guarda en microfilme. Y lo que es más importante, tendrás que sacar el material y entregárnoslo. Cuando dispongamos de pruebas fehacientes, entraremos con un pequeño ejército y nos apoderaremos de todo. Pero este es un paso sumamente delicado. Tenemos que disponer de pruebas muy claras y contundentes antes de irrumpir en el local con una orden judicial.

—¿Eso es todo?

—No. Tendrás que declarar contra tus antiguos camaradas cuando se los juzgue. Puede durar años.

Mitch respiró hondo y cerró los ojos. El autobús redujo la velocidad, tras una doble hilera de caravanas. Empezaba a oscurecer y los coches encendían uno tras otro sus faros. ¡Declarar en los juicios! No se le había ocurrido. Con millones de dólares a su disposición para contratar a los mejores abogados criminalistas, los juicios podían durar eternamente.

Tarrance empezó realmente a leer su libro, de Louis l'Amour. Ajustó la luz situada sobre el asiento, como si fuera un auténtico pasajero que viajaba. Después de cincuenta kilómetros de silencio, de ausencia de negociación, Mitch se quitó las gafas de sol y miró a Tarrance.

—¿Qué ocurrirá conmigo?

—Tendrás mucho dinero, para lo que quieras. Si tienes algún sentido de la ética, podrás vivir contigo mismo. Podrás instalarte en cualquier lugar del país, evidentemente con una nueva identidad. Te encontraremos un trabajo, te arreglaremos la nariz y, en definitiva, lo que desees.

Mitch procuraba mantener la mirada fija en la carretera, pero le resultaba imposible.

—¿Ética? —exclamó, con la mirada fija en su interlocutor—. No vuelvas a mencionar nunca esa palabra, Tarrance. Soy una víctima inocente y lo sabes perfectamente.

Tarrance susurró algo, con una sonrisa de sabidillo.

Durante unos cuantos kilómetros no mediaron palabra.

—¿Qué ocurrirá con mi esposa?

—Puedes conservarla.

—Muy gracioso.

—Lo siento. Tendrá todo lo que desee. ¿Qué sabe?

—Todo —respondió, antes de pensar en la chica de la playa—. Bueno, casi todo.

—Le conseguiremos un buen empleo en la seguridad social donde ella lo desee. No está tan mal, Mitch.

—Será maravilloso. Hasta algún día en el futuro, cuando a un funcionario vuestro se le ocurra abrir la boca para soltar algo ante la persona equivocada y al día siguiente leerás la noticia sobre mí o mi esposa en los periódicos. La mafia nunca olvida, Tarrance. Son peores que los elefantes. Y guardan los secretos con mayor sigilo que vosotros. Habéis perdido gente, no me lo niegues.

—No lo niego. Además, reconozco que son muy ingeniosos cuando deciden eliminar a alguien.

—Gracias. Entonces ¿qué hacemos?

—Depende de ti. En estos momentos tenemos unos dos mil testigos dispersos por todo el país, con nuevos nombres, nuevas casas y nuevos empleos. Tienes muchísimas probabilidades a tu favor.

—¿Entonces me atengo a las probabilidades?

—Efectivamente. Tomas el dinero y echas a correr, o juegas a ser un gran abogado, con la esperanza de que no logremos desarticular la empresa.

—Menuda elección, Tarrance.

—Lo sé. Me alegro de que seas tú quien deba decidir.

La acompañante del anciano negro del bastón se puso de pie con dificultad y avanzó penosamente hacia ellos. Se agarraba a ambos lados del pasillo para caminar. Cuando pasó junto a él, Tarrance se acercó a Mitch. No se atrevió a hablar, con la proximidad de aquella desconocida. Tenía por lo menos noventa años, estaba medio paralítica, probablemente era analfabeta y le importaba un comino que Tarrance siguiera o no respirando. No obstante, Tarrance no dijo palabra.

Al cabo de quince minutos se abrió la puerta del lavabo y se oyó el ruido del agua que descendía a la sentina del Greyhound. La anciana arrastró los pies hasta la parte delantera del autobús y se instaló en su asiento.

—¿Quién es Jack Aldrich? —preguntó Mitch.

Sospechaba que le mentiría acerca de aquel tema y le observó atentamente de reojo. Tarrance levantó los ojos del libro y miró fijamente al frente.

—El nombre me suena, pero no estoy seguro.

Mitch volvió a mirar por la ventana. Tarrance lo sabía. Había parpadeado y entornado los ojos con demasiada rapidez, antes de responder. Mitch contemplaba el tráfico en dirección contraria.

—Bueno, ¿quién es? —preguntó finalmente Tarrance.

—¿No lo conoces?

—Si le conociera, no lo preguntaría.

—Es miembro de nuestra empresa. Deberías haberlo sabido, Tarrance.

—La ciudad está llena de abogados. Supongo que tú los conoces a todos.

—Conozco a los de Bendini, Lambert & Locke, ese pequeño bufete que vosotros investigáis desde hace diez años. Aldrich lleva seis años en la empresa y se supone que hace dos meses le acosó el FBI. ¿Verdadero o falso?

—Completamente falso. ¿Quién te lo ha dicho?

—Eso no importa. Es solo un rumor que circula por la oficina.

—Es mentira. No hemos hablado con nadie más que contigo, desde agosto. Te doy mi palabra. Ni tenemos intención de hacerlo, a no ser, evidentemente, que optes por no cooperar y tengamos que buscar a otro candidato.

—¿No has hablado nunca con Aldrich?

—No, acabo de decírtelo.

Mitch asintió y cogió una revista. Durante treinta minutos guardaron silencio. Por fin Tarrance abandonó la lectura y dijo:

—Escucha, Mitch, falta aproximadamente una hora para llegar a Knoxville. Tenemos que ponernos de acuerdo, si es que vamos a hacerlo. El director, Voyles, me formulará un sinfín de preguntas por la mañana.

—¿Cuánto dinero?

—Medio millón de dólares.

Cualquier abogado digno de ese nombre sabía que era preciso rechazar la primera oferta. Siempre. Había visto a Avery abrir la boca aturdido y mover la cabeza con asco e incredulidad ante una primera oferta, por muy razonable que fuera. Habría contraofertas y contracontraofertas, y más negociaciones, a condición de que siempre se rechazara la primera oferta.

De modo que con un vaivén de cabeza y una sonrisa a la ventana, como si eso fuera lo que esperaba, Mitch rechazó el medio millón.

—¿He dicho algo gracioso? —preguntó Tarrance, el negociador, que no era abogado.

—Esto es absurdo, Tarrance. No pretenderás que abandone una mina de oro por medio millón de pavos. Después de pagar impuestos, me quedarán trescientos mil a lo sumo.

—¿Y si cerramos la mina y os mandamos a todos a la cárcel?

—Sí, sí, sí. Si sabéis tanto, ¿por qué no habéis actuado? Voyles me dijo que hacía diez años que vigilabais y esperabais. Muy impresionante, Tarrance. ¿Siempre vais tan deprisa?

—¿Prefieres arriesgarte, McDeere? Supongamos que tardamos otros cinco años, ¿de acuerdo? Entonces cerramos el bufete y te mandamos a la cárcel. ¿Qué importancia tendrá entonces el tiempo que hayamos tardado? El resultado será el mismo, Mitch.

—Lo siento. Creí que se trataba de negociar, no de amenazar.

—Te he hecho un oferta.

—Es demasiado baja. Esperas que os facilite las pruebas para centenares de procesamientos contra algunos de los delincuentes más nefastos de nuestro país, lo cual podría costarme fácilmente la vida. Y a cambio me ofreces una miseria. Tres millones como mínimo.

Tarrance no parpadeó ni frunció el entrecejo. Recibió la contraoferta con el rostro sobrio e inmutable de un buen jugador y Mitch, el negociador, comprendió que la pelota seguía en juego.

—Eso es mucho dinero —dijo Tarrance, casi para sí—. Que yo sepa, nunca hemos pagado tanto.

—Pero podéis hacerlo, ¿no es cierto?

—Lo dudo. Tendré que hablar con el director.

—¡El director! Creí que gozabas de plena autoridad en este caso. ¿Vamos a tener que intercambiar mensajes con el director hasta que lleguemos a un acuerdo?

—¿Qué más quieres?

—Hay algunas cosas de las que quiero hablarte, pero no antes de que nos pongamos de acuerdo respecto al dinero.

Al parecer, el anciano del bastón tenía los riñones delicados. Se puso nuevamente de pie y echó a andar arrastrando los pies, hacia la parte posterior del autocar. Tarrance volvió a concentrarse en su libro, mientras Mitch examinaba un antiguo ejemplar de *Field & Stream*.

El Greyhound abandonó la interestatal en Knoxville a las ocho menos dos minutos. Tarrance se acercó y susurró:

—Sal por la puerta principal de la terminal. Verás a un joven con un chandal naranja de la Universidad de Tennessee, junto a un Bronco blanco. Te reconocerá y te llamará Jeffrey. Daos la mano como viejos amigos y súbete al Bronco. Te conducirá hasta tu coche.

—¿Dónde está? —susurró Mitch.

—Detrás de una residencia, en el campus.

—¿Han comprobado si llevaba algún transmisor?

—Supongo que sí. Pregúntaselo al individuo del Bronco. Si te controlaban por radio a la salida de Memphis, puede que hayan empezado a sospechar algo. Sería conveniente que te dirigieras a Henderson. Está a unos ochenta kilómetros a este lado de Nashville. Allí hay un Holiday Inn. Quédate a pasar la noche y mañana visitas a tu hermano. Nosotros también vigilaremos; si algo huele a chamusquina, te localizaré el lunes por la mañana.

—¿Para cuándo será el próximo viaje en autobús?

—El martes es el cumpleaños de tu esposa. Reserva una mesa para las ocho en Grisanti's, un restaurante italiano en Airways. A las nueve en punto dirígete a la máquina de cigarrillos del bar, introduce seis monedas de un cuarto y compra un paquete de lo que se te antoje. En el cajón donde caen los cigarrillos habrá una casete. Cómprate uno de esos pequeños magnetófonos con auriculares que utilizan los que hacen footing y escucha la cinta en el coche, no en tu casa ni, por supuesto, en el despacho. Utiliza los auriculares. Déjasela escuchar también a tu esposa. Seré yo quien te hable y te haré nuestra mejor oferta. También te explicaré algunas cosas. Después de escucharla unas cuantas veces, deshazte de ella.

—Un poco complicado, ¿no te parece?

—Sí, pero no tendremos que hablar hasta dentro de un

par de semanas. Te vigilan y te escuchan, Mitch. Y son muy eficaces. No lo olvides.

—No te preocupes.

—¿Cuál era tu número de jugador en el instituto?

—El catorce.

—¿Y en la universidad?

—El catorce.

—De acuerdo. Tu número de identidad es el uno cuatro uno cuatro. El jueves por la noche llama desde una cabina automática al siete-cinco-siete seis-cero-cero-cero. Te responderá una voz que te hará pasar por una pequeña rutina, que incluirá tu número de identidad. Después del control, oirás mi voz grabada y te formularé una serie de preguntas. Este será nuestro punto de partida.

—Y yo solo quería ser abogado...

El autobús entró en la terminal y se detuvo.

—Yo sigo hasta Atlanta —dijo Tarrance—. No nos veremos hasta dentro de un par de semanas. En caso de emergencia, llama a uno de los números que te di.

Mitch se puso de pie y miró al agente.

—Tres millones, Tarrance. Ni un centavo menos. Si disponéis de billones para luchar contra el crimen organizado, seguro que encontraréis tres millones para mí. A propósito, Tarrance, tengo una tercera oportunidad. Puedo desaparecer en plena noche, esfumarme en el aire. Si lo hago, vosotros y los Morolto podréis seguir luchando entre vosotros hasta que se congele el infierno, mientras yo juego al dominó en el Caribe.

—Por supuesto, Mitch. Tal vez llegues a hacer una o dos partidas, pero te encontrarán en menos de una semana. Y no estaríamos allí para protegerte. Hasta pronto, amigo.

Mitch se apeó del autobús y cruzó la terminal.

23

A las ocho y media del martes por la mañana, Nina ordenó en nítidos montones la multitud de papeles que cubrían el escritorio. Disfrutaba de aquel ritual matutino, que consistía en arreglar el escritorio y organizarle el día. La agenda estaba en una esquina de la mesa, al alcance de la mano. La secretaria la consultó.

—Tiene usted un día muy ocupado, señor McDeere.

—Todos los días estoy ocupado —respondió Mitch, procurando no prestarle atención, mientras ojeaba un sumario.

—Tiene una reunión a las diez, en el despacho del señor Mahan, sobre la apelación de Delta Shipping.

—Estoy impaciente de emoción —susurró Mitch.

—Otra reunión a las once y media en el despacho del señor Tolleson, sobre la disolución de Greenbriar, y su secretaria me ha comunicado que durará por lo menos dos horas.

—¿Por qué dos horas?

—No me pagan para formular ese tipo de preguntas, señor McDeere. Si lo hago, puede que me despidan. A las tres y media, Victor Milligan quiere que se reúna con él.

—¿Para qué?

—Como le decía, señor McDeere, no se me permite formular preguntas. Y tiene otra reunión en el despacho de Frank Mulholland, en el centro de la ciudad, dentro de quince minutos.

—Sí, lo sé. ¿Dónde está?

—En el Cotton Exchange Building. A cuatro o cinco manzanas por Front Street, en Union Street. Ha pasado por allí centenares de veces.

—De acuerdo. ¿Algo más?

—¿Le traigo algo de comer a la hora del almuerzo?

—No, comeré un bocadillo en el centro.

—Magnífico. ¿Tiene todo lo que necesita para Mulholland?

Señaló la gruesa cartera negra, sin decir palabra. La secretaria salió del despacho y a los pocos segundos Mitch caminaba por el pasillo, bajaba por la escalera y salía por la puerta principal. Se detuvo unos instantes bajo una farola, giró y echó a andar apresuradamente hacia el centro de la ciudad. Llevaba la gruesa cartera negra en la mano derecha y el maletín rojo de piel de anguila en la izquierda. Esa era la señal.

Frente a un edificio verde con las ventanas tapiadas, se detuvo junto a una boca de incendios. Esperó un segundo antes de cruzar la calle. Otra señal.

En el noveno piso del Cotton Exchange Building, Tammy Greenwood, de Greenwood Services, se retiró de la ventana y se puso el abrigo. Cerró la puerta a su espalda y llamó el ascensor. Esperó. Estaba a punto de reunirse con un hombre, cosa que podía causarle fácilmente la muerte.

Mitch entró en el vestíbulo y fue directamente hacia los ascensores. Nadie le llamó particularmente la atención. Media docena de hombres de negocios hablaban mientras iban y venían. Una mujer susurraba por teléfono en una cabina. Un guardia de seguridad deambulaba cerca de la entrada de la avenida Union. Llamó el ascensor y esperó, solo. Cuando se abrió la puerta, un joven de aspecto inmaculado que parecía funcionario de Merril Lynch, con traje negro e impecables zapatos negros puntiagudos, entró en el ascensor. Mitch tenía la esperanza de subir solo.

El despacho de Mulholland estaba en el séptimo piso;

Mitch pulsó el botón correspondiente e hizo caso omiso del joven de traje negro. Mientras el ascensor subía, ambos contemplaron como es debido los números intermitentes sobre la puerta. Mitch se colocó junto a la pared del fondo y dejó la pesada cartera en el suelo, junto a su pie derecho. La puerta se abrió en el cuarto piso y Tammy entró, nerviosa, en el ascensor. El jovenzuelo le echó una mirada. Su atuendo era extraordinariamente conservador: un sencillo vestido de punto, con un moderado escote, debajo del abrigo. No llevaba zapatos extravagantes. Se había teñido el cabello de un tono rojizo suave. Le echó otra mirada y pulsó el botón que cerraba la puerta del ascensor.

Tammy llevaba consigo una gruesa cartera negra, idéntica a la de Mitch. Eludió su mirada, se colocó junto a él y dejó discretamente la cartera junto a la suya. Al llegar al séptimo piso, Mitch cogió la cartera de Tammy y abandonó el ascensor. En el octavo piso, el elegante jovenzuelo de traje negro se apeó y, al llegar al noveno, Tammy cogió la pesada cartera llena de documentos de Bendini, Lambert & Locke y se la llevó a su despacho. Cerró la puerta, echó el cerrojo, se quitó apresuradamente el abrigo y se dirigió al pequeño cuarto, donde la fotocopiadora estaba lista para funcionar. Había siete sumarios, cada uno de dos centímetros de grosor como mínimo. Los colocó cuidadosamente sobre la mesa plegable junto a la fotocopiadora y cogió el titulado «Koker Hanks a East Texas Pipe». Abrió el broche de aluminio de la carpeta, retiró los documentos y los colocó con esmero, junto a las cartas y notas del mismo sumario, en el alimentador automático. Pulsó el botón de impresión y vio cómo de la máquina surgían dos impecables copias de cada documento.

Al cabo de treinta minutos, los siete sumarios volvieron a la cartera. Los nuevos sumarios, catorce en total, se guardaron bajo llave en un fichero a prueba de incendios, oculto en un pequeño armario, que también cerró con llave. Tammy colocó la cartera junto a la puerta y esperó.

Frank Mulholland era socio de una empresa de diez miembros, especializada en inversiones y obligaciones. Su cliente era un anciano que había fundado una cadena de tiendas de bricolaje, que había llegado a estar valorada en dieciocho millones, antes de que su hijo y un consejo de administración de renegados se hicieran con el control de la misma y le obligaran a jubilarse. El anciano había demandado a la compañía y esta, a su vez, había entablado un pleito con el anciano. Todo el mundo demandaba a todo el mundo y los pleitos y contrapleitos habían quedado inexorablemente atascados desde hacía dieciocho meses. Ahora, satisfecho el desmesurado apetito de los abogados, había llegado el momento de negociar un convenio. Bendini, Lambert & Locke representaban al hijo y al nuevo consejo de administración, y hacía dos meses que Avery había puesto el caso en manos de Mitch. El plan consistía en ofrecer al anciano un paquete de cinco millones de dólares en acciones ordinarias, obligaciones convertibles y unos cuantos bonos.

El plan no impresionó a Mulholland. Insistió repetidamente en que su cliente no era avaricioso y sabía que no recuperaría el control de la compañía. Su compañía, dicho sea de paso. Pero no bastaba con cinco millones. Cualquier jurado medianamente inteligente se compadecería del anciano y hasta un loco reconocería que merecía una recompensa de... por lo menos, veinte millones.

Después de una hora de propuestas y contrapropuestas en el despacho de Mulholland, Mitch había subido la oferta a ocho millones y el abogado del anciano dijo que su cliente posiblemente consideraría una oferta de quince. Mitch guardó con mucha corrección los documentos en su maletín y Mulholland le acompañó atentamente a la puerta. Decidieron reunirse de nuevo una semana más tarde y se estrecharon la mano como viejos amigos.

El ascensor paró en el quinto piso y Tammy entró despreocupadamente en el mismo. Aparte de Mitch, no había otro pasajero.

—¿Algún problema? —preguntó, cuando se cerró la puerta.

—Ninguno. Hay dos copias bajo llave.

—¿Cuánto tiempo has necesitado?

—Treinta minutos.

El ascensor se detuvo en el cuarto piso y Tammy cogió la cartera vacía.

—¿Mañana a las doce? —preguntó.

—Sí —respondió Mitch.

Se abrió la puerta y Tammy desapareció por el pasillo. Mitch descendió solo hasta el vestíbulo, que estaba vacío a excepción del mismo guarda de seguridad. Mitchell McDeere, abogado, salió apresuradamente del edificio con un maletín en cada mano y regresó con paso marcial a su despacho.

La celebración del vigésimo quinto aniversario de Abby fue bastante deprimente. Sentados en un oscuro rincón de Grisanti's, a la tenue luz de una vela, susurraban entre sí y forzaban una sonrisa. No era fácil. En aquel mismo momento, en algún lugar del restaurante, había un agente indetectable del FBI con una cinta magnetofónica, que a las nueve en punto insertaría en la máquina de cigarrillos y que Mitch debía retirar al cabo de unos segundos sin ser visto ni atrapado por los malvados, quienquiera y comoquiera que fueran. Lo único que la cinta les revelaría sería la suma de dinero que los McDeere recibirían a cambio de pruebas y del resto de la vida como fugitivos.

Comían sin apetito y hacían un esfuerzo por sonreír, mientras intentaban mantener una prolongada conversación, pero en el fondo estaban inquietos y no dejaban de consultar el reloj. La cena fue breve. A las nueve menos cuarto habían acabado de comer. Mitch se dirigió al lavabo y examinó de paso el oscuro salón. La máquina de cigarrillos estaba en un rincón, donde se suponía que debía estar.

Pidieron café y a las nueve en punto Mitch regresó al salón, se acercó a la máquina, con muchos nervios introdujo seis monedas de un cuarto en la ranura y, en honor a Eddie Lomax, pulsó el botón de Marlboro Lights. Llevó inmediatamente la mano al cajón de la máquina, cogió los cigarrillos y palpó en la oscuridad hasta encontrar la cinta. Sonó el teléfono de la cabina situada junto a la máquina y se sobresaltó. Volvió la cabeza y examinó el salón. Estaba vacío, a excepción de dos individuos en la barra que miraban la televisión, debajo de la cual se encontraba el barman. En un rincón lejano estallaron las risotadas de unos borrachos.

Abby observó atentamente todos los pasos y movimientos, hasta que Mitch se sentó frente a ella, al otro lado de la mesa.

—¿Y bien? —preguntó, con las cejas arqueadas.

—Ya lo tengo. Una cinta Sony convencional.

Mitch se tomó el café con una ingenua sonrisa, mientras observaba el abarrotado comedor. Nadie los miraba. Nadie se interesaba por ellos.

Entregó la cuenta y una tarjeta de American Express al camarero.

—Tenemos mucha prisa —dijo, con pocas contemplaciones.

El camarero regresó a los pocos segundos y Mitch firmó el recibo.

El BMW estaba efectivamente lleno de artefactos electrónicos. Los muchachos de Tarrance lo habían examinado discreta y meticulosamente cuatro días antes, mientras esperaban la llegada del Greyhound. Los aparatos, que eran terriblemente caros, habían sido instalados por expertos y permitían oír y grabar hasta el más mínimo suspiro. Pero solo servían para escuchar y grabar, no actuaban como localizador. Mitch consideró que habían sido muy amables limitándose a escuchar pero no a seguir los movimientos del BMW.

Abandonó el aparcamiento de Grisanti's, sin conversación alguna entre sus ocupantes. Abby abrió cuidadosamente un magnetófono portátil e introdujo la cinta en el mismo. Entregó los auriculares a Mitch, este se los colocó y ella pulsó el botón de puesta en marcha. Mitch escuchaba bajo la mirada atenta de su esposa, mientras conducía desinteresadamente hacia la autopista.

«Hola, Mitch —decía la voz de Tarrance—. Hoy es martes, veinticinco de febrero, poco después de las nueve de la noche. Feliz aniversario a tu encantadora esposa. La grabación dura unos diez minutos. Escúchala un par de veces y a continuación destrúyela. El domingo me reuní cara a cara con el director, Voyles, y se lo conté todo. Por cierto, el viaje en autobús fue muy divertido. Voyles está muy satisfecho con el progreso de las cosas, pero cree que ya hemos hablado lo suficiente. Quiere cerrar el trato lo antes posible. Me explicó en términos inequívocos que nunca hemos pagado tres millones de dólares, ni tampoco te los vamos a pagar a ti. Discutió un buen rato, pero abreviando, el director dice que podemos pagarte un millón al contado, ni un céntimo más. Dice que el dinero se depositaría en un banco suizo y que nadie, ni siquiera Hacienda, lo sabría jamás. Un millón de dólares libre de impuestos. Esta es nuestra mejor oferta y Voyles dice que te vayas al diablo si no la aceptas. Nos cargaremos esa empresa, Mitch, con o sin tu ayuda.» Mitch sonrió con cierta amargura y contempló los coches que avanzaban a toda velocidad, por la intersección de la 1240. Abby le observaba, a la espera de algún signo, alguna señal, un gruñido, un suspiro, o cualquier cosa indicativa de buenas o malas noticias, sin decir palabra.

«Cuidaremos de ti, Mitch —seguía diciendo la voz—. Tendrás acceso a la protección del FBI, siempre que creas necesitarla. Te controlaremos periódicamente, si lo deseas. Y si al cabo de unos años deseas trasladarte a otra ciudad, nos ocuparemos de ello. Puedes trasladarte cada cinco años si quieres y, además de cubrir los gastos, os facilitaremos empleo. Buenos empleos en la administración de veteranos, la seguridad social, o el servicio de correos. Voyles dice que incluso podríamos encontrar un trabajo muy bien pagado para ti en una empresa privada que trabaje para el gobierno. No tienes más que decirlo, Mitch, y se hará realidad. Por supuesto, os facilitaremos nuevas identidades a ti y a tu esposa, y si lo deseáis podéis cambiar todos los años. Ningún inconveniente. O si tienes otra idea mejor, te escucharemos. Si prefieres vivir en Europa o en Australia, no tienes más que decirlo. Recibirás un trato especial. Sé que es mucho lo que te prometemos, Mitch, pero hablamos perfectamente en serio y te lo daremos por escrito. Pagaremos un millón al contado, libre de impuestos, y os instalaremos en el lugar de vuestra elección. Esta es nuestra oferta. A cambio, deberás entregarnos la empresa y a los Morolto. Hablaremos de eso más adelante. Por ahora se ha acabado el plazo. Voyles me está presionando y hay que actuar con rapidez. Llámame a aquel número el jueves, a las nueve de la noche, desde la cabina situada junto a los servicios de Houston's, en Poplar. Hasta pronto, Mitch.»

Hizo una señal con el dedo, como si se cortara el pescuezo, y Abby paró la cinta y la rebobinó. Entregó los auriculares a su esposa y esta empezó a escuchar atentamente la grabación.

La pareja de tortolitos cogidos de la mano paseaban inocentemente por el parque, a la clara y fría luz de la luna. Se detuvieron junto a un cañón y contemplaron el majestuoso río que avanzaba con pasmosa lentitud hacia Nueva Orleans. El mismo cañón junto al que Eddie Lomax había estado en una ocasión, durante una tormenta de aguanieve, para entregar el informe de una de sus últimas investigaciones.

Abby tenía la cinta en la mano y contemplaba el río a sus pies. Después de escucharla dos veces, no había querido dejarla en el coche, de donde alguien podía haberla sustraído. Debido al silencio practicado durante varias semanas y haber hablado solo al aire libre, las palabras fluían con dificultad.

—¿Sabes lo que te digo, Abby? —dijo finalmente Mitch, al tiempo que golpeaba con suavidad una de las ruedas del cañón—, siempre me ha apetecido trabajar en correos. Tenía un tío que fue cartero rural. Sería perfecto.

Hacerse el gracioso suponía un riesgo, pero funcionó. Abby titubeó unos segundos, pero acabó por reírse un poco y Mitch se dio cuenta de que realmente le había hecho gracia.

—Sí, y yo podría limpiar los suelos de un hospital de la asociación de veteranos.

—No tendrías necesidad de fregar los suelos. Podrías hacer algo discreto y significativo, como cambiar bacines. Viviríamos en una pequeña y ordenada casa de paredes blancas en Maple Street, en Omaha. Yo me llamaría Harvey y tú Thelma, y nuestro apellido tendría que ser corto y sencillo.

—Poe —agregó Abby.

—Fantástico. Harvey y Thelma Poe. La familia Poe. Tendríamos un millón de dólares en el banco, pero no podríamos gastar un centavo porque todo el mundo en Maple Street lo sabría y nos distinguiría de los demás, que sería lo último que desearíamos.

—Yo me haría modificar la nariz.

—Pero si tu nariz es perfecta...

—La nariz de Abby es perfecta, pero ¿qué me dices de la de Thelma? Sería preciso modificársela, ¿no crees?

—Sí, supongo que sí.

Pronto se cansó de la broma y se quedó callado. Abby se puso delante de él y Mitch le echó los brazos al cuello. Observaron un remolcador que empujaba silenciosamente cien barcazas bajo el puente. Alguna nube pasajera oscurecía la luna y el frío viento de poniente soplaba a rachas.

—¿Confías en Tarrance? —preguntó Abby.

—¿En qué sentido?

—Supongamos que no haces nada. ¿Crees que algún día acabarán por infiltrarse en la empresa?

—Tengo miedo de no creerlo.

—¿Entonces cogemos el dinero y echamos a correr?

—Para mí es más fácil coger el dinero y huir, Abby. No tengo nada que perder. Para ti es diferente. Nunca volverás a ver a tu familia.

—¿Adónde iríamos?

—No lo sé. Pero no querría quedarme en este país. No se puede confiar plenamente en los federales. Me sentiría más seguro en el extranjero, pero no pienso decírselo a Tarrance.

—¿Cuál es el próximo paso?

—Llegamos a un acuerdo y empezamos a acumular rápidamente suficiente información para hundir el barco. No tengo ni idea de lo que quieren, pero puedo proporcionárselo. Cuando Tarrance tenga bastante, desaparecemos.

—¿Cuánto dinero?

—Más de un millón. Están jugando con el dinero. Todo es negociable.

—¿Cuánto les sacaremos?

—Dos millones libres de impuestos. Ni un centavo menos.

—¿Lo pagarán?

—Sí, pero ese no es el problema. La cuestión es: ¿lo cogeremos y huiremos?

Abby tenía frío y Mitch le colocó su abrigo sobre los hombros. La abrazó.

—Es una perspectiva horrible, Mitch —dijo Abby—, pero por lo menos estaremos juntos.

—Me llamo Harvey, no Mitch.

—¿Crees que estaremos a salvo, Harvey?

—Aquí es donde no estamos a salvo.

—No me gusta este lugar. Me siento sola y asustada.

—Estoy harto de ser abogado.

—Cojamos el dinero y larguémonos.

—Has dado en el clavo, Thelma.

Abby entregó la cinta a su marido. Él la miró y la arrojó al vacío, más allá de Riverside Drive, en dirección al río. Cogidos de la mano, cruzaron a buen paso el parque en dirección al BMW, aparcado en Front Street.

24

Por segunda vez en su carrera, a Mitch se le permitió visitar el comedor palaciego del quinto piso. La invitación de Avery iba acompañada de la explicación de que todos los socios estaban bastante impresionados con las setenta y una horas de promedio semanal que había facturado durante el mes de febrero y el almuerzo suponía una pequeña muestra de su aprecio. Se trataba de una invitación que ningún miembro asociado podía rechazar, independientemente de los horarios, reuniones, clientes, fechas de vencimiento y todos los demás aspectos críticos, urgentes y terriblemente importantes del trabajo en Bendini, Lambert & Locke. En la historia de la empresa, nunca se había dado el caso de que un miembro asociado rechazara una invitación al comedor. Todos recibían dos invitaciones anuales, que quedaban rigurosamente registradas.

Mitch disponía de dos días para prepararse. Su primer impulso fue el de rechazarla, y cuando Avery se lo mencionó, se le ocurrieron una docena de fútiles pretextos. La idea de comer, sonreír, charlar y codearse con delincuentes, por muy ricos y sofisticados que fueran, le resultaba menos atractiva que la de compartir un plato de sopa con los desposeídos que frecuentaban la estación de autobuses. Pero negarse supondría un grave quebrantamiento de la tradición. Y tal como iban las cosas, su conducta era ya bastante sospechosa.

Por consiguiente, sentado de espaldas a la ventana, procuró mantener una sonriente charla con Avery y Royce McKnight, sin olvidar evidentemente a Oliver Lambert. Desde hacía dos días sabía que compartiría la mesa con ellos. También era consciente de que, de un modo aparentemente natural, le observarían con gran atención, para detectar cualquier indicio de pérdida de entusiasmo, cinismo o desesperación por su parte. En realidad, cualquier cosa. Sabía que prestarían atención a cada una de sus palabras, independientemente de lo que dijera. Sabía que le colmarían de promesas y alabanzas.

Oliver Lambert nunca había estado tan encantador. Setenta y una horas semanales durante el mes de febrero era algo que hasta ahora ningún miembro asociado había alcanzado en la historia de la empresa, explicó mientras Roosevelt servía unas excelentes costillas de cerdo. Todos los socios estaban asombrados y encantados, aclaró en tono afable mientras miraba a su alrededor. Mitch hizo un esfuerzo para sonreír e hincó el tenedor en el plato. Los demás socios, asombrados o indiferentes, charlaban tranquilamente entre sí y se concentraban en la comida. Mitch contó dieciocho socios en activo y diecisiete jubilados, con pantalón deportivo, jersey y aspecto relajado.

—Tienes muchísima energía, Mitch —dijo Royce McKnight, con la boca llena de comida.

Mitch asintió con cortesía. Si supierais hasta qué punto la utilizo, pensó para sí. Procuraba pensar lo menos posible en Joe Hodge y Marty Kozinski, así como en los otros tres abogados cuya memoria se honraba en la pared del primer piso. Pero le resultaba imposible mantener alejada de su mente la imagen de la chica de la playa y se preguntaba si los demás lo sabrían. ¿Habrían visto todos las fotografías? ¿Habrían circulado durante algún almuerzo, cuando solo los socios estaban presentes, sin ningún invitado? DeVasher había prometido no mostrárselas a nadie, pero ¿qué valor tenía la palabra de un matón? Claro que las habrían visto. Voyles le había dicho que todos los socios y la mayoría de los miembros asociados formaban parte de la conspiración.

Para no tener apetito, comió muy a gusto. Incluso devoró un segundo panecillo con mantequilla, para dar una impresión normal. Nada inusual con su apetito.

—¿De modo que la semana próxima tú y Abby os vais a las Caimán? —preguntó Oliver Lambert.

—Sí. Son sus vacaciones de primavera y hace un par de meses reservamos uno de los apartamentos. Estamos muy emocionados.

—Habéis elegido un mal momento —exclamó Avery, con asco—. En estos momentos llevamos un mes de retraso.

—Siempre llevamos un mes de retraso, Avery. ¿Qué importa una semana? Apuesto a que quieres que me lleve los sumarios en los que estoy trabajando.

—No sería mala idea. Yo siempre lo hago.

—No le hagas caso, Mitch —bromeó Oliver Lambert—. La empresa seguirá en su lugar cuando regreses. Tú y Abby os merecéis una semana a solas.

—Te encantará el lugar —dijo Royce McKnight, como si Mitch no hubiera estado nunca allí, no hubiera tenido lugar el incidente de la playa, ni nadie supiera nada acerca de unas fotografías.

—¿Cuándo salís? —preguntó Lambert.

—El domingo por la mañana. Temprano.

—¿Vais en el Lear?

—No. Delta directo.

Lambert y McKnight intercambiaron unas miradas, de las que Mitch no debía haberse percatado. Había otras miradas de las demás mesas, breves ojeadas llenas de curiosidad, que Mitch había captado desde su llegada. Estaba allí para ser visto.

—¿Haces submarinismo? —preguntó Lambert, sin dejar de pensar en el Lear y en el Delta directo.

—No, pero queremos hacer un poco de inmersión a pulmón libre.

—Hay un individuo en Rum Point, en el extremo norte, llamado Adrian Bench, que dirige una escuela de submarinismo maravillosa y os conseguirá el título en una semana. Es una semana dura, con mucha instrucción, pero vale la pena.

En otras palabras, manteneos alejados de Abanks, pensó Mitch.

—¿Cómo se llama esa escuela? —preguntó.

—Rum Point Divers. Es fantástica.

Mitch frunció inteligentemente el entrecejo, como si tomara nota mental de tan oportuno consejo. De pronto, Oliver Lambert se puso triste.

—Ten cuidado, Mitch. No puedo evitar pensar en Marty y en Joe.

Avery y McKnight bajaron momentáneamente la mirada, en homenaje póstumo a aquellos chicos. Mitch tragó con fuerza y estuvo a punto de hacerle una mueca a Oliver Lambert. Pero su rostro permaneció impasible, e incluso logró aparentar tristeza como los demás. Marty, Joe, sus jóvenes viudas, e hijos huérfanos. Marty y Joe, dos abogados jóvenes y ricos, aniquilados con suma pericia antes de que pudieran hablar. Marty y Joe, dos prometedores lobos, devorados por su propia manada. Voyles le había dicho a Mitch que pensara en Marty y Joe cuando viera a Oliver Lambert.

Y ahora, por un mero millón de dólares, se le pedía que hiciera lo que Marty y Joe estaban a punto de hacer, sin ser atrapado. Tal vez el próximo año estaría allí sentado el próximo miembro asociado y contemplaría la expresión de tristeza en el rostro de los socios, que le hablarían del joven Mitch McDeere, de su extraordinaria energía y de la maravillosa carrera que habría hecho, de no haber sido por el accidente. ¿A cuántos asesinarían?

Mitch quería dos millones. Además de un par de cosas adicionales.

Después de una hora de conversación importante y buena comida, la reunión comenzó a desintegrarse con la partida de algunos socios, después de despedirse de Mitch. Estaban orgullosos de él, según le decían. Le consideraban la futura estrella más brillante de Bendini, Lambert & Locke. Mitch sonreía y les daba las gracias.

Aproximadamente cuando Roosevelt servía la tarta de plátano con nata y café, Tammy Greenwood Hemphill, de Greenwood Services, aparcaba su mugriento escarabajo castaño detrás del reluciente Peugeot, en el estacionamiento de la escuela. Dejó el motor en marcha. Dio un par de pasos, introdujo la llave en el cerrojo del maletero del Peugeot y cogió la pesada cartera negra. Cerró el maletero y se alejó rápidamente en su escarabajo.

En la sala de profesores, mientras tomaba café, Abby miraba por una pequeña ventana, a través de los árboles y del patio de recreo, al parque de estacionamiento en la lejanía. Su coche era apenas visible. Sonrió y consultó su reloj. Las doce y media, tal como estaba previsto.

Tammy sorteó cuidadosamente el tráfico del mediodía, en dirección al centro de la ciudad. Conducir era molesto, cuando había que controlar permanentemente el retrovisor. Como de costumbre, no vio nada. Dejó el coche en su aparcamiento, frente al Cotton Exchange Building.

Había nueve sumarios en la cartera. Los colocó minuciosamente sobre la mesa plegable y empezó a hacer copias, Sigalas Partners, Lettie Plunk Trust, HandyMan Hardware y dos carpetas atadas con una gruesa goma, en las que se leía «Sumarios de Avery». Sacó dos copias de cada documento y volvió a guardarlos cuidadosamente. Anotó la fecha, la hora y el nombre de cada sumario en una agenda. Había ahora veintinueve asientos. Guardó un juego de copias bajo llave en el fichero oculto en el armario y devolvió los originales a la cartera, junto con una copia.

Fiel a las instrucciones de Mitch, la semana anterior había

alquilado en su nombre un cuartucho de cinco metros cuadrados en un almacén llamado Summer Avenue Mini Storage, a veintidós kilómetros del centro de la ciudad. Llegó al cabo de treinta minutos y utilizó su llave para abrir el 38C. Colocó el segundo juego de copias de los nueve sumarios en una pequeña caja de cartón, escribió la fecha en la lengüeta de la caja y la dejó junto a otros tres en el suelo.

A las tres en punto entró en el parque de estacionamiento, paró el vehículo detrás del Peugeot, abrió el maletero y dejó la cartera donde la había encontrado.

Pocos segundos después, Mitch salió a la puerta principal del edificio Bendini y se desperezó. Respiró hondo y miró de un lado para otro de Front Street. Hacía un maravilloso día primaveral. A cinco manzanas y nueve pisos de altura, comprobó que las persianas estaban completamente bajas. La señal. Todo bien. Impecable. Sonrió para sí y regresó a su despacho.

A las tres de la madrugada, Mitch se levantó sigilosamente de la cama, se puso unos vaqueros descoloridos, la camisa de franela que solía usar en la facultad, unos gruesos calcetines blancos y unas botas de trabajo. Quería parecer un camionero. Sin mediar palabra, besó a Abby, que estaba despierta, y salió de la casa. East Meadowbrook estaba desierta, como todas las calles entre su casa y la autopista. Parecía improbable que le siguieran a aquella hora.

Se dirigió hacia el sur por la interestatal cincuenta y cinco, hasta recorrer los cuarenta kilómetros que le separaban de Senatobia, en Mississippi. A cien metros de los cuatro carriles, resplandecía el fulgor de una transitada estación de servicio para camiones, llamada cuatro cincuenta y cinco, abierta día y noche. Circuló entre los camiones hasta el área posterior, donde pasaban la noche un centenar de remolques, paró junto al tren de lavado de camiones y esperó. Una docena de vehículos de dieciocho ruedas maniobraban alrededor de las bombas de combustible.

Un negro con una gorra del club de fútbol Falcon se asomó por una esquina y contempló el BMW. Mitch reconoció que se trataba del agente de la estación de autobuses de Knoxville. Paró el motor y se apeó.

—¿McDeere? —preguntó el agente.

—Claro. ¿Quién quieres que sea? ¿Dónde está Tarrance?

—Dentro. En una mesa junto a la ventana. Te está esperando.

Mitch abrió la puerta y entregó las llaves al agente.

—¿Adónde lo llevas?

—A pocos kilómetros. Lo cuidaremos. Nadie te ha seguido desde Memphis. Tranquilízate.

El agente subió al coche, maniobró entre dos bombas de diésel y se dirigió a la autopista. En el momento de entrar en la cafetería Mitch vio cómo desaparecía su pequeño BMW. Eran las cuatro menos cuarto.

La ruidosa sala estaba llena de corpulentos hombres maduros que tomaban café y comían tartas fabricadas en serie. Se hurgaban los dientes con palillos multicolores, mientras hablaban de política y de la pesca de la lubina en su lugar de procedencia. Muchos hablaban con un fuerte acento norteño. Del tocadiscos salían los gemidos de Merle Haggard.

El abogado avanzó torpemente hacia el fondo, hasta que en un rincón oscuro descubrió un rostro conocido, oculto tras unas gafas de aviador y la misma gorra de béisbol del Michigan State. Entonces el rostro le sonrió. Tarrance tenía una carta en las manos y vigilaba la puerta. Mitch se sentó ante su mesa.

—Hola, amigo —dijo Tarrance—. ¿Cómo te va de camionero?

—Maravilloso. Pero creo que prefiero el autobús.

—La próxima vez probaremos el tren, o algo por el estilo. Para variar. ¿Ha recogido Laney tu coche?

—¿Laney?

—El negro. Es uno de nuestros agentes, ya lo sabes.

—No hemos sido debidamente presentados. Pero, sí, tiene mi coche. ¿Adónde se lo lleva?

—A pocos kilómetros. Regresará aproximadamente dentro de una hora. Conviene que estés en la carretera a las cinco, para llegar a tu despacho a las seis. No queremos trastornar tu horario.

—Está ya bastante alborotado.

Se acercó una camarera ligeramente impedida, llamada Dot, para preguntarles sin preámbulos lo que deseaban tomar. Café solo. Un grupo de camioneros entró en aquel momento por la puerta y se llenó la cafetería. La voz de Merle era apenas audible.

—¿Cómo les va a los chicos de la oficina? —preguntó alegremente Tarrance.

—Todo bien. Los relojes avanzan mientras hablamos y todos se enriquecen. Gracias por tu interés.

—Encantado.

—¿Cómo está mi viejo amigo Voyles? —preguntó Mitch.

—A decir verdad —respondió Tarrance—, bastante inquieto. Hoy me ha llamado ya dos veces para recordarme por enésima vez que espera tu respuesta. Dice que has tenido tiempo más que suficiente para reflexionarlo. Yo le he dicho que se tranquilice. Le he hablado de esta reunión que habíamos organizado para esta noche y se ha puesto contento. He quedado en llamarle, para ser exactos dentro de cuatro horas.

—Dile que un millón no es suficiente, Tarrance. No dejáis de presumir de que gastáis billones para luchar contra el crimen organizado, solo aspiro a una pequeña tajada. ¿Qué suponen un par de millones para el gobierno federal?

—¿De modo que ahora son dos millones?

—Maldita sea, claro que son dos millones. Ni un céntimo menos. Quiero un millón ahora y otro más adelante. Estoy copiando todas mis fichas y habré acabado dentro de unos días. Creo que son auténticas. Si se las entrego a alguien, quedaré definitivamente expulsado del colegio de abogados. De modo que si te las entrego, quiero el primer millón. Digamos que para demostrar vuestra buena fe.

—¿Cómo lo quieres?

—Depositado en un banco de Zurich. Pero de eso ya hablaremos más adelante.

Dot colocó dos platos sobre la mesa, con tazas dispares. Sirvió el café desde casi un metro de altura y lo derramó por todas partes.

—La segunda taza es gratis —gruñó antes de marcharse.

—¿Y el segundo millón? —preguntó Tarrance, sin prestarle atención al café.

—Cuando tú y yo y Voyles hayamos decidido que os he suministrado bastante documentación para presentar cargos, me entregaréis la mitad. Después de mi última declaración ante los tribunales, la otra mitad. Es increíblemente justo, Tarrance.

—Lo es. Trato hecho.

Mitch respiró hondo y sintió que le flaqueaban las rodillas. Se habían puesto de acuerdo, existía entre ellos un contrato. Claro que no podían ponerlo por escrito, pero no por ello era menos vinculante. Tomó un sorbo de café, sin saborearlo. Habían cerrado el trato respecto al dinero. Estaba en nómina. Era cuestión de seguir presionando.

—Hay otro asunto, Tarrance.

Agachó la cabeza y se volvió ligeramente a la derecha.

—¿Ah, sí?

Mitch se acercó y colocó los antebrazos sobre la mesa.

—No os costará un centavo y para vosotros es pan comido. ¿De acuerdo?

—Te escucho.

—Mi hermano Ray está en Brushy Mountain. Le faltan siete años para la condicional. Quiero que salga en libertad.

—Eso es absurdo, Mitch. Son muchas las cosas que podemos hacer pero, maldita sea, conceder la condicional a un prisionero del estado no es una de ellas. Tal vez a un preso federal, pero no del estado. Imposible.

—Escucha, Tarrance, y presta mucha atención. Si voy a huir perseguido por la mafia, mi hermano va conmigo. Digamos que todo forma parte del mismo trato. Y estoy convencido de que si el director Voyles quiere que salga de la cárcel, lo hará. Lo sé. Solo tenéis que decidir la forma de hacerlo.

—Pero no tenemos autoridad para entrometernos en los asuntos de los presos estatales.

Mitch sonrió y volvió a su café.

—James Earl Ray se fugó de Brushy Mountain, y sin ayuda del exterior.

—Claro, maravilloso. Atacamos la cárcel como comandos y rescatamos a tu hermano. Fantástico.

—No te hagas el bobo conmigo, Tarrance. No es negociable.

—De acuerdo, de acuerdo. Veré lo que puedo hacer. ¿Algo más? ¿Otras sorpresas?

—No, solo detalles en cuanto adónde nos dirigimos y qué hacemos. ¿Dónde nos ocultamos inicialmente? ¿Dónde vivimos mientras duren los juicios? ¿Dónde pasamos el resto de la vida? Solo pequeños detalles.

—Podemos hablar de ello más adelante.

—¿Qué te contaron Hodge y Kozinski?

—No lo suficiente. Tenemos un cuaderno de notas, bastante grueso, en el que hemos reunido y clasificado todo lo que sabemos acerca de los Morolto y de la empresa. En su mayoría es basura relacionada con la familia, su organización, personas claves, actividades ilegales, etcétera. Debes leerlo todo antes de que empecemos a trabajar.

—Lo cual, por supuesto, será después de que me paguéis el primer millón.

—Por supuesto. ¿Cuándo podemos ver tus fichas?

—Aproximadamente dentro de una semana. He logrado

copiar cuatro sumarios que pertenecen a otro. Puede que consiga alguno más.

—¿Quién hace las copias?

—No es de tu incumbencia.

Tarrance reflexionó unos instantes y decidió olvidarlo.

—¿Cuántos sumarios?

—Entre cuarenta y cincuenta. Solo puedo sacar unos pocos a la vez. Hace ocho meses que trabajo en algunos de ellos, pero solo cosa de una semana en otros. Que yo sepa, todos pertenecen a clientes legítimos.

—¿A cuántos de dichos clientes has conocido personalmente?

—Dos o tres.

—No estés tan seguro de que son legítimos. Hodge nos habló de los sumarios falsos, o fichas para sudar como las denominan los socios, que circulan desde hace muchos años y en los que se afilan los colmillos todos los nuevos miembros asociados; densos sumarios que exigen centenares de horas de trabajo y hacen que los novatos se sientan como auténticos abogados.

—¿Fichas para sudar?

—Eso fue lo que Hodge nos dijo. Es un juego fácil, Mitch. Te atraen con el dinero. Te saturan de trabajo que parece legítimo y que, en su mayoría, probablemente lo sea. De ese modo, al cabo de unos años, sin darte cuenta has pasado a formar parte de la conspiración. Estás atrapado, en un callejón sin salida. Incluso tú, Mitch. Empezaste a trabajar en julio, hace ocho meses, y es probable que ya hayan pasado por tus manos unas cuantas fichas sucias. Tú no lo sabías, no tenías por qué sospecharlo. Pero ya te han tendido la trampa.

—Dos millones, Tarrance. Dos millones y mi hermano.

Tarrance tomó un sorbo de café tibio y pidió un trozo de tarta de coco cuando Dot se acercó a la mesa. Consultó su reloj y observó a los camioneros, que fumaban cigarrillos, tomaban café y charlaban sin cesar.

—Bueno, ¿qué le digo a Voyles? —preguntó el agente, al tiempo que se ajustaba las gafas de sol.

—Dile que no hay trato hasta que se comprometa a sacar a Ray de la cárcel. No hay trato, Tarrance.

—Tal vez podamos hacer algo.

—Estoy completamente seguro.

—¿Cuándo sales para las Caimán?

—El domingo a primera hora. ¿Por qué?

—Solo curiosidad, eso es todo.

—Me gustaría saber cuántos grupos distintos van a seguirme. ¿Es pedir demasiado? Estoy convencido de que habrá un montón de gente vigilándonos y, con franqueza, teníamos la esperanza de estar solos.

—¿Apartamento de la empresa?

—Por supuesto.

—Olvida la intimidad. Con toda probabilidad, tiene más cables que una centralita. Es posible que también haya cámaras.

—Muy tranquilizador. Es posible que pasemos un par de noches en el centro de submarinismo de Abanks. Si pasáis por allí, venid a tomar una copa.

—Muy gracioso. Si estamos allí, por algo será. Y tú no te percatarás de ello.

Tarrance se comió la tarta de tres mordiscos. Dejó un par de dólares sobre la mesa y fueron caminando hasta la zona oscura detrás de la cafetería. El sucio asfalto vibraba al compás del zumbido de un acre de motores diésel. Esperaron en la oscuridad.

—Hablaré con Voyles dentro de unas horas —dijo Tarrance—. ¿Qué te parece si mañana por la tarde sales con tu esposa a dar un tranquilo paseo en coche?

—¿A algún lugar en particular?

—Cincuenta kilómetros al este de donde nos encontramos hay una ciudad llamada Holly Springs. Es un lugar antiguo, lleno de edificios de antes de la guerra y repleto de historia confederada. A las mujeres les encanta contemplar las viejas mansiones. Venid a eso de las cuatro y nosotros te encontraremos. Nuestro amigo Laney conducirá un Chevy Blazer rojo brillante, con matrícula de Tennessee. Síguele. Encontraremos un buen lugar para charlar.

—¿Estaremos a salvo?

—Confía en nosotros. Si vemos o nos olemos algo, desapareceremos. Conduce por la ciudad durante una hora y si no ves a Laney, cómete un bocadillo y regresa a casa. Sabrás que te vigilaban de cerca. No nos arriesgaremos.

—Gracias. Sois maravillosos.

Laney dobló la esquina en el BMW y se apeó.

—Todo despejado. No hay moros en la costa.

—Bien —dijo Tarrance—. Hasta mañana, Mitch. Que lo pases bien en la carretera.

Se estrecharon la mano.

—No es negociable, Tarrance —repitió Mitch.

—Puedes llamarme Wayne. Hasta mañana.

25

Los negros nubarrones y la lluvia habían despejado completamente de turistas la playa de Seven Mile cuando los McDeere, agotados y empapados, llegaron al lujoso apartamento. Mitch hizo marcha atrás sobre la acera con el jeep Mitsubishi alquilado, a través de una pequeña extensión de césped, y lo aparcó junto a la puerta principal del bloque B. Durante su primera visita había estado en el bloque A. Ambos apartamentos parecían idénticos, a excepción de la pintura y detalles decorativos. La llave se introdujo perfectamente en la cerradura y se apresuraron a entrar el equipaje, mientras se abrían los cielos y aumentaba el caudal de la lluvia.

En el interior, a resguardo de la lluvia, deshicieron las maletas en el dormitorio principal del primer piso, con una larga terraza frente a la húmeda playa. Cautelosos con sus palabras, inspeccionaron el apartamento, habitación por habitación y armario por armario. El refrigerador estaba vacío, pero el bar muy bien surtido. Mitch preparó dos cubalibres, en honor a las islas. Sentados en la terraza con los pies en la lluvia, contemplaron el océano agitado que embestía la orilla. Rumheads estaba silencioso y apenas visible en la lejanía. Un par de indígenas en la barra tomaban una copa y contemplaban el mar.

—Aquello es Rumheads —dijo Mitch, señalando con el vaso en la mano.

—¿Rumheads?

—Te lo mencioné. Es un lugar de moda, donde los turistas toman una copa y los isleños juegan al dominó.

—Comprendo.

Abby no estaba impresionada. Bostezó, buscó una posición más cómoda en el sillón de plástico y cerró los ojos.

—Es maravilloso, Abby. Nuestro primer viaje al extranjero, nuestra primera luna de miel de verdad y tú te quedas dormida a los diez minutos de nuestra llegada.

—Estoy cansada, Mitch. He pasado la noche haciendo las maletas mientras tú dormías.

—Has traído ocho maletas, seis para ti y dos para mí, con toda la ropa que poseemos. No me sorprende que hayas tardado toda la noche.

—No quiero quedarme sin ropa.

—¿Quedarte sin ropa? ¿Cuántos biquinis has traído? ¿Diez? ¿Doce?

—Seis.

—Fantástico. Uno para cada día. ¿Por qué no te pones uno ahora?

—¿Cómo?

—Lo que oyes. Ponte aquel pequeño azul y alto con un par de cordones en la parte frontal, aquel que pesa un par de gramos, cuesta sesenta dólares y deja al aire tus nalgas cuando caminas. Quiero verlo.

—Mitch, está lloviendo. Me has traído a esta isla en la temporada de los monzones. Fíjate en esas nubes; gruesas, oscuras y perfectamente estacionarias. No voy a necesitar ningún biquini esta semana.

—Me gusta la lluvia —sonrió Mitch, al tiempo que comenzaba a acariciarle las piernas—. A decir verdad, me gustaría que lloviera toda la semana. Nos obligaría a quedarnos en casa, en la cama, bebiendo ron y disfrutando el uno del otro.

—Me dejas atónita. ¿Quieres decir que te apetece realmente el sexo? Este mes lo hemos practicado ya en una ocasión.

—Dos.

—Creí que querías dedicarte a bucear toda la semana.

—No. Es probable que ahí me espere algún tiburón al acecho.

Aumentó el viento y la terraza quedaba empapada.

—Vamos a quitarnos la ropa —dijo Mitch.

Al cabo de una hora comenzó a desplazarse la tormenta. Amainó la lluvia hasta convertirse en una suave llovizna y, por último, desapareció. Las oscuras y bajas nubes abandonaron la pequeña isla en dirección nordeste, hacia Cuba, y se iluminó el firmamento. Poco antes de hundirse en el horizonte, el sol hizo de pronto una breve aparición. Las casitas de la playa, los pisos y apartamentos, así como las habitaciones de los hoteles se vaciaron y los turistas aparecieron sobre la arena, en dirección a la orilla. De pronto Rumheads se llenó de tiradores de dardos y sedientos turistas. Los jugadores de dominó reemprendieron la partida. La orquesta de reggae en el local contiguo, el hotel Palms, afinaba los instrumentos.

Mitch y Abby paseaban por la orilla en dirección a Georgetown, lejos de donde había tenido lugar el encuentro con la chica. De vez en cuando pensaba en ella y en las fotografías. Había llegado a la conclusión de que era una profesional, pagada por DeVasher para conquistarle y seducirle delante de las cámaras. Confiaba en no verla en esta ocasión.

Como si estuviera previsto, paró la música, los paseantes quedaron paralizados y observaron, cesó el ruido de Rumheads, al tiempo que todas las miradas se concentraban en el sol que entraba en contacto con el agua. Unas nubes grises y blancas, residuos de la tormenta, permanecían cerca del horizonte y se hundían con el sol. Empezaron a aparecer tonos naranja, amarillo y rojo, al principio pálidos, pero de pronto muy brillantes. Durante unos instantes, el cielo se convirtió en un lienzo sobre el que el sol proyectaba sus asombrosos rayos de colores con desenfadadas pinceladas. Entonces la gran bola anaranjada entró en contacto con el agua y en pocos segundos desapareció. Las nubes, ahora oscuras, se dispersaron. Una puesta de sol en las Caimán.

Con mucho miedo y precaución, Abby sorteaba el tráfico matutino del distrito comercial al volante del jeep. Era oriunda de Kentucky y nunca había conducido por la izquierda. Mitch se ocupaba de dar direcciones y vigilar por el retrovisor. Los callejones y las aceras estaban ya llenos de turistas, en busca de cerámica, cristal, perfume, máquinas de fotografiar y joyas libres de impuestos.

Mitch señaló una callejuela lateral y el jeep se introdujo en la misma, entre dos grupos de turistas.

—Me reuniré aquí contigo a las cinco de la tarde —le dijo, con un beso en la mejilla.

—Ten cuidado —respondió Abby—. Yo pasaré por el banco y después me quedaré en la playa, cerca del apartamento.

Cerró la puerta del vehículo y desapareció entre dos pequeñas tiendas. El callejón conducía a una calle un poco más ancha, que daba a Hogsty Bay. Entró sigilosamente en una tienda turística, con numerosas estanterías llenas de camisas, sombreros de paja y gafas de sol. Escogió una chabacana camisa estampada en verde y naranja y un sombrero panameño. Al cabo de un par de minutos, salió apresuradamente de la tienda, para introducirse en el asiento posterior de un taxi que pasaba.

—Al aeropuerto —le dijo al taxista—, cuanto antes. Y vigile el retrovisor, puede que alguien nos siga.

El taxista, sin decir palabra, pasó por delante de los bancos y salió de la ciudad. Al cabo de diez minutos, paró frente a la terminal.

—¿Nos ha seguido alguien? —preguntó Mitch, mientras se sacaba el dinero del bolsillo.

—No, amigo. Son cuatro dólares y diez centavos.

Mitch le entregó un billete de cinco y entró a toda prisa en la terminal. El vuelo de Cayman Airways a Cayman Brac tenía prevista la salida a las nueve. Junto a una tienda del aeropuerto, Mitch tomó un café, oculto entre dos estanterías llenas de artículos de regalo. Vigilaba la sala de espera, pero no reconoció a nadie. Claro que no tenía ni idea de cómo eran, pero no vio a nadie que husmeara ni buscara entre el público. Tal vez seguían al jeep, o registraban la zona comercial en su busca. Quizá.

Por setenta y cinco dólares isleños había reservado el último asiento en un Trislander trimotor, con capacidad para diez pasajeros. Abby había hecho la reserva desde una cabina, la noche de su llegada. En el ultimísimo momento, salió corriendo de la terminal y subió a bordo. El piloto cerró y aseguró las puertas del aparato y se dirigió a la pista de despegue. No se veía ningún otro avión. A la derecha había un pequeño hangar.

Los diez turistas admiraron el brillante azul del cielo y no dijeron gran cosa durante los veinte minutos de vuelo. Al acercarse a Cayman Brac, el piloto se convirtió en guía turístico y describió un gran círculo alrededor de la pequeña isla. Subrayó en particular los altos acantilados, que llegaban hasta el mar en el extremo este de la isla. A no ser por los acantilados, explicó el piloto, sería tan llana como Gran Caimán. Aterrizó con suavidad, en una estrecha pista asfaltada.

Junto a un pequeño edificio blanco, con la palabra aeropuerto pintada en las cuatro paredes, un elegante individuo de aspecto europeo observaba a los pasajeros que desembarcaban con rapidez. Se trataba de Rick Acklin, agente especial, a quien el sudor le goteaba por la nariz y llevaba la camisa pegada a la espalda.

—Mitch —dijo, hablando casi consigo mismo, al tiempo que se le acercaba un poco.

Mitch titubeó antes de acercarse.

—El coche está en la puerta —dijo Acklin.

—¿Dónde está Tarrance? —preguntó Mitch, mirando a su alrededor.

—Te espera.

—¿Tiene aire acondicionado el vehículo?

—Me temo que no. Lo siento.

No solo no tenía aire, sino ningún tipo de servo ni señales luminosas. Se trataba de un LTD de 1974 y, mientras avanzaban por un polvoriento camino, Acklin le explicó que no había mucho donde elegir en Cayman Brac en cuanto a coches de alquiler. Y el hecho de que el gobierno de Estados Unidos hubiera alquilado un coche se debía a que entre él y Tarrance habían sido incapaces de encontrar un taxi. Habían tenido suerte de encontrar una habitación, con tan poca antelación.

Las pequeñas y aseadas casas estaban todas apiñadas y de pronto apareció el mar. Dejaron el coche en un aparcamiento sobre la arena, junto a un establecimiento denominado Brac Submarinismo. Un viejo espigón se adentraba en el agua, junto al que estaban atracadas un centenar de embarcaciones de todos los tamaños. En la zona oeste de la playa había una docena de cabañas, con techo de bálago y a medio metro de altura sobre la arena, donde se albergaban submarinistas de todos los confines del planeta. Junto al espigón había un bar al aire libre, sin nombre alguno, pero con su correspondiente juego de dominó y un tablero para jugar a los dardos. Entre las vigas colgaban unos ventiladores de roble y latón, cuyas aspas giraban lenta y silenciosamente, refrescando a los jugadores de dominó y al barman.

Wayne Tarrance estaba en una mesa solo, tomando una Coca-Cola y observando a un equipo de submarinistas que cargaban un sinfín de botellas amarillas, todas idénticas, en una de las embarcaciones. Incluso para un turista, su atuendo era cómico: gafas oscuras de montura amarilla, alpargatas de color castaño evidentemente nuevas con calcetines negros, una ceñida camisa hawaiana de veinte colores chillones y un pantalón corto dorado, muy viejo y ajustado, que poco cubría de las piernas blancas, brillantes y de aspecto enfermizo, bajo la mesa. Movió su vaso en dirección a dos sillas vacías.

—Bonita camisa, Tarrance —dijo Mitch, sin ocultar la gracia que le hacía.

—Gracias. La tuya tampoco está mal.

—Veo que estás moreno.

—Por supuesto. Hay que intentar pasar inadvertido.

El camarero merodeaba cerca de la mesa, a la espera de que pidieran algo. Acklin pidió una Coca-Cola y Mitch lo mismo, pero con un poco de ron. Los tres contemplaban fascinados la embarcación, donde los submarinistas cargaban su voluminoso equipo.

—¿Qué ocurrió en Holly Springs? —preguntó finalmente Mitch.

—Lo siento, no pudimos evitarlo. Había dos coches esperándote en Holly Springs, pero te siguieron desde Memphis. No pudimos acercarnos a ti.

—¿Hablasteis tú y tu esposa de la excursión, antes de salir de casa? —preguntó Acklin.

—Creo que sí. Probablemente lo mencionamos un par de veces.

—Estaban sin duda al pie del cañón —dijo Acklin, aparentemente satisfecho—. Un Skylark verde te siguió unos treinta kilómetros y a continuación desapareció. Entonces anulamos la operación.

—Ya avanzada la noche del sábado, el Lear voló desde Memphis, sin ninguna escala, hasta la isla de Gran Caimán. Creemos que había dos o tres matones a bordo —dijo Tarrance, mientras tomaba un sorbo de Coca-Cola—. El avión salió a primera hora del domingo por la mañana, de regreso a Memphis.

—¿De modo que están aquí y nos siguen?

—Por supuesto. Es probable que tuvieran a un par de personas en el avión, para vigilaros a ti y a Abby. Tanto pueden ser hombres como mujeres. Podría tratarse de un negro o de una mujer oriental. ¿Quién sabe? No lo olvides, Mitch, disponen de mucho dinero. Hemos reconocido a dos de ellos. Uno estaba en Washington al mismo tiempo que tú. Es un rubio de unos cuarenta años, metro ochenta y tres o quizá ochenta y cinco, con el cabello muy corto, casi a la prusiana, muy fuerte y de aspecto nórdico. Se mueve con rapidez. Ayer le vimos al volante de un Escort que alquiló en la isla, en Coconut Car Rentals.

—Yo también creo haberle visto —dijo Mitch.

—¿Dónde? —preguntó Acklin.

—En un bar del aeropuerto de Memphis, la noche de mi regreso de Washington. Me di cuenta de que me observaba y pensé entonces que ya le había visto en Washington.

—Efectivamente. Ahora está aquí.

—¿Quién es el otro?

—Tony Verkler, o Tony «tonel» como nosotros le llamamos. Es un ex presidiario, con una impresionante lista de condenas, en su mayoría en Chicago. Hace muchos años que trabaja para Morolto. Pesa unos ciento treinta y cinco kilos y es muy eficaz para vigilar a la gente, puesto que nadie sospecha nunca de él.

—Anoche estaba en Rumheads —agregó Acklin.

—¿Anoche? También estábamos nosotros.

La embarcación de los buceadores se separó ceremoniosamente del espigón, para dirigirse a mar abierto. Más allá del espolón, unos pescadores recogían sus redes desde unos pequeños botes y otros navegaban mar adentro en sus catamaranes de vivos colores. Después de un suave y soñoliento despertar, la isla estaba ahora en plena actividad. La mitad de las embarcaciones se habían hecho a la mar, o estaban a punto de soltar amarras.

—¿Cuándo llegasteis vosotros a la isla? —preguntó Mitch, mientras tomaba un trago de su bebida, que era más ron que Coca-Cola.

—El domingo por la noche —respondió Tarrance, sin dejar de contemplar la embarcación que se alejaba lentamente.

—Solo por curiosidad, ¿cuántos hombres tenéis en las islas?

—Cuatro hombres y dos mujeres —dijo Tarrance.

Acklin guardó silencio y dejó la conversación en manos de su supervisor.

—¿Y a qué se debe exactamente vuestra presencia? —preguntó Mitch.

—A varias razones. En primer lugar, queremos hablar contigo y cerrar definitivamente nuestro pequeño trato. El director Voyles está terriblemente impaciente por llegar a un acuerdo aceptable para ti. En segundo lugar, queremos observarlos a ellos para comprobar cuántos matones tienen en las islas. Durante esta semana intentaremos identificarlos. La isla es pequeña y constituye un buen punto de observación.

—Y en tercer lugar querrás ponerte moreno...

Acklin soltó una pequeña carcajada. Tarrance sonrió, pero entonces arrugó la frente.

—No, no exactamente. Estamos aquí para protegerte.

—¿Protegerme?

—Así es. La última vez que me senté junto a esta mesa, lo hice en compañía de Joe Hodge y Marty Kozinski. Hace aproximadamente nueve meses. Un día antes de que fueran asesinados, para ser exactos.

—¿Y crees que están a punto de asesinarme?

—No. Todavía no.

Mitch hizo una seña al barman para que le sirviera otro trago. Los isleños que jugaban al dominó se acaloraban, discutían y tomaban cerveza.

—Mientras hablamos, es probable que los matones, como vosotros los llamáis, estén siguiendo a mi esposa por toda la isla de Gran Caimán. No estaré tranquilo hasta que vuelva a reunirme con ella. ¿Qué hay del trato?

Tarrance dejó de contemplar el mar y la embarcación de los submarinistas, para mirar fijamente a Mitch.

—Estamos de acuerdo con lo de los dos millones y...

—Claro que estáis de acuerdo, Tarrance. Esto ya estaba decidido, ¿no lo recuerdas?

—Tranquilízate, Mitch. Pagaremos un millón cuando nos entregues todas tus fichas. A partir de entonces, como suele decirse, no habrá vuelta atrás. Estarás con el agua al cuello.

—Lo sé, Tarrance. Fui yo quien lo sugirió, ¿recuerdas?

—Pero esa es la parte fácil. En realidad, tus fichas no nos interesan porque son limpias. Fichas impecables. Sumarios legítimos. Queremos las fichas comprometedoras, Mitch, los sumarios que están repletos de cargos. Y estos serán mucho más difíciles de obtener. Pero cuando lo hagas, te pagaremos otro medio millón. Y el resto después del último juicio.

—¿Y mi hermano?

—Lo intentaremos.

—No es suficiente, Tarrance. Quiero que te comprometas.

—No podemos prometerte liberar a tu hermano. Maldita sea, le quedan por lo menos siete años de condena.

—Pero es mi hermano, Tarrance. No me importaría que hubiera cometido múltiples asesinatos y estuviera a punto de ser ejecutado. Es mi hermano y si queréis que trabaje para vosotros, tenéis que ponerle en libertad.

—He dicho que lo intentaríamos, pero no te lo puedo garantizar. No hay ninguna forma legal, administrativa ni legítima de conseguirlo. Por consiguiente, habrá que intentarlo por otros medios. ¿Qué ocurre si le alcanza algún disparo durante la huida?

—Limítate a sacarlo de la cárcel, Tarrance.

—Lo intentaremos.

—Dime, Tarrance, ¿te comprometes a utilizar la fuerza y los recursos del FBI para ayudar a mi hermano a huir de la cárcel?

—Te doy mi palabra.

Mitch se echó atrás en su silla y tomó un prolongado sorbo de su bebida. Ahora el trato estaba cerrado. Respiró a gusto y sonrió, mientras admiraba la belleza del Caribe.

—¿Cuándo nos entregarás tus fichas? —preguntó Tarrance.

—Creí que no te interesaban. Me has dicho que eran demasiado limpias, ¿no lo recuerdas?

—Queremos las fichas, Mitch, porque cuando las tengamos te tendremos también a ti. Estarás plenamente comprometido cuando nos entregues las fichas, junto con tu licencia de abogado, por así decirlo.

—De diez a quince días.

—¿Cuántas fichas?

—Entre cuarenta y cincuenta. Las menores son de un par de centímetros de grosor. Las mayores no cabrían sobre esta mesa. No puedo utilizar las fotocopiadoras de la oficina y nos hemos visto obligados a organizarlo de otro modo.

—Tal vez podríamos ayudar con lo de las copias —dijo Acklin.

—Tal vez no. Tal vez si necesito vuestra ayuda, tal vez os la pida.

—¿Cómo piensas entregárnoslas? —preguntó Tarrance, al tiempo que Acklin se retiraba de nuevo a un segundo plano.

—Muy sencillo, Wayne. Cuando haya terminado de copiarlas y reciba el millón donde os indique, te entregaré la llave de un pequeño cuarto en la zona de Memphis y no tendrás más que recogerlas.

—Ya te dije que depositaríamos el dinero en un banco suizo —dijo Tarrance.

—Pero yo no lo quiero en una cuenta suiza, ¿de acuerdo? Yo decidiré las condiciones de la transferencia y se hará exactamente como yo diga. De ahora en adelante es mi cabeza la que está en juego y seré yo quien tome las decisiones. O por lo menos la mayoría de ellas.

Tarrance sonrió, refunfuñó y contempló el espigón.

—¿De modo que no confías en los bancos suizos?

—Digamos solo que he pensado en otro banco. No olvides, Wayne, que trabajo para blanqueadores de dinero y me he convertido en un experto en la forma de ocultar dinero en cuentas extraterritoriales.

—Veremos.

—¿Cuándo podré examinar el cuaderno sobre los Morolto?

—Después de recibir las fichas y pagar el primer plazo. Te facilitaremos toda la información que podamos, pero en general tendrás que valerte por ti mismo. Tú y yo tendremos que reunirnos con mucha frecuencia, lo cual, evidentemente, es bastante peligroso. Puede que tengamos que viajar a menudo en autobús.

—De acuerdo, pero la próxima vez me toca el asiento del pasillo.

—Entendido. Cualquiera con dos millones de dólares en su haber tiene derecho a elegir asiento en un Greyhound.

—No viviré lo suficiente para disfrutarlos, Wayne. Tú lo sabes.

A cinco kilómetros de Georgetown, en la estrecha y serpenteante carretera de Bowden Town, Mitch le vio. Estaba agachado detrás de un viejo Volkswagen, con el capó levantado, como si estuviera parado a causa de una avería. Su atuendo no era el de un turista, sino el de un isleño. Podía pasar perfectamente por uno de los británicos que trabajaban en los bancos para el gobierno. Estaba muy bronceado. Con una especie de llave en la mano, parecía examinar el motor, al tiempo que observaba el estrepitoso jeep Mitsubishi que avanzaba por la izquierda de la carretera. Se trataba del nórdico.

Se suponía que debía pasar inadvertido.

Mitch redujo instintivamente la velocidad a cincuenta kilómetros por hora, para darle la oportunidad de que le alcanzara. Abby volvió la cabeza y vigiló la estrecha carretera, que a lo largo de ocho kilómetros iba pegada a la costa, antes de bifurcarse para alejarse del océano. Al cabo de cinco minutos apareció el Volkswagen verde del nórdico, a toda velocidad por una pequeña curva. El jeep de McDeere estaba mucho más cerca de lo que el nórdico anticipaba. Al percatarse de que le habían visto, redujo bruscamente la velocidad y salió por el primer camino rocoso en dirección al mar.

Mitch aceleró en dirección a Bodden Town. Al oeste del pequeño asentamiento, giró hacia el sur y a menos de un kilómetro y medio se encontró con el océano.

Eran las diez de la mañana y el estacionamiento de la escuela de submarinismo Abanks estaba medio lleno. Las dos embarcaciones de buceadores de la mañana hacía media hora que habían salido. Los McDeere se dirigieron rápidamente al bar, donde Henry servía cerveza y cigarrillos a los jugadores de dominó.

Barry Abanks, apoyado contra uno de los postes que sostenían el techo de bálago del bar, observaba cómo sus embarcaciones desaparecían por la punta de la isla. Cada equipo realizaría dos inmersiones, en lugares como Bonnie's Arch, la Gruta del Diablo, Eden Rock y Roger's Wreck Point, donde había buceado con turistas millares de veces. Algunos de aquellos lugares habían sido descubiertos por él.

Se acercaron los McDeere y Mitch presentó discretamente a su esposa al señor Abanks, cuya reacción no fue cortés, pero tampoco de mala educación. Caminaron juntos hacia el espigón, donde un marinero preparaba un pesquero de diez metros de eslora. Abanks descargó una retahíla de órdenes indescifrables en dirección al joven marinero, que debía de estar sordo o no debía de tener ningún miedo a su jefe.

Mitch se colocó junto a Abanks, en actitud de capitán, y señaló el bar, cincuenta metros a lo largo del espigón.

—¿Conoce a toda la gente que está ahora en el bar? —preguntó.

Abanks frunció el entrecejo.

—Simple curiosidad. Alguien ha intentado seguirme hasta aquí —dijo Mitch.

—Los de siempre —respondió Abanks—. Ningún desconocido.

—¿Ha visto a algún desconocido esta mañana?

—Oiga, este lugar atrae a los desconocidos. No llevo ningún control de los conocidos y los desconocidos.

—¿Ha visto a un norteamericano gordo, pelirrojo, que pesa por lo menos ciento treinta kilos?

Abanks movió la cabeza. El marinero hizo retroceder el bote para alejarse del espigón y dirigirse hacia el horizonte. Abby, sentada sobre un banco acolchado, observaba la escuela de submarinismo que se perdía en la lejanía. En una bolsa de plástico, entre sus pies, había dos pares de aletas y dos máscaras de bucear. Se trataba aparentemente de una excursión para sumergirse y pescar un poco si picaban los peces. El propio jefe había accedido a acompañarlos, pero solo después de que Mitch insistiera y le dijera que tenían que hablar de asuntos personales. Asuntos privados, relacionados con la muerte de su hijo.

Tras la persiana del balcón de un segundo piso, de una casa en la playa de Cayman Kai, el nórdico observaba las dos cabezas con tubos y gafas que entraban y salían del agua alrededor del bote de pesca. Le pasó los prismáticos a Tony «tonel» Verkler, que no tardó en aburrirse y se los devolvió. Detrás del nórdico había una rubia despampanante, con un bañador negro de una sola pieza, cuyo corte de piernas le llegaba casi a las costillas, que cogió los prismáticos y prestó especial atención al marinero a bordo.

—No lo comprendo —dijo Tony—. Si hablan en serio, ¿qué hace ese chico a bordo? ¿Para qué unas orejas innecesarias?

—Puede que hablen de la pesca y del submarinismo —comentó el nórdico.

—No lo sé —dijo la rubia—. Es extraño que Abanks pierda el tiempo en un bote de pesca. Lo que a él le gusta es bucear. Debe de tener muy buenas razones para pasar el día con un par de novatos. Algo ocurre.

—¿Quién es el chico? —preguntó Tony.

—Uno de los ayudantes —respondió la chica—. Hay una docena como él.

—¿Puedes hablar con él más tarde? —dijo el nórdico.

—Eso es —agregó Tony—. Muéstrale un poco de carne y dale algo para esnifar. Seguro que habla.

—Lo intentaré —respondió la rubia.

—¿Cómo se llama? —preguntó el nórdico.

—Keith Rook.

Keith Rook maniobró el bote junto al espigón de Rum Point. Mitch, Abby y Abanks desembarcaron y se dirigieron a la playa. Keith, a quien no invitaron a almorzar, se quedó a bordo para limpiar relajadamente la cubierta.

El Shipwreck Bar se encontraba a cien metros de la orilla, a la escasa sombra de unos árboles. Era húmedo y oscuro, con persianas en las ventanas y chirriantes ventiladores que colgaban del techo. No había reggae, dominó ni dardos. La clientela del mediodía era silenciosa, con cada mesa imbuida en su propia conversación privada.

Desde su mesa se veía el mar, hacia el norte. Pidieron comida típica de la isla: hamburguesa de queso y cerveza.

—Este lugar es distinto de los demás —observó Mitch, en voz baja.

—Muy distinto —dijo Abanks—. Hay muy buenas razones para ello. Es donde se reúnen los narcotraficantes, propietarios de muchas de las mejores casas y apartamentos de por aquí. Llegan en sus reactores privados, depositan el dinero en nuestros excelentes bancos y se quedan unos días para comprobar el estado de sus propiedades.

—Bonito barrio.

—Sí que lo es. Tienen muchos millones y no se meten con nadie.

La camarera, una atractiva mulata de voz profunda, dejó tres botellas de Red Stripe jamaicana sobre la mesa sin decir palabra.

—¿De modo que cree poder salir andando de este asunto? —preguntó Abanks, inclinado con los codos sobre la mesa y la cabeza agachada, como solía hablarse en el Shipwreck Bar.

Mitch y Abby se inclinaron simultáneamente sobre la mesa, y las tres cabezas gachas se reunieron sobre la cerveza.

—No pienso andar, sino correr. Correr como el diablo, pero lograré escapar. Y necesitaré su ayuda.

Después de unos instantes de reflexión, levantó la cabeza y se encogió de hombros.

—¿Qué debo hacer? —preguntó, al tiempo que tomaba su primer sorbo de Red Stripe.

Abby fue la primera en percatarse de su presencia. Solo una mujer podía detectar a otra mujer, que con tanta elegancia se esforzaba por oír su pequeña conversación. Estaba de espaldas a Abanks. Era rubia, con el rostro parcialmente oculto tras unas ordinarias gafas oscuras, contemplaba el océano y escuchaba con un interés un poco excesivo. Cuando los tres se acercaron al centro de la mesa, ella se incorporó en su asiento y aguzó el oído. Estaba sola en una mesa para dos.

Abby hincó las uñas en la pierna de su esposo y guardaron silencio. La rubia de negro dejó de escuchar, se concentró en su mesa y cogió la copa.

Wayne Tarrance había mejorado su atuendo, llegado el viernes de la semana en las Caimanes. Ya no usaba alpargatas, pantalón corto ajustado, ni gafas de adolescente. Había desaparecido el aspecto pálido y enfermizo de sus piernas. Estaban ahora al rojo vivo, irremediablemente abrasadas. Después de tres días en el peñasco tropical conocido como Cayman Brac, él y Acklin, actuando en nombre del gobierno de Estados Unidos, se habían instalado en una habitación bastante barata de la isla de Gran Caimán, a varios kilómetros de la playa de Seven Mile y lejos de cualquier punto remoto de la costa. Desde allí controlaban las idas y venidas de los McDeere y otras personas de interés. Compartían una habitación con dos camas individuales y duchas de agua fría en el Coconut Motel. El miércoles por la mañana se habían puesto en contacto con el sujeto, McDeere, para solicitar una reunión cuanto antes. Les había dicho que no, alegando que estaba demasiado ocupado. Él y su esposa estaban de luna de miel, les había dicho, y no disponía de tiempo para dicha reunión. Tal vez, más adelante, fue lo único que le sacaron.

El jueves por la noche, cuando Mitch y Abby degustaban un mero asado en el restaurante del faro en la carretera de Bodden Town, Laney, el agente Laney, vestido a la usanza de la isla y con el aspecto de un negro isleño, se acercó a su mesa para poner los puntos sobre las íes. Tarrance insistía en que celebraran una reunión.

Los pollos tenían que ser importados en las islas, y no de los mejores. Eran solo de segunda calidad y no para el consumo de los isleños, sino de los norteamericanos alejados de un elemento tan esencial de su régimen alimenticio básico. Las dificultades que experimentó el coronel Sanders fueron extraordinarias para enseñar a las isleñas, a pesar de ser negras o mulatas, cómo freír un pollo. Era algo ajeno para ellas.

Y así fue como al agente especial Wayne Tarrance, del Bronx, se le ocurrió organizar una breve reunión secreta en la sucursal del Kentucky Fried Chicken, en la isla de Gran Caimán. La única que existía. Pensó que el lugar estaría desierto. Se equivocaba.

Un centenar de hambrientos turistas, procedentes de Georgia, Alabama, Texas y Mississippi, abarrotaban el local y devoraban el pollo crujiente con ensalada de col y puré de patatas. Sabía mejor en Tupelo, pero no estaba mal.

Tarrance y Acklin vigilaban nerviosos la puerta, desde una mesa del abigarrado restaurante. No era demasiado tarde para retroceder. Había demasiada gente. Por fin Mitch entró solo y se colocó en una larga cola. Cogió su pequeña caja de cartón rojo, se sentó a su mesa sin decir palabra y empezó a comer el pollo, que le había costado cuatro dólares isleños con ochenta y nueve centavos. Pollo importado.

—¿Dónde te habías metido? —preguntó Tarrance.

—No he salido de la isla —respondió Mitch, mientras mordía un muslo—. Has escogido un lugar absurdo para reunirnos, Tarrance. Demasiada gente.

—Sabemos lo que hacemos.

—Claro, como en la zapatería coreana.

—Muy listo. ¿Por qué no quisiste reunirte con nosotros el miércoles?

—Estaba ocupado y no me apetecía veros. ¿Estoy limpio?

—Por supuesto. De lo contrario, Laney se te habría acercado en la puerta.

—Este lugar me pone nervioso, Tarrance.

—¿Para qué fuiste a ver a Abanks?

Mitch, con un muslo parcialmente devorado en la mano, se limpió los labios. Un muslo bastante pequeño.

—Tiene una embarcación. Me apetecía pescar y bucear un poco, y él nos acompañó. ¿Dónde estabas, Tarrance? ¿En un submarino persiguiéndonos alrededor de la isla?

—¿Qué te contó Abanks?

—Sabe muchas palabras: hola, quiero una cerveza, ¿quién nos sigue? Un montón de palabras.

—¿Sabías que ellos te habían seguido?

—¡Ellos! ¿Qué ellos? ¿Tus ellos o sus ellos? Me sigue tanta gente que causo aglomeraciones de tráfico.

—Los malos, Mitch. Esos de Memphis, Chicago y Nueva York. Los que te asesinarán mañana si te pasas de listo.

—Me siento conmovido. De modo que me siguieron. ¿Y adónde los conduje? ¿A bucear? ¿A pescar? Por Dios, Tarrance. Ellos me siguen a mí, vosotros los seguís a ellos, vosotros me seguís a mí, ellos os siguen a vosotros. Si freno de repente, me encontraré con veinte narices en el trasero. ¿Por qué nos hemos reunido aquí, Tarrance? Esto está lleno de gente.

Tarrance miró frustrado a su alrededor.

—Mira, Tarrance —exclamó Mitch, al tiempo que cerraba su caja de cartón—, estoy nervioso y me he quedado sin apetito.

—Tranquilo. Estás limpio. Nadie te ha seguido desde el apartamento.

—Siempre estoy limpio, Tarrance. Supongo que Hodge y Kozinski también lo estaban cada vez que daban un paso. Limpios en la escuela de Abanks. Limpios en la embarcación. Limpios en los funerales. Esto no ha sido una buena idea, Tarrance. Me voy.

—De acuerdo. ¿Cuándo sale tu avión?

—¿Por qué? ¿Pensáis seguirme? Me seguiréis a mí o los seguiréis a ellos? ¿Y si os siguen ellos a vosotros? ¿Qué te parece si nos confundimos todos y sigo yo a todos los demás?

—Ya basta, Mitch.

—A las nueve cuarenta de la mañana. Procuraré guardarte un asiento. Puedes coger el de la ventana, junto a Tony «tonel».

—¿Cuándo nos entregarás tus fichas?

—Más o menos dentro de una semana —respondió Mitch, de pie con la caja de cartón en las manos—. Dame diez días, Tarrance, y no se te ocurra organizar otra reunión en público. Recuerda que asesinan a los abogados, no a los estúpidos agentes del FBI.

26

A las ocho de la mañana, Oliver Lambert y Nathan Locke recibieron permiso para cruzar el muro de hormigón del quinto piso y entraron en un laberinto de pequeños despachos y oficinas. DeVasher los esperaba. Cerró la puerta de su despacho y les indicó que se sentaran. No caminaba tan aprisa como antes. Durante la noche había librado una larga batalla con el vodka, ganada por su adversario. Sus ojos estaban rojos y se le dilataba el cerebro con cada inhalación.

—Ayer hablé con Lazarov en Las Vegas. Le expliqué tan bien como supe las razones por las que tanto os resistís a despedir a los cuatro abogados, Lynch, Sorrell, Buntin y Myers. Le repetí vuestro razonamiento y dijo que se lo pensaría. Pero entretanto aseguraos por todos los medios de que trabajen solo en expedientes legítimos. No toméis riesgo alguno y vigiladlos de cerca.

—Es una bellísima persona, ¿no te parece? —dijo Oliver Lambert.

—Sí, es encantador. Dice que, desde hace seis semanas, el señor Morolto pregunta por la empresa cada ocho días. Están muy intranquilos.

—¿Qué le has contado?

—Le he dicho que, por ahora, todo está seguro. Que, de

momento, hemos sellado todas las rendijas. Pero parece que no está convencido.

—¿Qué se sabe de McDeere? —preguntó Locke.

—Ha pasado una semana maravillosa con su mujer. ¿La habéis visto alguna vez con su minibiquini? No usó otra cosa en toda la semana. ¡Extraordinario! Le hemos tomado unas fotos, solo como pasatiempo.

—No he venido aquí para ver fotos —exclamó Locke.

—No me digas. Pasaron todo un día con nuestro amigo Abanks, los tres solos, acompañados de un marinero. Jugaron en el agua y pescaron un poco. Pero, sobre todo, hablaron muchísimo. Sobre qué, no lo sabemos. En ningún momento pudimos acercarnos lo suficiente. Sin embargo, muchachos, me parece muy sospechoso. Muy sospechoso.

—No veo por qué —replicó Oliver Lambert—. ¿De qué pueden hablar, aparte de la pesca, el submarinismo y, por supuesto, de Hodge y Kozinski? Supongamos que hablen de Hodge y Kozinski, ¿qué hay de malo en ello?

—Ten en cuenta, Oliver, que no los conocía —dijo Locke—. ¿Por qué se interesaría tanto por su muerte?

—No olvidéis —agregó DeVasher— que en su primera reunión, Tarrance le contó que su muerte no había sido accidental. De modo que ahora busca pistas como Sherlock Holmes.

—Pero no encontrará ninguna, ¿no es cierto, DeVasher?

—Claro que no. Fue un trabajo perfecto. Evidentemente, han quedado algunas incógnitas, pero no cabe la menor posibilidad de que la policía de las islas pueda resolverlas. Ni tampoco nuestro joven McDeere.

—En tal caso, ¿qué te preocupa? —preguntó Lambert.

—Que estén preocupados en Chicago, Ollie. Me pagan un magnífico salario para que me preocupe cuando ellos se preocupan. Y hasta que los federales nos dejen en paz, todo el mundo seguirá preocupado, ¿de acuerdo?

—¿Qué más hicieron?

—Lo normal de unas vacaciones en las Caimán. Sexo, sol,

ron, ir de compras y admirar el paisaje. Teníamos tres personas en la isla y le perdieron un par de veces, pero nada grave, espero. Como siempre he dicho, no se puede seguir a una persona día y noche, siete días por semana, sin ser descubierto. De modo que, a veces, tenemos que actuar con discreción.

—¿Crees que McDeere se va de la lengua? —preguntó Locke.

—Lo que sé es que miente, Nat. Mintió acerca de aquel incidente en la zapatería coreana, hace un mes. Vosotros no quisisteis creerlo, pero estoy convencido de que entró voluntariamente en la tienda, porque quería hablar con Tarrance. Uno de nuestros muchachos cometió el error de acercarse demasiado, e interrumpieron la reunión. Esta no es la versión de McDeere, pero así fue como ocurrió. Sí, Nat, creo que se va de la lengua. Tal vez se reúne con Tarrance y le manda a freír espárragos. Puede que se reúnan para fumar un porro. No lo sé.

—Pero no tienes ninguna prueba concreta, DeVasher —dijo Ollie.

Se le dilató el cerebro y le produjo una presión atroz en el cráneo. Dolía demasiado para enfurecerse.

—No, Ollie, no como en el caso de Hodge y Kozinski, si es eso a lo que te refieres. Teníamos sus conversaciones grabadas y sabíamos que estaban a punto de hablar. El caso de McDeere es un poco diferente.

—No olvidemos que es un novato —agregó Nat—. Un abogado con ocho meses en la empresa, que no sabe nada. Ha trabajado un millar de horas en expedientes ficticios y los únicos clientes de los que se ha ocupado son perfectamente legítimos. Avery ha sido sumamente cauteloso en cuanto a los sumarios que ha dejado en manos de McDeere. Hemos hablado de ello.

—No tiene nada que decir, porque no sabe nada —dijo Ollie—. Marty y Joe sabían muchas cosas, pero hacía años que estaban en la empresa. McDeere es un recluta.

—De modo que habéis contratado a un auténtico mameluco —dijo DeVasher, mientras se frotaba suavemente las sienes—. Supongamos que el FBI presiente la identidad de nuestro mayor cliente. Ahora procurad seguir mi razonamiento. Supongamos además que Hodge y Kozinski dijeron lo suficiente para confirmar la identidad de dicho cliente. ¿Veis por dónde vamos? Supongamos también que los federales le han contado a McDeere todo lo que saben, con ciertos toques ornamentales. De pronto vuestro ignorante recluta se habría convertido en una persona muy erudita. Y muy peligrosa.

—¿Cómo piensas cerciorarte?

—Para empezar, aumentando la vigilancia. No le quitaremos ojo de encima a su esposa de día ni de noche. He hablado ya con Lazarov para pedirle refuerzos. Le he explicado que necesitamos caras nuevas. Voy a ir a Chicago mañana para informar a Lazarov y tal vez al señor Morolto. Lazarov cree que Morolto tiene la pista de un topo dentro del FBI, alguien próximo a Voyles, dispuesto a vender información. Aunque, al parecer, es caro. Quieren evaluar la situación y decidir lo que hay que hacer.

—¿Y piensas decirles que McDeere se va de la lengua? —preguntó Locke.

—Les diré lo que sé y lo que sospecho. Temo que si esperamos a tener pruebas concretas, tal vez sea demasiado tarde. Estoy seguro de que Lazarov querrá hablar de planes para eliminarlo.

—¿Planes preliminares? —preguntó Ollie, con un deje de esperanza.

—La etapa preliminar está superada, Ollie.

El Hourglass Tavern, en Nueva York, está en la calle Cuarenta y Seis, cerca de la esquina de la Novena Avenida. Es un local pequeño y oscuro, con veintidós sillas, que se hizo famoso por sus elevados precios y los cincuenta y nueve minutos máximos otorgados para cada comida. De las paredes, cerca de las mesas, cuelgan unos relojes de arena blanca que señalan silenciosamente el paso del tiempo, hasta que la camarera, en calidad de cronometradora, realiza finalmente sus cálculos y anuncia el fin del tiempo otorgado. Suele estar abarrotado de personajes de Broadway, que a menudo esperan fielmente en la acera.

A Lou Lazarov le gustaba el Hourglass por su oscuridad y porque en él podían mantenerse conversaciones privadas. Conversaciones breves, de menos de cincuenta y nueve minutos. Le gustaba porque no estaba en la Little Italy y, aunque pertenecía a un clan siciliano, él no era italiano y no tenía por qué comer como ellos. Además, le gustaba porque había nacido en aquel barrio, donde había pasado los primeros cuarenta años de su vida. Cuando el cuartel general de la organización se instaló en Chicago, había tenido que trasladarse. Sin embargo, los negocios le obligaban a visitar Nueva York por lo menos dos veces por semana, y, cuando debía reunirse con algún miembro de otra familia del mismo rango, Lazarov siempre sugería que lo hicieran en el Hourglass. Tubertini era del mismo rango, o ligeramente superior, y aceptó a regañadientes el lugar de la cita.

Lazarov fue el primero en llegar y no tuvo que esperar para conseguir una mesa. Sabía por experiencia que la clientela se dispersaba a eso de las cuatro de la tarde, especialmente los jueves. Pidió un vaso de vino tinto. La camarera invirtió el reloj de arena de la pared y se inició la carrera contra el tiempo. Estaba sentado a una mesa de primera fila, de cara a la calle y de espaldas a las demás mesas. Era un individuo robusto, de cincuenta y ocho años, ancho de pecho y con una portentosa barriga. Firmemente apoyado sobre el mantel a cuadros rojos, contemplaba el tráfico de la calle Cuarenta y Seis.

Afortunadamente, Tubertini llegó con puntualidad. No había llegado a deslizarse una cuarta parte de la arena blanca. Se estrecharon amablemente la mano, mientras Tubertini examinaba con desdén el diminuto restaurante. Le brindó a Lazarov una sonrisa forzada y observó su silla junto a la ventana. Estaría de espaldas a la calle y esto le resultaba sumamente irritante, además de peligroso. Pero tenía el coche en la puerta, con dos de sus hombres, y decidió ser amable. Sin decir palabra, rodeó la diminuta mesa y se sentó.

Tubertini era muy elegante. Tenía treinta y siete años y era yerno del propio Palumbo. Familia. Estaba casado con su única hija. Era estéticamente delgado, de piel morena y llevaba el corto cabello negro perfectamente peinado hacia atrás. Pidió vino tinto.

—¿Cómo está mi amigo Joey Morolto? —preguntó, con una radiante sonrisa.

—Muy bien. ¿Y el señor Palumbo?

—Muy enfermo y de muy mal humor. Como de costumbre.

—Te ruego que le des recuerdos de mi parte.

—Por supuesto.

Se acercó la camarera y lanzó una amenazadora mirada al reloj de arena.

—Solo vino —dijo Tubertini—. No voy a comer.

Lazarov examinó la carta y se la devolvió.

—Salmón salteado y otro vaso de vino —dijo.

Tubertini echó una mirada a sus guardaespaldas en el coche, que parecían estar dormidos.

—¿Qué anda mal en Chicago?

—Nada anda mal. Solo necesitamos un poco de información, eso es todo. Ha llegado a nuestros oídos, por supuesto sin confirmación, que disponéis de una fuente muy fiable en el seno del FBI, próxima a Voyles.

—¿Y si fuera cierto?

—Necesitaríamos que nos facilitara cierta información. Tenemos una pequeña unidad en Memphis y los federales están haciendo lo imposible por detectarla. Sospechamos que uno de nuestros empleados tal vez trabaje para ellos, pero no logramos atraparlo.

—¿Y si lo hacéis?

—Le arrancaremos el hígado y se lo daremos a las ratas.

—Parece grave.

—Sumamente grave. Tenemos el presentimiento de que los federales han elegido nuestra pequeña unidad como objetivo y esto nos inquieta.

—Digamos que se llama Alfred y que está muy cerca de Voyles.

—De acuerdo. Necesitamos que Alfred nos dé una respuesta muy simple. Bastará con que confirme o niegue que nuestro empleado trabaja para los federales.

Tubertini observó a Lazarov y tomó un sorbo de vino.

—Alfred está especializado en respuestas simples. Prefiere las que solo requieren un sí o un no. Solo le hemos utilizado en dos ocasiones y en ambos casos era cuestión de «¿van a estar los federales aquí o allí?». Es una persona extraordinariamente cautelosa. No le creo dispuesto a facilitar demasiados detalles.

—¿Es exacta su información?

—A más no poder.

—En tal caso, creo que puede ayudarnos. Si la respuesta es afirmativa, actuaremos en consecuencia. En caso contrario, nuestro empleado quedará libre de toda sospecha y seguirá el negocio como de costumbre.

—Alfred es muy caro.

—Me lo temía. ¿Cuánto?

—Lleva dieciséis años en el FBI y ocupa un cargo importante. De ahí que sea muy cauteloso. Tiene mucho que perder.

—¿Cuánto?

—Medio millón.

—¡Maldita sea!

—Evidentemente, debemos ganar una pequeña comisión en la transacción. Después de todo, Alfred nos pertenece.

—¿Una pequeña comisión?

—A decir verdad, muy pequeña. La mayor parte es para

Alfred. Ten en cuenta que habla con Voyles a diario. Su despacho está a dos puertas del director.

—De acuerdo. Pagaremos.

Tubertini brindó a su interlocutor una sonrisa de triunfador y tomó otro sorbo de vino.

—Creo que me has mentido, señor Lazarov. Me has dicho que se trataba de una pequeña unidad en Memphis, pero creo que eso no es cierto, ¿me equivoco?

—No.

—¿Cómo se llama la unidad en cuestión?

—La empresa Bendini.

—La hija del viejo Morolto se casó con un Bendini.

—El mismo.

—¿Cómo se llama el empleado?

—Mitchell McDeere.

—Puede que tardemos dos o tres semanas. Reunirse con Alfred es toda una epopeya.

—Bien. Procura que sea cuanto antes.

27

Era sumamente inusual que las esposas aparecieran por la pequeña y tranquila fortaleza de Front Street. Siempre se les decía que serían, sin duda, bien recibidas, pero raramente recibían una invitación. No obstante, Abby McDeere se presentó en la puerta principal, sin invitación ni aviso previo. La recepcionista llamó a Nina al segundo piso y esta se personó en la recepción a los pocos segundos, para saludar efusivamente a la esposa de su jefe. Le explicó que Mitch estaba reunido. «Siempre está en alguna maldita reunión —replicó Abby—. ¡Llámele!» Se dirigieron apresuradamente al despacho de Mitch, donde Abby cerró la puerta y esperó.

Mitch presenciaba en aquellos momentos una de las caóticas partidas de Avery. Las secretarias tropezaban entre sí y preparaban maletines, mientras Avery vociferaba por teléfono. Mitch estaba sentado en el sofá, con un cuaderno en la mano, y contemplaba el jolgorio. El socio tenía previsto pasar dos días en las Caimán. El quince de abril se aproximaba amenazante como una cita con el pelotón de ejecución y en los bancos de las islas había cierta información que había adquirido una importancia fundamental. Avery insistía en que se trataba exclusivamente de trabajo. Hacía cinco días que hablaba del temido y maldito viaje, que era completamente indispensable. Viajaría en el Lear que, según una de las secretarias, le estaba esperando.

Probablemente cargado de dinero, pensó Mitch.

Avery colgó el teléfono y cogió su chaqueta. Nina entró en el despacho y miró fijamente a Mitch.

—Señor McDeere, su esposa está aquí. Dice que es urgente.

El caos se convirtió en silencio. Mitch miró desconcertado a Avery. Las secretarias quedaron paralizadas.

—¿Qué ocurre? —preguntó, al tiempo que se incorporaba.

—Está en su despacho —respondió Nina.

—Mitch, tengo que marcharme —dijo Avery—. Te llamaré mañana. Espero que no ocurra nada grave.

—De acuerdo.

Mitch siguió a Nina por la escalera, hasta su despacho, sin decir palabra. Abby estaba sentada sobre la mesa. Cerró la puerta con llave y la miró atentamente.

—Mitch, tengo que ir a mi casa.

—¿Por qué? ¿Qué ocurre?

—Mi padre acaba de llamarme a la escuela. A mi madre le han encontrado un tumor en uno de los pulmones. La operarán mañana.

—Cuánto lo siento —suspiró Mitch, sin tocarla.

Abby no lloraba.

—Debo marcharme. He pedido la excedencia en la escuela.

—¿Para cuánto tiempo? —preguntó, nervioso.

Ella miró hacia la pared, donde estaban todos sus diplomas.

—No lo sé, Mitch. Necesitamos estar algún tiempo sin vernos. En estos momentos estoy harta de muchas cosas y necesito estar a solas. Creo que nos favorecerá a ambos.

—Hablemos antes de ello.

—Estás demasiado ocupado para hablar, Mitch. Hace seis meses que intento hablar contigo, pero no eres capaz de escucharme.

—¿Cuánto tiempo piensas estar ausente, Abby?

—No lo sé. Supongo que depende de mi madre. No, en realidad depende de muchas cosas.

—Me asustas, Abby.

—Volveré, te lo prometo. Lo que no sé es cuándo. Puede que en una semana, o tal vez dentro de un mes. Tengo que resolver algunas cosas.

—¿Un mes?

—No lo sé, Mitch. Necesito tiempo. Necesito estar con mi madre.

—Espero que no sea grave. Con toda sinceridad.

—Lo sé. Voy a pasar por casa para recoger algunas cosas y me marcharé más o menos dentro de una hora.

—De acuerdo. Cuídate.

—Te quiero, Mitch.

Asintió y la observó mientras abría la puerta. No se besaron.

En el quinto piso, un técnico rebobinó la cinta y pulsó el botón de emergencia, que llamaba directamente al despacho de DeVasher. Este apareció en un abrir y cerrar de ojos y se colocó los auriculares sobre su voluminoso cráneo.

—Rebobina la cinta —ordenó, después de escuchar unos instantes—. ¿Cuándo ha ocurrido? —agregó.

—Hace dos minutos y catorce segundos —respondió el técnico, al tiempo que consultaba las cifras de una pantalla digital—. En el segundo piso, en su despacho.

—Maldita sea. Le abandona, ¿no es cierto? ¿Han hablado antes de separación o de divorcio?

—No. Se lo habríamos comunicado. Han discutido sobre la cantidad excesiva de horas que trabaja y que detesta a sus suegros. Pero nada semejante a lo de ahora.

—Bien, bien. Comprueba si Marcus ha oído algo. Inspecciona las cintas, por si se nos ha pasado algo por alto. ¡Maldita sea!

Abby emprendió viaje a Kentucky, pero no llegó a su destino. A una hora al oeste de Nashville, salió de la interestatal cuarenta, para seguir hacia el norte por la nacional trece. No había detectado nada a su espalda. En algunos tramos conducía a ciento cincuenta y en otros a ochenta. Nada. Al llegar a la pequeña ciudad de Clarksville, cerca de la carretera de Kentucky, giró de pronto hacia el este por la nacional ciento doce. Al cabo de una hora entró en Nashville por una carretera comarcal y el Peugeot rojo se perdió en el tráfico de la ciudad.

Aparcó el vehículo en el estacionamiento del aeropuerto de Nashville y cogió el autobús hasta la terminal. En unos lavabos del primer piso, se puso un pantalón corto de color caqui, unas zapatillas Bass y un jersey de lana azul marino. El atuendo era un poco ligero para la época, pero se dirigía a un lugar más caluroso. Se recogió el cabello en forma de cola de caballo y lo ocultó bajo el cuello del jersey. Cambió de gafas de sol y guardó el vestido, los zapatos y las medias en una bolsa deportiva.

Casi cinco horas después de salir de Memphis, cruzaba la puerta de embarque de Delta y mostraba su billete. Pidió un asiento junto a la ventana.

Ningún vuelo Delta del mundo libre puede evitar hacer escala en Atlanta, pero afortunadamente no tuvo que cambiar de avión. Esperó junto a la ventana y observó la caída de la noche en el ajetreado aeropuerto. Estaba nerviosa, pero procuraba no pensar en ello. Tomó un vaso de vino y leyó el *Newsweek*.

Al cabo de dos horas aterrizó en Miami y bajó del avión. Cruzó apresuradamente el aeropuerto, consciente de que la miraban, pero sin preocuparse por ello. Decidió que se trataba de las miradas habituales de admiración y lujuria. Eso era todo.

En el único mostrador de Cayman Airways mostró el billete de ida y vuelta, la partida de nacimiento que exigían y el permiso de conducir. Los isleños son gente maravillosa, que no le permiten a uno entrar en su país si no ha adquirido con antelación el billete de regreso. Bienvenidos y gastad vuestro dinero. A continuación, marchaos, por favor.

Estaba sentada en un rincón de la abigarrada sala, e intentaba leer. Un joven acompañado de su atractiva esposa y dos hijos no dejaba de mirarle las piernas, pero nadie más se había fijado en ella. El vuelo a la isla de Gran Caimán tenía prevista la salida dentro de treinta minutos.

Superadas las dificultades iniciales, Avery cogió ímpetu y pasó siete horas en el Royal Bank de Montreal, sucursal de Gran Caimán, en Georgetown. Cuando se marchó, a las cinco de la tarde, el despacho que habían puesto a su disposición estaba lleno de copias informáticas y resúmenes de cuentas. Acabaría el trabajo al día siguiente. Necesitaba a McDeere, pero las circunstancias habían trastornado gravemente sus planes de viaje. Avery estaba ahora agotado y sediento. Por otra parte, la playa estaba en su mejor ambiente.

En Rumheads, cogió una cerveza en la barra y maniobró su bronceado cuerpo entre la muchedumbre para buscar una mesa en la terraza. Cuando, con la seguridad que la caracterizaba, pasó junto a la mesa de dominó, Tammy Greenwood Hemphill, de Greenwood Services, entró en el bar algo nerviosa pero con talante despreocupado y se instaló en un taburete de la barra, desde donde le observó. Su bronceado era artificial, fabricado a máquina, con ciertas áreas más tostadas que otras, Pero, en conjunto, era un bronceado envidiable para el mes de marzo. Llevaba el cabello teñido, no descolorido, de un color rubio pálido y un maquillaje más moderado. Su biquini, de un vivo naranja fosforescente que llamaba la atención, era una obra de arte. Sus voluminosos senos tenían un aspecto hermoso, forzando al límite los cordones y los diminutos fragmentos de tela. El minúsculo retal posterior no lograba cubrir absolutamente nada. A pesar de sus cuarenta años, veinte pares de ojos hambrientos la siguieron hasta la barra, donde pidió un refresco y alumbró un cigarrillo. Mientras fumaba, no dejaba de observar a Avery.

Era un lobo. Era apuesto, y lo sabía. Mientras degustaba su cerveza, observó lentamente a todas las hembras en un radio de cincuenta metros. Se concentró en una joven rubia y parecía dispuesto a lanzarse al ataque, cuando llegó el compañero de la joven y ella se le sentó sobre las rodillas. Volvió a su cerveza y siguió inspeccionando.

Tammy pidió otro refresco, con unas gotas de lima, y se dirigió a la terraza. La mirada del lobo se centró inmediatamente en los voluminosos senos y observó cómo se le acercaban.

—¿Te importa que me siente? —preguntó Tammy.

—Te lo ruego —respondió Avery, al tiempo que se ponía parcialmente de pie y le ofrecía una silla.

Entre todos los lobos hambrientos y lujuriosos que abarrotaban el bar y la terraza de Rumheads, le había elegido a él. Se había ligado a chicas más jóvenes, pero en aquel momento y en aquel lugar, ella era la más deseable.

—Me llamo Avery Tolleson y soy de Memphis.

—Encantada de conocerte. Yo soy Libby. Libby Lox, de Birmingham.

Ahora era Libby. Tenía una hermana llamada Libby, una madre llamada Doris y su nombre era Tammy. Y, sobre todo, esperaba no hacerse un lío. A pesar de que no llevaba ningún anillo, tenía un marido cuyo nombre oficial era Elvis, a quien se suponía en la ciudad de Oklahoma imitando al rey del rock and roll y probablemente acostándose con adolescentes que llevaban camisetas con la inscripción *Ámame con dulzura*.

—¿Qué te trae por aquí? —preguntó Avery.

—He venido a divertirme. Estoy aquí desde esta mañana y me hospedo en el Palms. ¿Y tú?

—Soy abogado tributario y, aunque te cueste creerlo, estoy en viaje de negocios. No me queda más remedio que venir a la isla varias veces todos los años. Una verdadera tortura.

—¿Dónde te alojas?

—Esos dos apartamentos —respondió, mientras los señalaba con el dedo— son propiedad de mi empresa. Es una gran ventaja.

—Vaya suerte.

—¿Te gustaría verlos? —preguntó el lobo, sin titubeo alguno.

—Tal vez más tarde —respondió, mientras reía como una adolescente.

Avery le sonrió. Aquello sería pan comido. Le encantaban las islas.

—¿Qué tomas? —le preguntó.

—Ginebra con tónica y unas gotas de lima.

Avery fue a la barra, regresó con las bebidas y acercó su silla a la de Tammy. Ahora sus piernas se tocaban. Los senos de Tammy descansaban cómodamente sobre la mesa y él los admiraba.

—¿Estás sola?

La pregunta era obvia, pero debía formularla.

—Sí. ¿Y tú?

—También. ¿Tienes algún plan para la cena?

—Ninguno.

—Magnífico. A partir de las seis organizan una maravillosa cena al aire libre en el Palms. El mejor marisco de la isla. Buena música. Ponche de ron. De todo. Y cada uno viste como quiere.

—Me gusta la idea.

Se acercaron un poco más el uno al otro y pronto la mano de Avery estaba entre las rodillas de Tammy, con su codo pegado al seno izquierdo de la chica y una sonrisa en los labios. Ella también le sonrió. Aquello no era particularmente desagradable, pensó Tammy, pero lo primero era la obligación.

Los Barefoot Boys afinaron los instrumentos y empezó la fiesta. De todos los confines de la playa llegaban los turistas al Palms. Unos indígenas de chaqueta blanca y pantalón corto también blanco ordenaban las mesas plegables y las cubrían con unos gruesos manteles de algodón blanco. El olor a gambas hervidas, *amberjack* asado y tiburón a la parrilla impregnaba el ambiente. Los tortolitos, Avery y Libby, entraron en el patio del Palms cogidos de la mano y se unieron a la cola de la comida.

Durante tres horas, comieron y bailaron, bebieron y bailaron, y se apasionaron mutuamente. Cuando se dio cuenta de que Avery estaba borracho, ella volvió a tomar refrescos. La obligación. A las diez, Avery se tambaleaba y Tammy le ayudó a abandonar la pista, para dirigirse al apartamento, que estaba a pocos pasos. Se abalanzó sobre ella en la puerta y, durante cinco minutos, no dejaron de besarse y manosearse. Por último echó mano de la llave y entraron en el apartamento.

—Una copa —dijo ella, siempre dispuesta al jolgorio.

Avery sirvió una ginebra con tónica para ella y un whisky con soda para él. Se sentaron en la terraza del dormitorio principal y contemplaron la media luna que decoraba el plácido océano.

Tanto había bebido ella como él, suponía Avery, y si ella podía tomar otra copa, también podía él. Pero tenía necesidad de acudir al lavabo y se disculpó. El whisky con agua estaba sobre la mesa de mimbre situada entre ambos y ella lo contempló con una sonrisa en los labios. Los acontecimientos se desarrollaban con mayor facilidad de la prevista. Tammy sacó una bolsita de plástico de la tira naranja que llevaba entre piernas, agregó un par de pastillas de Lorinal a la bebida de Avery y siguió bebiendo su ginebra con tónica.

—Vacía el vaso, muchachote —le dijo a su regreso—. Tengo ganas de meterme en la cama.

Avery cogió el whisky y se lo tomó de un trago. Hacía horas que sus corpúsculos gustativos estaban entumecidos. Después de vaciar el vaso comenzó a relajarse, sin lograr sostener la cabeza, que iba de un hombro a otro, hasta que por último le cayó sobre el pecho y con la respiración forzada.

—Felices sueños, conquistador —dijo Tammy para sí.

En un hombre de ochenta kilos, dos pastillas de Lorinal inducirían diez horas de sueño profundo. Cogió el vaso y observó lo poco que quedaba. Ocho horas con toda seguridad. Le arrastró de la silla a la cama, donde colocó primero la cabeza y a continuación los pies. Con mucho cuidado, le quitó el pantalón corto amarillo y azul, y lo dejó en el suelo. Después de unos instantes de contemplación, lo cubrió con las sábanas y le dio un beso de buenas noches.

Sobre la cómoda había dos llaveros, con un total de once llaves. En la planta baja, entre la cocina y la sala desde la que se veía la playa, encontró la misteriosa puerta cerrada con llave, que Mitch había descubierto en noviembre. Después de medir a pasos todas las habitaciones de la planta baja y del primer piso, había llegado a la conclusión de que el cuarto debía de ser de unos cinco metros por cinco. El lugar era sospechoso por su puerta metálica, por estar cerrado con llave y por el pequeño cartel sobre la puerta que decía «almacén». Era el único cartel del apartamento. La semana anterior, cuando Abby y él habían ocupado el apartamento contiguo, había podido comprobar que no tenía ninguna habitación parecida.

En uno de los llaveros había una llave de un Mercedes, dos del edificio Bendini, la de una casa, dos de un apartamento y la llave de un escritorio. Las del otro llavero eran anónimas y bastante genéricas. Estas fueron las que probó primero y la cuarta encajó en la cerradura. Se aguantó la respiración y abrió la puerta. No le dio ningún calambre, no sonó ninguna alarma, ni nada por el estilo. Mitch le había dicho que esperara cinco minutos después de abrir la puerta y, si no ocurría nada, encendiera entonces la luz.

Esperó diez minutos. Diez largos y aterradores minutos. Mitch había deducido que el primer apartamento lo utilizaban los socios y otros huéspedes de confianza, y el segundo los miembros asociados y demás personas sometidas a una vigilancia permanente. Por ello confiaba en que el primer apartamento no estuviera saturado de cables, cámaras, magnetófonos y alarmas. Transcurridos los diez minutos, abrió la puerta de par en par y encendió la luz. Esperó de nuevo y no oyó nada. La habitación era cuadrada, de unos cinco metros de lado, con las paredes blancas, desprovista de alfombra y con una docena de ficheros a prueba de incendios. Se acercó lentamente a uno de ellos y tiró del cajón superior. No estaba cerrado con llave.

Apagó la luz, cerró la puerta y regresó al dormitorio del primer piso, donde Avery dormía ahora profundamente y con estrepitosos ronquidos. Eran las diez y media. Trabajaría durante ocho horas a marchas forzadas y acabaría a las seis de la mañana.

En una esquina de la habitación, cerca de un escritorio, había tres grandes maletines colocados escrupulosamente en fila. Los cogió, apagó las luces y salió por la puerta principal. El pequeño parque de estacionamiento estaba oscuro y vacío, así como el camino de grava que conducía a la carretera. Frente a los apartamentos había una acera flanqueada por unos setos, que acababa junto a una verja blanca que señalaba el límite de la propiedad. El portalón daba a un montículo cubierto de césped, después del cual se encontraba el primer edificio del hotel Palms.

Los apartamentos estaban a cuatro pasos del Palms, pero los maletines habían aumentado muchísimo de peso cuando llegó a la habitación ciento ochenta y ocho. Estaba en la parte frontal del primer piso, con vista a la piscina pero no a la playa. Estaba sudada y jadeaba cuando llamó a la puerta.

Abby la abrió, cogió los maletines y los colocó sobre la cama.

—¿Algún problema?

—Todavía no. Creo que está muerto.

Tammy se secó la cara con una toalla y abrió una lata de Coca-Cola.

—¿Dónde está? —preguntó Abby sin sonreír, pensando solo en el trabajo.

—En su cama. Calculo que disponemos de ocho horas. Hasta las seis.

—¿Has logrado entrar en el cuarto? —preguntó Abby, al tiempo que le entregaba unos pantalones cortos y una holgada camisa de algodón.

—Sí. Hay una docena de ficheros, que no están cerrados con llave. Unas cajas de cartón, algunos trastos y poca cosa más.

—¿Una docena?

—Sí, de los altos. Tamaño normal. Tendremos suerte si terminamos a las seis.

Era una habitación individual, con cama de tres cuartos. El sofá, la mesilla y la cama estaban contra la pared, y en el centro había una Canon modelo 8580, con alimentador y colector automáticos, y los motores precalentados. Procedía del Island Office Supply, donde se la habían alquilado al desorbitante precio de trescientos dólares por veinticuatro horas, entregada a domicilio. Era la fotocopiadora más nueva y grande de la isla, según le había explicado el representante, a quien no le hacía ninguna gracia alquilarla solo por un día. Pero Abby había utilizado sus dotes de seducción y colocó los billetes de cien dólares sobre el mostrador. Junto a la cama había dos cajas de papel, con un total de diez mil hojas.

Abrieron el primer maletín y sacaron del mismo seis delgadas carpetas.

—Vaya expedientes —exclamó Tammy, hablando consigo misma, antes de abrir las anillas de la primera carpeta y retirar los papeles—. Mitch dice que son muy particulares con sus expedientes —agregó, al tiempo que retiraba las grapas de un documento de diez páginas—. Asegura que los abogados tienen una especie de sexto sentido y siempre saben cuándo unas secretarias o algún pasante ha tocado un expediente. De modo que tendrás que tener mucho cuidado. Trabaja despacio. Después de copiar un documento, procura que las grapas coincidan con los antiguos agujeros. Es tedioso. Copia los documentos uno por uno, por muchas páginas que tengan. A continuación, junta las hojas despacio y por orden. Entonces junta las copias, de modo que todo quede ordenado.

Gracias a la alimentación automática, se tardaban ocho segundos en copiar un documento de diez páginas.

—Bastante rápido —dijo Tammy.

El primer maletín estuvo listo en veinte minutos. Tammy le entregó los dos llaveros a Abby, cogió dos bolsas Samsonite de lona vacías y salió en dirección al apartamento.

Abby salió detrás de ella y cerró la puerta con llave. Entonces se dirigió a la puerta del hotel, donde se encontraba el Nissan Stanza alquilado por Tammy. Sorteando el tráfico que se le acercaba por el lado contrario de la carretera, condujo a lo largo de la playa de Seven Mile en dirección a Georgetown. Dos manzanas detrás del magnífico edificio del Swiss Bank, en una estrecha calle de hermosas casitas, encontró la del único cerrajero de la isla de Gran Caimán. O, por lo menos, el único que había logrado localizar sin ayuda ajena. Su casa era verde, con marcos blancos alrededor de las puertas y ventanas.

Aparcó en la calle y cruzó una pequeña zona arenosa, para llegar al diminuto porche donde el cerrajero y sus vecinos tomaban una copa y escuchaban Radio Cayman. El mejor reggae. Se hizo un silencio con su llegada, pero ninguno de ellos se puso de pie. Eran casi las once. Le había dicho que realizaría el trabajo en el taller que tenía detrás de la casa, por un precio módico, y que le trajera una media botella de ron Myers en concepto de pago anticipado.

—Señor Dantley, lamento llegar tarde —dijo, al tiempo que le entregaba el ron—. Le he traído un pequeño regalo.

El señor Dantley surgió de la oscuridad, cogió la botella y la inspeccionó.

—Muchachos, una botella de Myers.

Abby no comprendía su jerga, pero era evidente que estaban todos muy emocionados con el ron. Dantley dejó la botella en manos de sus compañeros y acompañó a Abby a un pequeño cobertizo situado detrás de la casa, lleno de herramientas, pequeñas máquinas y numerosos artefactos. Del techo colgaba una bombilla amarilla y solitaria, que atraía centenares de mosquitos. Ella le entregó las once llaves, que Dantley colocó cuidadosamente sobre un rincón despejado del abigarrado banco de trabajo.

—Será cosa fácil —dijo, sin levantar la mirada.

A pesar del alcohol y lo avanzado de la hora, Dantley parecía controlar la situación. Tal vez su cuerpo había desarrollado una inmunidad al ron. Con unas gruesas gafas, cortó y pulió cada una de las réplicas. Al cabo de veinte minutos, había terminado y le devolvió a Abby los dos juegos originales, con sus correspondientes duplicados.

—Muchas gracias, señor Dantley. ¿Qué le debo?

—Ha sido bastante fácil —respondió—. Un dólar por llave.

Le pagó inmediatamente y se marchó.

Tammy llenó la dos bolsas con el contenido del cajón superior del primer fichero. Cinco cajones por doce ficheros suponían sesenta desplazamientos de ida y vuelta a la fotocopiadora. En ocho horas. Era factible. Había expedientes, cuadernos, copias informáticas y más expedientes. Mitch les había dicho que lo copiaran todo. Puesto que no estaba exactamente seguro de lo que buscaba, era preferible guardarlo todo.

Apagó las luces y corrió al piso superior, para comprobar cómo estaba el conquistador. No se había movido. Roncaba en cámara lenta.

Las bolsas pesaban quince kilos cada una y le dolían los brazos cuando llegó a la habitación ciento ochenta y ocho. El primero de los sesenta desplazamientos; no lo resistiría. Abby no había regresado todavía de Georgetown y Tammy vació el contenido de las bolsas sobre la cama. Tomó un sorbo de Coca-Cola y se marchó con las bolsas vacías, de regreso al apartamento. El segundo cajón era idéntico al primero. Introdujo las carpetas en las bolsas y cerró con dificultad las cremalleras. Sudaba y respiraba a bocanadas. Pensó que cuatro paquetes diarios era una exageración y que debería reducirlos a dos, tal vez uno. Subió de nuevo para controlar al varón. No se había movido desde la última visita.

La fotocopiadora zumbaba y claqueaba a su regreso a la habitación. Abby había terminado de copiar el contenido del segundo maletín y estaba a punto de comenzar con el tercero.

—¿Has conseguido las llaves? —preguntó Tammy.

—Sí, sin ningún problema. ¿Qué hace tu hombre?

—Si no fuera por el ruido de la máquina, oirías sus ronquidos.

Tammy vació cuidadosamente las bolsas sobre la cama, se pasó una toalla húmeda por la cara y regresó al apartamento.

Cuando Abby acabó con el tercer maletín, empezó a copiar los documentos de los ficheros. No tardó en cogerle el tranquillo al alimentador automático y al cabo de treinta minutos trabajaba con la eficaz desenvoltura de una experta funcionaria. Introducía los documentos, retiraba las grapas y las volvía a colocar, mientras la máquina arrojaba velozmente las copias al colector.

Tammy llegó después de su tercer desplazamiento, respirando laboriosamente y con el rostro empapado de sudor.

—Tercer cajón —dijo—. Sigue roncando.

Abrió la cremallera de las bolsas y formó otro cuidadoso montón sobre la cama. Recobró el aliento, se secó la cara, e introdujo el contenido ya copiado del primer cajón en las bolsas. Durante el resto de la noche, iría cargada tanto de ida como de vuelta.

A medianoche, los Barefoot Boys cantaron su última canción y en el Palms se dio por acabada la función. El discreto zumbido de la fotocopiadora no se oía fuera de la habitación. Nadie prestó atención a aquella agotada mujer, empapada de sudor, que entraba y salía con unas bolsas de la misma habitación, cuya puerta se mantenía cerrada con llave, las persianas perfectamente cerradas y todas las luces apagadas, a excepción de la que había sobre la mesilla de noche.

A partir de medianoche dejaron de hablar. Además de estar demasiado cansadas, atareadas y asustadas, no había nada digno de mención, a excepción de algún posible movimiento del conquistador en la cama. En realidad, permaneció inmóvil hasta aproximadamente la una de la madrugada, cuando se volvió inconscientemente a un lado, posición en la que permaneció durante unos veinte minutos, antes de tumbarse nuevamente de espaldas. Tammy le vigilaba en cada desplazamiento, sin dejar nunca de preguntarse lo que haría si de pronto abriera los ojos y la atacara. Llevaba un propulsor de polvos irritantes en el bolsillo de su pantalón corto, por si había una confrontación y se veía obligada a huir. Mitch no había especificado los detalles de tal huida. En todo caso, era esencial no conducirle a la habitación del hotel. Arrójale los polvos, le había dicho, echa a correr y grita: «¡Que me violan!».

Sin embargo, después de veinticinco idas y venidas, se convenció de que faltaban horas para recuperar el conocimiento. Además, por si no bastaba con ir cargada como una mula, en cada desplazamiento tenía que subir los catorce peldaños que conducían al primer piso, para comprobar el estado del donjuán. Pero entonces decidió que, en lugar de hacerlo en cada visita, solo subiría una de cada tres veces.

A las dos de la madrugada, a medio camino de la meta, habían copiado el contenido de cinco ficheros. Habían realizado más de cuatro mil copias y la cama estaba cubierta de ordenados montones de documentos. Las copias estaban contra la pared, junto al sofá, en siete montones que llegaban casi a la altura de la cintura.

Se tomaron un descanso de quince minutos.

A las cinco y media apareció por levante el primer destello de luz y olvidaron su cansancio. Abby empezó a actuar con mayor rapidez alrededor de la fotocopiadora, con la esperanza de que no dejara de funcionar. Tammy se frotó los tobillos para desentumecerlos y regresó apresuradamente al apartamento. Había efectuado cincuenta y uno o cincuenta y dos desplazamientos. Ya no llevaba la cuenta. De momento, aquel sería su último viaje. Avery la estaba esperando.

Abrió la puerta y, como de costumbre, entró directamente en el cuarto de los ficheros. También como de costumbre, dejó las bolsas llenas de documentos en el suelo. Subió silenciosamente por la escalera, entró en la habitación y quedó atónita. Avery estaba sentado al borde de la cama, de cara a la terraza. Oyó su llegada y volvió lentamente la cabeza para echarle una mirada vaga, con los ojos empañados y abotargados.

Instintivamente, ella se desabrochó el pantalón y lo dejó caer al suelo, al tiempo que procuraba normalizar la respiración.

—Hola, tigre —dijo alegremente, acercándose al lugar donde estaba sentado—. Es muy temprano. Vamos a dormir un poco más.

Volvió a dirigir la mirada a la terraza, sin decir palabra. Tammy se sentó junto a él y le frotó el interior del muslo. Subió la mano y él permaneció inmóvil.

—¿Estás despierto? —preguntó.

No respondió.

—Avery, háblame, cariño. Vamos a dormir un poco más. Todavía no ha amanecido.

Cayó de costado sobre la almohada y soltó un gruñido. Un mero refunfuño, que no pretendía siquiera ser comprensible. A continuación cerró los ojos. Tammy le levantó las piernas sobre la cama y volvió a cubrirlo con las sábanas.

Permaneció sentada junto a él durante diez minutos; cuando comenzó de nuevo a roncar con la intensidad de antes, se puso de nuevo el pantalón y salió corriendo hacia el Palms.

—¡Ha despertado, Abby! —exclamó aterrada—. Ha despertado y ha vuelto a quedarse como un tronco.

Abby paró y la miró fijamente. Ambas contemplaron la cama, cubierta de documentos por copiar.

—Bueno, tómate una ducha rápida —dijo sosegadamente Abby—. Después métete en la cama con él y espera. Cierra la puerta del cuarto de los archivos y llámame cuando despierte y se meta en la ducha. Copiaré lo que queda, e intentaremos trasladarlo más tarde, cuando se vaya a trabajar.

—Esto es muy arriesgado.

—Todo es arriesgado. Date prisa.

Al cabo de cinco minutos, Tammy/Doris/Libby, con su minúsculo biquini naranja fosforescente y sin bolsas, regresó al apartamento. Cerró la puerta principal, la del cuarto de los archivos y subió a la habitación. Se quitó la parte superior del biquini y se metió en la cama.

Los ronquidos le impidieron dormir durante un cuarto de hora. Entonces empezó a entrarle un profundo sopor y se incorporó en la cama para no dormirse. Estaba asustada, en la cama con un hombre desnudo que no dudaría en matarla si supiera lo que ocurría. Su agotado cuerpo se relajó y el sueño se hizo inevitable. Quedó de nuevo adormecida.

El donjuán resucitó a las nueve y tres minutos. Emitió unos sonoros gemidos y rodó hacia el borde de la cama. Sus párpados estaban pegados, pero se abrieron lentamente para permitir el paso de los rayos cegadores del sol. Emitió otro gemido. La cabeza le pesaba una tonelada y se balanceaba torpemente de un lado para otro, con violentas sacudidas del cerebro. Respiró hondo y el oxígeno fresco penetró como un aguijón en sus sienes. Le llamó la atención su mano derecha. Intentó levantarla, pero los impulsos nerviosos se negaban a penetrar en el cerebro. Logró levantarla con lentitud y la observó de reojo. Intentó enfocar primero el ojo derecho y a continuación el izquierdo, para mirar el reloj.

Contempló al artefacto digital durante treinta segundos, antes de descifrar los números rojos. Las nueve y cinco. ¡Maldita sea! Debía haber estado en el banco a las nueve. Gimió de nuevo. ¡Esa mujer!

Tammy se había percatado de sus movimientos y le había oído, pero permanecía inmóvil con los ojos cerrados. Sintió que daba vueltas y rogó para que no la tocara.

Aquel muchacho travieso y ambicioso había padecido muchas resacas, pero ninguna como aquella. Contempló el rostro de la muchacha, e intentó recordar cómo se lo había pasado con ella. Hasta entonces, aunque hubiera olvidado todo lo demás, siempre lo había recordado. Por muy atroz que fuera la resaca, nunca olvidaba a las mujeres. La observó durante unos instantes y se dio por vencido.

—¡Maldita sea! —exclamó cuando se puso de pie e intentó andar.

Sus pies parecían de plomo y solo obedecían a regañadientes sus deseos. Se apoyó en la puerta corrediza de la terraza.

El baño estaba a seis metros de distancia y decidió arriesgarse. La mesa y la cómoda le sirvieron de muletas. A pequeños pasos torpes y dolorosos, acabó por alcanzar el baño. Se tambaleó cerca del retrete e hizo sus necesidades.

Tammy se volvió para mirar hacia la terraza, y cuando Avery terminó, se sentó junto a ella en la cama y le acarició suavemente un hombro.

—Libby, despierta. Despierta, cariño —dijo con suma cortesía, al tiempo que la sacudía ligeramente y ella se agarrotaba.

Entonces Tammy le brindó su mejor sonrisa. La sonrisa del día siguiente de gratificación y compromiso. La sonrisa de Scarlett O'Hara, al día siguiente en que Rhett se acostara con ella.

—Has estado magnífico —susurró, sin abrir los ojos.

A pesar del dolor y de las náuseas, de los pies de plomo y de la jaqueca, se sentía orgulloso de sí mismo. La mujer estaba impresionada. De pronto, recordó lo magnífico que había estado anoche.

—Escucha, Libby, hemos dormido más de la cuenta. Debo ir a trabajar. Llegaré inevitablemente tarde.

—¿No estás de humor para...? —preguntó con una risita, mientras rogaba para que no lo estuviera.

—Ahora no puedo. ¿Qué te parece esta noche?

—Aquí estaré, campeón.

—Magnífico. Voy a ducharme.

—Despiértame cuando termines.

Avery se puso de pie, susurró algo y cerró la puerta del cuarto de baño. Tammy se acercó al teléfono y llamó a Abby, que lo dejó sonar tres veces antes de descolgarlo.

—Está en la ducha.

—¿Estás bien?

—Sí, perfectamente. Avery no podría hacerlo aunque se lo propusiera.

—¿Por qué has tardado tanto?

—No ha despertado hasta hace poco.

—¿Sospecha algo?

—No. No recuerda nada. Creo que sufre.

—¿Cuánto tiempo vas a seguir ahí?

—Le daré un beso de despedida cuando salga de la ducha. Dentro de diez o quince minutos.

—De acuerdo. Date prisa.

Abby colgó y Tammy se trasladó a su lado de la cama. En el desván, encima de la cocina, un magnetofón dejó de grabar y se programó para la siguiente llamada.

A las diez y media estaban listas para el último asalto al apartamento. El contrabando se dividió en tres partes iguales. Tres redadas a plena luz del día. Tammy se puso las nuevas llaves en el bolsillo de la blusa y salió con las bolsas. Caminaba deprisa, sin dejar de mirar permanentemente a su alrededor, a través de sus gafas de sol. El aparcamiento frente a los apartamentos seguía vacío. Había muy poco tráfico en la carretera.

La nueva llave entró en la cerradura y Tammy penetró en el apartamento. La llave del cuarto de los ficheros entró también en la cerradura y, al cabo de cinco minutos, la joven salió del apartamento. Tanto la segunda vez como la tercera fueron igualmente rápidas y sin tropiezos. Antes de abandonar el cuarto de los archivos por última vez, lo estudió atentamente. Estaba todo en orden, tal como lo había encontrado. Cerró el apartamento con llave y se llevó las bolsas vacías y desgastadas a su habitación.

Durante una hora permanecieron ambas tumbadas sobre la cama, riéndose de Avery y de su resaca. Casi todo había terminado y habían cometido el crimen perfecto. Además, el conquistador había sido su cómplice sin saberlo. Decidieron que había sido fácil.

La pequeña montaña de pruebas documentales llenaba once cajas y media de cartón ondulado. A las dos y media, un indígena con un sombrero de paja y sin camisa llamó a la puerta y se identificó como empleado de una empresa de almacenaje llamada Cayman Storage. Abby le mostró las cajas. Sin tener adónde ir, ni ninguna prisa por llegar, cogió la primera caja y la trasladó con mucha lentitud a la furgoneta. Como todos los indígenas, operaba a ritmo isleño; sin prisas.

Le siguieron en el Stanza hasta Georgetown. Abby inspeccionó el cuarto donde se guardarían las cajas y pagó tres meses de alquiler.

28

Wayne Tarrance estaba sentado en la última fila del Greyhound de las once cuarenta de la noche, de Louisville a Chicago por Indianápolis. A pesar de que él iba solo, el autobús estaba abarrotado. Era la noche del viernes. Hacía media hora que el autobús había salido de Kentucky y, a estas alturas, estaba convencido de que algo había fallado. Treinta minutos transcurridos y no había recibido señal ni comunicación alguna. Tal vez se había equivocado de autobús. Quizá McDeere había cambiado de opinión. Las posibilidades eran infinitas. Los asientos posteriores estaban a pocos centímetros encima del motor de diésel y Wayne Tarrance, oriundo del Bronx, comprendía ahora la razón por la que los pasajeros habituales peleaban por conseguir un asiento cerca del conductor. Tal era la vibración de su libro de Louis l'Amour, lo que llegó a producirle la jaqueca. Treinta minutos. Nada.

Alguien tiró de la cadena del retrete, al otro lado del pasillo, y se abrió la puerta de par en par. Se extendió el olor y Tarrance contempló el tráfico que circulaba en dirección contraria. Ella apareció como por arte de magia, ocupó el asiento contiguo y se aclaró la garganta. Tarrance volvió de pronto la cabeza a la derecha y ahí estaba. La había visto antes, pero no recordaba dónde.

—¿Es usted el señor Tarrance? —preguntó la chica, con

vaqueros, zapatillas de algodón blanco y holgado jersey verde, oculta tras sus gafas oscuras.

—Sí. ¿Quién es usted?

—Abby McDeere —respondió, al tiempo que le estrechaba vigorosamente la mano.

—Esperaba encontrarme con su marido.

—Lo sé. Ha decidido no venir y aquí estoy yo.

—Bueno, el caso es que tenía que hablar con él.

—Sí, pero me ha mandado a mí en su lugar. Piense que trata con su representante.

Tarrance dejó el libro bajo el asiento y observó la carretera.

—¿Dónde está?

—¿Qué importancia tiene eso, señor Tarrance? Me ha mandado para hablar de negocios y usted ha venido con el mismo propósito, de modo que hablemos.

—De acuerdo. No levante la voz y si alguien se acerca por el pasillo coja mi mano y deje de hablar. Actúe como si fuéramos marido y mujer, o algo por el estilo, ¿de acuerdo? Ahora bien, el señor Voyles... ¿Sabe quién es?

—Lo sé todo, señor Tarrance.

—Bien. Al señor Voyles está a punto de darle un infarto porque todavía no tenemos los expedientes de Mitch, los limpios. Estoy seguro de que comprende la importancia que tienen para nosotros, ¿no es cierto?

—Perfectamente.

—Bien, pues queremos los expedientes.

—Y nosotros queremos un millón de dólares.

—Claro, ese es el trato. Pero antes deben entregarse los expedientes.

—No. Ese no es el trato. El trato, señor Tarrance, es que nosotros recibamos un millón de dólares exactamente donde le indiquemos y entonces le entregaremos los expedientes.

—¿No confían en nosotros?

—Ha acertado. No confiamos en usted, en Voyles, ni en nadie. El dinero debe ser depositado, por transferencia telegráfica, en cierto número de cuenta de un banco de Freeport, en las Bahamas. Nosotros lo sabremos inmediatamente y lo transferiremos a otro banco. Cuando el dinero se encuentre donde nosotros lo queremos, los expedientes serán suyos.

—¿Dónde están los expedientes?

—En un pequeño almacén de Memphis. Son cincuenta y uno en total, perfectamente empaquetados. Quedará impresionado. Realizamos un trabajo impecable.

—¿Realizamos? ¿Los ha visto usted?

—Por supuesto. He ayudado a empaquetarlos. En la caja número ocho hay algunas sorpresas.

—¿De que se trata?

—Mitch logró copiar tres expedientes de Avery Tolleson que parecen cuestionables. Dos de ellos tratan de una empresa llamada Dunn Lane Limited, que sabemos que es una compañía controlada por la mafia y registrada en las islas Caimán. Se fundó con diez millones de dólares blanqueados en mil novecientos ochenta y seis. Los expedientes tratan de dos proyectos inmobiliarios, financiados por dicha corporación. Su lectura le resultará fascinante.

—¿Cómo sabe que la compañía está registrada en las islas Caimán? ¿Y cómo sabe lo de los diez millones? No creo que eso figure en los expedientes.

—No, efectivamente. Tenemos otros documentos.

Tarrance pensó en los otros documentos durante diez kilómetros. Era evidente que no los vería hasta que los McDeere recibieran su primer millón. Decidió pasarlo por alto.

—No estoy seguro de que podamos ajustarnos a sus deseos y transferirles el dinero sin que nos entreguen antes los expedientes.

No era más que una débil baladronada, con la que no logró engañar a Abby, que se limitó a sonreír.

—¿Le gusta jugar, señor Tarrance? Déjese de escaramuzas y limítese a entregarnos el dinero.

Un estudiante extranjero, probablemente árabe, se acercó

por el pasillo y entró en el lavabo. Tarrance quedó paralizado y miró por la ventana. Abby le acarició el brazo, como una verdadera esposa. Al tirar de la cadena, se oía algo parecido a una pequeña catarata.

—¿Cuándo podemos efectuar el intercambio? —preguntó Tarrance.

—Los expedientes están listos —respondió Abby, que ya no le tocaba el brazo—. ¿Cuándo puede disponer de un millón de dólares?

—Mañana.

Abby miró por la ventana y habló sin apenas mover los labios.

—Hoy es viernes. El próximo martes, a las diez de la mañana, hora de la costa este y de las Bahamas, efectúe una transferencia telegráfica de un millón de dólares desde su cuenta en el Chemical Bank de Manhattan, a una cuenta numerada del banco de Ontario en Freeport. Es una transferencia limpia y perfectamente legítima, que tarda unos quince segundos.

—¿Qué ocurre si no tenemos ninguna cuenta en el Chemical Bank de Manhattan? —preguntó Tarrance, que escuchaba atentamente con el entrecejo fruncido.

—No la tienen ahora, pero la tendrán el lunes. Estoy segura de que disponen de alguien en Washington capaz de efectuar una simple transferencia telegráfica.

—Estoy seguro.

—Bien.

—Pero ¿por qué el Chemical Bank?

—Órdenes de Mitch, señor Tarrance. Confíe en él, sabe lo que se hace.

—Veo que lo tiene todo muy estudiado.

—Mitch se lo estudia siempre todo a fondo. Y hay algo que no le conviene olvidar. Es mucho más inteligente que usted.

Tarrance refunfuñó y forzó una carcajada. Ambos guardaron silencio durante un par de kilómetros, mientras pensaban en la siguiente pregunta.

—De acuerdo —dijo Tarrance, hablando casi consigo mismo—. ¿Y cuándo recibiremos los expedientes?

—Cuando el dinero llegue a Freeport nos lo comunicarán. El miércoles por la mañana, antes de las diez y media, recibirá en su despacho de Memphis un paquete urgente con una nota y la llave de un pequeño almacén.

—¿De modo que le puedo confirmar al señor Voyles que tendremos los expedientes el miércoles por la tarde?

Abby se encogió de hombros, sin decir palabra. Tarrance se sintió estúpido por haber formulado aquella pregunta y pensó rápidamente en otra mejor.

—Necesitaremos el número de la cuenta de Freeport.

—Lo llevo escrito. Se lo entregaré cuando pare el autobús.

Los detalles habían quedado ultimados. Metió la mano bajo el asiento y recuperó su libro. Pasaba páginas y fingía que leía.

—Quédese un minuto donde está —dijo Tarrance.

—¿Alguna pregunta?

—Sí. ¿Podemos hablar de los otros documentos que ha mencionado?

—Por supuesto.

—¿Dónde están?

—Buena pregunta. De la forma en que se me ha explicado el trato, recibiremos antes el próximo plazo, que según tengo entendido es de medio millón, a cambio de pruebas que le permitan procesar a los inculpados. Esos documentos forman parte del próximo plazo.

—¿Me está diciendo que los expedientes ilícitos obran ya en su poder? —preguntó Tarrance, mientras pasaba una página del libro.

—Tenemos casi todo lo que necesitamos. Efectivamente. Un montón de expedientes ilícitos.

—¿Dónde están?

—Le prometo que no los encontrará en el pequeño almacén, con los legítimos —sonrió Abby, al tiempo que le daba unas palmaditas en el brazo.

—Pero ¿obran en su poder?

—Más o menos. ¿Le gustaría ver un par de ellos?

Tarrance cerró el libro, respiró hondo y la miró fijamente.

—Por supuesto.

—Lo imaginaba. Mitch dice que le daremos veinte centímetros de documentos sobre Dunn Lane Limited: copias de cuentas bancarias, estatutos corporativos, actas, reglamentos, cargos, accionistas, transferencias, cartas de Nathan Locke a Joey Morolto, apuntes y un centenar de apetitosos bocados que le impedirán conciliar el sueño. Algo maravilloso. Mitch dice que en el sumario de Dunn Lane probablemente hay material para iniciar treinta procesos.

Tarrance no se perdía palabra y creía todo lo que Abby le contaba.

—¿Cuándo puedo verlo? —preguntó ansioso, pero sin levantar la voz.

—Cuando Ray salga de la cárcel. Forma parte del trato, ¿recuerda?

—Ah, sí, Ray.

—Ah, sí, señor Tarrance. Pone a Ray en libertad o se olvida de la empresa Bendini. Mitch y yo cogeremos el suculento millón y desapareceremos en la oscuridad de la noche.

—Estoy trabajando en ello.

—Más vale que se esfuerce.

No era una simple amenaza y él lo sabía. Abrió de nuevo el libro y se puso a leer.

Abby se sacó una tarjeta de visita de Bendini, Lambert & Locke del bolsillo y la dejó caer sobre el libro. En el reverso estaba escrito el número de cuenta 477DL 19584, banco de Ontario, Freeport.

—Voy a regresar a mi asiento cerca del conductor, lejos del motor. ¿Tiene claro lo del próximo martes?

—Perfectamente. ¿Se apea en Indianápolis?

—Voy a casa de mis padres, en Kentucky. Mitch y yo nos hemos separado.

Dicho esto, desapareció.

Tammy estaba en una de la docena de colas largas y calurosas de la aduana de Miami. Llevaba pantalón corto, sandalias, blusa de tiras, gafas oscuras y sombrero de paja. Su aspecto era el mismo que el de los otros mil hastiados turistas, que regresaban de las soleadas playas del Caribe. Tenía delante una malhumorada pareja de recién casados, cargados de bolsas de licor y perfume libres de impuestos, entre quienes había algún grave malentendido. A su espalda, dos maletas de cuero Hartman, completamente nuevas, con suficientes documentos y expedientes en su interior para procesar a cuarenta abogados. Su jefe, también abogado, le había sugerido que comprara maletas provistas de pequeñas ruedecitas, para llevarlas con mayor facilidad en el aeropuerto internacional de Miami. Llevaba también una pequeña bolsa con unas mudas y un cepillo de dientes, para que su aspecto fuera más genuino.

Aproximadamente cada diez minutos, la joven pareja avanzaba un palmo y Tammy hacía lo propio con su equipaje. Una hora después de unirse a la cola, llegó al mostrador.

—¿Algo para declarar? —preguntó el agente, con acento extranjero.

—¡No! —respondió.

—¿Qué hay ahí? —preguntó, señalando las maletas de cuero.

—Papeles.

—¿Papeles?

—Sí, papeles.

—¿Qué clase de papeles?

Papel higiénico, pensó. He pasado unas vacaciones en el Caribe coleccionando papel higiénico. Pero dijo:

—Documentos jurídicos y porquería por el estilo. Soy abogado.

—Claro, claro —dijo, al tiempo que echaba una ojeada a la bolsa de mano—. De acuerdo. ¡Pase!

Levantó ligeramente las tres maletas, con cuidado para que no perdieran el equilibrio, y se las entregó a un mozo, que las cargó en una carretilla.

—Vuelo Delta dos-ocho-dos a Nashville —le dijo al mozo—. Puerta cuarenta y cuatro, terminal B —agregó, al tiempo que le entregaba cinco dólares.

Tammy llegó a Nashville con sus tres maletas a medianoche del sábado. Las cargó en el maletero de su coche y abandonó el aeropuerto. En el barrio de Brentwood, aparcó en su estacionamiento reservado y, una por una, las subió al estudio.

A excepción de un sofá plegable, estaba desprovisto de muebles. Sacó el contenido de las maletas y emprendió la laboriosa tarea de organización de pruebas. Mitch quería una lista completa de cada documento, operación bancaria y compañías. Había insistido en ello. Había dicho que pasaría un día muy atareado y lo quería todo perfectamente organizado.

Pasó dos horas haciendo un inventario. Sentada en el suelo, tomaba meticulosamente nota de todo. Después de tres viajes de un día a Gran Caimán, la pequeña habitación empezaba a estar muy llena. El lunes emprendería un nuevo viaje.

Se sentía como si solo hubiera dormido tres horas en las dos últimas semanas. Pero Mitch le había dicho que era urgente; asunto de vida o muerte.

Tarry Ross, alias Alfred, estaba sentado en el rincón más oscuro del salón del Phoenix Inn, en Washington. La reunión sería sumamente breve. Tomaba café y esperaba la llegada de su invitado.

Se prometió a sí mismo que solo esperaría otros cinco minutos. Le tembló la taza al llevársela a la boca y derramó café sobre la mesa. Contempló la mesa e hizo un enorme esfuerzo para no mirar a su alrededor. Siguió esperando.

Su invitado apareció como por arte de magia y se sentó de espaldas a la pared. Se trataba de Vinnie Cozzo, un delincuente de Nueva York, de la familia Palumbo.

Vinnie se percató de la taza que temblaba y del café derramado.

—Tranquilízate, Alfred. Este lugar es lo suficientemente oscuro.

—¿Qué quieres? —susurró Alfred.

—Una copa.

—No hay tiempo para copas. Me marcho.

—Tranquilo, Alfred. Relájate, amigo. Aquí no te ve nadie.

—¿Qué quieres? —insistió.

—Solo un poco de información.

—Te costará.

—Como siempre.

Se acercó un camarero y Vinnie pidió un Chivas con agua.

—¿Cómo está mi amigo Denton Voyles? —preguntó Vinnie.

—Vete a la mierda, Cozzo. Me voy. Me largo de aquí.

—De acuerdo, amigo. Tranquilo. Solo necesito un poco de información.

—Date prisa —dijo Alfred, mientras miraba a su alrededor.

Había vaciado la taza de café, en gran parte sobre la mesa. Llegó el Chivas y Vinnie tomó un buen trago.

—Tenemos un pequeño problema en Memphis, que preocupa a algunos de los muchachos. ¿Has oído hablar de la empresa Bendini?

El instinto impulsó a Alfred a mover negativamente la cabeza. Siempre había que empezar por decir que no. Más adelante, después de investigarlo con minuciosidad, volvería con un pequeño informe y la respuesta sería afirmativa. Claro que había oído hablar de la empresa Bendini y de su cliente prioritario. El propio Voyles la había denominado operación Laundromat y estaba muy orgulloso de su creatividad.

Vinnie tomó otro buen trago.

—El caso es que allí hay un individuo llamado McDeere, Mitchell McDeere, que trabaja para dicha empresa Bendini y sospechamos que también colabora con vosotros. ¿Comprendes a lo que me refiero? Creemos que vende información de Bendini a los federales. Solo necesito saber si es cierto. Eso es todo.

Aunque le resultó difícil, Alfred escuchaba con expresión imperturbable. Conocía incluso el grupo sanguíneo de McDeere y su restaurante predilecto en Memphis. Sabía que McDeere había hablado con Tarrance una docena de veces y que mañana, martes, McDeere se convertiría en millonario. Pan comido.

—Veré lo que puedo hacer. Hablemos de dinero.

—Bien, Alfred, el asunto es grave —dijo Vinnie, mientras encendía un Salem *light*—. No voy a mentirte. Doscientos mil al contado.

A Alfred se le cayó la taza de las manos. Se sacó un pañuelo del bolsillo trasero y frotó las gafas.

—¿Doscientos? ¿Al contado?

—Eso he dicho. ¿Cuánto te pagamos la última vez?

—Setenta y cinco.

—¿Te das cuenta? Ya te lo he dicho, Alfred, es un asunto grave. ¿Puedes hacerlo?

—Sí.

—¿Cuándo?

—Dame un par de semanas.

29

Unas semanas antes del quince de abril, los trabajomaníacos de Bendini, Lambert & Locke llegaron al colmo de la tensión y funcionaban a toda máquina, solo a base de adrenalina. Y de miedo. Miedo a que les pasara inadvertido algún descuento, deducción o depreciación adicional, que le pudiera costar a algún rico cliente un millón de más. Miedo a coger el teléfono para llamar al cliente, e informarle de que la declaración estaba terminada y, lamentablemente, debía cotizar otros ochocientos mil. Miedo de no tenerlo todo terminado para el día quince y verse obligados a solicitar prórrogas, con los consiguientes gravámenes e intereses. El aparcamiento estaba lleno a las seis de la mañana. Las secretarias trabajaban doce horas diarias. Todo el mundo andaba malhumorado. La conversación era parca y apresurada.

Sin una esposa en casa junto a la que regresar, Mitch trabajaba día y noche. Sonny Capps estaba furioso con Avery porque debía cotizar cuatrocientos cincuenta mil dólares; por doce millones de beneficios. Avery estaba furioso con Mitch y ambos habían repasado de nuevo los documentos de Capps, entre búsquedas y maldiciones. Mitch había elaborado dos cuestionables deducciones, que reducían el total a trescientos veinte mil. Capps les había dicho que estaba pensando en utilizar otros abogados, de Washington.

Cuando faltaban solo seis días para la fecha límite, Capps exigió una reunión con Avery en Houston. El Lear estaba a su disposición y Avery salió a medianoche. Mitch le llevó al aeropuerto, recibiendo órdenes durante todo el camino.

Poco después de la una y media, regresó a su despacho. Había tres Mercedes, un BMW y un Jaguar desperdigados por el aparcamiento. El vigilante abrió la puerta trasera y Mitch subió en el ascensor hasta el cuarto piso. Como de costumbre, Avery había cerrado con llave la puerta de su despacho. Los despachos de los socios se cerraban siempre con llave. Al fondo del pasillo se oía una voz. Victor Milligan, jefe de tributación, chillaba a su ordenador. Los demás despachos estaban oscuros y cerrados con llave.

Mitch se aguantó la respiración, e introdujo la llave en la cerradura del despacho de Avery. Giró la manecilla y entró. Encendió todas las luces y se dirigió a la mesa, donde él y el socio habían pasado todo el día y la mayor parte de la noche. Los expedientes formaban grandes montones alrededor de las sillas. Había papeles por todas partes. Los manuales de Hacienda estaban los unos sobre los otros.

Mitch se sentó junto a la mesa y prosiguió con su investigación del caso de Capps. Según el cuaderno de notas del FBI, Capps era un respetable hombre de negocios, cliente de la empresa desde hacía por lo menos ocho años. Los federales no se interesaban por Sonny Capps.

Al cabo de una hora, Milligan dejó de hablar, cerró la puerta de su despacho y se marchó. Desapareció sin decir buenas noches. Mitch comprobó rápidamente todos los despachos del cuarto piso y a continuación los del tercero, para asegurarse de que estaba solo. Eran casi las tres de la madrugada.

Junto a las estanterías de los libros, en una de la paredes del despacho de Avery, había tres imperturbables armarios de roble macizo. Hacía meses que Mitch se había percatado de su presencia, pero nunca había visto que se utilizaran. Los expe-

dientes abiertos se guardaban en tres armarios metálicos, situa-
dos junto a la ventana. Cerró la puerta a su espalda y se acercó
a los armarios de roble. Como era de suponer, estaban cerrados con llave. Había reducido las posibilidades a dos pequeñas
llaves, de dos centímetros escasos de longitud. La primera encajó en el primer armario y Mitch lo abrió.

Del inventario de Tammy del contrabando de Nashville
había memorizado muchos nombres de compañías de las
Caimán, fundadas con dinero sucio que ahora era limpio.
Examinó los sumarios del cajón superior y reconoció inmediatamente algunos nombres: Dunn Lane Limited, Eastpoin-
te Limited, Virgin Bay Limited, Inland Contractors Limited,
Gulf South Limited. En los cajones segundo y tercero encontró otros nombres que le sonaban. Los expedientes estaban
llenos de documentos de créditos bancarios de las Caimán,
transferencias, pólizas, contratos, hipotecas y otro sinfín de
papeles. Estaba particularmente interesado en Dunn Lane y
Gulf South. Tammy había encontrado un número significativo de documentos, relacionados con ambas entidades.

Cogió un expediente de Gulf South, lleno de copias de
transferencias y certificados de préstamos del Royal Bank de
Montreal. Se dirigió a una fotocopiadora en el centro del cuarto piso y la puso en marcha. Mientras se calentaba, miró desinteresadamente a su alrededor. Todo estaba tranquilo. Examinó
el lecho. No había cámaras. Lo había inspeccionado ya muchas
veces. Se encendió la luz que solicitaba el número de acceso, e
introdujo el número del expediente de la señora Lettie Plunk.
Su declaración de impuestos estaba en su despacho del segundo piso y podía perfectamente hacerse cargo de unas copias.
Colocó el contenido en el alimentador automático y al cabo de
tres minutos el expediente estaba copiado. Ciento veintiocho
copias, a cuenta de Lettie Plunk. El expediente regresó al armario y un nuevo sumario de Gulf South cargado de pruebas a la
fotocopiadora. Introdujo el número de acceso de Greenmark
Partners, una empresa inmobiliaria de Bartlett, en Tennessee,

perfectamente legítima. Tenía su declaración sobre la mesa y también podía permitirse costear algunas copias. Noventa y una, para ser exactos.

Mitch tenía dieciocho declaraciones en su despacho, a la espera de firma, antes de ser archivadas. Había concluido el trabajo urgente seis días antes de la fecha prevista. Cargó en las dieciocho cuentas las copias de los documentos de Gulf South y Dunn Lane. Había tomado nota de los números de dichos expedientes, para introducirlos en la fotocopiadora. A continuación se sirvió de otros tres números de expedientes de Lamar y tres más de los de Capps.

De la fotocopiadora salía un cable que se introducía por un agujero en la pared y descendía por el costado de un armario empotrado, donde se le unían los cables procedentes de otras tres fotocopiadoras del cuarto piso. El cable, ahora de mayor grosor, atravesaba el techo hasta llegar a la sala de facturación, en el tercer piso, donde un ordenador grababa y facturaba todas y cada una de las copias efectuadas en la empresa. Otro cable gris y muy discreto salía de dicho ordenador, subía por la pared hasta el cuarto piso y a continuación al quinto, donde otro ordenador grababa el código de acceso, el número de copias y el lugar donde se encontraba la máquina que efectuaba cada copia.

A las cinco de la tarde del 15 de abril, Bendini, Lambert & Locke cerró las puertas. A las seis, el parque de estacionamiento estaba vacío y los lujosos automóviles se habían reunido de nuevo a cuatro kilómetros de allí detrás de una venerable marisquería llamada Anderton's. Una pequeña sala de banquetes estaba reservada para el festejo anual del 15 de abril. Todos los miembros asociados y socios en activo estaban presentes, además de once socios jubilados. Los jubilados estaban morenos y bien vestidos; los activos, extenuados y macilentos. Pero todos compartían el espíritu festivo y estaban dispuestos a emborracharse. Las rigurosas normas de vida sana y moderación se olvidarían por una noche. Otra norma de la empresa prohibía que cualquier abogado o secretaria trabajara el 16 de abril.

A lo largo de las paredes, las mesas estaban cubiertas de fuentes de gambas frías hervidas y ostras al natural. Un enorme barril de madera, lleno de hielo y de botellas de Mooshead, les daba la bienvenida. Detrás del barril había diez cajas de repuesto. Roosevelt las descorchaba tan rápido como podía. Ya avanzada la noche, se emborracharía como los demás y Oliver Lambert llamaría un taxi para que le llevara a su casa junto a Jessie Frances. Era un ritual.

El primo de Roosevelt, Little Bobby Blue Baker, acompañaba sus lamentos en un piano de media cola, conforme los abogados llenaban la sala. De momento servía para animar la fiesta, más adelante su presencia sería innecesaria.

Mitch hizo caso omiso de la comida y se llevó una botella verde y helada a una mesa cerca del piano. Lamar le siguió con un kilo de gambas. Desde la mesa observaron cómo sus colegas se quitaban la chaqueta y atacaban el Mooshead.

—¿Has logrado acabarlo todo? —preguntó Lamar, sin dejar de tragar gambas.

—Sí. Ayer acabé todas mis declaraciones. Avery y yo hemos trabajado en la de Sonny Capps hasta las cinco. También está terminada.

—¿Cuánto?

—Un cuarto de millón.

—¡Coño! —exclamó Lamar, al tiempo que vaciaba media botella—. No creo que nunca haya pagado tanto.

—No, y está furioso. No comprendo a ese individuo. Ha ganado doce millones con diversos tipos de negocios y está rabioso por tener que cotizar el dos por ciento.

—¿Cómo está Avery?

—Bastante preocupado. Capps le obligó a viajar a Houston la semana pasada y el encuentro no fue muy propicio. Salió en el Lear a medianoche. Después me contó que Capps le esperaba en su despacho a las cuatro de la madrugada, furioso por el lío de los impuestos. Según él, Avery tiene la culpa de todo. Le dijo que quizá cambiaría de bufete.

—Creo que siempre dice lo mismo. ¿Una cerveza?

Lamar se alejó de la mesa y regresó con cuatro botellas de Mooshead.

—¿Cómo está la madre de Abby?

—Muy bien —respondió Mitch, mientras abría otra cerveza.

—Oye, Mitch, nuestros hijos son alumnos de Saint Andrew's. No es ningún secreto que Abby ha pedido la excedencia. Hace dos semanas que está ausente. Lo sabemos y nos preocupa.

—Todo se arreglará. Quiere pasar algún tiempo a solas. No tiene importancia, en serio.

—Venga ya, Mitch. Tiene importancia cuando tu mujer se va de casa sin decir cuándo regresará. O por lo menos eso fue lo que le dijo al director de la escuela.

—Es cierto. No sabe cuándo regresará. Probablemente dentro de un mes, más o menos. Le ha resultado muy difícil soportar el horario de la oficina.

Todos los abogados estaban presentes y Roosevelt cerró la puerta. Creció el jolgorio en la sala. Bobby Blue aceptaba peticiones.

—¿Has pensado en trabajar menos? —preguntó Lamar.

—Si quieres que te sea sincero, no. ¿Para qué?

—Escucha, Mitch, sabes que soy tu amigo, ¿no es cierto? Estoy preocupado por ti. No puedes ganar un millón el primer año.

Eso crees tú, pensó; lo gané la semana pasada. En diez segundos, la pequeña cuenta de Freeport saltó de diez mil a un millón diez mil. Y al cabo de quince minutos, la cuenta estaba cerrada y el dinero a buen recaudo en un banco suizo. ¡Ah!, las maravillas de las transferencias telegráficas. Y debido al millón de dólares, aquella sería la primera y única fiesta del 15 de abril a la que asistiría durante su breve aunque distinguida carrera jurídica. Y su buen amigo, preocupado ahora por su matrimonio, probablemente estaría en la cárcel en un futuro no muy lejano, junto con el resto de los presentes en la sala, a excepción de Roosevelt. Aunque también era posible que Tarrance, arrastrado por el entusiasmo, procesara incluso a Roosevelt y a Jessie Frances.

Después vendrían los juicios. «Yo, Mitchell Y. McDeere, juro solemnemente decir la verdad, toda la verdad y nada más que la verdad.» Y subiría al estrado en calidad de testigo, para señalar con el dedo a su buen amigo Lamar Quin. Kay estaría con sus hijos en la primera fila, para conmover al jurado. Se oirían sus discretos sollozos.

Acabó su segunda cerveza y empezó la tercera.

—Lo sé, Lamar, pero no tengo intención de aflojar. Abby se acostumbrará. Todo se arreglará.

—Si tú lo dices... Kay quiere que vengas mañana a comer un buen bistec. Lo asaremos a la parrilla y comeremos en el jardín. ¿Qué te parece?

—Acepto, con una condición: que no se hable de Abby. Ha ido a casa de sus padres para estar junto a su madre y regresará. ¿De acuerdo?

—Claro. No faltaba más.

Avery se sentó a su mesa con un plato de gambas y comenzó a pelarlas.

—Hablábamos de Capps —dijo Lamar.

—No es un tema muy agradable —respondió Avery.

Mitch observaba atentamente las gambas, hasta que vio media docena recién peladas, extendió la mano y se las comió todas de un bocado.

Avery le miró fijamente con unos ojos cansados, tristes, irritados. Buscaba alguna respuesta apropiada, pero optó por seguir comiendo las gambas sin pelar.

—Ojalá no les hubieran quitado la cabeza —dijo, entre mordiscos—. Están mucho mejor enteras.

Mitch agarró un par de puñados y comenzó a masticar.

—A mí me gustan las colas. Siempre las he preferido.

Lamar dejó de comer y los miró atónito.

—Debéis de estar bromeando.

—No —respondió Avery—. De niño, en El Paso, solíamos ir a pescar con redes y atrapar un montón de gambas frescas, que comíamos inmediatamente, cuando todavía se movían. La cabeza es lo mejor porque es donde están todos los jugos cerebrales.

—¿Gambas en El Paso?

—Por supuesto. Río Grande está lleno de gambas.

Lamar abandonó la mesa para ir en busca de más cerveza. El cansancio, el agotamiento, la tensión y la fatiga no tardaron en combinarse con el alcohol, y aumentó el vocerío en la sala. Bobby Blue interpretaba *Steppenwolf*. Incluso Nathan Locke sonreía y hablaba a voces, como cualquier otro miembro del equipo. Roosevelt agregó cinco cajas al barril de hielo.

A las diez comenzaron a cantar. Wally Hudson, sin pajarita, de pie sobre una silla junto al piano, dirigía el coro de alaridos que interpretaba una mescolanza de desenfrenadas canciones de borrachos australianas. El restaurante estaba cerrado, de modo que a nadie le importaba. A continuación le tocó el turno a Kendall Mahan, que había jugado al rugby en Cornell y tenía un asombroso repertorio de horrendas canciones. Las desafinadas voces de cincuenta beodos le acompañaban alegremente.

Mitch se disculpó y se retiró al lavabo. Un ayudante de camarero le abrió la puerta trasera y se encontró en el aparcamiento. La música resultaba agradable a aquella distancia. Empezó a caminar hacia el coche, pero cambió de parecer y se acercó a una ventana. Solo en la oscuridad, junto a la esquina del edificio, miraba y escuchaba. Kendall estaba ahora sentado al piano, e interpretaba con su coro una canción obscena.

Eran las voces alegres de gente rica y feliz. Los contempló uno por uno, alrededor de las mesas. A todos se les habían subido los colores a las mejillas. Les brillaban los ojos. Eran sus amigos, hombres de familia con esposas e hijos, atrapados todos ellos en esa terrible conspiración.

El año pasado, Joe Hodge y Marty Kozinski cantaban con todos los demás.

El año pasado, él era una estrella en Harvard, con ofertas de empleo a diestro y siniestro.

Ahora era millonario y pronto alguien pondría precio a su cabeza.

Curioso lo que podía suceder en un año.

Cantad, hermanos.

Mitch dio media vuelta y se alejó.

Alrededor de la medianoche se formó una hilera de taxis en Madison y los abogados más ricos de la ciudad fueron acarreados y arrastrados a los asientos traseros de los vehículos. Como era de suponer, Oliver Lambert era el más sobrio y dirigió la evacuación. Los taxis eran quince en total, llenos de abogados borrachos por todas partes.

En aquel mismo momento, en la parte de la ciudad correspondiente a Front Street, dos furgonetas Ford exactamente idénticas, de color azul marino y amarillo, con el nombre de la empresa de limpieza, DUSTBUSTER, pintado en ambos lados, se detenían junto al portalón de la pequeña fortaleza. Dutch Hendrix lo abrió y les indicó que pasaran. Los vehículos se acercaron a la puerta trasera del edificio, se apearon ocho mujeres con camisas de uniforme y comenzaron a descargar aspiradoras y cubos llenos de productos de limpieza. Cogieron también escobas, fregonas y rollos de toallas de papel. Charlaban tranquilamente entre sí, mientras entraban en el edificio. De acuerdo con las instrucciones de la empresa, limpiaban el edificio piso por piso, empezando por el cuarto. Los guardas paseaban por los pasillos y las vigilaban atentamente.

Las mujeres hacían caso omiso de su presencia y se apresuraban a realizar su trabajo, que consistía en vaciar papeleras, sacar brillo a los muebles, pasar la aspiradora y fregar los retretes. La nueva chica era más lenta que las demás. Se fijaba en las cosas. Abría cajones y armarios cuando los guardas no vigilaban. Prestaba atención.

Era su tercer día de trabajo y estaba aprendiendo. La primera noche había descubierto el despacho de Tolleson en el cuarto piso, y la satisfacción le había provocado una sonrisa.

Llevaba unos vaqueros sucios y unas zapatillas desaliñadas. Su camisa de uniforme era exageradamente holgada, para ocultar el tipo y parecer que estaba gorda, como las demás. En la etiqueta sobre su bolsillo estaba impreso el nombre de Doris. Doris, la mujer de la limpieza.

Cuando el equipo había acabado de limpiar el segundo piso, un guarda les dijo a Doris y a dos compañeras, Susie y Charlotte, que le siguieran. Insertó una llave en el tablero de mandos del ascensor y se detuvo en el sótano. Abrió una pesada puerta metálica y entraron en una gran sala, dividida en una docena de cubículos. Todas las mesas estaban cubiertas de papeles y un gran ordenador dominaba la sala. Había terminales por todas partes. Las paredes, desprovistas de ventanas, estaban cubiertas de archivadores negros.

—Aquí están los productos de limpieza —dijo el guarda, señalando un armario.

Cogieron una aspiradora, botellas y trapos, y se pusieron a trabajar.

—No toquéis las mesas —agregó el vigilante.

30

Mitch se abrochó los cordones de sus zapatillas atléticas Nike de plantilla acolchada y se sentó a esperar en el sofá, junto al teléfono. Hearsay, deprimido después de dos semanas privado de la compañía de su ama, se instaló junto a él y cerró los ojos. A las diez y media en punto, sonó el teléfono. Era Abby.

No hubo melindrerías como «cariño», «encanto» ni «corazón». El diálogo fue frío y forzado.

—¿Cómo está tu madre? —preguntó Mitch.

—Mucho mejor. Ya se levanta, pero le duele mucho. Está animada.

—Me alegro. ¿Y tu padre?

—Como de costumbre. Siempre ocupado. ¿Cómo está mi perro?

—Solo y deprimido. Creo que se está desmoronando.

—Le echo de menos. ¿Cómo va el trabajo?

—Hemos sobrevivido al quince de abril sin ningún percance. Ahora todo el mundo está de mejor humor. La mitad de los socios se fueron de vacaciones el día dieciséis, de modo que la oficina está mucho más tranquila.

—Supongo que ahora solo trabajas dieciséis horas diarias.

Titubeó y decidió olvidarlo. Sería absurdo iniciar una pelea.

—¿Cuándo piensas regresar?

—No lo sé. Mamá todavía me necesitará un par de sema-

nas. Me temo que papá no es de gran ayuda. Tienen una donce-
lla, pero en estos momentos mamá me necesita. Hoy he llamado a Saint Andrew —agregó, después de una pausa— y les he
dicho que no regresaría este semestre.

—Quedan todavía dos meses hasta fin de semestre —comentó Mitch, sin darle importancia—. ¿No piensas regresar
antes de dos meses?

—Dos meses como mínimo, Mitch. Necesito tiempo, eso
es todo.

—¿Tiempo para qué?

—No empecemos otra vez, ¿de acuerdo? No estoy de
humor para discutir.

—Bien. Bien. ¿Para qué estás de humor?

Abby prefirió no responderle y se hizo una larga pausa.

—¿Cuántos kilómetros corres?

—Unos tres. Camino hasta la pista y corro unas ocho
vueltas.

—Ten cuidado en la pista. Está muy oscura.

—Gracias.

Se hizo otra larga pausa.

—Debo dejarte —dijo Abby—. Es hora de acompañar a
mamá a la cama.

—¿Llamarás mañana por la noche?

—Sí. A la misma hora.

Colgó sin decir «adiós», «te quiero» ni nada por el estilo.
Simplemente colgó.

Mitch se subió los calcetines deportivos blancos y recogió
la camiseta de manga larga en la cintura. Cerró la puerta de la
cocina y echó a andar a paso ligero. El instituto West Junior se
encontraba a seis manzanas, al este de East Meadowbrook.
Detrás de las clases y gimnasio de ladrillo rojo, estaba el campo
de béisbol y, más allá, al fondo de un camino oscuro, el campo de fútbol rodeado de una pista de ceniza, adonde acudían
los vecinos aficionados a las carreras.

Pero no a las once de una noche de luna nueva. Mitch estaba encantado de que la pista estuviera desierta. El aire primaveral era fresco y ligero, y terminó los primeros mil quinientos metros en ocho minutos. La vuelta siguiente empezó a darla andando. Cuando pasaba junto a las casetas de aluminio del equipo local, vio a alguien de reojo y siguió andando.

—Pssst.

—¿Quién es? —preguntó Mitch, después de detenerse.

—Joey Morolto —respondió una voz ronca y carrasposa.

—Muy gracioso, Tarrance —dijo Mitch, acercándose a las casetas—. ¿Estoy limpio?

—Por supuesto. Laney está sentado ahí, en uno de esos autobuses escolares, con una linterna. Ha hecho señales con la luz verde cuando te ha visto pasar. Si ves una señal roja, vuelve a la pista y procura emular a Carl Lewis.

Subieron encima de las casetas y entraron en el palco de la prensa, que no estaba cerrado con llave. Sentados a oscuras en unos taburetes, contemplaron la escuela. Los autobuses estaban perfectamente aparcados, delante del edificio.

—¿Es el lugar lo suficientemente privado para tu gusto? —preguntó Mitch.

—Servirá. ¿Quién es la chica?

—Sé que te gusta que nos encontremos a pleno día, a ser posible en lugares concurridos, como el restaurante o la zapatería coreana. Pero yo prefiero los lugares como este.

—Magnífico. ¿Quién es la chica?

—Trabaja para mí.

—¿Dónde la has encontrado?

—¿Eso qué importa? ¿Por qué formulas siempre preguntas inconsecuentes?

—¿Inconsecuentes? Hoy recibo una llamada de una mujer a quien no conozco, me dice que quiere hablarme de un pequeño asunto relacionado con el edificio Bendini, ordena que cambiemos de teléfonos, me manda a cierta cabina junto a determinado colmado a una hora específica y dice que me llamará a la una y media en punto. Acudo y llama exactamente a la hora prevista. En un radio de treinta metros alrededor de la cabina, tres de mis hombres vigilan a todo el mundo que circula por la zona. Y me dice que acuda aquí esta noche, a las once menos cuarto, que aísle la zona y que tú aparecerás corriendo.

—Ha funcionado, ¿no es cierto?

—Sí, por ahora. Pero ¿quién es la chica? El caso es que ahora has involucrado a otra persona, McDeere, y eso realmente me preocupa. ¿Quién es y qué sabe?

—Confía en mí, Tarrance. Trabaja para mí y lo sabe todo. A decir verdad, si tú supieras lo que ella sabe, en estos momentos estarías dictando órdenes de detención en lugar de preocuparte por ella.

Tarrance respiró hondo y reflexionó.

—De acuerdo. Cuéntame lo que sabe.

—Sabe que en los últimos tres años, la pandilla de Morolto y sus cómplices han sacado de este país ochocientos millones en billetes de banco y los han depositado en diversos bancos del Caribe. Conoce los nombres de los bancos, de las cuentas, las fechas y mucho más. Sabe que los Morolto controlan por lo menos trescientas cincuenta sociedades registradas en las Caimán y que dichas empresas mandan aquí con regularidad dinero blanqueado. Conoce las fechas y las cantidades de las transferencias. Conoce la existencia de por lo menos cuarenta corporaciones norteamericanas, propiedad de corporaciones caimanesas propiedad de los Morolto. Sabe un mogollón, Tarrance. Es una mujer muy erudita, ¿no te parece?

Tarrance se había quedado sin habla. Su mirada se perdía en la oscuridad, en dirección al camino de la escuela. A Mitch le resultaba divertido.

—Sabe cómo convierten el dinero negro en billetes de cien dólares —prosiguió Mitch— y lo sacan a escondidas del país.

—¿Cómo?

—En el Lear de la empresa, por supuesto. Pero también utilizan mulas. Disponen de un pequeño ejército, compuesto mayormente por sus esbirros de menor rango y por sus compañeras, pero también por estudiantes y otros independientes, a quienes entregan nueve mil ochocientos dólares en billetes de banco y un billete a las Caimán o a las Bahamas. No es preciso declarar cantidades inferiores a los diez mil dólares, ¿comprendes? Y las mulas viajan como cualquier turista, con los bolsillos llenos de dinero, que depositan en sus bancos. No parece una fortuna, pero piensa en trescientas personas que hagan veinte viajes al año y se convierte en un cantidad considerable el dinero que abandona el país. ¿Sabías que también lo llaman pitufear?

Tarrance asintió ligeramente, como si lo supiera.

—A muchos les atrae la idea de ser pitufos, cuando consiguen unas vacaciones gratis y dinero para gastar. Disponen también de supermulas. Estos son gentes de confianza de los Morolto, que cogen un millón al contado, lo envuelven meticulosamente en papel de periódico, para que no lo detecten las máquinas del aeropuerto, lo colocan en sus maletines y suben al avión como cualquier otra persona. Usan chaqueta y corbata, y parecen ejecutivos de Wall Street. O sandalias y sombrero de paja, y llevan el dinero en una bolsa de plástico. Vosotros atrapáis a alguna de vez en cuando; por lo que tengo entendido, aproximadamente el uno por ciento, y cuando eso ocurre la supermula va a la cárcel. Pero nunca hablan, ¿no es cierto, Tarrance? Y de vez en cuando algún pitufo empieza a pensar en todo el dinero que lleva en el maletín, en lo fácil que sería seguir viajando y quedárselo todo para él. Y desaparece. Pero la familia nunca olvida y puede que tarden un par de años, pero acaban por encontrarle. Evidentemente, el dinero se habrá esfumado, pero a él le ocurrirá otro tanto. La familia nunca olvida, ¿no es cierto, Tarrance? Y no se olvidarán de mí.

Tarrance escuchó, hasta que era evidente que debía decir algo.

—Has recibido tu millón de dólares.

—Os lo agradezco. Estoy casi listo para la próxima entrega.

—¿Casi?

—Sí, a esa muchacha y a mí solo nos quedan un par de trabajos por hacer. Intentamos sacar unos cuantos documentos más de Front Street.

—¿De cuántos documentos dispones?

—Más de diez mil.

Se le desplomó el mentón y quedó boquiabierto, con la mirada fija en Mitch.

—¡Maldita sea! ¿De dónde han salido?

—Otra de tus preguntas...

—Diez mil documentos —repitió Tarrance.

—Diez mil, como mínimo. Datos bancarios, transferencias telegráficas, escrituras de fundación de empresas, créditos corporativos, circulares internas, correspondencia entre toda clase de personajes. Mucho material y muy bueno, Tarrance.

—Tu esposa me habló de una empresa llamada Dunn Lane Limited. Hemos recibido el expediente que ya nos has mandado. Muy buen material. ¿Qué más sabes acerca de ellos?

—Mucho. Empresa fundada en mil novecientos ochenta y seis con diez millones, transferidos a la corporación desde una cuenta numerada del Banco de México y que habían llegado a Gran Caimán, al contado, en cierto reactor Lear registrado a nombre de un tranquilo bufete de Memphis, aunque la cantidad de dinero que había llegado a la isla era de catorce millones, que después de sufragar los gastos de aduana y los honorarios de los banqueros se habían convertido en diez millones. Cuando se fundó la compañía, constaba como representante un individuo llamado Diego Sánchez, que a la sazón era vicepresidente del Banco de México. El presidente era un alma encantadora llamada Nathan Locke, el secretario nuestro viejo amigo Royce McKnight y el tesorero de esa pequeña y hogareña corporación era un individuo llamado Al Rubinstein. Yo no sé quién es, pero estoy seguro de que tú le conoces.

—Es un empleado de Morolto.

—¡Vaya sorpresa! ¿Quieres más?

—Sigue hablando.

—Después de la inversión inicial de diez millones en dicho proyecto, se depositaron otros noventa millones a lo largo de los tres años siguientes. Un negocio muy próspero. La empresa empezó a adquirir multitud de negocios en Estados Unidos: plantaciones de algodón en Texas, complejos residenciales en Dayton, joyerías en Beverly Hills, hoteles en Saint Petersburg y en Tampa, etcétera. La mayoría de las transacciones se efectuaron por transferencia telegráfica, desde cuatro o cinco bancos distintos de las Caimán. Se trata de una operación básica de blanqueo de dinero.

—¿Y lo tienes todo documentado?

—No hagas preguntas estúpidas, Wayne. Si no tuviera los documentos, ¿cómo sabría lo que te acabo de contar? Recuerda que solo trabajo con expedientes legítimos.

—¿Cuánto tardarás todavía?

—Un par de semanas. La chica que trabaja para mí y yo todavía husmeamos por Front Street. Y no parece fácil. Será muy complicado sacar los expedientes de allí.

—¿De dónde proceden los diez mil documentos?

Mitch fingió no haber oído la pregunta. Se incorporó de un brinco y empezó a dirigirse hacia la puerta.

—Abby y yo queremos vivir en Albuquerque. Es una gran ciudad, ligeramente marginada. Empieza a organizarlo.

—No te precipites. Queda mucho por hacer.

—Te he dicho dos semanas, Tarrance. El material estará listo dentro de dos semanas y eso significa que tendré que desaparecer.

—No tan deprisa. Tengo que ver algunos de esos documentos.

—Tienes muy mala memoria, Tarrance. Mi encantadora esposa te prometió un montón de documentos sobre Dunn Lane, en el momento en que Ray salga de la cárcel.

—Veré lo que puedo hacer —respondió Tarrance, con la mirada perdida en la oscuridad del campo.

Mitch se le acercó y le señaló a la cara.

—Escúchame, Tarrance, y escúchame atentamente. Creo que no acabas de comprender. Hoy estamos a diecisiete de abril. En dos semanas a partir de hoy será el uno de mayo, y el uno de mayo te entregaré, según lo prometido, más de diez mil documentos sumamente incriminadores y perfectamente admisibles, que causarán daños irreparables a una de las mayores organizaciones del crimen organizado en el mundo. Además, acabarán por costarme la vida. Pero prometí que lo haría y tú me has prometido sacar a mi hermano de la cárcel. Dispones de una semana, hasta el veinticuatro de abril. De lo contrario, desapareceré. Como también lo harán tu caso y tu carrera.

—¿Qué hará cuando salga?

—Tú y tus preguntas estúpidas. Correrá como el diablo, eso es lo que hará. Tiene un hermano con un millón de dólares, que es un experto en el blanqueo de dinero y en las operaciones de banca electrónicas. Habrá abandonado el país antes de transcurridas doce horas, e irá en busca del millón de dólares.

—A las Bahamas.

—Las Bahamas. Eres un idiota, Tarrance. El dinero pasó menos de diez minutos en las Bahamas. No se puede confiar en esos necios corruptos.

—Al señor Voyles no le gustan los ultimátums. Le crispan los nervios.

—Dile al señor Voyles que me bese el culo. Dile que prepare el próximo medio millón, porque ya estoy casi listo. Dile que saque a mi hermano de la cárcel, o de lo contrario no hay trato. Dile lo que se te antoje, Tarrance, pero Ray sale dentro de una semana o no volvéis a verme el pelo.

Mitch dio un portazo y empezó a descender por las gradas, seguido de Tarrance.

—¿Cuándo volveremos a vernos?

—Mi empleada te llamará —respondió Mitch, después de saltar la valla, cuando se alejaba por la pista—. Obedece sus instrucciones.

31

Los tres días de vacaciones anuales que Nathan Locke se tomaba en Vail después del 15 de abril habían sido cancelados por DeVasher, según órdenes de Lazarov. Locke y Lambert, sentados en el despacho del quinto piso, escuchaban a De-Vasher, que les contaba sus frustrados intentos por recomponer el rompecabezas.

—Su esposa le abandona. Dice que se va a casa de sus padres, porque su madre tiene un cáncer de pulmón. Además, afirma que está harta y tonterías por el estilo. A lo largo de los meses habíamos detectado algún que otro problema. Se quejaba un poco de su horario, pero nada grave. Va a reunirse con su mamá. Dice que no sabe cuándo regresará. Se supone que su mamá está enferma, que le han extirpado un pulmón. Pero no hemos encontrado ningún hospital en el que hayan oído hablar de Maxine Sutherland. Hemos controlado todos los hospitales de Kentucky, Indiana y Tennessee. ¿No os parece curioso, muchachos?

—Por Dios, DeVasher —exclamó Lambert—. A mi esposa le practicaron una operación hace cuatro años y para ello la llevamos a la clínica Mayo. No hay ninguna ley que le obligue a uno a acudir a un hospital en un radio de ciento cincuenta kilómetros de su domicilio. Esto es absurdo. Además, son gente de la alta sociedad. Puede que se registrara con un nombre falso, por motivos de discreción. Es muy corriente.

—¿Con qué frecuencia habla con ella? —preguntó Locke, al tiempo que asentía.

—Ella suele llamarle todos los días. Acostumbran hablar un poco de todo: el perro, su mamá, el despacho... Anoche le dijo que tardaría por lo menos dos meses en regresar.

—¿Ha dado alguna pista referente al hospital? —preguntó Locke.

—Nunca. Es muy cautelosa. No suele hablar de la operación. Se supone que su madre está ahora en casa, si es que en alguna ocasión la ha abandonado.

—¿Adónde pretendes ir a parar, DeVasher? —preguntó Lambert.

—Si guardas silencio, te lo acabaré de contar. Supongamos que se trate de una estratagema para sacarla de la ciudad, para alejarla de nosotros y de lo que está por caer. ¿Comprendéis?

—¿Supones que trabaja para ellos? —preguntó Locke.

—Para eso me pagan, Nat. Supongo que sabe que los teléfonos están intervenidos y de ahí que sean tan cautelosos cuando hablan. Supongo que la ha sacado de la ciudad para protegerla.

—Bastante dudoso —comentó Oliver Lambert—. Bastante dudoso.

DeVasher dio unos pasos por detrás de la mesa, miró fijamente a Ollie y optó por hacer caso omiso de su comentario.

—Hace unos diez días, alguien hizo un montón de extrañas fotocopias en el cuarto piso. Curioso, porque eso ocurrió a las tres de la madrugada. Según nuestra información, cuando se hicieron las fotocopias solo había dos abogados en el edificio: McDeere y Scott Kimble. Y ninguno de ellos tenía por qué estar en el cuarto piso. Se utilizaron veinticuatro números de acceso. Tres de ellos pertenecían a expedientes de Lamar Quin, otros tres a Sonny Capps y los dieciocho restantes a expedientes de McDeere. Ninguno pertenecía a Kimble. Victor Milligan salió de su despacho a las dos y media, aproximadamente, y McDeere estaba trabajando en el despacho de Avery, después de acompañarle al aeropuerto. Avery dice que cerró el despacho con llave, pero pudo haberlo olvidado. Si no lo olvidó, McDeere tiene una llave. He insistido en este punto y Avery está prácticamente seguro de que cerró con llave. Pero era medianoche, estaba cansado y tenía prisa. Puede que lo olvidara. Por otra parte, no autorizó a McDeere para que regresara a trabajar en su despacho. De todos modos, eso no tendría realmente mucha importancia, porque habían pasado el día juntos en el despacho, trabajando en la declaración de Capps. La fotocopiadora utilizada fue la número once, que es la más cercana al despacho de Avery. Me parece lógico suponer que McDeere efectuó las fotocopias.

—¿Cuántas?

—Dos mil doce.

—¿Qué expedientes?

—Dieciocho declaraciones de renta. Estoy seguro de que él lo explicaría diciendo que había terminado las declaraciones y se limitaba a copiarlas todas. Parecería perfectamente correcto, ¿no es cierto? Si no fuera porque son siempre las secretarias quienes se ocupan de hacer las copias, y además, ¿qué diablos hacía a las tres de la madrugada en el cuarto piso copiando dos mil páginas? Y esto ocurría en la mañana del siete de abril. ¿Cuántos muchachos terminan el trabajo programado para el quince de abril y sacan todas las copias con una semana de antelación?

Dejó de pasear y los observó. Estaban reflexionando. Les había hecho llegar el mensaje.

—Y ahora viene lo mejor —agregó—. Cinco días después, su secretaria introdujo los mismos dieciocho números de acceso en su fotocopiadora del segundo piso y sacó unas trescientas copias. No sé cuál es vuestra opinión pero, sin ser abogado, esa cantidad me parece más coherente.

Ambos asintieron, sin decir palabra. Eran abogados y estaban acostumbrados a discutir todos los aspectos posibles de cualquier tema. Pero no dijeron nada. DeVasher les brindó una perversa sonrisa y empezó a andar nuevamente de un lado para otro.

—El caso es —siguió diciendo— que le hemos atrapado efectuando dos mil copias inexplicables, y por consiguiente debemos preguntarnos: ¿qué copiaba? Si utilizó códigos de acceso falsos, ¿qué diablos estaba copiando? Yo no lo sé. Todos los despachos, a excepción evidentemente del de Avery, estaban cerrados con llave. De modo que se lo he preguntado a Avery. Tiene una serie de armarios metálicos, donde guarda los expedientes legítimos. Los cierra con llave, pero él, McDeere y las secretarias habían trabajado en ellos todo el día y puede que con las prisas para coger el avión los dejara abiertos. Pero ¿qué interés podría tener McDeere en copiar expedientes legítimos? Ninguno. Como todos los demás del cuarto piso, Avery tiene sus correspondientes armarios de madera con el material secreto, que nadie toca. Normas de la empresa. Ni siquiera los demás socios. Más secretos que mis propios expedientes. De modo que McDeere no tendría acceso a los mismos, a no ser que dispusiera de la llave correspondiente. Avery me mostró sus llaves y me dijo que hacía dos días que no abría aquellos armarios, desde antes del día siete. Ha examinado los expedientes y todo parece correcto. No puede afirmar que alguien los haya tocado, ni que haya dejado de hacerlo. ¿Podemos saber al examinar un expediente si ha sido copiado? La respuesta es negativa. De modo que esta mañana he recogido los expedientes en cuestión, para mandarlos a Chicago, donde comprobarán las huellas dactilares. Tardará aproximadamente una semana.

—No puede haber copiado todos esos expedientes —dijo Lambert.

—En tal caso, Ollie, ¿qué puede haber copiado? Todo lo del cuarto piso y del tercero estaba cerrado con llave. Todo, a excepción del despacho de Avery. Y en el supuesto de que ese chico esté coqueteando con Tarrance, ¿qué podría interesarle del despacho de Avery? Lo único serían los expedientes secretos.

—Ahora también supones que dispone de llaves —dijo Locke.

—Efectivamente. Supongo que ha sacado copias de las llaves de Avery.

—Eso es increíble —refunfuñó Ollie, con una sonora carcajada—. No puedo creerlo.

—¿Cómo se las habría arreglado para copiar las llaves? —dijo «ojos negros» mirando fijamente a DeVasher, con una perversa sonrisa en los labios.

—Una buena pregunta, para la que no tengo respuesta. Avery me mostró las llaves. Once repartidas entre dos llaveros, de los que nunca se separa. Norma de la empresa, ¿no es así? Como corresponde a todo buen abogado. Cuando está despierto, las llaves están en su bolsillo. Cuando duerme fuera de su casa, las coloca debajo del colchón.

—¿Dónde ha estado durante el último mes? —preguntó «ojos negros».

—Sin contar el viaje de la semana pasada a Houston, para entrevistarse con Capps, que es demasiado reciente, pasó dos días en Gran Caimán a principios de abril.

—Sí, lo recuerdo —dijo Ollie, que escuchaba con mucha atención.

—Te felicito, Ollie. Le he preguntado lo que hizo aquellas dos noches y me ha respondido que trabajar tan solo. Una de las noches salió a tomar unas copas, pero eso es todo. Jura que durmió solo ambas noches —dijo DeVasher, al tiempo que pulsaba el botón de un magnetófono portátil—, pero miente. Esta llamada se efectuó a las nueve y cuarto del dos de abril, desde el dormitorio principal del primer apartamento.

«Está en la ducha», decía la primera voz femenina.

«¿Está bien?», preguntó la segunda mujer.

«Sí, perfectamente. No podría hacerlo aunque se lo propusiera.»

«¿Por qué has tardado tanto?»

«No ha despertado hasta ahora.»

«¿Sospecha algo?»

«No. No recuerda nada. Creo que sufre.»

«¿Cuánto tiempo vas a estar todavía ahí?»

«Le daré un beso de despedida cuando salga de la ducha. Diez o tal vez quince minutos.»

«De acuerdo. Date prisa.»

DeVasher pulsó otro botón y empezó de nuevo a andar de un lado para otro.

—No tengo idea de quiénes son, ni se lo he preguntado a Avery. Todavía. Ese chico me preocupa. Su esposa ha pedido el divorcio y él ha perdido el control. Anda siempre detrás de las mujeres. Esto es una infracción grave de las normas de seguridad y sospecho que Lazarov se pondrá furioso.

—La chica hablaba como si padeciera una fuerte resaca —dijo Locke.

—No cabe duda.

—¿Crees que ella sacó copia de las llaves? —preguntó Ollie.

DeVasher se encogió de hombros y se dejó caer en su desgastado sillón de cuero.

—Es posible, pero lo dudo —respondió, en un tono desprovisto de altanería—. Le he dado vueltas durante muchas horas. En el supuesto de que se tratara de una mujer que se ligó en algún bar y se emborracharan juntos, es probable que se acostaran tarde. ¿Cómo sacaría copias de las llaves en plena noche, en esa diminuta isla? Me parece improbable.

—Pero tenía una cómplice —insistió Locke.

—Sí, y eso es algo que no acabo de comprender. Tal vez intentaban robarle la cartera y algo falló. Suele llevar unos dos mil al contado, se emborrachó y quién sabe lo que les contó. Tal vez la chica se proponía agarrar el dinero en el último momento y echar a correr, pero no lo hizo. No lo sé.

—¿Has acabado con tus suposiciones? —preguntó Ollie.

—Por ahora. Me encanta formularlas, pero sería exagerado suponer que esas mujeres cogieron las llaves, de algún modo se las arreglaron para sacar copias en la isla en plena noche, sin que él se enterara, y que entonces la primera volviera a meterse con él en la cama. Y que todo esto estuviera relacionado con McDeere y con su utilización de la fotocopiadora del cuarto piso. Me parece demasiado.

—Estoy de acuerdo —dijo Ollie.

—¿Has pensado en el almacén? —preguntó «ojos negros».

—Por supuesto, Nat. En realidad, no he podido dormir pensando en ello. Si se interesaba por los documentos del almacén, debe de estar de algún modo relacionada con McDeere, o con alguna otra persona que anda husmeando. Y no logro establecer dicha relación. Supongamos que encontró el cuarto y los documentos, ¿qué pudo hacer en plena noche, mientras Avery dormía en el piso superior?

—Leerlos.

—Claro, solo hay un millón de documentos. Ten en cuenta que ella también debió de beber lo suyo, ya que de lo contrario Avery habría sospechado algo. De modo que pasa la noche bebiendo y haciendo el amor, espera a que Avery se quede dormido y de pronto siente un impulso irresistible de ir a la planta baja y ponerse a leer documentos bancarios. Muchachos, me parece inverosímil.

—Tal vez trabaje para el FBI —anunció Ollie, con orgullo.

—No puede ser.

—¿Por qué?

—Muy sencillo, Ollie. El FBI no lo haría porque la redada sería ilegal y las pruebas inadmisibles. Además, hay otra razón mucho más poderosa.

—¿Cuál?

—Si se tratara de una agente, no habría utilizado el teléfono. Ningún profesional habría hecho esa llamada. Debe de tratarse de una carterista.

La teoría de la carterista le fue explicada a Lazarov, que la atacó por todos los flancos, sin ser capaz de elaborar otra mejor. Ordenó que se cambiaran todos los cerrojos de los pisos tercero y cuarto, así como los del sótano y de los apartamentos de Gran Caimán. Ordenó que localizaran a todos los cerrajeros de la isla, de los que según él no podía haber muchos, para averiguar si alguno de ellos había copiado unas llaves durante la noche o madrugada del 1 al 2 de abril. «Sobornadlos —le dijo a DeVasher—. Hablarán por un poco de dinero.» Ordenó que se examinaran las huellas dactilares de los expedientes del despacho de Avery, a lo que DeVasher respondió con orgullo que había puesto ya el proceso en marcha. Las huellas de McDeere figuraban en su ficha del colegio de abogados.

Ordenó también la suspensión de Avery Tolleson de sus funciones, durante sesenta días. DeVasher sugirió que esto podría poner a McDeere sobre aviso. A Lazarov le pareció que la advertencia era sensata y ordenó que Tolleson ingresara en el hospital, con dolores torácicos. A continuación, por orden facultativa, se tomaría dos meses de descanso. «Decidle a Tolleson que no deje ningún cabo suelto. Cerrad su despacho. Ordenad a McDeere que trabaje con Victor Milligan.»

—Dijiste que tenías un buen plan para eliminar a McDeere —dijo DeVasher.

Lazarov sonrió y se hurgó la nariz.

—Sí. Creo que utilizaremos el avión. Le mandaremos a las islas en viaje de negocios y tendrá lugar una explosión misteriosa.

—¿Y perder dos pilotos? —preguntó DeVasher.

—Efectivamente. Tiene que parecer verosímil.

—No lo hagáis cerca de las Caimán. Parecería una coincidencia excesiva.

—De acuerdo, pero debe ocurrir sobre el mar. Menos restos. Utilizaremos un gran artefacto, a fin de que no encuentren gran cosa.

—El avión es caro.

—Sí. Se lo consultaré antes a Joey.

—Tú mandas. Dime si podemos serte útiles en algo.

—Por supuesto. Empieza a reflexionar sobre el tema.

—¿Qué se sabe de tu hombre en Washington? —preguntó DeVasher.

—Espero su respuesta. Esta mañana he llamado a Nueva York y lo están averiguando. Deberíamos saber algo dentro de una semana.

—Eso facilitaría las cosas.

—Por supuesto. Si la respuesta es afirmativa, debemos eliminarle en un plazo de veinticuatro horas.

—Empezaré a organizarlo.

La oficina estaba tranquila para un sábado por la mañana. Un puñado de socios y una docena de miembros asociados deambulaban por los despachos, con pantalón deportivo y jersey de cuello alto. No había ninguna secretaria. Mitch repasó su correspondencia y dictó algunas cartas. Después de dos horas, se marchó. Era hora de visitar a Ray.

Durante cinco horas, condujo por la interestatal cuarenta. Conducía como un demente. Circulaba a setenta y de pronto a ciento cuarenta. Se detenía en todas las áreas de aparcamiento y estaciones de servicio. Abandonó la carretera desde la vía rápida. Paró el coche en un paso subterráneo y se quedó observando. En ningún momento los vio. No detectó ningún coche, camión, ni furgoneta sospechosos. Se fijó incluso en algunos vehículos de dieciocho ruedas. Nada. Simplemente, no estaban allí. Los habría visto.

El paquete de libros y cigarrillos recibió la aprobación del cuerpo de guardia y se le indicó que se dirigiera a la cabina número nueve. A los pocos minutos, Ray se encontraba al otro lado de la gruesa pantalla.

—¿Dónde te habías metido? —preguntó, ligeramente irritado—. Eres la única persona en el mundo que me visita y esta es solo la segunda vez en cuatro meses.

—Lo sé. Estamos en época de recaudación y he tenido muchísimo trabajo. No se repetirá. Además, te he escrito.

—Sí, claro. Una vez por semana recibo dos párrafos. «Hola, Ray, ¿es cómoda la cama? ¿Te gusta la comida? ¿Han cambiado las paredes? ¿Cómo te va el griego o el italiano? Yo estoy bien. Abby de maravilla. El perro está enfermo. Tengo que dejarte. Te veré pronto. Un abrazo, Mitch.» Escribes unas cartas muy profundas, hermanito. Son un auténtico tesoro.

—Las tuyas no son mucho mejores.

—¿Qué puedo contar? Que los guardas venden droga. Que a un amigo le han dado treinta y una puñaladas. Que he visto cómo violaban a un muchacho. Por Dios, Mitch, ¿quién quiere oír esas cosas?

—No se repetirá.

—¿Cómo está mamá?

—No lo sé. No he vuelto a verla desde Navidad.

—Te pedí que la vigilaras, Mitch. Estoy preocupado por ella. Si ese mequetrefe la maltrata, quiero que alguien se lo impida. Lo haría personalmente si pudiera salir de aquí.

—Saldrás —afirmó categóricamente Mitch, al tiempo que se llevaba un dedo a los labios y asentía lentamente.

Ray se apoyó sobre los codos y le miró fijamente.

—En español. Despacio —dijo lentamente Mitch.

—¿*Cuándo*?

—*Martes o miércoles* —respondió Mitch, después de unos instantes de reflexión.

—¿*Tanto tiempo*?

Mitch sonrió, se encogió de hombros y miró a su alrededor.

—¿Cómo está Abby? —preguntó Ray.

—Hace un par de semanas que está en Kentucky. Su madre está enferma. Confía en mí —agregó Mitch en voz baja, mirando fijamente a su hermano.

—¿Qué le ocurre?

—Le han extirpado un pulmón. Cáncer. Ha sido una fumadora empedernida toda su vida. Deberías dejar de fumar.

—Lo haré si algún día salgo de aquí.

—Te faltan por lo menos siete años —sonrió Mitch, mientras asentía lentamente.

—Lo sé y es imposible escapar. De vez en cuando alguien lo intenta, pero recibe un balazo o le capturan.

—James Earl Ray saltó la tapia, ¿no es cierto? —asintió Mitch lentamente, mientras formulaba la pregunta.

Ray sonreía y miraba a su hermano a los ojos.

—Pero le capturaron. Traen a los zapadores de montaña con sus perros adiestrados y la cosa se pone fea. Que yo sepa, nadie ha sobrevivido en las montañas después de saltar el muro.

—Cambiemos de tema —dijo Mitch.

—Buena idea.

Dos guardas se asomaron a una ventana, detrás de las cabinas de los visitantes. Los funcionarios se divertían con un montón de fotos pornográficas tomadas con una Polaroid, que alguien había intentado introducir clandestinamente en la cárcel. Reían entre sí, sin hacer caso alguno de los visitantes. Del lado de los presos, un solo guarda paseaba tranquilamente medio dormido, con una porra en la mano.

—¿Cuándo tendré sobrinitos? —preguntó Ray.

—Tal vez dentro de unos años. A Abby le gustaría tener una pareja, y empezaríamos ahora mismo si yo estuviera dispuesto. Pero no lo estoy.

El guarda pasó junto a Ray sin dirigirle la mirada. Los hermanos se miraban fijamente, intentando comunicarse sin palabras.

—*¿Adónde iré?* —preguntó apresuradamente Ray.

—Perdido Beach Hilton. Abby y yo estuvimos en las islas Caimán el mes pasado. Fueron unas vacaciones maravillosas.

—Nunca he oído hablar de ese lugar. ¿Dónde está?

—En el Caribe, al sur de Cuba.

—¿*Cómo me llamo?*

—Lee Stevens. Hicimos un poco de inmersión a pulmón libre. El agua es cálida y maravillosa. La empresa tiene dos apartamentos en Seven Mile Beach. Solo tuve que pagar el viaje. Fue fantástico.

—Consígueme un libro. Me gustaría leer algo sobre ese lugar. ¿*Pasaporte?*

Mitch asintió y sonrió. El guarda apareció de nuevo a la espalda de Ray y se detuvo. Entonces pasaron a hablar de los viejos tiempos en Kentucky.

Al atardecer aparcó el BMW en el lado oscuro de unas galerías de las afueras de Nashville. Dejó las llaves en el contacto y echó el seguro de la puerta. Tenía una llave de repuesto en el bolsillo. Gran cantidad de ajetreados compradores de la Semana Santa entraban en masa por las puertas de Sears y se unió a ellos. Dentro de los almacenes se dirigió a la sección de ropa para hombres y, sin dejar de vigilar la puerta, examinó calcetines y ropa interior. No vio a nadie sospechoso. Salió de allí y caminó entre la muchedumbre por las galerías. Vio un jersey de algodón negro en un escaparate, que le llamó la atención. Entró, se lo probó y le gustó tanto que se lo llevó puesto. Mientras la dependienta le devolvía el cambio, consultó las páginas amarillas para llamar un taxi. De nuevo en las galerías, subió por la escalera automática hasta el primer piso, donde encontró una cabina telefónica. El taxi llegaría dentro de diez minutos.

Había caído la noche, la temprana y fresca noche de la primavera sureña. Mitch contemplaba la puerta de las galerías desde el interior de un bar. Estaba seguro de que nadie le había seguido y se acercó tranquilamente al taxi.

—Brentwood —le dijo al conductor, antes de acomodarse en el asiento posterior—. Savannah Creek Apartments —agregó.

Brentwood estaba a veinte minutos en coche. El taxista buscó por la extensa urbanización, hasta encontrar el número 480E. Mitch le entregó un billete de veinte y se apeó. Detrás de una escalera exterior encontró la puerta de entrada. Estaba cerrada.

—¿Quién es? —preguntó con nerviosismo una voz femenina desde el interior, que hizo que a Mitch le flaquearan las rodillas.

—Barry Abanks —respondió.

Abby abrió la puerta y se le echó encima. Se besaron apasionadamente mientras él la levantaba del suelo, entraban en el piso y cerraba la puerta de un puntapié. Estaba como loco. En menos de dos segundos le había quitado el jersey a su esposa, desabrochado el sostén y bajado la holgada falda a la altura de las rodillas. No dejaban de besarse. De reojo, y con cierto recelo, observó la endeble cama plegable que los esperaba. Colocó a Abby con ternura sobre la misma y se desnudó.

La cama era corta y crujía. El colchón, de cinco centímetros de grosor, era de espuma envuelto en una sábana. Los muelles metálicos se proyectaban peligrosamente hacia arriba.

Pero a los McDeere no les importaba.

En el momento propicio, al amparo de la oscuridad y cuando disminuyó momentáneamente el número de compradores, una reluciente camioneta Chevrolet Silverado negra se acercó por detrás al BMW y se detuvo. Se apeó un individuo bajito con un elegante corte de pelo y patillas, miró a su alrededor, e introdujo un destornillador puntiagudo en el cerrojo del BMW. Al cabo de unos meses, cuando le condenaron confesaría ante el juez que había robado más de trescientos vehículos en ocho estados, y que era capaz de forzar la puerta de un coche y poner el motor en marcha con mayor rapidez que el juez con las llaves. Declaró que su promedio solía ser de veintiocho segundos. No logró impresionar al juez.

De vez en cuando, algún imbécil se dejaba las llaves en el contacto y entonces la operación era mucho más rápida. El explorador había encontrado aquel coche con las llaves puestas. Sonrió y puso el motor en marcha. El Silverado se alejó, seguido del BMW.

El nórdico se apeó de la furgoneta y se limitó a observar. Era demasiado tarde para reaccionar; todo había ocurrido con excesiva rapidez. La camioneta le había impedido momentáneamente la visibilidad y, en un abrir y cerrar de ojos, el BMW había desaparecido. ¡Robado! Ante sus propias narices. Dio una patada a la furgoneta. ¿Cómo explicaría lo ocurrido?

Entró de nuevo en la furgoneta para esperar a McDeere.

Después de una hora en el sofá, el dolor de la soledad había caído en el olvido. Circulaban por el apartamento cogidos de la mano y sin dejar de besarse. En el dormitorio, Mitch vio por primera vez lo que entre los tres había llegado a ser conocido como los documentos Bendini. Había visto el resumen e inventario de Tammy, pero no los papeles propiamente dichos. La sala parecía el escaparate de una tienda de quesos, llena de pulcros montones de documentos. A lo largo de dos de las paredes, Tammy había colgado láminas de cartulina, cubiertas de notas, listas e inventarios.

En un futuro próximo pasaría varias horas en la sala para estudiar los documentos y preparar el caso. Pero no esa noche. Dentro de unos minutos se separaría de su esposa para regresar a las galerías.

Abby le condujo de nuevo al sofá.

32

No había nadie en la sala del décimo piso, en el ala Madison del Baptist Hospital, a excepción de un bedel y un enfermero que tomaba notas en su carpeta. La hora de visita acababa a las nueve y eran las diez y media. Se acercó por el pasillo, habló con el bedel sin que el enfermero le prestara atención alguna y llamó a la puerta.

—Adelante —respondió una voz potente.

Abrió la pesada puerta y entró en la habitación.

—Hola, Mitch —dijo Avery—. ¿No es increíble?

—¿Qué ha ocurrido?

—He despertado esta mañana a las seis, con lo que creí eran retortijones de tripas. Al ducharme, he sentido un dolor agudo aquí, en el hombro. He empezado a sudar y a respirar con dificultad. Pero he pensado que eso no podía ocurrirme a mí. Diablos, tengo cuarenta y cuatro años, estoy en buena forma, hago mucho ejercicio, como bastante bien, puede que beba un poco más de la cuenta, pero no es para tanto. He llamado a mi médico y me ha dicho que me reuniera con él aquí en el hospital. Cree que ha sido un ligero síncope cardíaco. Confía que no sea nada grave, pero durante los próximos días me harán unas cuantas pruebas y análisis.

—Un síncope cardíaco.

—Eso ha dicho.

—No me sorprende, Avery. Lo asombroso es que algún abogado de esa empresa pase de los cincuenta.

—Ha sido Capps quien me lo ha provocado, Mitch. Sonny Capps. Este síncope se lo debo a él. Llamó por teléfono el viernes para decirme que había encontrado otro bufete en Washington. Quiere todos sus expedientes. Se trata del más importante de mis clientes. La minuta que le mandé el año pasado ascendía casi a cuatrocientos mil, aproximadamente lo mismo que pagó en impuestos. Mis honorarios no le preocupan, pero está furioso por los impuestos. No tiene sentido, Mitch.

—No merece la pena morir por él.

Mitch miró a su alrededor, en busca de alguna sonda intravenosa, tubos o cables, pero no había ninguno. Se sentó en la única silla y descansó los pies sobre la cama.

—¿Sabías que Jean ha pedido el divorcio?

—Algo he oído. No me sorprende.

—Lo sorprendente es que no lo hiciera el año pasado. Le he ofrecido una pequeña fortuna como recompensa. Confío en que la acepte. No necesito un divorcio desagradable.

¿Quién lo necesita?, pensó Mitch.

—¿Qué ha dicho Lambert?

—A decir verdad, ha sido casi cómico. En diecinueve años, nunca le había visto perder los estribos, pero en esta ocasión lo ha hecho. Me ha dicho que, entre otras cosas, abusaba de la bebida y era demasiado mujeriego. Dice que soy una vergüenza para la empresa y sugiere que acuda a un psiquiatra.

Avery hablaba despacio, enunciaba con claridad y, a veces, su voz era débil y carrasposa. Parecía simulado. De vez en cuando se olvidaba y hablaba con su voz normal. Permanecía perfectamente inmóvil, como un cadáver, cubierto por una nítida sábana. Tenía muy buen aspecto.

—Yo también creo que necesitas un psiquiatra. O quizá dos.

—Muchas gracias. Lo que necesito es un mes de vacaciones. El médico dice que me dará de alta dentro de tres o cuatro días, pero que no podré regresar al despacho hasta dentro de dos meses. Sesenta días, Mitch. Dice que no me acerque a la oficina bajo ningún pretexto, en sesenta días.

—Vaya suerte. Creo que yo también tendré un ligero síncope.

—Al ritmo que vas, lo tienes garantizado.

—¿Ahora también eres médico?

—No. Pero estoy asustado. Si tienes un susto como este, se te empiezan a ocurrir ideas. Hoy ha sido el primer día de mi vida en el que he pensado en la muerte. Y si uno no piensa en la muerte, no aprecia la vida.

—Esto se pone serio.

—Tienes razón. ¿Cómo está Abby?

—Bien, supongo. Hace tiempo que no la veo.

—Tendrías que ir a verla y traerla a casa. Y hazla feliz. Sesenta horas a la semana es suficiente, Mitch. De lo contrario, destruirás tu matrimonio y acabarás en la tumba. Ojalá hubiera hecho yo las cosas de otro modo. Ella quiere hijos; dáselos.

—Maldita sea, Avery. ¿Cuándo es el entierro? Tienes cuarenta y cuatro años y has tenido un ligero síncope. No te has convertido exactamente en un vegetal.

El enfermero entró en la habitación y miró fijamente a Mitch.

—Señor, la hora de visita ha concluido. Tiene que marcharse.

—Claro, lo comprendo —dijo Mitch, al tiempo que se incorporaba de un brinco y le daba a Avery una palmada en los pies, antes de abandonar la habitación—. Te veré dentro de un par de días.

—Gracias por la visita. Saluda a Abby en mi nombre.

El ascensor estaba vacío. Mitch pulsó el botón del piso decimosexto y al cabo de unos segundos se apeó. Subió corriendo hasta el decimoctavo, recuperó el aliento y abrió la puerta. A lo largo del pasillo, lejos de los ascensores, Rick Acklin vigilaba mientras fingía hablar por teléfono. Cuando vio a Mitch asintió y le indicó que se dirigiera a una pequeña sala de espera que solían utilizar los parientes angustiados. Estaba oscura y desierta, con dos hileras de sillas plegables y un televisor que no funcionaba. La única iluminación procedía de una máquina de Coca-Cola. Tarrance, sentado junto a la misma, hojeaba una vieja revista. Iba vestido con un chándal, una cinta alrededor de la cabeza, calcetines de marino y zapatillas de lona blanca. Tarrance el corredor.

Mitch se sentó junto a él, de cara a la pared.

—Estás limpio —dijo Tarrance—. Te han seguido desde el despacho hasta el aparcamiento y se han marchado, Acklin está en el pasillo y Laney merodea por los alrededores. Relájate.

—Me gusta la cinta de la cabeza.

—Gracias.

—Veo que has recibido el mensaje.

—Evidentemente. Muy listo, McDeere. Esta tarde estaba en mi despacho, sin meterme con nadie, procurando trabajar en algo distinto al caso Bendini, porque para tu conocimiento también tengo otros casos, cuando se me acerca mi secretaria y me dice que una mujer al teléfono quiere hablarme de un individuo llamado Marty Kozinski. Doy un brinco, agarro el teléfono y, evidentemente, se trataba de tu empleada. Como de costumbre, me dice que es urgente. De acuerdo, hablemos, le respondo. Pero a ella no le parece bien. Me obliga a abandonarlo todo, salir corriendo al Peabody, dirigirme a ese salón, ¿cómo se llama?, Mallards, y coger una silla. Estoy sentado allí, pensando en lo estúpido que es todo eso, porque nuestros teléfonos son seguros. Maldita sea, Mitch, sé que nuestros teléfonos son seguros. ¡Podemos hablar por nuestros teléfonos! Mientras tomo un café, se me acerca el barman para preguntarme si mi nombre es Kozinski. ¿Qué Kozinski?, le pregunto, solo para divertirme. Después de todo, nos estamos divirtiendo, ¿no es cierto? Marty Kozinski, me responde un tanto perplejo. Sí, soy yo. Me sentí como un idiota, Mitch. Y él me dice: tengo una llamada para usted. Acudo al teléfono y se trata de tu empleada. Tolleson ha tenido un síncope, o algo por el estilo, y tú estarás aquí a las once. Muy listo.

—Ha funcionado, ¿no es cierto?

—Sí, y funcionaría con la misma facilidad si me llamaras por teléfono al despacho.

—Lo prefiero a mi estilo. Es más seguro. Además, te permite abandonar el despacho.

—En efecto. A mí y a otros tres.

—Escucha, Tarrance, lo haremos a mi manera, ¿de acuerdo? Es mi cabeza la que está en juego, no la tuya.

—Bien, bien. ¿Qué diablos es ese coche que conduces?

—Un Celebrity alquilado. Bonito, ¿no te parece?

—¿Qué le ha ocurrido a tu cochecito negro de abogado?

—Tenía un problema de parásitos. Estaba lleno de micrófonos. Lo aparqué en unas galerías de Nashville el sábado por la noche y dejé las llaves en el contacto. Alguien lo cogió prestado. Me encanta cantar, pero tengo una voz horrible. Desde que aprendí a conducir, he cantado siempre a solas en el coche. Pero con tanto micrófono, me daba vergüenza. Me tenía harto.

—No está nada mal, McDeere —sonrió involuntariamente Tarrance—. Nada mal.

—Deberías haber visto a Oliver esta mañana, cuando he entrado en su despacho y he puesto la denuncia de la policía sobre la mesa. Ha empezado a farfullar y a tartamudear, y me ha dicho lo mucho que lo sentía. Yo he fingido estar muy apenado. Según el viejo Oliver, lo pagará el seguro y, por consiguiente, me conseguirán otro. Entonces me ha dicho que entretanto me alquilarían un coche, pero le he respondido que ya lo tenía. Lo había alquilado en Nashville, el sábado por la noche. Eso no le ha gustado, porque sabe que está limpio de parásitos. Ha llamado personalmente al representante de BMW, cuando yo estaba delante, para interesarse por un nuevo vehículo para mí. Me ha preguntado de qué color lo deseaba y he respondido que estaba cansado del negro, que me gustaría granate con el interior de color canela. Ayer había pasado por la BMW para echar un vistazo y comprobar que no tenían ningún granate en ningún modelo. Le ha dicho al representante lo que quería y le ha respondido que no lo tenía. ¿Qué te parecería negro, azul marino, rojo, o blanco? No, de ninguna manera, lo quiero granate. Tendrán que pedirlo, me ha comunicado. Bien, no me importa. Después de colgar el teléfono, me ha preguntado si estaba seguro de que no me contentaría con otro color. Granate, he insistido. Quería discutir, pero ha comprendido que sería absurdo. De modo que, por primera vez en diez meses, puedo cantar en mi coche.

—Pero, hombre, ¿un Celebrity para un abogado de alto copete? Debe de ser duro.

—Puedo soportarlo.

—Me pregunto cómo reaccionarán los mecánicos cuando lo desguacen y encuentren todos los artefactos electrónicos —sonrió Tarrance, evidentemente impresionado.

—Probablemente los venderán en alguna tienda de segunda mano, como equipos de alta fidelidad. ¿Qué valor pueden tener?

—Nuestros muchachos dijeron que eran de la mejor calidad. Unos diez o quince mil. No lo sé. Tiene gracia.

Pasaron un par de enfermeras hablando a voces. Cuando doblaron la esquina, se hizo de nuevo el silencio en la sala. Acklin fingía hacer otra llamada.

—¿Cómo está Tolleson? —preguntó Tarrance.

—De maravilla. Espero que mi síncope cardíaco sea tan benigno como el suyo. Pasará aquí unos pocos días, seguidos de dos meses de baja. Nada grave.

—¿Tienes acceso a su despacho?

—¿Qué falta me hace? He copiado ya todos sus expedientes.

Tarrance se acercó, a la espera de más información.

—No —agregó Mitch—, no tengo acceso a su despacho. Han cambiado todos los cerrojos de los pisos tercero y cuarto. Así como los del sótano.

—¿Cómo lo sabes?

—La chica, Tarrance. Durante la última semana, ha estado en todos los despachos del edificio, incluido el sótano. Ha probado todas las puertas, tirado de todos los cajones y mirado en todos los armarios. Ha leído correspondencia, mirado expedientes y hurgado entre los despojos, que, por cierto, son escasos. En el edificio hay diez trituradoras de papel, cuatro de ellas en el sótano. ¿Lo sabías?

Tarrance escuchaba atentamente, sin mover un músculo.

—¿Cómo se las ha arreglado para...?

—No preguntes, Tarrance, porque no pienso responderte.

—¡Trabaja allí! Es una secretaria o algo por el estilo. Te ayuda desde el interior.

Mitch movió la cabeza, frustrado.

—Brillante deducción, Tarrance. Hoy te ha llamado dos veces. La primera a eso de las dos y cuarto, y de nuevo al cabo de una hora. ¿Cómo se las arreglaría una secretaria para llamar al FBI dos veces en una hora?

—Puede que hoy estuviera de baja. Tal vez haya llamado desde su casa.

—Te equivocas, Tarrance, no te molestes en intentar adivinarlo. Deja de perder tiempo preocupándote por ella. Trabaja para mí y juntos te entregaremos la mercancía.

—¿Qué hay en el sótano?

—Una gran sala con doce cubículos, doce despachos muy atareados y un millar de ficheros. Ficheros con alarmas electrónicas. Creo que es el centro de operaciones para el blanqueo de dinero. En las paredes de los cubículos ha visto docenas de números de teléfono de bancos caribeños. Pero la información que está a la vista es muy escasa. Son muy cautelosos. Hay una pequeña sala adjunta, con la puerta cerrada y atrancada, llena de ordenadores que parecen frigoríficos.

—Parece el lugar en cuestión.

—Lo es, pero olvídalo. No hay forma de sacar nada de allí sin dar la alarma. Es imposible. Solo se me ocurre una forma de obtener el material.

—¿Cómo?

—Con una orden de registro.

—Olvídalo. No hay causa probable.

—Escúchame, Tarrance. Así es como funcionará, ¿de acuerdo? No puedo entregarte todos los documentos que deseas, pero sí todos los que necesitas. Tengo en mis manos más de diez mil documentos que, a pesar de no haberlos revisado todos, he visto lo suficiente para saber que cuando se los muestres a un juez obtendrás una orden de registro para Front Street. Con los documentos que obran ahora en mi poder puedes procesar probablemente a la mitad de la empresa. Sin embargo, los mismos documentos te permitirán obtener una orden de registro y, por consiguiente, formular un sinfín de acusaciones. No hay otra forma de hacerlo.

Tarrance se fue al pasillo y miró a su alrededor. Estaba desierto. Estiró las piernas y regresó junto a la máquina de Coca-Cola. Se apoyó sobre la misma y miró por la pequeña ventana que daba al este.

—¿Por qué solo media empresa?

—Solo media para empezar. Además de varios socios jubilados. En mis documentos aparecen los nombres de diversos socios, que han fundado sociedades ficticias en las Caimán con el dinero de los Morolto. Estas acusaciones serán fáciles. Cuando toda la información obre en tu poder, tu teoría de la conspiración será coherente y podrás acusar a todo el mundo.

—¿Dónde has obtenido los documentos?

—Tuve suerte. Mucha suerte. Deduje que la empresa tendría el buen sentido de no guardar los documentos bancarios de las Caimán en este país. Tuve el presentimiento de que estaban en las Caimán. Por suerte, estaba en lo cierto. Copiamos los documentos en las Caimán.

—¿Copiamos?

—La chica y una amiga.

—¿Dónde están ahora los documentos?

—Tú y tus preguntas, Tarrance. Obran en mi poder. Eso es todo lo que necesitas saber.

—Quiero esos documentos del sótano.

—Escúchame, Tarrance. Presta atención. Los documentos no saldrán del sótano hasta que tú vayas a buscarlos con una orden de registro. Es imposible, ¿comprendes?

—¿Quiénes son los que trabajan en el sótano?

—No lo sé. Llevo allí diez meses y nunca los he visto. No sé dónde aparcan sus vehículos, ni cómo entran y salen. Son invisibles. Supongo que entre los socios y el personal del sótano hacen el trabajo sucio.

—¿De qué tipo de material disponen?

—Dos fotocopiadoras, cuatro trituradoras de papel, impresoras de alta velocidad y todos los ordenadores de los que te he hablado. Una obra de arte.

Tarrance se acercó a la ventana, claramente meditabundo.

—Esto tiene sentido. Mucho sentido. Siempre me he preguntado cómo se las arreglaba una empresa con tantas secretarias, pasantes y funcionarios para mantener a los Morolto en secreto.

—Muy sencillo. Las secretarias, los pasantes y los funcionarios no saben nada del tema. Están siempre ocupados con los clientes legítimos. Los socios y los miembros asociados más antiguos, sentados en sus despachos, piensan en formas exóticas de blanquear el dinero y el equipo las pone en práctica. Una organización perfecta.

—¿De modo que hay muchos clientes legítimos?

—Centenares. Son abogados de mucho talento con una asombrosa clientela. Es una fachada maravillosa.

—¿Y me estás diciendo, McDeere, que dispones ya de los documentos necesarios para sustentar acusaciones y obtener órdenes de registro? ¿Que están ya en tus manos; que obran en tu poder?

—Eso he dicho.

—¿En este país?

—Sí, Tarrance, los documentos están en este país. A decir verdad, muy cerca de aquí.

Tarrance estaba nervioso. Balanceaba el cuerpo de un lado para otro, e hizo crujir los nudillos. Se le había acelerado la respiración.

—¿Qué más puedes sacar de Front Street?

—Nada. Es demasiado peligroso. Han cambiado los cerrojos y eso me preocupa. ¿Por qué cambiarían los de los pisos tercero y cuarto, y no los del primero y segundo? Hace un par de semanas hice algunas fotocopias en el cuarto piso y creo que no fue buena idea. Tengo un mal presentimiento. Se han acabado los documentos de Front Street.

—¿Y la chica?

—Ya no tiene acceso.

Tarrance se mordía las uñas, sin dejar de balancearse ni de mirar por la ventana.

—Quiero esos documentos, McDeere, y los quiero cuanto antes. Por ejemplo, mañana.

—¿Cuándo será puesto en libertad Ray?

—Hoy es lunes. Creo que está previsto para mañana por la noche. No puedes imaginarte lo que he tenido que aguantar por parte de Voyles. Se ha visto obligado a recurrir a todas las estratagemas imaginables. ¿Crees que bromeo? Llamó a su despacho a los dos senadores de Tennessee, que se trasladaron a Nashville para hablar personalmente con el gobernador. No sabes lo que he tenido que soportar, McDeere. Y todo a causa de tu hermano.

—Te está agradecido.

—¿Qué hará cuando salga?

—Eso es cosa mía. Tú limítate a ponerlo en libertad.

—No te garantizo nada. Si sufre algún percance, no será culpa nuestra.

—Debo marcharme —dijo Mitch, después de consultar el reloj—. Estoy seguro de que alguien me espera en la calle.

—¿Cuándo volveremos a vernos?

—La chica te llamará. Limítate a seguir sus instrucciones.

—¡Por lo que más quieras, Mitch! No me hagas pasar otra vez por eso. Puedes hablarme por teléfono. ¡Te lo juro! Cuidamos de que nuestras líneas sean seguras. Te lo ruego, otra vez no.

—¿Cuál es el nombre de tu madre, Tarrance?

—¿Cómo? Doris.

—El mundo es un pañuelo. No podemos utilizar el nombre de Doris. ¿Quién fue tu pareja en el baile de graduación?

—Creo que no asistí.

—No me sorprende. ¿Quién fue tu primera novia, si la tuviste?

—Mary Alice Brenner. Una chica muy ardiente. Quería acostarse conmigo.

—Estoy seguro. El nombre de mi chica es Mary Alice. La próxima vez que recibas una llamada de Mary Alice haz exactamente lo que te diga, ¿de acuerdo?

—Me muero de impaciencia.

—Hazme un favor, Tarrance. Creo que Tolleson finge y tengo el extraño presentimiento de que su supuesto síncope cardíaco está de algún modo relacionado conmigo. Ordena a tus chicos que husmeen por aquí y comprueben el supuesto ataque.

—Por supuesto. No tenemos otra cosa que hacer.

33

El martes por la mañana, la oficina bullía de preocupación por Avery Tolleson: estaba bien, le hacían pruebas, el daño no era permanente, exceso de trabajo, tensión, culpa de Capps, culpa del divorcio; baja.

Nina llegó con un montón de cartas para firmar.

—El señor Lambert desea verle, si no está demasiado ocupado. Acaba de llamar.

—De acuerdo. Tengo una reunión con Frank Mulholland a las diez. ¿Lo sabía?

—Claro que lo sé. Soy su secretaria. Lo sé todo. ¿En este despacho o en el de su contrincante?

Mitch consultó su agenda y fingió que buscaba la información: despacho de Mulholland, en el Cotton Exchange Building.

—El de Mulholland —respondió, con el entrecejo fruncido.

—Allí se reunieron la última vez, ¿no es cierto? ¿No le enseñaron en la facultad lo de la ley del terreno? Nunca, repito, nunca debe uno reunirse dos veces seguidas en el terreno del contrincante. Es poco profesional. No es elegante. Manifiesta debilidad.

—¿Cree que podrá perdonarme?

—Espere a que se lo cuente a las demás chicas. Con lo varonil y astuto que le suponen. Cuando les diga que es un debilucho quedarán atónitas.

—Para dejarlas atónitas habría que utilizar un látigo.

—¿Cómo está la madre de Abby?

—Mucho mejor. Iré a visitarla este fin de semana.

—Lambert le espera —dijo, después de coger dos expedientes.

Oliver Lambert invitó a Mitch a que se sentara en el sobrio sofá y le ofreció café. Él se instaló perfectamente erguido en un sillón, con la taza en la mano como un aristócrata británico.

—Estoy preocupado por Avery —dijo.

—Estuve con él anoche —respondió Mitch—. El médico le ha ordenado dos meses de descanso.

—Lo sé, esta es la razón por la que estás aquí. Quiero que durante los dos próximos meses trabajes con Victor Milligan. Se ocupará de la mayoría de los expedientes de Avery, de modo que el terreno será familiar para ti.

—Magnífico. Victor y yo somos buenos amigos.

—Aprenderás mucho de él. Es un genio de la tributación. Lee dos libros diarios.

¡Fantástico!, pensó Mitch. En la cárcel podrá leer una decena.

—Sí, es muy listo. En un par de ocasiones me ha ayudado a salir de algún aprieto.

—Perfecto. Creo que os llevaréis muy bien. Procura verle en algún momento de esta mañana. Por otra parte, Avery tiene algunos asuntos pendientes en las Caimán. Como bien sabes, va con frecuencia a las islas para reunirse con ciertos banqueros. En realidad, estaba previsto que saliera mañana para un par de días. Esta mañana me ha dicho que estás perfectamente familiarizado tanto con los clientes como con las cuentas y, por consiguiente, es preciso que vayas en su lugar.

El Lear, el dinero, el apartamento, el almacén secreto, los expedientes. Un millar de ideas cruzaron por su mente. No tenía sentido.

—¿A las Caimán? ¿Mañana?

—Sí, es urgente. Tres de sus clientes necesitan desesperadamente resúmenes de sus cuentas y otras gestiones jurídicas. Quería mandar a Milligan, pero tiene que estar en Denver por la mañana. Avery dice que podemos dejarlo en tus manos.

—Por supuesto.

—Magnífico. El Lear te llevará. Saldrás alrededor del mediodía y regresarás por la noche del viernes, en un vuelo comercial. ¿Algún problema?

Sí, muchos problemas. Ray salía de la cárcel. Tarrance exigía la entrega del contrabando. Había que recoger medio millón de dólares. Y su propia desaparición tendría lugar de un momento a otro...

—Ninguno.

Regresó a su despacho y cerró la puerta con llave. Se quitó los zapatos, se tumbó en el suelo y cerró los ojos.

El ascensor paró en el séptimo piso y Mitch subió corriendo hasta el noveno. Tammy abrió la puerta y volvió a cerrarla con llave, después de que Mitch entrara y se dirigiera a la ventana.

—¿Estabas vigilando? —preguntó Mitch.

—Naturalmente. El vigilante del aparcamiento ha salido a la acera y te ha observado hasta que has entrado en este edificio.

—Lo que faltaba. Incluso Dutch me vigila. Pareces cansada.

—¿Cansada? Estoy muerta. En las últimas tres semanas he sido portera, secretaria, abogado, banquero, prostituta, mensajera e investigadora privada. He viajado a Gran Caimán nueve veces en avión, he comprado nueve juegos de maletas y he transportado una tonelada de documentos robados. He viajado cuatro veces a Nashville en coche y diez en avión. He leído tantos documentos bancarios y basura jurídica que estoy medio ciega. Y a la hora de acostarme me pongo la blusa de Dustbusters y, durante seis horas, me convierto en mujer de la limpieza. Tengo tantos nombres, que he tenido que escribirlos en el brazo para no confundirme.

—Tengo otro nombre para ti.

—No me sorprende. ¿Cuál?

—Mary Alice. De ahora en adelante, cuando hables con Tarrance, eres Mary Alice.

—Deja que lo escriba. No me gusta ese individuo. Es muy mal educado por teléfono.

—Tengo una gran noticia para ti.

—Me muero de impaciencia.

—Puedes despedirte de Dustbusters.

—Creo que voy a tirarme de los pelos. ¿Por qué?

—Ya no sirve de nada.

—Te lo dije hace una semana. Ni Houdini sería capaz de sacar de allí los expedientes, copiarlos y devolverlos sin ser atrapado.

—¿Has hablado con Abanks? —preguntó Mitch.

—Sí.

—¿Ha recibido el dinero?

—Sí. La transferencia se hizo el viernes.

—¿Lo tiene todo dispuesto?

—Eso dice.

—Bien. ¿Qué me dices del falsificador?

—Tengo que reunirme con él esta tarde.

—¿Quién es?

—Un ex prisionero que era muy amigo de Lomax. Según Eddie, es el mejor falsificador del país.

—Confiemos en que sea cierto. ¿Cuánto?

—Cinco mil. Evidentemente, al contado. Documentos de identidad, pasaportes, permisos de conducir y visados.

—¿Cuánto tiempo necesita?

—No lo sé. ¿Para cuándo tienen que estar listos?

Mitch se sentó al borde del escritorio alquilado, respiró hondo y reflexionó.

—Cuanto antes —respondió, al cabo de unos instantes—.

Creí que disponía de una semana, pero ahora no estoy seguro. Consíguelos lo antes posible. ¿Puedes ir a Nashville esta noche en tu coche?

—Claro. Me encantaría. Hace dos días que no voy por allí.

—Quiero una videocámara Sony con trípode instalada en el dormitorio. Compra una caja de cintas. Y quiero que te quedes allí, junto al teléfono, durante unos días. Repasa otra vez los documentos Bendini. Perfecciona los resúmenes.

—¿Quieres que duerma allí?

—Sí. ¿Por qué?

—Me he lastimado un par de vértebras acostándome en ese sofá.

—Fuiste tú quien lo alquiló.

—¿Qué hacemos acerca de los pasaportes?

—¿Cuál es el nombre de ese individuo?

—Doctor zutano o mengano. Tengo su número de teléfono.

—Dámelo. Dile que le llamaré dentro de uno o dos días. ¿Cuánto dinero tienes?

—Me alegra que me lo preguntes. Sabes que empecé con cincuenta mil, ¿no es cierto? He gastado diez mil en billetes de avión, hoteles, equipaje y coches alquilados. Y sigo gastando. Ahora quieres una cámara de vídeo y documentos de identificación falsos. Me sabría muy mal perder dinero en este negocio.

—¿Qué te parecen otros cincuenta mil? —dijo Mitch, de camino hacia la puerta.

—Los acepto.

Mitch le hizo un guiño y cerró la puerta, al tiempo que se preguntaba si volverían a verse.

La celda era un cuadrado de dos metros y medio de lado con un retrete en una esquina y un conjunto de literas. La litera superior estaba vacía desde hacía un año. Ray estaba tumbado en la inferior, con cables conectados a los oídos, y hablaba consigo en una lengua extranjera: el turco. En aquel momento y en aquella galería se podía afirmar sin temor a equivocarse que era la única persona que escuchaba lecciones de Berlitz en turco. Se oían algunas voces a lo largo del pasillo, pero la mayoría de las luces estaban apagadas. Eran las once de la noche del martes.

El carcelero se acercó sigilosamente a la celda.

—McDeere —llamó en voz baja, a través de los barrotes.

Ray se sentó al borde de la cama, bajo la litera superior, miró fijamente al guarda y se quitó los auriculares.

—El alcaide desea verte.

Seguro, pensó Ray, el alcaide esperándome a mí a las once de la noche en su despacho.

—¿Adónde vamos? —preguntó, un tanto inquieto.

—Ponte los zapatos y sígueme.

Ray echó una ojeada alrededor de la celda, e hizo un inventario de sus posesiones. En ocho años había acumulado un televisor en blanco y negro, un voluminoso magnetófono, dos cajas de cartón llenas de cintas y varias docenas de libros. Ganaba tres dólares diarios trabajando en la lavandería de la cárcel, pero después de los cigarrillos le quedaba poco para gastar en algo tangible. Después de ocho años, aquellos eran sus únicos bienes.

El carcelero introdujo la llave en la cerradura, entreabrió la puerta y encendió la luz.

—Limítate a seguirme y no te pases de listo. No sé quién eres, amigo, pero tienes influencias de mucho peso.

Otras llaves abrieron otras puertas y llegaron al campo de baloncesto.

—Quédate a mi espalda —insistió el guarda.

Ray escudriñaba el oscuro campo con la mirada. Más allá del patio, por donde había andado un millar de kilómetros y fumado una tonelada de cigarrillos, se levantaba el muro como una montaña en la lejanía. Medía cinco metros durante el día, pero de noche parecía mucho mayor. Las torres de vigilancia estaban a cincuenta metros de distancia y bien iluminadas. Y los guardas bien armados.

El carcelero, evidentemente armado y uniformado, actuaba con tranquilidad y despreocupación. Avanzó decididamente entre dos edificios de hormigón, recordándole a Ray que le siguiera y que estuviera tranquilo. Ray procuraba no ponerse nervioso. Se detuvieron en la esquina de un edificio y el guarda contempló el muro, a veinticinco metros de distancia. Los focos barrían regularmente el patio, antes de sumirse de nuevo en la oscuridad.

¿Por qué nos ocultamos?, se preguntó Ray a sí mismo. ¿Estarían de su parte los guardas armados de las torres? Le convendría saberlo antes de emprender alguna acción dramática.

El carcelero señaló el lugar exacto por donde James Earl Ray y su pandilla habían saltado el muro. Lugar famoso, estudiado y admirado por la mayoría de los reclusos de Brushy Mountain. O, por lo menos, la mayoría de los blancos.

—Dentro de unos quince minutos, alguien pondrá ahí una escalera. La alambrada encima del muro ya ha sido cortada. En el otro lado encontrarás una resistente cuerda.

—¿Puedo formular algunas preguntas?

—Date prisa.

—¿Qué ocurrirá con esas luces?

—Se apagarán. La oscuridad será total.

—¿Y esos individuos armados?

—No te preocupes. Fingirán no verte.

—¡Maldita sea! ¿Estás seguro?

—Escucha, amigo, no es la primera vez que veo una fuga organizada desde el interior, pero esta se lleva la palma. El propio alcaide Lattemer la ha organizado. Ahora está ahí arriba —dijo el carcelero, señalando la torre más próxima.

—¿El alcaide?

—Así es. Para asegurarse de que no falle nada.

—¿Quién colocará la escalera?

—Un par de guardas.

Ray se frotó la frente con la manga y respiró hondo. Tenía la garganta seca y sentía debilidad en las rodillas.

—Habrá un individuo esperándote —susurró el guarda—. Un blanco que se llama Bud. Se reunirá contigo al otro lado del muro y no tienes más que seguir sus instrucciones.

Los focos hicieron un nuevo barrido y se apagaron.

—Prepárate —dijo el guarda.

Todo quedó sumido en la oscuridad absoluta, seguida de un escalofriante silencio. El muro era ahora completamente negro. De la torre más cercana, se oyeron dos cortos silbidos. Ray se puso de rodillas y observó.

Desde detrás del otro edificio, vio dos siluetas que corrían hacia el muro. Agarraron algo entre la hierba y lo levantaron.

—Corre, amigo —dijo el guarda—. ¡Corre!

Ray echó a correr con la cabeza gacha. La escalera de fabricación casera estaba en su lugar. Los guardas le agarraron por los brazos y le ayudaron a escalar. La escalera se tambaleaba, conforme él trepaba apresuradamente por los travesaños. La parte superior del muro era de setenta centímetros de anchura. Había un generoso boquete en la alambrada, por el que cruzó sin tocarla. La cuerda estaba exactamente en el lugar previsto y descendió por la misma. A dos metros y medio del suelo, la soltó y dio un salto. Todo estaba todavía sumido en la oscuridad. Los focos seguían apagados.

Después de treinta metros sin vegetación empezaba el tupido bosque.

—Por aquí —dijo una voz relajada.

Bud esperaba entre los primeros matorrales y Ray se le acercó.

—Date prisa. Sígueme.

Ray le siguió hasta que perdieron de vista el muro. Entonces se detuvieron en un claro del bosque, junto a un sendero, y Bud le tendió la mano.

—Me llamo Bud Riley. Menuda aventura, ¿no te parece?

—Increíble. Yo soy Ray McDeere.

Bud era un individuo robusto, con una barba negra y una boina también negra. Llevaba botas de combate, vaqueros y chaqueta de camuflaje. No parecía ir armado.

—¿Con quién estás? —preguntó Ray, al tiempo que Bud le ofrecía un cigarrillo.

—Con nadie. Soy autónomo y hago algunos trabajos para el alcaide. Suelen llamarme cuando alguien salta el muro. Claro que ahora es un poco diferente. Habitualmente vengo con mis perros. He pensado que podríamos esperar aquí unos minutos hasta que suenen las sirenas, para que puedas oírlas. No sería justo que no las oyeras. Después de todo, sonarán en tu honor.

—No te preocupes. Las he oído en otras ocasiones.

—Sí, pero desde aquí es distinto. Su sonido es hermoso.

—Oye, Bud, yo...

—Escúchame, Ray. No tenemos ninguna prisa. Apenas te perseguirán.

—¿Apenas?

—Por supuesto, tienen que montar el espectáculo, despertar a todo el mundo, como en una auténtica fuga. Pero no vendrán a por ti. No sé qué tipo de influencia tienes, pero inspira respeto.

Comenzaron a sonar las sirenas y Ray se sobresaltó. Los focos escudriñaban el oscuro firmamento y a lo lejos se oían las tenues voces de los guardas de las torres.

—¿Ves lo que te decía?

—Vámonos —dijo Ray, mientras echaba a andar.

—Mi camioneta está a lo largo del sendero. Te he traído algo de ropa. El alcaide me ha facilitado tus medidas. Espero que te guste.

Bud se había quedado sin aliento cuando llegaron a la camioneta. Ray se puso rápidamente los pantalones de dril y una camisa de algodón azul marino.

439

—Muy bonito, Bud.

—Arroja esa ropa de la cárcel entre los matorrales.

Condujeron por el bosque durante tres kilómetros, hasta llegar a una pista asfaltada. Bud escuchaba a Conway Twitty, sin decir palabra.

—¿Adónde vamos, Bud? —preguntó finalmente Ray.

—El alcaide me ha dicho que no le importaba y que, en realidad, no quería saberlo. Dice que depende de ti. Sugiero que vayamos a alguna gran ciudad, donde haya una estación de autobuses. A partir de entonces, sigues por tu cuenta.

—¿Hasta dónde estás dispuesto a llevarme?

—Dispongo de toda la noche, Ray. Elige la ciudad.

—Me gustaría alejarme un poco, antes de deambular por una estación de autobuses. ¿Qué te parece Knoxville?

—Vamos a Knoxville. ¿Adónde irás a partir de allí?

—No lo sé. Tengo que abandonar el país.

—Con los amigos que tienes, eso no supondrá ningún problema. Pero ten cuidado. Mañana tu fotografía estará en las oficinas de todos los sheriffs de diez estados a la redonda.

Por la cima de la colina que tenían delante aparecieron tres coches con sus luces azules intermitentes. Ray se acostó en el suelo del vehículo.

—Tranquilízate, Ray. No pueden verte.

Los vio desaparecer por el retrovisor.

—¿Y los controles de carretera?

—Tranquilo, Ray. No habrá controles de carretera, ¿de acuerdo? Confía en mí —dijo Bud, al tiempo que se metía la mano en el bolsillo y sacaba un fajo de billetes, que arrojó sobre el asiento—. Quinientos dólares. De la propia mano del alcaide. Compañero, no cabe duda de que tienes amigos importantes.

34

Miércoles por la mañana. Tarry Ross subió por la escalera hasta el cuarto piso del Phoenix Inn. Se detuvo en el rellano, junto a la puerta del pasillo, para recuperar el aliento. Las gotas de sudor le descendían por las cejas. Se quitó las gafas de sol y se secó la frente con la manga del abrigo. Sentía náuseas en el vientre y se apoyó en la barandilla. Soltó el maletín vacío que llevaba en la mano, para sentarse sobre el peldaño de hormigón. Le temblaban las manos como si padeciera un grave ataque de mal del azogue y sentía deseos de echarse a llorar. Se apretó el estómago y procuró no vomitar.

Se disiparon las náuseas y recuperó el aliento. Intentó armarse de valor. Te esperan doscientos mil dólares al fondo del pasillo. No te faltan entrañas para entrar y cogerlos. Puedes llevártelos contigo, a condición de que no te falte el valor. Respiró hondo y se le relajaron las manos. Valor, amigo, valor.

A pesar de que le flaqueaban las rodillas, llegó hasta la puerta del fondo del pasillo, la octava a la derecha. Se aguantó la respiración y llamó a la puerta.

Transcurrían los segundos. Observó el oscuro pasillo a través de sus gafas de sol y no vio absolutamente nada.

—¿Quién va? —dijo una voz desde el interior, a escasos centímetros de la puerta.

—Soy Alfred —respondió, al tiempo que pensaba en lo absurdo de aquel nombre y se preguntaba de dónde habría salido.

Se entreabrió la puerta y apareció un rostro tras una pequeña cadena. Entonces volvió a cerrarse, antes de abrirse de par en par. Alfred entró en la sala.

—Buenos días, Alfred —dijo calurosamente Vinnie Cozzo—. ¿Te apetece un café?

—No he venido a tomar café —replicó Alfred, al tiempo que colocaba el maletín vacío sobre la cama y miraba fijamente a Cozzo.

—Estás siempre muy nervioso, Alfred. ¿Por qué no te tranquilizas? No hay forma de que te descubran.

—Cierra el pico, Cozzo. ¿Dónde está el dinero?

Vinnie señaló un maletín de cuero y dejó de sonreír.

—Cuéntame algo, Alfred.

Volvió a sentir náuseas, pero se mantuvo de pie. Bajó la mirada. El corazón le latía como un martillo de percusión.

—Vuestro personaje, McDeere, ha recibido ya un millón y está a punto de recibir otro. Ha entregado una partida de documentos de Bendini y afirma poseer otros diez mil.

Sintió una fuerte punzada en la ingle, se sentó al borde de la cama y se quitó las gafas.

—Sigue hablando —ordenó Cozzo.

—McDeere ha hablado muchas veces con nuestros agentes a lo largo de los últimos seis meses. Declarará en los juicios y a continuación desaparecerá, en calidad de testigo protegido. Él y su esposa.

—¿Dónde están los otros documentos?

—Maldita sea, no lo sé. Se ha negado a comunicárnoslo. Pero están listos para la entrega. Quiero mi dinero, Cozzo.

Vinnie arrojó la bolsa sobre la mesa. Alfred abrió la bolsa, el maletín y empezó a agarrar los fajos de billetes, con unas manos que le temblaban violentamente.

—¿Doscientos mil? —preguntó, angustiado.

—En eso quedamos, Alfred —sonrió Vinnie—. Dentro de un par de semanas tendré otro trabajo para ti.

—Olvídalo, Cozzo. Ya no puedo más —dijo después de cerrar el maletín, dirigirse hacia la puerta y detenerse para intentar relajarse—. ¿Qué le haréis a McDeere? —agregó, con la mirada fija en la puerta.

—¿A ti qué te parece, Alfred?

Se mordió el labio, agarró con fuerza el maletín y abandonó el cuarto. Vinnie sonrió y cerró la puerta. Se sacó una tarjeta del bolsillo y marcó el número de la casa del señor Lou Lazarov en Chicago.

Tarry Ross avanzaba aterrorizado por el pasillo. Su visibilidad era escasa a través de las gafas oscuras. Siete puertas más allá, casi al alcance del ascensor, apareció una enorme mano en la oscuridad y tiró de él hacia el interior de la habitación. La misma mano le dio un fuerte bofetón, mientras recibía un puñetazo en el estómago, seguido de otro en la nariz. Se desplomó, sangrando y aturdido. Alguien abrió el maletín y lo vació sobre la cama.

Lo instalaron en una silla y se encendieron las luces. Tres agentes del FBI, compañeros suyos, le miraban fijamente. El director Voyles se le acercó, moviendo la cabeza con incredulidad. El agente de enormes y eficaces manos estaba junto a él, al alcance de la mano. Otro agente contaba el dinero.

—Eres un traidor, Ross —dijo Voyles, a escasos centímetros de su rostro—. Una auténtica inmundicia. No puedo creerlo.

Ross se mordió el labio y empezó a sollozar.

—¿De quién se trata? —preguntó Voyles, con autoridad.

Aumentó su llanto, pero no respondió.

Voyles cogió impulso y le propinó un duro golpe contra la sien, que le obligó a emitir un grito de dolor.

—¿De quién se trata, Ross? Habla.

—Vinnie Cozzo —farfulló entre sollozos.

—¡Sé que has estado con Cozzo! ¡Maldita sea! ¡Eso ya lo sé! Pero ¿qué le has contado?

Le brotaban lágrimas de los ojos y sangre de la nariz. Su cuerpo temblaba y se contorsionaba lastimosamente. Pero no respondía.

Voyles le golpeó una y otra vez.

—Habla, miserable hijo de puta. Cuéntame lo que Cozzo quería saber —insistía, sin dejar de golpearle.

Ross se dobló y dejó caer la cabeza sobre las rodillas. Se atenuó el llanto.

—Doscientos mil dólares —dijo uno de los agentes.

Voyles se agachó y casi le susurró a Ross al oído:

—¿Se trata de McDeere, Ross? Por favor, te lo ruego, dime que no se trata de McDeere. Habla, Tarry, dime que no se trata de McDeere.

Tarry apoyó los codos sobre las rodillas y miró fijamente al suelo. La sangre formaba un pequeño y nítido charco en la alfombra. Es hora de hacer balance, Tarry. Te quedas sin el dinero. Vas a la cárcel. Eres una vergüenza, Tarry. Eres un cobarde de mierda y todo ha terminado. ¿De qué te puede servir guardar el secreto? Haz balance, Tarry.

Voyles le imploraba con ternura. ¡Confiesa, pecador!

—Te lo ruego, Tarry, dime que no se trata de McDeere, por favor, dime que me equivoco.

Tarry se incorporó y se frotó los ojos con los dedos. Respiró hondo. Se aclaró la garganta. Se mordió el labio, miró fijamente a Voyles y asintió.

DeVasher tenía demasiada prisa para esperar el ascensor. Bajó corriendo hasta el cuarto piso, se dirigió a uno de los centros de poder, en una esquina, e irrumpió en el despacho de Locke. Allí estaban la mitad de los socios: Locke, Lambert, Milligan, McKnight, Dunbar, Denton, Lawson, Banahan, Kruger, Welch y Shottz. Los demás estaban por llegar.

Un sosegado pánico impregnaba el ambiente de la sala. DeVasher se instaló en la presidencia de la mesa de conferencias y los demás se agruparon a su alrededor.

—Muchachos, no ha llegado el momento de levantar el vuelo y huir a Brasil. Por lo menos, no todavía. Hemos obtenido confirmación esta mañana de que ha hablado ampliamente con los federales, que le han pagado un millón al contado, que le han prometido otro millón y que tiene ciertos documentos que se suponen devastadores. La noticia procede directamente del FBI a través de Lazarov y, mientras hablamos, está en vuelo un pequeño ejército en dirección a Memphis. Parece que la catástrofe no ha tenido lugar. Todavía. Según nuestro informador, un agente de muy alto rango, McDeere tiene más de diez mil documentos en su poder y está listo para entregarlos. Pero hasta ahora solo ha hecho entrega de unos cuantos. Que nosotros sepamos. Es evidente que lo hemos descubierto a tiempo. Si logramos evitar daños mayores, estaremos salvados. Eso creo, a pesar de que tienen algunos documentos. Aunque, evidentemente, no es gran cosa lo que obra en su poder, puesto que de lo contrario habrían aparecido ya con una orden de registro.

DeVasher era el protagonista y disfrutaba enormemente de su papel. Hablaba con una sonrisa paternalista, mientras contemplaba los preocupados rostros de los presentes.

—Ahora bien —agregó—. ¿Dónde está McDeere?

—En su despacho —respondió Milligan—. Acabo de hablar con él. No sospecha nada.

—Maravilloso. Está previsto que dentro de tres horas emprenda viaje a Gran Caimán, ¿no es cierto, Lambert?

—Efectivamente. Aproximadamente a las doce del mediodía.

—Amigos míos, el avión no llegará a su destino. El piloto hará una escala técnica en Nueva Orleans y a continuación despegará en dirección a la isla. A unos treinta minutos sobre el golfo, el pequeño punto luminoso desaparecerá definitivamente del radar. Los restos se desperdigarán por una zona de cincuenta kilómetros cuadrados y nunca encontrarán los cadáveres. Es triste, pero necesario.

—¿El Lear? —preguntó Denton.

—Sí, hijo, el Lear. Os compraremos otro juguete.

—Esto es mucho suponer, DeVasher —dijo Locke—. Suponemos que los documentos que obran ya en su poder son inofensivos. Hace cuatro días, creías que McDeere había copiado algunos de los expedientes secretos de Avery. ¿En qué quedamos?

—Han examinado los expedientes en Chicago y es cierto que están llenos de pruebas incriminatorias, pero no las suficientes para actuar. No bastarían para una sola condena. Vosotros sabéis que el material verdaderamente peligroso está en la isla. Y, por supuesto, en el sótano. Hemos inspeccionado los documentos del apartamento; todo parece correcto.

Locke no estaba satisfecho.

—En tal caso, ¿de dónde proceden los diez mil documentos?

—Tú supones que tiene diez mil documentos. Yo, personalmente lo dudo. No olvides que pretende cobrar otro millón antes de desaparecer. Probablemente les ha mentido, mientras husmea en busca de otros documentos. Si tuviera diez mil documentos, ¿por qué no estarían a estas alturas en manos de los federales?

—¿Entonces de qué tenemos miedo? —preguntó Lambert.

—De lo desconocido, Ollie. No sabemos lo que tiene, aparte de un millón de dólares. No es un imbécil y puede que se tropiece con algo si no se lo impedimos. No podemos permitir que eso ocurra. Lazarov ha ordenado que le hagamos volar, literalmente, por los aires.

—No hay forma de que un novato pueda encontrar y copiar tantos documentos incriminatorios —afirmó categóricamente Kruger, mientras miraba a su alrededor, en busca de la aprobación de sus compañeros.

Algunos asintieron, con el entrecejo profundamente fruncido.

—¿Por qué no viene Lazarov? —preguntó Dunbar, especialista en transacciones inmobiliarias, pronunciando el nombre como si se tratara de Charles Manson, a quien hubieran invitado a cenar.

—Esa pregunta es estúpida —exclamó DeVasher, mientras miraba a su alrededor en busca del imbécil que la había formulado—. En primer lugar, debemos ocuparnos de McDeere, con la esperanza de que los daños sean mínimos. A continuación, estudiaremos a fondo esta unidad y efectuaremos los cambios que sean necesarios.

Locke se puso de pie y miró fijamente a Oliver Lambert.

—Asegúrate de que McDeere esté a bordo de ese avión.

Tarrance, Acklin y Laney guardaban un silencio absoluto y escuchaban atónitos el altavoz del teléfono, situado sobre la mesa. Voyles, desde Washington, les explicaba exactamente lo ocurrido. Durante la próxima hora saldría hacia Memphis. Estaba prácticamente desesperado.

—Debes aprehenderle, Tarrance, cuanto antes. Cozzo no sabe que hayamos descubierto a Tarry Ross, pero Ross le ha dicho que McDeere estaba a punto de entregar los documentos. Podrían deshacerse de él en cualquier momento. Debes atraparlo. ¡Ahora mismo! ¿Sabes dónde está?

—En su despacho —respondió Tarrance.

—Bien, llévalo a nuestras dependencias. Estaré allí en un par de horas. Quiero hablar con él. Hasta luego.

Tarrance colgó el teléfono y marcó un número.

—¿A quién llamas? —preguntó Acklin.

—A Bendini, Lambert & Locke, abogados.

—¿Te has vuelto loco, Wayne? —exclamó Laney.

—Limitaos a escuchar.

»Con Mitch McDeere, por favor —dijo Tarrance, cuando la recepcionista contestó la llamada.

—Un momento, por favor.

—Despacho del señor McDeere —dijo entonces la secretaria.

—Tengo que hablar con Mitchell McDeere.

—Lo siento, señor, está reunido.

—Oiga, señorita, le habla el juez Henry Hugo. Hace quince minutos que su jefe debería estar en mi sala. Le estamos esperando. Es urgente.

—No veo nada en su agenda para esta mañana.

—¿Es usted quien organiza su horario?

—Pues... sí, señor.

—Entonces es culpa suya. Dígale que se ponga inmediatamente al teléfono.

Nina salió corriendo hacia el despacho de su jefe.

—Mitch, hay cierto juez llamado Hugo al teléfono. Dice que debería estar usted ahora mismo en el juzgado. Será mejor que hable con él.

Mitch se incorporó y cogió el teléfono.

—Diga —respondió, con la tez muy pálida.

—Señor McDeere —dijo Tarrance—, le habla el juez Hugo. Llega tarde para la vista. Venga inmediatamente.

—Sí, señor juez.

Cogió el abrigo y la cartera y miró a Nina arrugando la frente.

—Lo siento —le dijo la secretaria—. No está en su agenda.

Mitch corrió por el pasillo, las escaleras, la recepción y salió por la puerta principal. Siguió corriendo por Front Street hasta Union Avenue y entró en el vestíbulo del Cotton Exchange Building. Salió de nuevo a Union Avenue, giró hacia el este y corrió en dirección a las galerías Mid America.

Ver a un joven bien vestido y con una cartera, que corre como un endemoniado, puede ser algo común en ciertas ciudades, pero no en Memphis. Llamaba la atención.

Se ocultó tras un puesto de verduras para recobrar el aliento. No vio que nadie le siguiera y se comió una manzana. Si tenía que escapar corriendo, esperaba que fuera Tony «tonel» quien le persiguiera.

Nunca le había impresionado particularmente Wayne Tarrance. No había más que pensar en el fiasco de la zapatería coreana, o en la cafetería de Gran Caimán, que había sido otra estupidez. Hasta un monaguillo habría muerto de aburrimiento con su informe sobre los Morolto. Pero su idea de «echar a correr sin hacer preguntas» cuando recibiera la señal de alarma había sido una genialidad. Desde hacía un mes, Mitch sabía que si recibía una llamada del juez Hugo, tenía que coger la puerta y echar a correr sin mirar atrás. Algo había fallado y los muchachos del quinto piso entraban en acción. Se preguntó dónde estaría Abby.

Varias parejas circulaban por la avenida. Habría preferido una abigarrada acera, pero no la había. Observó la esquina de Front y Union, sin detectar nada sospechoso. A dos manzanas hacia el este, entró tranquilamente en el vestíbulo del Peabody y buscó un teléfono. En el entresuelo, desde donde se dominaba el vestíbulo, a lo largo de un corto pasillo, encontró una cabina cerca de los servicios y llamó a la oficina de Memphis del FBI.

—Con Wayne Tarrance, por favor. Es urgente. De parte de Mitch McDeere.

—Mitch, ¿dónde estás? —preguntó Tarrance, al cabo de un segundo.

—Hola, Tarrance, ¿qué ocurre?

—¿Dónde estás?

—Fuera del edificio, juez Hugo. Por ahora estoy a salvo. ¿Qué ha ocurrido?

—Mitch, debes venir aquí inmediatamente.

—No tengo por qué hacer nada, Tarrance. Y no lo haré hasta que me cuentes lo que ocurre.

—Bueno, el caso es que ha habido un pequeño problema. Ha tenido lugar una pequeña fuga de información. Debes...

—¿Una fuga de información, Tarrance? ¿Has dicho fuga? No existen pequeñas fugas de información. Cuéntame lo ocurrido, Tarrance, antes de que cuelgue el teléfono y desaparezca. Estás localizando la llamada, ¿no es cierto, Tarrance? Voy a colgar.

—¡No! Escúchame, Mitch. Lo saben. Saben que has hablado con nosotros, lo del dinero y los expedientes.

Se hizo una larga pausa.

—¿A eso lo llamas una pequeña fuga, Tarrance? Parece que lo que se ha derrumbado es el dique del pantano. Háblame de esa fuga, rápido.

—Santo cielo, es muy doloroso, Mitch. Quiero que sepas lo apenado que estoy. Voyles lo lamenta muchísimo. Uno de nuestros oficiales de alto rango ha vendido la información. Le hemos descubierto esta mañana, en un hotel de Washington. Le han pagado doscientos mil por tu historia. Estamos aturdidos, Mitch.

—Me conmueves. Me preocupa sinceramente tu aturdimiento y tu dolor, Tarrance. Supongo que lo que pretendes ahora es que vaya corriendo a tus dependencias para sentarnos juntos y consolarnos mutuamente.

—Voyles estará aquí a las doce, Mitch. Viene acompañado de sus mejores ayudantes. Quiere hablar contigo. Te sacaremos de la ciudad.

—Claro, quieres que me ponga en tus manos para que me protejáis. Eres un idiota, Tarrance. Y Voyles es otro idiota. Sois todos unos idiotas. Y yo un imbécil por confiar en vosotros. ¿Estás localizando esta llamada, Tarrance?

—¡No!

—Mientes. Voy a colgar, Tarrance. Quédate junto al teléfono y volveré a llamarte dentro de media hora desde otro lugar.

—¡No! Mitch, espera un poco. Si no vienes eres hombre muerto.

—Hasta luego, Wayne. Quédate junto al teléfono.

Mitch colgó y miró a su alrededor. Se acercó a una columna de mármol y observó el vestíbulo. Los patos nadaban alrededor del estanque. La barra estaba desierta. Alrededor de una mesa, un grupo de adineradas ancianas tomaban el té y chismorreaban. En la recepción había un cliente solitario.

De pronto apareció el nórdico de detrás de un árbol y le miró fijamente.

—¡Ahí está! —le chilló a un cómplice, al otro lado del vestíbulo.

Ambos le observaban atentamente, sin perder de vista la escalera a sus pies. El barman miró a Mitch y a continuación al nórdico y a su compañero. Las ancianas observaban en silencio.

—¡Llamen a la policía! —chilló Mitch, al tiempo que se retiraba de la barandilla.

Los otros dos individuos cruzaron rápidamente el vestíbulo y empezaron a subir por la escalera. Al cabo de cinco segundos, Mitch se acercó de nuevo a la barandilla. El barman permanecía inmóvil. Las ancianas estaban paralizadas.

Se oían ruidos en la escalera. Mitch se sentó sobre la barandilla, dejó caer su cartera, pasó las piernas al otro lado, hizo una pausa y saltó los seis metros que le separaban de la moqueta de la planta baja. Cayó como una roca, pero aterrizó sobre los pies. El dolor le subió por los tobillos hasta las caderas. Su rodilla lesionada se resintió, pero no cedió.

A su espalda, junto a los ascensores, había una pequeña camisería con los escaparates llenos de corbatas y artículos Ralph Lauren de última moda. Entró en ella y se encontró con un chico de no más de diecinueve años, que esperaba ansioso tras el mostrador. No había ningún cliente. Una puerta trasera daba a la avenida.

—¿Está cerrada esa puerta? —preguntó tranquilamente Mitch.

—Sí, señor.

—¿Quieres ganarte mil dólares al contado? Sin hacer nada ilegal —dijo Mitch, mientras contaba diez billetes de cien y los colocaba sobre el mostrador.

—Por supuesto.

—Nada ilegal, ¿de acuerdo? No voy a meterte en problemas. Abre esa puerta y cuando dentro de unos veinte segundos entren unos individuos corriendo, diles que he salido por ahí y me he subido a un taxi.

El muchacho le brindó una radiante sonrisa y cogió el dinero.

—De acuerdo. Trato hecho.

—¿Dónde está el probador?

—Ahí, junto al armario.

—Abre la puerta —dijo Mitch, mientras entraba en el probador, donde se sentó y se frotó las rodillas y los tobillos.

El dependiente ordenaba unas corbatas, cuando el nórdico y su compañero entraron en la tienda.

—Buenos días —los saludó alegremente.

—¿Has visto a un individuo de talla media, traje gris oscuro y corbata roja, que corría?

—Sí, señor. Acaba de pasar por aquí. Ha salido por esa puerta y se ha subido a un taxi.

—¡Un taxi! ¡Maldita sea!

Salieron por la puerta y la tienda quedó silenciosa. Entonces el muchacho se acercó a una estantería de zapatos, cerca del armario.

—Oiga, señor, ya se han marchado.

—Muy bien —respondió Mitch, sin dejar de frotarse las rodillas—. Sal a la puerta y observa durante un par de minutos. Si los ves, avísame.

—Se han marchado —dijo a su regreso, después de dos minutos.

—Magnífico —sonrió Mitch, sin moverse de su asiento—. Ahora quiero una de esas chaquetas deportivas verdes, de noventa y siete de largo, y un par de zapatos de ante, del cuarenta y cuatro D. ¿Puedes traérmelos aquí, sin dejar de vigilar?

—Sí, señor.

El dependiente paseó silbando por la tienda, mientras recogía la chaqueta y los zapatos, que introdujo por debajo de la puerta del probador. Mitch se quitó la corbata y se cambió rápidamente de ropa, antes de volver a sentarse.

—¿Cuánto te debo? —preguntó desde su refugio.

—Veamos. ¿Qué le parece quinientos?

—De acuerdo. Llama un taxi y avísame cuando esté en la puerta.

Tarrance anduvo cinco kilómetros alrededor de su escritorio. La llamada había sido localizada en el Peabody, pero Laney llegó demasiado tarde. Ahora había regresado y estaba nervioso en compañía de Acklin. Cuarenta y cinco minutos después de la primera llamada, se oyó la voz de la secretaria por el intercomunicador.

—Señor Tarrance, es McDeere.

—¿Dónde estás? —preguntó Tarrance, después de descolgar el teléfono.

—En la ciudad. Pero no por mucho tiempo.

—Escúchame, Mitch, no durarás ni un par de días a solas. Traerán bastantes matones para empezar una guerra. Debes permitir que te ayudemos.

—No lo sé, Tarrance. Por alguna razón, no acabo de confiar en vosotros en estos momentos. No puedo imaginar por qué. Es solo un mal presentimiento.

—Te lo ruego, Mitch. No cometas ese error.

—Supongo que pretendes que crea que podéis protegerme durante el resto de mi vida. Tiene gracia, ¿no crees, Tarrance? Hago un trato con el FBI y casi me ejecutan en mi propio despacho. Eso es auténtica protección.

Tarrance suspiró junto al auricular y se hizo una larga pausa.

—¿Qué me dices de los documentos? Te hemos pagado un millón para que nos los entregues.

—Estás fuera de tus cabales, Tarrance. Me habéis pagado

un millón por los expedientes limpios. Vosotros tenéis los documentos y yo tengo el millón. Claro que esto solo era parte del trato. También estaba incluida la protección.

—Entréganos esos malditos expedientes, Mitch. Están escondidos cerca de aquí, me lo has dicho. Lárgate si quieres, pero entréganos los documentos.

—Lo siento, Tarrance. En estos momentos puedo desaparecer y puede que los Morolto me persigan, o que no lo hagan. Si no tienes los expedientes, no habrá procesos. Si no se formulan acusaciones contra los Morolto, tal vez, con un poco de suerte, algún día se olviden de mí. Les he dado un buen susto, pero no les he causado ningún daño irreparable. Maldita sea, puede que incluso vuelvan a contratarme el día menos pensado.

—Ni tú mismo te lo crees. Te perseguirán hasta encontrarte. Y si no nos entregas los documentos, nosotros también te perseguiremos. Es así de simple, Mitch.

—En tal caso, apuesto por los Morolto. Si vosotros me encontráis primero, habrá alguna fuga. Solo una pequeña fuga.

—Estás completamente loco, Mitch. Eres un demente si crees que puedes coger un millón y esfumarte en la oscuridad de la noche. Los matones te buscarán hasta en el desierto, montados sobre camellos. No lo hagas, Mitch.

—Adiós, Wayne. Ray te manda recuerdos.

Se cortó la línea. Tarrance agarró el auricular y lo arrojó contra la pared.

Mitch echó una mirada al reloj de la pared del aeropuerto. Hizo otra llamada y contestó Tammy.

—Hola, encanto. Me sabe mal despertarte.

—No te preocupes, el sofá no me deja dormir. ¿Qué ocurre?

—Problemas graves. Coge un lápiz y escucha atentamente. No puedo perder ni un segundo. Estoy huyendo y me pisan los talones.

—Adelante.

—En primer lugar, llama a Abby a casa de sus padres. Dile que deje lo que esté haciendo y salga inmediatamente de la ciudad. No dispone de tiempo para darle un beso de despedida a su madre, ni para hacer las maletas. Dile que suelte el teléfono, suba al coche y salga a toda prisa, sin mirar atrás. Que coja la interestatal cincuenta y cinco a Huntington, y se dirija al aeropuerto. Que coja el vuelo de Huntington a Mobile. En Mobile debe alquilar un coche y dirigirse al este por la interestatal diez hasta Gulf Shores y a continuación por la autopista ciento ochenta y dos hasta Perdido Beach. Que se instale en el Hilton con el nombre de Rachel James y espere. ¿Lo tienes todo?

—Sí.

—En segundo lugar, necesito que cojas un avión y vayas a Memphis. He llamado al doctor, pero los pasaportes y todo lo demás no estaban listos. Me he puesto furioso con él, pero no ha servido de nada. Ha prometido trabajar toda la noche y tenerlos listos por la mañana. Yo no estaré allí, pero tú sí. Recoge los documentos.

—A la orden.

—En tercer lugar, coge otro avión y regresa al apartamento de Nashville. Quédate junto al teléfono. No te alejes bajo ningún pretexto.

—De acuerdo.

—En cuarto lugar, llama a Abanks.

—Muy bien. ¿Cuáles son tus planes de viaje?

—Voy a Nashville, pero no sé cuándo llegaré. Debo marcharme. Escucha, Tammy, dile a Abby que podría estar muerta en menos de una hora si no echa a correr inmediatamente. ¡Que corra, maldita sea, que corra!

—De acuerdo, jefe.

Mitch se dirigió apresuradamente a la puerta veintidós y subió a bordo del Delta de las 10.04 a Cincinnati. En la mano llevaba una revista llena de billetes solo de ida, comprados todos ellos con la tarjeta Master Charge. Uno a Tulsa en el vuelo de America 233, de las 10.14, comprado a nombre de Mitch McDeere; otro a Chicago en el vuelo de Northwest 861, de las 10.15, comprado a nombre de Mitchell McDeere; otro a Dallas en el vuelo de United 562, de las 10.30, comprado a nombre de Mitchell McDeere; y otro a Atlanta en el vuelo de Delta 790, de las 11.10, comprado también a nombre de Mitchell McDeere.

El billete a Cincinnati lo había comprado a nombre de Sam Fortune y lo había pagado al contado.

Lazarov entró en el centro de poder del cuarto piso y se inclinaron todas las cabezas. DeVasher le recibió como un niño asustado, que acaba de ser castigado. Los socios tenían la mirada fija en la punta de sus zapatos y se aguantaban las tripas.

—No lo encontramos —dijo DeVasher.

Lazarov no solía perder los estribos. Se sentía muy orgulloso de mantener la calma ante las circunstancias más adversas.

—¿He de entender que sencillamente se ha levantado y ha salido de aquí? —preguntó, sosegadamente.

Nadie respondió. No era necesario.

—Bien, DeVasher, eso es lo que vamos a hacer. Manda a todos los hombres de los que dispones al aeropuerto. Comprueba todas las líneas aéreas. ¿Dónde está su coche?

—En el aparcamiento.

—Maravilloso. Se ha marchado de aquí andando. Ha salido de vuestra pequeña fortaleza por su propio pie. A Joey le encantará. Verificad todas las empresas de alquiler de vehículos. ¿Cuántos honorables socios tenemos aquí?

—Dieciséis presentes.

—Divídelos por parejas y mándalos a los aeropuertos de Miami, Nueva Orleans, Houston, Atlanta, Chicago, Los Ángeles, San Francisco y Nueva York. Que circulen por los vestíbulos de esos aeropuertos. Que se queden a comer y a vivir en el aeropuerto. Que vigilen los vuelos internacionales. Mañana mandaremos refuerzos. Vosotros, honorables caballeros, le conocéis mejor que nadie; encontradle. La probabilidad de éxito es remota, pero no tenemos nada que perder. Letrados, os voy a mantener ocupados. Y lamento comunicaros, muchachos, que estas horas no son facturables. ¿Y dónde está su mujer?

—En Danesboro, Kentucky. En casa de sus padres.

—Id a por ella. No le hagáis ningún daño; limitaos a traerla.

—¿Empezamos a triturar documentos? —preguntó DeVasher.

—Esperaremos veinticuatro horas. Manda a alguien a Gran Caimán y que destruya aquellos documentos. Ahora date prisa, DeVasher.

El centro de poder quedó desierto.

Voyles andaba de un lado para otro en el despacho de Tarrance, dando órdenes a gritos. Una docena de ayudantes tomaban notas mientras él vociferaba.

—Cubrid el aeropuerto. Verificad todas las líneas aéreas. Informad a todas las agencias, en las ciudades principales. Poneos en contacto con la aduana. ¿Tenemos su fotografía?

—No encontramos ninguna, señor.

—Encontradla cuanto antes. Tiene que estar en todas las oficinas del FBI y de la aduana esta noche. Se ha dado a la fuga. ¡Hijo de puta!

35

El autobús salió de Birmingham poco antes de las dos de la tarde del miércoles. Ray se instaló en la parte posterior y observó a todos los pasajeros conforme subían al vehículo. Tenía aspecto deportivo. Había cogido un taxi en Birmingham para ir a unas galerías, donde en media hora se había comprado unos Levis descoloridos, una camisa deportiva a cuadros de manga corta y un par de Reeboks de color rojo y blanco. Se había comido también una pizza y pasó por una barbería, donde le habían cortado el pelo muy corto, al estilo militar. Llevaba gafas de aviador, y una gorra pardo rojizo.

Una señora gorda y bajita de piel morena se sentó junto a él.

—¿De dónde es usted? —le preguntó en español, con una sonrisa.

La satisfacción de la señora fue enorme. Una desmesurada sonrisa mostró sus escasos dientes.

—De México —respondió con orgullo—. ¿Habla usted español?

—Sí.

Durante las dos horas siguientes, mientras el autobús avanzaba hacia Montgomery, charlaron en español. De vez en cuando ella le tenía que repetir alguna palabra, pero en general a Ray le sorprendió lo fácil que le resultó, a pesar de tenerlo algo olvidado, después de ocho años de no practicarlo.

Un Dodge Aries seguía el autobús; en él viajaban los agentes especiales Jenkins y Jones. Jenkins conducía mientras Jones dormía. El viaje había empezado a ser aburrido cinco minutos después de salir de Knoxville. Según les habían dicho, se trataba solo de un servicio rutinario de vigilancia. Poco importaba que lo perdieran, aunque era preferible no hacerlo.

Faltaban dos horas para el vuelo de Huntington a Atlanta y Abby observaba desde un discreto rincón de una oscura sala. Solo observaba. En la silla contigua había una bolsa de plástico. Desobedeciendo las urgentes instrucciones recibidas, había cogido su cepillo de dientes, el maquillaje y algunas mudas. También les había dejado una nota a sus padres, en la que les contaba brevemente la razón de su urgente viaje a Memphis para reunirse con Mitch; les decía que no se preocuparan, que todo iba bien, y les mandaba besos y abrazos. Hizo caso omiso del café y se dedicó a observar las salidas y llegadas.

No sabía si Mitch estaba vivo o muerto. Tammy le había dicho que estaba asustado, pero controlaba perfectamente la situación. Como de costumbre. También le había dicho que estaba por coger un avión a Nashville, mientras ella iba a Memphis. Resultaba confuso, pero estaba segura de que Mitch sabía lo que se hacía. Lo importante era llegar a Perdido Beach y esperar.

Abby nunca había oído hablar de Perdido Beach. Y estaba segura de que Mitch tampoco había estado nunca allí.

El lugar la ponía nerviosa. Cada diez minutos se le acercaba algún hombre de negocios borracho, para hacerle alguna insinuación. «Vete al diablo», dijo una docena de veces.

Después de dos horas, subió a bordo del avión y le tocó un asiento junto al pasillo. Se abrochó el cinturón, se relajó y entonces la vio.

Tenía una hermosa cabellera rubia, con pómulos altos y

una sorda barbilla casi varonil, pero fuerte y atractiva. No era la primera vez que Abby veía parcialmente aquel rostro. Sus ojos estaban ocultos, como en la ocasión anterior. Miró a Abby y desvió la mirada al pasar junto a ella, de camino hacia su asiento en algún lugar de la parte posterior del aparato.

¡El Shipwreck Bar! La rubia del Shipwreck, que intentaba oír su conversación con Mitch y Abanks. La habían encontrado. Y si la habían encontrado a ella, ¿dónde estaba su marido? ¿Qué le habían hecho? Pensó en el viaje en coche de dos horas, desde Danesboro hasta Huntington, por una carretera de montaña llena de curvas. Había conducido como una loca. No podían haberla seguido.

El avión se dirigió a la pista de despegue y a los pocos minutos emprendía vuelo a Atlanta.

Por segunda vez en tres semanas, Abby contempló el atardecer desde el interior de un siete dos siete, en el aeropuerto de Atlanta. Ella y la rubia. El avión permaneció treinta minutos en tierra, antes de despegar para Mobile.

Desde Cincinnati, Mitch cogió el avión de Nashville. Llegó a las seis de la tarde del miércoles, mucho después de que cerraran los bancos. Encontró una empresa de alquiler de camiones sin conductor en la guía telefónica y llamó un taxi.

Alquiló uno de los modelos más pequeños, de cinco metros. Pagó al contado, pero se vio obligado a utilizar su permiso de conducir y una tarjeta de crédito como depósito. Si DeVasher lograba localizar la empresa de alquiler de camiones en Nashville, mejor para él. Compró veinte cajas de cartón y se dirigió al apartamento.

No había comido desde el martes por la noche, pero estaba de suerte. Tammy había dejado una bolsa de palomitas de maíz para el microondas y un par de cervezas. Comió como un cerdo. A las ocho hizo su primera llamada al Hilton de Perdido Beach. Preguntó por Lee Stevens. La recepcionista respondió que no había llegado. Se tumbó en el suelo de su madriguera y pensó en el centenar de cosas que podían haberle ocurrido a Abby. Podía estar muerta en Kentucky, sin que él lo supiera. No podía llamar por teléfono.

El sofá estaba desplegado y sus ordinarias sábanas caían por el costado, hasta el suelo. Lo de Tammy no era ser ama de casa. Contempló la pequeña cama provisional y pensó en Abby. Hacía solo cinco noches que se habían devorado mutuamente sobre aquel sofá. Ojalá estuviera en ese avión. Sola.

En el dormitorio, se sentó sobre la caja de la Sony, todavía sellada, y contempló admirado la sala llena de documentos. Había formado impecables montones sobre la alfombra, todos meticulosamente clasificados por bancos y sociedades de las Caimán. Encima de cada montón había un cuaderno amarillo, con el nombre de la sociedad seguido de varias páginas de fechas, asientos... ¡y nombres!

Incluso Tarrance sería capaz de seguir la secuencia de los documentos. Para un gran jurado sería pan comido. El fiscal general del estado daría conferencias de prensa. Y los tribunales condenarían, condenarían y condenarían.

El agente especial Jenkins bostezó junto al auricular, mientras marcaba el número de la oficina de Memphis. Hacía veinticuatro horas que no dormía. Jones roncaba en el coche.

—FBI —respondió una voz, masculina.

—¿Con quién hablo? —preguntó Jenkins, que llamaba por puro formalismo.

—Acklin.

—Hola, Rick. Soy Jenkins. Hemos...

—¡Jenkins! ¿Dónde te habías metido? ¡Espera un momento!

Jenkins dejó de bostezar y observó la estación de autobuses. De pronto, oyó una voz enojada por el auricular.

—¡Jenkins! ¿Dónde estás? —exclamó Tarrance.

—En la estación de autobuses de Mobile. Se nos ha despistado.

—¿Qué dices? ¿Cómo puede haberse despistado?

De repente, Jenkins empezó a prestar atención y a concentrarse en el teléfono.

—Un momento, Wayne. Nuestras instrucciones eran las de seguirle durante ocho horas, para ver hacía dónde se dirigía. Pura rutina, según tus propias palabras.

—No puedo creer que le hayáis perdido.

—Wayne, nadie nos dijo que le siguiéramos durante el resto de su vida. Ocho horas, Wayne. Le hemos seguido veinticuatro horas y ha desaparecido. ¿Qué hay de malo en ello?

—¿Por qué no habéis llamado antes?

—Hemos llamado dos veces, desde Birmingham y desde Montgomery, pero estabais comunicando. ¿Qué ocurre, Wayne?

—Un momento.

Jenkins agarró con fuerza el teléfono y esperó.

—Hola, ¿Jenkins? —dijo otra voz.

—Sí.

—Te habla Voyles, el director. ¿Qué diablos ha ocurrido?

Jenkins se aguantó la respiración y miró desesperadamente a su alrededor.

—Señor, le hemos perdido. Al llegar aquí, a la estación de autobuses de Mobile, después de seguirle durante veinticuatro horas, se nos ha despistado entre la muchedumbre.

—Vaya faena, hijo. ¿Cuánto hace?

—Veinte minutos.

—Muy bien, escúchame. Es esencial que le encontremos. Su hermano ha desaparecido con el dinero. Ponte en contacto con las autoridades locales de Mobile. Identifícate y diles que un asesino fugado anda suelto por la ciudad. Probablemente tienen la foto y el nombre de Ray McDeere pegados a las paredes. Su madre vive en Panama City Beach. Avisa a todas las autoridades desde allí hasta Mobile. Voy a mandar a nuestros hombres.

—De acuerdo. Lo siento, señor. Nadie nos dijo que le siguiéramos permanentemente.

—Hablaremos de eso más adelante.

A las diez, Mitch llamó al Hilton de Perdido Beach por segunda vez y preguntó por Rachel James. No había llegado. Entonces preguntó por Lee Stevens. Un momento, respondió la recepcionista. Mitch se sentó en el suelo y esperó intranquilo. Sonaba el teléfono de la habitación. Después de que llamara una docena de veces, alguien lo descolgó.

—Diga.

—¿Lee? —preguntó Mitch.

—Sí —respondió, después de una pausa.

—Soy Mitch. Te felicito.

Ray se dejó caer en la cama y cerró los ojos.

—Ha sido muy fácil, Mitch. ¿Cómo te las has arreglado?

—Te lo contaré cuando tengamos tiempo. En estos momentos hay un montón de individuos que intentan matarme. Y también a Abby. Somos fugitivos.

—¿Quién, Mitch?

—Tardaría diez horas en contarte el primer capítulo. Te lo explicaré más adelante. Toma nota de este número: seis-uno-cinco ocho-ocho-nueve cuatro-tres-ocho-cero.

—No es de Memphis.

—No, es de Nashville. Estoy en un apartamento que nos sirve de centro de control. Graba el número en tu mente. Si yo no estoy aquí, contestará el teléfono una chica llamada Tammy.

—¿Tammy?

—Es una historia muy larga. Haz lo que te digo. En algún momento esta noche, Abby se registrará en el hotel con el nombre de Rachel James. Llegará en un coche alquilado.

—¿Vendrá aquí?

—Limítate a escucharme, Ray. Los caníbales nos andan pisando los talones, pero les llevamos un paso de ventaja.

—¿Ventaja sobre quién?

—La mafia y el FBI.

—¿Eso es todo?

—Probablemente. Ahora, escúchame. Es remotamente posible que alguien siga a Abby. Debes encontrarla, observarla y asegurarte de que no hay nadie tras ella.

—¿Y si hubiera alguien?

—Llámame y hablaremos de ello.

—Quédate tranquilo.

—Utiliza solo el teléfono para llamar a este número. Y no podemos hablar mucho.

—Tengo un montón de preguntas, hermanito.

—Y yo las respuestas, pero no ahora. Cuida de mi mujer y llámame cuando llegue.

—Lo haré. Y, a propósito, gracias.

—Hasta luego.

Al cabo de una hora salió de la carretera ciento ochenta y dos para coger el serpenteante camino que conducía al Hilton. Aparcó el Cutlass de cuatro puertas, con matrícula de Alabama, y caminó nerviosa bajo la extensa terraza hacia la puerta principal del hotel. Se detuvo unos instantes, observó el camino a su espalda y entró en el vestíbulo.

Al cabo de dos minutos, un taxi amarillo de Mobile paró bajo la terraza, detrás de los minibuses del hotel. Ray observaba el taxi. Había una mujer en el asiento posterior, que hablaba con el conductor. Esperaron un minuto. Por último sacó dinero de su bolso y pagó al taxista. Después de apearse, esperó a que el taxi se marchara. Lo primero de lo que se dio cuenta fue que la mujer era rubia. Tenía muy buen tipo y llevaba un pantalón negro de pana muy ceñido. Y gafas de sol, lo cual le pareció extraño ya que era casi medianoche. Se acercó cautelosamente a la puerta principal, esperó un momento y entró. Ray la observaba atentamente y se dirigió al vestíbulo.

La rubia se dirigió al único recepcionista.

—Una habitación individual, por favor —oyó que decía.

El recepcionista colocó una ficha sobre el mostrador. La rubia la rellenó y preguntó:

—¿Puede decirme cómo se llama esa señora que acaba de llegar hace unos momentos? Creo que es una vieja amiga mía.

—Rachel James —respondió el recepcionista, después de consultar la ficha correspondiente.

—Sí, es ella. ¿De dónde es?

—La dirección es de Memphis.

—¿Cuál es el número de su habitación? Me gustaría saludarla.

—No está permitido facilitar el número de las habitaciones —respondió el recepcionista.

La rubia sacó inmediatamente dos billetes de veinte del monedero y los colocó sobre el mostrador.

—Solo pretendo saludarla.

El recepcionista cogió el dinero.

—Habitación seiscientos veintidós.

—¿Dónde está el teléfono? —preguntó, después de pagar al contado.

—A la vuelta de la esquina —respondió el recepcionista.

Ray dobló la esquina, vio cuatro teléfonos, cogió uno de los centrales y empezó a hablar consigo mismo.

La rubia cogió el de uno de los extremos y le dio la espalda. Hablaba en voz baja y Ray solo oía algunas palabras.

—... acaba de llegar... habitación seiscientos veintidós... Mobile... ayuda... no puedo... ¿una hora?... sí... daos prisa...

La rubia colgó y Ray siguió hablando consigo mismo.

Al cabo de diez minutos, alguien llamó a la puerta. La rubia se levantó de la cama, cogió su cuarenta y cinco y lo ocultó bajo la falda. Abrió un poco la puerta, sin preocuparse de la cadena de seguridad.

De un empujón, la puerta se abrió de par en par y la rubia se precipitó contra la pared. Ray se le echó encima, le cogió la pistola, la apresó de bruces contra el suelo y le colocó el cañón en la oreja.

—¡Al menor ruido, te mato!

La rubia dejó de luchar y cerró los ojos, sin decir palabra.

—¿Quién eres? —preguntó Ray, al tiempo que le presionaba el arma contra la oreja.

Pero ella no respondió.

—No se te ocurra moverte, ni chillar, ¿de acuerdo? Me encantaría volarte la tapa de los sesos.

Ray se relajó, sentado todavía sobre la espalda de la chica, y abrió su bolsa de viaje. Vació su contenido en el suelo y encontró un par de calcetines limpios de tenis.

—Abre la boca —ordenó.

La chica permaneció inmóvil. Volvió a empujar el cañón contra su oreja y la rubia abrió lentamente la boca. Ray empujó los calcetines entre sus dientes y a continuación le vendó fuertemente los ojos con un camisón de seda. Le ató los pies y las manos con unas medias, y entonces rasgó las sábanas en forma de venda. La mujer permanecía inmóvil. Cuando terminó con ella, parecía una momia. La colocó debajo de la cama.

En el bolso llevaba seiscientos dólares en metálico y un monedero con un permiso de conducir de Illinois. Se llamaba Karen Adair, oriunda de Chicago, nacida el 4 de marzo de mil novecientos sesenta y dos. Ray cogió el monedero y la pistola.

El teléfono sonó a la una de la madrugada, pero Mitch no dormía. Estaba plenamente inmerso en documentos bancarios. Eran fascinantes. Repletos de pruebas comprometedoras.

—Diga —respondió, cautelosamente.

—¿Hablo con el centro de control? —preguntó una voz, cerca de un tocadiscos.

—¿Dónde estás, Ray?

—En un local llamado FloraBama. En los límites del estado.

—¿Dónde está Abby?

—En el coche. Está bien.

Mitch respiró hondo, sonrió y siguió escuchando.

—Hemos tenido que abandonar el hotel. A Abby la seguía una mujer, la misma que visteis en algún bar de las Caimán. Tu mujer intenta ponerme al corriente de todo. Esa chica la había seguido todo el día y apareció en el hotel. Me he ocupado de ella y hemos desaparecido.

—¿Te has ocupado de ella?

—Sí, no ha querido hablar, pero está fuera de circulación por un breve período.

—¿Abby está bien?

—Sí. Estamos ambos agotados. ¿Cuáles son exactamente tus planes?

—Estáis a unas tres horas de Panama City Beach. Comprendo que estéis muy cansados, pero debéis alejaros de donde estáis. Id a Panama City Beach, deshaceos del coche y coged un par de habitaciones en el Holiday Inn. Llámame cuando estéis instalados.

—Espero que sepas lo que estás haciendo.

—Confía en mí, Ray.

—Lo hago, pero empiezo a desear volver a la cárcel.

—No puedes regresar, Ray. Si no desaparecemos, nos matarán.

36

El taxi paró en un semáforo en rojo del centro de Nashville, Mitch se apeó y empezó a sortear el tráfico matutino del ajetreado cruce, con las piernas entumecidas.

El edificio del Southeastern Bank era un cilindro de cristal de treinta pisos, diseñado al igual que una lata de pelotas de tenis. La lata era oscura, casi negra. Imponía por su presencia, retirado de la esquina entre un laberinto de caminos, fuentes, e impecables parterres verdes.

Mitch entró por la puerta giratoria, confundido entre la multitud de empleados que acudían al trabajo. En el atrio sobrecargado de mármol encontró el directorio y subió por la escalera automática hasta el tercer piso. Una impresionante mujer de unos cuarenta años le observaba desde su mesa de cristal, sin sonreírle.

—El señor Mason Laycook, por favor —dijo Mitch.

—Siéntese —respondió la señora, al tiempo que le mostraba una silla.

El señor Laycook no perdió tiempo alguno. Apareció por una esquina, tan malhumorado como su secretaria.

—¿En qué puedo ayudarle? —preguntó, en un tono nasal.

—Necesito hacer una pequeña transferencia —respondió Mitch, después de ponerse de pie.

—Bien. ¿Tiene una cuenta en el Southeastern?

—Sí.

—¿Su nombre?

—Es una cuenta numerada. Es decir, señor Laycook, que no le voy a dar mi nombre. No lo necesita.

—Muy bien. Sígame.

En su despacho no había ventanas ni vista alguna. Una hilera de teclados y monitores descansaban detrás de su mesa de cristal. Mitch tomó asiento.

—Número de la cuenta, por favor.

—Dos-uno-cuatro tres-uno tres-cinco —respondió inmediatamente.

Laycook marcó el número en un teclado y observó el monitor.

—Se trata de una cuenta código tres, abierta por una tal T. Hemphill, a la que solo tiene acceso ella misma y cierto varón que responde a la siguiente descripción física; aproximadamente metro ochenta y tres de altura, de unos ochenta kilos de peso, ojos azules, cabello castaño y de unos veinticinco o veintiséis años. Sí, señor, la descripción parece correcta —dijo Laycook, sin dejar de contemplar la pantalla—. ¿Cuáles son las últimas cuatro cifras de su número de la seguridad social?

—Ocho-cinco-ocho-cinco.

—Muy bien. Tiene usted acceso a la cuenta. ¿En qué puedo servirle?

—Deseo transferir ciertos fondos desde un banco de Gran Caimán.

Laycook frunció el ceño y se sacó un lápiz del bolsillo.

—¿Qué banco de Gran Caimán?

—El Royal Bank de Montreal.

—¿Qué tipo de cuenta?

—Numerada.

—Supongo que conoce el número.

—Cuatro-nueve-nueve de efe-hache dos-uno-dos-dos.

Laycook tomó nota y se puso de pie.

—Tardaré solo un momento —dijo, antes de salir del despacho.

Transcurrieron diez minutos. Mitch se frotaba sus lastimados pies, mientras contemplaba los monitores.

Laycook regresó con su jefe, el señor Nokes, que era vicepresidente o algo por el estilo. Nokes se presentó desde el otro lado de la mesa. Ambos parecían estar nerviosos y miraban fijamente a Mitch.

—Se trata de una cuenta restringida, señor —dijo Nokes, con un pequeño papel informático en la mano—. Es preciso que nos facilite cierta información antes de solicitar la transferencia.

Mitch asintió, seguro de sí mismo.

—¿Conoce las fechas y cantidades de los tres últimos ingresos?

Le miraban atentamente, convencidos de que fracasaría. Pero una vez más, no tuvo que consultar nota alguna.

—Tres de febrero del año en curso, seis millones y medio. Catorce de diciembre del año pasado, nueve millones doscientos mil. Y ocho de octubre del año pasado, once millones.

Laycook y Nokes contemplaron el pequeño papel, y este último le brindó una pequeña sonrisa profesional.

—Muy bien. Puede darnos su número secreto.

Laycook esperaba, lápiz en mano.

—¿Cuál es su número secreto, señor? —le preguntó Nokes.

Mitch sonrió y cruzó de nuevo sus entumecidas piernas.

—Siete-dos-cero-ocho-tres.

—¿Y la cantidad de la transferencia?

—Diez millones transferidos inmediatamente a este banco, cuenta dos-uno-cuatro tres-uno tres-cinco. Esperaré.

—No es necesario, señor.

—Esperaré. Cuando esta transferencia haya concluido, todavía tengo varias operaciones para ustedes.

—Tardaremos solo unos momentos. ¿Le apetece un café?

—No, gracias. ¿Tienen algún periódico?

—Por supuesto —respondió Laycook—. Sobre esa mesa.

Salieron apresuradamente del despacho y a Mitch se le comenzó a normalizar el pulso. Abrió el *Tennessean* de Nashville y tuvo que pasar tres páginas antes de encontrar un breve párrafo sobre la fuga de Brushy Mountain. Ninguna fotografía. Escasos detalles. Ray estaba a salvo en el Holiday Inn del Miracle Strip, en Panama City Beach, Florida.

Tenía la convicción, y la esperanza, de que todo iba bien por el momento.

Laycook regresó solo y ahora sumamente amable.

—La transferencia ha concluido. El dinero está aquí. ¿Qué podemos hacer ahora por usted?

—Deseo mandar el dinero a otro lugar. Por lo menos, una buena parte del mismo.

—¿Cuántas transferencias?

—Tres.

—Empecemos por la primera.

—Un millón de dólares al Coast National Bank, en Pensacola, a una cuenta numerada accesible por parte de una sola persona, mujer, blanca, de unos cincuenta años. Yo le comunicaré el número secreto.

—¿Se trata de una cuenta ya existente?

—No. Quiero que la abran con la transferencia.

—Muy bien. ¿La segunda transferencia?

—Un millón de dólares al Dane County Bank de Danesboro, Kentucky, a cualquier cuenta a nombre de Harold o Maxine Sutherland, o ambos. Es un pequeño banco, pero es corresponsal del United Kentucky en Louisville.

—Muy bien. ¿Y la tercera?

—Siete millones al Deutschebank de Zurich. Cuenta siete-siete-dos cero-tres be-ele seis-cero-cero. El resto del dinero se quedará aquí.

—Tardaremos aproximadamente una hora —dijo Laycook, mientras escribía.

—Le llamaré dentro de una hora para que me lo confirme.

—Muy bien.

—Gracias, señor Laycook.

Le dolían las piernas cada vez que ponía el pie en el suelo, pero no se percataba del dolor. Bajó dando unos moderados saltos por la escalera automática y salió del edificio.

En el piso superior del Royal Bank de Montreal, sucursal de Gran Caimán, una secretaria de la sección de transferencias colocó una copia de ordenador ante la nariz muy puntiaguda y aristocrática de Randolph Osgood. La secretaria había puesto un círculo alrededor de una inusual transferencia de diez millones. Inusual porque el dinero de aquella cuenta no solía volver a Estados Unidos y, además, porque había ido a un banco con el que nunca habían tenido ningún trato. Osgood examinó el documento y llamó por teléfono a Memphis. El señor Tolleson estaba de baja, según le informó la secretaria. Entonces preguntó por el señor Locke y le dijeron que había salido de la ciudad. ¿Y Victor Milligan? El señor Milligan estaba también de viaje.

Osgood dejó el papel con los asuntos a resolver al día siguiente.

A lo largo de la Costa Esmeralda de Florida y Alabama, desde las afueras de Mobile, hacia el este por Pensacola, Fort Walton Beach, Destin y Panama City, la cálida noche primaveral había sido tranquila. Solo había tenido lugar un crimen violento en la costa. Una joven había sido robada, apaleada y violada en su habitación del Hilton, en Perdido Beach. Su novio, un individuo alto y rubio de facciones nórdicas, la había encontrado atada y amordazada en su habitación. Su nombre era Rimmer, Aaron Rimmer, oriundo de Memphis.

Lo más emocionante de la noche fue la enorme movilización de fuerzas en la zona de Mobile, en busca del asesino fugado Ray McDeere. Se le había visto llegar a la estación de autobuses, ya caída la noche. Su retrato robot aparecía en primera plana del periódico de la mañana y antes de las diez aparecieron tres testigos, que afirmaban haberle visto. Reconstruyeron sus pasos por la bahía de Mobile hasta Foley, Alabama, y luego a Gulf Shores.

Puesto que el hotel Hilton está a solo dieciséis kilómetros de Gulf Shores por la carretera ciento ochenta, y dado que el único asesino fugado estaba por aquella zona, cuando se cometió el único delito con violencia, la conclusión fue rápida e ineludible. El recepcionista del hotel efectuó una identificación probable de Ray McDeere y el registro demostró que había llegado alrededor de las nueve y media, haciéndose pasar por el señor Lee Stevens. Y había pagado al contado. Más tarde había llegado la víctima y había sido atacada. Ella también identificó al señor Ray McDeere.

El recepcionista recordaba que la víctima había preguntado por Rachel James, que había llegado cinco minutos antes que ella y que había pagado al contado. Rachel James había desaparecido durante la noche, sin molestarse en comunicarlo a la recepción. Otro tanto había ocurrido con Ray McDeere, alias Lee Stevens. Un vigilante del parque de estacionamiento había efectuado otra identificación probable de McDeere y dijo haberle visto subir a un Cutlass blanco de cuatro puertas, acompañado de una mujer, entre la medianoche y la una. Conducía ella y parecía tener prisa. Habían cogido la ciento ochenta y dos hacia el este.

Desde su habitación en el sexto piso del Hilton, Aaron Rimmer hizo una llamada telefónica anónima al ayudante del sheriff de Baldwin County, para sugerirle que verificara las empresas de alquiler de coches en Mobile. «Compruebe los alquileres a nombre de una tal Abby McDeere. Encontrará su Cutlass blanco», le dijo.

Desde Mobile hasta Miami, empezó la búsqueda del Cutlass alquilado en Avis por Abby McDeere. El encargado de la investigación de la oficina del sheriff prometió al novio de la víctima, Aaron Rimmer, mantenerle informado de los acontecimientos.

El señor Rimmer esperaría en el Hilton, donde compartía una habitación con Tony Verkler. En la habitación contigua se alojaba su jefe, DeVasher. En el séptimo piso, instalados en sus respectivas habitaciones, esperaban catorce de sus amigos.

Fueron necesarios diecisiete viajes desde el apartamento al camión alquilado, pero al mediodía los documentos Bendini estaban listos para el traslado. Mitch descansó sus doloridas piernas. Se sentó en el sofá y escribió algunas instrucciones para Tammy. Después de contarle los detalles de las transacciones, le dijo que esperara una semana antes de ponerse en contacto con su madre. Pronto sería millonaria.

Se colocó el teléfono sobre las rodillas y se preparó para una tarea desagradable. Llamó al Dane County Bank y preguntó por Hugh Sutherland. Dijo que se trataba de una emergencia.

—Diga —respondió su suegro, enojado.

—Señor Sutherland, soy Mitch. ¿Ha recibido...?

—¿Dónde está mi hija? ¿Está bien?

—Sí, está perfectamente. Está conmigo. Vamos a salir del país por unos días. Tal vez unas semanas. Quizá unos meses.

—Comprendo —respondió lentamente—. ¿Y dónde tenéis previsto instalaros?

—No estamos seguros. Pensamos viajar durante algún tiempo.

—¿Tenéis algún problema, Mitch?

—Sí señor, un problema muy grave, pero no puedo explicárselo ahora. Tal vez algún día. Lea atentamente los periódicos. En menos de dos semanas descubrirá un gran escándalo relacionado con Memphis.

—¿Corréis peligro?

—Más o menos. ¿Ha recibido alguna transferencia inusual esta mañana?

—Sí, efectivamente. Alguien ha depositado un millón de dólares hace aproximadamente una hora.

—Ese alguien era yo y el dinero es suyo.

Se hizo una larga pausa.

—Mitch, creo que merezco una explicación.

—Sí, señor, la merece, pero no puedo dársela. Si logramos salir sanos y salvos del país, recibirá noticias aproximadamente dentro de una semana. Disfrute del dinero. Debo marcharme.

Mitch esperó un minuto y llamó a la habitación 1028 del Holiday Inn, en Panama City Beach.

—Diga —respondió Abby.

—Hola, cariño, ¿cómo estás?

—Fatal, Mitch. La foto de Ray está en primera plana de todos los periódicos de la región. Al principio era la fuga y el hecho de que alguien le había visto en Mobile. Ahora, según las noticias de la televisión, es el principal sospechoso de una violación que se cometió anoche.

—¿Cómo? ¿Dónde?

—En el Hilton de Perdido Beach. Ray atrapó a la rubia que me seguía. Entró en su habitación y la ató. Nada grave. Le quitó la pistola y el dinero, y ahora ella afirma que Ray McDeere la apaleó y la violó. Toda la policía de Florida busca el coche que alquilé anoche en Mobile.

—¿Dónde está el coche?

—Lo hemos dejado a un par de kilómetros de aquí, en un enorme complejo de apartamentos. Tengo mucho miedo, Mitch.

—¿Dónde está Ray?

—Tomando el sol en la playa, con la esperanza de que se le ponga la cara morena. La foto del periódico es bastante antigua. Lleva el pelo largo y tiene un aspecto muy pálido. Es un mal retrato. Ahora lleva el cabello muy corto y procura broncearse. Creo que ayudará.

—¿Están ambas habitaciones a tu nombre?

—Rachel James.

—Escucha, Abby. Olvidaos de Rachel, Lee, Ray y Abby. Esperad hasta que casi oscurezca y dejad las habitaciones. Marchaos sin decir nada. Aproximadamente a un kilómetro hacia el este hay un pequeño hotel llamado Blue Tide. Dad un paseo por la playa hasta que lo encontréis. Vas a la recepción y pides dos habitaciones contiguas. Paga al contado. Diles que te llamas Jackie Nagel. ¿Lo recordarás? Jackie Nagel. Usa ese nombre porque así podré localizarte cuando llegue.

—¿Qué hago si no disponen de dos habitaciones contiguas?

—Si hay algún problema, un poco más allá hay otro cuchitril llamado Seaside. Instalaos ahí. Con el mismo nombre. Ahora voy a marcharme, es más o menos la una y llegaré probablemente dentro de unas diez horas.

—¿Qué ocurrirá si encuentran el coche?

—Lo encontrarán y desplegarán multitud de fuerzas por Panama City Beach. Debes tener mucho cuidado. Cuando oscurezca, procura acercarte a una droguería y compra tinte para el cabello. Córtatelo muy corto y tíñelo de rubio.

—¿Rubio?

—O rojo. No me importa. Pero cámbialo. Dile a Ray que no se mueva de su habitación. No os arriesguéis innecesariamente.

—Tiene una pistola, Mitch.

—Dile de mi parte que no la use. Probablemente esta noche habrá un millar de policías por esa zona. No podría ganarlos a balazos.

—Te quiero, Mitch. Tengo mucho miedo.

—No pasa nada por tener miedo, cariño. No dejes de pensar. No saben dónde estás y no pueden atraparte si no dejas de moverte. Estaré contigo a medianoche.

Lamar Quin, Wally Hudson y Kendall Mahan estaban reunidos en la sala de conferencias del tercer piso, e intentaban decidir su próximo paso. Como asociados veteranos de la empresa, conocían lo del quinto piso y lo del sótano, estaban al corriente del señor Lazarov y del señor Morolto, y sabían lo de Hodge y Kozinski. Eran conscientes de que cuando uno se unía a la empresa, no la abandonaba.

Comentaban la situación y la comparaban al día en que descubrieron la triste realidad sobre Papá Noel. Aquel día lúgubre y aterrador cuando Nathan Locke los llamó a su despacho y les reveló la identidad de su mayor cliente. A continuación les presentó a DeVasher. Eran empleados de la familia Morolto y se esperaba de ellos que trabajaran duro, gastaran su generosa remuneración y guardaran el más absoluto silencio. Los tres lo habían hecho. Habían pensado en marcharse, pero sin llegar nunca a formular ningún plan concreto. Eran miembros de la familia. Con el tiempo, llegaron casi a olvidarlo. Había muchos clientes legítimos para los que trabajaban, mucho trabajo perfectamente respetable.

Los socios se ocupaban de la mayor parte del trabajo sucio, pero conforme aumentaba su veteranía, mayor era su vínculo con la conspiración. Los socios les aseguraban que nunca los atraparían. Eran demasiado astutos. Tenían demasiado dinero. La fachada era perfecta. Un hecho que preocupaba particularmente a los reunidos era el de que los socios hubieran abandonado la ciudad. No quedaba un solo socio en Memphis. Incluso Avery Tolleson había desaparecido; había abandonado el hospital.

Hablaron de Mitch. Andaba por ahí, en algún lugar, corriendo asustado, con la vida pendiente de un hilo. Si DeVasher lo atrapaba, era hombre muerto y lo enterrarían como a Hodge y a Kozinski. Pero si lo atrapaban los federales, obtendrían los documentos y hundirían la empresa, que, evidentemente, los incluía a ellos.

Se preguntaban qué ocurriría si nadie le atrapaba. ¿Qué pasaría si lo lograba, si simplemente desaparecía? Incluidos, por supuesto, los documentos. ¿No era posible que él y Abby estuvieran ahora en alguna playa, bebiendo ron y contando su dinero? Les gustaba la idea y hablaron de ello un buen rato.

Por fin decidieron esperar al día siguiente. Si Mitch era abatido a balazos en algún lugar, o si nunca le encontraban, permanecerían en Memphis. Pero si los federales lo atrapaban, se darían a la fuga.

¡Corre, Mitch, corre!

Las habitaciones del hotel Blue Tide eran pequeñas y mugrientas. La moqueta tenía veinte años y estaba muy gastada. Los cubrecamas tenían quemaduras de cigarrillos. Pero el lujo no importaba.

El jueves, cuando había oscurecido, Ray estaba a la espalda de Abby, con unas tijeras en la mano, y le cortaba cuidadosamente el cabello alrededor de las orejas. Bajo su silla había dos toallas cubiertas de pelo oscuro. Se miraba atentamente al espejo, situado junto a un viejo televisor en color, sin dejar de darle instrucciones. Era un corte juvenil, con flequillo y por encima de las orejas. Ray dio un paso atrás, para admirar su obra.

—No está mal —dijo.

Abby sonrió y se sacudió el pelo de los brazos.

—Supongo que ha llegado el momento de teñirlo —comentó con tristeza.

Entró en el diminuto baño y cerró la puerta.

Cuando apareció al cabo de una hora, era rubia. Un rubio amarillento. Ray dormía sobre la colcha. Abby se arrodilló sobre la sucia moqueta y recogió el cabello.

Después de que lo metiera en una bolsa de plástico, junto con el frasco de tinte y el aplicador, alguien llamó a la puerta.

Abby escuchó, paralizada. Las cortinas estaban perfectamente cerradas. Le dio a Ray unas palmadas en los pies. Llamaron de nuevo a la puerta. Ray saltó de la cama y cogió la pistola.

—¿Quién es? —susurró, junto a la ventana.

—Sam Fortune —respondió una voz, desde el exterior.

Ray abrió la puerta y Mitch entró en la habitación. Besó a Abby y dio un fuerte abrazo a su hermano. Cerraron la puerta, apagaron las luces y se sentaron en la cama a oscuras. Mitch abrazaba fuertemente a Abby. Con tanto que decir, nadie decía palabra.

Un pequeño rayo de luz se filtraba por debajo de las cortinas y, conforme pasaban los minutos, iluminó gradualmente la cómoda y el televisor. Nadie hablaba. No se oía ningún ruido en el Blue Tide. El aparcamiento estaba prácticamente vacío.

—Casi puedo explicarme por qué estoy yo aquí —dijo por último Ray—, pero de lo que no estoy seguro es de vuestras razones.

—Debemos olvidar por qué estamos aquí —respondió Mitch— y concentrarnos en cómo salir. Juntos y a salvo.

—Abby me lo ha contado todo —dijo Ray.

—No lo sé todo —agregó ella—. No sé quién nos persigue.

—Debemos suponer que están todos ahí —les dijo Mitch—. DeVasher y sus secuaces no andan lejos. Yo diría que están en Pensacola. Es el aeropuerto de un tamaño razonable más cercano. Tarrance está en algún lugar de la costa, dirigiendo la búsqueda de Ray McDeere, el violador, y a su cómplice, Abby McDeere.

—¿Qué ocurrirá ahora? —preguntó Abby.

—Encontrarán el coche, si no lo han encontrado ya. Esto dirigirá su atención a Panama City Beach. El periódico decía que la búsqueda se extendía desde Mobile hasta Miami, de modo que ahora están desparramados. Cuando encuentren el coche, se concentrarán aquí. Ahora bien, hay un millar de hoteles baratos como este en los alrededores. A lo largo de veinte kilómetros, no hay más que hoteles, apartamentos y comercios turísticos. Esto supone mucha gente, muchos turistas de pantalón corto y sandalias y mañana nosotros también seremos turistas, con pantalón corto, sandalias y todo lo demás. Calculo que aunque tengan un centenar de hombres buscándonos, disponemos de dos o tres días.

—¿Qué ocurrirá cuando decidan que estamos aquí? —preguntó Abby.

—Tú y Ray podríais sencillamente haber abandonado el coche y haber huido en otro vehículo. No pueden estar seguros de que estemos aquí, pero será el primer lugar donde nos busquen. Sin embargo, tampoco se trata de la Gestapo. No pueden forzar puertas ni registrar habitaciones sin una causa probable.

—DeVasher puede —agregó Ray.

—Sí, pero aquí hay más de un millón de puertas. Cortarán las carreteras y vigilarán todas las tiendas y restaurantes. Hablarán con todos los recepcionistas y les mostrarán el retrato robot de Ray. Pulularán como hormigas durante unos días y, con un poco de suerte, no nos encontrarán.

—¿En qué vehículo has venido, Mitch? —le preguntó Ray.

—En un camión alquilado.

—No comprendo por qué no nos metemos en el camión ahora mismo y nos largamos. El coche está a un par de kilómetros de aquí, a la espera de que lo encuentren, y sabemos que vienen hacia aquí. Opino que deberíamos levantar el vuelo.

—Escucha, Ray, es posible que ya hayan instalado controles en las carreteras. Confía en mí. ¿No te he sacado de la cárcel?

Se oyó una chirriante sirena a lo largo de la playa. Permanecieron inmóviles, escucharon y el ruido se perdió en la lejanía.

—Pandilla —dijo Mitch—, nos vamos. No me gusta este lugar. El aparcamiento está vacío y demasiado cerca de la carretera. He aparcado el camión a tres puertas de aquí, junto al elegante hotel Sea Gull's Rest, donde he reservado dos bonitas habitaciones. Las cucarachas son mucho más pequeñas que aquí. Daremos un paseo por la playa. A continuación descargaremos el camión. ¿Os parece emocionante?

37

Joey Morolto y su batallón de comandos aterrizaron en el aeropuerto de Pensacola el viernes antes del amanecer, en un DC9 alquilado. Lazarov los esperaba con dos lujosos cochazos y ocho furgonetas alquiladas. Cuando el convoy salió de Pensacola y se dirigía al este por la nacional noventa y ocho, Lazarov puso a Joey al corriente de lo ocurrido durante las últimas veinticuatro horas. Al cabo de una hora, llegaron a un bloque de apartamentos de doce pisos llamado Sandpiper, situado en Destin, en el centro de la bahía, a una hora de Panama City Beach. Lazarov había logrado alquilar el ático del edificio por solo cuatro mil dólares a la semana. Tarifas de temporada baja. Todos los apartamentos de los pisos once y doce habían sido alquilados para los matones.

El señor Morolto daba órdenes como un sargento neurasténico. Instalaron un puesto de mando en la magnífica sala del ático, desde donde se dominaba la tranquila agua esmeralda. Nada se ajustaba a sus gustos. Le apetecía desayunar y Lazarov mandó dos furgonetas a un supermercado Delchamps cercano. Quería a McDeere y Lazarov le rogó que tuviera paciencia.

Al amanecer, la tropa estaba instalada en los apartamentos a la espera.

A cinco kilómetros a lo largo de la playa, con el Sandpiper al alcance de la vista, F. Denton Voyles y Wayne Tarrance estaban en la terraza de una habitación del octavo piso del Hilton de Sandestin. Tomaban café, contemplaban el sol que aparecía suavemente en el horizonte y hablaban de su estrategia. La noche no había sido provechosa. No se había encontrado el coche. No había rastro de Mitch. Con sesenta agentes del FBI y centenares de policías locales que vigilaban la costa, deberían haber encontrado por lo menos el coche. A cada hora que transcurría los McDeere se alejaban.

En una carpeta, sobre una mesilla de la habitación, estaban las órdenes de detención. La de Ray McDeere decía: fuga, desplazamiento ilegal, robo y violación. El único pecado de Abby era el de ser cómplice. Los cargos contra Mitch requerían mayor ingenio: obstrucción de la justicia, una nebulosa acusación de tráfico ilegal y, evidentemente, la acusación habitual de fraude postal. Tarrance no comprendía dónde encajaba lo de fraude postal, pero trabajaba para el FBI y nunca había visto ningún caso que no incluyera la acusación de fraude postal.

Las órdenes habían sido extendidas, estaban listas para su ejecución y habían sido ampliamente comentadas con docenas de corresponsales de los periódicos y emisoras de televisión de la región del sudeste. Acostumbrado a mantener el rostro impasible y a sentir odio por la prensa, Tarrance se lo pasaba de maravilla con los corresponsales.

La publicidad era necesaria, fundamental. Las autoridades debían encontrar a los McDeere antes de que lo hicieran los mafiosos.

—¡Han encontrado el coche! —exclamó Rick Acklin en la terraza, después de cruzar apresuradamente la habitación.

—¿Dónde? —preguntaron Tarrance y Voyles, al tiempo que se ponían ambos de pie.

—En Panama City Beach. En el aparcamiento de un bloque de apartamentos.

—¡Reunid inmediatamente a todos nuestros hombres! —ordenó Voyles—. Dejad de buscar por todas partes. Quiero a todos los agentes en Panama City Beach. Registraremos el lugar palmo a palmo. Conseguid todos los policías locales que podáis. Decidles que instalen controles en todas las carreteras y caminos de la zona. Comprobad las huellas del vehículo. ¿Qué aspecto tiene la ciudad?

—Parecido al de Destin. Veinte kilómetros de playa, llenos de hoteles, pensiones, apartamentos, etcétera —respondió Acklin.

—Dad órdenes a nuestros hombres para que empiecen hotel por hotel. ¿Está listo el retrato robot de la mujer?

—Supongo que sí —dijo Acklin.

—Entregad a cada agente y a cada policía los retratos robot de la mujer, de Mitch y de Ray, además de la foto de la ficha de Ray. Quiero que nuestros hombres circulen por la playa con esos malditos retratos.

—Sí, señor.

—¿A qué distancia está Panama City Beach?

—A unos cincuenta minutos hacia el este.

—Que traigan mi coche.

El teléfono despertó a Aaron Rimmer en su habitación del Hilton de Perdido Beach. Le llamaba el encargado de la investigación del departamento del sheriff del condado de Baldwin para decirle que habían encontrado el coche en Panama City Beach, hacía unos escasos minutos. Aproximadamente a un kilómetro y medio del Holiday Inn, junto a la estatal noventa y ocho. «Siento lo de la chica —le dijo—, espero que se recupere.»

El señor Rimmer le dio las gracias y llamó inmediatamente a Lazarov al Sandpiper. Al cabo de diez minutos, él y su compañero de habitación, Tony, circulaban a toda velocidad hacia el este, acompañados de DeVasher y de otros catorce colaboradores. Panama City Beach estaba a tres horas de camino.

En Destin, Lazarov movilizó sus comandos. Salieron rápidamente, subieron a las furgonetas y se dirigieron hacia el este. La persecución había comenzado.

Solo en unos minutos, el camión se convirtió en un artículo de sumo interés. El subdirector de la empresa de alquiler de Nashville era un individuo llamado Billy Weaver. Abrió el despacho el viernes a primera hora, se preparó un café y hojeó el periódico. En la mitad inferior de la primera plana, Billy leyó con gran interés el artículo sobre Ray McDeere y su persecución por la costa. A continuación se mencionaba a Abby y, más adelante, al hermano del fugitivo: Mitch McDeere. Le sonaba el nombre.

Billy abrió un cajón y repasó las fichas de los vehículos alquilados. Efectivamente, un individuo llamado McDeere había alquilado un camión de cinco metros, ya avanzada la noche del miércoles. La firma decía M. Y. McDeere, pero en el permiso de conducir se leía Mitchell, Y., domiciliado en Memphis.

Como buen ciudadano y honrado contribuyente, Billy llamó a su primo en la policía metropolitana. El primo llamó a la sucursal del FBI en Nashville y al cabo de quince minutos el camión se había convertido en un objeto buscado por la policía.

Tarrance contestó la llamada por la radio, mientras Acklin conducía. Voyles viajaba en el asiento trasero. ¿Un camión? ¿Para qué necesitaría un camión? Había salido de Memphis sin coche, ropa, zapatos, ni cepillo de dientes. No había siquiera dado de comer al perro. No se había llevado nada consigo. ¿Para qué necesitaría el camión?

Claro, los documentos Bendini. O bien había salido de Nashville con los documentos en el camión, o iba en busca de los mismos. Pero ¿por qué Nashville?

Mitch se levantó con el sol. Contempló prolongada y lujuriosamente a su esposa con su atractivo cabello rubio, y decidió no pensar en el sexo. Podía esperar. La dejó que siguiera durmiendo, dio una vuelta entre los montones de cajas apiladas en el pequeño cuarto y entró en el baño. Después de una rápida ducha, se puso un chandal gris que había comprado en Walmart, en Montgomery. Entonces fue a dar un paseo por la playa, hasta que a menos de un kilómetro encontró un colmado donde compró un montón de Coca-Colas, empanadas, patatas fritas, gafas de sol, gorras y tres periódicos.

Ray estaba junto al camión cuando regresó. Abrieron los periódicos sobre la cama de Ray y comprobaron que era peor de lo que suponían. En Mobile, Pensacola y Montgomery figuraban en primera plana, con retratos robot de Ray y de Mitch, además de la foto de la ficha de Ray. Según el periódico de Pensacola, el retrato robot de Abby no les había sido facilitado.

Para tratarse de retratos robot, no estaban mal en algunos aspectos, aunque muy erróneos en otros. Pero era difícil evaluarlos con objetividad. Mitch contemplaba su propio retrato, e intentaba formarse una opinión imparcial sobre su parecido. Los artículos estaban llenos de descabelladas declaraciones por parte de cierto Wayne Tarrance, agente especial del FBI. Afirmaban que Mitchell McDeere había sido visto en la zona de Gulf Shores y Pensacola, que tanto él como Ray iban fuertemente armados y eran muy peligrosos, que habían jurado no dejarse capturar con vida, que se estaba recaudando dinero para ofrecer una recompensa, y que si cualquier ciudadano veía a alguien que se pareciera, aunque lejanamente, a los hermanos McDeere, se pusiera en contacto con la policía local.

Mientras comían empanadas, decidieron que los retratos no se les parecían. La foto de la ficha era incluso cómica. Entraron en la habitación contigua y despertaron a Abby. A continuación empezaron a desempaquetar los documentos Bendini y a montar la cámara de vídeo.

A las nueve, Mitch llamó a Tammy a cobro revertido. Tenía ya los nuevos documentos de identidad y los pasaportes. Mitch le ordenó que los mandara por correo urgente a Sam Fortune, recepción, Hotel Sea Gull's Rest, carretera noventa y ocho 16694, West Panama City Beach, Florida. Tammy le leyó el artículo de primera plana sobre él y su pequeña pandilla, sin ilustraciones.

Mitch le dijo que, después de mandar los pasaportes, abandonara Nashville. Debía conducir durante cuatro horas hasta Knoxville, instalarse en algún gran hotel y llamarle a la habitación treinta y nueve del Sea Gull's Rest. Le dio el número de teléfono del hotel.

Dos agentes del FBI llamaron a la puerta del viejo y destartalado remolque, en el número cuatrocientos ochenta y seis de San Luis. El señor Ainsworth acudió en calzoncillos y le mostraron sus placas.

—¿Qué se les ofrece? —dijo de mal talante.

—¿Conoce a estos hombres? —preguntó uno de los agentes, al tiempo que le mostraba el periódico matutino.

—Supongo que son los hijos de mi mujer —respondió, después de examinar el periódico—. Nunca los he visto.

—¿Cómo se llama su esposa?

—Ida Ainsworth.

—¿Dónde está?

—Trabajando. En la tienda de barquillos —dijo, mientras seguía mirando el periódico—. Parece que están por aquí, ¿no es cierto?

—Sí, señor. ¿Los ha visto usted?

—No. Dios me libre. Pero voy a preparar mi pistola.

—¿Los ha visto su esposa?

—No, que yo sepa.

—Gracias, señor Ainsworth. Tenemos órdenes de vigilar la calle, pero no le molestaremos.

—Me alegro. Esos chicos están locos. Siempre lo he dicho.

A un par de kilómetros, otros dos agentes discretamente aparcados vigilaban la tienda de barquillos.

Al mediodía había controles en todas las carreteras nacionales y comarcales de la costa, alrededor de Panama City Beach. A lo largo de la costa, la policía detenía el tráfico cada siete kilómetros. Iban de tienda en tienda, entregando retratos robot. Los colgaron en el tablón de anuncios de Shoney's, Pizza Hut, Taco Bell y en otra docena de cafeterías. Advertían a las cajeras y camareras que procuraran detectar a los McDeere; eran muy peligrosos.

Lazarov y sus hombres se habían instalado en el Best Western, tres kilómetros al oeste del Sea Gull's Rest. Había alquilado una gran sala de conferencias, desde donde se dirigía la operación. Mandó a cuatro de sus comandos a practicar una redada en una tienda de ropas y regresaron con una gran variedad de prendas turísticas, sombreros de paja y gorras. Alquiló dos Ford Escort y los equipó con receptores de radio, de la frecuencia utilizada por la policía. Los coches circulaban por la playa y escuchaban el interesante parloteo. No tardaron en enterarse de la búsqueda del camión y empezaron a buscar por cuenta propia. DeVasher distribuyó las furgonetas alquiladas discretamente, a lo largo de la playa. Esperaban en grandes aparcamientos sin llamar la atención, a la escucha de sus receptores.

Alrededor de las dos, Lazarov recibió una llamada urgente de un empleado del quinto piso del edificio Bendini. Tenía dos noticias importantes: en primer lugar, uno de sus hombres que investigaba en las Caimán había encontrado a un viejo cerrajero que, después de un pequeño soborno, recordó haber copiado once llaves alrededor de medianoche del 1 de abril. Once llaves, en dos llaveros. Dijo que la mujer era una norteamericana muy atractiva, morena, con unas hermosas piernas, que le había pagado al contado y que tenía prisa. Según él, el trabajo había sido fácil, a excepción de la llave de un Mercedes. De esta no estaba muy seguro. En segundo lugar, se había recibido una llamada de un banquero de Gran Caimán. El jueves, a las nueve y treinta y tres minutos de la mañana, se había efectuado una transferencia telegráfica de diez millones de dólares del Royal Bank de Montreal al Southeastern Bank de Nashville.

Entre las cuatro y las cuatro y media, las radios de la policía parecían haberse vuelto locas. Un empleado del Holiday Inn creía haber identificado a Abby como la mujer que pagó al contado por dos habitaciones, a las cuatro y diecisiete minutos de la madrugada del jueves. Era evidente que nadie había dormido en dichas habitaciones el jueves por la noche. No había comunicado su partida y las habitaciones estaban pagadas hasta el sábado al mediodía. El empleado no había visto rastro alguno de un cómplice masculino. Durante una hora, el Holiday Inn se vio invadido de policías, agentes del FBI y matones de Morolto. Tarrance interrogó personalmente al empleado.

¡Estaban ahí! En algún lugar de Panama City Beach. La presencia de Ray y Abby era definitiva. La de Mitch era probable, aunque no confirmada hasta las cuatro cincuenta y ocho del viernes por la tarde.

La gran noticia. Un agente del condado paró junto a un hotel barato y vio el capó gris y blanco de un camión. Se acercó entre dos edificios y sonrió al contemplar el pequeño camión, cuidadosamente escondido entre una hilera de edificios de dos plantas y un enorme contenedor de basura. Tomó nota de la matrícula y llamó por radio.

¡Lo habían encontrado! En cinco minutos el hotel estaba rodeado. El propietario salió por la puerta principal y exigió una explicación. Observó los retratos robot y movió negativamente la cabeza. Cinco placas del FBI aparecieron ante sus narices y optó por colaborar.

Acompañado de una docena de agentes, cogió las llaves para ir de puerta en puerta; cuarenta y ocho en total.

Solo siete habitaciones estaban ocupadas. Mientras abría las puertas, el propietario explicó que era un momento flojo del año en el Beachcomber Inn. La crisis, según él, afectaba a todos los pequeños hoteles hasta el 30 de mayo.

Incluso el Sea Gull's Rest, a siete kilómetros al oeste, tenía dificultades.

Andy Patrick había recibido su primera sentencia a los diecinueve años y había pasado cuatro meses en la cárcel por falsificar cheques. Con antecedentes penales, le resultó imposible encontrar un trabajo honrado y había dedicado los veinte años siguientes, con escasa fortuna, a la pequeña delincuencia. Se había dedicado a robar en las tiendas, extender cheques falsos y hurtar en casas particulares, a lo largo y ancho del país. A pesar de ser de poca estatura, débil y pacífico, un arrogante policía texano le había propinado una soberana paliza cuando tenía veintisiete años, que le había provocado la pérdida de un ojo y del respeto por la ley.

Hacía seis meses que había llegado a Panama City Beach, donde había encontrado un trabajo honrado por cuatro dólares a la hora, como recepcionista de noche en el Sea Gull's Rest. El viernes, alrededor de las nueve de la noche, estaba mirando la televisión cuando entró por la puerta un fornido policía del condado.

—Estamos llevando a cabo una operación de busca y captura —anunció el agente, al tiempo que colocaba copias de los retratos robot y de la foto de la ficha de Ray sobre el mugriento mostrador—. Buscamos a esos hombres. Creemos que están por aquí.

Andy los examinó. El de Mitchell Y. McDeere le resultaba bastante familiar. Las ruedas de su delincuente cerebro empezaron a girar. Con su único ojo, miró al gordo y arrogante policía y respondió:

—No los he visto. Pero mantendré el ojo bien abierto.

—Son peligrosos —dijo el agente.

El peligroso eres tú, pensó Andy.

—Cuélgalos de la pared —ordenó el policía.

¿Quién te crees que eres, el dueño del local?, pensó Andy.

—Lo siento, no estoy autorizado a colocar nada en las paredes.

El agente permaneció inmóvil, ladeó la cabeza y miró fijamente a Andy a través de sus gruesas gafas de sol.

—Escucha, desgraciado, te autorizo yo a que lo hagas.

—Lo siento, señor, pero no puedo colgar nada de las paredes, a no ser que mi jefe me lo ordene.

—¿Y dónde está tu jefe?

—No lo sé. Probablemente en algún bar.

El agente cogió cuidadosamente los carteles, pasó al otro lado del mostrador y los colocó sobre el tablón de anuncios.

—Volveré dentro de un par de horas —dijo, mirando fijamente a Andy, cuando terminó de colgarlos—. Si los carteles no están ahí, te detendré por obstrucción a la justicia.

—No le servirá de nada —respondió Andy sin inmutarse—. En otra ocasión me acusaron de lo mismo en Kansas y sé perfectamente cómo funciona.

Al agente se le subieron los colores al rostro y apretó los dientes.

—Te crees muy listo, ¿no es cierto?

—Sí, señor.

—Descuelga esos carteles y te prometo que irás a la cárcel por alguna razón u otra.

—Ya he estado allí y no es tan malo.

Pasaron luces rojas y sirenas a pocos metros por la playa,

y el agente volvió la cabeza para contemplar el alboroto. Susurró algo y salió por la puerta. Andy arrojó los carteles al cubo de la basura. Después de contemplar unos minutos los coches patrulla que casi chocaban entre sí, cruzó el aparcamiento para dirigirse el edificio trasero y llamó a la puerta de la habitación 38.

Esperó y llamó de nuevo.

—¿Quién es? —respondió una mujer.

—El director —respondió Andy, orgulloso de su título.

Se abrió la puerta y salió el hombre cuyo aspecto coincidía con el del retrato robot de Mitchell Y. McDeere.

—¿Qué ocurre?

Andy se percató de que estaba nervioso.

—Acaba de venir la policía. ¿Comprende a lo que me refiero?

—¿Qué querían? —preguntó, con toda ingenuidad.

A ti, pensó Andy.

—Hacían preguntas y mostraban retratos. He observado los retratos, ¿sabe?

—Mmm...

—Son bastante buenos —agregó Andy.

McDeere le miró muy fijamente.

—El policía ha dicho que uno de ellos había escapado de la cárcel —prosiguió Andy—. ¿Comprende a lo que me refiero? Yo también he estado en la cárcel y creo que todo el mundo debería fugarse, ¿comprende?

McDeere sonrió un tanto nervioso.

—¿Cómo te llamas? —preguntó.

—Andy.

—Andy, voy a proponerte un trato. Ahora voy a entregarte mil dólares y mañana, si todavía no eres capaz de reconocer a nadie, te daré otros mil. Y así sucesivamente.

Un trato maravilloso, pensó Andy. Pero si podía permitirse mil dólares diarios, sin duda también podría permitirse cinco mil. Era la oportunidad de su vida.

—No —respondió categóricamente Andy—. Tienen que ser cinco mil diarios.

—Trato hecho —respondió McDeere, sin dudarlo un instante—. Voy a por el dinero.

Entró en la habitación y regresó con un fajo de billetes.

—Cinco mil diarios, Andy, ¿estás de acuerdo?

Andy cogió el dinero, que contaría más adelante, y miró a su alrededor.

—¿Supongo que querrá que no los molesten las sirvientas? —preguntó Andy.

—Buena idea. Muy amable por tu parte.

—Eso le costará otros cinco mil.

—De acuerdo —respondió McDeere, después de unos instantes de incertidumbre—. Voy a proponerte otro trato. Mañana por la mañana llegará un paquete urgente, dirigido a Sam Fortune. Tú me lo traes, mantienes alejadas a las criadas y te daré otros cinco mil.

—No es posible. Hago solo el turno de noche.

—Muy bien, Andy. ¿Qué te parece si trabajas todo el fin de semana, mantienes a las criadas alejadas y me traes el paquete? ¿Puedes hacerlo?

—Por supuesto. Mi jefe es un borracho. Le encantará que trabaje todo el fin de semana.

—¿Cuánto me costará, Andy?

Esta es la tuya, pensó Andy.

—Otros veinte mil.

—Trato hecho —sonrió McDeere.

Andy también sonrió y se guardó el dinero en el bolsillo. Se alejó sin decir palabra y Mitch entró de nuevo en la habitación 38.

—¿Quién era? —preguntó Ray.

Mitch sonrió, mientras miraba por las rendijas de las persianas de las ventanas.

—Sabía que necesitaríamos un golpe de suerte para salir de esta —dijo—. Y creo que lo hemos encontrado.

38

El señor Morolto, que vestía traje negro y corbata roja, presidía la mesa de conferencias acabada en plástico de la sala Dunes, en el Best Western frente a la playa. Sus mejores hombres, y más inteligentes, ocupaban las otras veinte sillas alrededor de la mesa. De pie en la sala había otros hombres de confianza. A pesar de que eran robustos asesinos, que actuaban con eficacia y sin remordimientos, parecían payasos con sus camisas estampadas, extravagantes pantalones cortos y una asombrosa mescolanza de sombreros de paja. Su ridículo aspecto le habría provocado la risa, de no haber sido por lo grave de la situación. Se limitaba a escucharlos.

Inmediatamente a su derecha estaba Lou Lazarov y a su izquierda DeVasher. Todos los oídos de la sala estaban pendientes de ellos, mientras se pasaban la pelota el uno al otro.

—Están aquí. Sé que están aquí —decía con dramatismo DeVasher, que acompañaba cada sílaba con palmadas sobre la mesa.

El individuo tenía ritmo.

—Estoy de acuerdo —agregó Lazarov—. Están aquí. Dos de ellos han venido en un coche y el tercero en un camión. Se han encontrado ambos vehículos abandonados, cubiertos de huellas dactilares. Sí, están aquí.

—Pero ¿por qué en Panama City Beach? —preguntó De-Vasher—. No tiene sentido.

—En primer lugar, ha estado antes aquí —dijo Lazarov—. Vino en Navidad, ¿no lo recuerdas? Conoce la zona, e imagina que con tantos hoteles baratos en la playa es un sitio ideal para ocultarse durante algún tiempo. A decir verdad, no es mala idea. Pero ha tenido mala suerte. Para un fugitivo, lleva demasiado equipaje consigo, por ejemplo un hermano a quien todo el mundo busca. Y una mujer. Además, suponemos, de un camión cargado de documentos. Es una mentalidad típica de adolescente; si he de huir, lo haré con todos los que me quieren. Entonces su hermano viola a una chica, o eso creen, y de pronto toda la policía de Alabama y de Florida los está buscando. Hay que reconocer que ha tenido bastante mala suerte.

—¿Qué me decís de su madre? —preguntó el señor Morolto.

Lazarov y DeVasher asintieron al gran hombre y reconocieron la profundidad de su inteligente pregunta.

—Pura coincidencia —respondió Lazarov—. Es una mujer muy sencilla, que vende barquillos y no sabe absolutamente nada. La hemos vigilado desde que llegamos.

—Estoy de acuerdo —agregó DeVasher—. No han tenido contacto.

Morolto asintió con sabiduría y encendió un cigarrillo.

—De modo que si están aquí, y estamos seguros de ello —prosiguió Lazarov—, también lo saben la policía y los federales. Nosotros disponemos aquí de sesenta personas y ellos de varios centenares. Llevan las de ganar.

—¿Estáis seguros de que los tres están juntos? —preguntó el señor Morolto.

—Completamente seguros —respondió DeVasher—. Sabemos que la mujer y el presidiario llegaron juntos a Perdido, que tres horas después de marcharse ella llegó aquí, al Holiday Inn, donde pagó al contado por dos habitaciones, y que el coche que ella alquiló estaba lleno de huellas dactilares del recluso. No cabe la menor duda. Sabemos que Mitch alquiló un camión el miércoles en Nashville, que el jueves por la mañana hizo una transferencia de diez millones de nuestro dinero a un banco de Nashville y, evidentemente, levantó el vuelo. El camión ha sido encontrado aquí, hace cuatro horas. Sí, señor, están aquí.

—Si salió de Nashville inmediatamente después de hacer la transferencia —dijo Lazarov—, probablemente llegó aquí al anochecer. El camión estaba vacío cuando lo han encontrado, lo que significa que tuvieron que descargarlo en algún lugar cercano antes de esconderlo. Eso ocurrió probablemente anoche, jueves. Ahora bien, debemos tener en cuenta que en algún momento necesitan dormir. Calculo que han pasado aquí la noche, con la idea de marcharse hoy. Pero al despertar esta mañana se han encontrado con su retrato en todos los periódicos, un montón de policías que tropiezan entre sí y de pronto las carreteras cortadas. De modo que están atrapados aquí.

—Para escapar —prosiguió DeVasher— necesitan un coche prestado, alquilado o robado. No existe ningún indicio de que hayan alquilado un coche en esta zona. Ella alquiló un vehículo en Mobile a su nombre. Mitch alquiló un camión en Nashville, también a su nombre. Su auténtica identidad. De modo que, después de todo, no son tan listos como parece.

—Evidentemente, no tienen documentos de identidad falsos —agregó Lazarov—. Si alquilaran un coche por aquí para huir, la ficha estaría a su nombre. Y esta ficha no existe.

—Muy bien, muy bien —exclamó el señor Morolto, con un ademán de frustración—. Están aquí. Sois unos genios. Me siento muy orgulloso de vosotros. ¿Y ahora qué?

—Los federales se interponen en nuestro camino —respondió DeVasher—. Ellos controlan la búsqueda y lo único que podemos hacer es observar.

—He llamado a Memphis —prosiguió Lazarov—. Todos

los miembros asociados veteranos de la empresa vienen hacia aquí. Conocen muy bien a McDeere y a su mujer, de modo que los distribuiremos por la playa, los restaurantes y los hoteles. Puede que vean algo.

—Calculo que están en uno de los hoteles pequeños, donde pueden dar nombres falsos y pagar al contado sin levantar sospechas. También hay menos gente. Menos probabilidades de ser vistos. Primero fueron al Holiday Inn, pero no se quedaron allí mucho tiempo. Apuesto a que se instalaron a lo largo de la playa.

—En primer lugar —dijo Lazarov—, nos desharemos de los federales y de la policía. Ellos todavía no lo saben, pero están a punto de irse con la música a otra parte. Entonces, a primera hora de la mañana, comenzaremos a visitar uno por uno los pequeños hoteles. La mayoría de esos antros tienen menos de cincuenta habitaciones. Calculo que dos de nuestros hombres pueden registrarlo en treinta minutos. Sé que será lento, pero no podemos permanecer sentados. Tal vez, cuando se retire la policía, los McDeere se relajen un poco y cometan algún error.

—¿Pretendes que nuestros hombres empiecen a registrar las habitaciones de los hoteles? —preguntó el señor Morolto.

—No podemos registrarlas todas —respondió DeVasher—, pero debemos intentarlo.

El señor Morolto se puso de pie y miró a su alrededor.

—¿Qué me decís del agua? —preguntó, en dirección a Lazarov y DeVasher.

Se miraron entre sí, totalmente perplejos.

—¡El agua! —exclamó el señor Morolto—. ¿Qué me decís del agua?

Todos los ojos miraron desesperadamente alrededor de la mesa, hasta posarse en Lazarov.

—Lo siento, señor. Estoy perplejo.

—¿Qué me dices del agua, Lou? —dijo el señor Morolto, a pocos centímetros del rostro de Lazarov—. Estamos en la costa, ¿no es cierto? En un lado hay tierra, carreteras, trenes y aeropuertos, y en el otro hay agua y embarcaciones. Si las carreteras están cortadas y los aeropuertos y ferrocarriles son inaccesibles, ¿adónde crees que pueden ir? Me parece que lo evidente sería intentar hacerse con una embarcación y esfumarse durante la noche. Parece lógico, ¿no es cierto, muchachos?

Todas las cabezas de la sala se apresuraron a asentir.

—A mí me parece eminentemente lógico —afirmó De-Vasher.

—Fantástico —dijo el señor Morolto—. En tal caso, ¿dónde están nuestras embarcaciones?

Lazarov se incorporó de un brinco, se acercó a una de las paredes y comenzó a vociferar órdenes a sus subordinados.

—¡Id al muelle! Alquilad todos los pesqueros que encontréis, para esta noche y mañana. Pagadles lo que os pidan. No contestéis a ninguna pregunta, limitaos a darles el dinero. Instalad a nuestros hombres en los botes y empezad a patrullar cuanto antes. No os alejéis más de una milla de la orilla.

Poco antes de las once del viernes por la noche, Aaron Rimmer estaba en el mostrador de una estación de servicio Texaco, en Tallahassee, para pagar una cerveza y cincuenta litros de gasolina. Necesitaba monedas para el teléfono. Fuera, junto al tren de lavado, consultó las páginas verdes y llamó por teléfono al departamento de policía de Tallahassee. Era urgente. Cuando explicó el caso, la telefonista le conectó con el capitán de guardia.

—¡Escúcheme! —exclamó perentoriamente Rimmer—. Estoy en una estación Texaco y hace cinco minutos he visto a esos fugitivos que todo el mundo anda buscando. ¡Sé que eran ellos!

—¿Qué fugitivos? —preguntó el capitán.

—Los McDeere. Dos hombres y una mujer. He salido de Panama City Beach hace menos de dos horas y he visto sus retratos en los periódicos. Entonces me he parado aquí a repostar y los he visto.

Rimmer le dijo dónde se encontraba y esperó treinta segundos, hasta la llegada del primer coche con luces azules parpadeantes. Pronto le siguieron un segundo, un tercero y un cuarto. Instalaron a Rimmer en el asiento delantero y lo trasladaron a toda velocidad a la comisaría del distrito sur. El capitán, acompañado de un pequeño grupo, le esperaba impaciente. Escoltaron a Rimmer como a una celebridad al despacho del capitán, donde tres retratos robot y una fotografía esperaban sobre la mesa.

—¡Son ellos! —exclamó—. Acabo de verlos hace menos de diez minutos. Viajaban en una camioneta Ford verde, con matrícula de Tennessee, que tiraba de un largo remolque de cuatro ruedas.

—¿Dónde estaba usted exactamente? —preguntó el capitán, bajo la mirada atenta de los demás policías.

—Estaba cargando el depósito, en el surtidor número cuatro, gasolina normal sin plomo, cuando han entrado sigilosamente en el aparcamiento, de un modo muy sospechoso. Han parado lejos de los surtidores, la mujer se ha apeado y ha entrado en el edificio de la gasolinera —respondió—. Sí, es ella, no cabe duda —agregó, después de coger el retrato robot de Abby y examinarlo detenidamente—. Su cabello es mucho más corto, pero igual de oscuro. Ha vuelto a salir al cabo de un momento, sin haber comprado nada. Parecía nerviosa y con prisas por regresar al vehículo. Entonces yo había acabado de llenar el depósito y me he dirigido al mostrador. Cuando estaba por abrir la puerta, han pasado a menos de un metro de mí. Los he visto a los tres.

—¿Quién conducía? —preguntó el capitán.

Rimmer examinó la foto de Ray.

—Ese no, el otro —respondió, al tiempo que señalaba el retrato robot de Mitch.

—¿Me permite su permiso de conducir? —dijo un sargento.

Rimmer llevaba consigo tres juegos de documentos de identidad y le entregó al sargento un permiso de conducir de Illinois, con su fotografía y el nombre de Frank Temple.

—¿Hacia dónde se dirigían? —preguntó el capitán.

—Al este.

En aquel mismo momento, a unos siete kilómetros de distancia, Tony Verkler colgó el teléfono, sonrió para sí y regresó al Burger King.

El capitán hablaba por teléfono. El sargento tomaba nota del permiso de conducir de Rimmer, alias Temple, mientras una docena de agentes mantenían una animada charla, cuando entró otro policía en la sala.

—¡Acabo de recibir una llamada! Han sido vistos en un Burger King al este de la ciudad. ¡Todo coincide! Los tres en una camioneta Ford verde, con un remolque. El informador no ha querido dar su nombre, pero había visto los retratos en el periódico. Ha dicho que han pasado por el mostrador, han comprado tres bolsas de comida y se han largado.

—¡Tienen que ser ellos! —dijo el capitán, con una enorme sonrisa.

El sheriff del condado de Bay tomaba café en una taza de plástico, mientras sus botas negras descansaban sobre la mesa de conferencias de la sala Caribbean del Holiday Inn. Los agentes del FBI entraban y salían, se servían café, susurraban entre sí y se comunicaban las últimas novedades. Su héroe, el director F. Denton Voyles en persona, estaba sentado al otro lado de la mesa, donde examinaba un plano de la ciudad con tres de sus subordinados. Era difícil imaginar a Denton Voyles en el condado de Bay. En la sala había una actividad frenética. Los patrulleros de Florida iban y venían. Las radios y los teléfonos sonaban y graznaban incesantemente, en una centralita improvisada en un rincón. Los ayudantes del sheriff y policías de tres condados pululaban por todas partes, emocionados por la persecución, la intriga y la presencia de tantos agentes del FBI. Además de la de Voyles.

Por la puerta entró un ayudante de sheriff con brillo en la mirada, realmente emocionado.

—¡Acabamos de recibir una llamada de Tallahassee! ¡Los fugitivos han sido identificados dos veces en los últimos quince minutos! ¡Los tres en una camioneta Ford verde, con matrícula de Tennessee!

Voyles dejó el mapa y se acercó al recién llegado.

—¿Dónde los han visto?

La sala estaba silenciosa, a excepción de las radios.

—La primera vez, en una estación de servicio Texaco. La segunda, a siete kilómetros, en un Burger King. Han pasado por el mostrador. Ambos testigos estaban seguros y sus descripciones son idénticas.

—Sheriff, llame a Tallahassee y confírmelo —dijo Voyles—. ¿A qué distancia está eso?

Las botas negras se posaron en el suelo.

—A hora y media de camino —respondió—, por la interestatal diez.

Voyles señaló a Tarrance y se retiraron a una pequeña sala utilizada como bar. El bullicio se apoderó de nuevo de la sala de control.

—Si es cierto que los han visto —dijo Voyles en voz baja, muy cerca del rostro de Tarrance—, aquí estamos perdiendo el tiempo.

—Sí, señor. Parece auténtico. Un solo testigo podría ser casualidad o una broma, pero dos tan cerca el uno del otro parecen auténticos.

—¿Cómo diablos han logrado salir de aquí?

—Debe de ser cosa de esa mujer, jefe. Hace un mes que le ayuda. No sé quién es, ni dónde la ha encontrado, pero nos observa desde el exterior y le facilita todo lo que necesita.

—¿Crees que está con ellos?

—Lo dudo. Probablemente se limita a seguirlos de cerca, fuera del campo de acción, y sigue sus instrucciones.

—Ese individuo es muy listo, Wayne. Hace meses que lo tiene planeado.

—Evidentemente.

—En una ocasión me hablaste de las Bahamas.

—Sí, señor. Mandó el millón que le pagamos por transferencia telegráfica a un banco de Freeport. Pero más adelante me dijo que el dinero solo había estado allí muy poco tiempo.

—¿Crees que habrá ido en esa dirección?

—Quién sabe. Evidentemente, debe de haber salido del país. Hoy he hablado con el alcaide y me ha dicho que Ray McDeere habla cinco o seis idiomas a la perfección. Pueden haber ido a cualquier lugar.

—Creo que deberíamos retirarnos —dijo Voyles.

—Instalemos controles de carreteras alrededor de Tallahassee. No podrán ir muy lejos si disponemos de una buena descripción del vehículo. Por la mañana los habremos capturado.

—Quiero a todos los policías de Florida central en la carretera dentro de una hora. Controles en todas partes. Que registren todas y cada una de las camionetas Ford, ¿de acuerdo? Nuestros agentes esperarán aquí hasta el amanecer y entonces levantaremos el campamento.

—Sí, señor —respondió rendido Tarrance, con una sonrisa.

La noticia de los testimonios de Tallahassee corrió inmediatamente por la Costa Esmeralda. Panama City Beach se relajó. Los McDeere habían desaparecido. Por razones que solo ellos conocían, huían ahora hacia el interior. Avistados y positivamente identificados, no una sino dos veces, avanzaban hacia una inevitable confrontación junto a alguna oscura carretera.

Los policías de la costa regresaron a sus casas. Durante la noche mantuvieron algunos controles en el condado de Bay y en el de Gulf, pero al amanecer del sábado la situación casi se había normalizado. Había todavía controles a ambos extremos de la playa, con agentes que examinaban por formulismo los permisos de conducir. Las carreteras hacia el norte estaban libres de controles. La búsqueda se había trasladado al este.

En las afueras de Ocala, en Florida, cerca de Silver Springs, en la carretera cuarenta, Tony Verkler se apeó de su vehículo e introdujo una moneda en un teléfono público. Hizo una llamada urgente al departamento de policía de Ocala para informarles de que acababa de ver a los tres fugitivos que todo el mundo buscaba por Panama City Beach. ¡Los McDeere! Dijo haber visto su retrato en los periódicos del día anterior, cuando pasaba por Pensacola, y ahora acababa de verlos. El telefonista le dijo que todos los patrulleros estaban en el lugar de un grave accidente y le pidió que acudiera a la comisaría para hacer una declaración. Tony le respondió que tenía prisa, pero por tratarse de algo importante, llegaría dentro de un par de minutos.

Cuando llegó, el jefe de policía le esperaba en camiseta y vaqueros. Tenía los ojos hinchados e irritados y el cabello despeinado. Acompañó a Tony a su despacho y le dio las gracias por su colaboración. Tomó notas, mientras Tony le explicaba que estaba llenando el depósito de su vehículo en un surtidor, cuando detrás de él se detuvo una camioneta Ford verde con un remolque, se acercó a la tienda de la estación de servicio, se apeó una mujer y usó el teléfono. Tony explicó que viajaba de Mobile a Miami y que había cruzado la zona donde se concentraba la búsqueda, alrededor de Panama City. Había visto los periódicos, escuchado la radio de su coche y sabía lo de los tres McDeere. Cuando entró a pagar la gasolina, creyó reconocer a aquella mujer. Entonces se acordó de los periódicos. Se dirigió a la estantería de los periódicos, junto al escaparate, y observó atentamente a los individuos. No le cabía la menor duda. Después de colgar el teléfono, la mujer había subido de nuevo a la camioneta, se había sentado entre los dos hombres y se habían marchado. Un Ford verde con matrícula de Tennessee.

El jefe le dio las gracias y llamó por teléfono al departamento del sheriff del condado de Marion. Tony se despidió y volvió a su coche, donde Aaron Rimmer dormía en el asiento trasero.

Se dirigieron al norte, hacia Panama City Beach.

39

El sábado, a las siete de la mañana, Andy Patrick miró a la derecha y a la izquierda de la playa, antes de dirigirse apresuradamente a la habitación 39 y llamar suavemente a la puerta.

—¿Quién es? —respondió ella, al cabo de unos instantes.

—El director.

Se abrió la puerta y apareció el individuo que se parecía al retrato robot de Mitchell Y. McDeere. Su cabello era ahora muy corto y de color dorado.

—Buenos días, Andy —dijo cortésmente, mientras miraba alrededor del aparcamiento.

—Buenos días. Me preguntaba si seguían todavía aquí.

McDeere asintió, sin dejar de mirar a su alrededor.

—Según las noticias de esta mañana por televisión, anoche cruzaron media Florida.

—Sí, lo hemos visto. Están practicando algún tipo de juego, ¿no te parece, Andy?

Andy dio un puntapié a una piedra que estaba sobre la acera.

—La televisión ha dicho que anoche los identificaron tres testigos distintos. Los tres en lugares diferentes. Me ha parecido extraño. Yo he pasado aquí toda la noche, trabajando y vigilando, y no he visto que se marcharan. Antes del amanecer, he ido a una cafetería al otro lado de la carretera donde, como de costumbre, había algunos policías, y me he sentado cerca de ellos. Decían que la búsqueda por esta zona había sido cancelada. Según ellos, el FBI se había marchado después del último comunicado, alrededor de las cuatro de la madrugada. La mayoría de los demás policías también se han marchado. La vigilancia de la playa continuará hasta el mediodía y entonces levantarán los controles. Se rumorea que han recibido ayuda del exterior y que intentan llegar a las Bahamas.

—¿Qué más han dicho? —preguntó McDeere, que prestaba mucha atención y no dejaba de observar el aparcamiento.

—No dejaban de hablar del camión, lleno de mercancía robada, de que lo habían encontrado vacío y de que no llegaban a comprender cómo habían trasladado la mercancía robada a un remolque y habían salido de la ciudad ante sus narices. No cabe duda de que están muy impresionados. Por supuesto no he dicho nada, pero he deducido que se trataba del mismo camión que condujo aquí el jueves por la noche.

McDeere estaba meditabundo y no dijo nada. No parecía estar nervioso. Andy observaba atentamente su rostro.

—No parece muy contento —dijo Andy—. A mi entender, si los policías se marchan y dejan de buscarlos, mejora su situación, ¿no es cierto?

—Andy, ¿puedo contarte algo?

—Claro.

—Ahora hay más peligro que antes.

—¿Cómo es eso? —preguntó Andy, después de una larga pausa.

—Lo único que pretendía la policía era detenerme, Andy. Pero hay unos individuos que quieren matarme. Asesinos profesionales. Andy. Muchos. Y están aquí todavía.

Andy entornó su único ojo y miró fijamente a McDeere. ¡Asesinos profesionales! ¿Por aquí? ¿En la playa? Retrocedió. Quería preguntarle exactamente quiénes eran y por qué le perseguían, pero sabía que no obtendría ninguna respuesta. Se le ocurrió una idea.

—¿Por qué no huyen?

—¿Huir? ¿Cómo?

Andy dio una patada a otra piedra y movió la cabeza en dirección a un Pontiac Bonneville de 1971, aparcado detrás de la recepción.

—Bueno, podrían utilizar mi coche. Podrían meterse los tres en el maletero y yo les sacaría de la ciudad. No parece que le falte dinero, de modo que podrían coger un avión e irse a cualquier parte. Así de fácil.

—¿Y eso cuánto costaría?

Andy se observó los pies y se rascó la oreja. Aquel individuo probablemente era narcotraficante, pensó, y las cajas debían de estar llenas de cocaína y dinero. Los que le perseguían, seguramente eran colombianos.

—Eso sería bastante caro, ¿sabe? Hay que tener en cuenta que ahora, a cinco mil diarios, no soy más que el ingenuo empleado de un hotel que no es muy observador. No estoy comprometido con nada, ¿comprende? Pero si los saco de aquí, me convierto en su cómplice, expuesto a que me juzguen, me manden a la cárcel y todo lo demás por lo que ya he pasado. De modo que sería bastante caro.

—¿Cuánto, Andy?

—Cien mil.

McDeere no reaccionó ni se alteró en absoluto; se limitó a contemplar el océano, con una expresión perfectamente imperturbable. Andy comprendió inmediatamente que su propuesta no era descabellada.

—Deja que lo piense, Andy. Por ahora, limítate a mantener los ojos bien abiertos. Ahora que se han marchado los policías aparecerán los asesinos. Hoy podría ser un día muy peligroso, Andy, y necesito tu ayuda. Si ves algo sospechoso por los alrededores, avísanos inmediatamente. No nos moveremos de nuestras habitaciones, ¿de acuerdo?

Andy regresó a la recepción. Cualquier imbécil se metería en el maletero y levantaría el vuelo. Era por las cajas, las mercancías robadas. Esa era la razón por la que no querían marcharse.

Para desayunar, los McDeere comieron pastas enmohecidas y tomaron refrescos calientes. Ray se moría de ganas de tomar una cerveza fresca, pero desplazarse de nuevo a la tienda habría sido demasiado arriesgado. Comieron en silencio y miraron las noticias de la mañana. De vez en cuando, alguna emisora de la costa mostraba sus retratos robot por la pantalla. Al principio se asustaron, pero se acostumbraron a ello.

Poco después de las nueve de la mañana del sábado, Mitch apagó la televisión y reemprendió su actuación en el suelo, entre las cajas. Cogió un montón de documentos y le hizo una seña a Abby, encargada de operar la cámara. Prosiguió la declaración.

Lazarov esperó hasta que las camareras empezaran a trabajar, para mandar a sus tropas a la playa. Iban de dos en dos y llamaban a las puertas, miraban por las ventanas y husmeaban por los oscuros vestíbulos. La mayoría de los pequeños hoteles tenían dos o tres camareras, que conocían todas las habitaciones y a todos los huéspedes. El procedimiento era simple y funcionaba en la mayoría de los casos. Uno de los matones encontraba a una camarera, le ofrecía un billete de cien dólares y le mostraba los retratos robot. Si reaccionaba con reticencia, le ofrecía más dinero hasta que optaba por cooperar. Si no había visto a los fugitivos, le preguntaba por el camión, por una habitación llena de cajas, por dos hombres y una mujer que actuaran de un modo sospechoso, o por cualquier cosa fuera de lo corriente. Si no tenía información alguna, le preguntaba qué habitaciones estaban ocupadas y llamaban a las puertas.

«Empezad por las camareras —les había dicho Lazarov—. Entrad por la parte de la playa. Manteneos alejados de la recepción. Fingid que sois policías. Y si los encontráis, matadlos inmediatamente y llamad por teléfono.»

DeVasher instaló cuatro de las furgonetas alquiladas a lo largo de la playa, cerca de la carretera. Lamar Quin, Kendall Mahan, Wally Hudson y Jack Aldrich se hacían pasar por conductores, y observaban todos los vehículos que pasaban. Habían llegado en plena noche en un avión privado, con otros diez veteranos de Bendini, Lambert & Locke. Los antiguos amigos y colegas de Mitch McDeere circulaban entre los turistas por las tiendas y los cafés, con la esperanza secreta de no encontrarse con él. Los socios habían recibido la orden de regresar de los distintos aeropuertos nacionales, y a media mañana paseaban por la playa, inspeccionando piscinas y vestíbulos de hotel. Nathan Locke se quedó con el señor Morolto, pero todos los demás, disfrazados con gorras y gafas de sol, obedecían las órdenes del general DeVasher. Avery Tolleson era el único ausente. Desde que había abandonado el hospital, no se había sabido nada de él. Comprendidos los treinta y tres abogados, el señor Morolto disponía de casi cien hombres involucrados en su operación privada de busca y captura.

En el hotel Blue Tide, un mozo cogió un billete de cien dólares, observó los retratos robot y dijo que creía haber visto a la mujer, acompañada de uno de los hombres, cuando se instalaban en dos habitaciones la tarde del jueves. Contempló de nuevo el retrato de Abby y afirmó que definitivamente era ella. Recibió un poco más de dinero y fue a la recepción a verificar las fichas. A su regreso, dijo que la mujer se había registrado con el nombre de Jackie Nagel y que había pagado al contado por dos habitaciones, para el jueves, viernes y sábado. Recibió otra pequeña suma y acompañó a los pistoleros a las habitaciones en cuestión. Llamó a ambas puertas, pero nadie contestó. Las abrió y permitió que sus nuevos amigos las inspeccionaran. No habían sido utilizadas el viernes por la noche. Uno de los matones llamó a Lazarov y al cabo de cinco minutos DeVasher husmeaba por las habitaciones, en busca de pistas. No encontró ninguna, pero la búsqueda quedó inmediatamente limitada a una zona de siete kilómetros, entre el Blue Tide y el Beachcomber, donde se había encontrado el camión.

Las furgonetas acercaron la tropa. Los socios y los miembros asociados veteranos inspeccionaban la playa y los restaurantes. Y los pistoleros llamaban a las puertas.

Andy firmó el recibo a las diez y treinta y cinco minutos, e inspeccionó el paquete urgente dirigido a Sam Fortune. La remitente era Doris Greenwood, cuya dirección figuraba como 4040 de la avenida Poplar, Memphis, Tennessee. Ningún número de teléfono. Estaba seguro de que era valioso y contempló momentáneamente la posibilidad de hacer otro negocio. Pero la entrega ya había sido contratada. Miró a un lado y a otro de la playa y salió de la recepción con el paquete.

Después de muchos años de huir y ocultarse, Andy había adquirido subconscientemente la costumbre de caminar rápido por la sombra, cerca de las esquinas y nunca en campo abierto. Al volver la esquina para cruzar el aparcamiento vio a dos individuos que llamaban a la puerta de la habitación 21. Daba la casualidad de que la habitación en cuestión estaba vacante y eso despertó inmediatamente sus sospechas. Ambos llevaban pantalones cortos blancos del mismo estilo, mal ajustados y que les llegaban casi a las rodillas, a pesar de que no era fácil saber exactamente dónde acababan los pantalones y dónde comenzaban sus piernas blancas como la nieve. Uno de ellos llevaba unos calcetines oscuros, con unos viejos mocasines. El otro llevaba unas sandalias baratas y, a juzgar por su forma de caminar, era evidente que le dolían los pies. Unos sombreros blancos panameños adornaban sus robustas cabezas.

Después de seis meses en la playa, Andy era perfectamente capaz de detectar a un falso turista. Uno de ellos llamó de nuevo a la puerta y entonces Andy vio el bulto de una gruesa pistola en la parte posterior de la cintura.

Retrocedió inmediatamente y regresó a la recepción, desde donde llamó a la habitación treinta y nueve y preguntó por Sam Fortune.

—Soy Sam.

—Sam, soy Andy, desde la recepción. No mire por la ventana, pero hay dos individuos muy sospechosos, que van de puerta en puerta al otro lado del aparcamiento.

—¿Son policías?

—Me parece que no. No han pasado por la recepción.

—¿Dónde están las sirvientas? —preguntó Sam.

—Los sábados no llegan hasta las once.

—Bien. Apagaremos las luces. Obsérvalos y avísanos cuando se hayan marchado.

Por la oscura ventana de un trastero, Andy observó a los individuos que iban de puerta en puerta, llamando y esperando, hasta que de vez en cuando alguna se abría. Once de las cuarenta y dos habitaciones estaban ocupadas. Nadie respondió en la 38, ni en la 39. Regresaron a la playa y desaparecieron. ¡Asesinos profesionales! En su hotel.

No lejos de allí, en el aparcamiento de un minigolf, Andy vio a otros dos falsos turistas, idénticos a los anteriores, que hablaban con un individuo en una furgoneta blanca. Señalaban en distintas direcciones y parecían discutir.

—Oiga, Sam, se han marchado —dijo por teléfono—. Pero están por todas partes.

—¿Cuántos?

—He visto a otros dos a lo largo de la playa. Lo mejor será que se larguen ustedes.

—Tranquilo, Andy. No nos verán si no nos movemos de aquí.

—Pero no pueden quedarse permanentemente. Mi jefe se dará cuenta, tarde o temprano.

—Pronto nos marcharemos, Andy. ¿Sabes algo del paquete?

—Está aquí.

—Bien. Necesito verlo. A propósito, Andy, ¿no habrá un poco de comida? ¿Puedes ir al otro lado de la calle y conseguir algo caliente?

Andy era el director, no un camarero. Pero por cinco mil dólares diarios, el Sea Gull's Rest podía ofrecer servicio de habitaciones.

—Desde luego. Estaré ahí dentro de un minuto.

Wayne Tarrance cogió el teléfono y se desplomó sobre la cama individual de su habitación, en el Ramada Inn de Orlando. Estaba agotado, furioso y hasta las narices de F. Denton Voyles. Era la una y media de la tarde del sábado. Llamó a Memphis. La secretaria no tenía ninguna novedad, a excepción de una llamada de Mary Alice, que quería hablar con él. Habían localizado la llamada, efectuada desde una cabina de Atlanta. Mary Alice había dicho que volvería a llamar a las dos de la tarde, para comprobar si Wayne —así le había llamado— se había puesto en contacto con la oficina. Tarrance le dio el número de su habitación y colgó. Mary Alice, en Atlanta. McDeere en Tallahassee y a continuación en Ocala. Entonces ningún rastro de McDeere. Ninguna camioneta Ford verde con matrícula de Tennessee y un remolque. Había vuelto a desaparecer.

Sonó el teléfono y lo descolgó lentamente.

—Mary Alice —dijo en voz baja.

—¡Wayne, cariño! ¿Cómo lo has adivinado?

—¿Dónde está?

—¿Quién? —preguntó Tammy, con una carcajada.

—McDeere. ¿Dónde está?

—El caso es, Wayne, que tus muchachos han llegado a estar muy cerca, pero después os habéis dejado engañar por un señuelo. Lamento comunicarte, encanto, que ahora estáis muy lejos.

—Hemos recibido tres informes de identificaciones en las últimas catorce horas.

—Te sugiero que los compruebes, Wayne. Hace escasos minutos, Mitch me ha dicho que no ha estado nunca en Tallahassee, ni siquiera ha oído hablar de Ocala, jamás ha conducido una camioneta Ford verde, ni ha tirado de ningún remolque. Os han dado gato por liebre, Wayne. Habéis caído en la trampa como pajaritos.

Tarrance se pellizcó el puente de la nariz y respiró hondo.

—A propósito —prosiguió Tammy—, ¿cómo te va por Orlando? ¿Aprovecharás la oportunidad para visitar Disney World?

—¿Dónde diablos está?

—Wayne, Wayne, tranquilízate, cariño. Recibirás tus documentos.

—De acuerdo, ¿cuándo? —preguntó Tarrance, incorporándose en la cama.

—Podríamos ser avariciosos e insistir en que nos dieras el resto del dinero. Estoy en una cabina, Wayne, no te molestes en localizar la llamada, ¿de acuerdo? Pero no somos avariciosos. Tendrás los sumarios en el transcurso de las próximas veinticuatro horas. Si todo va bien.

—¿Dónde están los documentos?

—Tendré que volver a llamarte, encanto. Si no te mueves de donde estás, te llamaré cada cuatro horas, hasta que Mitch me comunique el paradero de los documentos. Pero, Wayne, si te marchas, puede que pierda contacto contigo, cariño. No te muevas.

—Aquí estaré. ¿Sigue en el país?

—Creo que no. Creo que a estas alturas debe de estar ya en México. Su hermano habla español, ¿lo sabías?

—Lo sé.

Tarrance se tumbó sobre la cama y decidió mandarlo todo al diablo. Los mexicanos podían quedarse con ellos, a condición de que entregara los documentos.

—No te muevas de donde estás, amor mío. Haz una siesta. Debes estar muy cansado. Te llamaré entre las cinco y las seis.

Tarrance dejó el teléfono sobre la mesilla de noche y se quedó dormido.

Las pesquisas perdieron ímpetu el sábado por la tarde, cuando la policía de Panama City Beach recibió cuatro denuncias de propietarios de hoteles. Los agentes se presentaron en el hotel Breakers, donde un enfurecido propietario les habló de hombres armados que molestaban a los huéspedes. Mandaron a más policías a la playa, que empezaron a buscar a los pistoleros que buscaban a los McDeere. La Costa Esmeralda estaba al borde de una guerra.

Agotados y acalorados, los hombres de DeVasher se vieron obligados a trabajar solos. Se diseminaron aún más por la playa y dejaron de ir de puerta en puerta. Sentados en sillas de plástico alrededor de las piscinas, contemplaban el ir y venir de los turistas. Otros estaban tumbados en la arena, procurando resguardarse del sol, ocultos tras sus gafas oscuras, y observaban también a los turistas.

Con la llegada del crepúsculo, el ejército de matones, bandidos, pistoleros y abogados se desplegó al amparo de la oscuridad y esperó. Si los McDeere pensaban moverse, lo harían de noche. Un ejército silencioso los esperaba.

Los gruesos antebrazos de DeVasher descansaban torpemente sobre la baranda de la terraza de su habitación, en el Best Western. Contemplaba la playa a sus pies, mientras el sol se hundía en el horizonte. Aaron Rimmer salió por la puerta deslizante de cristal y se detuvo a su espalda.

—Hemos encontrado a Tolleson —dijo Rimmer.

—¿Dónde? —preguntó DeVasher, sin moverse.

—Escondido en el piso de su novia, en Memphis.

—¿Estaba solo?

—Sí. Lo han liquidado. Han hecho que pareciera un robo.

En la habitación 39, Ray inspeccionó por enésima vez los pasaportes, los visados, los permisos de conducir y las partidas de nacimiento. Las fotografías de los pasaportes de Mitch y de Abby eran recientes, con abundante cabello oscuro. Después de la fuga, con el tiempo desaparecería el cabello rubio. La de Ray era una foto de Mitch —ligeramente alterada—, en la facultad de derecho, con el cabello largo, barbilla y el aspecto duro de un estudiante. Los ojos, la nariz y los pómulos era lo único en lo que se parecían, si se examinaba atentamente. Los documentos estaban a nombre de Lee Stevens, Rachel James y Sam Fortune, domiciliados todos en Murfreesboro, en Tennessee. El doctor había hecho un buen trabajo y Ray sonrió al examinar cada uno de los documentos.

Abby guardó la videocámara Sony en su caja. A partir de la primera cinta, Mitch se había colocado de cara a la cámara, había levantado la mano derecha y había jurado decir la verdad. Junto a la cómoda, rodeado de documentos y con la ayuda de los apuntes, resúmenes y esquemas de Tammy, había seguido metódicamente la pista de los datos bancarios. Había identificado más de doscientas cincuenta cuentas bancarias secretas en once bancos de las Caimán. Algunas eran nominales, pero la mayoría solo numeradas. Con copias de referencias informáticas, había reconstruido la historia de tales cuentas. Ingresos al contado, transferencias telegráficas y retiradas de fondos. Firmó la parte inferior de cada documento utilizado en la declaración con las iniciales MM y, a continuación, prueba número MM1, MM2, MM3, etcétera. Después de la prueba MM1485, había identificado novecientos millones de dólares ocultos en bancos de las Caimán.

Después de relacionar la información bancaria, reconstruyó minuciosamente la estructura del imperio. En veinte años, los Morolto y sus abogados, increíblemente ricos y corruptos, habían fundado más de cuatrocientas corporaciones en las Caimán. Muchas de ellas eran propietarias, en parte o en su totalidad, de otras, y utilizaban los bancos como representantes y domicilio permanente de esas sociedades. Mitch no tardó en comprender que solo disponía de una pequeña parte de los documentos y dedujo, ante la cámara, que la mayoría estaban ocultos en el sótano de Memphis. También explicó, para mejor comprensión por parte del jurado, que un pequeño ejército de investigadores de Hacienda tardaría aproximadamente un año en reconstruir el laberinto corporativo de los Morolto. Detalló claramente cada una de las pruebas, las numeró y archivó. Abby operaba la cámara, mientras Ray vigilaba el aparcamiento y examinaba los pasaportes falsos.

Declaró durante seis horas sobre los distintos métodos utilizados por los Morolto y sus abogados para blanquear el dinero. El método más utilizado consistía en transportar dinero negro en el avión de la empresa, habitualmente con dos o tres abogados a bordo para legitimar el viaje. Dada la entrada de droga por tierra, mar y aire, la aduana estadounidense prestaba poca atención a lo que salía del país. Era un sistema perfecto. El avión salía con contrabando y regresaba limpio. Cuando el dinero llegaba a Gran Caimán, uno de los abogados se encargaba de administrar los debidos sobornos a la aduana de las Caimán y al banquero correspondiente. En algunos casos, el dinero de cohecho llegaba a suponer un veinticinco por ciento del total.

Una vez ingresado, habitualmente en cuentas numeradas no nominales, era casi imposible determinar el origen del dinero. Pero muchas de las transacciones bancarias coincidían curiosamente con acontecimientos corporativos significativos. Había una docena de cuentas numeradas de reserva, que Mitch denominaba «supercuentas», en las que se solía ingresar el dinero, y facilitó al jurado los números de las mismas, así como los nombres de los bancos. Más adelante, cuando se fundaban las sociedades, se transfería el dinero de las supercuentas a las cuentas corporativas, generalmente en el mismo banco. Cuando el dinero negro era propiedad de una corporación legítima de las Caimán, comenzaba el blanqueo. El método más sencillo y más común consistía en la adquisición de fincas y otros bienes legítimos en Estados Unidos por parte de la nueva sociedad. Los encargados de las transacciones eran los ingeniosos abogados de Bendini, Lambert & Locke, que efectuaban todas las operaciones financieras por transferencia telegráfica. Se daba frecuentemente el caso de que una corporación de las Caimán comprara otra corporación también de las islas, propietaria a su vez de una corporación en Panamá, que poseía una sociedad financiera en Dinamarca. Los daneses compraban una fábrica de cojinetes en Toledo, con dinero transferido telegráficamente desde una sucursal bancaria de Munich, y el dinero negro había quedado blanqueado.

Después de identificar la prueba número MM4292, Mitch dio la declaración por terminada. Dieciséis horas de declaración eran suficientes. Tarrance y sus colaboradores podrían mostrar las cintas al tribunal y procesar por lo menos a treinta abogados de la empresa Bendini. También podría mostrar las cintas a un juez federal y conseguir órdenes de registro.

Mitch había cumplido con su parte del trato. A pesar de que no aparecería personalmente ante los tribunales, había recibido solo un millón de dólares y estaba a punto de entregarles más de lo que esperaban. Estaba física y emocionalmente agotado. Se sentó al borde de la cama, con la luz apagada, mientras Abby descansaba en una silla, con los ojos cerrados.

Ray miró por entre las persianas.

—Necesitamos una cerveza fresca —dijo.

—Olvídalo —replicó Mitch.

—Tranquilízate, hermanito —dijo Ray, después de volver la cabeza y mirarle fijamente—. Es de noche y la tienda está a cuatro pasos por la playa. Sé cuidarme.

—Olvídalo, Ray. No tenemos por qué arriesgarnos. Vamos a marcharnos dentro de unas horas y, si todo va bien, tendremos el resto de la vida para beber cerveza.

Ray no le escuchaba. Se puso una gorra de béisbol, cogió un poco de dinero y la pistola.

—Ray, por favor, por lo menos deja la pistola —suplicó Mitch.

Ray escondió el arma bajo la camisa y se dirigió a la puerta. Avanzó rápidamente por la arena, detrás de los hoteles y las tiendas, oculto entre las sombras y con muchas ganas de tomarse una cerveza fría. Paró detrás del colmado, echó una ojeada a su alrededor y, seguro de que nadie le observaba, entró en la tienda. La nevera estaba en la parte posterior.

En el aparcamiento junto a la playa, Lamar Quin permanecía oculto bajo un sombrero de paja y charlaba con unas jovencitas de Indiana. Vio a Ray entrar en la tienda y creyó reconocerle. Había algo en su forma de andar que le resultaba vagamente familiar. Lamar se acercó al escaparate y miró en dirección a la nevera. Unas gafas de sol le cubrían los ojos, pero la nariz y los pómulos le resultaban definitivamente familiares. Entró en el colmado, cogió una bolsa de patatas fritas y esperó en la caja, hasta encontrarse cara a cara con aquel individuo que no era Mitchell McDeere pero que se le parecía mucho.

Era Ray. No podía ser otro. Tenía un rostro bronceado y el cabello demasiado corto para ir a la moda. No se le veían los ojos, pero la altura, el peso y la forma de caminar eran los mismos.

—¿Cómo le va? —preguntó Lamar Quin al individuo en cuestión.

—Muy bien. ¿Y usted? —respondió con una voz semejante a la de Mitch.

Lamar pagó por las patatas y regresó al aparcamiento. Arrojó la bolsa a un cubo de basura junto a una cabina telefónica y entró en la tienda contigua, para seguir buscando a los McDeere.

40

Con la caída de la noche, se levantó una fresca brisa en la playa. El sol no había tardado en desaparecer y no había luna para reemplazarlo. Un techo lejano de nubes inofensivas cubría el firmamento y el agua era negra.

La oscuridad atraía a los pescadores al malecón Dan Russell, en el centro de la playa. Formaban grupos de tres o cuatro sobre la estructura de hormigón y observaban silenciosamente los sedales, que penetraban en la negra agua a seis metros de sus pies. Permanecían inmóviles apoyados en la balaustrada y de vez en cuando escupían o le decían algo a su compañero. Disfrutaban mucho más de la brisa, el silencio y la tranquilidad del agua, que del pez despistado que de vez en cuando mordía el anzuelo. Eran veraneantes del norte, que cada año pasaban la misma semana en el mismo hotel y acudían al malecón al amparo de la noche para pescar y admirar el océano. Junto a ellos tenían cubos de carnada y neveras portátiles llenas de cerveza.

De vez en cuando, a lo largo de la noche, aparecía alguien que no se interesaba por la pesca, o una pareja de tortolitos, que caminaban los treinta metros hasta el extremo del malecón. Solían admirar el agua oscura y apacible durante unos minutos, antes de dar la vuelta para contemplar el reflejo de infinidad de luces parpadeantes, a lo largo de la playa. Miraban a los grupos de pescadores inmóviles, apoyados sobre los codos. Los pescadores hacían caso omiso de su presencia.

Tampoco percibieron a Aaron Rimmer cuando daba un paseo por detrás de ellos a eso de las once. Fumó un cigarrillo en el extremo del malecón y tiró la colilla al agua. Contempló la playa y pensó en los millares de habitaciones de hotel y apartamentos.

El malecón Dan Rusell, de los tres que había en Panama City Beach, era el que estaba situado más al oeste. Era también el más nuevo, el más largo y el único construido solo de hormigón. Los otros dos eran más antiguos y de madera. En el centro había un pequeño edificio de ladrillo, con una tienda de artículos de pesca, un bar y unos servicios. Solo los servicios estaban abiertos por la noche.

Estaba probablemente a un kilómetro del Sea Gull's Rest. A las once y media, Abby salió de la habitación 39, rodeó sigilosamente la sucia piscina y empezó a caminar hacia el este por la playa. Vestía pantalón corto, sombrero de paja blanco y una chaqueta de plástico con el cuello levantado. Caminaba despacio y con las manos hundidas en los bolsillos, como una experimentada turista aficionada a la contemplación. Al cabo de cinco minutos, Mitch salió de la habitación, rodeó sigilosamente la sucia piscina y siguió sus pasos. Contemplaba el océano mientras caminaba. Se acercaron dos corredores, que salpicaban en el agua y hablaban a trompicones. Colgado de una cuerda alrededor del cuello y disimulado bajo su camisa negra de algodón llevaba un silbato, por si acaso. En sus cuatro bolsillos había apretujado sesenta mil dólares. Contemplaba el mar y, con cierto nerviosismo, a Abby, que le precedía. Cuando había recorrido unos doscientos metros, Ray salió de la habitación 39 por última vez. La cerró y se guardó la llave. Alrededor de la cintura llevaba doce metros de cuerda negra de nailon, y debajo de la misma, la pistola. Una holgada chaqueta lo cubría todo perfectamente. Andy les había cobrado otros dos mil dólares por la ropa y demás complementos.

Ray rodeó la piscina y echó a andar por la playa. Observaba a Mitch, pero apenas veía a Abby. La playa estaba desierta.

Era casi medianoche y la mayoría de los pescadores habían abandonado el malecón. Abby vio a tres en un grupo, cerca de los servicios. Pasó junto a ellos y siguió caminando tranquilamente hasta el extremo del malecón, donde se apoyó en la balaustrada de hormigón y contempló las oscuras aguas del golfo. Había boyas rojas encendidas, dispersas hasta donde le alcanzaba la vista. Las luces azules y blancas del canal de navegación estaban escrupulosamente alineadas hacia el este. Una luz amarilla parpadeante de alguna embarcación avanzaba lentamente por el horizonte. Abby estaba sola en el extremo del malecón.

Mitch se ocultaba en una silla plegable bajo una sombrilla, cerca de la entrada del malecón. No podía ver a su esposa, pero tenía una buena vista del mar. Ray estaba sentado sobre un muro de ladrillo, situado a unos quince metros, al amparo de la oscuridad. Los pies le colgaban sobre la arena. Esperaban. Consultaron sus relojes.

A las doce en punto, Abby abrió nerviosa la cremallera de su chaqueta y desató una pesada linterna. Miró al agua a sus pies y la cogió con fuerza. Se la apoyó contra el vientre, la protegió con la chaqueta, la enfocó al mar y pulsó tres veces el interruptor: encender y apagar, encender y apagar, encender y apagar. La luz verde parpadeó tres veces. La aguantó firmemente y contempló el océano.

Ninguna respuesta. Esperó una eternidad y, al cabo de dos minutos, repitió la operación. Tres veces. Ninguna respuesta. Respiró hondo y se dijo a sí misma:

—Tranquila, Abby, tranquila. Está ahí, en algún lugar.

Encendió la linterna otras tres veces y esperó. Ninguna respuesta.

Mitch estaba sentado al borde de la silla y contemplaba el mar, acongojado. De reojo vio a alguien que se acercaba por el oeste a paso ligero, casi corriendo, y subía por la escalera que conducía al malecón. Era el nórdico. Mitch echó a correr hacia él.

Aaron Rimmer pasó por detrás de los pescadores, junto al pequeño edificio, y observó a la mujer de sombrero blanco, en el extremo del malecón. Estaba agachada, con algo en las manos. Encendió la linterna otras tres veces. Él se le acercó silenciosamente.

—Abby...

Ella se incorporó de un brinco y quiso chillar, pero Rimmer se le echó encima y la empujó contra la balaustrada. Desde la oscuridad, Mitch se lanzó de cabeza contra las piernas del nórdico y cayeron los tres sobre el suelo de hormigón. Mitch se percató con el tacto de que el nórdico llevaba una pistola a la espalda. Cogió impulso para golpearlo con el antebrazo, pero falló. Rimmer se volvió y le propinó un soberano puñetazo en el ojo izquierdo. Abby pataleaba y logró escapar. Mitch había quedado ciego y aturdido. Rimmer se puso rápidamente de pie y fue a por su pistola, pero no la encontró. Entonces Ray le embistió como un toro y lo lanzó contra la balaustrada. A continuación le propinó cuatro contundentes golpes en los ojos y la nariz, que empezaron a sangrar inmediatamente. Cosas aprendidas en la cárcel. El nórdico se desplomó y Ray le dio cuatro fuertes patadas en la cabeza. Emitió un lastimero gemido y cayó de bruces en el suelo.

Ray le quitó la pistola y se la entregó a Mitch, que había logrado ponerse de pie, e intentaba enfocar su ojo no lastimado. Abby observaba el malecón. Nadie a la vista.

—Empieza a hacer señales —dijo Ray, mientras se desenroscaba la cuerda de la cintura.

Abby se puso de cara al mar, protegió la linterna, encontró el interruptor y empezó a hacer señales desesperadamente.

—¿Qué piensas hacer? —susurró Mitch, al ver a Ray con la cuerda.

—Hay dos posibilidades. Le podemos volar la tapa de los sesos o ahogarlo.

—¡Dios mío! —exclamó Abby, sin dejar de hacer señales.

—No dispares el arma —susurró Mitch.

—Gracias —respondió Ray.

Cogió un trozo de cuerda, rodeó el cuello del nórdico y tiró de la misma. Mitch se volvió de espaldas y pasó entre Abby y el cuerpo del nórdico. Ella no quiso mirar.

—Lo siento. No tenemos otra alternativa —farfulló Ray, hablando casi consigo mismo.

El individuo, inconsciente, no reaccionó ni ofreció resistencia alguna. Al cabo de tres minutos, Ray suspiró y anunció que estaba muerto. Ató el otro extremo de la cuerda a un poste, empujó el cadáver por debajo de la balaustrada y lo bajó silenciosamente hacia el agua.

—Bajaré yo primero —dijo Ray, al tiempo que se agarraba de la cuerda y empezaba a descender. A dos metros y medio de la superficie del malecón había unas vigas de acero cruzadas, sujetas a las gruesas columnas de hormigón que desaparecían en el agua. Era un buen lugar donde ocultarse. A continuación descendió Abby. Ray le sujetó las piernas mientras ella se agarraba a la cuerda y la ayudó a bajar. Mitch, con su ojo tuerto, estuvo a punto de perder el equilibrio y darse un baño.

Pero lo lograron. Se sentaron sobre las vigas, a tres metros del agua fría y oscura; a tres metros de los peces, los escaramujos y el cadáver del nórdico. Ray cortó la cuerda a fin de que el cadáver pudiera hundirse debidamente, antes de volver a la superficie al cabo de uno o dos días.

Estaban los tres como búhos sobre una percha, contemplando las luces de las boyas y, del canal de navegación, a la espera de que llegara el mesías caminando sobre las aguas. El único ruido era el de las olas que acariciaban las columnas a sus pies y el del interruptor de la linterna.

Entonces se oyeron voces sobre el malecón. Voces nerviosas, angustiadas, presas del pánico, que buscaban a alguien. A continuación desaparecieron.

—Bien, hermanito, ¿qué hacemos ahora? —susurró Ray.

—Plan B —respondió Mitch.

—¿En qué consiste?

—Empezamos a nadar.

—Muy gracioso —dijo Abby, sin dejar de hacer señales.

Transcurrió una hora. La viga de acero, aunque perfectamente situada, no era cómoda.

—¿Os habéis fijado en esas embarcaciones? —preguntó Ray, en voz baja.

Eran pequeños botes, aproximadamente a una milla de la costa, que desde hacía una hora navegaban de un modo lento y sospechoso paralelos a la orilla, sin perder de vista la playa.

—Creo que son pesqueros —dijo Mitch.

—¿Quién pesca a la una de la madrugada? —preguntó Ray.

Los tres reflexionaron. No tenía explicación.

Abby fue la primera en verlo y se encomendó al cielo para que no fuera el cadáver que flotaba hacia ellos.

—Mirad ahí —dijo, mientras señalaba algo a unos cincuenta metros.

Era algo negro, sobre la superficie, que se les acercaba lentamente. Lo observaron atentamente. Entonces oyeron el ruido, parecido al de una máquina de coser.

—Sigue haciendo señales —dijo Mitch.

Se acercó y comprobaron que se trataba de un hombre en un pequeño bote.

—¡Abanks! —susurró Mitch.

Cesó el ruido.

—¡Abanks! —repitió.

—¿Dónde diablos estáis? —respondió el barquero.

—Aquí, debajo del malecón. ¡Maldita sea, date prisa!

Aumentó de nuevo el ruido y Abanks acercó el bote de goma, de dos metros y medio, debajo del malecón. Se desprendieron de la viga y cayeron felizmente amontonados. Se abrazaron entre sí y abrazaron a Abanks. Aceleró el motor eléctrico de cinco caballos y puso proa a alta mar.

—¿Dónde está el barco? —preguntó Mitch.

—Aproximadamente a una milla de la costa —respondió Abanks.

—¿Qué le ha ocurrido a tu linterna verde?

—Se ha quedado sin pilas —respondió, al tiempo que señalaba la linterna, junto al motor.

El barco era una goleta de doce metros de eslora, que Abanks había encontrado en Jamaica por solo doscientos mil dólares. Un amigo esperaba junto a la escalerilla para ayudarlos a subir a bordo. Su nombre era George, solo George, y hablaba con mucha precisión. Abanks dijo que era de confianza.

—Hay whisky, si os apetece. En el armario —dijo Abanks.

Ray fue a por la botella. Abby encontró una manta y se acomodó en un pequeño sofá. Mitch se quedó en cubierta y admiró su nuevo barco.

—Larguémonos de aquí. ¿Podemos levar anclas ahora mismo? —preguntó Mitch, después de que Abanks y George subieran el bote de goma a bordo.

—Como quieras —respondió George, en un acento impecable.

Mitch contempló las luces de la playa y se despidió. Entró en el barco y se sirvió un whisky.

Wayne Tarrance dormía cruzado sobre la cama, con la ropa puesta. No se había movido desde la última llamada, hacía seis horas. Sonó el teléfono junto a su oreja. Después de que el timbre sonara cuatro veces, logró encontrarlo.

—Diga —respondió, con la voz lenta y carrasposa.

—Wayne, cariño, ¿te he despertado?

—Por supuesto.

—Ahora ya puedes recoger los documentos. Habitación treinta y nueve, hotel Sea Gull's Rest, carretera noventa y ocho, Panama City Beach. El recepcionista es un individuo llamado Andy y te abrirá la habitación. Nuestro amigo los ha marcado todos con mucha precisión y te ha dejado dieciséis horas grabadas en vídeo. Trátalos con mucho cuidado.

—Quiero hacerte una pregunta —dijo Tarrance.

—Adelante, amigo. Pregunta lo que quieras.

—¿Dónde te encontró? Esto habría sido imposible sin tu cooperación.

—Muchas gracias, Wayne. Me encontró en Memphis. Nos hicimos amigos y me ofreció un montón de dinero.

—¿Cuánto?

—¿Crees que eso importa, Wayne? Nunca tendré que volver a trabajar. Tengo prisa, cariño. Ha sido un placer.

—¿Dónde está?

—En estos momentos viaja en un avión rumbo a Sudamérica. Pero no te molestes en intentar atraparlo. Wayne, cariño, eres un encanto, pero no le encontrarías aunque estuviera en Memphis. Adiós.

Y colgó.

41

Domingo, al amanecer. La goleta de doce metros avanzaba velozmente hacia el sur, a toda vela bajo un claro firmamento. Abby estaba profundamente dormida, en el camarote principal. Ray estaba en un sofá, aletargado por los efectos del whisky. Abanks descansaba en algún lugar del buque.

Mitch tomaba café frío en cubierta y escuchaba a George, que le explicaba las técnicas básicas de la navegación. Era un individuo de casi sesenta años, con el cabello largo, gris y descolorido, y piel oscura curtida por el sol. Era bajo y forzudo, parecido a Abanks. Había nacido en Australia, pero había abandonado su país hacía veintiocho años, después del mayor atraco de su historia. Después de repartirse once millones de dólares en dinero y plata con su socio, cada uno había seguido su propio camino. Había oído decir que su socio había muerto.

George no era su verdadero nombre, pero hacía veintiocho años que lo utilizaba y había olvidado cómo se llamaba antes. Había descubierto el Caribe a finales de los años sesenta y, al comprobar que había millares de pequeñas islas de habla inglesa, había decidido que aquel sería su hogar. Había depositado su dinero en bancos de las Bahamas, Belize, Panamá y, evidentemente, Gran Caimán. Se había construido un pequeño asentamiento en una playa desierta de Pequeño Caimán y desde hacía veintiún años se dedicaba a navegar por el

Caribe con su goleta de diez metros de eslora. Durante el verano y principios de otoño no se alejaba de su casa. Pero desde octubre hasta junio vivía en el barco e iba de isla en isla. Había visitado trescientas islas en el Caribe. En una ocasión pasó dos años sin salir de las Bahamas.

—Hay millares de islas —explicaba—. Y nunca te encontrarán si no dejas de moverte.

—¿Todavía te buscan? —preguntó Mitch.

—No lo sé. Comprende que no puedo llamar para preguntarlo. Pero lo dudo.

—¿Cuál es el lugar más seguro donde ocultarse?

—Este barco. Es un bonito yate y, cuando aprendas a manejarlo, será tu hogar. Elige una pequeña isla, tal vez Pequeño Caimán o Brac, que son todavía primitivas, y constrúyete una casa. Haz como yo, pasa la mayor parte del tiempo en tu barco.

—¿Cuándo deja uno de preocuparse porque le persiguen?

—Yo todavía pienso en ello, pero no me preocupa. ¿Con cuánto te has largado?

—Ocho millones, aproximadamente —respondió Mitch.

—Bonita suma. Tienes suficiente dinero para hacer lo que te plazca, olvídate de ellos. Viaja por las islas el resto de tu vida. Ten en cuenta que hay cosas peores.

Durante varios días navegaron rumbo a Cuba, rodearon la isla y siguieron hacia Jamaica. Observaban a George y procuraban aprender de él. Después de veinte años navegando por el Caribe había adquirido muchos conocimientos y mucha paciencia. Ray, el filólogo, escuchaba y memorizaba términos como spinnaker, mástil, proa, popa, espejo de popa, caña del limón, cabrestantes de la driza, aparejos del calcés, obenques, cuerdas salvavidas, candeleros, cabrestante de escota, bañera de proa, brazolas, yugo, escotas genovesas, vela mayor, foque, estays del foque, escotas del foque, cornamusa de levas y ostas de botavara. George les explicaba el significado de escorar, ceñir, andar, quitar el viento, contravirar, gobernar, equilibrar el buque y fijar el rumbo. Ray absorbía el lenguaje de la navegación; Mitch estudiaba la técnica.

Abby permanecía en el interior, hablaba poco y solo sonreía cuando era necesario. La vida en un buque no era lo que había soñado. Echaba de menos su casa y se preguntaba qué le habría ocurrido. Tal vez el señor Rice cortaría el césped y arrancaría las malas hierbas. Echaba de menos las calles arboladas, los impecables jardines y los grupos de chiquillos en bicicleta. Pensó en su perro y se encomendó a Dios para que el señor Rice lo adoptara. Le preocupaban sus padres, su seguridad y su miedo. ¿Cuándo volvería a verlos? Decidió que tardaría años, y esto le resultaría soportable si sabía que estaban a salvo.

Sus pensamientos no podían eludir el presente. El futuro era inimaginable.

El segundo día del resto de su vida empezó a escribir cartas; cartas a sus padres, a Kay Quin, al señor Rice y a varias amigas. Sabía que nunca las mandaría, pero era un alivio escribir lo que pensaba.

Mitch la observaba atentamente, pero no se entrometía. En realidad, no tenía nada que decir. Tal vez dentro de unos días podrían hablar.

Al final del cuarto día, miércoles, se avistaba Gran Caimán. Rodearon lentamente la isla y anclaron a una milla de la costa. Por la noche, Barry Abanks se despidió. Los McDeere se limitaron a darle las gracias y él se alejó en el bote de goma. Atracaría a tres millas de Bodden, en otro centro de submarinismo, desde donde llamaría a uno de sus capitanes para que le recogiera. Él sabría si había aparecido alguien sospechoso. Abanks no anticipaba ningún problema.

El asentamiento de George en Pequeño Caimán consistía en una pequeña casa principal de madera blanca y dos pequeños edificios adicionales. Estaba en el interior, a medio kilómetro de una diminuta bahía. No se vislumbraba la casa más próxima. Una indígena vivía en el más pequeño de los edificios y cuidaba de la finca. Se llamaba Fay.

Los McDeere se instalaron en la casa principal e intentaron comenzar el proceso de su nueva vida. Ray, el fugitivo, deambulaba durante muchas horas por las playas y se mostraba reservado. Estaba eufórico, pero no podía manifestarlo. Salía a navegar con George varias horas todos los días y tomaban whisky mientras exploraban las islas. Solían regresar borrachos.

Abby pasó los primeros días en una pequeña habitación del primer piso, con vista a la bahía. Escribió más cartas y empezó a redactar un diario. Dormía sola.

Dos veces por semana, Fay iba a la ciudad en una furgoneta Volkswagen en busca de provisiones y para recoger el correo. Un día regresó con un paquete de Barry Abanks, que George entregó a Mitch. Dentro había otro paquete que Doris Greenwood le había mandado a Abanks desde Miami. Mitch abrió el grueso sobre y se encontró con tres periódicos, dos de Atlanta y uno de Miami.

Los titulares hablaban de los procesos masivos contra el bufete Bendini de Memphis. Se habían formulado acusaciones contra cincuenta y un miembros actuales y anteriores de la empresa, además de treinta y un supuestos miembros de la familia Morolto de Chicago. Habría más acusaciones, prometía el fiscal general del estado. Aquello era solo la punta del iceberg. El director F. Denton Voyles había permitido que se citaran sus palabras: «Es un duro golpe para el crimen organizado en Norteamérica. Esperemos que sirva de escarmiento —decía—, a los respetables profesionales y hombres de negocios que sientan la tentación de negociar con dinero negro».

Mitch cerró los periódicos y fue a dar un largo paseo por la playa. Bajo un grupo de palmeras encontró un poco de sombra y se sentó. El periódico de Atlanta publicaba una lista de todos los abogados de Bendini que estaban siendo procesados. Casi sintió pena por Nathan Locke. Casi, Wally Hudson, Kendall Mahan, Jack Aldrich y, por último, Lamar Quin. Veía sus rostros. Conocía a sus esposas y a sus hijos. Miró hacia el resplandeciente mar y pensó en el matrimonio Quin. Sentía amor y odio por ellos. Habían contribuido a seducirle para que se uniera a la empresa y no estaban libres de culpa. Pero eran sus amigos. ¡Vaya pérdida! Tal vez Lamar solo pasaría un par de años en la cárcel y obtendría la libertad condicional. Tal vez Kay y sus hijos lo superarían. Tal vez.

—Te quiero, Mitch —dijo Abby, de pie junto a él.

Llevaba en la mano una jarra de plástico y dos tazas. Mitch le sonrió y le indicó con la mano que se sentara junto a él.

—¿Qué hay en la jarra?

—Ponche de ron. Fay lo ha preparado para nosotros.

—¿Es fuerte?

—Es casi ron puro —respondió, al tiempo que se sentaba junto a él, sobre la arena—. Le he dicho a Fay que necesitábamos emborracharnos, y ella estaba de acuerdo.

La abrazó con fuerza y saboreó el ponche de ron, mientras contemplaban un pequeño pesquero que surcaba despacio la reluciente agua.

—¿Estás asustado, Mitch?

—Muerto de miedo.

—Yo también. Esto es una locura.

—Pero lo hemos logrado, Abby. Estamos vivos. A salvo. Juntos.

—¿Y que ocurrirá mañana? ¿Y al día siguiente?

—No lo sé, Abby. Podría ser peor, hay que reconocerlo. Mi nombre podría estar en el periódico, junto al de los demás acusados. O podríamos estar muertos. Hay peores cosas que navegar por el Caribe, con ocho millones en el banco.

—¿Crees que mis padres están a salvo?

—Creo que sí. ¿De qué le serviría a Morolto atacar a tus padres? Están a salvo, Abby.

Rellenó las tazas y le dio un beso en la mejilla.

—Me adaptaré, Mitch. Mientras estemos juntos, puedo soportar cualquier cosa.

—Abby —dijo lentamente Mitch, mientras miraba al mar—, he de confesarte algo.

—Te escucho.

—Lo cierto es que, de todos modos, nunca he querido ser abogado.

—¿En serio?

—En el fondo siempre he querido ser marino.

—No me digas. ¿Has hecho alguna vez el amor en la playa?

Mitch titubeó durante un breve instante.

—Pues... no.

—Entonces, vacía el vaso, marinero. Emborrachémonos y encarguemos un bebé.

La tapadera, John Grisham
Esta obra se terminó de imprimir en
el mes de julio del 2008, en los
talleres de Litográfica Ingramex, S.A.
Centeno 162-1, Granjas Esmeralda
C.P. 09810, Iztapalapa, México D.F.